詩經译注

彩图珍藏本

程俊英　译注

前言

一

《诗经》是我国最早的一部诗歌总集。它在孔子时称为“诗”或“诗三百”；到了汉代，武帝罢黜百家，独尊儒术，将孔子所整理过的书称为“经”，才确定《诗经》的名称。秦火以后，汉时保存研究《诗经》的有四家：鲁人申培的鲁诗，齐人辕固的齐诗，燕人韩婴的韩诗（现存《韩诗外传》)，这三家诗都先后失传；我们现在所读的《诗经》，是毛亨、毛苌传下来的。毛亨作《毛诗故训传》，所以后人又称《诗经》为“毛诗”。

《诗经》分为风、雅、颂三大类，共三百零五篇。《诗经》都是周诗，它产生的年代，大约上起西周初年，下至春秋中叶，历时五百多年。它产生的地域，约在现今的陕西、山西、河南、河北、山东和湖北北部一带地方。至于它的作者，我们只能根据诗的内容推测他们的身份和社会地位，具体的姓名，除古书上有记载或在诗篇中自书姓名者外，其余绝大多数是无法考知的了。

在这样漫长的时间里，在这样广阔的地区中，产生了这么多的诗篇，是谁、又是怎样把它们搜集、编订成为一本诗集的呢？根据古代文献，说周代设有采诗的专官，官名叫做“酋人”或“行人”，到民间去采诗。《国语》又有公卿列士献诗、太师陈诗的说法，他们所献陈的诗，据说也在《诗经》内。当时大量的民歌和贵族的诗篇，就是依靠采诗献诗制度而保存下来的。那么，又是谁将这些诗篇加工整理成为诗集的呢？《周礼》说："太师教六诗：曰风，曰赋，曰比，曰兴，曰雅，曰颂。"又说："大司乐以乐语教国子。"可见周代乐官不但保管《诗经》，且负担着教授诗、乐的任务。三百篇都是有乐调的，诗乐不分，进行加工编辑工作的，可能就是乐官太师。到了春秋时代，诸侯间交际频繁，一般外交家为了锻炼自己的口才，加强外交辞令，常常引用诗歌的章句，来表达本国或自己的态度和希望，使其语言含蓄婉转而又生动，这就形成当时上层人物学诗的风气。所以孔子说："不学诗，无以言。"周诗可能即在春秋士大夫"赋诗言志"的普遍要求下，乐工不断地加工配乐，逐渐地结集成为一本教科书。孔子一直称"诗三百"，《左传》引诗百分之九十五都见于《诗经》，可见在春秋时代，已经有固定的教本了。《史记》有孔子删诗说，经过千百年学者的考证，孔子只是对"三百篇"做了校正乐调的工作，并没有删诗。

《诗经》分为风、雅、颂三大类，古人按什么标准来分的？后世学者对这也有不同的看法，其中最有力者约有三说：（一）认为按诗的作用分，以《毛诗大序》为代表。（二）认为按作者的身份及诗的内容分，以朱熹《诗集传》为代表。（三）认为按音乐分，以郑樵《六经奥论》为代表。我个人同意第三说。郑樵说："风土之音曰风，朝廷之音曰雅，宗庙之音曰颂。"古人所谓"风"，即指声调而言。《郑风》，就是郑国的调儿，《齐风》，就是齐国的调儿，都是用地方乐调歌唱的诗歌。好像现在的申曲、昆腔、绍兴调一样，它们都是带有地方色彩的声调。十五国风，就是十五个不同地方的乐调。雅是秦地的乐调，周秦同地，在今陕西。西周的都城在今陕西省西安西南，古代叫做"镐"；这地方的乐调，被称为中原正音。"雅"字《说文》作"鸦"，鸦和乌同声，乌乌是秦调的特殊声音，所以称周首都的乐调为雅，也就是《左传》说的"天子之乐曰雅"，又好像现在人称北京的乐调为京调一样。雅有大小之分，孔颖达说："诗体既异，音乐亦殊。”惠周惕《诗说》认为大、小雅就像后代音乐的大吕、小吕一样，都是乐调的区别。颂即古代的“容”字，阮元译作“样子”，就是表演的意思。颂不但配合乐器，用皇家声调歌唱，而且是带有扮演、舞蹈的艺术。据王国维考证，风雅只清唱，歌辞有韵，声音短促，叠章复唱。颂诗多数无韵，由于配合舞步，所以声音缓慢，且大多不分章，这就是颂乐的特点。从上面说的看来，周诗既保存于官府，太师又担负着编订、加工、讲授《诗经》的工作，他们根据乐调给诗分类，那是很可能的事。古人将风、雅、颂和《诗经》的表现手法赋、比、兴连在一起，称为“诗之六义”。

二

《诗经》大体上反映了周代的社会面貌和人民的思想感情。读它就好像读了一部周族从后稷到春秋中叶的发展史。

《国风》里有一些反映人民劳动生产的诗歌。如《芣苢》，它再现了活泼健康的古代劳动妇女的形象，语言的反复，篇章的重叠，表现了这些妇女对劳动的热爱。再如《七月》，叙述了豳地农民一年四季无休止的劳动过程和劳动生活的各个方面，形象地反映了周代剥削者与劳动者之间的对立。雅、颂里也有一部分反映农业劳动的诗歌，如《甫田》、《大田》、《载芟》、《良耜》。这些诗篇多经贵族文人的修改，用于祭祖祭神等活动，和民歌有很大区别。但是，从这里可以看出农民知道制造农具，知道选种、除草、施肥、灭虫，可以看出当时农业生产的高度发达。

风诗里还有一些反剥削反压迫的诗歌，《伐檀》、《硕鼠》是其代表作。《伐檀》是一群伐木者在河边砍伐檀木，替统治者造车发出的呼声，谴责了统治者不劳而获的罪行和剥削制度的不合理。《硕鼠》的作者将剥削者比作贪吃的大耗子，并发誓要离开那里，到没有耗子的理想国去。可是，那个没有剥削而能安居的乐土，只是诗人的幻想，所以他最后只能失望地长叹说:“乐郊乐郊，谁之永号!”这两首诗，反映了我国人民在二千五百年前就有消灭剥削制度的理想和愿望，具有高度的思想意义。

周代初年，大小诸侯原有一千八百国，到春秋时代只剩三十几国了，诸侯间大鱼吃小鱼的兼并战争的剧烈，可想而知。此外，周族常常受到四夷的侵扰，抵抗外侮的战争便时有发生。《无衣》是秦襄公时的军中战歌。“岂曰无衣，与子同袍”，充满了慷慨激昂热情互助的气氛。后三句“王于兴师，修我戈矛，与子同仇”，又表现了人民勇敢从军，团结友爱，共同御侮的决心。可见，正义的战争，人民是拥护的。但是，非正义的战争，就必然遭到人民的反对。《击鼓》写一位兵士被迫服役南行，他想起临别时和妻子的誓约:“死生契阔，与子成说，执子之手，与子偕老。”现在都成了空话，他不禁沉痛地诉说:“于嗟阔兮，不我活兮!于嗟洵兮，不我信兮!”这种委曲怨恨的典型情绪，正反映了人民对非正义战争的反抗。无休止的服役制度，也是压在人民身上惨重的负担。《鸨羽》写怨恨自己服役，家中缺乏劳动力，无人赡养父母的忧虑和痛苦。《君子于役》写主妇傍晚看见牛羊归家，而想到征人还未归来，即景生情，语淡意浓。这一类诗，都说明了战争和徭役破坏农业生产和家庭生活，也是阶级矛盾的一种反映。

《国风》中有不少揭露统治者丑行的讽刺诗。《新台》揭露劫夺儿媳为妻的卫宣公的丑恶行为，把他比作癞蛤蟆。《相鼠》痛骂那些荒淫无耻的统治者连老鼠都不如。《南山》斥责齐襄公禽兽之行，竟和胞妹私通。《株林》嘲讽陈灵公和夏姬的淫乱。《墙有茨》讥刺了卫国宫廷的丑事。《君子偕老》鞭挞了卫宣姜这个位尊貌美而淫乱的“国母”。如果把这些诗合在一起读，真是一幅绝妙的百丑图。

风诗中特别多的，是人们抒写关于恋爱、婚姻、家庭生活的诗。《南山》诗说:“取妻如之何？必告父母。”“取妻如之何？匪媒不得。”《周礼·媒氏》说:“中春之月，令会男女，于是时也，奔者不禁。”这说明了周代人民在国定的仲春开放月里，恋爱结婚是比较自由的。其他时间就必须经过“父母之命、媒妁之言”，始能正式结婚；否则，社会上就认为是违礼犯法的事。反映在诗篇里，有的表现着恋爱结婚非常自由，有的又表现着受礼教的束缚。如《野有蔓草》、《木瓜》、《萚兮》等都表现了男女情投意合的爱情。《静女》、《溱洧》等反映了青年男女自由自在地过着合理幸福的生活。但是，另一种诗，却表现着恋爱婚姻受种种的限制和破坏。《将仲子》写一个少女虽然深爱仲子，但她害怕父母、诸兄、国人之言，不得不沉痛地牺牲她的爱情，请求仲子不要再来找她。她那“可怀”与“可畏”的心理矛盾，正反映了当时男女爱情与礼教之间的矛盾。《诗经》情歌中还有一种值得我们注意的，即弃妇之辞，可以《氓》为代表。这首诗叙述一个女子和男方从恋爱、定约、结婚到受虐、被弃的过程，倾诉她悔恨交加的心情，反映了妇女被玩弄虐待，婚姻没有保障的悲惨命运和她们的不平。

西周传至厉王，暴虐无道，任用巫祝控制人民的言论，残酷地剥削人民，致使社会矛盾激化，引起了国人的反抗，厉王逃亡而死。宣王即位，修内政，定边患，史称中兴。幽王继立，增赋税，宠褒姒，任小人，也是一个暴虐昏庸的统治者，终被犬戎所杀。厉王幽王时代，产生了一些反映统治阶级内部矛盾的诗和讽刺诗，都编在二雅里。其中有反映因贵族间争田夺地的，如《节南山》、《何人斯》；有反映争夺政权的，如《桑柔》；有对劳役不均的怨恨，如《北山》；有对贫富悬殊的不平，如《正月》。这些矛盾，几乎达到很尖锐的程度，《巷伯》中说：“取彼谮人，投畀豺虎！豺虎不食，投畀有北！有北不受，投畀有昊！”对于那些造谣诽谤的当权者，真可说是恨到了咬牙切齿的地步了。这些谴责，出于切身利益受损害、政治上受压抑的人物之手，他们最熟悉周王朝的内部情况，又有一定的文化教养，所作的政治讽刺诗比较真实地反映了当时的社会面貌，在艺术上也有较高的价值。

雅诗中还有反映贵族生活的诗，如《小弁》写父子矛盾，《白华》写夫妻矛盾，《鹿鸣》、《常棣》、《伐木》写朋友兄弟宴会之乐，《宾之初筵》写饮酒无度、失仪败德等，这些诗，结构完密，形象生动，是《诗经》中的佳作。

雅诗中还有叙述周人开国和宣王征伐四夷而中兴的诗篇，后人称之为“史诗”。如《生民》、《公刘》、《绵》、《皇矣》、《大明》，以及《六月》、《采芑》、《常武》、《出车》、《江汉》等都是。《生民》歌颂周始祖后稷，他是氏族社会女酋长姜嫄的儿子，由于发明种植五谷，中国社会由母系制向父系制转化，并奠定中华以农立国的始基。读《公刘》，不觉眼前浮现一位带领周族由邰迁豳的英雄形象；读《绵》，如见人民由豳迁岐开辟田地，建筑房屋的业绩；读《大明》，如见武王伐纣，在牧野鏖战的伟大场面；读《六月》等诗，如见宣王率军讨伐四夷的战功。这些，都是历史家最宝贵的资料。

《小雅》里有一小部分诗歌，从内容到形式都很类似风诗，如《黄鸟》、《我行其野》等十二篇（龚橙《诗本谊》说）。《苕之华》的“人可以食，鲜可以饱”，“知我如此，不如无生”，不是在饥饿线上挣扎的劳苦人民，恐怕反映不出这样的生活和感情。而且这些诗重章叠句，篇幅也不长，很像民歌。可见雅诗和《国风》之间并不存在不可逾越的鸿沟。

至于颂，都是歌功颂德的作品，它和雅诗中歌颂统治阶级和祭神祭祖的诗一样，其思想内容无甚可取。但如《载芟》、《良耜》描写农业生产，具体而生动。《閟宫》赞美鲁僖公能恢复疆土，修建宫庙，长达一百二十句，是《诗经》中最长的诗。《駉》、《潜》描绘畜牧和渔业生产。这些都含有人民的创造因素，在艺术上也不是毫无借鉴之处。

《诗经》中还有一些没落贵族厌世颓唐的诗，如《蜉蝣》、《蟋蟀》；礼俗诗，如《桃夭》、《螽斯》；别诗，如《燕燕》、《渭阳》；悼亡诗，如《葛生》、《素冠》。最后，必须提一下《载驰》，作者许穆夫人，是一位有见识、有斗争性的爱国诗人，也是世界上最早的女诗人。

三

《诗经》出色的艺术手法，韩愈称之为“葩”，王士祯比它“如画工之肖物”，也就是说诗人善于塑造众多逼真的人物形象，就像花一样生动美丽。这种艺术境界，是与其语言艺术的高度成就分不开的。其中经前人总结的常用表现手法为赋、比、兴。

朱熹说：“赋者，敷陈其事而直言之者也。”换句话说，赋就是叙述和描写，它是诗人常用的一种表现手法。谢榛《四溟诗话》对赋、比、兴曾经做过一番统计工作，他说：“予尝考之《三百篇》：赋，七百二十；兴，三百七十；比，一百一十。”他的统计可能有出入，但结合诗篇实际情况来看，赋句确实占多数。由于赋比较直截、明显，不像兴那样复杂、隐约，所以后人对它的研究比较少。《诗经》运用赋的形式是多种多样的：（一）全诗均用赋体者，如《静女》、《七月》等。《七月》全诗八章，将农民一年十二月的劳动项目铺叙出来，议论抒情虽少，但农夫被领主剥削的道理自明，不必再费什么唇舌了。（二）全诗均用设问叙述的，如《采蘋》、《河广》等。《河广》是春秋时宋人侨居卫国者思乡之作。这位游子，虽极思返乡，但终无法如愿以偿，于是唱出了这首诗。全诗二章，每章四句，都用设问的赋式，杂以排比、夸张、复叠的修辞；于是宋国虽近而至今不得归去的思想感情，便委婉尽致地表达出来了。（三）每章章首起兴，下皆叙述者，如《燕燕》、《兔爰》等。《兔爰》全诗三章，章首一二句都是起兴：“有兔爰爰，雉离于罗。”下两章只换一个字而意义相同，由此而引起下面的叙述，抒写“我生之初”和“我生之后”的苦乐悬殊。这诗应以赋为主，而兴是为叙述抒写服务的。（四）全诗仅首章或一二章起兴，余皆叙述者，如《节南山》、

《谷风》等。《谷风》首章的“习习谷风，以阴以雨”二句是起兴，兴句中所写的丈夫的暴怒，引出下面叙述诗中女主角当初治家的勤劳，被弃的痛苦等等，都是以赋的形式来表达的。（五） 杂比句的描写叙事诗，如《君子偕老》、《斯干》等。《斯干》全诗九章，第四章的“如跂斯翼，如矢斯棘，如鸟斯革，如翚斯飞，君子攸跻”，运用四个比喻，形容殿堂的宏伟华丽。其余都纯用赋法，描写生动，是一首较好的叙事写景诗。（六） 采取对话形式的赋体诗，如《东门之墠》、《女曰鸡鸣》等。《女曰鸡鸣》是夫妻早起的对话，叙述他们二人一问一答，最后丈夫解下身上的佩玉相赠，表示对妻子的深情厚爱的报答。诗人运用赋的手法，速写了一幅幸福家庭的图画。总之，赋可以是叙事、描绘，可以是设问、对话，也可以是抒情或者发议论。议论诗以二雅为最多，不胜枚举。

朱熹说：“比者，以彼物比此物也。”换句话说，比就是比喻，在《诗经》中用得很广泛。它的形式，可分为明喻、隐喻、借喻、博喻、对喻等。明喻是正文和比喻两个成分中间用一个“如”字（或意义同“如”的他字）作媒介，如“有女如玉”，这是用玉洁白柔润的属性，刻画诗中人物的美丽温柔。又如“有力如虎”，抽象的“力”的概念，通过比喻，就从具体的“虎”字而形象化了。隐喻是将正文和比喻合为一体，如果说明喻的形式是“甲如乙”，那么隐喻的形式可以说是“甲是乙”。《正月》的“哀今之人，胡为虺蜴”，《节南山》的“尹氏大师，维周之氐”，“为”和“维”都解做“是”。说当时人是蛇虫，把他们形容得很透彻。说姓尹的太师是宗周的根柢，一个“氐”字也道出了尹氏对于周王朝的重要性。至于借喻，是正文全部隐去，以比喻代表正文，其中带有讽刺意味的，亦称讽喻。如“硕鼠硕鼠，无食我黍”，是借田间的大老鼠，来比贪婪的剥削者。《新台》诗说：“燕婉之求，得此戚施。”诗人借丑陋的癞蛤蟆，来比丑恶的卫宣公。这样一借用，更足以引起读者的共鸣。博喻顾名思义即用多种比喻来形容正文。如《淇奥》的“有匪君子，如切如磋，如琢如磨”，诗人以切磋琢磨等方法，比有才华的君子精益求精地修养自己的才德，对诗中的形象起了精雕细刻的作用。对喻是正文和比喻上下相符的一种形式，它的实质及作用和明喻一样，但在形式上却省去“如”、“若”等字，是明喻的略式。如《衡门》的“岂其食鱼，必河之鲂！岂其取妻，必齐之姜”，前两句是比喻，后两句是正文。《巧言》的“他人有心，予忖度之。跃跃毚兔，遇犬获之”，前二句是正文，后二句是比喻。宋陈骙《文则》称它为“对喻”，因为在句式上是两两相对的。从上看来，比和赋一样，性质很明显，后人对这也没有什么争论。

最复杂的问题是兴。兴是启发，也称起兴。它是诗人先见一种景物，触动了他心中潜伏的本事和思想感情而发出的歌唱，所以兴句多在诗的开头，又称“发端”。有些学者对兴和比、赋的差别感到有些混淆，不易辨别；有些人干脆否定兴的存在。我以为结合诗的内容和形式作具体的分析，还是可以指出它和比、赋的区别的。第一，兴多在发端，它在诗篇的地位，总是在所咏事物的前面，极少在篇中，即朱熹所谓“兴者，先言他物以引起所咏之词也”。而赋、比无此特点。第二，比的运用，是以彼物比此物，总是以好比好，以不好比不好。但兴含比义时，有时也可起反衬作用，如以好反衬不好等。《凯风》末二章说：“爰有寒泉，在浚之下。有子七人，母氏劳苦。”“睍睆黄鸟，载好其音。有子七人，莫慰母心。”陈奂《诗毛氏传疏》说：“后二章以寒泉之益于浚，黄鸟之好其音，喻七子不能事悦其母，泉鸟之不如也。”这样反衬诗中形象的特点，是比的手法所没有的。第三，兴是诗人先见一种景物，触动了他心中潜伏的本事和思想感情而发出的歌唱，比是先有本事和思想感情，然后找一个事物来作比喻。如“有女如玉”，玉这个东西，不是诗人当前接触到的，而是诗人依据过去的经验，认为玉是漂亮温柔的。当见到女时，便联想到玉，故意取它的特性来刻画女。兴就不是这样，是触物起情。所以兴句多在诗的开头，而比句多在章中。第四，比仅联系局部，在一句或两句中起作用，如《硕人》的“手如柔荑，肤如凝脂……”每个用来作比的东西，仅仅联系句中被比的东西，不能互相移易。兴则不然，诗的开头两句往往为全章甚至全篇烘托了主题，渲染了气氛。如《关雎》的作者，看见雎鸠关关地叫，在河洲追求它的伴侣，诗人便联想到君子所追求的那位德貌兼美的好姑娘，就把最近夜里翻来覆去失眠的痛苦，同她谈情结婚的幻想，写成一首诗篇。而“关关雎鸠，在河之洲”的兴句，便标示了本诗的主要内容，就是君子追求淑女的主题。从上看来，兴和比的差别，不但搞得清楚，而且是比较明显的。至于兴和赋的区别，也是能搞清楚的。赋是直述法，诗人将本事或思想感情平铺直叙地表达出来。如《狡童》是把狡童不和诗中的“我”说话、同食，因而“不能餐”、“不能息”的情绪直率地表达出来。兴诗就不是这样，如《汝坟》的“遵彼汝坟，伐其条枚”，这是诗人本身正在做的事。由于当前所作之事，触动了诗人的思夫之情，她就将当前伐条枚的事如实地叙述下来，所以很像赋。下面接着说：“未见君子，惄如调饥。”她由伐条枚而联想久别的君子。所以上二句是兴不是赋。《泽陂》的“彼泽之陂，有蒲与荷”是写景，形式上很像赋。诗人看见湖水的堤旁有菖蒲和荷花作伴，因而触动了诗人失恋之感，唱出了“有美一人，伤如之何”等诗句。所以上二句也是兴不是赋。《泽陂》的写景和《汝坟》的叙事，并不是单纯的，而是由这种景或事而触动起来的一种思想感情，是和全诗的主要内容有紧密的有机联系的。由此可见，兴和赋的差别也是很明显的。

《诗经》兴的手法，到底有哪几种形式？在诗中起了什么作用呢？它的形式：有各章都用同样的事物起兴的，如《萚兮》；有各章用不同的事物起兴的，如《南山》；有一章之中完全用兴的，如《葛覃》的第一章；有全诗都用兴法来歌唱的，如《鸱鸮》。这四种形式，它可以起比喻衬托的作用，如“关关雎鸠，在河之洲”是比喻衬托君子追求淑女之情。它又可以兼有写景叙事的作用，如《风雨》每章均以风雨、鸡鸣起兴，渲染出一幅风雨凄其，鸡声四起的背景，生动地刻画了思妇“既见君子”后的喜悦心情。它还可以起塑造诗中主要人物形象的作用，如《摽有梅》，三章分别以“摽有梅，其实三兮”、“摽有梅，其实七兮”、“摽有梅，顷筐塈之”起兴。三章兴句的层次，与诗中人物心理活动的变化相适应，刻画了一位直率真诚渴望爱情的女子形象。它又可以突出诗篇主要内容的作用，如《绸缪》开头就唱“绸缪束薪，三星在天”，这在当时人一听，就马上理解他唱的是结婚诗。因为周代的风俗习惯是这样的：结婚必定在黄昏时候，必定束薪做火把，束草喂马，迎接新娘，举行婚礼。它又能增强作品的思想感情作用，如《相鼠》的兴句说“相鼠有皮”，诗人以最讨厌的老鼠尚且有皮，反比卫宣公人不如鼠，表现了诗人对统治者的谴责反抗的思想感情。它又能起调节音律、唤起感情的作用，当我们读到“伐木丁丁（音争），鸟鸣嘤嘤”、“桃之夭夭，灼灼其华”的时候，就会引起一种音响抑扬的美感。有的诗人运用民间习语作为开端，它和诗的下文意义多不连贯，但唱起来音节悠扬合拍，流利顺口，如《扬之水》。由上看来，《诗经》中兴的艺术形式是多种多样的，它的作用也是多方面的，较赋和比复杂多了。

赋、比、兴是《诗经》最基本的艺术特点，但它的艺术魅力，并不止于此。还有一些修辞手法，如复叠、对偶、夸张、示现、呼告、设问、顶真、排比、拟人、借代等等。限于篇幅，只得从略。

《诗经》所使用的语言，既丰富而又多彩，用来绘景塑形、叙事表情，愈觉诗篇鲜明生动。有些词汇，经过几千年，一直到今天还在使用，如“中央”、“休息”、“婚姻”、“艰难”等，而“尸位素餐”、“秋水伊人”、“高高在上”、“惩前毖后”等，也成为常用的成语了。这不但说明《诗经》的语言丰富精炼，且对我国民族语言发展有较大的贡献，成为研究古汉语者必读之书。

《诗经》的句法，主要是四言的，这可能受原始劳动诗歌一反一复的制约。但到诗人情绪激昂时，也会突破常用的句式，如《伐檀》五、六、七、八言都有，《缁衣》中有一言句，《祈父》中有二言句，《君子于役》中有三言句，可见《诗经》的句法，有从一言到八言的变化。

《诗经》的韵律，是比较和谐悦耳的。在声调方面，有双声、叠韵、叠词、复句之妙，有顶真、排比之变，有兮、矣、只、思、斯、也之声。这些，都加强了诗的音乐性。在用韵方面，也是比较复杂而又自由的。好在王力同志的《诗经韵读》已经问世，读者可按古音去读《诗经》，一定是音节铿锵，和谐优美的。

四

这本《诗经译注》是把诗三百零五篇全部介绍给读者。除原诗外，每首诗包括题解、注释和译文三部分。关于诗篇的主题，是众说纷纭的。我们既不能跟在前人后面亦步亦趋地转，也不能完全抛弃旧说，一空依傍。因此，写每篇题解时，我主要采取“就诗论诗”的态度，注意剔除经生们牵强附会的解释。如《国风》中一些清新可喜的爱情歌曲，被挂上“后妃之德”等牌号，歪曲原诗的意义，是需要予以纠正的。另一方面，也避免刻意求新之弊，对于一些主题不明显又无从考证的诗，则付之阙疑，不强作解说。

注释尽量做到浅显易懂。对于某句的古注有好几种解释的，则选择一种较为合理的注释。对于二说可以并存的，则将另一说也附在注后，以便读者有所选择。比较生疏的字都加上注音，只注今音，不注古音。

关于译文，《诗经》时代距今已有二千五百多年，要将当时的诗歌准确而流畅地翻成新诗，而又不失其诗味，实在是一件极其困难的事。但对于读者，尤其是对青年同志来说，在原诗旁附一篇译诗，确是很必要的，我努力地作了一番尝试。译诗的原则，是尽可能逐句扣紧原诗，但不是逐字硬译。因为同时还有注释，所以有的译文便多考虑传达一些原诗的风味情调，使注释和译文可以相得益彰地配合起来。《诗经》的译文工作，甚至新诗的创作，毕竟还在摸索之中，我很希望同广大读者、学者和有志于此的同志们一起来修改这些译诗，在反复推敲中提高。

本书承汪贤度、王维堤同志审阅，承蒋见元、刘永翔同志帮助，特此志谢！

程俊英

于华东师大古籍整理研究室

一九八二年春

目録

陈风

桧风

曹风

豳风

二　雅

小雅

大雅

頌

周颂

鲁颂

商颂

國風

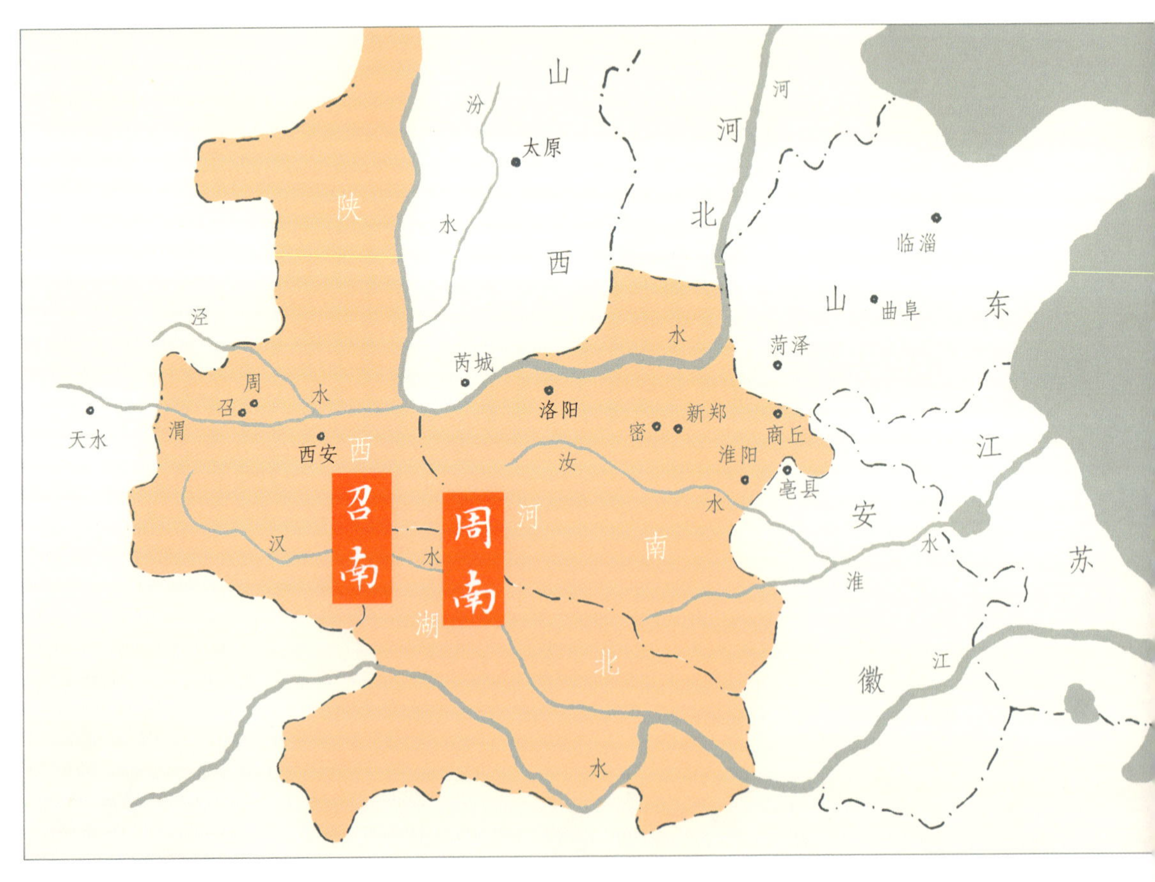

山
汾
太原
河
河
陕
水
北
临淄
西
山
曲阜
东
泾
水
菏泽
芮城
周
水
洛阳
召
新郑
天水
渭
西安
西
密
商丘
淮阳
江
汝
亳县
召南
周南
河
水
安
汉
水
南
水
苏
淮
湖
江
徽
北
水

周南 召南

《周南》、《召南》是《国风》中编次在最先的。《周南》十一篇，《召南》十四篇，二南合计二十五篇。

关于二南产生的年代，《毛诗》说它是西周初年的作品；郑玄的《诗笺》和后来崇毛派多这么说。但经后人考证，认为它大约是西周末东周初的制作。崔述《读风偶识》说："此（《汝坟》）乃东迁后诗，'王室如毁'，指骊山乱亡之事。"《何彼秾矣》中有"平王之孙，齐侯之子"二句，《毛传》和《郑笺》以文王释平王。魏源《诗古微》认为这是指周室东迁后的平王宜臼。章潢《诗经原体》提出文王时候吕尚还没有封齐，诗的"齐侯之子"不是指他。冯沅君《诗史》说《甘棠》诗中的"召伯"，指的是宣王末年征伐淮夷有功的召穆公虎，和《大雅·召旻》中称召公奭为"召公"的不同。《甘棠》是歌颂召虎的诗，与召公奭无关。《野有死麕》据《旧唐书·礼仪志》，说它是平王东迁后的诗。而且二南的写作技巧远胜于《周颂》，周初不可能产生这样成熟的作品。因此，今人多认为二南可能是东迁前后的诗。

旧说二南的产生地在陕西岐山一带地方。后人据诗的内容去分析，如《关雎》说"在河之洲"，指的是黄河。《汉广》说"江之永矣"，指的是长江。黄河和长江之间有汉水、汝水，这就是《汉广》所说的"汉有游女"，《汝坟》所说的"遵彼汝坟"。在黄河和长江地区，二南诗中简称为"南"，即《樛木》所说的

“南有樛木”，《汉广》所说的“南有乔木”。《草虫》的“陟彼南山”，《殷其靁》的“在南山之阳”，南山指的是它北面的终南山。这和《韩诗序》（郦道元《水经注》引）所说的“二南其地在南郡南阳之间”相同。按南阳即今河南省西南部，湖北省北部。南郡即今湖北省江陵县一带地方。由此可见，二南的产生地，包括河南的临汝、南阳，湖北的襄阳、宜昌、江陵等一带地方。它是国风中最南的地区。

据马瑞辰《毛氏传笺通释》考证，南是古代国名，在今陕西。周王把这些地分给周公旦和召公奭作采邑。采邑不得名为国风，编诗的人称之为周南、召南。方玉润《诗经原始》则认为周是地名，在雍州岐山之阳。南是周以南之地。召也是地名，召以南的诗叫做召南。周的西边是犬戎，北边是豳，东为列国，唯南最广，而及乎江汉之间。方说似较正确。

二南的作者有好些可能是妇女，诗的内容反映了她们的劳动、恋爱、归宁、思夫等生活与思想感情。还有一些礼俗诗，如贺婚、祝多子诗等。

周南

关 雎

【题解】

这是一个青年热恋采集荇菜女子的诗。诗中所说的“君子”，是当时对贵族男子的称呼；琴瑟、钟鼓是当时贵族用的乐器：可见诗的原作者可能是一位贵族青年。闻一多《风诗类钞》说：“关雎，女子采荇于河滨，君子见而悦之。”这是正确的。全诗集中描写他“求之不得”的痛苦，只能在想象中和她亲近、结婚。

荇菜　　多年生水生草本。叶呈对生圆形，嫩时可食，亦可入药。李时珍《本草纲目》：“叶径一二寸，有一缺口而形圆如马蹄者，莼也；叶似莼而稍锐长者，荇也。”

译文	原文	注释
雎鸠关关相对唱	jū 关关雎鸠	关关：水鸟相和的叫声。《玉篇》、《广韵》作㖯，是后起字。　雎鸠：水鸟。
双栖河里小岛上	在河之洲	河：黄河。　洲：水里的陆地。《说文》作州，洲是俗字。
纯洁美丽好姑娘	yǎo tiǎo 窈窕淑女	窈窕：纯洁美丽。扬雄《方言》："秦晋之间，美心为窈，美状为窕。"窈窕一词，古人兼指内心与外貌两方面而言。　淑：善，好。
真是我的好对象	君子好逑	君子：当时贵族男子的通称。　好逑：好的配偶。逑，仇的假借字，配偶。
长长短短鲜荇菜	cēn cī xìng 参差荇菜	参差：长短不齐。　荇菜：生在水上的一种植物，形状很像莼菜，可以吃。
顺着水流左右采	左右流之	流：顺着水势去采。朱熹："流，顺水之流而取之也。"按《毛传》训流为"求"，《鲁诗》训流为"择"，亦可通。
纯洁美丽好姑娘	窈窕淑女	
白天想她梦里爱	wù mèi 寤寐求之	寤寐：寤，睡醒；寐，睡着。
追求姑娘难实现	求之不得	
醒来梦里意常牵	寤寐思服	思服：二字同义，思念。胡承珙《毛诗后笺》："《康诰》曰：'要囚，服念五六日。'服念连文，服即念也，念即思也。"
相思深情无限长	悠哉悠哉	悠哉：形容思念深长的样子。
翻来覆去难成眠	辗转反侧	辗转反侧：翻来覆去。指在床上不能安眠。

雎鸠　水鸟。上体暗褐，下体白色。趾具锐爪，适于捕鱼。《尔雅·释鸟》："雎鸠，王鴡。"郭璞注："雕类，今江东呼之为鹗，好在江渚山边食鱼。"鸠在《国风》中见过四次，都是比喻女性的。相传这种鸟雌雄情意专一，和常鸟不同。《淮南子·泰族训》："《关雎》兴于鸟，而君子美之，为其雌雄之不乖居也。"王先谦："不乖居，言不乱耦。"《毛传》："雎鸠，王雎也。鸟挚而有别。"

长长短短荇菜鲜　　参差荇菜

采了左边采右边　　左右采之

纯洁美丽好姑娘　　窈窕淑女

弹琴奏瑟亲无间　　琴瑟友之

琴瑟：古代弦乐器。琴有五弦或七弦，瑟有二十五弦。　友：亲爱。《广雅·释诂》："友，亲也。"

长长短短鲜荇菜　　参差荇菜

左采右采拣拣开　　左右芼(mào)之

芼：选择。

纯洁美丽好姑娘　　窈窕淑女

敲钟打鼓娶过来　　钟鼓乐之

葛 覃

【题解】

这是一首描写女子准备回家探望爹娘的诗。诗人叙述在采葛制衣的时候，看见黄雀聚鸣，引起了她和父母团聚的希望。她得到公婆、丈夫的应允，就告诉了家里的保姆，开始洗衣，整理行装，准备回娘家。

葛　　即葛藤，是一种蔓生纤维科植物，其皮可以制成纤维织布，现在叫做夏布。

译文	原文	注释
葛藤枝儿长又长	葛之覃(tán)兮	葛：葛藤。是一种蔓生纤维科植物，其皮可以制成纤维织布，现在叫做夏布。　覃：延长。　兮：语气词，相当于现代汉语的“啊”。
蔓延到　谷中央	施(yì)于中谷	施：蔓延。　中谷：就是谷中。
叶子青青盛又旺	维叶萋萋	维：句首语气词，含有“其”义。　萋萋：茂盛的样子。马瑞辰《毛诗传笺通释》:“诗以葛之生此而延彼，兴女之自母家而适夫家。”
黄雀飞　来回忙	黄鸟于飞	黄鸟：黄雀。　于：助词，也有人认为是动词词头。有时含有“往”的意思。
歇在丛生小树上	集于灌木	
叫喳喳　在歌唱	其鸣喈(jiē)喈(jiē)	喈喈：黄鸟相和的叫声。摹声词。

译文	原文	注释
葛藤枝儿长又长	葛之覃(tán)兮	
蔓延到　谷中央	施于中谷	
叶子青青密又旺	维叶莫莫	莫莫：茂密的样子。
割了煮　自家纺	是刈(yì)是濩(huò)	刈：割。　濩：煮。将葛煮后取其纤维，用来织布。
细布粗布制新装	为絺(chī)为绤(xì)	絺：细夏布。　绤：粗夏布。
穿不厌　旧衣裳	服之无斁(yì)	斁：厌弃。朱熹《诗集传》:“盖亲执其劳，而知其成之不易，所以心诚爱之，虽极垢弊而不忍厌弃也。”

告诉我的老保姆	言告师氏	言：助词，无义。下同。 师氏：保姆。闻一多《诗经通义》："姆，即师氏。……论其性质，直今佣妇之事耳。"
回娘家　去望望	言告言归	告：告诉公婆和丈夫。 归：回父母家。
搓呀揉呀洗衣裳	薄污我私	薄：语首助词，有时含有勉力的意思。 污：搓揉着洗。 私：内衣。《释名》："私，近身衣。"
脏衣衫　洗清爽	薄澣（huàn）我衣	澣：洗。 衣：罩衫。姚际恒《诗经通论》："衣，蒙服。"
别把衣服全泡上	害澣（huàn）害否	害：音义同"曷"，何，哪些。 否：不要。
要回家　看爹娘	归宁父母	归宁：古代称女子回娘家探亲叫做归宁。这句是全诗的主旨。

卷 耳

【题解】

这是一位妇女想念她远行的丈夫的诗。她想象他登山喝酒，马疲仆病，思家忧伤的情景。

卷耳　今名苍耳、枲耳。一年生草本植物。春夏开花，绿色，果实倒卵形，有刺。荒地野生。茎皮可取纤维，果实可提取脂肪油，亦可入药。朱熹《诗集传》:“卷耳，枲耳。叶如鼠耳，丛生如盘。”

译文	原文	注释
采呀采呀卷耳菜	采采卷耳	采采：采了又采。　卷耳：植物名，今名苍耳，嫩苗可吃，也可作药用。
不满小小一浅筐	不盈顷筐	盈：满。　顷筐：浅的筐子，前低后高，犹今之畚箕。
心中想念我丈夫	嗟我怀人	嗟：语助词，不是叹词。马瑞辰："嗟，为语词。嗟我怀人，犹言我怀人。"
浅筐丢在大道旁	寘彼周行(háng)	寘：同置，放下。　彼：指示代词，那。　周行：大道。
登上高高土石山	陟(zhì)彼崔嵬	陟：登。　崔嵬：高而不平的土石山。
我马跑得腿发软	我马虺(huī)隤(tuí)	虺隤：腿软的病。虺，瘣的假借字。《说文》："瘣，病也。"隤与颓通，蔡邕《述行赋》："我马虺颓以玄黄。"
且把金杯斟满酒	我姑酌彼金罍(léi)	姑：姑且、只好。　酌：斟酒喝。　金罍：当时贵族用的酒器。金，指青铜。
好浇心中长思恋	维以不永怀	维：发语词。　以：借此。　永：长。　怀：思念。
登上高高山脊梁	陟彼高冈	
我马病得眼玄黄	我马玄黄	玄黄：马病的样子。
且把大杯斟满酒	我姑酌彼兕(sì)觥(gōng)	兕觥：用犀牛角制的大型酒杯。
不让心里老悲伤	维以不永伤	

登上那个乱石冈	陟彼砠(qū)矣	砠：多石的山。
马儿病倒躺一旁	我马瘏(tú)矣	瘏：《孔疏》引孙炎曰："瘏，马疲不能前进之病。"
仆人累得走不动	我仆痡(pū)矣	痡：人疲病不能前进。
怎么解脱这忧伤	云何吁矣	云：语助词，无义。 何：多么。 吁：忓的假借字，忧愁。

樛　木

【题解】

这是一首祝贺新郎的诗。诗中以葛藟附樛木，比喻女子嫁给“君子”。

译文	原文	注释
南边弯弯树枝桠	南有樛（jiū）木	樛木：弯曲的树枝。
野葡萄藤攀缘它	葛藟（lěi）累之	葛藟：野葡萄，蔓生植物，枝形似葛，故称葛藟（从马瑞辰《通释》说）。有人说，葛和藟是两种草名，亦通。累：攀缘。
先生结婚真快乐	乐只君子	只：语助词。
上天降福赐给他	福履绥之	福履：福禄、幸福。　绥：通妥，下降。《礼记·曲礼》:“大夫则绥之。”《疏》:“绥，下也。”《毛传》:“绥，安也。”亦通。

译文	原文	注释
南边弯弯树枝桠	南有樛（jiū）木	
野葡萄藤掩盖它	葛藟（lěi）荒之	荒：掩盖。《说文》:“荒，草掩地也。”
先生结婚真快乐	乐只君子	
上天降福保佑他	福履将之	将：扶助。《郑笺》:“将，犹扶助也。”

译文	原文	注释
南边弯弯树枝桠	南有樛（jiū）木	
野葡萄藤旋绕它	葛藟（lěi）萦之	萦：旋绕。

先生结婚真快乐　　乐只君子

上天降福成全他　　福履成之

成：成就。陈奂："《尔雅》：'就，成也。'成、就二字互训。"

螽 斯

【题解】

这是一首祝人多子多孙的诗。诗人用蝗虫多子，比人的多子，表示对多子者的祝贺。

螽斯　　昆虫类，古人认为即蝗虫。体长寸许，绿褐色。雄虫的前翅能发声，雌虫尾端有剑状的产卵管。

蝗虫展翅膀	zhōng 螽斯羽	螽斯：蝗一类的虫。亦名蚣蝑、斯螽，是多子的虫。有人说，“斯”为语词，亦通。 羽：指翼。
群集在一方	xīn xīn 诜诜兮	诜诜：形容众多群集的样子。
你们多子又多孙	宜尔子孙	宜：多。马瑞辰《通释》:“古文宜作宐，宜从多声，即有多义。宜尔子孙，犹云多尔子孙也。” 尔：指诗人所祝的人。非指蝗虫。
繁茂兴盛聚一堂	振振兮	振振：繁盛振奋的样子。《毛传》训为“仁厚”或“信厚”，恐非诗意。

蝗虫展翅膀	zhōng 螽斯羽	
嗡嗡飞得忙	hōnghōng 薨薨兮	薨薨：昆虫群飞的声音。
你们多子又多孙	宜尔子孙	
谨慎群处在一堂	绳绳兮	绳绳：多而谨慎的样子。

蝗虫展翅膀	zhōng 螽斯羽	
紧聚在一方	jí jí 揖揖兮	揖揖：音义同“集”,《鲁诗》、《韩诗》均作“集”，群聚的样子。
你们多子又多孙	宜尔子孙	
安静和睦在一堂	zhé zhé 蛰蛰兮	蛰蛰：和集安静的样子。

桃　夭

【题解】

这是一首贺新娘的诗。诗人看见农村春天柔嫩的桃枝和鲜艳的桃花，联想到新娘的年青貌美。诗反映了当时人民生活的片断。

桃　落叶小乔木。春季开花，花淡红、粉红或白色，可供观赏。《毛传》:“桃，有华之盛者。”朱熹《诗集传》:“桃，木名，华红，实可食。”

茂盛桃树嫩枝丫	桃之夭夭	夭夭：茂盛的样子。
开着鲜艳粉红花	灼灼其华	灼灼：花鲜艳盛开的样子。 华：同花。
这位姑娘要出嫁	之子于归	之子：这位姑娘。 于归：古代称女子出嫁。归，往归夫家。有人认为“于”和“曰”、“聿”通，是语助词。亦通。
和顺对待您夫家	宜其室家	宜：善。马瑞辰《通释》:“凡诗言宜其室家，宜其家人者，皆谓善处其室家与家人耳。”朱熹《诗集传》:“宜者，和顺之意。”

茂盛桃树嫩枝丫	桃之夭夭	
桃子结得肥又大	有蕡（fén）其实	有：用于形容词之前的语助词，和叠词的作用相似。 蕡：肥大。有蕡，即蕡蕡。 实：果实，指桃子。
这位姑娘要出嫁	之子于归	
和顺对待您夫家	宜其家室	家室：即室家；倒文协韵。

茂盛桃树嫩枝丫	桃之夭夭	
叶子浓密有光华	其叶蓁蓁（zhēnzhēn）	蓁蓁：叶子茂盛的样子。
这位姑娘要出嫁	之子于归	
和顺对待您全家	宜其家人	

兔 罝

【题解】

这是赞美猎人的诗。诗人在路上看见英姿威武的猎人，正在打桩张网捕兔，联想这些猎人的才力，是可以选拔为保卫国家的武士的。

兔　哺乳类动物，通称兔子。头部略似鼠，耳长，上唇中部裂豁，尾短而上翘，前肢较后肢短，能跑善跃。有野生，亦有家饲。肉可食，毛可以纺织，毛皮可以制衣物。

繁密整齐大兔网

jiē
肃肃兔罝

肃肃：兔网繁密整齐的样子。 兔罝：兔网。有人说“兔”同“䖘”，是捕老虎的网，亦通。

丁丁打桩张地上

zhuó zhēng zhēng
椓之丁丁

椓：打。《说文》：“椓，击也。” 丁丁：伐木声。

武士英姿雄赳赳

赳赳武夫

赳赳：威武有才力的样子。《说文》：“赳，轻劲有才力也。赳赳，武也。”

公侯卫国好屏障

公侯干城

公侯：周代统治阶级的爵位，依次为周天子、公、侯、伯、子、男。 干城：干，盾；盾和城都作防卫用，借喻能御外卫内的人才。

繁密整齐大兔网

jiē
肃肃兔罝

四通八达道上放

kuí
施于中逵

中逵：即逵中，多叉路口。逵同“馗”，《韩诗》作“中馗”。《说文》：“馗，九达道也。”

武士英姿雄赳赳

赳赳武夫

公侯助手真好样

公侯好仇

好仇：好助手。仇，同“逑”，匹偶的意思。

繁密整齐大兔网

jiē
肃肃兔罝

郊野林中多布放

施于中林

中林：即林中。马瑞辰《通释》：“林，犹野也。”

武士英姿雄赳赳

赳赳武夫

公侯心腹保国防

公侯腹心

腹心：即心腹，能尽忠的亲信。

芣 苢

【题解】

这是一群妇女采集车前子时随口唱的短歌。方玉润《诗经原始》说："读者试平心静气，涵咏此诗。恍听田家妇女，三三五五，于平原绣野、风和日丽中，群歌互答，余音袅袅，若远若近，忽断忽续，不知其情之何以移，而神之何以旷，则此诗可不必细绎而自得其妙焉。……今世南方妇女登山采茶，结伴讴歌，犹有此遗风焉。"

芣苢　即车前草。《毛传》："芣苢，马舄。马舄，车前也。"朱熹《诗集传》："芣苢，车前也。大叶长穗，好生道旁。"全草与种子都可入药。

卷耳　见《周南·卷耳》图注。

车前子哟采呀采	采采芣苢（fú yǐ）	芣苢：即车前草，药名。所结之子古人以为可治妇人不孕和难产。
快点把它采些来	薄言采之	薄：发语词，亦有勉力之意。
车前子哟采呀采	采采芣苢（fú yǐ）	
快点把它采得来	薄言有之	有：采得。朱熹《诗集传》："采，始求之也。有，既得之也。"

车前子哟采呀采	采采芣苢（fú yǐ）	
快点把它拾起来	薄言掇（duó）之	掇：拾。《说文》："掇，拾取也。拾，掇也。"胡承珙《毛诗后笺》："掇是拾其子之既落者。捋是捋其子之未落者。"
车前子哟采呀采	采采芣苢（fú yǐ）	
快点把它抹下来	薄言捋（luō）之	捋：从茎上成把的抹下来。《说文》："捋，取易也。寽，五指捋也。"

车前子哟采呀采	采采芣苢（fú yǐ）	
快点把它揣起来	薄言袺（jié）之	袺：用手捏着衣襟。《说文》："执衽谓之袺。"衽即衣襟。
车前子哟采呀采	采采芣苢（fú yǐ）	
快点把它兜回来	薄言襭（xié）之	襭：用衣襟兜起来。朱骏声《说文通训定声》："兜而扱于带间曰襭，手执之曰袺。"

汉 广

【题解】

这是一位男子爱慕女子不能如愿以偿的民间情歌。

楚　又名牡荆。落叶灌木，或小乔木，枝干坚劲，可做杖。魏源《诗古微》:“《三百篇》言取妻者，皆以析薪取兴。盖古者嫁娶必以燎炬为烛，故《南山》之‘析薪’,《车舝》之‘析柞’,《绸缪》之‘束薪’,《豳风》之《伐柯》，皆与此‘错薪’、‘刈楚’同兴。”

南方有树高又长	南有乔木	乔木：高耸的树。《毛传》:“南方之木美，乔，上竦也。”上竦则下少枝叶。所以《淮南子·原道训》说:“乔木上竦，少阴之木。”
不可歇息少荫凉	不可休思	休思：《毛诗》作“休息”，据《韩诗》改。思，语助词。下同。
汉水有位游泳女	汉有游女	游女：潜行水中的女子。鲁、韩二家释游女，都说是指汉水的女神（见刘向《列女传》及昭明太子《文选·嵇康〈琴赋〉》注引薛君说）。
我要追求没希望	不可求思	
好比汉水宽又宽	汉之广矣	汉：水名。源出陕西省西南宁强县，东流至湖北省汉阳入长江。
不能游过登那方	不可泳思	
好比江水长又长	江之永矣	江：长江。　永：亦作羕或漾，长。
划着筏子难来往	不可方思	方：同“舫”，用竹或木编成的筏子，这里作动词用。

杂柴乱草长得高	翘翘错薪	翘翘：高高的样子。　错薪：杂乱的柴草。错，杂乱。
砍下荆条当烛烧	言刈(yì)其楚	刈：割。　楚：牡荆。
有朝这人要嫁我	之子于归	
接她把马喂喂饱	言秣其马	秣马：喂马。
好比汉水宽又宽	汉之广矣	

蒌　蒌蒿，多年生草本。生水中，嫩芽叶可食。

蘩　白蒿。见《周南·采蘩》图注。

不能游过登那方　　不可泳思

好比江水长又长　　江之永矣

划着筏子难来往　　不可方思

杂柴乱草长得高　　翘翘错薪

割下蒌蒿当烛烧　　言刈（yì）其蒌（lóu）

蒌：生在水中的草，叶像艾，青白色，今名蒌蒿。

有朝这人要嫁我　　之子于归

先把骏马喂喂饱　　言秣其驹

驹：少壮的骏马。

好比汉水宽又宽　　汉之广矣

不能游过登那方　　不可泳思

好比江水长又长　　江之永矣

划着筏子难来往　　不可方思

汝 坟

【题解】

这是一首思妇的诗。她在汝水旁边砍柴的时候，思念她远役的丈夫。她想象已经见到他，预想相见后的愉快和对丈夫亲昵的埋怨。这是反映当时人们乱离的诗。

魴　　鳊鱼。陆玑《毛诗草木鸟兽虫鱼疏》:“魴一名，江东呼为鳊。”体广而薄肥，细鳞，青白色，味美。

译文	原文	注释
沿着汝堤走一遭	遵彼汝坟	遵：沿着。　汝：汝水，源出河南天息山，东南流入淮河。　坟：渍的假借字，堤岸。《说文》："渍，水厓也。"《毛传》："坟，大防也。"
砍下树枝当柴烧	伐其条枚	条：树枝。　枚：树干。《毛传》："枝曰条，干曰枚。"
好久没见我丈夫	未见君子	君子：这里指妇女对丈夫的尊称。
就像早饥心里焦	惄(nì)如调饥	惄：同惄，思念发愁。《说文》："惄，忧貌。"《郑笺》："惄，思也。未见君子之时，如朝饥之思食。"　调饥：早上饥饿。调，同朝。

译文	原文	注释
沿着汝堤走一遭	遵彼汝坟	
砍下嫩枝当柴烧	伐其条肄(yì)	肄：砍而又生的小树枝。
好像已见我丈夫	既见君子	
幸而没有把我抛	不我遐弃	遐弃：疏远遗弃。这句是倒文，即"不遐弃我"。"既见君子"二句是诗人设想相见后的愉快。

译文	原文	注释
鳊鱼红尾为疲劳	鲂(fáng)鱼赪(chēng)尾	鲂：鳊鱼。　赪：红。《孔疏》："鲂鱼之尾不赤，故知劳则尾赤。"用鲂鱼劳则尾赤，形容服役者的劳累。
官家虐政像火烧	王室如毁	毁：亦作燬，烈火。形容王政暴虐。
虽然虐政像火烧	虽则如毁	
爹娘很近莫忘掉	父母孔迩	孔：甚、很。　迩：近。马瑞辰《通释》："言虽畏王室而远从行役，独不念父母之甚迩乎？"

麟之趾

【题解】

这是一首阿谀统治者子孙繁盛多贤的诗。

麟　麒麟，我国古代传说中的动物，被描写为鹿身、牛尾、马蹄、头上一角，古人认为是一种仁兽。后人或以为即长颈鹿。所谓“仁兽”，即严粲《诗缉》所说：“有足者宜踶（踢），唯麟之足，可以踶而不踶。有额者宜抵，唯麟之额，可以抵而不抵。有角者宜触，唯麟之角，可以触而不触。”

麒麟的蹄儿不踢人	麟之趾	麟：麒麟。
振奋有为的公子	振振公子	振振：振奋的样子。
哎呀你们是麒麟啊	于嗟（xū jiē）麟兮	于嗟：感叹词，有时用作伤叹，这里是赞美的叹词。
麒麟的额头不撞人	麟之定	定：顶的假借字，额。
振奋有为的公孙	振振公姓	公姓：指诸侯的孙子。《仪礼·特牲馈食礼》“子姓兄弟”郑玄注：“所祭者之子孙。言子姓者，子之所生。”
哎呀你们是麒麟啊	于嗟（xū jiē）麟兮	
麒麟的角儿不触人	麟之角	
振奋有为的公族	振振公族	公族：诸侯曾孙以下称公族。公孙之子，支系旁生，各自成族，总括名之公族。
哎呀你们是麒麟啊	于嗟（xū jiē）麟兮	

召南

鹊巢

【题解】

这是一首颂新娘的诗。诗人看见鸠居鹊巢，联想到女子出嫁、住进男家，就拿来作比。

鹊　　喜鹊。李时珍《本草纲目》："鹊，乌属也。大如鸦而长尾，尖嘴黑爪，绿背白腹，尾翮黑白驳杂。"朱熹《诗集传》："鹊善为巢，其巢最为完固。"

译文	原文	注释
喜鹊树上把窝搭	维鹊有巢	维：语首助词。　鹊：喜鹊。
八哥来住它的家	维鸠居之	鸠：鸤鸠，今名八哥。有人说鸠即布谷，王先谦谓布谷不居鹊巢，只有八哥住鹊巢。李时珍《本草纲目》:“八哥居鹊巢。”可证。
这位姑娘要出嫁	之子于归	
百辆车子来接她	百两御之	百：虚数，即“许多”的意思。　两：今作“辆”，一辆车。　御：音义同“迓”，迎接。
喜鹊树上把窝搭	维鹊有巢	
八哥同住这个家	维鸠方之	方：占有。《毛传》:“方，有之也。”
这位姑娘要出嫁	之子于归	
百辆车子保卫她	百两将之	将：保卫。马瑞辰《通释》:“《诗》百两皆指迎者而言，将者，奉也，卫也。”
喜鹊树上窝搭成	维鹊有巢	
住满八哥喜盈门	维鸠盈之	盈：满，指陪嫁的人非常多。
这位姑娘要出嫁	之子于归	
车队迎来好成婚	百两成之	成：指结婚礼成。马瑞辰《通释》:“首章往迎，则曰御之。二章在途，则曰将之。三章既至，则曰成之。此诗之次也。”

采　蘩

【题解】

这是一首描写蚕妇为公侯养蚕的诗。

蘩　　即白蒿，多年生草本，可食用。陆玑《毛诗草木鸟兽虫鱼疏》:"蘩，皤蒿，凡艾白色为皤蒿。今白蒿春始生，及秋香美可生食，又可蒸食。"

要采白蒿到哪方	于以采蘩（fán）	于以：在何、在什么地方。　蘩：白蒿，用来制养蚕的工具“箔”。朱熹：“蘩所以生蚕。”
在那池里在那塘	于沼于沚	沼：池。　沚：水塘。
什么地方要用它	于以用之	
为替公侯养蚕忙	公侯之事	事：指蚕事。

要采白蒿到哪里	于以采蘩（fán）	
山间潺潺溪流里	于涧之中	
什么地方要用它	于以用之	
送到公侯蚕室里	公侯之宫	宫：蚕室。朱熹《诗集传》：“或曰：即《记》所谓公桑蚕室也。”

蚕妇发髻高高耸	被（bì）之僮僮（tóngtóng）	被：“髲”的古字，当时妇女的一种首饰，用头发编成的假髻。　僮僮：形容蚕妇假髻高耸的样子。
日夜养蚕无闲空	夙夜在公	夙夜：早晚。　公：指公桑。即为公侯采蒿养蚕。朱熹《诗集传》：“或曰：公，即所谓公桑也。”
蚕妇发髻像云霞	被之祁祁（qí qí）	祁祁：本义是形容云多，此指蚕妇回去，簇拥如云。马瑞辰《通释》：“《大雅》‘祁祁如云’，祁祁，盛貌。僮僮、祁祁，皆状首饰之盛。”
蚕事完毕快回家	薄言还归	薄言：有急迫之意。

草　虫

【题解】

这是一首思妇的诗。诗中的主人是一位采菜的劳动妇女。诗通过物候的变易和内心变化的描写，衬托出别离之苦。

草虫　　蝈蝈。古又称负蠜、常羊。雄者鸣如织机声，俗称织布娘。

秋来蝈蝈喓喓叫	yāo yāo 喓喓草虫	喓喓：虫叫声。 草虫：指蝈蝈。
蚱蜢蹦蹦又跳跳	tì tì 趯趯阜螽	趯趯：虫跳的样子。 阜螽：蚱蜢。
长久不见夫君面	未见君子	
忧思愁绪心头搅	chōng chōng 忧心忡忡	忡忡：心神不安的样子。
我们已经相见了	亦既见止	
我们已经相聚了	gòu 亦既觏止	觏：与遘、媾通用，是夫妇相聚的意思。止：语尾助词，作用与“矣”、“了”相同。
心儿放下再不焦	我心则降	降：放下。
登到那座南山上	陟彼南山	
采集蕨菜春日长	言采其蕨	蕨：山菜，初生像蒜，可食。
长久不见夫君面	未见君子	
忧思愁绪心发慌	chuòchuò 忧心惙惙	惙惙：心慌气短的样子。《众经音义》:“惙，短气貌也。”
我们已经相见了	亦既见止	
我们已经相聚了	gòu 亦既觏止	
心儿欢欣又舒畅	我心则说	说：即悦，欢喜。

阜螽　　蚱蜢。蝗属农业害虫。形似蝗而略小，头呈三角形，善跳跃，常生活在田陇间，吃食稻叶。

登到那座南山上	陟彼南山	
采集薇菜春日长	言采其薇	薇：山菜，亦名野豌豆苗。
长久不见夫君面	未见君子	
忧思愁绪心悲伤	我心伤悲	
我们已经相见了	亦既见止	
我们已经相聚了	亦既觏（gòu）止	
心儿平静又安详	我心则夷	夷：平。这里指心安。

采　蘋

【题解】

这是一首叙述女子祭祖的诗。诗里描写了当时的风俗习尚。

蘋　　也称四叶菜、田字草，多年生草本。生浅水中，叶有长柄，柄端四片小叶成田字形。夏秋开小白花。全草入药，也可作饲料。

藻　　即聚藻，生水底，叶似蒿，可食。

哪儿采蘋菜　于以采蘋　蘋：浮萍，生在水上，形似莼菜，可食。

南山溪水边　南涧之滨

哪儿采水藻　于以采藻　藻：聚藻，生水底，叶像蒿，可食。

沟水、积水间　于彼行潦（lǎo）　行：洐的假借字，沟水。　潦：雨后的积水。马瑞辰《通释》："沟水之流曰洐，雨水之大曰潦。行与潦为二。"

盛它用什么　于以盛之

方筐和圆箩　维筐及筥（jǔ）　筐、筥：都是竹器，方的叫筐，圆的叫筥。

煮它用什么　于以湘（shāng）之　湘：《韩诗》作"鬺"，湘是鬺的假借字，烹煮。

没脚、三脚锅　维锜（qí）及釜（fǔ）　锜：三脚的锅。　釜：没脚的锅。

祭品放哪儿　于以奠之　奠：置，放；指置放祭物。

宗庙天窗下　宗室牖（yǒu）下　宗室：宗庙。　牖：天窗。

是谁在主祭　谁其尸之　尸：主持祭祀。

虔诚女娇娃　有齐（zhāi）季女　齐：亦作齋，美而恭敬的样子。《广雅》："齋，好也。"《毛传》："齐，敬。"是齐含有美好与恭敬二义。　季女：少女。《毛传》："季，少也。"

甘 棠

【题解】

周宣王时的召虎，辅助宣王征伐南方的淮夷，颇有功劳。人民作《甘棠》一诗怀念他。

甘棠　　即棠梨。多年生落叶果树，乔木。常野生于温暖潮湿的山坡、沼地、杂木林中。根、叶有药用价值，可润肺止咳，清热解毒；果实可健胃，止痢。《史记·燕召公世家》:“周武王之灭纣，封召公于北燕……召公巡行乡邑，有棠树，决狱政事其下，自侯伯至庶人各得其所，无失职者。召公卒，而民人思召公之政，怀棠树不敢伐，哥咏之，作《甘棠》之诗。”后遂以“甘棠”称颂循吏的美政和遗爱。

译文	原文	注释
棠梨茂密又高大	蔽芾（fú）甘棠	蔽芾：形容树高大茂密的样子。《韩诗》作“蔽茀”。王先谦《诗三家义集疏》：“其本字当为蔽茀，借作蔽芾。茀之为言蔽也。”
不要剪它别砍它	勿翦勿伐	翦：同剪。 伐：砍。
召伯曾住这树下	召伯所茇（bá）	召伯：名虎，姬姓，周宣王时封在“召”的地方，伯爵。 茇：废的借字，本义是草房，这里作动词用，住。《说文》：“废，舍也。”
棠梨茂密又高大	蔽芾（fú）甘棠	
不要剪它别毁它	勿翦勿败	败：毁坏。《说文》：“败，毁也。”
召伯曾息这树下	召伯所憩（qì）	憩：休息。
棠梨茂密又高大	蔽芾（fú）甘棠	
不要剪它别拔它	勿翦勿拜	拜：扒的假借字（《广韵》引《诗》作“勿翦勿扒”），拔掉。《郑笺》：“拜之言拔也。”
召伯曾歇这树下	召伯所说（shuì）	说：音义同“税”，歇下。王质《诗总闻》：“说或为税，止。《诗》‘税’意多通用‘说’字。”

行 露

【题解】

这是一首女子拒婚的诗。一个已有妻室、曾经欺骗她的强暴男子，以打官司要挟她成婚。她严词拒绝。

雀　　即麻雀。头顶和颈部呈栗褐色，背部褐色，杂有黑褐色斑点，尾羽暗褐色，翅膀短小，尾短，不能远飞，善于跳跃，啄食谷粒与昆虫。又叫家雀、瓦雀。

译文	原文	注释
道上露水湿漉漉	厌浥（qì yì）行露	厌：湆的假借字，《韩诗》作“湆”。厌浥，形容露水潮湿的样子。《广雅》：“湆浥，湿也。”行：道路。
难道不愿赶夜路	岂不夙夜	夙夜：夙和“早”同义，在这里夙夜指早夜，即天未明时。含有早起的意思。
实怕道上沾满露	谓行多露	谓：同畏，与下文的“谁谓”的“谓”意义不同。马瑞辰《通释》：“凡诗上言‘岂不’、‘岂敢’者，下句多言‘畏’。”

译文	原文	注释
谁说麻雀没有嘴	谁谓雀无角	角：鸟嘴。本作“噣”或“咮”，亦作“角”。
凭啥啄穿我的堂	何以穿我屋	
谁说你家没婆娘	谁谓女无家	女：《韩诗》作“尔”。女与尔古通，今作汝。家：成家；无家，没有妻子。屈原《离骚》：“及少康之未家兮，留有虞之二姚。”
凭啥逼我坐牢房	何以速我狱	速：招致。速我狱，使我吃官司。
即使真的坐牢房	虽速我狱	
逼婚理由太荒唐	室家不足	室家不足：要求结婚的理由不够充足。古代男子有妻叫作有室，女子有夫叫作有家。混言室家，男女可以通用，故以室家代表结婚。

译文	原文	注释
谁说老鼠没有牙	谁谓鼠无牙	
凭啥打洞穿我墙	何以穿我墉（yōng）	墉：墙。
谁说你家没婆娘	谁谓女无家	
凭啥逼我上公堂	何以速我讼	
即使真的上公堂	虽速我讼	
也不嫁你黑心狼	亦不女从	女从：即从汝，嫁你。

羔　羊

【题解】

统治阶级的官吏们过着衣裘公食，吸吮人民血汗的奢侈生活，诗人写了此诗予以讽刺。

宋　马和之　召南图·羔羊

穿了一身羔皮袍	羔羊之皮	羔羊：小羊。《毛传》："小曰羔，大曰羊。"
白丝交叉缝又绕	素丝五纥（tuó）	素丝：白丝。　五：古文作㐅，象交叉之义，不是数名。　纥：缝。下文的"緎"和"总"，都是缝的意思。
吃饱喝足下朝来	退食自公	公：公门。退食自公，从公家吃饱饭回家。《左传》："公膳日双鸡。"杜预注："卿大夫之膳食。"
摇摇摆摆多逍遥	委蛇（wēi yí）委蛇（wēi yí）	委蛇：亦作逶迤，形容悠闲得意、摇摆慢步的样子。《郑笺》："委蛇，委曲自得之貌。"

穿了一身羔皮袍	羔羊之革	革：皮袍里。马瑞辰《通释》："古者裘皆表其毛而为之里以附于革。"
白丝交叉缝又绕	素丝五緎（yù）	
大摇大摆下朝来	委蛇（wēi yí）委蛇（wēi yí）	
吃饱喝足往家跑	自公退食	

穿了一身羔皮袍	羔羊之缝	
白丝交叉缝又绕	素丝五总（zōng）	
吃饱喝足摇又摆	委蛇（wēi yí）委蛇（wēi yí）	
下得朝来往家跑	退食自公	

殷其靁

【题解】

这是一位妇女思夫的诗。

译文	原文	注释
雷声雷声响轰轰	殷其靁（léi）	殷：雷声。殷其，等于叠字殷殷。 靁：古雷字。
响在南山向阳峰	在南山之阳	阳：山的南边。
为啥这时离开家	何斯违斯	斯：这；上斯字指时间，下斯字指地点。 违：《说文》："违，离也。"
忙得不敢有些空	莫敢或遑	或：《广雅·释诂》："或，有也。" 遑：《韩诗》作"皇"，闲暇。
我的丈夫真勤奋	振振君子	振振：勤奋的样子。《毛传》训振振为"信厚"，亦通。 君子：这里指她的丈夫。
快快回来乐相逢	归哉归哉	

译文	原文	注释
雷声轰轰震四方	殷其靁（léi）	
响在南边大山旁	在南山之侧	
为啥这时离家走	何斯违斯	
不敢稍停实在忙	莫敢遑息	息：喘息。《说文》："息，喘也。"
我的丈夫真勤奋	振振君子	
快快回来聚一堂	归哉归哉	

雷声轰轰震耳响　　殷其靁（léi）

响在南山山下方　　在南山之下

为啥这时离家门　　何斯违斯

不敢稍住那样忙　　莫或遑处　　处：读上声，居住。

我的丈夫真勤奋　　振振君子

快快回来乐而康　　归哉归哉

摽有梅

【题解】

这是一位待嫁女子的诗。她望见梅子落地，引起青春将逝的伤感，希望马上有人来求婚。

梅　落叶乔木。种类很多。叶卵形，早春开花，以白色、淡红色为主，味清香。果球形，立夏后熟，生青熟黄，味酸，可生食，也用以制成蜜饯、果酱等食品。未熟果加工成乌梅，供药用。花供观赏。

译文	原文	注释
梅子渐渐落了地	biào 摽有梅	摽：《鲁诗》、《韩诗》作“莩”，《齐诗》作“蔈”，《毛传》：“摽，落也。” 有：词头。
树上十成还有七	其实七兮	实：指梅的果实。 七：七成。《左传》杜注：“梅盛极则落，诗人以兴女色盛则有衰，众士求之，宜及其时。”
追求我吧年青人	求我庶士	庶：众。 士：未结婚的男子。《荀子·非相篇》：“处女莫不愿得以为士。”杨注：“士者，未娶妻之称。”
趁着吉日快来娶	dài 迨其吉兮	迨：《毛传》：“迨，及。”即“趁”的意思。《韩诗》解作“愿”，亦通。 吉：好日子。
梅子纷纷落了地	biào 摽有梅	
树上只有三成稀	其实三兮	
追求我吧年青人	求我庶士	
趁着今儿定婚期	dài 迨其今兮	今：现在。朱熹《诗集传》：“今，今日也。盖不待吉矣。”《毛传》：“今，急辞也。”
梅子完全落了地	biào 摽有梅	
拿着浅筐来拾取	xì 顷筐塈之	顷筐：犹今之畚箕。 塈：摡的借字，取。《玉篇》引这句诗作“顷筐摡之”。
追求我吧年青人	求我庶士	
趁着仲春好同居	dài 迨其谓之	谓：会的借字。当时有在仲春之月会男女的规定，凡男三十岁未娶，女二十岁未嫁的，不必举行正式婚礼，就可同居。见《周礼·媒氏》。

小　星

【题解】

这是一个小官吏出差赶路，怨恨自己不幸的诗。王先谦《诗三家义集疏》引《韩诗外传》、洪迈《容斋随笔》、程大昌《考古编》等均持此说。《毛序》从“衾裯”二字出发，认为这是贱妾进御于君的诗，朱熹《诗集传》亦沿其说。因此，后世竟将“小星”一词，作为妾的代称。

译文	原文	注释
小小星星闪微光	huì 嘒彼小星	嘒：亦作“嘒”，小星微光的样子。嘒彼，等于叠字嘒嘒。
三三五五在东方	三五在东	
急急匆匆赶夜路	肃肃宵征	肃肃：走路很快的样子。《尔雅·释诂》：“肃，疾也。” 宵：夜。 征：行。
早早晚晚为公忙	夙夜在公	夙夜：早晚。
命运不同徒自伤	shí 寔命不同	寔：《韩诗》作“实”，是，这。 命：命运。

译文	原文	注释
小小星星闪微光	huì 嘒彼小星	
参星昴星挂天上	shēn mǎo 维参与昴	参、昴：都是星名，即指上章“三五在东”的星。王引之《经义述闻》：“三五，举其数也。参昴，著其名也。”
急急匆匆赶夜路	肃肃宵征	
抱着棉被和床帐	chóu 抱衾与裯	衾：被。 裯：床帐。《郑笺》：“裯，床帐也。”
人家命运比我强	shí 寔命不犹	不犹：不如。

江有汜

【题解】

这是一位弃妇哀怨自慰的诗。在一夫多妻的制度下，她用长江尚有支流原谅丈夫另有新欢，幻想将来他会回心转意。

江水长长有支流	江有汜（sì）	汜：长江的支流。方玉润："江决复入为汜。"
新人嫁来分两头	之子归	之子：指丈夫的新欢。　归：嫁来。
你不要我使人愁	不我以	以：用。"不我以"是倒文，即不用我，不需要我了。
今日虽然不要我	不我以	
将来后悔又来求	其后也悔	

江水宽宽有沙洲	江有渚	渚：江水分而又合，江心中出现的小洲叫渚。《毛传》："水枝成渚。"
新人嫁来分两头	之子归	
你不爱我使人愁	不我与	与：同。不我与，不和我同居。
今日虽然不爱我	不我与	
将来想聚又来求	其后也处	处：居住。

江水长长有沱流	江有沱（tuó）	沱：长江的支流。《说文》："沱，江别流也。出嶓山，东别为沱。"
新人嫁来分两头	之子归	
你不找我使人愁	不我过	过：到。不我过，不到我这里来。《汉书·陆贾传》注："过，至也。"
不找我呀心烦闷	不我过	
唱着哭着消我忧	其啸也歌	啸歌：号哭。闻一多《诗经通义》："啸歌者，即号哭。谓哭而有言，其言又有节调也。"

野有死麕

【题解】

这是描写一对青年男女恋爱的诗。男的是一位猎人，他在郊外丛林里遇见了一位似花如玉的少女，即以小鹿为赠，终于获得爱情。

麕　　哺乳动物类。状似鹿而小，无角；毛粗长，背部黄褐色，腹部白色；行动灵敏，善跳，能游泳。

朴樕　　丛木、小树。《毛传》:"樸樕，小木也。"一说即槲。

打死小鹿撂荒郊	jūn 野有死麇	麇：小獐，鹿一类的兽。《说文》："麇，麞也。籀文作麇。"《文选》李善注："今江东人呼鹿为麇。"按古代多以鹿皮作为送女的礼物。
洁白茅草把它包	白茅包之	
有位姑娘春心动	有女怀春	
小伙上前把话挑	吉士诱之	吉士：好青年，指打鹿的那位猎人。王先谦："吉士，犹言善士，男子之美称。"
砍下小木当烛烧	sù 林有朴樕	朴樕：小木。古代人结婚时用为烛。
拾起死鹿在荒郊	野有死鹿	
白茅捆扎当礼物	tún 白茅纯束	纯束：捆绑。马瑞辰《通释》："纯、屯古通用。……纯束二字同义。……纯屯皆'稛'之假借。"稛同"捆"。
如玉姑娘接受了	有女如玉	
"轻轻慢慢别着忙	tuì tuì "舒而脱脱兮	舒而：舒然，慢慢地。古"而"、"如"、"然"三字通用。　脱脱：舒缓的样子。《毛传》："脱脱，舒迟也。"
别动围裙别鲁莽	hàn　shuì 无感我帨兮	感：同"撼"，动。　帨：佩巾，女子系在腹前的一块巾，又名蔽膝，犹如今之围裙。
别惹狗儿叫汪汪"	máng 无使尨也吠"	尨：多毛而凶猛的狗，现在叫做狮子狗。《说文》："尨，犬之多毛者。"《穆天子传》郭注："尨，尨茸，谓猛狗。"

白茅　　多年生草本。花穗上密生白色柔毛，故名。古代常用以包裹祭品及分封诸侯，象征土地所在方位之土。

尨　　多毛而凶猛的狗，现在叫做狮子狗。《说文》:“尨，犬之多毛者。”《穆天子传》郭注 :“尨，尨茸，谓猛狗。”

何彼秾矣

【题解】

齐侯的女儿出嫁，车辆服饰侈丽。这首诗隐约地讽刺了贵族王姬德色的不相称。

唐棣　　落叶小乔木。又称“棠棣”、“栘”，白杨类树木。

怎么那样地秾艳漂亮	何彼秾（nóng）矣	秾：艳盛的样子。
像唐棣花儿一样	唐棣之华	唐棣：植物名，结实形如李，可食。　华：古花字。
怎么气氛欠肃穆安详	曷不肃雝（yōng）	曷不：何不，怎么没有。　肃雝：严肃和睦的气象。《毛传》："肃，敬。雝，和。"
王姬出嫁的车辆	王姬之车	王姬：周王姓姬，他的女儿或孙女称王姬。

怎么那样地秾艳漂亮	何彼秾矣	
像桃李花开一样	华如桃李	
天子平王的外孙	平王之孙	平王之孙：东周平王宜臼的外孙女。
齐侯的女儿做新娘	齐侯之子	齐侯之子：齐侯的女儿。

钓鱼是用什么绳	其钓维何	维：古与"惟"通。《玉篇》："惟，为也。""做"的意思。
是用丝线来做成	维丝伊缗（mín）	维：语助词，含有"是"意。　伊：同"维"。　缗：钓鱼的绳，亦称为"纶"。
她是齐侯的女儿	齐侯之子	
天子平王的外孙	平王之孙	

李　　蔷薇科，落叶小乔木。叶长椭圆形至椭圆倒卵形，花白色，果实圆形，果皮紫红、青绿或黄绿。果味甜，可生食及制蜜饯。果仁、根皮供药用。

驺 虞

【题解】

这是一首赞美猎人的诗。

豝　　母猪。一说小猪也叫豝。《说文》："豝，牝豕也。一曰二岁。"

蓬　　草名。叶形似柳叶，边缘有锯齿，花外围白色，中心黄色。秋枯根拔，遇风飞旋，故又名“飞蓬”。

密密一片芦苇丛	彼茁者葭（jiā）	茁：草初生出地的样子。 葭：芦苇。
一群母猪被射中	壹发五豝（bā）	壹：发语词，无义。 发：发箭，指发箭射中。 五：虚数，这里指多。如三、九，都不是实数。 豝：母猪。
哎呀这位猎手真神勇	于嗟乎驺（zōu）虞	于嗟乎：赞美的叹词。于，同“吁”。陈奂：“于嗟乎，美叹也。” 驺虞：当时兽官名，指猎手（用《鲁诗》《韩诗》之说）。
密密一片蓬蒿草	彼茁者蓬	蓬：草名，形状很像白蒿。
一群小猪被射倒	壹发五豵（zōng）	豵：小猪。《广雅》：“兽一岁为豵，二岁为豝，三岁为肩，四岁为特。”
哎呀这位猎手本领高	于嗟乎驺虞	

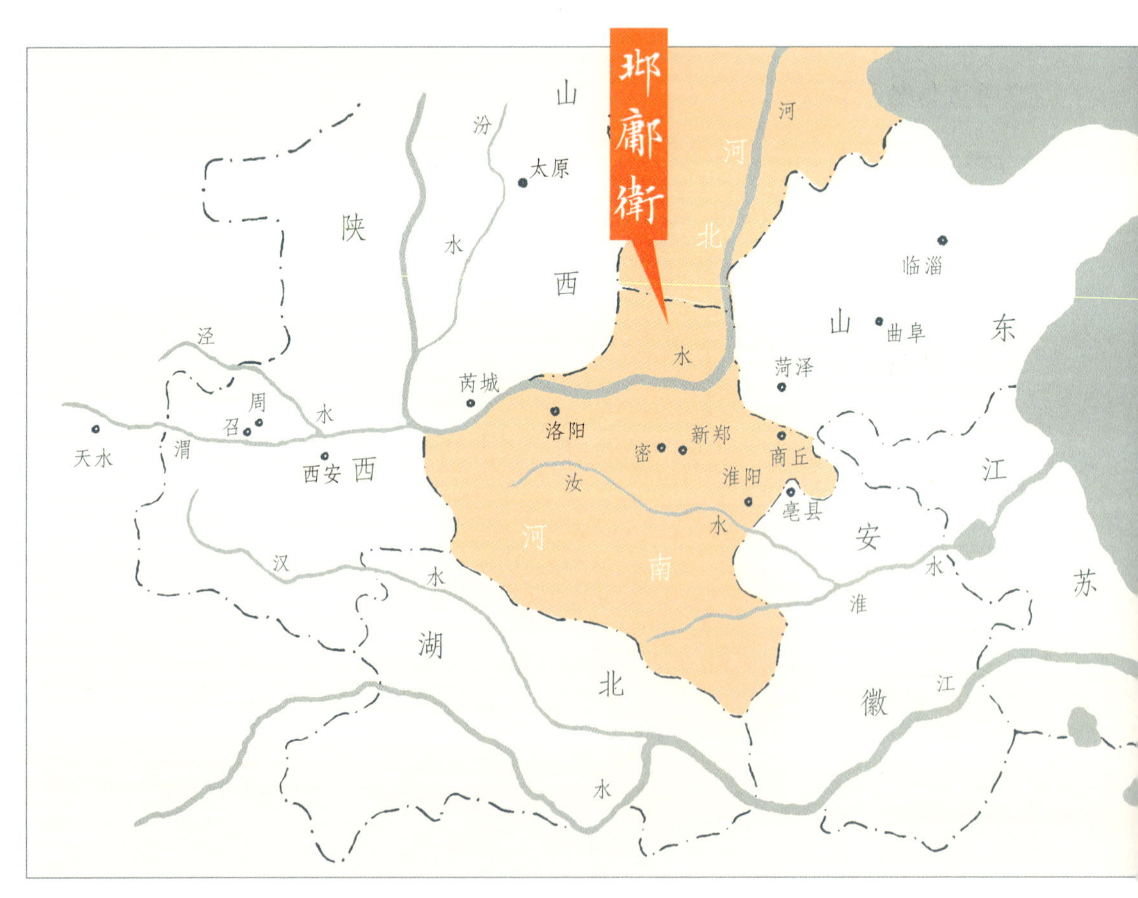
邶
鄘
衛
山
西
陕
西
河
北
河
南
湖
北
山
东
江
苏
安
徽
太原
临淄
曲阜
菏泽
芮城
洛阳
密
新郑
商丘
淮阳
亳县
周
召
西安
天水
汾
水
泾
水
渭
河
水
汝
水
汉
水
淮
水
江
水

邶風 鄘風 衛風

邶、鄘、卫都是卫地，春秋时人已经把它们看作是一组诗，如《左传》鲁襄公二十九年记载吴公子季札到鲁国参观周乐，“使工为之歌《邶》、《鄘》、《卫》，曰：‘美哉！……其为卫风乎！’”又三十一年，卫北宫文子引《邶风》称为卫诗。三家诗也以邶、鄘、卫为一卷。只有毛诗才把它分为三卷。现在仍旧将它们合在一起。

《邶风》十九篇，《鄘风》十篇，《卫风》十篇，这一组诗共三十九篇。

这组诗可考而最早的是《硕人》，《左传》鲁隐公三年：“卫庄公娶于齐，东宫得臣之妹曰庄姜，美而无子，卫人所为赋《硕人》也。”卫庄公是公元前750年左右的人，《硕人》当产生于此时。后来卫国被狄人灭了，《左传》鲁闵公二年：“狄人卫……许穆夫人赋《载驰》。”接着卫戴公迁漕，文公迁楚丘，产生了《定之方中》一诗，它与《载驰》都是卫国最晚的诗。这样看来，卫风都是卫被狄人灭亡（公元前660年）以前的作品。

卫地原来是殷商的故地，武王灭殷，占领殷都朝歌一带地方，三分其地。朝歌北边是邶，东边是鄘，南边是卫。卫都朝歌，在今河南省淇县，故诗多称淇水。卫风的产生地，大体在今河北省的磁县、东明，河南省的安阳、濮阳、淇县、滑县、汲县、开封、中牟等地。

卫国昏君特别多，人民负担重。北方受狄人的侵略，南方苦齐、晋的争霸。

卫都是一个商业发达的较大的城市，为商人必经之路。魏源说："商旅集则货财盛，货财盛则声色辏。"他概括了卫地当时的经济形势。这些都给卫风以较大的影响。卫诗的特点：第一，产生了中国第一位女诗人许穆夫人，她的作品《载驰》(有人说，《竹竿》、《泉水》也是她的作品)，表现着强烈的爱国主义精神。第二，人民对政治不满，大胆揭露、反抗统治阶级的诗比较多，如《北风》、《相鼠》、《墙有茨》、《新台》、《鹑之奔奔》等，斗争性之强，在《诗经》中除《魏风》外，是少见的。第三，在恋爱婚姻方面的诗，如《柏舟》、《桑中》、《氓》、《谷风》等，表现了当时妇女的命运及她们大胆反抗封建礼教的精神。这和当时卫国的政治、经济、地理形势是分不开的。

邶风

柏　舟

【题解】

这是一位妇女自伤不得于夫、见侮于众妾的诗。诗中表露了无可告诉的委曲忧伤，也反映了她坚贞不屈的性格。

柏　柏科植物的通称，常绿乔木或灌木。叶小，鳞片形。果实卵形或圆球形。性耐寒，经冬不凋。木质坚硬，纹理致密，可供建筑、造船等用。

译文	原文	注释
飘飘荡荡柏木舟	泛彼柏舟	柏舟：用柏树制的船。
随着河水到处流	亦泛其流	亦：语助词。
忧心焦灼不成眠	耿耿不寐	耿耿：心中焦灼不安的样子。
多少烦恼积心头	如有隐忧	如：同“而”。 隐：通“慇”，痛。隐忧，痛心的忧愁。有人解作“深忧”，亦通。
不是无酒来消愁	微我无酒	微：非，不是。
不是无处可遨游	以敖以游	
我心不是青铜镜	我心匪鉴	匪：同“非”，不是。 鉴：镜子。
不能任谁都来照	不可以茹	茹：容纳。
娘家也有亲弟兄	亦有兄弟	
谁知他们难依靠	不可以据	据：依靠。
赶到他家去诉苦	薄言往愬（sù）	薄：语助词，此处含有勉强的意思。王夫之《诗经稗疏》：“‘薄言往愬’者，心知其不可据而勉往也。” 愬：同“诉”，诉苦。
对我发怒脾气躁	逢彼之怒	

译文	原文	注释
我心不像石一块	我心匪石	
哪能任人去转移	不可转也	
我心不是席一条	我心匪席	
哪能打开又卷起	不可卷也	
仪容闲静品行端	威仪棣棣	威仪：仪容，态度容貌。 棣棣：安和的样子。
哪能退让任人欺	不可选（xùn）也	选：同“巽”，退让。三家诗“选”作“算”，不可选，言自己的仪容美备，是不可胜数的。说亦可通。
愁思重重心头绕	忧心悄悄	悄悄：忧愁的样子。
群小怨我众口咬	愠于群小	愠：怨，言自己被一群小人所怨。《说文》：“愠，怨也。” 群小：朱熹《诗集传》：“众妾也。”
横遭陷害已多次	觏（gòu）闵既多	觏：同“遘”，遇，碰到。 闵：愍的借字，指中伤陷害的事。
身受侮辱更不少	受侮不少	
审慎考虑仔细想	静言思之	静：审，仔细。
梦醒捶胸心更焦	寤辟有摽（biào）	寤：睡醒。 辟：《韩诗》作擗，用手拍胸。有摽：即摽摽，捶打胸脯的样子。

叫声太阳叫月亮

日居月诸

日、月：指丈夫。　居、诸：都是语尾助词。

为啥变得没光芒

胡迭而微

迭：更迭，轮流。　微：昏暗不明。这是诗人用日月无光比丈夫的昏暗不明。

心头烦恼洗不净

心之忧矣

就像一件脏衣裳

如匪澣（huàn）衣

澣：洗。匪澣衣，没有洗过的脏衣服。

审慎考虑仔细想

静言思之

没法高飞展翅翔

不能奋飞

绿　衣

【题解】

这是诗人睹物怀人思念过去妻子的诗。这位妻子，到底是死亡或离异，则不得而知。

译文	原文	注释
绿色衣啊绿色衣	绿兮衣兮	
外面绿色黄夹里	绿衣黄里	里：衣服的衬里。
见到此衣心忧伤	心之忧矣	
不知何时才能已	曷维其已	曷：何。　维：助词。　已：止，停。

译文	原文	注释
绿色衣啊绿色衣	绿兮衣兮	
上穿绿衣下黄裳	绿衣黄裳	裳：下衣，形状像现在的裙。当时人不穿裤子，男女都穿裳。
穿上衣裳心忧伤	心之忧矣	
旧情深深怎能忘	曷维其亡	亡：同“忘”，忘记。

译文	原文	注释
绿色丝啊绿色丝	绿兮丝兮	
丝丝是你亲手织	女(rǔ)所治兮	女：同“汝”。　治：整理纺织。

想起我的亡妻啊	我思古(gù)人	古人：故人，古与"故"通。这里指作者的妻子。
遇事劝我无差失	俾无訧(yóu)兮	俾：使。 訧：过，错误。
夏布粗啊夏布细	絺(chī)兮绤(xì)兮	絺：细葛布。 绤：粗葛布。
穿上风凉又爽气	凄其以(sì)风	凄：凉爽。凄其，即凄凄。 以：通假作"似"，像。
想起我的亡妻啊	我思古人	
样样都合我心意	实获我心	

燕 燕

【题解】

这是一首送远嫁的诗。诗中的寡人是古代国君的自称，当是卫国的君主。“于归”的“仲氏”，是卫君的二妹。

燕　　鸟纲燕科各种类的通称。体型小，翅膀尖而长，尾巴分叉像剪刀。飞行时捕食昆虫，对农作物有益。属候鸟。

燕子双双飞天上	燕燕于飞	燕燕：一对燕子。
参差不齐展翅膀	cī 差池其羽	差池：参差不齐的样子。
这位姑娘要出嫁	之子于归	之子：指被送的女子。 于归：出嫁。
送到郊外远地方	远送于野	于：往。 野：郊外。
遥望背影渐消失	瞻望弗及	
泪珠滚滚雨一样	泣涕如雨	

燕子双双飞天上	燕燕于飞	
忽高忽低追随忙	jié háng 颉之颃之	颉：向下飞。 颃：向上飞（从《毛传》）。
这位姑娘要出嫁	之子于归	
送她不嫌路途长	远于将之	将：送。
遥望背影渐消失	瞻望弗及	
凝神久立泪汪汪	伫立以泣	

译文	原文	注释
燕子双双飞天上	燕燕于飞	
上上下下呢喃唱	下上其音	
这位姑娘要出嫁	之子于归	
送她向南路茫茫	远送于南	南：指卫国的南边。有人说南同“林”，指郊外。亦通。
遥望背影渐消失	瞻望弗及	
苦苦思念欲断肠	实劳我心	实：同“寔”，是。　劳：指思念之劳。
二妹为人可信任	仲氏任只	仲氏：老二，二妹。古人多用伯、仲、叔、季为兄弟姊妹的行次。　任：信任的意思（从朱熹说）。　只：语助词。
心地诚实虑事深	其心塞（sè）渊	塞：寋的假借字，诚实。　渊：深。《孔疏》：“其心诚实而深渊也。”
脾气温柔性和顺	终温且惠	终：既。王引之《经义述闻》：“终，犹既也。”惠：和顺。
修身善良又谨慎	淑慎其身	
常说“别忘先君爱”	“先君之思”	先君：指死去的国君。
她的劝勉感我心	以勖（xù）寡人	勖：勉励。　寡人：古代君主的自称，《礼记·曲礼》疏：“寡人者，言己是寡德之人。”

日　月

【题解】

这是一位弃妇申诉怨愤的诗。古代学者认为是卫庄姜被庄公遗弃后之作，未知确否。

译文	原文	注释
叫声太阳叫月亮	日居月诸	日居月诸：日、月，指丈夫。居、诸，语尾助词。朱熹《诗集传》:“日居月诸，呼而诉之也。”
光辉普照大地上	照临下土	
天下竟有这种人	乃如之人兮	乃：竟。　如：像。　之人：这个人。
会把故居全相忘	逝不古处	逝：及。逝不，倒文，即不逝。或云，逝是发语词，亦通。　古处：故居。
夫妻关系全不顾	胡能有定	定：正，指夫妇正常的关系。马瑞辰《通释》:“窃谓此诗‘胡能有定’，即胡能有正也……夫妇有定份，嫡妾有定位，皆正也。”
为何不想进我房	宁不我顾	宁：何。有人说“宁”即“乃”，亦通。　我顾：倒文，即顾我。《郑笺》:“顾，念也。”

译文	原文	注释
叫声太阳叫月亮	日居月诸	
光辉普照大地上	下土是冒	冒：覆盖，笼罩。
天下竟有这种人	乃如之人兮	
忘恩不和我来往	逝不相好	
夫妻关系全不顾	胡能有定	

为何使我守空房　　宁不我报　　报：答。古代称夫不理妻为“不见答”，不我报，即不见答的意思。

叫声太阳叫月亮　　日居月诸

日月光辉出东方　　出自东方

天下竟有这种人　　乃如之人兮

名誉扫地丧天良　　德音无良　　德音：好名誉。

夫妻关系全不顾　　胡能有定

使我真该把他忘　　俾也可忘　　俾：使。　也：助词。

叫声太阳叫月亮　　日居月诸

东方升起亮堂堂　　东方自出

我的爹啊我的娘　　父兮母兮

丈夫爱我不久长　　畜（xù）我不卒　　畜：同“慉”，爱。《孟子》：“畜君者，好君也。”　卒：终。不卒，指丈夫爱我不终。也有人认为是指“父母养我之不终”，似不及前说。

夫妻关系全不顾　　胡能有定

我也不愿诉衷肠　　报我不述　　述：说。

终　风

【题解】

这是一位妇女写她被丈夫玩弄嘲笑后遭遗弃的诗。

译文	原文	注释
大风既起狂又暴	终风且暴	终：既。　暴：疾风。
对我侮弄又调笑	顾我则笑	则：而。
调戏取笑太放荡	谑浪笑敖（xuè ào）	谑：调戏。　浪：放荡。　敖：放纵。　谑浪：放荡地调戏。　笑敖：放纵地取笑。
想想悲伤又烦恼	中心是悼	悼：伤心。
大风既起尘飞扬	终风且霾（mái）	霾：大风刮得尘土飞扬。
他可顺心来我房	惠然肯来	惠：顺。　然：语助词。
如今竟然不来往	莫往莫来	莫：不。下“莫”字是增文足句。
绵绵相思不能忘	悠悠我思	
大风既起日无光	终风且曀（yì）	曀：天阴而又有风。
顷刻又阴晴无望	不日有曀（yì）	不日：不到一天。　有：同“又”。

夜半独语难入梦	寤言不寐	寤言：醒着说话。
愿他喷嚏知我想	愿言则嚏	言：助词，无义。 嚏：打喷嚏。旧时民间有“打喷嚏，有人想”的谚语。

天色阴沉暗无光	曀曀其阴（yì yì）	曀曀：天阴暗的样子。
雷声隐隐天边响	虺虺其靁（huǐ huǐ léi）	虺虺：雷始发之声。
夜半独语难入梦	寤言不寐	
愿他悔悟将我想	愿言则怀	怀：思念。严粲《诗缉》：“愿汝思怀我而悔悟也。”

击　鼓

【题解】

这是卫国戍卒思归不得的诗。关于诗的时代背景，古来说法不一。方玉润《诗经原始》认为“此戍卒思归不得诗也”，今从方说。

战鼓擂得镗镗响	击鼓其镗（tāng）	镗：击鼓声。
官兵踊跃练刀枪	踊跃用兵	兵：指兵器。
别人修路筑城墙	土国城漕	土国：在国内服役土工。　城漕：在漕邑修筑城墙。“土”和“城”这里都是动词。漕，卫邑名，在今河南省滑县东南。
我独从军到南方	我独南行	
跟随将军孙子仲	从孙子仲	孙子仲：当时卫国南征的将领。孙氏是卫国的世卿。
调停纠纷陈与宋	平陈与宋	平陈与宋：调解陈国和宋国的不睦。《左传》隐公六年杜注：“和而不盟曰平。”
常驻边地不能归	不我以归	不我以归：这句是倒文，即“不以我归”，不让我回来。
留守南方真苦痛	忧心有忡	有忡：即忡忡，心神不安的样子。
住哪儿啊歇何方	爰居爰处	爰：与“于何”“于以”同义，就是“在何处”。

马儿丢失何处藏	爰丧其马	丧：读去声，失，丢。
到哪儿啊找我马	于以求之	以：何。
丛林深处大树旁	于林之下	

“死生永远不分离”	“死生契阔”	契：合。 阔：离。契阔是偏义复词，偏用“契”义，指结合，犹言不分离。
对你誓言记心里	与子成说	子：指作者的妻。 成说：定约，结誓。
我曾紧紧握你手	执子之手	
和你到老在一起	与子偕老	

可叹相隔太遥远	于(xū)嗟(jiē)阔兮	于：同“吁”。吁嗟，感叹词。 阔：道路辽远。
不让我们重相见	不我活兮	活：聚会。马瑞辰《通释》：“《毛传》：‘佸，会也。’佸为会至之会，又为聚会之会。承上‘阔兮’为言，故云不我会耳。”
可叹别离太长久	于(xū)嗟(jiē)洵兮	洵：敻的假借字，《韩诗》作“敻”，久远；指别离已久。
不让我们守誓言	不我信兮	信：守约。

凯　风

【题解】

这是一首儿子颂母并自责的诗。三家诗认为写的是事继母，可作参考。

棘　　即酸枣树，落叶灌木或乔木。枝上有刺。果实较枣小，味酸。核仁可入药，有健胃、安眠等作用。

和风吹来自南方	凯风自南	凯风：南风。《孔疏》引李巡曰："南风长养，万物喜乐，故曰凯风。"
吹在枣树红心上	吹彼棘心	棘心：棘，酸枣树，初发芽时心赤。"凯风"喻母，"棘"，子自喻。
枣树红心嫩又壮	棘心夭夭	夭夭：树木嫩壮的样子。
我娘辛苦善教养	母氏劬（qú）劳	劬劳：即劳苦之意。

和风南方吹过来	凯风自南	
枣树成长好当柴	吹彼棘薪	棘薪：酸枣树长到可以当柴烧。比喻子已成长。
我娘人好又明理	母氏圣善	圣善：明理而有美德。
我们兄弟不成材	我无令人	令：善。

寒泉清冷把暑消	爰有寒泉	爰：发语词，无义。 寒泉：在卫地浚邑，水冬夏常冷，故名寒泉。
源头出自浚县郊	在浚之下	浚：卫邑名，在卫楚丘东。
儿子七个不算少	有子七人	
却累我娘独辛劳	母氏劳苦	

宛转黄雀清和音	xiàn huǎn 睍睆黄鸟	睍睆：清和宛转的鸣声。或云形容黄鸟颜色美，亦通。朱熹《诗集传》："言黄鸟犹能好其音以悦人，而我七子，独不能慰悦母心哉。"
歌声间关真好听	载好其音	
我娘儿子有七个	有子七人	
不能安慰亲娘心	莫慰母心	

雄　雉

【题解】

这是一位妇女思念远出的丈夫的诗。旧说多认为这是妇女之作，方玉润《诗经原始》则认为是朋友互勉，“期友不归，思而共勖”的诗，此说可供参考。

雉　　鸟类，通称野鸡。雄者羽色美丽，尾长，可做装饰品。雌者尾较短，灰褐色。善走，不能远飞。

雄雉起飞向远方	雄雉于飞	雉：野鸡。诗中的雄雉比喻丈夫。
拍拍翅膀真舒畅	泄(yì)泄(yì)其羽	泄泄：同“洩洩”，鼓羽舒畅的样子。《左传》隐公元年“其乐也洩洩”，杜注：“洩洩，舒散也。”
心中怀念我夫君	我之怀矣	
自找离愁空忧伤	自诒(yí)伊阻	诒：同遗，遗留。自诒，自找、自取之意。伊：同繄，此，这。　阻：忧。朱熹《诗集传》训“阻”为“隔”，亦通。
雄雉起飞向远方	雄雉于飞	
忽高忽低咯咯唱	下上其音	
一心悬念我夫君	展矣君子	展：诚，确实。　君子：这里指丈夫。
苦思苦想心难放	实劳我心	
远望太阳和月亮	瞻彼日月	瞻彼日月：马瑞辰《通释》：“以日月之迭往迭来，兴君子之久役不来。”
我的相思长又长	悠悠我思	
相隔道路太遥远	道之云远	云：语助词。下句同。
何时回到我身旁	曷云能来	
天下“君子”一个样	百尔君子	百：凡，所有。　君子：这里指在朝的统治者，也包括她的丈夫在内。
不知道德和修养	不知德行	德行：道德品行。
你不损人又不贪	不忮(zhì)不求	忮：忌恨。
走到哪里不顺当	何用不臧	臧：善，好。王先谦《诗三家义集疏》：“何用不臧，犹言无往而不利。”

匏有苦叶

【题解】

这是一位女子在济水岸边等待未婚夫时所唱的诗。旧说刺卫宣公淫乱，也有以为“刺世礼义澌灭”或“贤者不遇时而作”。余冠英先生《诗经选》一扫旧说，还它以民歌本来面目：“一个女子正在岸边徘徊，她惦着住在河那边的未婚夫，心想：他如果没忘了结婚的事，该趁着河里还不曾结冰，赶快过来迎娶才是。再迟怕来不及了。”（余先生对“迨冰未泮”一句的理解和我们不同。）

匏　葫芦。古人常腰拴葫芦以渡水。《国语·鲁语》韦昭注：“佩匏可以渡水也。”闻一多《诗经通义》：“古人早已知道抱着葫芦浮水能使身体容易漂起来，所以葫芦是他们常备的旅行工具，而有‘腰舟’之称。叶子枯了，葫芦也干了，可以摘来作腰舟用了。”苦：枯的通用字。王先谦：“齐读苦为枯，枯、苦字通。”

葫芦叶枯葫芦收	páo 匏有苦叶	匏：葫芦。　苦：枯的通用字。王先谦："济读苦为枯，枯、苦字通。"
济水渡口深水流	济有深涉	济：水名，本作泲。源出河南济源西王屋山。涉：步行过河叫作涉，涉水的渡口也叫作涉，这里指渡口。
水深腰系葫芦过	深则厉	厉：连衣徒步渡水。
水浅挑着葫芦走	qì 浅则揭	揭：提起下衣渡水。

济水一片白茫茫	mǐ 有瀰济盈	有瀰：瀰瀰，水满的样子。
水边野鸡吆吆唱	yǎo 有鷕雉鸣	有鷕：鷕鷕，雌雉的叫声。
水满不湿半车轮	济盈不濡轨	濡：沾湿。　轨：车轴的两端。
野鸡唱歌求对象	雉鸣求其牡	牡：指雄雉。

大雁嘎嘎相对唱	雝雝鸣雁	雝雝：雁相和的鸣声。
初升太阳放光芒	旭日始旦	旭日：初升的太阳。　旦：明。
你若有心娶新娘	士如归妻	归妻：娶妻。王先谦《诗三家义集疏》："妇人谓嫁曰'归'，自士言之，则娶妻是来归其妻，故曰归妻。"
要趁今冬冰没烊	pàn 迨冰未泮	迨：及，趁。　泮：融解。古代人结婚多在秋冬两个季节举行，故云"迨冰未泮"。《荀子·大略》："霜降迎女，冰泮杀止。"

船夫招呼我上船	招招舟子	招招：摆手相招。
别人渡河我在岸	áng 人涉卬否	卬：我。
别人渡河我在岸	人涉卬否	
我等朋友来结伴	áng 卬须我友	须：等待。

谷　风

【题解】

这是一首弃妇诉苦的诗。她的丈夫原也是一个贫穷的农民。由于两口子努力劳动，生活慢慢好起来，男的却变心了。

葑　　即芜菁。二年生草本，块根肉质，花黄色。块根可做蔬菜。俗称大头菜。

飒飒山谷刮大风	习习谷风	习习：犹飒飒，风声。　谷风：来自山谷的大风。
天阴雨暴来半空	以阴以雨	以：又。
夫妻勉力结同心	黾（mǐn）勉同心	黾勉：勉力。
不该怒骂不相容	不宜有怒	
蔓菁萝卜收进门	采葑采菲	葑：芜菁。又名蔓菁。　菲：萝卜。
难道要叶不要根	无以下体	以：用。　下体：指根。
甜言蜜语别忘记	德音莫违	德音：本义是“善闻令名”，这里似指她丈夫曾对她说过的“好话”。
“和你到死永不分”	“及尔同死”	

走出家门慢吞吞	行道迟迟	迟迟：缓慢。
脚儿向前心不忍	中心有违	中心：即心中。　有违：指行动和心意相违背。有人训违为“怨”，亦通。
不求远送望近送	不远伊迩	伊：是。　迩：近。
谁知只送到房门	薄送我畿	薄：助词，含有勉强的意思。　畿：门槛。
谁说荼菜苦无比	谁谓荼苦	荼：苦菜。

荼　《诗经》中的“荼”表示多种植物。一种指苦菜，如《豳风·七月》“采荼薪樗”；一种指茅、芦之类的白花，如《郑风·出其东门》“出其闉，有女如荼”；一种指田间杂草，如《周颂·良耜》“以薅荼蓼”。本图所绘为苦菜。

在我吃来甜似荠	其甘如荠	
你们新婚多快乐	宴尔新昏	宴：快乐。 昏：即婚。
两口亲热像兄弟	如兄如弟	

渭水入泾泾水浑	泾以渭浊	泾、渭：都是水名，源出甘肃，在陕西高陵合流。
泾水虽浑底下清	shí shí 湜湜其沚	湜湜：水清的样子。 沚：即“底”的意思。马瑞辰《通释》：“《说文》，沚，下基也。湜湜即状水止之貌，故以为清可见底。”
你们新婚多快乐	宴尔新昏	
诬我不洁伤我心	不我屑以	屑：洁。不我屑以，即不以我为洁。
别到我的鱼坝来	毋逝我梁	逝：往，去。 梁：鱼坝；用石头拦阻水流，中空而留缺口，以便捕鱼。
别把鱼篓再乱开	gǒu 毋发我笱	发：拨的假借字，搞乱。有人训“开”，亦通。 笱：捕鱼的竹篓。
既然对我不见容	我躬不阅	躬：自身。 阅：容。
谁还顾到我后代	遑恤我后	遑：犹言“哪儿来得及”。 恤：顾到。

好比河水深悠悠	就其深矣	

荠　　即荠菜。一年生或二年生草本植物，生长在山坡、田边及路旁，野生，偶有栽培。可全草入药，茎叶作蔬菜食用。

译文	原文	注释
那就撑筏划小舟	方之舟之	方：筏子。方、舟二字这里都作动词用。
好比河水浅清清	就其浅矣	
那就游泳把水泅	泳之游之	
家里有这没有那	何有何亡(wú)	亡：同“无”。
尽心尽力为你求	黾(mǐn)勉求之	
邻居出了灾难事	凡民有丧	民：人，指邻人。　丧：指凶祸。
就是爬着也去救	匍匐救之	匍匐：本义是手足伏地走，这里是尽力的意思。

译文	原文	注释
你不爱我倒也罢	不我能慉(xù)	不我能慉：三家诗作“能不我慉”。能，乃。慉，爱。
不该把我当冤仇	反以我为雠	雠：通“仇”。
一片好意遭拒绝	既阻我德	阻：拒绝。
好像货物难脱手	贾(gǔ)用不售	贾：卖。　用：货物。　不售：卖不出去。
从前生活怕困穷	昔育恐育鞫	育恐：生活恐慌。　育鞫：生活困穷。朱熹《诗集传》引张子曰：“育恐，谓生于恐惧之中，育鞫，谓生于困穷之际。”
共渡难关苦重重	及尔颠覆	颠覆：指患难。

如今生计有好转	既生既育	
嫌我比我像毒虫	比予于毒	于毒：如毒虫。
好比我腌干咸菜	我有旨蓄	旨：美。　蓄：腌的干菜。有人说，蓄是菜名，亦通。
贮藏起来好过冬	亦以御冬	御：同“禦”，抵挡。
你们新婚多快乐	宴尔新昏	
拿我旧人来挡穷	以我御穷	
粗声恶气打又骂	有洸(guāng)有溃	有洸有溃：即洸洸溃溃，本义都是形容水激流的样子，这里是借用，形容人动武和发怒的样子。《毛传》:“洸洸，武也。溃溃，怒也。”
还要逼我做苦工	既诒(yí)我肄(yì)	诒：同“遗”，留给。　肄：劳苦的工作。
当初情意全不念	不念昔者	
你恩我爱一场空	伊余来塈(jì)	伊：惟。　来：语助词，无义。　塈：爱。马瑞辰《通释》:“伊余来塈，犹言维予是爱也，仍承昔者言之。”

式　微

【题解】

这是人民苦于劳役，对君主发出的怨词。诗用简短的几句话，表达了劳动人民对统治者压迫奴役的极端憎恨。

日光渐暗天色灰	式微式微	式：发语词，无义。　微：幽暗，指天黑。郝懿行《尔雅义疏·释诂》：“‘微’有幽隐蒌昧之意。”
为啥有家去不回	胡不归	
不是君主差事苦	微君之故	微：非，不是。　故：事。
哪会夜露湿我腿	胡为乎中露	中露：即露中。《鲁诗》“露”作“路”。

日光渐暗天色灰	式微式微	
为啥有家去不回	胡不归	
不是君主养贵体	微君之躬	躬：身体。
哪会夜间踩泥水	胡为乎泥中	泥中：泥水路里。方玉润《诗经原始》：“犹言泥涂也。毛氏苌曰：‘中露、泥中，卫邑也。’此或后人因经而附会其说耳，不可从。”

旄　丘

【题解】

这是一些流亡到卫国的人，盼望贵族救济而不得的诗。那时人民因为受不了本国统治者的残酷剥削、压迫，或因战争的缘故，纷纷逃亡别国。但到处都是一样，想向他国贵族乞求同情、救济，当然仍是一种梦想。

流离　一说为枭，俗称猫头鹰。身体淡褐色，多黑斑。两眼大而圆，位于头部正前方。喙和爪均呈锐利的钩状。昼伏夜出，食物以鼠类为主，亦捕食小鸟或大型昆虫。古代多以为猫头鹰是不祥之恶鸟。（程俊英先生认为“流离”是漂散流亡的意思。）

葛藤长在山坡上	máo 旄丘之葛兮	旄丘：前高后低的土山。
枝节怎么那样长	何诞之节兮	诞：同“覃”，延长。 之：其，它的。节：指葛藤的枝节。
叔叔啊，伯伯啊	叔兮伯兮	叔、伯：当时人对贵族的尊称。
为啥好久不帮忙	何多日也	
安心躲在家里边	何其处也	处：安居不出。
定要等谁才露面	必有与也	与：指同伴或盟国。
拖拖拉拉这么久	何其久也	
定有原因在其间	必有以也	以：原因。
身穿狐裘毛蓬松	狐裘蒙戎	狐裘：狐皮袍。当时大夫以上的官穿的冬服。蒙戎：亦作“尨茸”，蓬蓬乱的样子。这句疑指卫大夫。
坐着车子不向东	匪车不东	匪：彼。指大夫。疑东方是流亡者居住的地方，故大夫之车不来。
叔叔啊，伯伯啊	叔兮伯兮	
你我感情不相通	靡所与同	靡：无。 同：同心。朱熹《诗集传》：“不与我同心。”

译文	原文	注释
我们渺小又卑贱	琐兮尾兮	琐：细小。　尾：与“微”通，卑贱。
我们流亡望人怜	流离之子	流离：漂散流亡。方玉润《诗经原始》：“流离，漂散也。”《毛传》训流离为“鸟名”，恐非诗的原意。
叔叔啊，伯伯啊	叔兮伯兮	
趾高气扬听不见	褎(yòu)如充耳	褎：盛服。褎如，即褎然，态度傲慢妄自尊大的样子。　充耳：即“充耳不闻”的意思。充耳又是一种挂在耳旁的首饰，这里有双关的意义。

简　兮

【题解】

这是一个女子观看舞师表演万舞并对他产生爱慕之情的诗。

榛　落叶灌木或小乔木。叶子互生，圆卵形或倒卵形，春日开花，雌雄同株，雄花黄褐色，雌花红紫色，实如栗，可食用或榨油。

译文	原文	注释
敲起鼓来咚咚响	简兮简兮	简：鼓声。有人说，“简”是形容武师武勇之貌，亦通。
万舞演出就开场	方将万舞	方将：即“将要”。　万舞：周天子宗庙舞名，规模壮大，分文舞、武舞两部分。武用干戚（盾和板斧），文用羽籥（雉羽和籥）。
太阳高高正中央	日之方中	
舞师排在最前行	在前上处	处：指位置。
身材高大又魁梧	硕人俣俣（yǔ yǔ）	硕人：身材高大的人，指舞师。　俣俣：形容身体魁梧的样子。
公庭前面演万舞	公庭万舞	公庭：庙堂的庭前。《孔疏》：“于祭祀之时，亲在宗庙公庭而万舞。”
扮成武士力如虎	有力如虎	
手拿缰绳赛丝组	执辔（pèi）如组	辔：马缰绳。　组：编织的一排排丝线。
左手握着笛儿吹	左手执籥（yuè）	籥：古代乐器名。《礼记》郑注：“籥，如笛，三孔。舞者所吹也。”
右手挥起野鸡尾	右手秉翟（dí）	秉：拿。　翟：野鸡尾，舞师执以指挥。
脸儿通红像染色	赫如渥赭（zhě）	赫：指舞师脸色红而有光。　渥：涂抹。赭：红土。
卫公教赏酒满杯	公言锡爵	公：指卫国的君主。　锡：赐。　爵：古代酒器名，这里用它代酒。

榛树生在高山顶	山有榛	榛：树名；它结的实似栗而小。
低洼地里有草苓	隰（xí）有苓	隰：低湿的地。　苓：甘草，亦名大苦，药名。以上两句是《诗经》中常用的起兴句式，余冠英以为是一种隐语：以树代男，以草代女。
是谁占领我的心	云谁之思	
是那健美西方人	西方美人	西方：指周。周在卫西。　美人：指舞师，即上文的硕人。硕人和美人，都是当时赞美男女形体外貌通用的词。
美人美人难忘怀	彼美人兮	
他是西方周邑人	西方之人兮	

泉 水

【题解】

这是嫁到别国的卫女思归不得的诗。王先谦《诗三家义集疏》认为是思父母、忧家国的作品。有人说，这首诗和《竹竿》都是《载驰》作者许穆夫人所作，也有人说是许穆夫人媵妾所作，但均无确证。

译文	原文	注释
泉水涌涌流不息	毖（bì）彼泉水	毖：泌的假借字，涌流貌。　泉水：卫地水名。马瑞辰《通释》："诗意以泉水之得流于淇，兴己之欲归于卫。"
最后流入淇水里	亦流于淇	
想起卫国我故乡	有怀于卫	
没有一天不惦记	靡日不思	
同来姊妹多美好	娈彼诸姬	娈：美好的样子。娈彼，等于娈娈。　诸姬：一些姬姓的女子。卫君姓姬，卫女嫁于诸侯，以同姓之女陪嫁。《毛传》："诸姬，同姓之女。"
姑且和她共商议	聊与之谋	聊：姑且。　谋：商量。

译文	原文	注释
想起当初宿在泲	出宿于泲（jǐ）	泲：卫地名。有人说，泲即济水，亦通。
喝酒饯行在祢邑	饮饯于祢（nǐ）	饯：饯行，《郑笺》："饯，送行饮酒也。"　祢：亦作"泥"或"坭"，卫地名。
姑娘出嫁到别国	女子有行	行：嫁。《左传》桓公九年："凡诸侯之女行。"杜预注："行，嫁也。"按"女子有行"二句，亦见于他诗，可能是当时常用的谚语。
远离父母和兄弟	远父母兄弟	

临行问候姑姑们	问我诸姑	问：告别的意思。　诸姑：姑母们。
还有大姊别忘记	遂及伯姊	伯姊：大姊。
如能回家宿干地	出宿于干	干：和下句的言，都是作者所居国的地名。或云干在河南省濮阳北干城村，即《后汉书·郡国志》及《水经注》所说的“竿城”。
喝酒饯行在言邑	饮饯于言	
涂好轴油上好键	载脂载舝(xiá)	载：发语词，无义。　脂：用油涂车轴。　舝：车轴两头的金属键。按脂、舝这里都用如动词。
掉车回家走得快	还车言迈	还：音义同“旋”。《郑笺》:“还车者，嫁时乘来，今思乘以归。”　言：助词。　迈：行。
只想快回卫国去	遄(chuán)臻于卫	遄：疾，快。　臻：到。
回去看看有何害	不瑕有害	瑕：无。马瑞辰《通释》:“瑕、遐古通用。遐之言胡，胡、无一声之转……凡诗言不遐有害，不遐有愆；不遐犹云‘不无’，疑之之词也。”
心儿飞到肥泉头	我思肥泉	肥泉：在卫境内，即首章的“泉水”。
声声长叹阵阵忧	兹之永叹	兹：同“滋”，益，更加。　永叹：长叹。
心儿飞向沬和漕	思须与漕	须:“湏”之讹，即沬，是卫的旧都。　漕：亦作曹，在今河南省滑县东二十里。是卫国被狄人侵略，戴公带人民渡河迁徙的地方。
绵绵相思盼重游	我心悠悠	
驾起车子出外兜	驾言出游	
借这消我心中愁	以写我忧	写：通“泻”，宣泄，消除。《毛传》:“写，除也。”

北　门

【题解】

这是一个小官吏诉苦的诗。这个小官吏，政事繁忙，工作劳苦，生活困穷，回到家里还要受家人的责备讥刺。无可奈何，只得归之于天命。

译文	原文	注释
一路走出城北门	出自北门	
心里隐隐忧虑深	忧心殷殷	殷殷：亦作“慇慇”、“隐隐”，深忧的样子。
既无排场又穷酸	终窭(jù)且贫	终：既。　窭：房屋简陋无法讲求礼节排场。陆德明《经典释文》：“窭，谓贫无以为礼。”
有谁了解我艰难	莫知我艰	
算了罢	已焉哉	已焉哉：既然这样了，有“算了吧”的意思。
老天让我这么干	天实为之	
叫我怎么办	谓之何哉	谓：马瑞辰《通释》：“按‘谓’犹‘奈’也。‘谓之何哉’，犹云‘奈之何哉’。”
王室差事扔给我	王事适我	王事：有关王室的差事。　适：同“擿”，即“掷”字。擿我，犹云扔给我。
政事全都推给我	政事一埤(pí)益我	政事：指卫国国内的差事。　一：皆，完全。埤益：堆积、增加的意思。
忙了一天回家来	我入自外	

家人个个骂我呆	室人交遍谪(zhé)我	室人：家人。 交：更迭，轮流。 谪：责备。《毛传》："谪，责也。"
算了罢	已焉哉	
这是老天的安排	天实为之	
叫我也无奈	谓之何哉	

王室差事逼着我	王事敦我	敦：《韩诗》训敦为"迫"，敦我，即逼我。
政事全盘压着我	政事一埤(pí)遗我	埤遗：犹埤益。《毛传》："遗，加也。"
忙了一天回到家	我入自外	
家人个个骂我傻	室人交遍摧我	摧：讽刺。《郑笺》："摧者，刺讥之言。"
算了罢	已焉哉	
老天这样安排下	天实为之	
我有啥办法	谓之何哉	

北 风

【题解】

这是人民不堪卫国虐政，号召友朋共同逃亡的诗。据方玉润《诗经原始》的说法，这首诗是反映邶亡前统治阶级的暴虐腐败、社会混乱和人民纷纷逃亡的情况。可备一说。

乌　　乌鸦，又称老鸹、老鸦。羽毛通体或大部分黑色。

北风刮来冰冰凉　北风其凉

漫天雪花纷纷扬　雨雪其雱（páng）

雨雪：下雪。　其雱：即雱雱，雪盛的样子。

赞成我的好伙伴　惠而好我

惠而：即惠然；顺从、赞成的意思。

同路携手齐逃荒　携手同行（háng）

同行：同道。《郑笺》:“与我相携持同道而去，疾时政也。”

岂能犹豫慢慢走　其虚其邪

虚：舒的假借字。　邪：徐的假借字。其虚其邪，即舒舒徐徐，缓慢犹豫不决的样子。

事已紧急国将亡　既（jí）亟只且（jū）

亟：同“急”。既亟，事已紧急。　只且：语尾助词，其作用与“也哉”相同。

北风刮来呼呼响　北风其喈（jiē）

其喈：即喈喈，北风刮得快而有声的样子。朱熹《诗集传》:“喈，疾声也。”

雪花纷纷漫天扬　雨雪其霏（fēi）

其霏：即霏霏。《列女传》引诗作“雨雪霏霏”。霏霏即“纷纷”的意思。

赞成我的好伙伴　惠而好我

携手同去安乐乡　携手同归

同归：同到较好的别国去。《毛传》:“归有德也。”

岂能犹豫慢慢走　其虚其邪

事已紧急国将亡　既（jí）亟只且

天下赤狐尽狡狯	莫赤匪狐	莫：无。　匪：非。莫匪，即无非，应连用。
天下乌鸦一般黑	莫黑匪乌	狐是妖兽（见《说文》），乌啼不祥（唐韩愈有“鸦啼岂是凶”之句），这是古代民间的传说，诗人以狐、乌象征妖异不祥的统治者。
赞成我的好伙伴	惠而好我	
携手同车结成队	携手同车	同车：朱熹《诗集传》：“同车，则贵者亦去矣。”当时人民不能坐车，所以朱熹认为这句是指贵者。
岂能犹豫慢慢走	其虚其邪	
事已紧急莫后悔	既亟（jí）只且	

静　女

【题解】

这是一首男女约会的诗。欧阳修《诗本义》:“《静女》一诗，本是情诗。”诗以男子口吻写幽期密约，既有焦急的等候，又有欢乐的会面，还有幸福的回味。

善良姑娘真美丽	静女其姝	静：靖的假借字，善。马瑞辰《通释》:“此诗静女亦当读‘靖’，谓‘善女’。”姝：美丽的样子。
等我城门角楼里	俟我于城隅	城隅：城上的角楼。
故意藏着不露面	爱而不见	爱而：即薆然。爱，薆、僾的省借，隐藏的意思。而，同然、如。　不见：朱熹《诗集传》:“不见者，期而不至也。”
来回着急抓头皮	搔首踟（chí）蹰（chú）	
善良姑娘真漂亮	静女其娈	娈：美好貌。
送我红管情意长	贻我彤管	贻：赠送。　彤：红色。彤管，有人说是赤管的笔，有人说是一种像笛的乐器，有人说是红管草，都可通。
细看红管光闪闪	彤管有炜（wěi）	炜：红而有光的样子。有炜，等于炜炜。
我爱红管为姑娘	说（yuè）怿（yì）女美	说（悦）怿：喜爱。　女：同“汝”，指彤管。
郊外送茅表她爱	自牧归荑（tí）	牧：郊外。　归：同“馈”，归、馈古通用，赠送。　荑：初生的柔嫩白茅。有人说，荑，即上文所说的彤管，未知确否。

嫩茅确实美得怪	洵美且异	洵：确实。 异：奇异。
不是嫩茅有多美	匪女（rǔ）之为美	匪：非。 女：同“汝”，指荑草。
只因美人送得来	美人之贻	

新　台

【题解】

这是人民讽刺卫宣公劫夺儿媳的诗。卫宣公和他的后母夷姜发生关系，生子名伋。后替伋迎娶齐女，听说齐女很美，便在河上筑台把她拦截下来占为己有。人民对这件事极为憎恨，就作这首诗讽刺他。

译文	原文	注释
新台新台真辉煌	新台有泚（cǐ）	新台：台名。旧址在今河南临漳县西黄河旁。泚：玼的假借字。有玼，即玼玼，形容新台新而鲜明的样子。
河水一片白茫茫	河水㳽㳽（mǐ mǐ）	河：指黄河。　㳽㳽：水盛大的样子。
本想嫁个如意郎	燕婉之求	燕婉：亦作宴娩或嬿婉，安和美好的样子。
碰上个丑汉蛤蟆样	籧篨不鲜（qú chú）	籧篨：癞蛤蟆、蟾蜍一类的东西。　鲜：善。《郑笺》："伋之妻齐女来嫁于卫，其心本求燕婉之人，谓伋也。反得籧篨不善，谓宣公也。"
新台新台真高敞	新台有洒（cuǐ）	洒：亦作"漼"。有洒，即洒洒，高峻的样子。有人训"鲜貌"，亦通。
河水一片平荡荡	河水浼浼（měi měi）	浼浼：水平的样子。亦作"浘浘"，水盛的样子。均可通。
本想嫁个如意郎	燕婉之求	
碰上个虾蟆没好相	籧篨不殄（qú chú tiǎn）	殄：同"腆"，善。《郑笺》："殄当作腆，腆，善也。"

想得大鱼把网张	鱼网之设	
谁知蛤蟆进了网	鸿则离之	鸿：旧解为鸟名，雁之大者。闻一多在《〈诗·新台〉鸿字说》一文中，考证鸿就是蛤蟆。 离：通“罹”，附着，获得。
本想嫁个如意郎	燕婉之求	
碰上个蛤蟆四不像	得此戚施	戚施：蛤蟆。《太平御览·虫豸部》引《薛君章句》云：戚施，蟾蜍，喻丑恶。蟾蜍即癞蛤蟆。

二子乘舟

【题解】

这是诗人挂念乘舟远行者的诗。卫国政治腐败，民不聊生，多逃亡国外，《北风》即其一例。《二子乘舟》，当是挂念流亡异国者的作品。旧说颇多，各有歧异，不一一具列。

译文	原文	注释
两人同坐小船上	二子乘舟	
飘飘荡荡向远方	泛泛其景	泛泛：飘浮的样子。《广雅》："泛泛，浮也。" 景：古与"憬"通，远行。王引之《经义述闻》："景读如憬……憬，远行貌。"
每当想起你们俩	愿言思子	愿：每。
心里不安很忧伤	中心养养	中心：即心中。 养养：恙恙的借字，忧思心神不定的样子。

译文	原文	注释
两人同坐小船上	二子乘舟	
飘飘荡荡往远方	泛泛其逝	逝：往。
每当想起你们俩	愿言思子	
此行是否遭祸殃	不瑕有害	不瑕：不无。

鄘风 / 柏舟

【题解】

这是一位少女要求婚姻自由，向“父母之命”公开违抗的诗，歌颂了爱情的真挚和专一。

宋　马和之　鄘风图·柏舟

译文	原文	注释
柏木小船飘荡荡	泛彼柏舟	泛：即泛泛，飘浮的样子。
一飘飘到河中央	在彼中河	中河：即河中。
额前垂发年少郎	髧（dàn）彼两髦	髧：发下垂的样子。　两髦：古代男子未成年时头发的式样，前额头发分向两边披着，长齐眉毛；额后则扎成两绺，左右各一，叫做两髦。
是我追求好对象	实维我仪	实：是。　维：为。　仪：偶的假借字，即配偶的意思。
誓死不会变心肠	之死矢靡它	之：到。　矢：发誓。　靡：无。
叫声天呀叫声娘	母也天只	也、只：都是语气词。
为何对我不体谅	不谅人只	谅：体谅的意思。

译文	原文	注释
柏木小船飘荡荡	泛彼柏舟	
一飘飘到河岸旁	在彼河侧	
额前垂发年少郎	髧彼两髦	
才能和我配得上	实维我特	特：匹偶。马瑞辰《通释》："《方言》：'物无偶曰特。'《广雅》：'特，独也。'皆训特为独……匹为一，又为双为偶，皆以相反为义也。"
誓死不会变主张	之死矢靡慝（tè）	慝：音义同"忒"，更改。
叫声天呀叫声娘	母也天只	
为何对我不体谅	不谅人只	

墙有茨

【题解】

这是一首人民揭露、讽刺卫国统治阶级淫乱无耻的诗。卫宣公劫娶儿子的聘妻齐女宣姜，宣公死后，他的庶长子公子顽又与宣姜私通，生下了齐子、戴公、文公、宋桓夫人和许穆夫人。这些宫廷秽闻，真是“不可道”“不可详”“不可读”的。

译文	原文	注释
墙上蒺藜爬	墙有茨（cí）	茨：蒺藜，亦名爬墙草。
不可扫掉它	不可埽也	埽：同“扫”，扫除。墙上种茨，是为了防闲内外的。不可埽，有内丑不可外扬之意。
宫廷秘密话	中冓（gòu）之言	中冓：宫闱，宫廷内部。《韩诗》训“中冓”为“中夜”，亦通。
不可乱拉呱	不可道也	道：说。
还能说什么	所可道也	所：尚。
丑话污了牙	言之丑也	

译文	原文	注释
蒺藜爬满墙	墙有茨（cí）	
难以一扫光	不可襄（rǎng）也	襄：通“攘”，除去。
宫廷秘密话	中冓（gòu）之言	

不可仔细讲	不可详也	详：细说。朱熹《诗集传》:“详，详言之也。”《韩诗》作“扬”，是宣扬之意，亦通。
还能说什么	所可详也	
说来话太长	言之长也	

墙上蒺藜生	墙有茨(cí)	
除也除不净	不可束也	束：打扫干净。
宫廷秘密话	中冓(gòu)之言	
宣扬可不行	不可读也	读：宣扬。《毛传》:“读，抽也。”《郑笺》:“抽，出也。”引申为宣扬之意。
还能说什么	所可读也	
说来难为情	言之辱也	

君子偕老

【题解】

这是卫国人民讽刺宣姜的诗。诗中极力渲染她的服饰、尊严、美丽，衬托出她“国母”的地位，目的是讥刺她的地位和丑陋的行为很不相称，这是用丽辞写丑行的艺术手法。

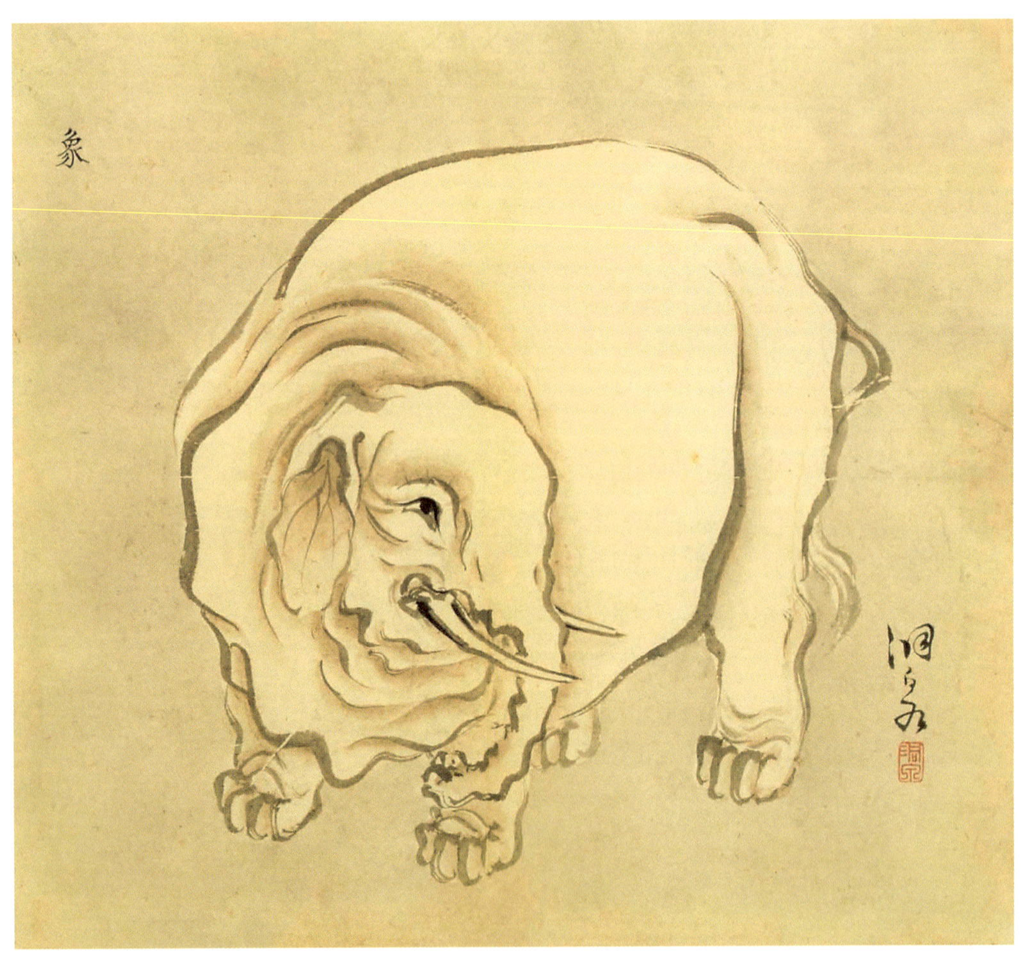

象　陆地上现存最大的哺乳动物。耳朵大，鼻子长圆筒形，能蜷曲，多有一对长大的门牙伸出口外，全身的毛很稀疏，皮很厚。吃嫩叶和野菜等。

贵族老婆真显赫	君子偕老	君子：是当时统治阶级的代称。此指卫宣公。偕老：本是夫妻相偕至老相亲相爱的意思，这里诗人用它代君子的妻，即卫宣姜。
玉簪步摇珠颗颗	副笄（jī）六珈（jiā）	副：亦作“髻”。《毛传》：“副者，后夫人之首饰，编发为之。” 笄：簪。 珈：加在笄下，垂以玉，走路时会摇动，其数有六，故名六珈。
体态从容又自得	委委佗（tuó）佗（tuó）	委委佗佗：步行庄重美丽、举止自得的样子。《孔疏》：“孙炎曰：‘委委，行之美；佗佗，长之美。’郭璞曰：‘皆佳丽美艳之貌。’”
静像高山动像河	如山如河	如山如河：王先谦《诗三家义集疏》：“如山凝然而重，如河渊然而深，皆以状德容之美。”
穿上画袍很适合	象服是宜	象服：亦名祎衣，即画袍。《孔疏》：“象鸟羽而画之，故谓之象服也。”言宣姜德容于象服是宜，反言以明宣姜之不宜，与末句相应。
可是行为太丑恶	子之不淑	子：你，指宣姜。 淑：善。
对她还能说什么	云如之何	云：语首助词。如之何，即“奈之何”。

文采翟衣真鲜艳	玼兮玼兮	玼：玉色鲜明貌。这里用玼形容翟衣鲜艳的样子。
画羽礼服耀人眼	其之翟（dí）也	翟：翟衣。朱熹《诗集传》：“翟衣，祭服。刻绘为翟雉之形而彩画之以为饰也。”
黑发密密像乌云	鬒（zhěn）发如云	鬒：形容发黑而密。
不用假发更天然	不屑髢（dì）也	不屑：不用。 髢：假发制的髻。
美玉充耳垂两边	玉之瑱（tiàn）也	瑱：古人冠冕上垂在两侧以塞耳的玉饰。
象牙簪子插发间	象之揥（tì）也	象揥：象牙制的簪。《毛传》：“揥，所以摘发也。”后来叫做搔首、搔头。

俏俊白皙好脸面	jū xī 扬且之皙也	扬：形容脸色之美。　且：句中助词。　皙：白。
莫非尘世出天仙	胡然而天也	胡：何，为什么。　然：这样。　而：用作如。
莫非帝子降人间	胡然而帝也	

文采展衣真艳丽	cuō cuō 瑳兮瑳兮	瑳：与玼通。
轻薄细纱会客衣	其之展也	展：展衣，亦作襢衣。白纱制的单衣，是夏天见君主或宾客的衣服。
罩上绉罗如蝉翼	zhòuchī 蒙彼绉絺	蒙：覆，罩。　彼：指绉絺。　绉絺：细夏布，今名绉纱。
透明内衣世所希	xiè pàn 是绁袢也	绁袢：亦称亵衣，内衣。
看她眉目多清秀	子之清扬	子：你，指宣姜。　清扬：犹今言眉目清秀。
看她容颜多美丽	扬且之颜也	
但是如此盛装女	展如之人兮	展：乃，可是。王先谦《诗三家义集疏》："展，是语之转也。"《毛传》训展为"诚"（确实），亦通。
天香国色差淑仪	邦之媛也	邦：国。　媛：美女。姚际恒《诗经通论》："邦之媛，犹后世言国色。"

桑 中

【题解】

这是一个劳动者抒写他和想象中的情人幽期密约的诗。他在采菜摘麦的时候，兴之所至，一边劳动，一边顺口唱起歌来。这种形式，被后人尊为“无题”诗之祖。诗用一问一答的句式，表达诗人的柔情。末用复唱形式，抒发想象；音节铿锵，耐人寻味。

麦　　一年生或二年生草本植物。子实用来磨成面粉，也可以用来制糖或酿酒，是我国北方重要的粮食作物。

采集女萝去哪方	爰采唐矣	爰：在什么地方。 唐：女萝，蔓生植物。有人说，唐与“棠”通，结实名沙棠。亦通。
在那卫国朝歌乡	沫之乡矣	沫：亦作“湏”，卫都朝歌。商代称妹邦、牧野。在今河南省淇县北。
猜猜我心在想谁	云谁之思	云：语首助词。
漂亮大姊本姓姜	美孟姜矣	孟：排行居长。 姜：姓。 孟姜：姜家大姑娘。按卫国无姜姓，这里用贵族姓氏代表美人，是泛指。
约我等待在桑中	期我乎桑中	期：约会。 桑中：卫地名，亦名桑间，在今河南省滑县东北。有人说，是泛指桑树林中，亦通。
邀我相会在上宫	要我乎上宫	要：通“邀”。 上宫：楼名。
淇水口上远相送	送我乎淇之上矣	淇：卫水名。淇之上，就是指淇水口。淇水在今河南濬县东北。

采集麦子去哪里	爰采麦矣	
卫国朝歌北边地	沫之北矣	沫北：即邶地旧址。
猜猜我心在想谁	云谁之思	
漂亮大姊本姓弋	美孟弋(yì)矣	弋：姓。
约我等待在桑中	期我乎桑中	
邀我相会在上宫	要我乎上宫	
淇水口上远相送	送我乎淇之上矣	

采集芜菁去哪垅	爰采葑矣	葑：芜菁。
在那卫国朝歌东	沫之东矣	沫东：即古鄘地。鄘在沫东。
猜猜我心在想谁	云谁之思	
漂亮大姊本姓鄘	美孟庸矣	庸：姓。古与“鄘”通。方玉润《诗经原始》引傅氏曰：“孟庸，当是鄘国之姓，鄘为卫所灭，其后有仕于卫者。”
约我等待在桑中	期我乎桑中	
邀我相会在上宫	要我乎上宫	
淇水口上远相送	送我乎淇之上矣	

鹑之奔奔

【题解】

这是一首人民讽刺、责骂卫国君主的诗。诗人看见鹌鹑、喜鹊都有自己固定的匹偶，联想卫国君主过着荒淫无耻的乱伦生活，政治腐败，激起了心头的愤怒，责骂他不是好东西，连禽兽都不如，根本不配当君长。

鹑　鹌鹑中羽毛无斑的称为鹌，有斑的称为鹑，后来两种都混称鹌鹑。体形似鸡，头小尾秃，羽毛赤褐色，杂有暗黄条纹。雄性好斗。

鹌鹑尚且双双飞	chún 鹑之奔奔	奔奔：《左传》作“贲贲”，同音通假。飞貌。《郑笺》：“言其居有常匹，飞则相随之貌。”
喜鹊也知对对配	鹊之彊彊	彊彊：《礼记》作“姜姜”。义同奔奔。
这人乌鹊都不如	人之无良	人：指下文的兄或君，即诗讽刺的对象。之：《韩诗外传》作“而”。　良：善。无良，谓无善行。
我还把他当长辈	我以为兄	兄：泛指长辈，不作兄弟的“兄”解。奴隶制、封建制社会都以嫡长传位，所以诗中以人兄代指人君。
喜鹊尚且对对配	鹊之彊彊	
鹌鹑也知双双飞	chún 鹑之奔奔	
这人乌鹊都不如	人之无良	
反而占着国君位	我以为君	君：君主。

定之方中

【题解】

这是一首人民赞美、歌颂卫文公从漕邑迁到楚丘重建卫国的诗。公元前660年，狄人侵卫，卫戴公率众渡河东徙，野处漕邑。戴公死，卫文公在楚丘重造城市宫室。《左传》写文公“务材训农，通商惠工，敬教劝学，授方任能”，使卫国重新有了起色。

椅　又称山桐子，落叶乔木。叶卵形。花黄绿色。浆果球形，红色或红褐色。木材可制器具。种子榨油，可制肥皂或作润滑油。

译文	原文	注释
冬月定星照天中	定之方中	定：亦名营室，二十八宿之一。 方中：当正中的位置。每年十月十五后至十一月初，定星在黄昏时现于正南天空。古人在这时兴建宫室。
建设楚丘筑新宫	作于(wéi)楚宫	于：音义同“为”。古“为”、“于”通用。 楚宫：楚丘的宫庙。《郑笺》：“楚宫，谓宗庙也。”楚丘在今河南滑县东。
按照日影测方向	揆之以日	揆：度，测量。 日：日影。《孔疏》：“度日，谓度其影。”
营造住宅兴土功	作于(wéi)楚室	楚室：楚丘居住的房屋。《郑笺》：“楚室，居室也。”
房前屋后种榛栗	树之榛栗	树：种植。 榛、栗：树名。古人建国，在庙朝官府皆植名木，榛栗的果实可供祭祀。
加上梓漆和椅桐	椅桐梓(zǐ)漆	椅：梧桐一类的树，青色。 桐：梧桐。 梓：楸一类的树，似桐而叶小。 漆：漆树。这四种树木，都是制琴瑟的原料。
成材伐作琴瑟用	爰伐琴瑟	爰：于是。
登上漕邑废墟望	升彼虚矣	虚：亦作“墟”，丘。这里指漕墟。漕邑与楚丘邻近，亦在今河南滑县东。
楚丘地势细端详	以望楚矣	
看好楚丘和堂邑	望楚与堂	堂：地名，楚丘的旁邑。
遍历高丘和山冈	景山与京	景：同“憬”，远行。按上句的“望”和这句的“景”，都是动词。 京：高丘。
下到田里看蚕桑	降观于桑	降：自上而下。
占卜征兆很吉祥	卜云其吉	卜：古人欲预知后事的吉凶，烧龟甲以取兆。《毛传》：“建国必卜之。”这是古代迷信的风俗。按“其吉”至“允臧”都是卜辞。
结果良好真妥当	终然允臧	终然：《唐石经》及古书引《诗》均作“终然”，《毛诗》作“焉”。 允：信，确实。 臧：善，好。

桐　有梧桐、油桐、泡桐等种。此图所绘为泡桐，花多为紫色或白色。木质轻软，生长很快，适合制作器物、家具、屋柱。

好雨落过乌云散	灵雨既零	灵雨：好雨。 零：落。
叫起管车小马倌	命彼倌人	倌人：管驾车的小官。《毛传》："倌人，主驾者。"
天晴早早把车赶	星言夙驾	星：亦作"暒"，晴。姚际恒《诗经通论》认为星言犹今人言"星夜"，亦通。 夙驾：清早驾车出行。
歇在桑田查生产	说于桑田	说：通"税"，休息。
既为百姓也为国	匪直也人	匪直：不仅。王先谦《诗三家义集疏》："匪，非。直，特也。"
用心踏实又深远	秉心塞渊	秉心：操心，用心。 塞渊：踏实深远。
良马三千可备战	lái 騋牝三千	騋：七尺以上的马，大马。 牝：母马。按诗用騋牝代良马，三千言其约数。古代战车用马，这句应指国防力量强大。据《国语·齐语》记载，文公初到楚丘时，只有齐桓公给他的三百匹马。在多年经营下，国防力量已发展到十倍以上。

梓　　落叶乔木。叶子对生或三枚轮生。花黄白色。木质优良，轻软，耐朽，供建筑及制家具、乐器等用。也是印书的雕版的主要工料。

漆　　落叶乔木。互生羽状复叶，初夏开小花，果实扁圆。树汁可为涂料，籽可榨油，木材坚实，为天然涂料、油料和木材兼用树种，是中国最古老的经济树种之一。

蝃　蝀

【题解】

一个女子争取婚姻自由，受到当时舆论的指责。这首诗讽刺了这个女子，从反面反映了当时妇女婚姻不自由的情况和这个女子反抗的精神。

东方出现美人虹　　蝃蝀（dì dòng）在东

蝃蝀：虹。《释名》"虹"下云："虹又曰美人。阴阳不和，昏姻错乱，淫风流行，男美于女，女美于男，互相奔随之时，则此气盛。"

没人敢指怕遭凶　　莫之敢指

指：用手指点。古人对虹有所忌讳，所以不敢去指它。《毛传》："夫妇过礼则虹气盛，君子见戒而惧，讳之莫之敢指。"

这位女子要出嫁　　女子有行

女子有行：王先谦《诗三家义集疏》："女子，谓奔（私奔）者。行，嫁也。奔而曰'有行'者，先奔而后嫁。"

远离父母和弟兄　　远父母兄弟

按"女子有行"二句亦见《泉水》、《竹竿》，钱澄之《田间诗学》说："女子有行二句，似是当时陈语，故多引用之。"

清晨西方彩虹长　　朝隮（jī）于西

朝隮于西：朝，早上。隮，即虹。陈启源《毛诗稽古编》："螮蝀在东，暮虹也。朝隮于西，朝虹也。"

阴雨不停一早上　　崇（zhōng）朝其雨

崇朝其雨：陈启源《毛诗稽古编》："暮虹截雨，朝虹行雨，屡验皆然。虽儿童妇女皆知也。"崇：终的假借字。终朝，整个早上。

女子自己找丈夫　　女子有行

远离兄弟父母乡　　远兄弟父母

就是这样一个人　　乃如之人也

乃如之人也：可像这样一个人啊。"也"字，《韩诗外传》、《列女传》引《诗》均作"兮"。古也、兮通用。

破坏礼教乱婚姻	怀昏姻也	怀：坏的借字，败坏，破坏。《左》襄十四年《传》："王室之不坏。"《释文》："坏本作怀。"一释"思"，亦通。
什么贞洁全不讲	大无信也	信：指贞洁。有人说指"诚信专一"，也可通。
父母之命也不听	不知命也	命：指父母之命。《郑笺》："不知昏姻当待父母之命。"他说甚多，有释寿命、命运、正理等等的，可供参考。

相　鼠

【题解】

这是人民斥责卫国统治阶级偷食苟得、暗昧无耻的诗。在周代，统治阶级定了一套“礼”，去欺骗、统治劳动人民，借此炫耀自己的权威，巩固政权。他们嘴里说礼，实际上他们的行为是最无耻、最无礼的。人民看透了他们的欺骗性，忍不住满腔怒火，大胆诅咒他们。

鼠　哺乳动物类。种类很多，一般的身体小，尾巴长，门齿很发达，无齿根，终生继续生长，常借啮物以磨短。没有犬齿，毛褐色或黑色，繁殖力很强。

译文	原文	注释
请看老鼠还有皮	相鼠有皮	相：看。
这人行为没威仪	人而无仪	仪：威仪，指可以供他人取法的端庄严肃的态度、行为。
既然行为没威仪	人而无仪	
为何还不死掉呢	不死何为	何为：即“为何”的倒文。
请看老鼠还有齿	相鼠有齿	
这人行为没节止	人而无止	止：节止，控制嗜欲，使行为合乎礼。《礼记·大学》：“在止于至善。”注：“止，犹自处也。”
既然行为没节止	人而无止	
还等什么不去死	不死何俟	俟：等。
请看老鼠还有体	相鼠有体	体：身体。《广雅·释诂》：“体，身也。”
这人行为不守礼	人而无礼	
既然行为不守礼	人而无礼	
那就快死何迟疑	胡不遄(chuán)死	遄：速，快。

干　旄

【题解】

这是赞美卫文公招致贤士、复兴卫国的诗。诗人叙述卫国官吏带着良马礼物，树起招贤的旗子，到浚邑去访问贤士，征聘人才。

招贤旗子高高飘

jié jié máo
孑孑干旄

孑孑：形容干旄独立的样子。　干：同“竿”，竹竿。　旄：一种顶端用牦牛尾为饰的旗子。按干旄当时用于招致贤士。

插在车后到浚郊

在浚之郊

浚：卫邑名。郦道元《水经注》：“浚城距楚丘只二十里。”

旗边镶着白丝线

pí
素丝纰之

素丝：白丝。　纰：在衣冠或旗帜上镶边。这里指用白丝线缝旗，作为装饰。下二章的“组”、“祝”，也都是缝旗法。

好马四匹礼不少

良马四之

良马四之：指用好马赠送贤士。王念孙《广雅疏证》：“四马，大夫以备赠遗者。下文或五或六，随所见言之，不专是自乘。

那位忠顺贤才士

彼姝者子

姝：顺从的样子。《毛传》：“姝，顺貌。”　子：古代对人的尊称，这里指贤者。

用啥才能去应招

bì
何以畀之

畀：给予。

招贤旗子高高飘

yú
孑孑干旟

干旟：也是招贤的旗子，上面画着疾飞的鸟隼形状。

驾车浚邑近郊跑

在浚之都

都：近郊。陈奂：“周制，乡、遂之外置都、鄙。都，为畿疆之境名。”

旗边镶着白丝线

素丝组之

好马五匹礼不少

良马五之

那位忠顺贤才士	彼姝者子	
用啥办法去应招	何以予之	

招贤旗子高高飘	孑孑干旌	干旌：竿顶加五彩翟鸟羽毛为饰的旗。
车马向着浚城跑	在浚之城	城：都城。
旗边镶着白丝线	素丝祝之	祝：属的假借字，编连。《郑笺》："祝，当作属。"
好马六匹礼不少	良马六之	
那位忠顺贤才士	彼姝者子	
用啥建议去应招	何以告（gǔ）之	告：建议。

载　驰

【题解】

这是许穆夫人回漕吊唁卫侯，对许大夫表明救卫主张的诗。许穆夫人是一位有识有胆的爱国诗人，也是世界历史上最早的一位女诗人。

许穆夫人是卫宣公的儿子公子顽与后母宣姜私通所生的女儿。有两个哥哥，戴公和文公。有两个姊姊，齐子和宋桓夫人。经后人考证，她大约生在公元前690年，即周庄王七年左右。她幼年即闻名于诸侯，许国（许穆公）和齐国（齐桓公）都向卫国求婚。汉刘向《列女传·仁智篇》说："……初，许求之，齐亦求之。懿公将与许，女因其傅母而言曰：'……今者许小而远，齐大而近。若今之世，强者为雄。如使边境有寇戎之事，惟是四方之故，赴告大国，妾在，不犹愈乎？'……卫侯不听，而嫁之于许。"可见她从小就有爱国思想。她嫁许以后约十年，卫国亡于狄。懿公战死，国人分散。她的姊夫宋桓公迎接卫国的遗民渡河，住在漕邑，立戴公。戴公立一月而死，文公即位。她听到卫亡的消息，立刻奔到漕邑吊唁，提出联齐抗狄的主张，得到齐桓公的帮助而复国于楚丘。《载驰》即作于她抵达漕邑的时候。据魏源《诗古微》考证，《泉水》和《竹竿》两首诗也是她的作品。公元前656年，她的丈夫许穆公随齐桓公伐楚，病死在军队里。儿子名业继位，她这时大约三十多岁了。死年不详。

关于《载驰》一诗是许穆夫人的作品，《左传》闵公二年有明确的记载。这首诗表现了诗人强烈的爱国思想。她听到祖国被狄所灭的消息，快马加鞭地赶到漕邑吊唁，目的在于为卫国策划向大国求援。可是许国的大夫，对她这一行动极为反对，竟赶到漕邑拦阻。这引起了她的愤怒和忧伤，就写了这首诗。本诗写成的时间，当在卫文公元年（公元前659）春夏之交。

译文	原文	注释
驾起马车快奔走	载驰载驱	载：发语词，犹乃。　驰、驱：快马加鞭的意思。《孔疏》："走（跑）马谓之驰，策（鞭）马谓之驱。"
回国慰问我卫侯	归唁卫侯	唁：此指吊人失国。　卫侯：旧说指卫戴公，据胡承珙《毛诗后笺》，应指文公。因为戴公立仅一月就死了。
赶马经过漫长路	驱马悠悠	悠悠：形容道路悠远的样子。

望到祖国漕城头	言至于漕	言：助词，无义。 漕：卫邑名。
许国大夫来追我	大夫跋涉	大夫：指追到卫国劝阻许穆夫人的诸臣。 跋涉：犹言不管山隔水阻，远道急急奔走而来。
知他来意我心忧	我心则忧	
大家虽然不赞成	既不我嘉	既：尽，都。 嘉：善，赞同。 我嘉：即嘉我。
我可不能就回头	不能旋反	反：同“返”。
比起你们没良策	视尔不臧	视：比。 尔：汝，指许大夫。 臧：善。
我的计划近可求	我思不远	我思：我所考虑的计谋。 远：迂远，“不远”有切实可行之意。
大家虽然不赞成	既不我嘉	
决不渡河再回头	不能旋济	济：渡。
比起你们没良策	视尔不臧	
我计可行效可收	我思不閟（bì）	閟：闭塞，不通。
登上那边高山冈	陟彼阿丘	阿丘：山丘。也有人说是丘名。

麦　　见《鄘风·桑中》图注。

蝱　　即贝母。多年生草本，《本草经集注》谓“形似聚贝子”，故名贝母，有止咳化痰、清热散结之功。

采些贝母治忧伤	言采其蝱(méng)	蝱：通“莔”。药名，即贝母。朱熹《诗集传》:“蝱，贝母。主疗郁结之疾。”
女子虽然多想家	女子善怀	善怀：《郑笺》:“善，犹多也。怀，思也。”
自有道理和主张	亦各有行	行：道，道理。
许国大夫反对我	许人尤之	许人：指许大夫们。　尤：怨恨，反对。
既是幼稚又愚妄	众稚且狂	众：古与“终”通用，“既”的意思（从王引之《经传述闻》说）。有人说，众，指许人。亦通。

走在祖国田野上	我行其野	野：指卫国的郊外田野。
蓬蓬勃勃麦如浪	芃芃(péngpéng)其麦	芃芃：茂盛的样子。
赶快讣告求大国	控于大邦	控：赴告，走告。马瑞辰《通释》引《韩诗》曰:“控，赴也。”　大邦：大国，指齐国。
依靠大国来救亡	谁因谁极	因：依靠。　极：至，带兵到别国救难叫做“至”。

许国大夫众高官	大夫君子	大夫君子：指许国一批当权者。
不要反对我主张	无我有尤	无：同“毋”。　有：同“又”。
你们纵有百条计	百尔所思	百尔所思：即尔百所思，指主意众多。
不如我跑这一趟	不如我所之	之：往。有人训“之”为“思”，亦通。

卫风

淇　奥

【题解】

这是赞美卫国一位有才华的君子的诗。古书上都说是赞美卫武公的，说武公品质好，学问好，有才华。这比起《新台》、《相鼠》尖锐批评、咒骂卫宣公的诗来，就大不相同了。

绿竹　《诗经》中的“绿竹”历来有两种解释：一种即绿色的竹子，即本图所绘；一种指王刍（即荩草）与萹蓄，见后图。

河湾头淇水流过　瞻彼淇奥

瞻：看。　淇：淇水。　奥：澳或隩的借字，水岸深曲处。

看绿竹多么婀娜　绿竹猗猗（yī yī）

猗猗：美盛的样子。陈奂《毛诗传疏》："诗以绿竹之美盛，喻武公之质美德盛。"

美君子文采风流　有匪君子

匪：斐的借字，古书如《礼记》、《尔雅》引此句诗均作"有斐君子"。有斐，即斐斐，形容才华。　君子：朱熹《诗集传》："指武公也。"

似象牙经过切磋　如切如磋

切、磋、琢、磨：古代治玉石器、骨器等的不同工艺。《尔雅·释器》："骨谓之切，象谓之磋，玉谓之琢，石谓之磨。"

似美玉经过琢磨　如琢如磨

这里用切、磋、琢、磨比人的研究学问和锻炼品德精益求精。

你看他庄严威武　瑟兮僩（xiàn）兮

瑟：璱的假借字，矜持庄严的样子。《毛传》："瑟，矜庄貌。"　僩：威武的样子。《说文》："僩，武貌。"

你看他光明磊落　赫兮咺（xuān）兮

赫：光明的样子。　咺：宣的假借字，坦白的样子。按古书或作煊、愃，《韩诗》作"宣"，是正字，其他都是假借字。

美君子文采风流　有匪君子

常记住永不泯没　终不可谖（xuān）兮

终：永久。　谖：藼、蕿、萱的假借字，忘记。马瑞辰《通释》："《说文》：'藼，令人忘忧之草也。'或从煖作蕿，或从宣作萱。"

河湾头淇水流清　瞻彼淇奥

看绿竹一片菁菁　绿竹青青（jīng jīng）

青青：茂盛的样子。一作菁。

美君子文采风流　有匪君子

充耳垂宝石晶莹　充耳琇莹

充耳：古人冠冕上垂在两侧以塞耳的玉，是一种装饰品，亦名瑱。　琇：宝石。　莹：玉色光润晶莹。

帽上玉亮如明星　会弁（kuài biàn）如星

会：亦作艌。皮帽两缝相合的地方。　弁：皮帽。　如星：指玉石装饰像天上星星一样光亮。

你看他威武庄严　瑟兮僩（xiàn）兮

王刍　萹蓄　　《诗经》中的“绿竹”历来有两种解释：一种即绿色的竹子，见前图；一种指王刍（即荩草）与萹蓄，即本图。

你看他磊落光明	赫兮咺（xuān）兮	
美君子文采风流	有匪君子	
我永远牢记心铭	终不可谖（xuān）兮	

河湾头淇水流急	瞻彼淇奥	
看绿竹层层密密	绿竹如箦（jī）	箦：音义同“积”，積的假借字。《毛传》:“箦，积也。”有人训箦为“栈”，指用竹片或苇荻编成的床垫。亦通。
美君子文采风流	有匪君子	
论才学精如金锡	如金如锡	
论德行洁如圭璧	如圭如璧	金、锡、圭、璧：《孔疏》:“武公器德已百炼成精如金锡，道业既就，琢磨如圭璧。”
你看他宽厚温柔	宽兮绰兮	宽：宽宏。　绰：亦作婥，温柔的样子。王先谦:“韩‘绰’亦作‘婥’，云：柔貌也。”
你看他登车凭倚	猗（yǐ）重较兮	猗：倚的假借字。依靠。　重较：较，古代车上供人扶着、靠着的横木。马瑞辰《通释》:“较上更饰以曲钩，若重起者然，是为重较。”
爱谈笑说话风趣	善戏谑兮	戏谑：开玩笑。
不刻薄待人平易	不为虐兮	虐：刻薄伤人。

考 槃

【题解】

这是一首描写独善其身生活的诗。它给后人的影响较大，可能是隐逸诗之宗。

译文	原文	注释
架成木屋溪谷旁	考槃在涧	考：筑成。 槃：架木为室；木屋。《毛传》训“槃”为“乐”，亦通。 涧：山夹水之处。
贤人觉得很宽敞	硕人之宽	硕人：大人、美人、贤人。王先谦《诗三家义集疏》:“《简兮》咏贤者称‘硕人’又称‘美人’。” 宽：宽敞。
独睡独醒独说话	独寐寤言	独寐寤言：独睡、独醒、独说话。严粲《诗缉》:“既寐而寤，既寤而言，皆独自耳。”
这种乐趣誓不忘	永矢弗谖（xuān）	永：永久。 矢：发誓。 弗谖：不忘。
架成木屋在山坡	考槃在阿	阿：山坡。
贤人当它安乐窝	硕人之薖（kē）	薖：窠的假借字。马瑞辰《通释》:“薖音又近窠，《说文》:‘窠，空也。’”
独睡独醒独唱歌	独寐寤歌	
发誓跟人不结伙	永矢弗过	弗过：不和外人来往。
架成木屋在高原	考槃在陆	陆：高平之地。
兜兜圈子真悠闲	硕人之轴	轴：本义是车轴，引申为盘旋的地方。

独睡独醒独自躺	独寐寤宿	
此中乐趣不能言	永矢弗告	弗告：朱熹《诗集传》释曰："不以此乐告人也。"

硕　人

【题解】

这是卫人赞美卫庄公夫人庄姜的诗。《左传》隐公三年："卫庄公娶于齐，东宫得臣之妹，曰庄姜。美而无子，卫人所为赋《硕人》也。"这首诗大约产生在公元前750年左右。

蝤蛴　　即蝎虫，天牛的幼虫。色白身长。

高高身材一美女	硕人其颀（qí）	硕人：这里指庄姜。 颀：身长貌。其颀，即颀颀。《齐风·猗嗟》有“颀而长兮”之句，在古代不论男女，皆以高大修长为美。
身穿锦服罩单衣	衣锦褧（jiǒng）衣	前“衣”字读去声，是动词，穿。 锦：指锦制的衣服。 褧：亦作䌹，麻布制成的单罩衫，女子在嫁时途中所穿，以蔽尘土。
齐侯的女儿	齐侯之子	齐侯：指齐庄公。 子：这里指女儿。《礼·丧服传》注：“凡言子者，可以兼男女。”
卫侯的娇妻	卫侯之妻	卫侯：指卫庄公。
太子的胞妹	东宫之妹	东宫：这里指齐太子得臣。东宫是太子住的宫名，因称太子为东宫。
邢侯的小姨	邢侯之姨	邢：国名，在今河北邢台。 姨：指妻的姊妹。
谭公原是她妹婿	谭公维私	谭：国名，亦作鄿、覃，在今山东历城。 私：女子称她姊妹的丈夫为私，见《尔雅·释亲》。
手指纤纤像嫩荑	手如柔荑	荑：初生白茅的嫩芽。
皮肤白润像冻脂	肤如凝脂	凝脂：冻结的脂油。
美丽脖颈像蝤蛴	领如蝤（qiú）蛴（qí）	领：颈。 蝤蛴：天牛的幼虫，色白身长。
牙比瓠子还整齐	齿如瓠（hù）犀	瓠犀：葫芦的子。犀，栖的假借字。《尔雅·释草》注引《诗》作“瓠栖”，栖，齐的意思。葫芦的子，白而整齐。
额角方正蛾眉细	螓（qín）首蛾眉	螓：虫名，似蝉而小。《孔疏》：“此虫额广而且方。” 蛾：蚕蛾，其触须细长而弯。三家诗螓作“頱”，蛾作“娥”，都指美好，亦通。
一笑酒窝更多姿	巧笑倩兮	倩：笑时两颊现出酒涡的样子。
秋水一泓转眼时	美目盼兮	盼：眼睛黑白分明的样子。《论语·八佾》引此句诗，马注：“盼，动目貌。”《毛传》：“盼，黑白分。”

螓　　昆虫类，蝉的一种。较小，色绿，方头广额，身有彩纹。

美人身材长得高　硕人敖敖

敖敖：身材高大的样子。敖是赘的省字，《说文》：“赘，颒，高也。”

停车休息在近郊　说（shuì）于农郊

说：通“税”，停驾休息。《文选·上林赋》张揖注引此句诗作“税于农郊”。农郊，近郊。

四匹雄马多肥膘　四牡有骄

四牡：驾车的四匹雄马。　有骄：即骄骄，健壮的样子。

马嚼边上飘红绡　朱幩（fén）镳镳

朱幩：马嚼两旁用红绸缠绕做装饰。　镳镳：盛美的样子。这里用名词“镳”作形容词，因为四匹马都有镳。

雉羽饰车来上朝　翟（dí）茀（fú）以朝

翟：长尾的野鸡。　茀：遮蔽女车的竹席或苇席。古代贵族常用彩色雉毛饰车茀。　朝：朝见，指庄姜出嫁到卫国和庄公相见。

大夫朝毕该早退　大夫夙退

夙退：早点退朝。

别教卫君太辛劳　无使君劳

河水一片白茫茫　河水洋洋

河水：指黄河。　洋洋：水盛大的样子。

哗哗奔流向北方　北流活活（guō guō）

北流：黄河在齐西卫东，北流入海。由齐至卫，必须渡河。　活活：水流声。

撒开鱼网呼呼响　施罛（gū）濊濊（huò huò）

施：设，张。　罛：鱼网。　濊濊：撒网入水声。

鳣鲔泼泼跳进网　鳣（zhān）鲔（wěi）发发（bō bō）

鳣：鲟鳇鱼。　鲔：有人说像鳣而小的一种鱼，也有人说是鳝鱼。　发发：亦作“泼泼”，鱼尾动声。

芦荻高高排成行　葭菼（tǎn）揭揭（jiē jiē）

葭：芦苇。　菼：荻草。　揭揭：长得长长的样子。

陪嫁姑娘个子长　庶姜孽孽

庶：众。庶姜，齐国姓姜，陪庄姜出嫁的，都是同姓的女子，古人称之为“侄娣”。　孽孽：和颀颀、敖敖同义，女子高长美丽的样子。

随从媵臣真雄壮　庶士有朅（qiè）

庶士：指随从庄姜到卫的诸臣，古人称为“媵臣”。　朅：《韩诗》作“桀”。桀，同“傑”。有朅，即朅朅，威武壮健的样子。

蛾　指蚕作茧成蛹后，所化的蛾。有翅二对，足三对，触角一对，遍体生白色鳞毛，雌大雄小，交尾产卵后，不久即死亡。因蚕蛾触须细长而弯曲，因以比喻女子美丽的眉毛。

鳣　即鲟鳇鱼。明李时珍《本草纲目》:“鳣出江淮、黄河、辽海深水处，无鳞大鱼也。其状似鲟，其色灰白，其背有骨甲三行，其鼻长有须，其口近颔下，其尾歧。”

氓

【题解】

这是一首弃妇的诗。诗中的女主人悔恨地叙述自己恋爱、结婚的经过和婚后被虐待被遗弃的遭遇。但她并不徘徊留恋，抱着“亦已焉哉”的决绝态度，表现她性格的刚强和反抗的精神。诗中反映了当时的社会制度造成的妇女的不幸命运。

鸠　　斑鸠。形似鸽，灰褐色，颈后有白色或黄褐色斑点。

农家小伙笑嘻嘻	氓之蚩蚩	氓：农民。或云流亡之民。 蚩：音义同嗤。蚩蚩，笑嘻嘻的样子。《毛传》训为敦厚之貌，《韩诗》训为意态和悦貌，均可通。
抱着布匹来换丝	抱布贸丝	贸：交易，交换。
原来不是来换丝	匪来贸丝	匪：非，不是。
找我商量婚姻事	来即我谋	即：就，接近。 谋：指商量婚事。
我会送你渡淇水	送子涉淇	
直到顿丘才告辞	至于顿丘	顿丘：地名，在今河南省清丰县。
并非我要拖日子	匪我愆期	愆期：过期。
你无良媒来联系	子无良媒	
请你不要生我气	将(qiāng)子无怒	将：请。
重订秋天作婚期	秋以为期	秋以为期：即以秋为期。

登上那边缺墙上	乘彼垝垣(guǐ yuán)	乘：登。 垝：毁。 垣：土墙。
遥向复关盼情郎	以望复关	复关：男子所住的地方。在今河南省清丰县西南。一说复关是关名，在近郊地方设重门，以防异常，复关即重关。亦通。
望穿秋水不见人	不见复关	此复关指氓。
心中焦急泪汪汪	泣涕涟涟	涟涟：涕泪下流的样子。
既见郎从复关来	既见复关	

有笑有说心欢畅	载笑载言	载：则，就。
你快回去占个卦	尔卜尔筮（shì）	尔：你，指氓。 卜：卜卦，用火灼龟甲，看甲上的裂纹来判断吉凶。 筮：用蓍草排比推算来占卦。
卦没凶兆望神帮	体无咎言	体：卦体，就是用龟蓍占卜所显示的现象。咎言：不吉利的话。按古代男女结婚，事先必占卜，以问吉凶，这是当时迷信的一种习俗。
拉着你的车子来	以尔车来	
快用车子搬嫁妆	以我贿迁	贿：财物，指嫁妆。
桑叶未落密又繁	桑之未落	
又嫩又润真好看	其叶沃若	沃若：犹沃然，润泽柔嫩的样子。
唉呀斑鸠小鸟儿	于嗟鸠兮	于：同“吁”，《韩诗》作“吁”，叹词。 鸠：斑鸠，鸟名。
见了桑葚别嘴馋	无食桑葚	桑葚：桑树的果实。《毛传》：“鸠，鹘鸠也。食桑葚过则醉，而伤其性。”这可能是古代的民间传说。
唉呀年青姑娘们	于嗟女兮	
见了男人别胡缠	无与士耽	耽：通“酖”，指过分地沉溺于欢乐，这里当“迷恋”解。
男人要把女人缠	士之耽兮	
说甩就甩他不管	犹可说也	说：音义同“脱”，摆脱或解脱的意思（用林义光《诗经通解》说）。
女人若是恋男人	女之耽兮	
撒手摆脱难上难	不可说也	

桑树萎谢叶落净	桑之落矣	
枯黄憔悴任飘零	其黄而陨（yǔn）	陨：落下。
自从我到你家来	自我徂（cú）尔	徂：往，到。　徂尔：到你家以来。
多年吃苦受寒贫	三岁食贫	三岁：多年。按“三”是虚数，言其多，不是实指三年。
淇水滔滔送我回	淇水汤汤（shāngshāng）	汤汤：水盛大的样子。
溅湿车帘冷冰冰	渐（jiān）车帷裳	渐：沾湿。　帷裳：车箱两旁的围布，形状像现在车两旁的帘子。
我做妻子没过错	女也不爽	爽：差错。
是你男人太无情	士贰其行（xíng）	贰：是贰的错字。贰同“忒”，偏差，和爽同义（据王引之、陈奂等考证）。　行：行为。
真真假假没定准	士也罔极	罔：无。　极：准则。罔极即无常，没有定准。
前后不一坏德行	二三其德	二三其德：即变心，前后行为不一致的意思。

结婚多年守妇道	三岁为妇	
我把家事一肩挑	靡室劳矣	靡：无，没有。　室劳：家务劳动。此句谓男人无家务之劳，意为全由妻子承担。
起早睡晚勤操作	夙兴夜寐	夙兴夜寐：起早睡晚。
累死累活非一朝	靡有朝矣	靡有朝矣：指不是某一天是这样，而是天天如此。
家业有成已安定	言既遂矣	言：助词。　既：已经。　遂：安，指生活安定。

面目渐改施残暴	至于暴矣	暴：暴虐。
兄弟不知我处境	兄弟不知	
见我回家哈哈笑	咥（xì）其笑矣	咥：哈哈大笑的样子。
静思默想苦难言	静言思之	
只有独自暗伤悼	躬自悼矣	躬：自身，自己。　悼：伤心。

“与你偕老”当年话	及尔偕老	及：与，和。　偕老：夫妻共同生活到老。这句可能是从前氓对女的誓言。
如今老了我怨他	老使我怨	
淇水虽宽有堤岸	淇则有岸	
沼泽虽阔有边涯	隰则有泮	隰：低湿的地。　泮：通“畔”，涯，岸。
回顾少年未嫁时	总角之宴	总：扎。总角，古代男女未成年时把头发扎成两角的样子。这里用它代童年。　宴：安乐。
想你言笑多温雅	言笑晏晏	晏晏：和悦温柔的样子。
海誓山盟还在耳	信誓旦旦	信誓：真挚的誓言，似即指“及尔偕老”句。旦旦：即怛怛，诚恳的样子。
谁料翻脸变冤家	不思其反	不思：想不到。　反：反复，违反，变心。
违背誓言你不顾	反是不思	是：这，指誓言。
那就从此算了吧	亦已焉哉	已：止。已焉哉，算了吧。

竹　竿

【题解】

这是一位卫国女子出嫁别国，思归不得的诗。何楷《毛诗世本古义》和魏源《诗古微》认为本诗和《泉水》都是《载驰》作者许穆夫人的作品。方玉润《诗经原始》则认为根据不足，很难断定作者是谁。

桧　常绿乔木。茎直立，幼树的叶子像针，大树的叶子像鳞片，雌雄异株，春天开花。木材为桃红色，有香味，细致坚实。寿命可长达数百年。

译文	原文	注释
竹竿竹竿细又长	籊籊(tì tì)竹竿	籊籊：长而细的样子。《毛传》："籊籊，长而杀也。" 陈奂《毛诗传疏》："杀者，纤小之称。"
当年钓鱼淇水上	以钓于淇	
难道旧游我不想	岂不尔思	不尔思：即不思尔。尔，你，指故乡淇水。
路途遥远难还乡	远莫致之	致：达到。
左边呀，泉源头	泉源在左	泉源：水名，在朝歌城西北，东南流与淇水合。
右边呀，淇水流	淇水在右	陈奂《毛诗传疏》："水以北为左，南为右。泉源在朝歌北，故曰在左。淇水则屈转于朝歌之南，故曰在右。"
姑娘出嫁别故国	女子有行	
远离家人怎不愁	远兄弟父母	
右边呀，淇水流	淇水在右	
左边呀，泉源头	泉源在左	
巧笑露齿少年游	巧笑之瑳(cuō)	瑳：何楷《毛诗世本古义》说："瑳，《说文》云：'玉色鲜白也。'笑而见齿，其色似之。"
行动佩玉有节奏	佩玉之傩(nuó)	傩：女子身上挂着佩玉，走起路来，腰身婀娜而有节奏。《毛传》："傩，行有节度。" 这四句系作者回忆过去。

淇水悠悠照样流	淇水滺滺(yóu yóu)	滺滺:《经典释文》作“浟”,《玉篇》作“攸”。滺是借字,水流的样子。
桧桨松船也依旧	桧(guì)楫松舟	桧:木名,柏科。桧楫,桧木做的桨。 松舟:松木做的船。
只好驾车且出游	驾言出游	
聊除心里思乡愁	以写我忧	写:通“泻”,宣泄,消除。

芄 兰

【题解】

这是人民讽刺贵族童子的诗。这位童子，徒有佩觿、佩韘的外表装饰，惯于摆出贵族的架势，实际是一个幼稚无能的纨绔子弟。过去有人说此诗是讽刺卫惠公的，可备一说。

苇　即芦苇。多年水生或湿生的高大禾草，生长在灌溉沟渠旁、河堤沼泽等地方。

芄兰　即萝藦。多年生蔓草。茎叶长卵形而尖。夏开白花，有紫红色斑点。结子荚形如羊角，霜后枯裂，种子上端具白色丝状毛。茎、叶和种子皆可入药。

芄兰枝上尖荚垂	芄兰之支	芄兰：蔓生植物，亦名萝藦。枝上结的荚子尖形，折断有白汁，可食。 支：通“枝”。
儿童挂着解结锥	童子佩觿（xī）	觿：用象骨制成的小锥。古代贵族成年人的佩饰，用它来解衣带的结，所以也叫做“解结锥”。
虽然挂着解结锥	虽则佩觿（xī）	沈括《梦溪笔谈》:“觿，解结锥。芄兰荚枝出于叶间，垂垂正如解结锥。疑古人为韘之制，亦当与芄兰之叶相似。”
可他不解我是谁	能不我知	能：乃，而。《郑笺》训为“才能”，恐非诗意。不我知，即不知我。
大摇大摆佩玉响	容兮遂兮	容：容仪可观，形容成年贵族走路摇摆的架势。 遂：同“遂遂”，形容走路摇摆使佩玉摇动的样子。《毛传》:“佩玉遂遂然。”
东晃西荡大带垂	垂带悸兮	悸：形容走路时大带下垂摇动有节度的样子。陈奂《毛诗传疏》:“悸，犹悸悸也。悸悸然有节度。”

芄兰枝上叶弯弯	芄兰之叶	芄兰之叶：芄兰叶像长心脏形，下垂略向后弯，它的样子很像韘。
儿童佩韘不像样	童子佩韘（shè）	韘：古代射箭时套在右手大拇指上以钩弦的一种用具，用骨或玉制成，亦称“抉拾”，俗称“扳指”。佩韘：也是已经成年的表征。
虽然佩带玉扳指	虽则佩韘（shè）	
不愿亲我把话讲	能不我甲	甲：同“狎”，亲近。《韩诗》作“狎”。《毛传》:“甲，狎也。”
大摇大摆佩玉响	容兮遂兮	
垂带晃荡真装腔	垂带悸兮	

河　广

【题解】

这是住在卫国的一位宋人思归不得的诗。卫国在戴公未迁漕以前，都城在朝歌，和宋国只隔一条黄河。诗里极言黄河不广，宋国不远，回去很为容易，却因某种限制而不能如愿。旧说此诗与宋桓夫人（卫戴公、文公、许穆夫人的姊妹，她嫁给宋桓公，生下襄公后，就被桓公离弃，回归卫国）有关，后人对这问题多有争论，未可遽信。

译文	原文	注释
谁说黄河宽又广	谁谓河广	河：黄河。
一条苇筏就能航	一苇杭之	苇：此指用芦苇编的筏子。　杭：通“航”。
谁说宋国遥又远	谁谓宋远	
踮起脚跟就在望	跂予望之	跂：企的借字，踮起脚跟。《说文》:“企，举踵也。”“跂，足多指也。”是企和跂本义不同。予：我。

译文	原文	注释
谁说黄河广又宽	谁谓河广	
一条小船容纳难	曾不容刀	曾：乃，而。　刀：通“舠”，小船。这句极言黄河之狭而易渡。
谁说宋国远又遥	谁谓宋远	
不用一早到对岸	曾不崇朝	崇朝：终朝，一个早上。

伯 兮

【题解】

这是一位女子思念她远征的丈夫而作的诗。诗的艺术特点，是层层递进，集中写一个“思”字。

谖草　即萱草。俗称金针菜、黄花菜、多年生宿根草本，其根肥大。叶丛生，狭长，背面有棱脊。花漏斗状，橘黄色或桔红色，无香气，可作蔬菜，或供观赏。根可入药。

译文	原文	注释
阿哥壮健又威风	伯兮朅（qiè）兮	伯：女子称她的丈夫。　朅：偈的假借字，《玉篇》引作“偈”，威武壮健的样子。
保卫邦国是英雄	邦之桀兮	邦：国。　桀：通“杰”，才智出众的人。
阿哥手执丈二殳	伯也执殳（shū）	殳：古代兵器，形如竿，竹制，长一丈二尺。
为着国王打先锋	为王前驱	前驱：先锋。马瑞辰《通释》：“执殳先驱，为旅贲之职。”王先谦《诗三家义集疏》：“其执殳前驱者，当为中士。”
自从哥哥去征东	自伯之东	之：往。
无心梳洗发蓬松	首如飞蓬	飞蓬：蓬草遇风四散，喻不常梳洗的乱发。
难道没有润发油	岂无膏沐	膏：润发的油。　沐：洗头。膏沐连用是偏义复词，主要指发油。
讨谁欢心去美容	谁适为容	适：悦（从马瑞辰说）。　容：修饰容貌。
好比久旱把雨盼	其雨其雨	其：语助词，这里表示一种祈求的语气。
偏偏老是大晴天	杲杲（gǎo gǎo）出日	杲杲：光明的样子。
一心思念阿哥回	愿言思伯	愿言：念念不忘的样子。闻一多《风诗类钞》注“愿言”为“睠然”。即眷眷的意思。
想得头痛也心甘	甘心首疾	甘心：情愿。　首疾：头痛。

哪儿找到忘忧草	焉得谖（xuān）草	焉：何。这里指什么地方。 谖草：亦名萱草。古人以为此草可以忘忧，故又名忘忧草。今名黄花菜、金针菜。
找来种到后院中	言树之背	言：而，乃。 树：种植。 背：古通北，此指北房的阶下。姚际恒《诗经通论》："背，堂背也。堂面向南，堂背向北，故背为北堂。"
魂牵梦萦想哥回	愿言思伯	
心病难治意难通	使我心痗（mèi）	痗：病。

有 狐

【题解】

这是一位女子忧念她流离失所的丈夫无衣无裳而作的诗。旧说诗的主题是写失时未嫁的女子爱上一个男子。细玩诗意，实在看不出失时相爱的意思。

狐　哺乳动物类，通称狐狸。形似狼，面部较长，耳朵三角形，尾巴长，毛色一般呈赤黄色。性狡猾多疑，昼伏夜出，杂食虫类、小型鸟兽、野果等。

译文	原文	注释
狐狸缓缓走	有狐绥绥	绥绥：慢吞吞走的样子。
淇水石桥上	在彼淇梁	梁：桥。古代的桥，用石砌成。
心里真忧愁	心之忧矣	
这人没衣裳	之子无裳	裳：下衣，形如现在的裙；古代男女都穿裳。
狐狸缓缓走	有狐绥绥	
淇水岸边濑	在彼淇厉	厉：濑的借字，水边有沙石的浅滩。
心里真忧愁	心之忧矣	
这人没腰带	之子无带	带：指衣带。
狐狸缓缓走	有狐绥绥	
在那淇水边	在彼淇侧	
心里真忧愁	心之忧矣	
这人没衣衫	之子无服	

木 瓜

【题解】

这是一首男女互相赠答的定情诗。当时贵族男女都在衣带上挂一装饰物，用好几种玉石组成，称为佩玉、玉佩或杂佩。风诗中，凡男女两性定情之后，男的多以佩玉赠女。如《女曰鸡鸣》:“杂佩以赠之。”《丘中有麻》:“贻我佩玖。”都是。旧说齐桓公救卫，卫人思报而作此诗，全系穿凿，毫无根据的。

木瓜　落叶灌木或小乔木，叶长椭圆形，春末夏初开花，花红色或白色。果实长椭圆形，色黄而香，味酸涩，经蒸煮或蜜渍后供食用，可入药。

送我一只大木瓜	投我以木瓜	投：赠送。
我拿佩玉报答她	报之以琼琚	报：报答，回礼。 琼：本义为赤玉，后来引申为形容玉美。 琚：杂佩中的一种玉名。
不是仅仅为报答	匪报也	匪：通“非”。
表示永远爱着她	永以为好也	

送我一只大木桃	投我以木桃	木桃：植物名，落叶灌木，又名樝（zhā）子。果实圆形或卵形，具芳香。
我拿美玉来还报	报之以琼瑶	琼瑶：美玉。《说文》：“瑶，玉之美者。”除本诗的琼琚、琼瑶、琼玖三词外，其他诗篇如琼华、琼莹、琼英、琼瑰都是形容玉美。
不是仅仅为还报	匪报也	
表示和她永相好	永以为好也	

送我一只大木李	投我以木李	木李：植物名，落叶灌木，又名木梨，果实圆形或洋梨形。
我拿宝石还报你	报之以琼玖	玖：黑色次等的玉。《说文》：“石之次玉，黑色。”琼玖，泛指宝石。
不是仅仅为还礼	匪报也	
表示爱你爱到底	永以为好也	

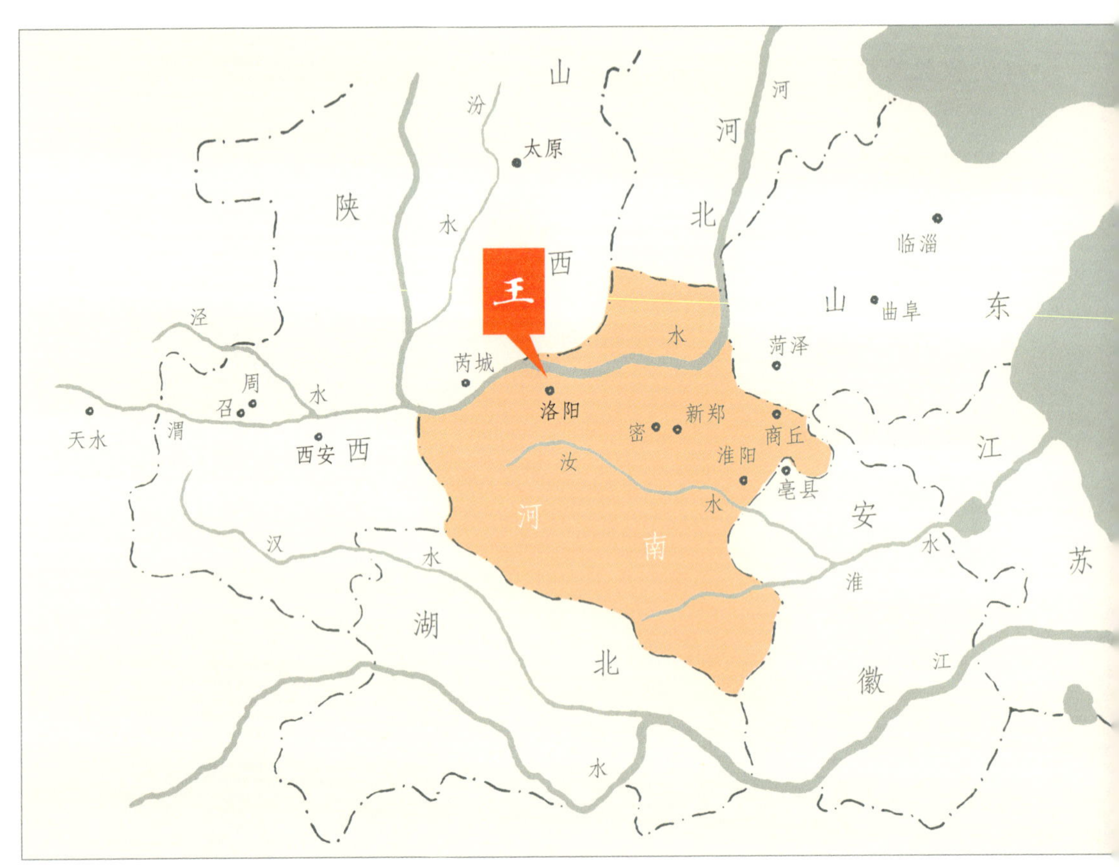

王
山
西
汾
水
太原
河
北
河
陕
西
临淄
山
东
曲阜
菏泽
水
芮城
洛阳
泾
周
召
水
天水
渭
西安
西
密
新郑
商丘
淮阳
亳县
汝
水
河
南
汉
水
安
江
水
淮
苏
湖
北
徽
江
水

王風

“王”即王都的简称。平王东迁洛邑，周室衰微，无力驾驭诸侯，其地位等于列国，所以称为“王风”。《王风》共计十篇。

《王风》全部都是平王东迁以后的作品。它的产生地，在今河南省洛阳、孟县、沁阳、偃师、巩县、温县一带地方。

崔述说：“幽王昏暴，戎狄侵陵；平王播迁，家室飘荡。”（《读风偶识》）这正是《王风》的历史背景。表现在诗中，如《黍离》、《扬之水》、《兔爰》、《葛藟》、《君子于役》等，多带有乱离悲凉的气氛。

王风 / 黍离

【题解】

这是诗人抒写自己在迁都时难舍家园的诗。《毛诗序》认为是周大夫慨叹西周沦亡之作，但诗中并无凭吊故国之意，似不可信。

黍　古代专指一种子实称黍子的一年生草本作物。喜温暖，不耐霜，抗旱力极强。子实淡黄色者，去皮后北方通称黄米，性黏，可酿酒。

稷　高粱。马瑞辰《通释》："按诸家说黍稷者不一。程瑶田《九谷考》谓黍今之黄米，稷今之高粱。其说是也。"

看那小米满田畴　彼黍离离　离离：茂盛的样子。

高粱抽苗绿油油　彼稷之苗

远行在即难迈步　行迈靡靡　行迈：即远行的意思。　靡靡：迟迟。

无尽愁思闷心头　中心摇摇　摇摇：同“愮愮”。《尔雅》:“愮愮，忧无告也。”犹言愁闷得难受。

知心人说我心烦忧　知我者谓我心忧

局外人当我啥要求　不知我者谓我何求

高高在上的老天爷　悠悠苍天　悠悠：遥远的意思。

是谁害我离家走　此何人哉

看那小米满田畴　彼黍离离

高粱穗儿垂下头　彼稷之穗

远行在即难迈步　行迈靡靡

心中难受像醉酒　中心如醉

知心人说我心烦忧　知我者谓我心忧

局外人当我啥要求	不知我者谓我何求
高高在上的老天爷	悠悠苍天
是谁害我离家走	此何人哉

看那小米满田畴	彼黍离离
高粱结实不胜收	彼稷之实
远行在即难迈步	行迈靡靡
心如噎住真难受	中心如噎
知心人说我心烦忧	知我者谓我心忧
局外人当我啥要求	不知我者谓我何求
高高在上的老天爷	悠悠苍天
是谁害我离家走	此何人哉

噎：食物塞住咽喉。

君子于役

【题解】

这是一位妇女思念她久役于外的丈夫的诗。这位农村妇女，在暮色苍茫之中，看到牛羊等禽畜回来休息，而自己的丈夫则归家无期，就更觉寂寞、孤独，不禁唱出了这首情景交融的动人诗篇。

鸡　家禽之一种。嘴短，上喙稍弯曲，头部有鲜红色肉质的冠。翅膀短，不能高飞。也叫家鸡。

丈夫服役在远方	君子于役	君子：古时妻对夫的敬称。 于：往。
没年没月心忧伤	不知其期	
不知何时回家乡	曷至哉	曷：何，指何时。 至：至家。
鸡儿纷纷回窠来	鸡栖于埘（shí）	埘：挖墙成洞的鸡窝。《毛传》："凿墙而栖曰埘。"
西天暮霭遮夕阳	日之夕矣	
牛羊下坡进栏忙	羊牛下来	
丈夫服役在远方	君子于役	
叫我怎不把他想	如之何勿思	

丈夫服役在远方	君子于役	
没日没月别离长	不日不月	不日不月：指没有归期。
几时团圆聚一堂	曷其有佸（huó）	有：又。 佸：聚会。
鸡儿纷纷上木桩	鸡栖于桀	桀：亦作榤、橛，系鸡的木桩。
西天暮霭遮夕阳	日之夕矣	
牛羊下坡进栏忙	羊牛下括	括：通"佸"。《释文》："括，本亦作佸。" 陈乔枞《三家诗遗说考》："佸、括，会。古声义并同。"
丈夫服役在远方	君子于役	
会否忍饥饿肚肠	苟无饥渴	苟：且，或许。带有疑问口气的希望之词。

君子阳阳

【题解】

这是描写舞师和乐工共同歌舞的诗。东周王国衰微，苟安在洛阳周围五六百里的地方，但照样设有专职的乐工和歌舞伎，以供统治阶级的享乐。

译文	原文	注释
舞师得意喜洋洋	君子阳阳	君子：这里指舞师。　阳阳：扬扬的假借字，即洋洋，快乐得意的样子。
左手握着大笙簧	左执簧	簧：指笙类乐器。
右手招我奏“由房”	右招我由房	我：本诗的作者，从诗意看，似是一个乐工。由房：可能是“由庚”、“由仪”一类的笙乐、房中之乐，即人君燕息时所奏之乐。
快快乐乐舞一场	其乐只且（jū）	其乐只且：《韩诗》作“其乐旨且”。王先谦《诗三家义集疏》：“乐旨，犹言乐之美者，意谓乐甚。”“只且”亦可作语尾助词，义同“也哉”。

译文	原文	注释
舞师得意乐陶陶	君子陶陶	陶陶：和乐舒畅的样子。
左手举起鸟羽摇	左执翿（dào）	翿：用五彩野鸡羽毛做的扇形舞具，亦名翳。
右手招我奏“由敖”	右招我由敖	敖：舞曲名，即骜夏。马瑞辰《通释》：“敖，疑当读为骜夏之骜，《周官·钟师》：奏九夏，其九为骜夏。”
快快乐乐共舞蹈	其乐只且	

扬之水

【题解】

这是一首戍卒思归的诗。平王东迁洛阳，南方楚国强大，有并吞小国的野心。申、吕、许三国距王畿甚近，齿唇相依，平王派兵戍守。可是，王都地小人稀，派去的兵士，没有一定期限调换；人民怨恨思归，就作了这首诗。

蒲　　即蒲柳，又名水杨。落叶乔木，生长于水边，质性柔弱，树叶入秋就凋零。

河水慢慢流过来	扬之水	扬：悠扬，水缓流无力的样子（用朱熹《诗集传》说）。
水小难漂一捆柴	不流束薪	束薪：一捆柴。古代用这个词代表新婚。魏源《诗古微》:"《三百篇》言取妻者，皆以析薪取兴。盖古者嫁娶必以燎炬为烛。
想起我那意中人	彼其（jì）之子	其：语助词。"彼"和"之"都是第三人称的代名词，古语往往有这种重复。 之子：指作者所怀念的人。
我守申国她难来	不与我戍申	戍：守。 申：古国名，在今河南省唐河县南。
日思夜想丢不开	怀哉怀哉	
哪月回家没法猜	曷月予还归哉	曷：何。 还：音义同"旋"。

小河浅水缓缓流	扬之水	
一捆荆条漂不走	不流束楚	楚：荆条。
想起我那意中人	彼其（jì）之子	
不能同我把甫守	不与我戍甫	甫：古国名，亦作吕。在今河南省南阳县西。
日思夜想丢不开	怀哉怀哉	
何时回家相聚首	曷月予还归哉	

河水缓缓流向东	扬之水	
一束蒲柳漂不动	不流束蒲	蒲：蒲柳。
想起我那意中人	彼其（jì）之子	
不能来许意难通	不与我戍许	许：古国名，在今河南省许昌市。
日思夜想丢不开	怀哉怀哉	
何时我能回家中	曷月予还归哉	

中谷有蓷

【题解】

这是描写一位弃妇悲伤无告的诗。这位弃妇于荒年中，被丈夫遗弃了。她在天灾人祸走投无路的处境中，毫无办法，只好慨叹、呼号、哭泣了。诗歌反映了东周时代下层妇女悲惨生活的断片。

萧　即艾草，又名艾萧、艾蒿。多年生草本或略成半灌木状，植株有浓烈香气。可入药。诗见《小雅·蓼萧》。

蓷　即益母草，一年或二年生草本，通常长在湿润之处。全草或子实入药。

山谷长着益母草	中谷有蓷(tuī)	中谷：即谷中。　蓷：益母草。植物名，即益母草，通常长在湿润之处。
天旱不雨草枯焦	暵(hàn)其干矣	暵：干燥的样子。　暵其：即暵暵。诗以蓷草生于谷中湿地而干枯比喻女子被遗弃而憔悴。
有位女子被遗弃	有女仳(pǐ)离	仳离：分离，这里指被离弃。
抚胸长叹心苦恼	嘅其叹矣	嘅：同“慨”。嘅其，即嘅嘅，感叹的样子。
抚胸长叹心苦恼	嘅其叹矣	
嫁人嫁得太糟糕	遇人之艰难矣	艰难：指所嫁之夫不好。

益母草长山谷间	中谷有蓷	
天旱不雨草晒干	暵其修矣	修：本义为干肉，引申为干枯。
有位女子被遗弃	有女仳离	
唉声长叹心里酸	条其歗(xiào)矣	条：长。　条其：即条条，形容长啸。陈奂：“条条然者，歗声也。”　歗：同“啸”，长嘘出声。这里也指长叹。
唉声长叹心里酸	条其歗(xiào)矣	
不幸嫁个负心汉	遇人之不淑矣	不淑：不善。

益母草长山谷中	中谷有蓷	
天旱草枯地裂缝	暵其湿(qī)矣	湿：㬤的假借字，晒干。《广雅》:“㬤，曝也。”
有位女子被遗弃	有女仳离	
呜咽悲泣心伤痛	啜其泣矣	啜：哭泣时的抽噎。
呜咽悲泣心伤痛	啜其泣矣	
后悔莫及叹也空	何嗟及矣	何嗟及矣：据胡承珙《毛诗后笺》考证，这句是后人传写误倒，应作“嗟何及矣”。

兔爰

【题解】

这是一首反映没落贵族厌世思想的诗。这个没落贵族留恋西周宣王时代所谓盛世，那时虽有天灾，但无人祸，贵族的地位和利益尚未动摇。东迁以后，有些贵族失去了土地和人民，阶级地位起了变化，甚至还要服役。这就是诗人所谓“逢此百罹”的社会背景。他在前后生活对比之下，引起了厌世思想，作了这首诗。崔述《读风偶识》:“其人当生于宣王之末年，王室未骚，是以谓之‘无为’。既而幽王昏暴，戎狄侵陵；平王播迁，家室飘荡，是以谓之‘逢此百罹’。”

译文	原文	注释
狡兔自由又自在	有兔爰爰	爰爰：自由自在的样子。
野鸡落进网里来	雉离于罗	离：遭。　罗：网。
当我初生那时候	我生之初	
没有战争没有灾	尚无为	尚：犹，还。　为：事，指军役之事。
偏偏在我出生后	我生之后	
倒霉事儿成了堆	逢此百罹(lí)	罹：忧。
但愿长睡口不开	尚寐无吪(é)	尚：庶几，带有希望的意思。　寐：睡。　无吪：不想说话。

译文	原文	注释
狡兔自由又自在	有兔爰爰	
野鸡落进网里来	雉离于罦(fú)	罦：一种装设机关的网，能自动掩捕鸟兽，亦名覆车网。

译文	原文	注释
当我初生那时候	我生之初	
没有迁都没有灾	尚无造	造：与上章“为”字同义。《尔雅·释言》：“作，造，为也。”
偏偏在我出生后	我生之后	
百般晦气连着来	逢此百忧	
但愿长睡眼不开	尚寐无觉	觉：醒，指眼睁开。　无觉：即不想看见的意思。

译文	原文	注释
狡兔自由又自在	有兔爰爰	
野鸡落进网里来	雉离于罿（tóng）	罿，捕鸟网。
当我初生那时候	我生之初	
没有劳役没有灾	尚无庸	庸：用，指劳役。《郑笺》:“庸，劳也。”
偏偏在我出生后	我生之后	
百样坏事上门来	逢此百凶	
但愿长睡两耳塞	尚寐无聪	聪：朱熹:“聪，闻也。”无聪，不想听见。

葛　藟

【题解】

这是流亡他乡者求助不得的怨诗，同《旄丘》描写的情况相似。春秋时代，战争频繁，统治者生活奢侈，人民无法生存，只得纷纷逃亡。这首诗的作者，可能是从洛阳附近逃亡到王都的。但到处都是一样，即使你称别人为父母兄弟，乞求一点同情和救济，也是无济于事。诗深刻地反映了富人们冷酷无情的嘴脸。

野葡萄藤长又长	绵绵葛藟(lěi)	绵绵：连绵不断的样子。　葛藟：蔓生植物名，野葡萄。
蔓延河边湿地上	在河之浒	浒：水边。
离别亲人到外地	终远兄弟	终：既。　远：弃。　兄弟：指家人。
喊人阿爸求帮忙	谓他人父	谓：称，喊。
阿爸喊得连声响	谓他人父	
没人理睬独彷徨	亦莫我顾	莫我顾：即“莫顾我”的倒文。　顾：理睬。有人解作“眷顾”或“照顾”，亦通。

野葡萄藤长又长	绵绵葛藟(lěi)	
蔓延河滨湿地上	在河之涘(sì)	涘：水边。
离别亲人到外地	终远兄弟	

喊人阿妈求帮忙	谓他人母	
阿妈喊得连声响	谓他人母	
没人亲近独悲伤	亦莫我有	有：同“友”，亲近、亲爱之意。陈奂《诗毛氏传疏》:“有，犹友也。”《左传》杜注:“有，相亲有也。”是“有”古与“友”通。
野葡萄藤长又长	绵绵葛藟(lěi)	
蔓延河旁湿地上	在河之漘(chún)	漘：深水边。
离别亲人到外地	终远兄弟	
喊人阿哥求帮忙	谓他人昆	昆：《毛传》:“昆，兄也。”
阿哥喊得连声响	谓他人昆	
没人救助独流亡	亦莫我闻	闻：同“问”，救助慰问的意思。王引之《经传述闻》说:“家大人（王念孙）曰：闻，犹问也，谓相恤问也。古字‘闻’与‘问’通。”

采　葛

【题解】

这是一首思念情人的诗。一个男子，对采葛织夏布、采蒿供祭祀、采艾治病的勤劳的姑娘无限爱慕，就唱出这首诗，表达了他的深情。

艾　一名冰台，又名艾蒿，多年生草本。茎、叶皆可以作中药，性温味苦，有祛寒除湿、止血、活血及养血的功效。叶片晒干制成艾绒，可用于灸疗。

那位姑娘去采葛　　彼采葛兮
只有一天没见着　　一日不见
好像三月久相隔　　如三月兮

葛：葛藤，其皮可制纤维织夏布。

那位姑娘去采蒿　　彼采萧兮
只有一天没见到　　一日不见
像隔三秋受煎熬　　如三秋兮

萧：植物名，蒿类，有香气。古人祭祀时所用。《毛传》："萧所以供祭祀。"

姑娘采艾去田间　　彼采艾兮
只有一天没会面　　一日不见
好像隔了整三年　　如三岁兮

艾：植物名，艾叶可供药用和针灸用。朱熹《诗集传》："艾，蒿属，干之可灸，故采之。"

大 车

【题解】

这是一首女子热恋情人的诗。她很想和情人同居，但不知情人心里究竟如何，所以不敢私奔。但是她对情人发出誓词，表示她的爱是始终不渝的。这比风诗中的其他恋歌，较为大胆而又矜持。

译文	原文	注释
大车驶过声坎坎	大车槛槛（kǎn kǎn）	大车：大夫坐的车子。陈奂《诗毛氏传疏》："大车，大夫之车。" 槛槛：车行声。
身穿毛衣青色淡	毳（cuì）衣如菼（tǎn）	毳衣：用兽毛织的衣服。《毛传》："毳衣，大夫之服。" 菼：初生的芦荻，青白色。
难道是我不想你	岂不尔思	尔：指坐在大车上穿着毛衣的男子，与下句的"子"是一个人，都是指她所恋的男子。
怕你犹豫我不敢	畏子不敢	

译文	原文	注释
大车驶过慢吞吞	大车啍啍（tūn tūn）	啍啍：走得又重又慢的样子。《毛传》："啍啍，重迟貌。"
身穿毛衣红殷殷	毳衣如璊（mén）	璊：红色的玉。
难道是我不想你	岂不尔思	
怕你犹豫我不奔	畏子不奔	奔：私奔。

译文	原文	注释
"活着各住各的房	"穀则异室	穀：活着。和下句的"死"字对文。

死后同埋一个圹	死则同穴	穴：墓穴，也叫圹。
别说我话难凭信	谓予不信	
天上见证是太阳”	有如皦日”	如：此，这（从裴学海《古书虚字集释》说）。　皦：同“皎”，光明。本章四句是女子对情人的誓言。

丘中有麻

【题解】

这是一位女子叙述她和情人定情过程的诗。历来学者对这首诗的解释，很不相同。有说是思贤之作的，有说是写私奔的，也有说是招贤偕隐的。诸说均未尽妥。

麻　　指大麻，又名火麻、黄麻，一年生草本。其茎皮纤维可织麻布及制绳、造纸。种子可榨油。中医以果实入药。

山坡上面种着麻	丘中有麻	
刘家小伙名子嗟	彼留子嗟	留：古与“刘”通用。马瑞辰《通释》：“留、刘古通用，薛尚功《钟鼎款识》有刘公簠，《积古斋钟鼎款识》作留公簠。”
刘家小伙名子嗟	彼留子嗟	
请他帮忙来我家	将其来施	将：请。 施：帮助。

山坡上面种着麦	丘中有麦	
那位子国是他爸	彼留子国	子国：《毛传》：“子国，子嗟父。”
那位子国是他爸	彼留子国	
请他吃饭来我家	将其来食	

山坡上面种着李	丘中有李	
刘家小伙就是他	彼留之子	之子：指子嗟。
刘家小伙就是他	彼留之子	
送我佩玉想成家	贻我佩玖	贻：赠送。 玖：似玉的浅黑色石，可以制成佩带的饰物。

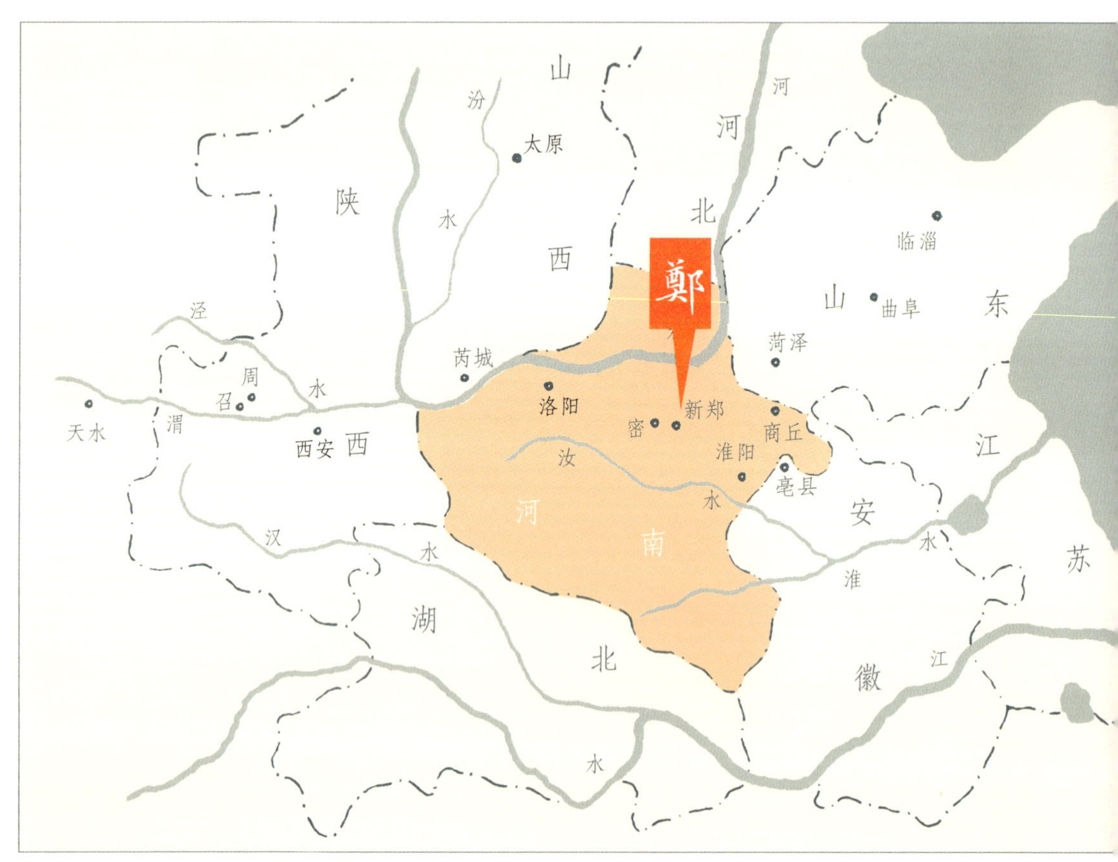

山
汾
太原
河
河
陕
北
水
西
临淄
鄭
山
曲阜
东
泾
菏泽
芮城
周
水
洛阳
新郑
召
渭
密
商丘
天水
西安
西
淮阳
江
汝
亳县
河
水
安
汉
南
水
水
苏
淮
湖
北
江
徽
水

鄭風

周幽王的时候，郑桓公作周司徒的官。犬戎杀幽王和桓公，桓公的儿子武公继位，仍称郑。桓公的郑，在今陕西西安附近，和武公的新郑不同地。

郑风共二十一篇。其本事可考者仅《清人》一首。《左传》闵公二年："郑人恶高克，使帅师次于河上，久而弗召，师溃而归，高克奔陈。郑人为之赋《清人》。"此事约发生于公元前660年左右。郑桓公死后，武公继位，迁至新郑。可见《郑风》是东周至春秋之间的作品。

郑国的都城在新郑（今河南新郑），新郑是一个大都会，民间一直流行着男女在溱洧等地游春的习俗，故诗多言情之作。《论语》说："郑声淫。"这不仅指声调而言，其内容大多也是恋爱诗歌。这就是《郑风》的特点。

郑风 缁衣

【题解】

这是一首赠衣的诗。缁衣是当时卿大夫私朝穿的衣服。《孔疏》:“卿士旦朝于王，服皮弁，不服缁衣。退适治事之馆，释皮弁而服（缁衣），以听其所朝之政也。”诗中的改衣、授粲都是较亲密的家人口气。看来，诗里的“予”就是这个穿缁衣的人的妻妾。旧说附会它是赞美郑武公的诗，后人多不相信。

译文	原文	注释
黑色朝服多合样	缁衣之宜兮	缁衣：黑色的衣。古代卿大夫官吏到官署（古称私朝，即第三句的“馆”）所穿的衣服。　宜：称身，合身。
破了，我再做衣裳	敝，予又改为兮	敝：破。　为：制。下二章的造、作，与此同义。
你去官署把事办	适子之馆兮	适：往。　馆：官舍。《郑笺》:“卿士所之之馆，在天子之宫。”
回来，给你试新装	还，予授子之粲兮	还：音义同“旋”，回来。　授：给予。　粲：鲜明，指新衣。《小雅·大东》:“粲粲衣服。”《毛传》:“粲，鲜盛貌。”

译文	原文
黑色朝服多美好	缁衣之好兮
破了，我再缝一套	敝，予又改造兮
你去官署把公干	适子之馆兮
回来，给你穿新袍	还，予授子之粲兮

黑色朝服大又宽	缁衣之席兮	席：宽大。
破了，我再做一番	敝，予又改作兮	
你到官署去办事	适子之馆兮	
回来，给你新衣穿	还，予授子之粲兮	

将仲子

【题解】

这是一首女子拒绝情人的诗。她拒绝情人的原因，是怕家庭反对、舆论指责，可是她内心是极爱他的。这种爱和礼教的矛盾，使她痛苦不安，不得不向情人叮嘱，请他不要再来。诗歌透露了当时婚姻不自由的社会现象。

杞　　落叶乔木。枝条细长柔韧，可编织箱筐等器物。也称红皮柳。

二哥请你听我讲	将（qiāng）仲子兮	将：请。 仲子：男子的字，犹言“老二”。
不要翻过我院墙	无逾我里	逾：越，翻过。 里：古代二十五家为一里。
别把杞树来碰伤	无折我树杞	折：伤害，折断。
不是珍惜这些树	岂敢爱之	爱：吝惜，舍不得。 之：指树。
是怕我的爹和娘	畏我父母	
二哥二哥我记挂	仲可怀也	
只是爹娘要责骂	父母之言	
想想心里有点怕	亦可畏也	

二哥请你听我讲	将（qiāng）仲子兮	
不要翻过我围墙	无逾我墙	
别伤墙边种的桑	无折我树桑	树桑：古代墙边种桑，园中种檀。马瑞辰《通释》：“《孟子》‘树墙下以桑’，《鹤鸣》诗‘乐彼之园，爰有树檀’是也。”
不是珍惜这些树	岂敢爱之	
怕我兄长要张扬	畏我诸兄	

二哥二哥我记挂	仲可怀也	
只是兄长要责骂	诸兄之言	
想想心里有点怕	亦可畏也	

二哥请你听我讲	将（qiāng）仲子兮	
不要翻我后园墙	无逾我园	
别让檀树受了伤	无折我树檀	檀：树名，皮青，质坚硬，可以造器具和车。
不是珍惜这些树	岂敢爱之	
怕人多嘴舌头长	畏人之多言	
二哥二哥我记挂	仲可怀也	
只是别人要多话	人之多言	
想想心里有点怕	亦可畏也	

叔于田

【题解】

这是一首赞美猎人的诗。《诗经》中常用伯、仲、叔、季的表字；特别是女子，多半用它称其情人或丈夫。这是当时的习俗。这首诗，可能出自女子的口吻。诗中用了夸张的艺术手法，塑造了“叔”的美好形象。旧说此诗和《大叔于田》都是写郑庄公之弟太叔段，未必可信。

三哥打猎出了门	叔于田	于：往。　田：打猎。
巷里空空不见人	巷无居人	巷：犹今天的里弄。王先谦《诗三家义集疏》：“古者居必同里，里门之内，家门之外，则巷道也。”
并非真的没住人	岂无居人	
能比三哥有几人	不如叔也	
他真漂亮又谦逊	洵美且仁	洵：确实。　仁：仁爱谦让。

三哥出去冬猎了	叔于狩	狩：《毛传》：“冬猎曰狩。”
巷里不见喝酒佬	巷无饮酒	
并非没有喝酒佬	岂无饮酒	
三哥样样比人高	不如叔也	
他真漂亮又和好	洵美且好	好：和好团结。

三哥打猎到田野	叔适野	适：往。　野：郊外。
巷里不见人驾马	巷无服马	服马：驾马。《毛传》："服马，乘马也。"
并非别人不会驾	岂无服马	
而是技术不如他	不如叔也	
英俊威武人人夸	洵美且武	武：勇敢英武。

大叔于田

【题解】

这是赞美一位青年猎手的诗。他是贵族，也是一位壮勇善于射御的猎手。诗描写打猎的生动场面，使人如见其人，如临其事。这种铺张手法，给汉赋的影响很大。本篇的诗题，据他篇的惯例，应该作《叔于田》。后人加一“大”字，大是“长”的意思，以区别于前面短篇的《叔于田》（从严粲《诗缉》和马瑞辰《毛诗传笺通释》说）。

虎　　哺乳动物类，通称老虎。毛黄褐色，有黑色横纹。性凶猛，力大。惯于捕食野兽。

译文	原文	注释
三哥打猎登征途	叔于田	
驾着四马真英武	chéng shèng 乘乘马	前“乘”：驾，作动词用。后“乘”：古时四马一车叫做一乘。
手拿缰绳像丝组	执辔如组	执辔如组：手执马缰整齐如丝带。
骖马整齐像跳舞	两骖如舞	两骖：一车四马的两旁两匹。 如舞：像跳舞行列一样整齐。
三哥驾车在林薮	叔在薮	薮：地低湿而多草木之处。
猎火齐起截兽路	火烈具举	烈：借为“迾”，遮。打猎时放火烧草，断绝群兽逃走的路，叫火烈。 具：通“俱”。具举，齐起。
赤膊空拳打老虎	tǎn xī 袒裼暴虎	袒裼：脱衣露体，赤膊。 暴虎：空手打虎。
打来献到郑公府	献于公所	
“三哥请勿太大意	qiāng niǔ “将叔无狃	将：请。 狃：习，熟练。 无狃：不要因为熟练而麻痹大意。
提防老虎伤肌肤”	戒其伤女”	戒：警惕。 女：通“汝”，指叔。

译文	原文	注释
三哥出猎真雄壮	叔于田	
驾着四马毛色黄	乘乘黄	乘黄：四匹黄马。
两匹服马首高昂	两服上襄	两服：一车四马当中的两匹。《孔疏》：“中央夹辕者名服马。” 襄：同“骧”，马头昂起。
骖马整齐像雁行	两骖雁行	
三哥驾车草地上	叔在薮	

猎火熊熊把兽挡	火烈具扬	扬：飞起。
拉弓能穿百步杨	叔善射忌	忌：语尾助词。
驾起车来最擅长	又良御忌	
忽儿勒马急停车	抑磬(qìng)控忌	抑：发语词，含有“忽”意。 磬控：止马，控制马不让它前进。磬，状如曲尺的乐器，这里用“磬”形容御者止马的姿态。
忽儿纵马任遨翔	抑纵送忌	纵送：纵马快跑。
三哥打猎郊外走	叔于田	
四匹花马跑不休	乘乘鸨(bǎo)	鸨：通“鸨”，黑白杂色的马。
中央服马头并头	两服齐首	齐首：两匹服马并驾齐驱。有人说，齐同“如”，与下文“如手”相对，都是用人体作比喻。亦通。
两旁骖马像双手	两骖如手	如手：两匹骖马在旁而稍后，像人的双手那样整齐。
草深林密风飕飕	叔在薮	
猎火熊熊烧个够	火烈具阜	阜：旺盛。
马儿走得慢悠悠	叔马慢忌	
箭儿少发无禽兽	叔发罕忌	发：发箭。 罕：少。
解下箭筒揭开盖	抑释掤(bīng)忌	掤：箭筒盖。释掤，打开箭筒的盖，准备将箭收起。
弓儿装进袋里头	抑鬯(chàng)弓忌	鬯：韔的假借字，弓袋。这里用如动词。鬯弓，将弓放进弓袋里。

清　人

【题解】

这是一首讽刺郑国高克的诗。清人指高克及其所带领的兵士。“清”在今河南中牟县西。郦道元《水经注》:“清池水出清阳亭西南平地，东北流经清阳亭，东南流即清人城也。诗所谓‘清人在彭’。”王先谦《诗三家义集疏》:“据《易林》‘清人高子’，知克亦清邑之人。故率其同邑之众，屯于卫邑彭地。”《春秋》闵公二年：“冬，十有二月，狄入卫，郑弃其师。”《左传》:“郑人恶高克，使帅师次于河上，久而弗召，师溃而归，高克奔陈。郑人为之赋《清人》。”这里所说赋《清人》的郑人，据《毛序》说是公子素。《清人》的主题和作者，史有确证，大概是不错的。诗极力渲染战马的强壮和武器的精美。每章的末句，都含着辛辣的讽刺味道。

清邑军队守彭庄　清人在彭　清人：清邑的人。　彭：黄河边上郑国地名。《孔疏》:“卫在河北，郑在河南，恐狄渡河侵郑，故使高克将兵于河上御之。”

驷马披甲真强壮　驷介旁旁　驷：一车驾四马。　介：甲。马身披甲以防受伤。　旁旁：马强壮的样子。

两矛装饰重缨络　二矛重英　英：毛制的缨络，装在矛头之下以为饰。重英，两层缨络。古代每辆战车上都树两支矛，一支用它攻打敌人，另一支备用。

河边闲游多欢畅　河上乎翱翔　翱翔：指驾着战车遨游。

清邑军队守在消　清人在消　消：黄河边上郑国地名。

驷马披甲威风骄　驷介麃麃（biāobiāo）　麃麃：威武的样子。

两矛装饰野鸡毛　二矛重乔　重乔：乔亦作鷮，长尾野鸡。此指以鷮羽为矛缨。

河边闲逛多逍遥　河上乎逍遥

译文	原文	注释
清邑军队守在轴	清人在轴	轴：黄河边上郑国地名。
驷马披甲如风跑	驷介陶陶	陶陶：即駋駋的假借。《说文》:“駋，马行貌。”
身子左转右抽刀	左旋右抽	左旋右抽：指身体向左边旋转用右手抽出刀剑，形容练习击刺的样子。《说文》:“抽，拔兵刃以习击刺也。《诗》曰‘左旋右抽’。”
将军练武姿态好	中军作好	中军：古代中军的将官是主帅，这里指高克。一说中军即军中的倒文。　作好：做好表面工作。说高克仅仅养马、练习武器，不是真在抗拒敌人。

羔　裘

【题解】

这是赞美郑国一位正直官吏的诗。《左传》昭公十六年："郑六卿饯韩宣子于郊，子产赋郑之《羔裘》。宣子曰：'起不堪也。'" 可见这首诗在当时已广泛地流行于郑国的朝野。它可能是赞美子产的前任子皮一类的人物的。

译文	原文	注释
身穿柔滑羊皮袄	羔裘如濡(rú)	如：同"而"。　濡：柔而有光泽。
为人正直又美好	洵直且侯	洵：确实。　直：正直。　侯：美。
他是这样一个人	彼其之子	
肯舍生命保节操	舍命不渝	不渝：不变。
羔裘袖口饰豹皮	羔裘豹饰	豹饰：用豹皮作羔裘袖子边缘的装饰。《管子·揆度》："卿大夫豹饰。"
为人威武有毅力	孔武有力	孔：甚，很。
他是这样一个人	彼其之子	
国家司直有名气	邦之司直	司直：官名。掌管劝谏君主过失。马瑞辰《通释》："司，主也。直，正也。正其过阙也。"
羔羊皮袄光又鲜	羔裘晏兮	晏：鲜艳。
三道豹皮色更妍	三英粲兮	三英：即上章的豹饰，豹皮镶在袖口上，有三排装饰。　粲：鲜明。
他是这样一个人	彼其之子	
国之模范正华年	邦之彦兮	彦：美士，模范。

遵大路

【题解】

这是一首弃妇的诗。这一对男女，可能不是正式的夫妻，但同居的时间比较长，而男子终于喜新厌旧，遗弃了女方。

译文	原文	注释
沿着大路跟你走	遵大路兮	遵：循，沿。
手儿拉住你衣袖	掺执子之祛（qū）兮	掺：拉住。 祛：袖口。
求你不要讨厌我	无我恶兮	恶：厌恶。 无我恶：无恶我的倒文。
多年相伴别分手	不寁（zǎn）故也	寁：速离。 故：故人，老伴。
沿着大路跟你走	遵大路兮	
手儿拉住你的手	掺执子之手兮	
求你不要嫌我丑	无我魗兮	魗：即丑，古今字。
多年相好别弃丢	不寁（zǎn）好也	好：相好，爱人。

女曰鸡鸣

【题解】

这是一首新婚夫妇的联句诗。诗用对话、联句的形式，表现了一对新婚夫妇情投意合、欢乐和好的家庭生活。诗的对话和联句形式，给后世诗歌影响很大，可尊为联句诗之祖。

译文	原文	注释
女说："雄鸡叫得欢"	女曰："鸡鸣"	
男说："黎明天还暗"	士曰："昧旦"	昧：黑。 旦：亮。昧旦，天快亮未亮的时候。
"你快起来看夜色	"子兴视夜	兴：起。 视夜：观察夜色。
启明星儿光闪闪"	明星有烂"	明星：指启明星，据后人考证，天将明时，只有启明星发亮。 有烂：即烂烂，明亮。
"我要出去走一转	"将翱将翔	翱翔：本是形容鸟飞的样子，这里借作人出外游逛。
射点野鸭和飞雁"	弋(yì)凫(fú)与雁"	弋：射。古用生丝作绳，系在箭上来射鸟，叫做"弋"。 凫：野鸭。

译文	原文	注释
"射中鸭雁野味香	"弋言加之	言：助词，下同。 加：射中。
为你做菜给你尝	与子宜之	宜：烹调菜肴。
就菜下酒相对饮	宜言饮酒	
白头到老百年长	与子偕老	

你弹琴来我鼓瑟	琴瑟在御	御：用，弹奏的意思。古代常用琴瑟乐器的合奏，象征夫妇的同心和好，如《小雅·常棣》："妻子好合，如鼓瑟琴。"
美满和好心欢畅"	莫不静好"	静好：美满和好。
"你的体贴我知道	"知子之来之	子：指妻。 来：慰勉。
送你杂佩志不忘	杂佩以赠之	杂佩：古人身上佩带的珠玉等饰物。
你的温顺我知道	知子之顺之	顺：柔顺。
送你杂佩慰情长	杂佩以问之	问：馈赠。《毛传》："问，遗也。"
你的爱恋我知道	知子之好之	好：爱。
送你杂佩表衷肠"	杂佩以报之"	

有女同车

【题解】

这是一首贵族男女的恋歌。男方看中的姜家大姑娘，不但容貌美丽，更使他难忘的是品德好、内心美。

舜　即木槿，落叶灌木或小乔木。叶卵形，互生；夏秋开花，花钟形，单生，有白、红、紫等色，朝开暮落。栽培供观赏兼作绿篱。树皮和花可入药，茎的纤维可造纸。

译文	原文	注释
姑娘和我同乘车	有女同车	
脸儿好像木槿花	颜如舜华	舜：木槿。　华：同“花”。
我们在外同遨游	将翱将翔	
美玉佩环身上挂	佩玉琼琚	
姜家美丽大姑娘	彼美孟姜	
确实漂亮又文雅	洵美且都	都：娴雅大方。

译文	原文	注释
姑娘和我同路行	有女同行（háng）	行：道路。
脸像槿花红莹莹	颜如舜英	英：花。
我们在外同游玩	将翱将翔	
身上佩玉响叮叮	佩玉将将	将将：同“锵锵”，象声词。此指佩玉相击的声音。
姜家美丽大姑娘	彼美孟姜	
美好品德永光明	德音不忘	德音：好声誉，即品德好的意思。　不忘：不尽。

山有扶苏

【题解】

这是写一位女子找不到如意对象而发牢骚的诗。也有人说，是女子对爱人的俏骂。

荷华　　即荷花。多年生水生宿根草本。夏天开花，色淡红或白，有清香，供观赏。

今译	原文	注释
山顶大树多枝丫	山有扶苏	扶苏：亦作扶疏，大树枝叶茂盛分披的样子。
低洼地里开荷花	隰（xí）有荷华	隰：低洼的湿地。　荷华：即荷花。
不见子都美男子	不见子都	子都：古代著名的美男子。《孟子》："至于子都，天下莫不知其姣者也。"这里用子都代表标准的美男子。
遇见个疯癫大傻瓜	乃见狂且（jū）	狂且：疯癫愚蠢（从马瑞辰《通释》说）。有人将"且"当作语助词。闻一多则注为"者"，即"狂者"的意思。均可通。

今译	原文	注释
山顶松树高又大	山有桥松	桥：通"乔"，高。
低洼地里开茏花	隰有游龙	游：枝叶舒展的样子。　龙：茏的假借字，即水荭。
不见子充好男儿	不见子充	子充：人名，不可考。《毛传》："子充，良人也。"这里用他代表好人。
遇见个滑头小冤家	乃见狡童	

龙　　水荭。一年生草本植物。茎高达三米，全株有毛，叶子阔卵形，夏秋开花，白色或淡红色。供观赏，果实可入药。

萚　兮

【题解】

这是一首民间集体歌舞诗，描写一群男女欢乐歌舞的场面，女子先带头唱起来，男子接着参加合唱。

枯叶枯叶往下掉	萚(tuò)兮萚(tuò)兮	萚：草木脱落的皮叶。
风儿吹你轻飘飘	风其吹女	女：汝，指萚。
叔呀伯呀大家来	叔兮伯兮	
我先唱来你和调	倡予和女	倡：带头唱。　女：即汝，这里指男子。按这句是倒文，即“予倡汝和”。

枯叶枯叶往下掉	萚(tuò)兮萚(tuò)兮	
风儿吹你舞飘飘	风其漂女	漂：通“飘”。《释文》：“漂，本亦作飘。”
叔呀伯呀大家来	叔兮伯兮	
我唱你和约明朝	倡予要(yāo)女	要：相约。

狡　童

【题解】

这是一首女子失恋的诗歌。这首诗所写的女子和下一首《褰裳》所写的女子，性格很不相同，对失恋的态度也不相同。《狡童》比较缠绵，依恋旧情，竟至废寝忘餐。《褰裳》比较泼辣，想得开，不为失恋而苦恼。对比之下，两首诗的形象都非常鲜明。

译文	原文	注释
小伙子啊太狡猾	彼狡童兮	狡童：犹小滑头。有人说狡与“姣”古通，即姣好的青少年，亦通。
不肯和我再说话	不与我言兮	
为了你啊为了你	维子之故	维：为。
害我饭都吃不下	使我不能餐兮	
小伙子啊耍手腕	彼狡童兮	
不肯和我同吃饭	不与我食兮	
为了你啊为了你	维子之故	
害我觉都睡不安	使我不能息兮	息：安息。

褰　裳

【题解】

这是一位女子责备情人变心的诗。这位女子的性格，爽朗而干脆，富于斗争性。朱熹认为这是淫女戏谑所私者的诗，把“褰裳涉溱”说成女子涉水去找男子（《诗集传》）。这种看法反映了封建士大夫轻视妇女的偏见。

译文	原文	注释
你若爱我想念我	子惠思我	惠：爱。
提起衣裳过溱河	褰(qiān)裳涉溱(zhēn)	褰：提起。　裳：裙。　溱：郑国河名，在今河南新密。
你若变心不想我	子不我思	不我思：是“不思我”的倒文。
难道再没多情哥	岂无他人	
看你那疯癫样儿傻呵呵	狂童之狂也且	童：愚昧无知。陈奂《诗毛氏传疏》：“童即狂也，童昏即狂行之状。……单言狂，累言狂童，无二义也。”　也且：语气词。

译文	原文	注释
你若爱我想念我	子惠思我	
提起衣裳过洧河	褰裳涉洧(wěi)	洧：郑国河名，在今河南新密。
你若变心不想我	子不我思	
难道再没年少哥	岂无他士	士：青年男子。朱熹《诗集传》：“士，未娶者之称。”
看你那疯癫样儿傻呵呵	狂童之狂也且	

丰

【题解】

这是一首女子后悔没有和未婚夫结婚的诗。她希望未婚夫能重申旧好再来接她。

译文	原文	注释
想你丰满美颜容	子之丰兮	丰：指容颜丰满美好。
“亲迎”等我在巷中	俟我乎巷兮	
我真后悔没跟从	悔予不送兮	送：和第二章的将，都是“从行”的意思，即跟着夫婿同往夫家。
想你身体多魁伟	子之昌兮	昌：身体壮盛的样子。
“亲迎”等我在堂内	俟我乎堂兮	堂：客堂。按古代婚姻要经过六个程序：即纳采、问名、纳吉、纳征、请期、亲迎。这句诗即写男子亲迎的情况。
我真后悔没相随	悔予不将兮	
锦缎衣裳身上穿	衣锦褧(jiǒng)衣	衣：穿。　锦：古代女子出嫁时，内穿锦缎制的衣裳。　褧衣：用绢或麻纱制的单罩衫，以避尘土。
外披绉纱白罩衫	裳锦褧(jiǒng)裳	妇女穿的衣和裳是连起来的，诗为了押韵，把它分开为衣和裳。
叔呀伯呀来迎人	叔兮伯兮	叔、伯：这里是新妇呼随婿迎接她的人。《毛传》：“叔、伯，迎己者。”陈奂《诗毛氏传疏》：“谓婿之从者也。”
驾车接我把路赶	驾予与行	

身披罩衫白绉纱　　裳锦褧(jiǒng)裳

锦缎衣裳灿如霞　　衣锦褧(jiǒng)衣

叔呀伯呀来迎人　　叔兮伯兮

驾车接我到你家　　驾予与归

东门之墠

【题解】

这是一首男女相唱和的民间恋歌。诗共两章，上章男唱，下章女唱。这是民间对歌的一种形式。旧说刺女子淫奔，并不符合诗意。

茹藘　即茜草，又称茹蔗、地血，多年生草质攀援藤木。其根可作绛红色染料，故其所染之绛红色也称茹藘。

蕳　兰草。见《郑风·溱洧》图注。

东门郊外广场大	东门之墠（shàn）	墠：平坦的广场。
土坡长着红茜花	茹藘在阪（bǎn）	茹藘：茜草。　阪：土坡。
你家离我这么近	其室则迩	迩：近。
人儿仿佛在天涯	其人甚远	

东门郊外栗树下	东门之栗	
那里有个好人家	有践家室	践：善。　有践，即践践，好好。王先谦《诗三家义集疏》:“践作靖，善也……有靖家室，犹今谚云‘好好人家’也。”
难道我不想念你	岂不尔思	
你不找我为了啥	子不我即	即：往就，接近。

风　雨

【题解】

这是一首写妻子和丈夫久别重逢的诗歌。《毛诗序》说此诗写“乱世则思君子不改其度焉”，虽属臆测，却使后来很多气节之士虽处“风雨如晦”之境，仍以“鸡鸣不已”自励。

译文	原文	注释
风雨天气阴又冷	风雨凄凄	
雄鸡喔喔报五更	鸡鸣喈喈	喈喈：鸡鸣声。
丈夫已经回家来	既见君子	君子：指丈夫。
我心哪会不安宁	云胡不夷	云：语首助词。　胡：为什么。　夷：平。指心境平静。
急风骤雨沙沙声	风雨潇潇	潇潇：形容风雨急骤。
雄鸡喔喔报天明	鸡鸣胶胶	胶胶：三家诗作“嘐”，鸡鸣声。
丈夫已经回家来	既见君子	
哪会害啥相思病	云胡不瘳（chōu）	瘳：病愈。
风雨交加天地昏	风雨如晦	如：而。　晦：昏暗。

雄鸡报晓仍不停	鸡鸣不已
丈夫已经回家来	既见君子
哪里还会不高兴	云胡不喜

子　衿

【题解】

这是一位女子思念情人的诗。《毛诗序》说此诗刺乱世学校废。我们在诗里看不出什么学校废的迹象。

你的衣领色青青	青青子衿（jīn）	衿：今作“襟”，衣领。《颜氏家训》:“古有斜领，下连于襟，故谓领为衿也。”
我心惦记总不停	悠悠我心	悠悠：忧思不断的样子。
纵然我没去找你	纵我不往	
怎么不给我音讯	子宁不嗣音	嗣音：即诒音，寄音讯。　嗣：古与遗、诒通，《韩诗》作“诒”，寄也。
你的佩带色青青	青青子佩	佩：指佩玉的带。
我心思念总不停	悠悠我思	
纵然我没去找你	纵我不往	
怎么不来真扫兴	子宁不来	
独自徘徊影随形	挑兮达兮	挑、达：亦作“佻”、“㒓”，独自来回地走着的样子。
城门楼上久久等	在城阙兮	城阙：城门两边的观楼，今名城门楼。
只有一天没见面	一日不见	
好像隔了三月整	如三月兮	

扬之水

【题解】

这是夫将别妻，临行对她嘱咐的诗。“扬之水”，是当时民歌流行的开头语。

河水悠悠没有劲	扬之水	扬：悠扬。
哪能漂散一捆荆	不流束楚	束楚：一捆荆条。按束楚、束薪都是象征男女结婚的词。
我家兄弟本很少	终鲜兄弟	终：既，已。　鲜：少。
只有你我结同心	维予与女	
不要轻听别人话	无信人之言	言：指挑拨离间的话。
人家骗你你别信	人实迋女	迋：通“诳”，欺骗。

河水悠悠流过来	扬之水	
哪能漂散一捆柴	不流束薪	
我家兄弟本很少	终鲜兄弟	
你我两人最关怀	维予二人	
不要轻信别人话	无信人之言	
人家挑拨你别睬	人实不信	不信：不可靠的意思。

出其东门

【题解】

这是一位男子表示对妻忠贞不二的诗。

译文	原文	注释
出了东城门	出其东门	东门：是郑国游人云集的地方。王先谦《诗三家义集疏》："郑城西南门为溱洧二水所经，故以东门为游人所集。"
女子多如云	有女如云	如云：比喻女子众多。
虽则多如云	虽则如云	
不是心上人	匪我思存	匪：通"非"。 存：想念。
白衣绿裙妻	缟衣綦(qí)巾	缟：白色。 綦：淡绿色。 巾：佩巾，亦称大巾。似今之围裙。缟衣綦巾是当时妇女较俭朴的服饰。
喜欢又相亲	聊乐我员(yún)	聊：且。 员：友、亲爱（从马瑞辰《毛诗传笺通释》说）。有人说，员是语气词。《韩诗》作"聊乐我魂"，魂，神也。二说均可通。
出了外城郭	出其闉闍(yīn dū)	闉闍：古代城门外层的曲城，又称城曲重门。
如花女子多	有女如荼(tú)	荼：白茅花。有人把"如荼"解作妇女像荼那样众多，亦通。
虽则如花多	虽则如荼	
不如我老婆	匪我思且(cú)	且：往，徂的假借。有人训为语助词，亦通。
白衣红腰围	缟衣茹藘(lǘ)	茹藘：茜草，可作红色染料。这里用它代"佩巾"。
家庭很快活	聊可与娱	

野有蔓草

【题解】

这是一首恋歌。春秋时候，战争频繁，人口稀少。统治者为了蕃育人口，规定超龄的男女还未结婚的，可以在仲春时候自由相会，自由同居。这首诗就是写一对男女邂逅于田野间自由结合的情景。

野草蔓生绿成片	野有蔓草	蔓：蔓延。
露珠落上亮又圆	零露漙(tuán)兮	零：降落。　漙：露多的样子。一说是形容露珠圆圆的状态。
有位美女独徘徊	有美一人	
眉清目秀真鲜艳	清扬婉兮	清扬：眉目清秀。　婉：妩媚的样子。
偶于路上巧相遇	邂逅相遇	邂逅：碰巧相遇，不期而会。
情意相投合我愿	适我愿兮	适：适合。

野草蔓生绿成片	野有蔓草	
露水浓密不易干	零露瀼瀼(rángráng)	瀼瀼：露浓的样子。
有位美女独徘徊	有美一人	
眉目清秀媚千般	婉如清扬	如：与“而”同。
不期而会巧相遇	邂逅相遇	
情投意合两心欢	与子偕臧	臧：善。偕臧，都满意。朱熹《诗集传》：“偕臧，言各得其所欲也。”

溱 洧

【题解】

这是描写郑国三月上巳节青年男女在溱河洧河岸旁游春的诗。上巳是指三月上旬的巳日。按当时习俗，这一天，官民都要在东流水中洗掉宿垢，祓除不祥，名为修禊（xì）。三国以后，改用三月三日为修禊的节日。这实际上是古代的一个春季卫生活动。这首诗，就是描写郑国这一节日的盛况，传神地再现了一群青年男女相聚、趁此机会表达爱情的热烈场面。

蕑　兰草之一种。《毛传》:"蕑，兰也。"朱熹《诗集传》:"其茎叶似泽兰，广而长节，节中赤，高四五尺。"陆玑《毛诗草木鸟兽虫鱼疏》:"蕑即兰，香草也。"

溱水流，洧水淌	溱与洧	溱、洧：郑国两条河名。
三月冰融水流畅	方涣涣兮	涣涣：水流盛大的样子。
男男女女来游春	士与女	士与女：指去春游的男男女女。这和下文的“维士与女”，都是泛指一般游客。
手拿兰草驱不祥	方秉蕑兮	方：正。 秉：执，拿。有人解作佩，亦通。蕑：菊科，香草名，亦名兰（不是现在的属兰科的兰花）。古人采兰于山谷中，以祓除不祥。
妹说：“咱们去看看”	女曰：“观乎”	“女曰”和下句“士曰”的“女”和“士”，是专指某一个女子和男子。
哥说：“我已去一趟”	士曰：“既且”	既：已经。 且：徂的假借，去，往。
“陪我再去又何妨”	“且往观乎”	且：再。
洧水外，河岸旁	洧之外	
确实好玩又宽敞	洵訏（xū）且乐	訏：宽大。
男男女女喜洋洋	维士与女	维：语助词。
相互调笑心花放	伊其相谑	伊：维，是。 相谑：互相调笑。
送支勺药表情长	赠之以勺药	勺药：指草勺药，亦名江蓠，古代情人在“将离”时互赠此草。又古代勺与约同声，情人借此表恩情、结良约。
溱水流，洧水淌	溱与洧	

勺药　　此图所绘为木芍药，多年生草本植物。五月开花，花大而美丽，有紫红、粉红、白等多种颜色，供观赏。根可入药。后因《诗经·郑风·溱洧》:“维士与女，伊其相谑，赠之以勺药。”遂以“芍药”表示男女爱慕之情，或以指文学中言情之作。

三月冰融清又凉	浏(liú)其清矣	浏其：即浏浏，水清的样子。
男男女女来游春	士与女	
人山人海闹嚷嚷	殷其盈矣	殷：众多。殷其，即殷殷。　盈：满。
妹说："咱们去看看"	女曰："观乎"	
哥说："我已去一趟"	士曰："既且"	
"陪我再去又何妨"	"且往观乎"	
洧水外，河岸旁	洧之外	
确实好玩又宽敞	洵訏且乐	
男男女女喜洋洋	维士与女	
相互调笑心花放	伊其将谑	将谑：即相谑（从马瑞辰《通释》说）。
送支勺药表情长	赠之以勺药	

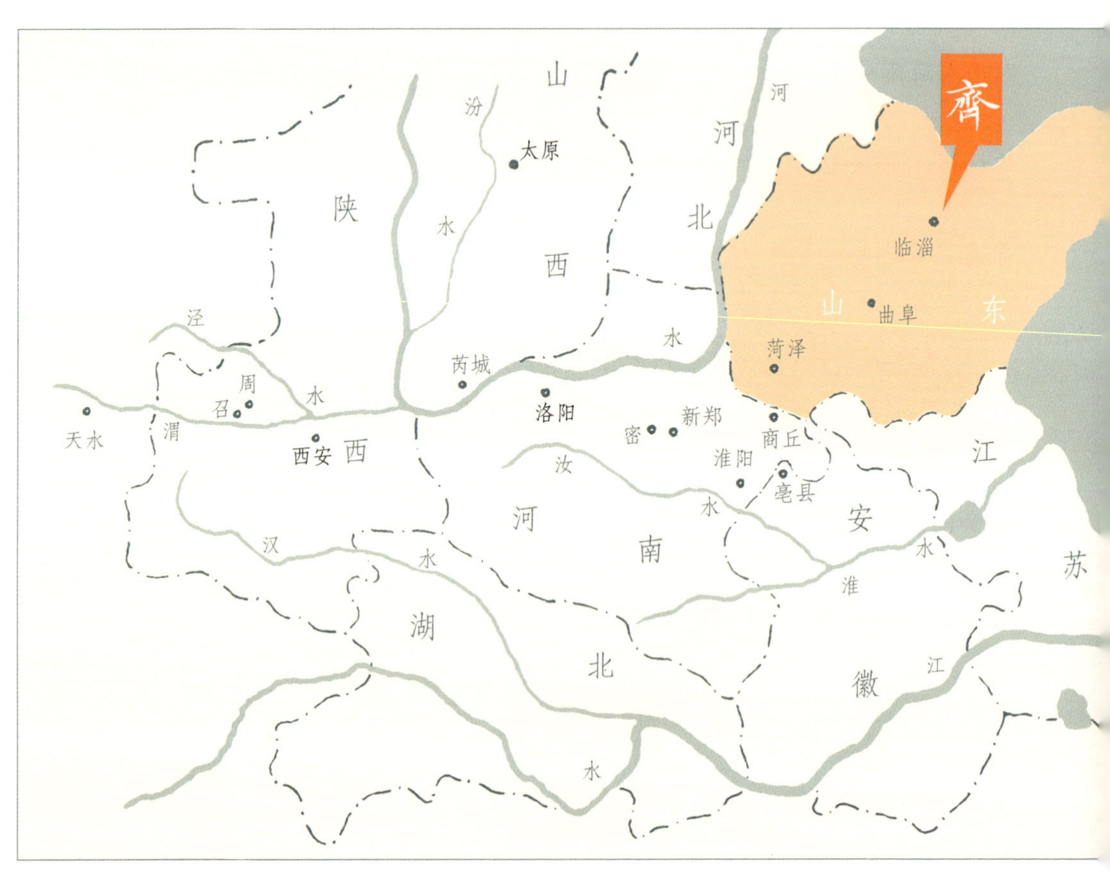

齊
山
西
汾
水
太原
河
北
河
陕
西
泾
水
周
召
渭
天水
西安
芮城
洛阳
山
东
临淄
曲阜
菏泽
密
新郑
商丘
淮阳
亳县
汝
水
河
南
汉
水
湖
北
水
安
徽
淮
水
江
江
苏

《齐风》是齐国的诗歌。齐国国土在今山东省北部和中部，首都临淄，在春秋时是一个人口众多、工商发达的大都市。朱熹《诗集传》:“太公……既封于齐，通工商之业，便鱼盐之利，民多归之，故为大国。”

《齐风》共十一篇，其中《南山》、《敝笱》二篇，是揭露讥刺齐襄公和他的胞妹文姜私通的，《猗嗟》写齐国外甥鲁庄公的射艺，《载驱》写齐女归鲁事，都是春秋时的作品;《还》、《卢令》写田猎之事，还有一些反映恋爱婚姻、士大夫家庭生活等的诗。《齐风》产生的年代，可能在东周初年到春秋这一段时期内。

齐风 / 鸡鸣

【题解】

这是一首妻催夫早起的诗，丈夫要上朝，是个士大夫。全诗和《女曰鸡鸣》一样，都用问答联句体。

译文	原文	注释
“你听公鸡喔喔叫	“鸡既鸣矣	
大家都已去早朝”	朝（cháo）既盈矣”	朝：朝廷。　盈：满，指上朝的人到齐了。古代群臣每天清晨上朝朝见国君。
“不是什么公鸡叫	“匪鸡则鸣	则：之，的。下章“匪东方则明”句中的“则”，亦作“之”解。
那是苍蝇在喧闹”	苍蝇之声”	
“你瞧东方已经亮	“东方明矣	
朝会已经挤满堂”	朝既昌矣”	昌：盛多样子。
“不是什么东方亮	“匪东方则明	
那是一片明月光”	月出之光”	
“虫声嗡嗡催人睡	“虫飞薨薨（hōnghōng）	薨薨：虫儿群飞声。
不如一起入梦乡”	甘与子同梦”	甘：乐，喜欢。　同梦：同睡。
“朝会人们快回啦	“会且归矣	会：朝会。
别招人厌说短长”	无庶予子憎”	庶：庶几，带有希望的意思。无庶，即“庶无”的倒文。　予：与，给。　子：你。憎：憎恶，讨厌。

还

【题解】

这是一首猎人互相赞美的诗。

译文	原文	注释
猎技敏捷数你优	子之还兮	还：通“旋”，轻捷。
与我相遇峱山头	遭我乎峱(náo)之间兮	峱：齐国山名，在今山东临淄南。
并马追赶两大猪	并驱从两肩兮	从：追逐。　肩：亦作豜、豣，大猪。《广雅》:“兽一岁为豵，二岁为豝，三岁为肩，四岁为特。”
作揖夸我好身手	揖我谓我儇(xuān)兮	儇：轻利便捷。
你的猎技多漂亮	子之茂兮	茂：美，夸赞猎手技术完美。
遇我峱山小道上	遭我乎峱之道兮	
并马追赶两雄兽	并驱从两牡兮	牡：雄兽。
作揖夸我手段强	揖我谓我好兮	
看你膀大腰又粗	子之昌兮	昌：壮盛。《郑笺》:“昌，佼好貌。”亦通。
遇我峱山向阳坡	遭我乎峱之阳兮	阳：山南。
并驱两狼劲头足	并驱从两狼兮	
作揖夸我打得多	揖我谓我臧兮	臧：善。

著

【题解】

这是一位女子写她的夫婿来“亲迎”的诗。

译文	原文	注释
新郎等我屏风前	俟我于著乎而	俟：等待。 著：通“宁”，大门和屏风之间的地方。《尔雅·释宫》:“门、屏之间谓之宁。” 乎而：语尾助词。
帽边“充耳”白丝线	充耳以素乎而	充耳：挂在古代男子冠的两旁，正好垂在耳边。充耳包含着紞、纩、瑱三部分。这里指的是紞，即丝线。 素：白。
美玉闪闪光照面	尚之以琼华乎而	尚：加。 琼华：和下面的琼莹、琼英，都是玉瑱。琼是红玉，华、莹、英是玉的光采。《毛传》都训为宝石，亦通。
新郎等我院中央	俟我于庭乎而	庭：中庭，院中。
帽边“充耳”青丝长	充耳以青乎而	充耳挂在冠上的丝线，叫做“紞”，是杂色的。丝线上挂着一个绵球，叫做“纩”，绵球下挂着玉，叫做“瑱”。
美玉闪闪真漂亮	尚之以琼莹乎而	
新郎等我在厅堂	俟我于堂乎而	堂：堂前。
帽边“充耳”丝线黄	充耳以黄乎而	
美玉闪闪增容光	尚之以琼英乎而	

东方之日

【题解】

这是诗人写一个女子追求他的诗，可能是反映了齐国统治者的恋爱生活。

太阳升起在东方	东方之日兮	
有位漂亮好姑娘	彼姝者子	姝：美。　子：指女子。
来到我家进我房	在我室兮	
来到我家进我房	在我室兮	
踩我膝头诉衷肠	履我即兮	履：踩。　即：膝的借字。古人没有椅子，都跪坐在席上，所以能踩到膝。朱熹认为“言此女蹑我之迹而相就也”，意亦可通。

月亮升起在东方	东方之月兮	
有位漂亮好姑娘	彼姝者子	
来到门内进我房	在我闼（tà）兮	闼：门内。王先谦《诗三家义集疏》：“切言之，则闼为小门。浑言之，则门以内皆为闼。故《毛传》但云，‘闼，门内也’。”
来到门内进我房	在我闼兮	
踩我脚儿表情长	履我发兮	发：指脚（从杨树达《积微居小学述林》说）。

东方未明

【题解】

这首诗，以一个妇女的口吻，写她当小官吏的丈夫忙于公事，早晚不得休息，对自己的妻子还不放心，引起了女主人的怨意。

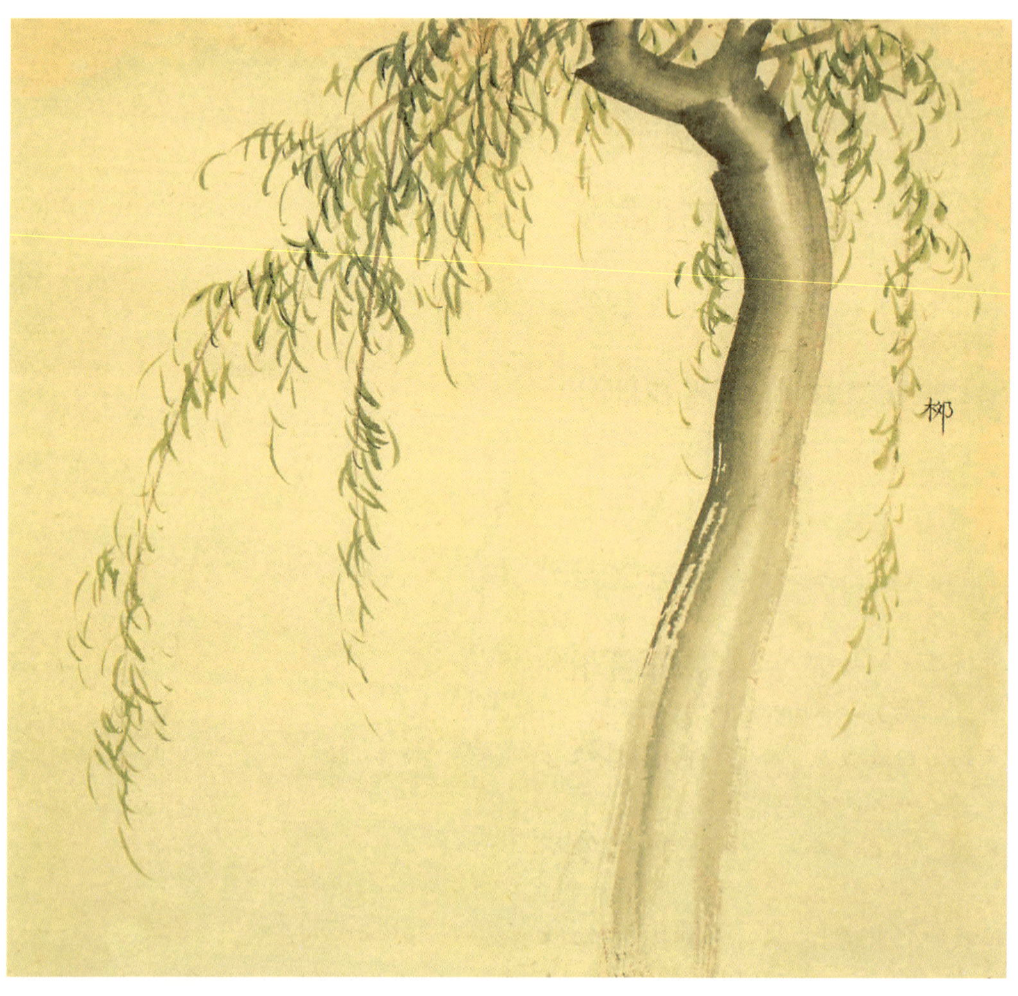

柳　　落叶乔木或灌木。枝条柔韧，叶子狭长，种子有毛。种类很多，有垂柳、旱柳等。

东方没露一线光　　东方未明

丈夫颠倒穿衣裳　　颠倒衣裳

为啥颠倒穿衣裳　　颠之倒之　　之：指衣裳。

因为公家召唤忙　　自公召之　　自：从。　召：召唤。

东方未明天还黑　　东方未晞（xī）　　晞：昕的假借字，太阳将出。《说文》："昕，且明，日将出也。"

丈夫颠倒穿裳衣　　颠倒裳衣

为啥颠倒穿裳衣　　倒之颠之

因为公家命令急　　自公令之

折柳编篱将我防　　折柳樊圃　　樊：篱笆，这里当动词用。　圃：菜园。

临走还要瞪眼望　　狂夫瞿瞿　　狂夫：疯汉，女子骂她的丈夫。　瞿瞿：瞪着双眼看的样子。《荀子·非十二子》"瞿瞿然"，杨倞注："瞿瞿，瞪视之貌。"

夜里不能陪伴我　　不能辰夜　　辰：同"时"，这里当动词"守"用。辰夜：伺夜，守夜。

早出晚归太无常　　不夙则莫　　夙：早。　莫：同"暮"。

南　山

【题解】

这是一首讽刺齐襄公淫乱无耻的诗。据《左传》桓公十八年记载，鲁桓公和夫人文姜（齐襄公的同父异母妹）一同到齐国去，齐襄公和文姜私通。桓公责备了她，她把桓公的话告诉了襄公。襄公就请桓公宴会，在他回去的时候，让大力士彭生驾车，把他害死在车里。这件丑事引起了人民极端的憎恨，作了这首诗。由于这是讽刺斥责本国的最高统治者，不免有所顾忌，因此诗写得比较隐蔽。诗的第三、四章，是借责问鲁桓公来表现主题的。

译文	原文	注释
巍巍南山高又大	南山崔崔	南山：齐国山名，亦名牛山。　崔崔：高大的样子。
雄狐步子慢慢跨	雄狐绥绥	绥绥：追求匹偶相随的样子。《玉篇》："绥，行迟貌。"陈奂《诗毛氏传疏》："绥绥然相随之貌，以喻襄公之随文姜。"
鲁国大道平坦坦	鲁道有荡	有荡：即荡荡，平坦。
文姜由这去出嫁	齐子由归	齐子：指文姜。与《卫风·硕人》"齐侯之子"例同。　由归：从这条大道出嫁。
既然她已嫁鲁侯	既曰归止	止：语尾助词。
为啥你还想着她	曷又怀止	怀：想念。
葛鞋两只双双放	葛屦(jù)五两	葛屦：麻布做的鞋，是古代劳动人民穿的。《毛传》："葛屦，服之贱者。"　五：与"伍"通，同列。说两只麻鞋必定并排地摆着。
帽带一对垂颈下	冠緌(ruí)双止	緌：帽带的下垂部分，是古代贵族的服饰。《毛传》："冠緌，服之尊者。"诗人用葛屦、冠緌比喻不论人民或贵族都各有一定的配偶。
鲁国大道平坦坦	鲁道有荡	

文姜从这去出嫁	齐子庸止	庸：用。《郑笺》："此言文姜既用此道嫁于鲁侯，襄公何复送而从之，为淫佚之行。"
既然她已嫁鲁侯	既曰庸止	
为啥你又盯上她	曷又从止	从：跟从。

农家怎么种大麻	艺麻如之何	艺麻：种麻。
田垄横直有定法	衡从其亩	衡从：即横纵。东西为横，南北为纵。
青年怎么娶妻子	取妻如之何	取：通"娶"。
必定先要告爹妈	必告父母	
告了爹妈娶妻子	既曰告止	
为啥还要放纵她	曷又鞠止	鞠：穷，穷欲纵容的意思。

想劈木柴靠什么	析薪如之何	析薪：劈柴。古多以"薪"喻婚姻。
不用斧头没办法	匪斧不克	克：能，成功。
想娶妻子靠什么	取妻如之何	
没有媒人别想她	匪媒不得	
既然妻子娶到手	既曰得止	
为啥让她到娘家	曷又极止	极：到。《毛传》："极，至也。"

甫 田

【题解】

这是一首思念远人的诗。后人对这首诗的主题，多不得其解。从诗中所写的看，大概是一个流亡的农民，想起以前种领主大田的辛苦，现在虽然离开了它，却不免思念那里的一个可爱的孩子。多时不见，他该长大了吧？

莠　　一年生草本。田间常见杂草，生禾粟下，似禾非禾，秀而不实。因其穗形像狗尾，故俗名狗尾草。

主子大田别去种	无田甫田	前“田”字：音义同佃，种田。 甫田：大田。大田在当时是领主所有，《小雅》的《甫田》与《大田》，即反映农民在那里耕种的情况。
野草茂盛一丛丛	yǒu 维莠骄骄	维：助词，含有“其”意。 莠：害苗的野草。 骄骄：《韩诗》作乔乔，挺立而高的样子。
远方人儿别想他	无思远人	
见不到他心伤痛	劳心忉忉	忉忉：因思念而忧伤的样子。

主子大田别去种	无田甫田	
野草长得那么旺	yǒu 维莠桀桀	桀桀：高高的样子。
远方人儿别想他	无思远人	
见不到他徒忧伤	dá dá 劳心怛怛	怛怛：忧伤不安。

少小年纪多姣好	婉兮娈兮	婉、娈：年少而美好的样子。
两束头发像羊角	guàn 总角丱兮	总角：儿童头发左右分开扎成两把如同羊角。 丱：像羊两角的象形字，形容总角的样子。
不久倘能见到他	未几见兮	未几：不久。 见兮：陆德明《经典释文》：“见兮，一本作见之。”
突然戴上成人帽	biàn 突而弁兮	突而：突然。 弁：冠；这里用作动词，戴冠。古代男子年二十而冠，标志他已成年。

卢　令

【题解】

这是一首赞美猎人的诗。春秋时代，人们爱好田猎，反映在风诗里，有《驺虞》、《叔于田》、《大叔于田》、《还》及这篇《卢令》等。这首诗最短，可能是顺口溜一类的民歌。

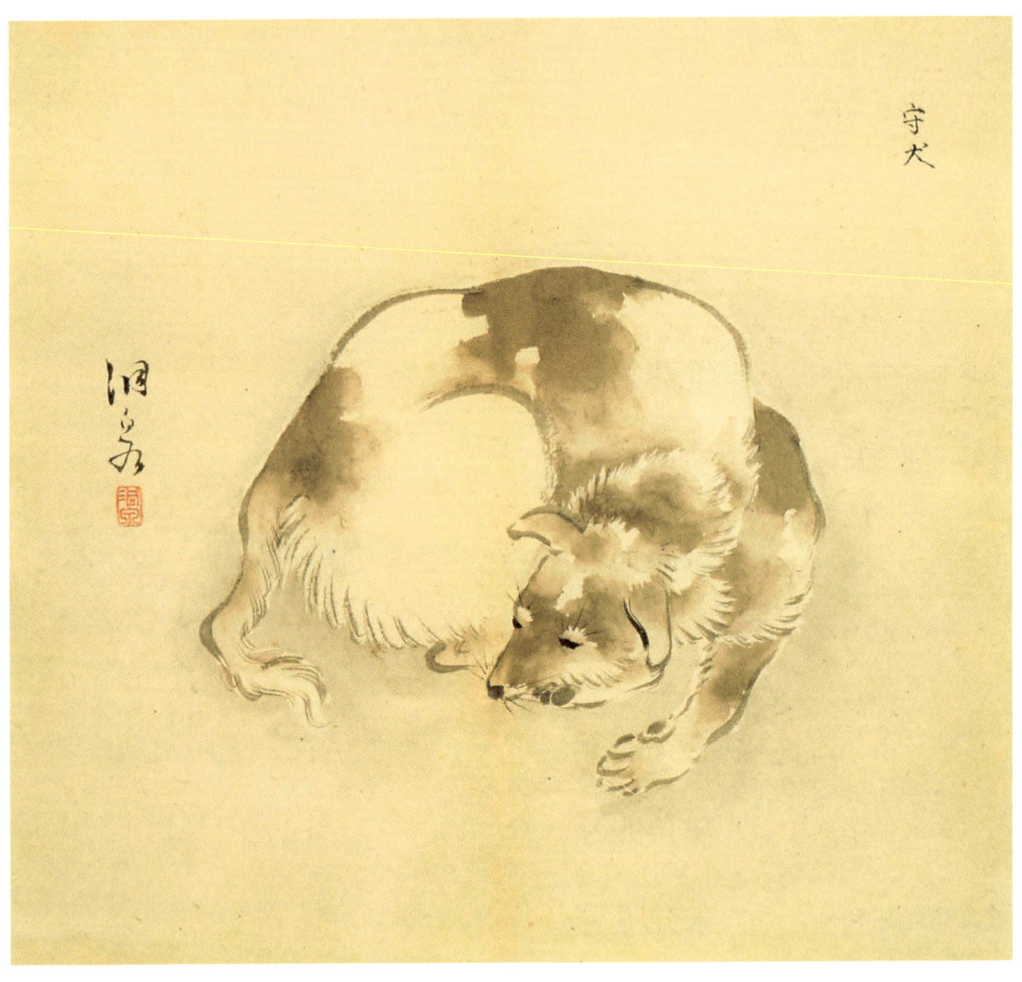

卢　猎犬。《礼记》孔颖达疏："犬有三种：一曰守犬，守御宅舍者也；二曰田犬，田猎所用也；三曰食犬，充君子庖厨庶羞用也。"

黑狗儿颈环铃铃响	卢令令	卢：黑色猎狗。 令令：象声词，狗颈下套环的声响。
那人儿和气又漂亮	其人美且仁	其人：指猎人。 仁：和蔼友好。
黑狗儿颈上环套环	卢重环	重环：大环套上一个小环。
那人儿漂亮又勇敢	其人美且鬈	鬈：勇壮。《郑笺》："鬈，当读为権，権，勇壮也。"
黑狗儿颈上套两环	卢重鋂（méi）	重鋂：一个大环，套上两个小环。
那人儿漂亮有才干	其人美且偲（cāi）	偲：多才。《毛传》："偲，才也。"《郑笺》："才，多才也。"

敝 笱

【题解】

这是齐人讽刺鲁庄公不能制止母亲文姜，让她回齐和襄公相会的诗。按《春秋》庄公二年："夫人姜氏会齐侯于禚（zhuó）。""四年，夫人姜氏享齐侯于祝丘。""五年，夫人姜氏如齐师。""七年，夫人姜氏会齐侯于防，又会齐侯于穀。"庄公的父亲桓公，被齐襄公暗杀。桓公死后，庄公仍让母亲继续回齐和襄公来往。在文姜回齐的时候，还明目张胆、大张旗鼓地派很多随从跟着她，这更引起了人民的不满，所以作了这首讽刺诗。

鱮　　鲢鱼。体侧扁，鳞细，背部青黑色，腹部白色。为我国主要的淡水养殖鱼类之一。

译文	原文	注释
破笼搁在鱼梁上	敝笱（gǒu）在梁	敝：破。　笱：竹制的捕鱼笼。　梁：鱼梁。在河中筑成堤坝，中留空缺，把笱嵌在空处，鱼游进去，就出不来。
鳊鱼鲲鱼心不慌	其鱼鲂鳏（guān）	鲂鳏：鳊鱼和鲲鱼。
文姜回齐没人管	齐子归止	齐子：指文姜。　归：回娘家。
随从多得云一样	其从如云	如云：形容随从文姜的人非常多。下文如雨、如水同此。
破笼搁在鱼梁上	敝笱（gǒu）在梁	
鳊鱼鲢鱼心不慌	其鱼鲂鱮（xù）	鱮：鲢鱼。
文姜回齐没人管	齐子归止	
随从多得雨一样	其从如雨	
破笼搁在鱼梁上	敝笱（gǒu）在梁	
鱼儿游来又游往	其鱼唯唯	唯唯：遗遗的假借，亦作“遗遗”，形容鱼自由地游来游去。陆德明：“唯唯，《韩诗》作遗遗，言不能制也。”
文姜回齐没人管	齐子归止	
随从多得水一样	其从如水	

载　驱

【题解】

这是一首写齐女嫁鲁的诗。齐襄公的小女儿哀姜嫁给鲁庄公，哀姜在途中迟迟不入鲁境，一定要鲁庄公答应她“远媵妾”的条件才去。这首诗写的就是这件事。《毛序》认为诗的主旨是刺襄公与文姜淫乱，据有关历史记载，并非诗的原意。

译文	原文	注释
大车奔驰轧轧响	载驱薄薄	薄薄：象声词，车轮转动声。
竹帘红盖好气象	diàn kuò 簟茀朱鞹	簟茀：竹席制的车帘。　朱鞹：红漆兽皮制的车盖。按这样的车子，是当时诸侯坐的，名为“路车”。
鲁道宽阔又平坦	鲁道有荡	
哀姜从早拖到晚	齐子发夕	齐子：指哀姜。她是齐襄公最小的女儿，嫁给鲁庄公。　发：旦，早。王先谦《诗三家义集疏》：“齐子旦夕，犹言朝见暮见，即久处之义。”
四匹黑马多美壮	lí 四骊济济	骊：黑色的马。　济济：美好的样子。
柔软缰绳垂两旁	nǐ nǐ 垂辔沵沵	沵沵：柔软的样子。
鲁道平坦接新娘	鲁道有荡	
哀姜动身天已亮	kǎi 齐子岂弟	岂弟：开明，天亮。王先谦《诗三家义集疏》：“谓齐子留连久处之后，至开明乃发行（出发）耳。”
汶水浩浩又荡荡	shāng shāng 汶水汤汤	汶水：水名，流经齐鲁二国。　汤汤：水盛大貌。

路人如潮争观望	行人彭彭	彭彭：行人盛多的样子。
鲁道平坦又宽广	鲁道有荡	
哀姜迟嫁在游逛	齐子翱翔	翱翔：游逛，指不进鲁国。

汶水哗哗翻大浪	汶水滔滔	
路人来来又往往	行人儦儦（biāobiāo）	儦儦：行人来回走的样子。《说文》："儦儦，行貌。"
鲁道平坦接新娘	鲁道有荡	
哀姜迟嫁在游荡	齐子游敖	游敖：即遨游，与翱翔同义。

猗　嗟

【题解】

这是赞美一位健美艺高的射手的诗。历来都相信《猗嗟》诗中所描写的主人公是鲁庄公。这时，他大约是一位十七岁的青年，已经当了四年的鲁侯。诗人用赞叹、夸张的词句，塑造了一位健美、熟练的射手形象。有人说，诗人用“展我甥兮”及“以御乱兮”二句微词讽刺，讽刺他样样都好，只是忘记报父之仇，不能制止母亲与襄公私通，那么，诗就以美为刺了。

译文	原文	注释
生来多美貌啊	猗嗟昌兮	猗嗟：犹吁嗟，叹美之词。　昌：壮盛美好貌。
身材高又高啊	颀（qí）而长兮	颀而：即颀然，身长的样子。古人以男女身材高大为美。
漂亮宽额角啊	抑若扬兮	抑：懿的假借字，美也。抑若：即抑然。扬：《韩诗》作“阳”，眉上曰阳。今俗呼额角之侧亦谓“太阳”，即同此义。
美目向人瞟啊	美目扬兮	扬：张开眼睛的样子。《礼记》：“扬其目而视之。”
舞步多巧妙啊	巧趋跄（qiàng）兮	趋：快步。　跄：舞姿（从陆德明说）。这句赞美射手舞姿巧妙。
射艺真正好啊	射则臧兮	则：法则。（下章的“舞则”同。）　臧：善，好，熟练。

译文	原文	注释
长得多精神啊	猗嗟名兮	名：借为明，昌盛。马瑞辰《通释》：“名、明古通用，名当读明，明亦昌盛之义。……三章首句皆赞美其容貌之盛大。”
美目如水清啊	美目清兮	
准备已完成啊	仪既成兮	仪：射仪，射手在射箭前先表演射法的各种姿势。　成：完备。

打靶一天整啊	终日射侯	侯：射布，箭靶。当中放一小的圆形白布，叫做“的”，亦名“鹄”或“正”。
箭箭射得准啊	不出正兮	
不愧我外甥啊	展我甥兮	展：诚，确实。　甥：外甥。《郑笺》:“容貌技艺如此，诚我齐之甥。”朱熹:“言称其为齐之甥，而又以明非齐侯之子，此诗人之微辞也。”

美貌令人赞啊	猗嗟娈兮	娈：壮美（从《毛传》说）。
秀眉扬俊眼啊	清扬婉兮	清扬婉兮：眉清目秀。参见《郑风·野有蔓草》。
舞有节奏感啊	舞则选兮	选：整齐。按古代射箭前必跳舞，名为“兴舞”。马瑞辰:“则此诗‘舞则选兮’，即兴舞耳。”
箭箭都射穿啊	射则贯兮	贯：穿透。
连中一个点啊	四矢反兮	反：复，反复地射中一个地方。
有力抗外患啊	以御乱兮	御：抵抗。

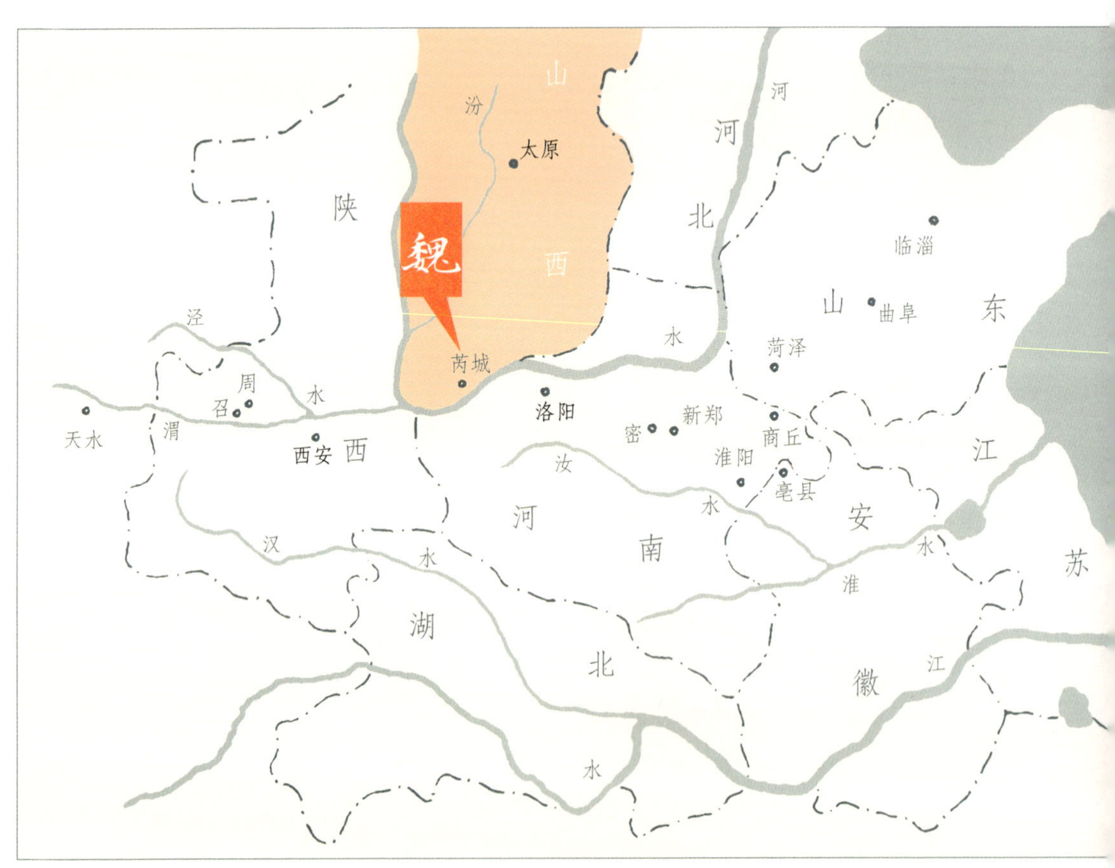
魏
山
西
汾
太原
芮城
陕
河
北
临淄
山
曲阜
东
水
菏泽
泾
周
召
水
渭
天水
西安
西
洛阳
密
新郑
商丘
淮阳
亳县
汝
水
江
河
南
安
汉
水
湖
北
淮
水
苏
江
徽
水

魏風

《魏风》共七篇。周初封同姓于魏，到周惠王十六年，即公元前661年，被晋献公所灭。全部魏诗都是魏亡以前，即春秋初期的作品。

魏在今山西芮城东北。土地干，生产少，君主俭啬，人民生活比别的地区更苦；正如朱熹所说，“其地陋隘而民贫俗俭”。魏诗在《国风》中风格最一致，多半是讽刺、揭露统治阶级的诗歌。《葛屦》中已经提到诗歌的战斗作用。《硕鼠》的作者，已经幻想着无剥削的“乐土”。《伐檀》的作者，已经了解剥削与被剥削的生产关系。在两千五百年前，人们有这种深刻的觉醒，确实是不容易的。《鲁诗》说：“履亩税（除农民要种公田，取劳役地租税外，又税农民私田十分之一）而《硕鼠》作。”《魏风》之富于战斗性，可能是和魏地较早向人民征收双重税有关。

魏风 葛 屦

【题解】

这是一位缝衣女奴讽刺所谓“好人”的诗。诗仅两章，塑造了两个阶级对立的形象：一个是受冻、挨饿、疲弱的缝衣女形象，一个是衣饰华贵、态度傲慢、心胸狭窄的贵族妇女形象。反映了当时两个阶级地位与生活的悬殊。

译文	原文	注释
破旧凉鞋麻绳缠	纠纠葛屦(jù)	纠纠：纠缠交错的样子。　葛屦：夏布做的鞋，夏天穿的。
穿着怎能踏寒霜	可以履霜	可：何的假借字。
缝衣女手纤纤细	掺掺女手	掺掺：音义同“纤”，形容女子手的柔弱纤细。
瘦弱怎能缝衣裳	可以缝裳	
提着衣带和衣领	要之襋(jí)之	要：同“褄”，系衣的衣带。古时无纽扣，在襟上缀短带以系衣。　襋：衣领。要、襋这里作动词用，即提带、提领的意思。
请那美人试新装	好人服之	好人：美人，带有讽刺意。姚际恒《诗经通论》：“好人犹美人，指夫人也。”

译文	原文	注释
美人不睬偏装腔	好人提提	提提：即媞媞，安详的样子。《尔雅·释训》：“媞媞，安也。”郭注：“好人安详之容。”
扭转身子闪一旁	宛然左辟	宛然：形容回转身子的样子。　辟：通“避”。左辟，向左闪开。
拿起簪子自梳妆	佩其象揥(tì)	象揥：象牙制的簪子。
这个女子狭心肠	维是褊心	维：因。　是：代词，指诗中的“好人”。褊心：心胸狭窄。
作诗刺她理应当	是以为刺	

汾沮洳

【题解】

这是一首赞美劳动人民才德的诗。春秋时代，劳动人民地位极低，有的仍旧当农奴。诗人用“公路”等大官和他相比，这是不寻常的。只有劳动人民的口头歌唱，才会有这样热爱本阶级的诗句。它和《硕鼠》、《伐檀》、《葛屦》四首诗，不仅是《魏风》中的好诗，也是《诗经》中富于形象性、斗争性的杰作。

莫　即图中的“笔头菜”，现名酸模，俗名野菠菜，多年生草本。因为含有丰富的维生素A、维生素C及草酸，所以有酸溜口感，常用于料理调味。

荬　泽泻，多年生草本。生浅水中。中医入药，亦可食用。

译文	原文	注释
汾水岸边湿地上	彼汾沮（jù）洳（rù）	汾：水名，在今山西中部，西南流入黄河。沮洳：水旁低湿的地方。
采来莫菜水汪汪	言采其莫	莫：野菜名。《孔疏》引陆玑曰："莫，茎大如箸，赤节，节一叶，似柳叶，厚而长，有毛刺……始生，可以为羹，又可生食。"
就是那位采菜人	彼其（jì）之子	彼、之：都是第三人称代词，重复以加重语气。这里指采菜的人。王先谦《诗三家义集疏》："之子，指采菜之贤者。" 其：语助词。
美得简直没法讲	美无度	无度：犹无比。
美得简直没法讲	美无度	
他和"公路"大两样	殊异乎公路	殊：非常。 公路：官名。管魏君路车的官。
汾水岸边斜坡上	彼汾一方	
桑叶青青采撷忙	言采其桑	
就是那位采桑人	彼其之子	
美得好像花一样	美如英	英：花。俞樾《群经平议》："英，读如'颜如舜英'之英。"
美得好像花一样	美如英	
他和"公行"不相像	殊异乎公行	公行：管兵车的官。

汾水河边曲岸旁	彼汾一曲	曲：水流曲处。
采那泽泻浅水上	言采其蕒（xù）	蕒：泽泻。
就是那位采药人	彼其之子	
美如冠玉真漂亮	美如玉	
美如冠玉真漂亮	美如玉	
他和“公族”不一样	殊异乎公族	公族：管宗族的官。公路、公行、公族，都由贵族子弟充任。他们职位、俸禄是世袭的，是一群坐食的剥削者。

园有桃

【题解】

这是一首没落贵族忧贫畏饥的诗。人家称他为“士”，可能是一位知识分子。他没落了，穷得没饭吃，只好摘园中的桃、枣充饥。他讥刺时政，不满现实。人家批评他骄傲反常，自以为是。他反说人家不了解他。他精神上痛苦异常，只有用丢开一切，什么都不想的办法来安慰自己。诗反映了当时魏国“士”的经济地位和思想情况。

译文	原文	注释
园里有株桃	园有桃	
采食桃子也能饱	其实之殽	之：是。　殽：烧好的菜。这里当动词“吃”用。朱熹《诗集传》：“殽，食也。”
穷愁潦倒心忧伤	心之忧矣	
聊除烦闷唱歌谣	我歌且谣	歌、谣：有乐调配唱的叫作歌，没有乐调配唱的叫作谣。《毛传》：“曲合乐曰歌，徒歌曰谣。”这里只是泛称，作“歌唱”解。
不了解我人笑我	不知我者	
说我“先生太骄傲	谓我“士也骄	士：古代下层官僚或知识分子的通称。　也：语中助词。
朝廷政策可没错	彼人是哉	彼人：指执政者。　是：对，正确。
你又为啥多唠叨”	子曰何其”	子：你，指作者。　其：语助词。何其，什么缘故。
穷愁潦倒心忧伤	心之忧矣	
谁能了解我苦恼	其谁知之	

既然无人了解我	其谁知之	
何不把它全抛掉	盖亦勿思	盖：通“盍”，“何不”的合音。 亦：语助词。
园里有株枣	园有棘	棘：酸枣树。
采食枣子也能饱	其实之食	
穷愁潦倒心忧伤	心之忧矣	
聊除烦闷去游遨	聊以行国	行国：行游国中。朱熹《诗集传》:“聊，且略之辞。歌谣之不足，则出游于国中而写忧也。”
不了解我人笑我	不知我者	
说我“先生违常道	谓我“士也罔极	罔极：无常。
朝廷政策可没错	彼人是哉	
你又为啥多唠叨”	子曰何其”	
穷愁潦倒心忧伤	心之忧矣	
谁能了解我苦恼	其谁知之	
既然无人了解我	其谁知之	
何不把它全忘掉	盖亦勿思	

陟 岵

【题解】

这是一位征人思家的诗。诗人不直接写征人思家，却写征人想象家人对他挂念叮嘱，比直述法更为动人。它表现了劳动人民对当时统治者搞强迫服役的极端憎恨。

译文	原文	注释
登上青山岗	陟彼岵(hù)兮	岵：多草木的山。
远远把爹望	瞻望父兮	
好像听见爹嘱咐	父曰	
“孩子啊	“嗟予子	这句是诗人想象他父亲说的话。下章的“母曰”、“兄曰”，与此同。
早晚不停你真忙	行役夙夜无已	已：停止。
可要小心保安康	上慎旃(zhān)哉	上：即“尚”，《鲁诗》作“尚”，希望。 慎：谨慎，带有保重的意思。 旃：之、焉的合声，语助词。
回来吧，不要滞留在他方”	犹来无止”	犹来：还是回来的好。 无：同“毋”，不要。 止：停留。
登上秃山顶	陟彼屺(qǐ)兮	屺：没有草木的山。
遥望我母亲	瞻望母兮	
好像听见娘叮咛	母曰	

“孩子啊	“嗟予季	季：小儿子。
早晚不睡真苦辛	行役夙夜无寐	无寐：没有睡觉的时间。
身体千万要当心	上慎旃(zhān)哉	
回来吧，不要忘记你娘亲”	犹来无弃”	

登上高山岗	陟彼冈兮	
遥望我兄长	瞻望兄兮	
好像听见我哥讲	兄曰	
“兄弟啊	“嗟予弟	
早晚服役神太伤	行役夙夜必偕	偕：俱，一样。
当心身体保安康	上慎旃(zhān)哉	
回来吧，不要尸骨埋他乡”	犹来无死”	

十亩之间

【题解】

一群采桑女子，在辛勤紧张的劳动后，轻松悠闲，三五成群，结伴同归途中所唱的歌。

译文	原文	注释
宅间十亩绿桑园	十亩之间兮	十亩：是举成数，不是确数。 之间：古代种桑多在房舍的墙边或空地上。《孟子》："五亩之宅，树墙下以桑。"
采桑姑娘已空闲	桑者闲闲兮	桑者：采桑的人。按《诗经》中写采桑的劳动，多由妇女担任，桑者，当是采桑女。 闲闲：宽闲，从容不迫的样子。
走吧咱们一道回家转	行与子还兮	行：走。王引之训为"且"，亦可通。

译文	原文	注释
宅外十亩绿桑林	十亩之外兮	
采桑姑娘一群群	桑者泄泄（yì yì）兮	泄泄：人多的样子。《毛传》："泄泄，多人之貌。"
走吧咱们一道回家门	行与子逝兮	逝：往，回去。

伐 檀

【题解】

这是一首魏国劳动人民讽刺剥削阶级不劳而获的诗。一群工匠，在河边伐木，给剥削者造车。这时，唱起了这首劳动即兴诗歌。他们尖锐地揭露剥削制度的不合理现象：一些人服劳役；一些人不劳而获。表达了对剥削、寄生的奴隶主的憎恨和反抗的精神。由于表达激昂感情的需要，诗打破了四言的形式，形成了杂言的体裁。这是《诗经》中斗争性最强烈的一首现实主义作品。

檀　大乔木。心材红褐色至紫红褐色，常具黑褐色同心圆状条纹。木材质地紧密坚硬，强度较高，色彩绚丽多变，香气芬芳永恒，耐腐，因此是十分珍稀的木材之一。

砍伐檀树响叮当	坎坎伐檀兮	坎坎：伐木声，摹声词。
放在河边两岸上	寘之河之干兮	干：岸。
河水清清起波浪	河水清且涟猗	涟：同"澜"，大波。《尔雅》引《诗》作"澜"。 猗：同"兮"，语气词。猗、兮古通用，《书》："断断猗。"《大学》引作"兮"。
不种田又不拿镰	不稼不穑	稼：耕种。 穑：收割。
为啥粮仓三百间	胡取禾三百廛（chán）兮	胡：何，为什么。 廛：农民住的房。《周官·地官·遂人》："夫一廛，田百亩。"此三百廛言其多，不一定是确数。
不出狩又不打猎	不狩不猎	狩、猎：冬天打猎叫狩，夜里打猎叫猎。这里是泛指打猎。
为啥猪獾挂你院	胡瞻尔庭有县貆（huān）兮	庭：院子。 县：同"悬"。 貆：小貉。
那些大人老爷们	彼君子兮	君子：指剥削者，即上文的"尔"。
不是白白吃闲饭	不素餐兮	素餐：白吃饭。君子本来都是白吃饭不干活的，这里说他不白吃饭，是诗人故意用反话讥刺。

叮叮当当砍檀树	坎坎伐辐兮	辐：车轮中凑集于中心毂上的直木。
放在河边做车辐	寘之河之侧兮	
河水清清波浪舒	河水清且直猗	直：《毛传》："直，直波也。"
不种田又不拿镰	不稼不穑	
为啥聚谷百亿万	胡取禾三百亿兮	亿：周代以十万为亿。指禾把的数目。《郑笺》："禾秉之数。"
不出狩又不打猎	不狩不猎	

译文	原文	注释
为啥大兽挂你院	胡瞻尔庭有县特兮	特：四岁的兽，指大兽。
那些大人老爷们	彼君子兮	
不是白白吃闲饭	不素食兮	素食：与素餐同义。
砍伐檀树响声震	坎坎伐轮兮	轮：车轮。
放在河边做车轮	寘之河之漘(chún)兮	漘：水边。
河水清清起波纹	河水清且沦猗	沦：微波。
不种田又不拿镰	不稼不穑	
为啥粮仓间间满	胡取禾三百囷(qūn)兮	囷：圆形的粮仓；亦名囤。此“三百囷”与上文“三百廛”、“三百亿”皆非确数。
不出狩又不打猎	不狩不猎	
为啥鹌鹑挂你院	胡瞻尔庭有县鹑(chún)兮	鹑：鸟名，今名鹌鹑。
那些大人老爷们	彼君子兮	
不是白白吃闲饭	不素飧(sūn)兮	飧：熟食。素飧，与上“素餐”、“素食”同义。

硕　鼠

【题解】

这首诗写农民不堪统治者的残酷剥削，幻想美好的社会。王先谦《诗三家义集疏》："鲁说曰：'履亩税而《硕鼠》作。'（王符《潜夫论·班禄篇》）齐说曰：'周之末涂，德惠塞而耆欲众，君奢侈而上求多，民困于下，怠于公事，是以有履亩之税，《硕鼠》之诗是也。'（桓宽《盐铁论·取下篇》）"他的考证说明了诗的社会背景。所谓履亩税，是指原来农民每年要出劳役为公田耕种，私田百亩可不纳税；现在除了服役公田，私田还要纳实物的十分之一为税。《硕鼠》一诗就是在这种双重剥削的制度下产生的。农民负担太重，实在难以忍受，就幻想到美好的理想国去。

译文	原文	注释
大老鼠呀大老鼠	硕鼠硕鼠	硕鼠：大老鼠。有人说硕鼠即鼫鼠，是专吃谷物的大田鼠。亦通。
不要吃我种的黍	无食我黍	
多年辛苦养活你	三岁贯女	三岁：不是确指，多年之意。　贯：宦的假借字，《鲁诗》作"宦"，侍奉，即养活之意。女：通"汝"，指统治者。
我的生活你不顾	莫我肯顾	莫：不。这句是"莫肯顾我"的倒文。下文的"莫我肯德"、"莫我肯劳"亦同。
发誓从此离开你	逝将去女	逝：通"誓"。《郑笺》："逝，往也。往矣将去女，与之诀别之辞。"说亦可通。　去女：离开你。
到那理想新乐土	适彼乐土	适：往。　乐土：是诗人想象中的无剥削无压迫的理想国。下章的"乐国"、"乐郊"与此同。
新乐土呀新乐土	乐土乐土	
才是安居好去处	爰得我所	爰：乃、就。

大老鼠呀大老鼠　硕鼠硕鼠
不要吃我大麦粒　无食我麦
多年辛苦养活你　三岁贯女
拼死拼活谁感激　莫我肯德　德：感激之意。
发誓从此离开你　逝将去女
到那理想新乐邑　适彼乐国
新乐邑呀新乐邑　乐国乐国
劳动价值归自己　爰得我直　直：通“值”。

大老鼠呀大老鼠　硕鼠硕鼠
不要吃我种的苗　无食我苗
多年辛苦养活你　三岁贯女
流血流汗谁慰劳　莫我肯劳　劳：慰劳。
发誓从此离开你　逝将去女
到那理想新乐郊　适彼乐郊
新乐郊呀新乐郊　乐郊乐郊
有谁去过徒长号　谁之永号　之：往。　永号：长叹。

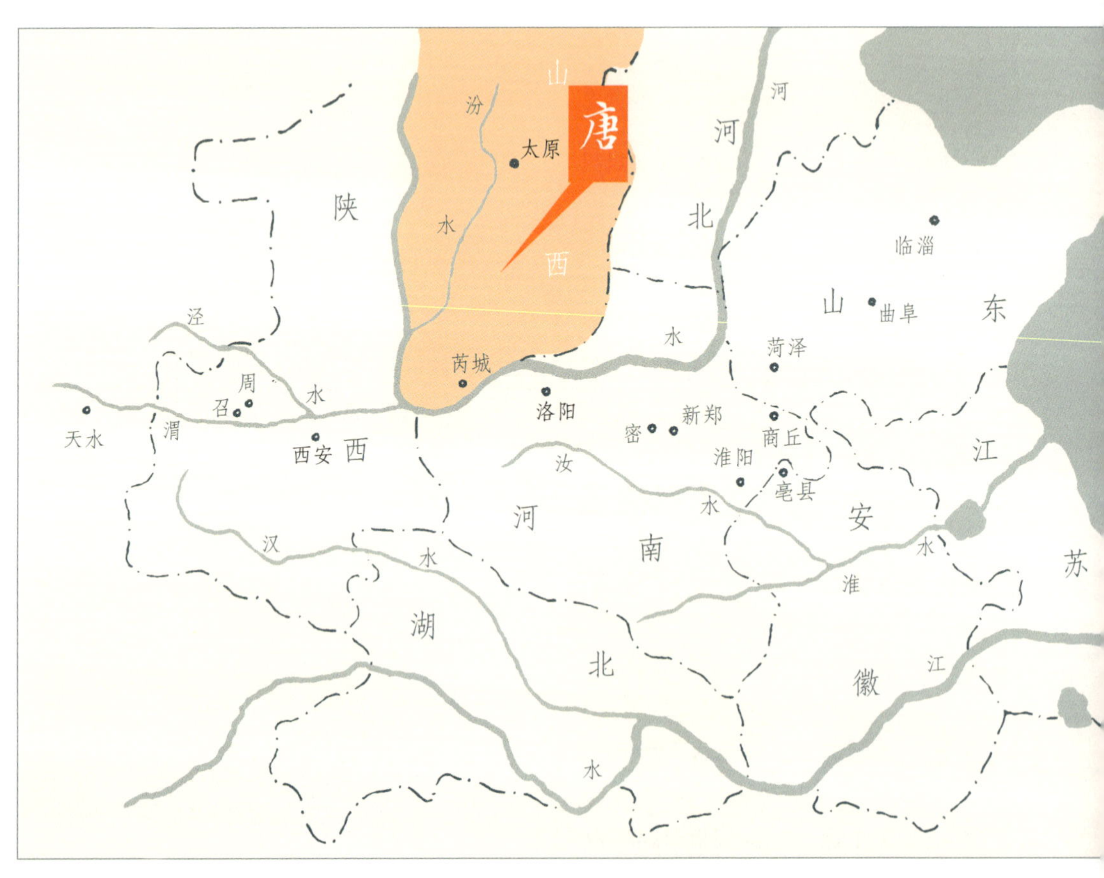
唐
山
西
汾
水
太原
芮城
陕
西
泾
水
渭
周
召
天水
西安
河
北
水
河
洛阳
密
新郑
临淄
山
东
曲阜
菏泽
商丘
淮阳
亳县
汝
水
河
南
汉
水
湖
北
水
安
徽
淮
水
江
江
苏

唐風

周成王封他的季弟姬叔虞于唐，唐地有晋水，所以后来国号改称晋。唐风就是晋风。

《唐风》共十篇。其中《扬之水》是写晋昭侯封他叔父成师于曲沃（今山西闻喜县），后来曲沃势力大过了晋侯，就想搞政变。《左传》桓公二年："晋始乱，故封桓叔于曲沃。"这样看起来，《唐风》可能产生于东周和春秋时候。

唐在今山西中部太原一带地方，即翼城、曲沃、绛县、闻喜等地区。朱熹说："其地土瘠民贫，勤俭质朴，忧深思远。"（《诗集传》）他确说出了《唐风》的特点。晋自从分封曲沃后，晋君和成师系统的斗争，足足乱了六七十年。人民过着动荡不安的生活，加上地瘠民贫，在诗歌上就表现为消极颓废、失望求助的情绪。

唐风

蟋蟀

【题解】

这是一首岁暮述怀的诗。作者可能是一位“士”，带有光阴易逝、及时行乐的思想。但他并不是一味沉湎、堕落的贵族，还想到自己的职责，关心国家大事，表示要虚心向“好乐无荒”的“良士”学习。这一点还是可取的。但诗的艺术性不如民歌那样生动。

蟋蟀　昆虫类，也叫促织。黑褐色，触角很长，后腿粗大，善于跳跃。雄的善鸣，好斗。

蟋蟀进房天气寒	蟋蟀在堂	在堂：蟋蟀本在野外，进入堂屋说明天寒岁暮，即《豳风·七月》“九月在户”。按周代建子，以农历十月为岁暮，农历十一月即为次年的正月。
岁月匆匆近年关	岁聿其莫	聿：含有“遂”（就）意，语助词。　莫：即暮，古今字。其莫，犹言“将尽”。
今不及时去寻乐	今我不乐	
光阴一去再不还	日月其除	日月：指光阴。　除：去。
过度安乐也不好	无已大康	已：甚，过度。　大：同“泰”，泰康，安乐。
还是要把工作干	职思其居	职：尚，还要。马瑞辰《通释》：“《尔雅·释诂》：‘职，常也。’常从尚声，故职又通作尚。”居：担任的职位。
“不荒正业又娱乐”	“好乐无荒”	好：爱好。　荒：荒废。
贤士警语记心间	良士瞿瞿	瞿瞿：惊顾的样子，含有警惕的意思。

蟋蟀进房天气寒	蟋蟀在堂	
一年匆匆将过完	岁聿其逝	逝：去。
今不及时去寻乐	今我不乐	
光阴一去再不还	日月其迈	迈：逝去。
过度安乐也不好	无已大康	

份外事儿也要干	职思其外	外：自己职务以外的事。苏辙《诗经传》："既思其职，又思其职之外。"
"不荒正业又娱乐"	"好乐无荒"	
贤士勤快是模范	良士蹶蹶	蹶蹶：动作敏捷的样子。《毛传》："蹶蹶，动而敏于事。"

蟋蟀进房天气寒	蟋蟀在堂	
出差车儿将回转	役车其休	役车：服役的车子。 其休：将要休息，指行役的人当还。这是岁暮的象征。
今不及时去寻乐	今我不乐	
光阴一去再不还	日月其慆（tāo）	慆：逝去。
过度安乐也不好	无已大康	
战争可忧莫小看	职思其忧	忧：可忧的事。春秋时候，最可忧的事，是诸侯国之间的战争。所以《郑笺》说："忧者，谓邻国侵伐之忧。"
"不荒正业又娱乐"	"好乐无荒"	
贤士爱国真好汉	良士休休	休休：希望和平的心情。

山有枢

【题解】

这是一首讥刺嘲笑守财奴的诗。唐地的剥削者剥削了许多东西，他们吃的、穿的、住的、用的、玩的，样样都有，却舍不得享用。人民极端厌恶这些守财奴，嘲笑说：等你死了，什么东西都要供别人享用了。

枢　即刺榆，落叶小乔木。树皮深灰色或褐灰色，叶椭圆形或椭圆状矩圆形，结黄绿色小坚果，斜卵圆形。适应性强，萌蘖能力强，生长速度较慢，为干旱瘠薄地带的重要绿化树种。

榆　落叶乔木。叶卵形，花有短梗，翅果倒卵形，称榆荚、榆钱。木材坚实，可制器物或供建筑用。果实、树皮和叶可入药，可食。

今译	原文	注释
山上刺榆长	山有枢	枢：《鲁诗》作“苉”，都是榹的借字，有刺的榆树，亦名刺榆。
低地白榆香	隰（xí）有榆	隰：低洼的地。
你有衣来又有裳	子有衣裳	
不穿不著放在箱	弗曳（yè）弗娄	曳：拖。　娄：《鲁诗》、《韩诗》都作“搂”，牵。按拖、牵都是穿衣的动作，这里是泛指“穿”。
你有车来又有马	子有车马	
不乘不骑闲置放	弗驰弗驱	驰、驱：车马急走。
有朝眼闭腿一伸	宛其死矣	宛：苑字的假借，枯萎。《淮南子·俶真训》：“形苑而神壮。”高诱注：“苑，枯病也。”
别人享受喜洋洋	他人是愉	愉：乐，享受。
山上栲树长	山有栲	栲：树名，常绿高大乔木，木质坚密，皮可制栲胶或染鱼网。
低地檍树香	隰（xí）有杻（niǔ）	杻：亦名檍，梓一类的树。胡承珙：“檍，《说文》作槸，梓属。大者可为棺椁，小者可为弓材。”
你有院来又有房	子有廷内	廷：通“庭”，院子。　内：指堂室。
不去打扫随它脏	弗洒弗埽	埽：同“扫”。
你有钟来又有鼓	子有钟鼓	

杻　　即檍树。又名木橿、万年木。朱熹集传谓：“叶似杏而尖，白色，皮正赤，其理多曲少直，材可为弓弩干者也。”

不敲不打没音响	弗鼓弗考	考：敲击。
有朝眼闭腿一伸	宛其死矣	
空为别人省一场	他人是保	保：占有。

山上漆树长	山有漆	漆：漆树。
低地栗树香	隰(xí)有栗	
你有美酒和好菜	子有酒食	
何不奏乐又宴享	何不日鼓瑟	
姑且用它来寻乐	且以喜乐	且：姑且。
姑且用它度时光	且以永日	永日：延长岁月。朱熹《诗集传》："人多忧，则觉日短，饮食作乐，可以永长此日也。"
有朝眼闭腿一伸	宛其死矣	
别人就要进你房	他人入室	

扬之水

【题解】

这是一首揭发、告密晋大夫潘父和曲沃桓叔勾结搞政变阴谋的诗。据《史记·晋世家》记载，晋昭侯元年（前745年），昭侯封他的叔父成师于曲沃，号为桓叔，后势力强大。昭侯七年（前738年），晋大夫潘父和桓叔密谋，杀昭侯而纳桓叔。桓叔欲入晋，晋人发兵攻桓叔。桓叔败归曲沃。这首诗可能是在潘父和桓叔策划政变的时候写的。诗的作者看来是个知情者，但他忠于昭公，巧妙地进行了告密。

河水悠悠缓慢行　扬之水　扬之水：悠缓而流的水。

水底白石多鲜明　白石凿凿　凿凿：鲜明貌。

身穿白衫红衣领　素衣朱襮（bó）　素衣朱襮：白缯的内衣，红边的衣领。素衣、襮是诸侯的服饰，潘父是大夫，他也穿起诸侯的衣服。暗示他是这次政变的内应者。

跟他一道到沃城　从子于沃　子：你，指潘父。　于：往，到。　沃：曲沃，在今山西省闻喜县东，是桓叔的封地。这位诗人可能是潘父随从者之一。

一同拜见曲沃君　既见君子　君子：指桓叔。

怎不高兴笑盈盈　云何不乐

河水悠悠缓慢行　扬之水

水底白石多洁净　白石皓皓　皓皓：洁白貌。

身穿白衫绣衣领　素衣朱绣　绣：红边领上绣上五彩花纹。

跟他一道到鹄城　从子于鹄

鹄：同“皋”，即曲沃。马瑞辰《毛诗传笺通释》：“鹄，古通作皋，泽也，皋也，沃也，盖析言则异，散言则通。”

一同拜见曲沃君　既见君子

还有什么不高兴　云何其忧

河水悠悠缓慢行　扬之水

水底白石多晶莹　白石粼粼

粼粼：清澈的样子。

听说将有政变令　我闻有命

严守机密不告人　不敢以告人

不敢以告人是门面话，实际上已经借诗向昭公告密了。严粲《诗缉》：“言不敢告人者，乃所以告昭公。”

椒 聊

【题解】

这是一首赞美妇女多子的诗。椒多子，所以，汉朝人用椒房这名词称皇后住的房屋，取其多子吉祥之意。古代以多子为福，这首诗也是用椒起兴，贺妇女多子。

椒　花椒。落叶灌木或小乔木，具有香气。单数羽状复叶。果实可做调味的香料，也可供药用。其种子亦用以和泥涂壁。

花椒串串挂树上	椒聊之实	椒：花椒。　聊：同“莍”，亦作朻、梂，草木结成一串串果实（从阮元《揅经室集》、胡承珙《毛诗后笺》说）。
结子繁盛满升量	蕃衍盈升	蕃衍：繁盛众多。　盈：满。　升：量器名。
这位妇人子孙多	彼其之子	
身材高大称无双	硕大无朋	硕：大。　无朋：无比。
花椒一囊囊	椒聊且（jū）	且：语助词，用于句末。
远闻扑鼻香	远条且（jū）	远条：条古与修通用，古本《诗经》作“远修且”。修，长，指香气传得远（从马瑞辰说）。

花椒串串已成熟	椒聊之实	
结子繁盛捧不够	蕃衍盈匊（jū）	匊：古掬字，两手合捧。
这位妇人子孙多	彼其之子	
身材高大又肥厚	硕大且笃	笃：厚，厚实；这里用于形容妇人的肥胖。
花椒一兜兜	椒聊且（jū）	
远远暗香透	远条且（jū）	

绸 缪

【题解】

这是一首祝贺新婚的诗。它和一般贺婚诗有些不同，带有戏谑、开玩笑的味道；大约是民间闹新房的口头歌唱。

译文	原文	注释
把把柴草紧紧缠	绸缪束薪	绸缪：紧密缠缚的意思。 束薪：一捆捆的柴草。束薪、束刍、束楚，都象征结婚。
三星高高天上闪	三星在天	三星：三是虚数，不是实指。有人说，三与“参”古通，指参星，亦通。三星在天，是描写结婚之夜。
今天夜里啥日子	今夕何夕	今夕何夕：是闹新房的人故意戏问新娘的话。
见这丈夫欢不欢	见此良人	良人：古代妇女称夫为良人。《仪礼》郑注：“妇女称夫曰良。”《孟子·离娄》：“良人者，所仰望而终身也。”
叫新娘，问新娘	子兮子兮	子兮：你呀。这是闹新房者呼新娘之词。有人将“子”解为“嗟嗞”的叹词，说亦可通。
你把丈夫怎么办	如此良人何	如……何：把……怎么样。《孔疏》：“如何，犹奈何。”
把把野草密密缠	绸缪束刍	刍：是结婚时用它喂亲迎马的草料。束刍，一捆捆的草。
三星遥遥天边闪	三星在隅	隅：指天的东南边。朱熹：“昏现之星至此，则夜久矣。”
今天夜里啥日子	今夕何夕	
两口心里甜不甜	见此邂逅	邂逅：本义是会合，引申为“悦”，这里用它作名词，指可爱的人，可简称为“爱人”。

叫新娘，问新郎	子兮子兮	
你把爱人怎么办	如此邂逅何	
把把荆条细细缠	绸缪束楚	楚：荆条。
三星低低门上闪	三星在户	户：朱熹："户，室户也。户必南出，昏现之星至此，则夜分矣。"
今天夜里啥日子	今夕何夕	
见这美人恋不恋	见此粲者	粲者：美人。粲，古字作妫，《说文》："三女为妫，妫，美也。"
叫新郎，问新郎	子兮子兮	
你把美人怎么办	如此粲者何	

杕 杜

【题解】

这是一个孤独的流浪者求助不得的感伤诗。他自伤失去了兄弟，路上虽有很多和他同走的人，但谁也不愿亲近他、援助他。有人认为这是一篇乞食者之歌，说亦可通。

译文	原文	注释
一株杜梨虽孤零	有杕(dì)之杜	杕：孤生独特的样子。 杜：杜梨，棠梨。蔷薇科落叶乔木，枝有刺，果实小而酸。
还有叶子密密生	其叶湑湑(xǔ xǔ)	湑湑：树叶茂盛的样子。
独自行走冷清清	独行踽踽(jǔ jǔ)	踽踽：无亲独行的样子。
难道没人同路行	岂无他人	
不如同胞骨肉亲	不如我同父	同父：朱熹《诗集传》释为："兄弟也。"
可叹处处陌路人	嗟行之人	行：道路。
为何不来近我身	胡不比焉	比：亲。有人解作辅助，亦通。
有人生来没兄弟	人无兄弟	
为何不肯怜我贫	胡不佽(cì)焉	佽：资助。

译文	原文
一株杜梨虽孤零	有杕(dì)之杜

还有叶子青又青	jīngjīng 其叶菁菁	菁菁：树叶茂盛的样子。
独自行走苦伶仃	qióng qióng 独行睘睘	睘睘：同“茕茕”，孤独无所依靠的样子。
难道没人同路行	岂无他人	
不如同胞骨肉亲	不如我同姓	同姓：同母兄弟。马瑞辰《毛诗传笺通释》：“女生曰姓，此诗同姓，对前章同父而言，又据下文人无兄弟而言。同姓，盖谓同母生者。”
可叹处处陌路人	嗟行之人	
为何不来近我身	胡不比焉	
有人生来没兄弟	人无兄弟	
为何不肯怜我贫	cì 胡不佽焉	

羔　裘

【题解】

这大约是一个贵族婢妾反抗主人的诗。

译文	原文	注释
羔袍袖口镶豹毛	羔裘豹袪(qū)	豹袪：镶着豹皮的袖口。这是古代卿大夫的服饰。
对我傲慢气焰高	自我人居居	自：对于。　我人：我们。　居居：借为倨倨，态度傲慢。
难道没有别的人	岂无他人	
非要同你才相好	维子之故	维：同“惟”，只。　子：你，指这个大夫。之：是。　故：借作婟，爱。有人说，“故”指故旧，亦通。
羔袍豹袖显贵人	羔裘豹褎(xiù)	褎：同“袖”。
态度恶劣气焰盛	自我人究究	究究：心怀恶意不可亲近的样子，也是傲慢的意思。
难道没有别人爱	岂无他人	
非同你好就不成	维子之好	

鸨 羽

【题解】

这是一首农民反抗无休止的徭役制度的诗。农民不能在家从事生产，父母生活无保障，诗人怨极呼天。这不仅反映了“王事”给人民带来的负担和灾难，也表现了劳动人民向往安居乐业、全家团聚的生活。

鸨　　鸟类。似雁而略大，头小，颈长，背部平，翅膀阔，尾巴短。羽色颈部为淡灰色，背部有黄褐和黑色斑纹，腹面近白色。常群栖草原地带，飞止有行列，善奔跑，能涉水。羽毛可作装饰品。

译文	原文	注释
大雁沙沙展翅膀	肃肃鸨(bǎo)羽	肃肃：鸟摇动翅膀的声音。　鸨：似雁而大，脚上没有后趾，所以不能在树上稳定地栖息。陆玑：“鸨连蹄，性不树止。”
落在丛丛柞树上	集于苞栩(xǔ)	集：栖息。　苞：草木丛生。　栩：柞树。
国王差事做不完	王事靡盬(gǔ)	靡：没有。　盬：止息。
不能在家种黍粱	不能艺稷黍	艺：种植。
爹娘生活靠谁养	父母何怙(hù)	怙：恃，依靠。
抬头遥问老天爷	悠悠苍天	
啥时才能回家乡	曷其有所	曷：何。　所：处所。此句言何时才能安居。

译文	原文	注释
大雁沙沙拍翅膀	肃肃鸨(bǎo)翼	
落在丛丛棘树上	集于苞棘	棘：酸枣树。
国王差事做不完	王事靡盬(gǔ)	
不能在家种黍粱	不能艺黍稷	
爹娘吃饭哪来粮	父母何食	
抬头遥问老天爷	悠悠苍天	
劳役期限有多长	曷其有极	极：尽头。

大雁沙沙飞成行	肃肃鸨(bǎo)行	鸨行：鸨鸟飞的行列。马瑞辰《通释》："鸨行，犹雁行也。雁之飞有行列，而鸨似之。"
落在密密桑树上	集于苞桑	
国王差事做不完	王事靡盬(gǔ)	
不能在家种稻粱	不能艺稻粱	
哪来粮食养爹娘	父母何尝	
抬头遥问老天爷	悠悠苍天	
啥时生活能正常	曷其有常	常：正常。

无　衣

【题解】

这是一首览衣感旧或伤逝的诗。这位被称为“子”的制衣者，当是一位女性。细玩诗的内容和风格，似属于民间口头创作。旧说是晋武公篡位后，他的大夫写给周厘王的官吏或使者的诗，恐皆附会。

难道说我今天缺衣少穿　岂曰无衣七兮　七：虚数，指衣之多。下章的六同此。

叹只叹都不是你的针线　不如子之衣　子：您。指这位制衣者。

怎比得你做的舒坦美观　安且吉兮　安：安舒，舒适。　吉：善，美。

难道说我今天缺衣少穿　岂曰无衣六兮

叹只叹都不是旧日衣冠　不如子之衣

怎比得你做的舒服温暖　安且燠兮　燠：暖和。

有杕之杜

【题解】

这是一首恋歌，一个女子看中了对象，希望他来到身旁，招待他吃喝。旧说刺晋武公，当非诗意。

一株杜梨独自开	有杕(dì)之杜	有杕之杜：孤生独特的杜梨。
长在左边道路外	生于道左	道左：道路的左边，古人以东为左。
不知我那心中人	彼君子兮	
可肯到我这里来	噬(shì)肯适我	噬：通“逝”，语首助词。 适：之，到。
心里既然爱着他	中心好之	
何不请他喝一杯	曷饮食之	曷：同“盍”，何不。

一株杜梨独自开	有杕(dì)之杜	
长在右边道路外	生于道周	周：右的假借。《韩诗》云:“周，右也。”
不知我那心中人	彼君子兮	
可肯出门看我来	噬(shì)肯来游	来游：来观，来看我。《毛传》:“游，观也。”
心里既然爱着他	中心好之	
何不请他喝一杯	曷饮食之	

葛　生

【题解】

这是一位妇人悼念丈夫的诗。诗句悱恻伤痛，感人至深，不愧为悼亡诗之祖。

蔹　多年生蔓生草本，叶子多而细，五月开花，七月结球形浆果，根入药。

葛藤爬满荆树上	葛生蒙楚	蒙：覆盖。　楚：荆树。
蔹草蔓延野外长	蔹(liǎn)蔓于野	蔹：草名，它和葛藤都是蔓生植物，必须依附在大树上才能生存。　蔓：蔓延。
我爱已离人间去	予美亡此	予美：犹今言“我爱”，妇人称她的丈夫。亡：不在。
谁人伴我守空房	谁与独处	谁与：谁和我同居。有人说，这句是说“谁伴死者孤独地长眠地下呢？”可备一说。
葛藤爬满枣树上	葛生蒙棘	
蔹草蔓延墓地旁	蔹(liǎn)蔓于域	域：墓地。
我爱已离人间去	予美亡此	
谁人伴我睡空房	谁与独息	
角枕晶莹作陪葬	角枕粲兮	角枕：用兽骨做装饰的枕头，死者所用。粲：同“灿”，华美鲜明的样子。
敛尸锦被闪闪光	锦衾烂兮	锦衾：用锦做的被子，敛尸用的。
我爱已离人间去	予美亡此	
谁人伴我到天亮	谁与独旦	独旦：独睡到天亮。

夏嫌白昼长	夏之日	
冬季夜漫漫	冬之夜	
但愿百年我死后	百岁之后	百岁之后：指死后。
到你坟里再相见	归于其居	居：指死者住的地方，即坟墓。

冬季夜漫漫	冬之夜	
夏嫌白昼长	夏之日	
但愿百年我死后	百岁之后	
到你墓里共相傍	归于其室	其室：指死者的坟墓。

采　苓

【题解】

这是劝人不要听信谗言的诗。旧说刺晋献公，从诗的本身看不出一定是刺晋献公的。

苓　　甘草。多年生草本，根有甜味，是一种补益中草药。亦可作烟草、酱油等的香料。

译文	原文	注释
采甘草呀采甘草	采苓采苓	苓：甘草。《毛传》："采苓，细事也。首阳，幽辟也。细事喻小行也，幽辟喻无征也。"
在那首阳山顶找	首阳之颠	首阳：山名，在今山西永济南；亦名雷首山，与伯夷、叔齐的饿隐处同名而异地。
有人专爱造谣言	人之为言	为：通"伪"。为言，谎话。陈奂："古为、伪、讹三字同。《毛诗》本作为，读作'伪'也。为言，即谗言，所谓小行无征之言也。"
千万别信那一套	苟亦无信	苟：诚，确实。陈奂："苟亦无信，诚无信也。" 亦：为语助词。 无：同"勿"，不要。
别理他呀别睬他	舍旃(zhān)舍旃	舍：抛弃。 旃：犹"之"。
那些全都不可靠	苟亦无然	无然：无是，不正确。
有人专爱造谣言	人之为言	
啥也捞不到	胡得焉	胡：何。
采苦菜呀到处跑	采苦采苦	苦：菜名，亦名荼。《毛传》："苦，苦荼也。"
在那首阳山下找	首阳之下	
有人喜欢说谎话	人之为言	
千万别跟他一道	苟亦无与	无与：犹"毋以"，不要赞同。《毛传》："勿用也。"
别理他呀别睬他	舍旃舍旃	

那些全都不可靠　苟亦无然
有人喜欢说谎话　人之为言
啥也得不到　胡得焉

采芜菁呀路迢迢　采葑采葑　葑：菜名，芜菁。
首阳山东仔细瞧　首阳之东
有人爱说欺诳话　人之为言
千万不要跟他跑　苟亦无从
别理他呀别睬他　舍旃舍旃
那些全都不可靠　苟亦无然
有人爱说欺诳话　人之为言
啥也骗不到　胡得焉

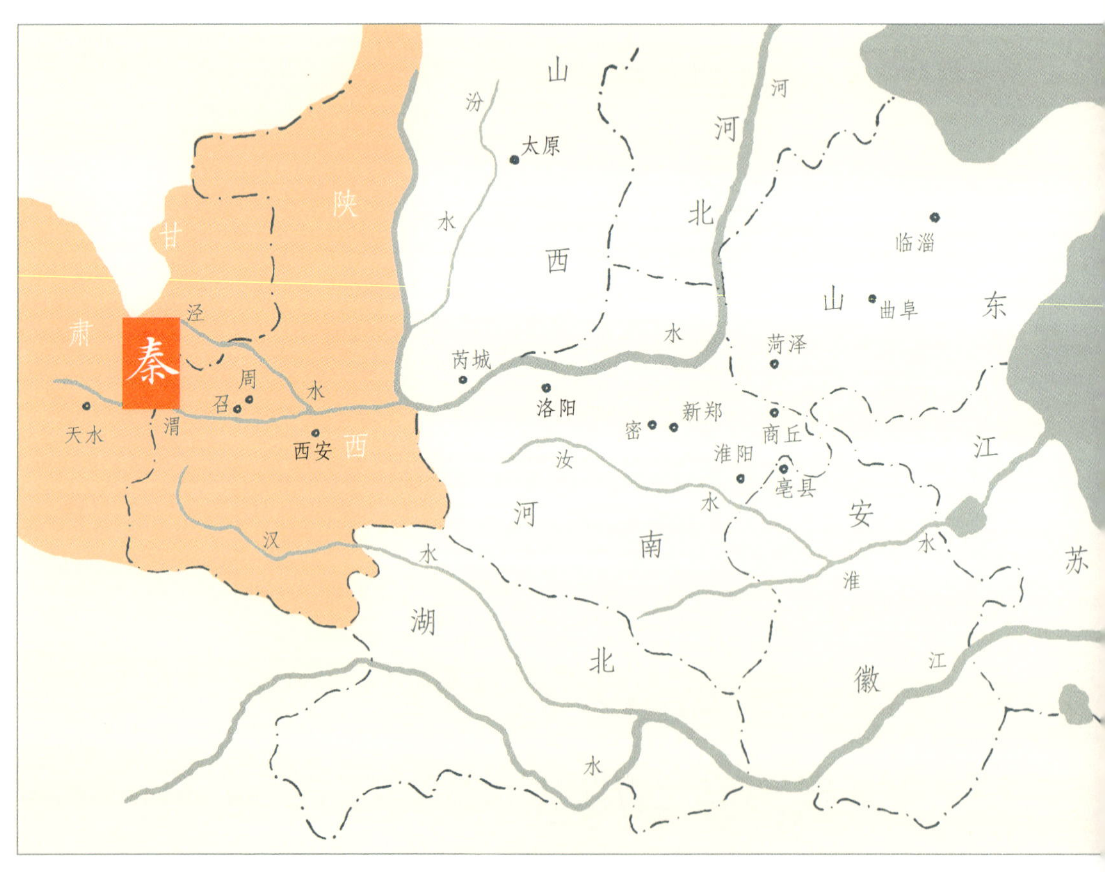

秦
甘
肃
陕
西
泾
水
渭
周
召
天水
西安
汉
水
山
西
汾
水
太原
芮城
洛阳
河
北
河
水
山
东
临淄
曲阜
菏泽
新郑
密
商丘
淮阳
亳县
汝
水
河
南
安
徽
淮
水
江
苏
江
湖
北
水

秦風

秦本来是周的附庸。周宣王时，秦仲为大夫，诛西戎，不克，为西戎所杀。平王东迁，秦仲之孙襄公派兵护送他到洛阳，平王封襄公为诸侯，秦才成为一个诸侯国。

《秦风》共十篇。其中《小戎》诗说“其在板屋”，板屋为西戎之地。朱熹说：“西戎者，秦之臣子所与不共戴天之仇也。襄公上承天子之命，率其国人往而征之。”是《小戎》一诗，写秦襄公伐戎的事，约在公元前800年左右。又《黄鸟》是秦人揭露斥责秦穆公用人殉葬的诗。《左传》文公六年：“秦伯任好卒，以子车氏之三子奄息、仲行、鍼虎为殉，皆秦之良也。国人哀之，为之赋《黄鸟》。”这是公元前621年左右的事。可见《秦风》也是东周末至春秋时的作品。

秦原来占据着甘肃天水一带地方。西周末年，平王东迁，封秦襄公为诸侯，于是秦地就扩大到西周王畿和豳地，即今陕西地区及甘肃东部。《汉书·地理志》说：“安定北地，上郡西河，皆迫近戎狄，修习战备，高尚气力，以射猎为先。故秦诗曰：‘其在板屋。’又曰：‘王于兴师，修我甲兵，与子俱行。’及《车邻》、《驷驖》、《小戎》之篇，皆车马田猎之事。”可见尚武精神，就是《秦风》的特点。

秦风

车邻

【题解】

这是一首反映秦君腐朽的生活和思想的诗。诗是用一个女性的口吻写的，她可能是秦君宫中的一位婢妾。从她的嘴里，反映了秦君生活、思想的一个片断。

栗　落叶乔木。果实为坚果，包在多刺的球状壳斗内。果实可以吃，亦可入药。木材坚实，可供建筑与制器具用。

车儿驶过响辚辚	有车邻邻	邻邻：亦作“辚辚”，车行声。摹声词。《毛传》：“邻邻，众车声也。”
驾车马儿白额顶	有马白颠	白颠：白颠马，马额正中有块白毛。
为啥不见君王面	未见君子	君子：这里指秦君。
只因寺人没传令	寺人之令	寺人：古代宫中供使令的小臣。《毛传》：“寺人，内小臣也。”宫中女没有得到寺人传令，是不能见国君的。
山坡上面漆树种	阪(bǎn)有漆	阪：山坡。
低洼地里栗成丛	隰(xí)有栗	隰：低湿的地。以上两句，是《诗经》中常用的起兴习语，多用它表示爱情。
总算见到君王面	既见君子	
并坐弹瑟喜相逢	并坐鼓瑟	鼓：弹。　瑟：古代弦乐器，有二十五弦。
“现在及时不行乐	“今者不乐	
将来转眼成老翁”	逝者其耋(dié)”	逝者：将来。　耋：八十岁，也有说是六十或七十的。这里是泛指老。
山坡上面有绿桑	阪有桑	
低洼地里长水杨	隰有杨	
总算见到君王面	既见君子	
并排坐着吹笙簧	并坐鼓簧	簧：笙类乐器中的簧片。
“现在及时不行乐	“今者不乐	
将来转眼见阎王”	逝者其亡”	俞樾《群经平议》：“逝者对今者言，今者谓此日，逝者谓他日也。逝，往也，谓过此以往也。”

驷 驖

【题解】

这是一首描写秦君打猎的诗，大致是秦襄公时（约在公元前777年以后）的作品。诗中的公，当即秦襄公。他当时助平王迁都洛阳，被封为诸侯，遂有周西都畿内岐、丰八百里之地。秦风尚武，逐渐强大。这是诗的社会背景。

译文	原文	注释
四匹黑马壮又肥	驷驖(tiě)孔阜	驷：四马曰驷。 驖：毛黑色、毛尖略带红色的马。 孔：甚，很。 阜：肥大。
六根缰绳手里垂	六辔在手	辔：马缰绳。六辔，《孔疏》："每马有二辔，四马当八辔矣。言六辔者，以骖马内辔纳之于觖，故在手者，惟六辔耳。"
公爷宠爱赶车人	公之媚子	公：指秦君。 媚子：所宠爱的人，指驾车者。
跟他一起去打围	从公于狩	于：往，去。 狩：冬猎。

译文	原文	注释
兽官放出应时兽	奉时辰牡	奉：供给。 时：是，这个。 辰：时，应时。 牡：公兽。此句言兽官"虞人"驱出应时野兽以供秦君打猎。
应时野兽个个肥	辰牡孔硕	硕：肥大。
公爷喊声"朝左射"	公曰左之	左之：使之左，指向左边射箭。
箭发野兽应声坠	舍拔则获	舍：今作"捨"，放，发。 拔：亦作"栊"，箭的尾部。舍拔，即放开箭的尾部，箭即被弦弹出。

猎罢再去游北园

游于北园

北园：秦国的动物园。陈奂认为古“游”和“田”同义，都是打猎的意思。说亦可通。

驾轻就熟马悠闲

四马既闲

闲：熟练。《毛传》:“闲，习也。”

车儿轻快銮铃响

biāo

輶车鸾镳

輶车：指战车或田猎的副车。 鸾：通銮，车铃。 镳：马口旁的勒具。《说文》:“人君乘车，四马镳，八銮铃。象鸾鸟之声和则敬也。”

猎狗息在车中间

xiǎn

载猃歇骄

猃：长嘴巴的猎狗。 歇骄：亦作“猲獢”，短嘴巴的猎狗。朱熹《诗集传》:“以车载犬，盖以休其足力也。”

小　戎

【题解】

这是一位妇女思念她丈夫远征西戎的诗。诗当产生于秦襄公十二年（前766年）襄公伐戎之时。

译文	原文	注释
战车轻小车厢浅	小戎俴（jiàn）收	戎：兵车。　俴：浅。　收：轸，车后横木。兵车的车后横木较低，因此，车厢也较浅。
五根皮条缠车辕	五楘（mù）梁辀（zhōu）	楘：有花纹的皮条。　梁辀：车辕。古时马车一根辕，形状弯曲像船，所以叫做梁辀。因为太长，怕它折裂，所以五处用有花纹的皮条箍牢。
环儿扣儿马具全	游环胁驱	游环：活动的皮环，结在服马颈套上，贯串两旁骖马的外辔，控制马不乱跑。　胁驱：驾具名，装在马胁两旁的皮扣连在拉车的皮带上。
拉车皮带穿铜圈	阴靷（yǐn）鋈（wù）续	阴：车轼前的横板。　靷：引车前进的皮带，将横板的两根皮条前系于衡，后经过车下，系在车轴上，引车前进。　鋈续：白铜制的环。
虎皮垫座车毂长	文茵畅毂（gǔ）	文茵：用有花纹的虎皮制的车褥子。　畅：长。　毂：车轴伸在两轮之外的部分。
花马驾车他执鞭	驾我骐馵（zhù）	骐：青黑色相杂有花纹的马。　馵：白脚的马。
想起夫君好人儿	言念君子	君子：指从军的丈夫。
人品温和玉一般	温其如玉	
如今从军去西戎	在其板屋	板屋：西戎民俗用木板盖房屋。此处代指西戎，其地在今甘肃一带。《汉书·地理志》："天水郡陇西，山多林木，民以板为室屋。"
搅得我心烦又乱	乱我心曲	心曲：心窝。

四匹马儿肥又大	四牡孔阜	
六根缰绳手里拿	六辔在手	
青马红马在中间	骐骝(liú)是中	骝：亦作骝，红黑色的马。　中：指驾车四马当中的两匹服马。
黄马黑马两边驾	䯄(guā)骊是骖	䯄：黑嘴的黄马。　骊：黑色的马，亦称骥。骖：驾车四马两旁的两匹马。
画龙盾牌双双合	龙盾之合	龙盾：画龙的盾牌。　合：两只盾合在一处放在车上。
白铜绳环对对拉	鋈以觼(jué)軜(nà)	觼：有舌的环。　軜：骖马靠里边的辔。
想念夫君好人儿	言念君子	
从军戎地性和洽	温其在邑	在邑：在西戎的县里。《毛传》："在敌邑也。"
何日才能凯旋归	方何为期	方：将。
叫我怎么不想他	胡然我念之	胡然：为什么。
四马协调铁甲轻	俴驷孔群	俴驷：穿薄的青铜甲的四匹马。　孔群：很协调。
酋矛杆柄套铜镦	厹(qiú)矛鋈錞(duì)	厹矛：一种有三棱锋刃的长矛。亦作仇矛或酋矛。《释名》："仇矛，头有三叉，言可讨仇敌之矛也。"　錞：亦名镈，矛柄下端的金属套。
新漆盾牌画毛羽	蒙伐有苑(yūn)	蒙：覆盖，遮蔽。　伐：通"瞂"，中等大小的盾。　苑：花纹。

译文	原文	注释
虎皮弓袋刻花纹	虎韔（chàng）镂膺	虎韔：虎皮制的弓袋。　膺：弓袋的正面。严粲："镂膺，镂饰弓室之膺。弓以后为背，则以前为膺。故弓室之前亦为膺耳。"
两弓交叉袋中放	交韔二弓	交韔二弓：交叉顺倒两只弓放在弓袋里。
正弓竹柲绳捆紧	竹闭绲縢（gǔn téng）	闭：通"柲"。竹柲，用竹制成纠正弓弩的工具。　绲：绳。　縢：捆绑。
想念夫君好人儿	言念君子	
忽睡忽起不安心	载寝载兴	载：通"再"。
夫君温和又安静	厌厌（yān yān）良人	厌厌：同"懕懕"，安静的样子。　良人：指丈夫。
彬彬有礼好名声	秩秩德音	秩秩：有次序的样子。即进退有礼节。　德音：好声誉。

蒹　葭

【题解】

这是一首描写追求意中人而不得的诗。

葭　　初生的芦苇。芦苇，多年生草本植物。生于湿地或浅水，叶子披针形，茎中空，光滑，花紫色。茎可造纸、葺屋、编席等。根茎叫芦根，可供药用。

河边芦苇青苍苍	蒹葭苍苍	蒹葭：蒹，没有长穗的芦苇。葭，初生的芦苇。　苍苍：茂盛鲜明的样子。
秋深露水结成霜	白露为霜	
意中人儿在何处	所谓伊人	伊人：这人。
就在河水那一方	在水一方	方：旁。一方，犹云一边。马瑞辰《通释》："方、旁古通用，一方即一旁也。"
逆着流水去找她	溯洄从之	溯洄：逆着河流向上游走。　从：追，寻求的意思。
道路险阻又太长	道阻且长	阻：险阻，障碍。
顺着流水去找她	溯游从之	溯游：顺着河流向下走。
仿佛在那水中央	宛在水中央	宛：仿佛，好像。

河边芦苇密又繁	蒹葭凄凄	凄凄：同"萋萋"，茂盛的样子。
清晨露水未曾干	白露未晞（xī）	晞：干。
意中人儿在何处	所谓伊人	
就在河岸那一边	在水之湄	湄：水和草交接的地方，也就是岸边。
逆着流水去找她	溯洄从之	

译文	原文	注释
道路险阻攀登难	道阻且跻（jī）	跻：升，高起。
顺着流水去找她	溯游从之	
仿佛就在水中滩	宛在水中坻（chí）	坻：水中小沙洲。
河边芦苇密稠稠	蒹葭采采	采采：众多的样子。
早晨露水未全收	白露未已	已：止。
意中人儿在何处	所谓伊人	
就在水边那一头	在水之涘（sì）	涘：水边。
逆着流水去找她	溯洄从之	
道路险阻曲难求	道阻且右	右：向右转弯，即道路弯曲的意思。
顺着流水去找她	溯游从之	
仿佛就在水中洲	宛在水中沚	沚：水中小沙滩，比坻稍大。

终　南

【题解】

这是一首周地人民劝戒秦君的诗。《国语·郑语》:“平王之末，秦取周土。”《史记·秦本纪》:“平王封襄公为诸侯，赐之岐以西之地。其子文公，遂收周遗民有之。”这首诗可能就是周的遗民写的。诗用含蓄的语句向统治者问道：你将是我们的君主吗？你永远不要忘记这是周的土地和人民呀。

楸　　即诗中的“条”，落叶乔木，叶子三角状卵形或长椭圆形，花冠白色，有紫色斑点，木材质地细密。可供建筑、造船等用。

终南山有什么来	终南何有	终南：山名，亦名南山。它的主峰在陕西西安城南。
又有山楸又有梅	有条有梅	条：即楸树。　梅：旧注为楠木。按下章有棠，指棠梨树，这章可能指梅树。
公爷封爵到此地	君子至止	
锦衣狐裘好气派	锦衣狐裘	锦衣狐裘：当时诸侯的礼服。
脸色红润像涂丹	颜如渥丹	渥：涂。　丹：赤石制的红料。
他做君主好是坏	其君也哉	其君也哉：严粲《诗缉》："'其'者，将然之辞。'哉'者，疑而未定之意。"

终南山有什么来	终南何有	
丛丛杞树棠梨开	有纪有堂	纪：杞的假借字，杞柳。　堂：棠的假借字，棠梨。三家诗作杞、棠。
公爷封爵到此地	君子至止	
绣花衣裙闪五彩	黻(fú)衣绣裳	黻：衣，黑色和青色花纹相间的上衣。　绣裳：用五彩绣成的下裳。都是古代贵族穿的衣服。《毛传》："黑与青谓之黻，五色备谓之绣。"
身上佩玉锵锵响	佩玉将将	将将：同"锵锵"，佩玉相击的声音。
永记我们别忘怀	寿考不忘	寿考不忘：意指秦君到老不可忘记他的一切是从哪里来的。

黄　鸟

【题解】

这是一首秦国人民挽“三良”的诗。《左传》鲁文公六年：“秦伯任好卒（公元前621年），以子车氏之三子奄息、仲行、鍼虎为殉，皆秦之良也。国人哀之，为之赋《黄鸟》。”《史记·秦本纪》：“武公卒……初以人从死，从死者六十六人。……缪（通“穆”）公卒……从死者百七十七人，秦之良臣子舆氏三人名曰奄息、仲行、鍼虎，亦在从死之中。秦人哀之，为作歌《黄鸟》之诗。”据此记载，可以了解诗的产生年代与背景。全诗在悲惨无告的气氛中，反映了人民对统治者暴虐行为的强烈憎恨，对被害者高度的同情。它是古代挽歌之祖。

黄鸟　黄雀。雀科金翅雀属。雄鸟上体浅黄带绿，腹部白色而腰部稍黄；雌鸟上体微黄有暗褐条纹。鸣声清脆，可以饲养为观赏鸟。清郝懿行《尔雅义疏》：“按此即今之黄雀，其形如雀而黄，故名黄鸟，又名搏黍，非黄离留也。”

译文	原文	注释
黄雀咬咬声凄凉	交交黄鸟	交交：通作“咬咬”，鸟叫声。　黄鸟：黄雀。
飞来落在枣树上	止于棘	棘：酸枣树。黄雀落在棘、桑、楚等小木上，是不得其所。一说棘指紧急，桑指悲伤，楚指痛楚，都是双关词，是当时言论不自由的反映。
谁从穆公去殉葬	谁从穆公	从：从死，即殉葬。　穆公：春秋秦国的君主，姓嬴，名任好，当时五霸之一。
子车奄息有名望	子车奄息	子车奄息：人名，子车是姓。
说起这位奄息郎	维此奄息	
才德百人比不上	百夫之特	特：匹敌。马瑞辰《通释》:“《柏舟》诗:‘实维我特。’《传》:‘特，匹也。’匹之言敌也，当也。”
走近墓穴要活埋	临其穴	穴：墓穴。
浑身战栗心发慌	惴惴（zhuìzhuì）其栗	惴惴：害怕的样子。　栗：战栗，发抖。朱熹《诗集传》说:“临穴而惴栗，盖生纳之圹中也。”即今所谓活埋。
叫声苍天睁眼看	彼苍者天	
杀我好人不应当	歼我良人	良人：善人。
如果可以赎他命	如可赎兮	
愿死百次来抵偿	人百其身	人百其身：意思等于说死一百次。一说，用一百人赎他一人。

译文	原文
黄雀咬咬声凄凉	交交黄鸟

飞来落在桑树上	止于桑
谁从穆公去殉葬	谁从穆公
子车仲行有名望	子车仲行
说起这位仲行郎	维此仲行
百人才德难比量	百夫之防
走到墓穴要活埋	临其穴
浑身哆嗦魂魄丧	惴惴（zhuìzhuì）其栗
叫声苍天睁眼看	彼苍者天
杀我好人你不响	歼我良人
如果可以赎他命	如可赎兮
愿死百次来抵偿	人百其身

防：比。马瑞辰《通释》："按此读防如比方之方。"

黄鸟咬咬声凄凉	交交黄鸟
飞来落在荆树上	止于楚

谁从穆公去殉葬	谁从穆公
子车鍼虎有名望	子车鍼（qián）虎
说起这位鍼虎郎	维此鍼（qián）虎
百人才德没他强	百夫之御
走到墓穴要活埋	临其穴
浑身发抖心惊惶	惴惴（zhuìzhuì）其栗
叫声苍天睁眼看	彼苍者天
杀我好人你不帮	歼我良人
如果可以赎他命	如可赎兮
愿死百次来抵偿	人百其身

御：抵挡。

晨 风

【题解】

这是一位妇女疑心丈夫遗弃她的诗。

晨风　　鹯鸟，一种猛禽。似鹞，羽色青黄，以鸠鸽燕雀为食。

译文	原文	注释
鹯鸟展翅疾如梭	鴥(yù)彼晨风	鴥：鸟疾飞的样子。　晨风：《说文》作“鸇风”，即鹯鸟。
北林茂密有鸟窝	郁彼北林	郁：茂密的样子。
许久没见我夫君	未见君子	
心里思念真难过	忧心钦钦	钦钦：忧愁而不能忘记的样子（从朱熹《诗集传》说）。
怎么办啊怎么办	如何如何	如何：陈奂《诗毛氏传疏》:“如，犹奈也。”如何，即奈何、“怎么办”的意思。
他怎还会想到我	忘我实多	
丛丛栎树长山坡	山有苞栎(lì)	苞：丛生的样子。　栎：树名。
低湿地里红李多	隰(xí)有六驳	六：蓼的借字，长长的样子（从闻一多说）。驳：梓榆。
许久没见我夫君	未见君子	
愁闷不乐受折磨	忧心靡乐	
怎么办啊怎么办	如何如何	
他怎还会想到我	忘我实多	

驳　树木名。指驳马。即梓榆。《诗·秦风·晨风》:"山有苞栎，隰有六驳。" 马瑞辰《毛氏传笺通释》:"释文引《草木疏》曰:'驳马，木名，梓榆也。'《毛诗正义》引陆玑《毛诗草木鸟兽虫鱼疏》曰:'驳马，梓榆也。其树皮青白驳荦，遥视似驳马，故谓之驳马。下章云:"山有苞棣，隰有树檖。" 皆山隰之木相配，不宜云兽。' 其说是也。驳與驳古通用。"

成丛棣树满山坡	山有苞棣	棣：亦名唐棣、郁李，结果色红如李。
低湿地里山梨多	隰（xí）有树檖（suì）	树：直立的样子，形容檖。 檖：山梨。
许久没见我夫君	未见君子	
心如醉酒失魂魄	忧心如醉	
怎么办啊怎么办	如何如何	
他怎还会想到我	忘我实多	

苞棣　即唐棣，又名郁李。陆玑《毛诗草木鸟兽虫鱼疏》："(唐棣）奥李也。一名雀梅，亦曰车下李，所在山皆有。其华或白或赤；六月中熟，大如李子，可食。"奥李即郁李。本图所绘即为郁李。一指白杨类树木，又作"棠棣"，参见《召南·何彼秾矣》"唐棣"图。

檖　　山梨。古代的一种野生梨，多生于山中，实大如杏，可食。

无　衣

【题解】

这是一首秦地的军中战歌，可能是秦国帮助周王抵抗外族侵略的军歌。全诗充满了慷慨激昂、热情互助的气氛，表现了战士们英勇抗敌的精神。

译文	原文	注释
谁说没衣穿	岂曰无衣	
你我合穿一件袍	与子同袍	袍：长衣。形状像斗篷，行军时白天当衣穿，夜里当被盖。同袍，表示友爱互助的意思。
国王要起兵	王于兴师	王：秦国人称秦君为王。　于：语助词，其作用和曰、聿同。　兴师：起兵。
赶快修理戈和矛	修我戈矛	修：修理，整治。　戈、矛：都是古代长柄的武器。
共同对敌在一道	与子同仇	同仇：共同对付敌人。
谁说没衣穿	岂曰无衣	
你我合穿一件衫	与子同泽	泽：通“襗”，贴身的内衣。
国王要起兵	王于兴师	
修好矛戟亮闪闪	修我矛戟	
咱们两个一道干	与子偕作	偕作：共同干。

谁说没衣穿	岂曰无衣	
你我合着穿衣裳	与子同裳	裳：下衣，战裙。
国王要起兵	王于兴师	
修好铠甲和刀枪	修我甲兵	甲：铠甲。 兵：兵器的总名。
咱们一道上战场	与子偕行	

渭 阳

【题解】

这是写外甥送舅父的送别诗。诗中写外甥送舅的礼物，有“路车、乘黄”，这是当时诸侯所用的车马。因此有人说，这是秦穆公的儿子康公送晋文公重耳回国时所作（康公的母亲，是重耳的姊姊，她嫁给秦穆公，时人称她为秦穆夫人）。未知确否。

译文	原文	注释
我送舅舅回舅家	我送舅氏	舅氏：舅父。因为舅和甥的姓氏不同，所以称作舅氏。
送到渭水北边涯	曰至渭阳	渭阳：渭，渭水，流经陕西西安。阳，河流的北面。陈奂《诗毛氏传疏》:“水北曰阳，渭阳，在渭水北，送舅氏至渭阳，不渡渭也。”
用啥礼物送给他	何以赠之	
一辆路车四黄马	路车乘黄	路车：古代诸侯乘的车子。 乘黄：四匹黄马。

译文	原文	注释
我送舅舅回舅家	我送舅氏	
忧思悠悠想起妈	悠悠我思	悠悠我思：据《孔疏》，是指因为送舅而思念死去的母亲。
用啥礼物送给他	何以赠之	
宝石佩玉一大挂	琼瑰玉佩	琼瑰：美玉。

权　舆

【题解】

这是一首没落贵族回想当年生活而自伤的诗。春秋时代，地主的私田渐多，各国纷纷实行按亩税田。领主没落，生活下降。这首诗就是当时社会变革的一种反映。过去领主住得好，吃得好，都是靠世袭的禄位，祖先传下来的土地、人民，供他们剥削享受；如今一切都丧失了，所以他说“不承权舆”。

译文	原文	注释
唉，我呀	於（wū），我乎	於：叹词。
从前住的大厦高楼	夏屋渠渠	夏屋：大屋，夏即厦。《毛传》:“夏，大也。” 渠渠：屋深广的样子。
如今每餐勉强吃够	今也每食无余	
唉呀呀	于嗟乎	
当初排场哪能讲究	不承权舆	承：继承。　权舆：始初。

译文	原文	注释
唉，我呀	於（wū），我乎	
从前每餐四碗打底	每食四簋（guǐ）	簋：古代食器。
如今每餐饿着肚皮	今也每食不饱	
唉呀呀	于嗟乎	
再也没有当初福气	不承权舆	

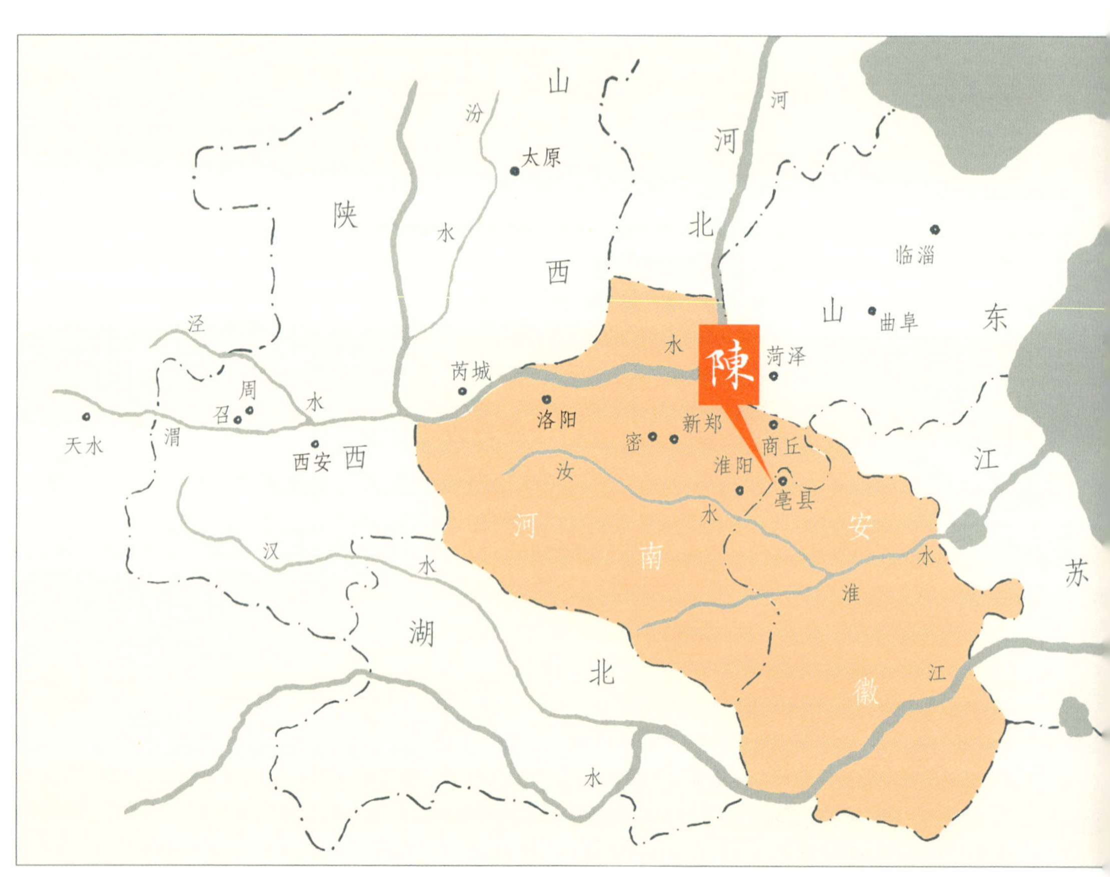
陳
山
西
汾
水
太原
河
北
陕
西
临淄
山
曲阜
东
泾
水
芮城
菏泽
周
召
水
天水
渭
洛阳
新郑
密
商丘
西安
西
淮阳
汝
亳县
江
河
南
水
安
汉
水
水
苏
淮
湖
北
江
徽
水

陳風

《陈风》共十篇。它的产生年代，有事实可考者仅《株林》一篇。据《左传》鲁宣公九年和十年的记载，得知诗中的“夏南”，就是夏姬的儿子。夏姬本是郑国的女子，嫁给陈国大夫夏御叔，生子夏徵舒，字南。夏姬貌美，陈灵公和她私通，被夏南所杀。所以诗人讥刺他们。宣公十年，即公元前599年，当春秋中叶。除此之外，其余的诗都不可考，可能多是东周以后的作品。

陈地在今河南省淮阳、柘城及安徽省亳县一带。土地广平，无名山大川。《陈风》多半是关于恋爱婚姻的诗，这和该地人民崇信巫鬼的风俗有密切关系。《汉书·地理志》说：“太姬（周武王的长女，嫁给陈国第一代君主胡公满）妇人尊贵，好祭祀用巫。故俗好巫鬼，击鼓于宛丘之上，婆娑于枌树之下。有太姬歌舞遗风。”《宛丘》和《东门之枌》等诗，正可说明陈地的诗风。

陈风

宛　丘

【题解】

这首诗，写一个男子爱上一个以巫为职业的舞女。陈国民间风俗爱好跳舞，巫风盛行。《说文》:“巫，祝也。女能事无形，以舞降神者也。”诗中的“子”，就是以舞降神为职业的女子，所以她不论天冷天热都在街上为人们祝祷跳舞。这首诗，反映了当时陈国巫风盛行与民间舞蹈的一些情况。

鹭　　鸟类。嘴直而尖，颈长，飞翔时缩着颈。白鹭、苍鹭较为常见。

译文	原文	注释
姑娘跳舞摇又晃	子之汤（dàng）兮	子：指跳舞的女巫。　汤：音义同“荡”,《楚辞·离骚》注引《诗》作“荡”。形容舞姿摇摆的样子。
在那宛丘高地上	宛丘之上兮	宛丘：陈国丘名，在陈国都城（今河南淮阳）东南。
心里实在爱慕她	洵有情兮	洵：信，确实。
可惜没有啥希望	而无望兮	
敲起鼓来咚咚响	坎其击鼓	坎其：即坎坎，象击鼓声和击缶声。
跳舞宛丘低坡上	宛丘之下	
不管寒冬和炎夏	无冬无夏	
洁白鹭羽手中扬	值其鹭羽	值：与“植”通，作持或戴解。　鹭羽：用鹭鸶鸟的羽毛制成扇形或伞形的舞具，舞者有时持在手中，有时戴在头上。
敲起瓦盆当当响	坎其击缶（fǒu）	缶：瓦质的打击乐器。
跳舞宛丘大路上	宛丘之道	
不管寒冬和炎夏	无冬无夏	
头戴鹭羽鸟一样	值其鹭翿（dào）	翿：用五彩野鸡羽毛做的扇形舞具。

东门之枌

【题解】

这是一首描写男女相爱，聚会歌舞的民间情歌，表现了当时青年的爱情生活，也反映了陈国男女聚会、歌舞相乐、巫风盛行的特殊风俗。

荍　　即锦葵。二年生草本。初夏开花，生于叶腋；花冠淡紫色，可供观赏。

译文	原文	注释
东门白榆长路边	东门之枌（fén）	东门：陈的城门，地近宛丘。 枌：白榆树。
宛丘柞树连成片	宛丘之栩（xǔ）	栩：柞树。
子仲家里好姑娘	子仲之子	子仲：当时的一个姓氏。子，女儿。《诗三家义集疏》引黄山云："诗'婆娑其下'，与'市也婆娑'，即是一人。"
大树底下舞翩跹	婆娑其下	婆娑：舞蹈。
挑选一个好时光	穀旦于差（chāi）	穀：善。穀旦：吉日，好日子。 于：语助词，无义。 差：选择。
同到南边平原上	南方之原	原：高而平坦之地。
撂下手中纺的麻	不绩其麻	《诗三家义集疏》引黄山云："言'不绩其麻'，则'子仲之子'，亦犹'齐侯之子'、'蹶父之子'，明是女子。"
闹市当中舞一场	市也婆娑	
趁着良辰同前往	穀旦于逝	逝：往。
多次相会共寻芳	越以鬷（zōng）迈	越以：发语词，即"于以"。 鬷：屡次。 迈：往，去。
看您像朵锦葵花	视尔如荍（qiáo）	荍：锦葵。
送我花椒一把香	贻我握椒	贻：送。 握：一把。 椒：花椒。这位子仲家的姑娘，可能兼作巫女，她跳舞时带着花椒降神，顺便就用这当作赠送情人的礼物。

衡　门

【题解】

这是一位没落贵族以安于贫贱自慰的诗。郭沫若《中国古代社会研究》说："这首诗也是一位饿饭的破落贵族作的。他食鱼本来有吃河鲂河鲤的资格……但是贫穷了，吃不起了。他娶妻本来有娶齐姜、宋子的资格，但是贫穷了，娶不起了。娶不起，吃不起，偏偏要说两句漂亮话，这正是破落贵族的根性。"他分析这首诗的主题非常透彻，录下供读者参考。

鲤　　鱼类。身体侧扁，背部苍黑色，腹部黄白色，嘴边有长短须各一对。肉味鲜美。生活在淡水中。

支起横木做门框	衡门之下	衡：通“横”。王引之《经义述闻》:“门之为象，纵而不横……窃疑衡门、墓门亦是城门之名。”闻一多从王说，认为衡门是陈国城门名。
房子虽差也无妨	可以栖迟	栖迟：游息。
泌丘泉水淌啊淌	泌(bì)之洋洋	泌：本义是泉水流得很快的样子，后来作为陈国泌邱地方的泉水名。 洋洋：水流盛大的样子。
清水也能充饥肠	可以乐饥	乐饥：乐和㾭、疗古通用，读音与“疗”同，治疗的意思。《韩诗》作“可以疗饥”。
难道我们吃鱼汤	岂其食鱼	
非要鲂鱼才算香	必河之鲂	鲂：鱼名。亦名平胸鳊、三角鳊。它和鲤鱼，当时人认为是最好的鱼。
难道我们娶妻子	岂其取妻	取：通“娶”。
不娶齐姜不风光	必齐之姜	姜：齐国贵族的姓。齐姜，齐国姓姜的贵族女子。
难道我们吃鱼汤	岂其食鱼	
非要鲤鱼才算香	必河之鲤	
难道我们娶妻子	岂其取妻	
不娶宋子不排场	必宋之子	子：宋国贵族的姓。宋子，宋国姓子的贵族女子。

东门之池

【题解】

这是一首男女相会的情歌。诗以男性的口吻写他追求一位在东门城池浸麻织布的女子。

纻　纻麻，多年生草本植物，茎皮纤维洁白有光泽，是纺织重要原料。

东城门外护城池	东门之池	池：城池，护城河。马瑞辰《通释》："按古者有城必有池，《孟子》'凿斯池也，筑斯城也'是也。池皆设于城外，所以护城。"
可以泡麻织衣裳	可以沤麻	沤：浸泡。
美丽姬家三姑娘	彼美叔姬	叔姬：《毛诗》作"淑姬"。叔，排行第三。姬，姓。这句的"叔姬"，是美女的代称，不一定是诗人所追求的女子真名。
可以和她相对唱	可与晤歌	晤歌：即对唱。

东城门外护城池	东门之池	
可以泡苎织新装	可以沤纻(zhù)	纻：麻的一种，亦名苎麻。
美丽姬家三姑娘	彼美叔姬	
有商有量情意长	可与晤语	晤语：对话，相对讨论。古代"言"和"语"是有区别的。《毛传》："直言曰言，论难曰语。"这句的"语"，指"论难"而言，讨论的意思。

东城门外护城池	东门之池	
可以浸茅做鞋帮	可以沤菅(jiān)	菅：茅一类的草，可以搓绳，用它编草鞋。
美丽姬家三姑娘	彼美叔姬	
可以向她诉衷肠	可与晤言	晤言：这句的言，指"直言"而言，谈天的意思。

东门之杨

【题解】

这是写男女约会久候不至的诗。

杨　　杨柳科，杨属植物的泛称。落叶乔木，叶互生，卵形或卵状披针形，花雌雄异株，柔荑花序。种子有毛。常见的有银白杨、毛白杨等。

译文	原文	注释
东门之外有白杨	东门之杨	
叶子茂密好乘凉	其叶牂牂（zāngzāng）	牂牂：茂盛的样子。
约定黄昏来相会	昏以为期	昏：黄昏。　期：约定。
等到启明星儿亮	明星煌煌	明星：指启明星，在天快亮时出现于东方天空。　煌煌：明亮的样子。
白杨长在城门东	东门之杨	
叶子密密青葱葱	其叶肺肺（pèi pèi）	肺肺：同“芾芾”，茂盛的样子。
约定相会在黄昏	昏以为期	
等到天亮一场空	明星晢晢（zhé zhé）	晢晢：明亮。

墓 门

【题解】

这是一首人民讽刺、反抗不良统治者的诗，据说是刺陈佗的。《左传》桓公五年，叙述陈桓公生病时，陈佗杀太子免。桓公死后，他自立为君。陈国大乱，国人离散。后来蔡国为陈平乱，杀了陈佗。这首诗在当时民间颇为流行。

译文	原文	注释
墓门有棵酸枣树	墓门有棘	墓门：陈国城门名。马瑞辰《通释》："《天问》王逸注曰：'晋大夫解居父聘吴，过陈之墓门。'墓门，盖陈之城门。" 棘：酸枣树。
拿起斧头砍掉它	斧以斯之	斯：劈开。
那人不是好东西	夫也不良	夫：彼，指作者所讽刺的人。
大家都很知道他	国人知之	
恶行暴露他不改	知而不已	不已：不止，不改。
向来生个坏脑瓜	谁昔然矣	谁昔：畴昔，从前。王先谦《诗三家义集疏》："《释诂》云：'畴，谁也。'故谁昔犹言畴昔也。" 然：就是这样。
墓门有棵酸枣树	墓门有梅	梅：《楚辞》王逸注引作"棘"。马瑞辰《通释》："棘、梅二木，美恶大小不类，非诗取兴之旨。梅，古文作槑，槑、棘形似，棘盖讹作槑。"
猫头鹰啊它安家	有鸮（xiāo）萃止	鸮：猫头鹰。 萃：集，停息。 止：语尾助词。
那人不是好东西	夫也不良	

唱个歌儿讯刺他	歌以讯止	讯：借作“谇”，警告，责骂。毛诗原作“讯之”，古书引《诗》都作“止”，“止”和上句“有鸮萃止”相应，和上章句尾用两个“之”字相应。
讯刺告诫他不听	讯予不顾	讯予：即予讯。
灾难临头才想咱	颠倒思予	颠倒：指国家纷乱。陈奂《诗毛氏传笺》：“颠倒，乱也。”

防有鹊巢

【题解】

这是一位诗人担忧有人离间他情人的诗。旧说附会为讽陈宣公信谗，不可从。

旨鷊　又名绶草，多年生矮小草本。夏季开花，花小，白而带紫红色，可供观赏。根茎可入药，能滋阴益气、凉血解毒。

旨苕　苕饶，豆类植物。孔颖达疏引陆玑《毛诗草木鸟兽虫鱼疏》曰："苕，苕饶也，幽州人谓之翘饶，蔓生，茎如劳豆而细，叶似蒺藜而青，其茎叶绿色，可生食，如小豆藿也。"

哪有堤上筑鹊巢	防有鹊巢	防：堤坝。
哪有山上长苕草	邛(qióng)有旨苕(tiáo)	邛：土丘。　旨：味美。　苕：苕饶。
谁在离间我情人	谁侜(zhōu)予美	侜：欺诳。　予美：我爱，指作者的情人。
心里又愁又烦恼	心焉忉忉	忉忉：忧愁的样子。
哪有庭院瓦铺道	中唐有甓(pì)	唐：古时朝堂前或宗庙门内的大路。中唐，即中庭的道路。　甓：砖瓦。
哪有山上长绶草	邛有旨鹝(yì)	鹝：绶草。
谁在离间我情人	谁侜予美	
心里担忧又烦躁	心焉惕惕	惕惕：担心害怕的样子。

月　出

【题解】

这是一首月下怀人的诗。这首诗的特点是反复咏叹，通篇句句押韵。由于用词变化，所以句法虽复叠而不显单调。诗大约是用陈国方言写的，故所用词语在《诗经》中多不经见。全诗只有“月”、“人”、“心”三个名词和“出”一个动词，其余除“兮”外都是形容词。隐约地描绘出月下美人的风姿和诗人劳心幽思的形象。诗重视声韵效果，读起来动人悦耳。被后人推为三百篇中情诗的杰作。

宋　马和之　陈风图·月出

译文	原文	注释
月儿出来亮皎皎	月出皎兮	皎：洁白光明。
月下美人更俊俏	佼人僚兮	佼：亦作姣，美好。　僚：通“嫽”，美好。
体态苗条姗姗来	舒窈（yǎo）纠（jiǎo）兮	舒：迟，缓慢。有人解作发声字，作用同“吁”，亦通。　窈纠：形容女子体态苗条的样子。《毛传》：“舒，迟也。窈纠，舒之姿也。”
惹人相思我心焦	劳心悄兮	劳心：忧心，形容思念之苦。　悄：深忧的样子。
月儿出来多光耀	月出皓兮	皓：光明。
月下美人更姣好	佼人懰（liú）兮	懰：妖媚。
婀娜多姿姗姗来	舒懮（yōu）受兮	懮受：形容女子走路徐舒婀娜的样子。《玉篇》：“懮受，舒迟之貌。”
惹人相思心烦恼	劳心慅（cǎo）兮	慅：忧愁不安的样子。
月儿出来光普照	月出照兮	照：这里当形容词用，指光明。
月下美人更美好	佼人燎兮	燎：漂亮的意思。朱熹《诗集传》：“燎，明也。”
体态轻盈姗姗来	舒夭绍兮	夭绍：形容女子体态轻盈。《文选·西京赋》“要绍修态”注：“要绍，谓婵娟，作姿容也。”
惹人相思心烦躁	劳心惨兮	惨：《诗经》中它和“懆”通用，现代汉语作“躁”。忧愁烦躁不安的样子。《说文》：“懆，愁不安也。”（从戴震《毛郑诗考正》说）

株　林

【题解】

这是陈国人民讽刺陈灵公和夏姬淫乱的诗。据《左传》宣公九年、十年记载：夏姬是郑穆公的女儿，嫁给陈国大夫夏御叔，生子夏徵舒，字南。夏姬貌美，陈灵公和他的大夫孔宁、仪行父都和她私通。后来陈灵公被夏徵舒杀死，陈国亦被楚所灭。楚国把夏姬送给连尹襄老。襄老死，夏姬回郑，楚国的申公巫臣娶她，同奔晋国。这首诗应作于陈灵公未被杀的时候，灵公被杀事发生在鲁宣公十年，诗当作于公元前599年以前。

译文	原文	注释
他到株林去干啥	胡为乎株林	株：陈国邑名，在今河南省西华县西南，夏亭镇北。它是夏姬儿子夏徵舒的封邑。　林：郊外。
是跟夏南去游玩	从夏南	从：跟。　夏南：夏徵舒的字。马瑞辰《毛诗传笺通释》："上二句诗人故设为问辞，若不知其淫于夏姬者，以为从夏南游耳。"
原来他到株林去	匪适株林	匪：非，不是。　适：往，去。马瑞辰《通释》："下二句当连读，谓其非适株林从夏南也，言外见其实淫于夏姬，此诗人立言之妙。"
不是为了找夏南	从夏南	

译文	原文	注释
驾着我的四匹马	驾我乘马	我：诗人代用陈灵公的口吻。　乘：古代一车四马为一乘。
到了郊外卸下鞍	说（shuì）于株野	说：停息。　株野：与上章"株林"对文。古代林和野有区别，林较野离邑更远些。这里都是泛指郊外。
再换我的四匹驹	乘我乘驹	前一乘字：动词，驾。　驹：陈奂《诗毛氏传疏》引《释文》作"骄"，高五尺以上的马。
赶到夏家吃早饭	朝食于株	朝食：吃早饭。

泽　陂

【题解】

这是一位女子怀人的诗。

蒲　　又名香蒲，多年生草本。生池沼中，高近两米。根茎长在泥里，可食。叶长而尖，可编席、制扇，夏季开黄色花。

池塘边上围堤坝	彼泽之陂(bēi)	泽：池塘。 陂：堤岸。
塘中蒲草伴荷花	有蒲与荷	蒲、荷：《郑笺》以为蒲喻男，荷喻女，可备一说。
看见一个美男子	有美一人	
我心爱他没办法	伤如之何	伤：阳的借字，《鲁诗》、《韩诗》都作“阳”。《尔雅》:“阳，予也。”阳和“姎”、“卬”通用，都是女性第一人称代词。 如之何：奈他何。
日夜相思睡不着	寤寐无为	寤寐：醒着和睡着。
眼泪鼻涕一把把	涕泗滂沱	涕：眼泪。 泗：鼻液。 滂沱：本义是形容多雨，这里借作形容涕泗一时俱下的样子。

池塘边上堤岸高	彼泽之陂	
塘中莲蓬伴蒲草	有蒲与蕳	蕳：《鲁诗》作“莲”，莲子。《郑笺》:“蕳，当作莲。莲，芙蕖实也。”
看见一个美男子	有美一人	
身材高大品德好	硕大且卷	卷：婘的假借，品德美好。
日夜相思睡不着	寤寐无为	
心里忧郁愁难熬	中心悁悁(yuānyuān)	悁悁：忧闷的样子。

池塘边上堤岸高	彼泽之陂	
塘中荷花伴蒲草	有蒲菡萏（hàn dàn）	菡萏：荷花。
看见一个美男子	有美一人	
身材高大风度好	硕大且俨	俨：端庄。《毛传》:“俨，矜庄貌。”
日夜相思睡不着	寤寐无为	
翻来覆去空烦恼	辗转伏枕	

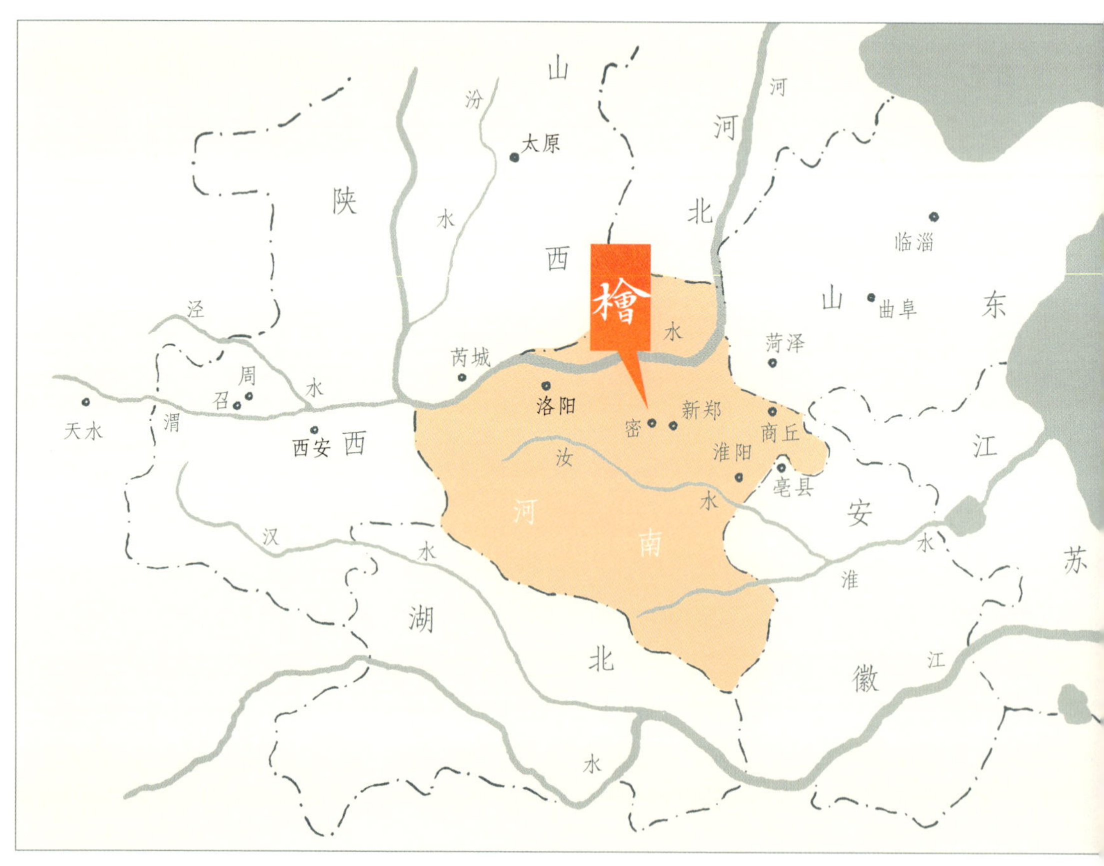

檜
山
西
河
北
陕
西
山
东
河
南
湖
北
安
徽
江
苏
汾
水
太原
河
水
临淄
曲阜
泾
菏泽
周
召
水
芮城
洛阳
天水
渭
新郑
密
商丘
西安
淮阳
汝
亳县
水
汉
水
淮
水
江
水

檜風

桧，《左传》、《国语》作“郐”，《汉书·地理志》作“会”。《桧风》只四篇。

桧地在今河南省新密东北，东周初年（前769）为郑桓公所灭，见于《史记》;《韩非子》和刘向《说苑》都有记述郑桓公伐桧的事。可见《桧风》全为西周时作品。

桧风

羔 裘

【题解】

一个女子欲奔男子，可是又有所顾忌而不敢，所以内心很忧伤。

译文	原文	注释
游逛你穿羊皮袄	羔裘逍遥	羔裘：和下句的狐裘，都是大夫的服装。平时穿羔裘，进朝穿狐裘。　逍遥：和下章的翱翔，都是游逛的意思。
上朝你披狐皮袍	狐裘以朝	
难道我不思念你	岂不尔思	
心有顾虑愁难消	劳心忉忉	忉忉：形容忧劳的样子。
你穿羊裘去游逛	羔裘翱翔	
你披狐裘上公堂	狐裘在堂	堂：公堂。大夫朝见人君的地方。
难道我不思念你	岂不尔思	
心有顾虑暗忧伤	我心忧伤	
羊皮袍子油光光	羔裘如膏	膏：油。
太阳出来衣发亮	日出有曜	有曜：即耀耀，形容羔裘。
难道我不思念你	岂不尔思	
心中恐惧又发慌	中心是悼	悼：惧，害怕。《说文》："悼，惧也。"

素　冠

【题解】

这是一首悼亡的诗。一位妇女，丈夫死了，将入殓时，她抚尸痛哭，伤心地表示愿意和丈夫同死。

见到您戴着白帽　　庶见素冠兮

庶：幸。　素冠：白帽。死者的服饰。下“素衣”、“素韠”同。

瘦稜稜变了容貌　　棘人栾栾（luánluán）兮

棘：古“瘠”字，瘦。　栾栾：脔脔的假借字，形容体枯肌瘦的样子。《说文》：“脔，臞（瘦的意思）也。”引《诗》作“棘人脔脔”。

心忧伤不安难熬　　劳心慱慱（tuántuán）兮

慱慱：忧苦不安的样子。

见到您素白衣衫　　庶见素衣兮

我心里悲伤难言　　我心伤悲兮

愿和您一同归天　　聊与子同归兮

聊：愿。　子：你，指丈夫。　同归：即同死的意思。

见到您围裙素淡　　庶见素韠（bì）兮

韠：亦名蔽膝，用皮制成，似今之围裙。

心忧郁难以排遣　　我心蕴结兮

蕴结：忧郁不解的意思。朱熹《诗集传》：“蕴结，思之不解也。”

愿和您同赴黄泉　　聊与子如一兮

如一：即同归之意。朱熹《诗集传》：“与子如一，甚于‘同归’也。”

隰有苌楚

【题解】

这是一位没落贵族悲观厌世的诗。桧国在东周初年就被郑国所灭，这首诗大约是桧将亡时的作品。诗人在乱离之际，竟羡慕起草木的欣欣向荣、无知无觉、无室家之累来了。郭沫若说："这种极端的厌世思想在当时非贵族不能有，所以这诗也是破落贵族的大作。"（《中国古代社会研究》）

苌楚　　即猕猴桃。落叶藤本植物，叶互生，圆形或卵形，花黄色。其果实如梨，故亦称猕猴梨，可吃，也可入药。茎皮纤维可做纸，花可提制香料。

低湿地上长羊桃	隰有苌楚	苌楚：即羊桃，今称猕猴桃，实可食。
枝儿婀娜又娇娆	猗傩其枝	猗傩：音义同“婀娜”，音转又作“旖旎”。柔美的样子。
细细嫩嫩光泽好	夭之沃沃	夭：少好，嫩美。 之：语气词，作用同“兮”。 沃沃：形容羊桃光泽壮美的样子。
美你无知无烦恼	乐子之无知	乐：喜，动词，含有“羡慕”的意思。 子：此处指羊桃。 无知：没有知觉。有人解作“没有情欲”或“没有知识”，亦通。
低湿地上长羊桃	隰有苌楚	
繁花一片多俊俏	猗傩其华	
柔嫩浓密光泽好	夭之沃沃	
美你无家真逍遥	乐子之无家	无家：和下章的无室，都是没有妻、子牵累的意思。
低湿地上长羊桃	隰有苌楚	
果儿累累挂枝条	猗傩其实	
又肥又大光泽好	夭之沃沃	
美你无妻无家小	乐子之无室	

匪　风

【题解】

这是一位旅客思乡的诗。有人说，诗是从西方流落到东方桧国的人写的，有的说是离开桧国到东方去的人写的。现在无从考证，只得存疑。余冠英《诗经选》说："唐人诗云：'故园东望路漫漫，双袖龙钟泪不干。马上相逢无纸笔，凭君传语报平安。'意境相似。"

译文	原文	注释
风儿刮得发发响	匪风发兮	匪：通"彼"。　发：即发发，摹风声。
车儿跑得飞一样	匪车偈(jié)兮	偈：即偈偈，车马疾驰的样子。
回头向着大路望	顾瞻周道	周道：大道。马瑞辰《通释》："周之言绸，《广雅》：'绸，大也。'周道又为通道，亦大道也。凡《诗》周道，皆谓大路。"
心里想家真忧伤	中心怛(dá)兮	怛：忧伤。
风儿刮得打旋转	匪风飘兮	飘：飘风，指旋风。这里用它形容风势迅速旋转的样子。
车儿轻快急忙忙	匪车嘌(piāo)兮	嘌：车子轻快跑的样子。
回头向着大路望	顾瞻周道	
心里想家泪汪汪	中心吊兮	吊：悲伤。
谁会烧那新鲜鱼	谁能亨鱼	亨：古和"烹"通用。

替他把锅洗干净	溉之釜鬵（xín）	溉：亦作“摡”，洗。 釜：锅。 鬵：大锅。
谁要回到西方去	谁将西归	
托他带个平安信	怀之好音	怀：遗，送。 好音：平安消息。

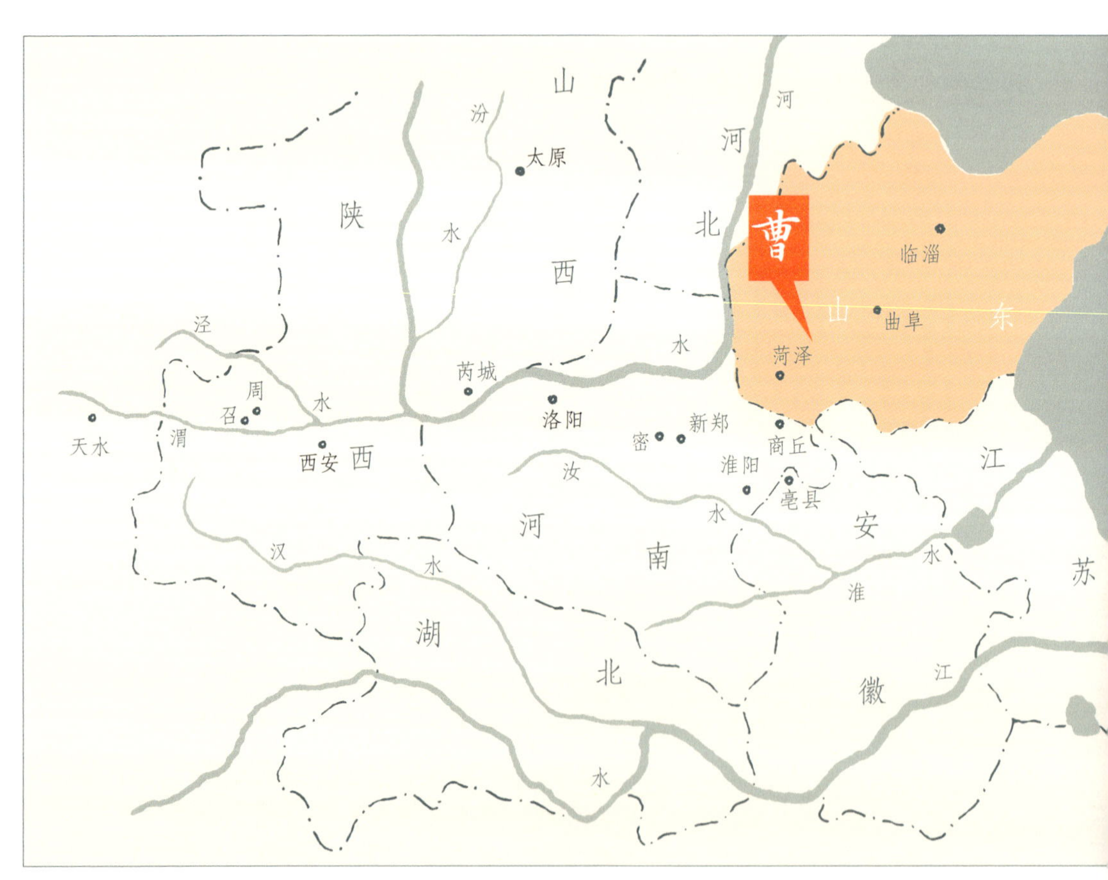

曹
山
西
河
北
陕
山
东
河
南
湖
北
安
徽
江
苏
太原
临淄
曲阜
菏泽
芮城
洛阳
周
召
天水
西安
密
新郑
商丘
淮阳
亳县
汾
水
泾
水
渭
河
水
汝
水
汉
水
淮
水
江
水

曹風

《曹风》共四篇。其中《候人》一诗，朱熹、严粲、方玉润都认为是刺曹共公的。《左传》僖二十八年春，晋文公伐曹，“三月丙午，入曹。数之，以其不用僖负羁而乘轩者三百人也。”这就是《候人》诗所谓的“三百赤芾”。如果他们的话可信，则《候人》一诗当产生于晋文公入曹，即公元前632年以前。《下泉》一诗，王先谦《诗三家义集疏》引齐说曰：“下泉苞稂，十年无王，荀伯遇时，忧念周京。”（《易林》）他断诗是美荀跞之作。何楷《诗经世本古义》：“《左传》鲁昭公三十二年，天子使告于晋，‘天降祸于周，俾我兄弟并有乱心，以为伯父忧，我一二亲昵甥舅，不遑启处，于今十年……’。自春秋昭二十二年王子朝作乱，至三十二年城成周为十年，与《易林》‘十年无王’合。荀伯，即荀跞也。”他们的考证是可信的。晋师统帅荀跞纳周敬王于成周，在鲁昭公时。可见《曹风》产生于春秋时代。

曹地在今山东省西南部菏泽、定陶、曹县一带地方，位于齐晋之间，是一个较小的国家。统治者生活奢侈腐化，人民感到悲观失望，这是很自然的事。《蜉蝣》一诗，正是它的代表作。

曹风

蜉蝣

【题解】

这是一首没落贵族叹息人生短促的诗。在这位感伤的诗人看来，蜉蝣的朝生暮死，与人的“生年不满百”是一样的，都逃不出死亡的规律。曹国在曹共公统治下，许多新兴人物上了台，一些旧家贵族没落了，所以他们发出这样的哀叹。

蜉蝣　　幼虫生活在水中，成虫褐绿色，有四翅，生存期极短。

译文	原文	注释
蜉蝣有对好翅膀	蜉蝣之羽	蜉蝣：虫名，成虫翅薄而半透明，生存期极短，一般均朝生暮死。
衣裳整洁又漂亮	衣裳楚楚	楚楚：整洁鲜明的样子。
可恨朝生暮就死	心之忧矣	
我们归宿都一样	于我归处	于：即与。 归处：即死亡。下文的“归息”、“归说”都是归宿、死亡的意思。

译文	原文	注释
蜉蝣展翅在飞翔	蜉蝣之翼	
衣服华丽真漂亮	采采衣服	采采：犹粲粲，华丽。
可恨朝生暮就死	心之忧矣	
与我归宿一个样	于我归息	

译文	原文	注释
蜉蝣穿洞来人间	蜉蝣掘阅	掘：穿。 阅：古和“穴”通用。宋玉《风赋》“空穴来风”，《庄子》作“空阅来风”。
麻衣像雪白晃晃	麻衣如雪	麻衣：指蜉蝣半透明的羽翼。
可恨朝生暮就死	心之忧矣	
大家都是这下场	于我归说（shuì）	

候　人

【题解】

这是曹国没落贵族讥刺新兴人物的诗。郭沫若《中国古代社会研究》:“这当然是讥诮那暴发户才做了贵族的人。这些由奴民伸出头来的人，在旧社会的耆旧眼里看来，当然说他不配的。”但诗对候人小官却是同情的，说他荷戈和殳，努力工作，而他的小女儿仍不免挨饿。对那些穿红皮绑腿的高官，则深为嫉妒，加以讥刺。

鹈　鹈鹕，水鸟。体长可达二米，翼大，嘴长，尖端弯曲，嘴下有一个皮质的囊，羽毛灰白色，翼上有少数黑色羽毛。善于游泳和捕鱼，捕得的鱼存在皮囊中。羽毛可以做装饰品。

译文	原文	注释
候人官职小得很	彼候人兮	候人：掌管送迎宾客的小官。
肩上扛着戈和棍	何戈与祋(duì)	何：《齐诗》作“荷”，揹。 戈、祋：都是古代的武器名，戈长六尺六寸，祋亦作殳，用竹或木制成的杖，杖端装八稜平头的金属器。
可恨那些暴发户	彼其(jì)之子	其：语助词，无义。 之子：指穿赤芾的暴发户。
红皮绑腿三百人	三百赤芾(fú)	赤芾：红色皮制的蔽膝。古代大夫以上的官，才能穿红皮蔽膝。曹共公执政时，任命三百个新的大夫。诗人所讽刺的就是这些人。
鹈鹕栖在鱼梁上	维鹈(tí)在梁	鹈：即鹈鹕。 梁：鱼坝。
居然未曾湿翅膀	不濡其翼	濡：沾湿。
可笑那些暴发户	彼其之子	
哪配穿上贵族装	不称(chèn)其服	称：适合。
鹈鹕栖在鱼梁上	维鹈在梁	
长嘴不湿太反常	不濡其咮(zhòu)	咮：鸟嘴。鹈鹕以长嘴取鱼，在河梁上而嘴不沾湿，也是反常。
且看那些暴发户	彼其之子	
不会称心得宠长	不遂其媾(gòu)	遂：遂意，称心。 媾：宠爱。朱熹《诗集传》：“遂，称。媾，宠也。遂之为称，犹今人谓‘遂意’为‘称意’。”
云漫漫啊雾弥弥	荟兮蔚兮	荟、蔚：云雾弥漫的样子。
南山早上彩虹起	南山朝隮(jī)	南山：曹地山名，在山东曹州济阴县东二十里。 隮：虹。朝隮，早上的虹。
候人幼女虽娇好	婉兮娈兮	婉、娈：幼小美好的样子，形容季女。
没有饭吃饿肚皮	季女斯饥	季女：少女，这里指候人的幼女。 斯：语助词。

鸤 鸠

【题解】

这是讽刺在位没有好人的诗。诗人理想的“淑人君子”，言行一致，受到国内外的称颂和拥护。但在当时的统治阶级中，这样的人实际上是不存在的。诗是从正面写的，如不细加琢磨不易看出它隐含的讽意。它用鸤鸠起兴，实际上是说真正在位的人，虽然拖着白丝带，戴着花皮帽，却不称其服，更不称其职，甚至连鸤鸠都不如。

鸤鸠　　即布谷鸟。以鸣声似“布谷”，又鸣于播种时，故相传为劝耕之鸟。

译文	原文	注释
布谷筑巢桑树间	鸤(shī)鸠在桑	鸤鸠：春秋时就有鸤鸠养子平均的传说，《左传》昭公十七年杜预注："鸤鸠平均，故为司空，平水土。"后喻为君仁德待下。
喂养小鸟心不偏	其子七兮	七：七是虚数，言其多。诗人用鸤鸠对许多小鸟平均喂养，比在位的人不如鸟。
我们理想好君子	淑人君子	淑人：善人。　君子：这里指有才德的人。
说到做到不空谈	其仪一兮	仪：言行。《毛诗后笺》："子曰：'下之事上也，身不正，言不信，则义不一，行无类也。'其末引诗曰：'淑人君子，其仪一也。'"
说到做到不空谈	其仪一兮	
忠心耿耿磐石坚	心如结兮	结：固结。朱熹《诗集传》："如物之固结而不散也。"

译文	原文	注释
布谷筑巢桑树间	鸤(shī)鸠在桑	
小鸟学飞梅树颠	其子在梅	梅：梅花树。
我们理想好君子	淑人君子	
丝带束腰真不凡	其带伊丝	伊：是。
丝带束腰真不凡	其带伊丝	
玉饰皮帽花色鲜	其弁伊骐	弁：皮帽。　骐：本义为有花纹的马，这里用它形容帽饰。《郑笺》："言此带弁者，刺不称其服。"

梅　落叶乔木。种类很多。叶卵形，早春开花，以白色、淡红色为主，味清香。果球形，立夏后熟，生青熟黄，味酸，可生食，也用以制成蜜饯、果酱等食品。未熟果加工成乌梅，供药用。花供观赏。

布谷筑巢桑树间	鸤（shī）鸠在桑	
小鸟飞在枣树上	其子在棘	
我们理想好君子	淑人君子	
言行如一不走样	其仪不忒	忒：偏差。
言行如一不走样	其仪不忒	
四方各国好榜样	正是四国	正：长官。　四国：各国。

布谷筑巢桑树间	鸤（shī）鸠在桑	
小鸟飞落榛树上	其子在榛	
我们理想好君子	淑人君子	
全国百姓好官长	正是国人	国人：全国人民。
全国百姓好官长	正是国人	
怎不祝他寿无疆	胡不万年	胡：何。朱熹《诗集传》："胡不万年，愿其寿考之辞也。"

下　泉

【题解】

这是曹人赞美晋国荀跞纳周敬王于成周的诗。据《左传》及《史记》记载，鲁昭公二十二年，周景王死，太子寿先卒，王子猛立。王子朝作乱，攻杀猛，尹氏立王子朝。王子匄居于狄泉，即诗之下泉（亦名翟泉，在今洛阳东郊）。后来晋文公派大夫荀跞攻子朝而立猛弟匄，是为敬王。诗当作于周敬王入成周以后，即在公元前516年后。这是《诗经》中时间最晚的一首诗。

蓍　　多年生草本。全草可入药，茎、叶可制香料。我国古代常用它的茎占卜。

下泉水呀清又凉	洌(liè)彼下泉	洌：寒冷。 下泉：出自地下的泉水，亦名狄泉。
淹得莠草难生长	浸彼苞稂(láng)	苞：丛生。 稂：生而不结实的粱，莠一类的草。
睁眼醒来长叹息	忾(xì)我寤叹	忾：叹息。 寤：睡醒。
不知京都怎么样	念彼周京	周京：周天子所居的都城王城（今洛阳西郊）。下文的“京周”、“京师”和周京同义。

下泉水呀清又凉	洌(liè)彼下泉	
淹得蒿草难生长	浸彼苞萧	萧：蒿草。
睁眼醒来长叹息	忾我寤叹	
空念京城难回乡	念彼京周	

下泉水呀清又凉	洌(liè)彼下泉	
淹得蓍草难生长	浸彼苞蓍(shī)	蓍：草名。《说文》:“蓍，蒿属。”
睁眼醒来长叹息	忾我寤叹	
京师惹人常怀想	念彼京师	

蓬勃一片黍苗壮	芃芃(péngpéng)黍苗	芃芃：茂盛的样子。
阴雨润泽助它长	阴雨膏之	膏：润泽的意思。
各国诸侯终有主	四国有王	
护送敬王郇伯忙	郇伯劳之	郇：与“荀”通，郇伯指晋大夫荀跞。 劳：勤劳。 之：指纳敬王的事。

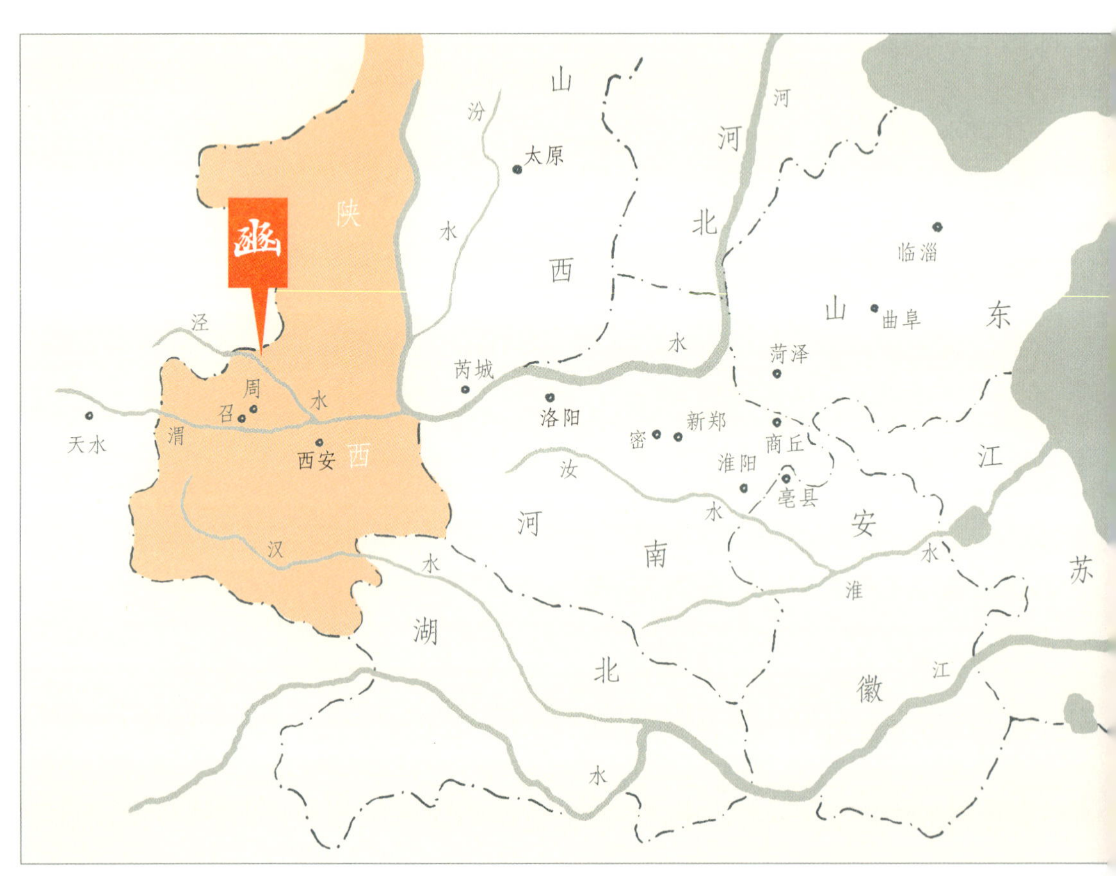
豳
陕
西
山
西
河
北
山
东
江
苏
安
徽
河
南
湖
北
太原
临淄
曲阜
菏泽
芮城
洛阳
新郑
密
商丘
淮阳
亳县
周
召
西安
天水
泾
水
渭
汾
水
河
水
汝
水
淮
水
汉
水
江
水

豳風

豳，亦作邠。《豳风》共七篇。

《破斧》篇说："周公东征。"《东山》篇说："我徂东山，慆慆不归。""自我不见，于今三年。"这两首诗当是周初的作品。平王东迁，豳地为秦所有。可见《豳风》全部都产生于西周，是《国风》中最早的诗。

豳地在今陕西栒邑、邠县一带地方，它原来是周的祖先公刘所开发的。周是重视农业的民族，所以豳诗多带有务农的地方色彩。除《七月》外，《东山》等诗，也可以看出它的影子。《汉书·地理志》说："昔后稷封斄，公刘处豳，太王徙岐，文王作酆，武王治镐，其民有先王遗风，好稼穑，务本业，故豳诗言农桑衣食之本甚备。"这几句话，说出了豳诗的特点。

豳风 七 月

【题解】

这是一首叙述西周农民一年到头无休止的劳动过程和他们生活情况的诗，反映了当时农民衣、食、住各方面的情况。诗从七月写起，是顺应农事活动的季节性，叙事的结构相当严密。诗用平铺直叙的手法，按月歌唱的形式，突出全诗的一条线索：贵族和农民生活的悬殊，鲜明地反映了当时阶级的对立和社会的本质。

鵙　即伯劳。额部和头部的两旁黑色，颈部蓝灰色，背部棕红色，有黑色波状横纹。以昆虫为食。善鸣叫。

七月“火”星偏西方	七月流火	七月：夏历七月。 流：向下行。 火：即心宿二。每年夏历五月黄昏出现在南方，方向最正，位置最高。六月以后，就偏西向下行。
九月女工缝衣裳	九月授衣	授衣：把裁制冬衣的工作，交给妇女们去做。马瑞辰《通释》：“凡言‘授衣’者，皆授使为之也……盖九月妇功成，丝麻之事已毕，始可为衣。”
十一月北风呼呼吹	一之日觱（bì）发	一之日：即夏历的十一月。周历以夏历的十一月为正月。 觱发：寒风触物的声音。
十二月寒气刺骨凉	二之日栗烈	二之日：夏历十二月。 栗烈：亦作“凓冽”，寒气刺骨。
粗布衣服都没有	无衣无褐（hè）	褐：本义是粗毛布，这里引申为粗布衣服。
怎样过冬心悲伤	何以卒岁	卒：终。
正月农具修整好	三之日于耜（sì）	三之日：夏历一月（正月）。 于：为，这里指修理。 耜：农具，犁的一种。
二月下地春耕忙	四之日举趾	四之日：夏历二月。夏历三月不作五之日，称为“春”。从四月到十月都依照夏历，如今农村沿用农历。 举趾：举足下田，开始春耕。
关照老婆和孩子	同我妇子	同：会合，约的意思。
送饭南田充饥肠	馌（yè）彼南亩	馌：送饭。 南亩：泛指田地。
田官老爷喜洋洋	田畯至喜	田畯：领主设的监工农官。

七月“火”星偏西方	七月流火	
九月女工缝衣裳	九月授衣	
春天太阳暖洋洋	春日载阳	春日：指夏历三月。 载：开始。 阳：天气和暖。

貉　哺乳动物类。外形似狐，毛棕灰色。穴居于河谷、山边和田野间，昼伏夜出，食鱼、鼠、蛙、虾、蟹和野果等。现北方通称貉子。

译文	原文	注释
黄莺吱喳枝头唱	有鸣仓庚	有：词头，无义。　仓庚：黄莺。
姑娘手提深竹筐	女执懿筐	懿：深。
沿着墙边小路旁	遵彼微行（háng）	遵：沿。　微行：小路。
采呀采那柔嫩桑	爰求柔桑	爰：于是。　柔桑：嫩桑叶。
春天日子渐渐长	春日迟迟	迟迟：形容日长的样子。
采蒿人儿闹嚷嚷	采蘩祁祁	蘩：草名，亦名白蒿。一说蘩是幼蚕的食物，一说蘩可制蚕箔，一说用蘩水洗蚕子，使它易出。　祁祁：形容采蘩妇女众多的样子。
姑娘心里暗悲伤	女心伤悲	
就怕公子看上把人抢	殆及公子同归	殆：怕。　公子：指豳公的儿子。有人说，公子是指豳公的女儿，归训嫁。亦通。

译文	原文	注释
七月“火”星偏西方	七月流火	
八月割苇好收藏	八月萑（huán）苇	萑苇：荻草和芦苇。这句省去动词收藏。
三月动手修桑树	蚕月条桑	蚕月：养蚕的月份，指三月。　条：挑的借字。条桑，修剪桑树。
拿起斧头拿起斨	取彼斧斨（qiāng）	斨：方孔的斧。
高枝长条砍个光	以伐远扬	远扬：指过长过高的桑树枝。
攀着短枝采嫩桑	猗（yī）彼女桑	猗：掎的借字，拉着。　女桑：嫩桑叶。
七月伯劳树上唱	七月鸣鵙（jú）	鵙：鸟名，又名伯劳。

狸　即豹猫。也叫狸猫、狸子、山猫等。形状似猫，圆头大尾，头部有黑色条纹，两眼内缘上各有一白纹，躯干有黑褐色的斑点。以鸟、鼠等小动物为食。狐和狸本是两种动物，后来合称“狐狸”，专指狐。诗中的“狐狸”则指狐和狸。

八月纺麻织布忙	八月载绩	绩：纺织。
染成黑色染成黄	载玄载黄	载：又是。　玄：黑而带红色。
我染红的最漂亮	我朱孔阳	朱：红色。　孔：甚。　阳：鲜明。
为那公子做衣裳	为公子裳	

四月远志结子囊	四月秀葽（yāo）	秀：长穗。　葽：植物名，今名远志，可作药用。
五月知了声声唱	五月鸣蜩（tiáo）	蜩：蝉。
八月庄稼要收割	八月其获	其获：指各种农作物将要收获。
十月落叶随风扬	十月陨萚（tuò）	陨：坠落。　萚：落叶。
十一月把那貉子打	一之日于貉（hè）	于：取。　貉：似狐而较胖，尾较短，亦称狗獾。
狐狸剥皮洗清爽	取彼狐狸	
好给公子做衣裳	为公子裘	
十二月大伙聚一起	二之日其同	同：会合。
继续打猎练武忙	载缵武功	载：则，就。　缵：继续。　武功：指田猎之事。
留下小猪自己吃	言私其豵	私：私人占有。　豵：本义是小猪，此处疑泛指小兽。
大猪送到公府上	献豜（jiān）于公	豜：三岁的大猪，这里疑泛指大兽。　公：公家，指统治者。

莎鸡　　昆虫类，又名络纬，俗称纺织娘、络丝娘。夏秋夜间振羽作声，声如纺线，故名。

五月里蚱蜢弹腿响	五月斯螽(zhōng)动股	斯螽：亦名螽斯，今名蚱蜢。 动股：古人误以为蚱蜢以腿摩擦发声。
六月里蝈蝈抖翅膀	六月莎(suō)鸡振羽	莎鸡：虫名，即纺织娘。 振羽：动翅发声。
七月蟋蟀野地鸣	七月在野	野：田野。
八月屋檐底下唱	八月在宇	宇：屋檐，这里指屋檐的下面。
九月跳进房门槛	九月在户	
十月到我床下藏	十月蟋蟀入我床下	
打扫垃圾熏老鼠	穹窒熏鼠	穹：治除，打扫。 窒：这里用作名词，指灰尘垃圾一类堵塞物。 熏鼠：用烟熏赶老鼠。
泥好大门封北窗	塞向墐(jìn)户	塞：堵塞。 向：北窗。 墐：用泥涂抹。古代农民多编柴竹为门，冬天需涂泥塞缝，以御寒气。
累完嘱咐妻和子	嗟我妇子	
眼看就要过年关	曰为改岁	曰：《韩诗》作“聿”，发语词。 改岁：更改年岁，指过年。
赶快住进这间房	入此室处	处：居住。

六月里野李葡萄尝	六月食郁及薁(yù)	郁：蔷薇科小灌木，果实名郁李。 薁：野葡萄。
七月里煮葵烧豆汤	七月亨葵及菽	亨：同“烹”，煮。 葵：菜名。 菽：大豆。
八月把那枣儿打	八月剥枣	剥：通“扑”，打。 枣和下句的稻，都是酿酒的原料。
十月收割稻米香	十月获稻	

郁　　果木名，即郁李。蔷薇科落叶小灌木。其材可为器具，仁入药。

把它酿成好春酒	为此春酒	春酒：冬天酿酒，经春始成，所以叫春酒。
祝贺老爷寿命长	以介(gài)眉寿	介：求。 眉寿：人老了，眉上长毫毛，叫秀眉，所以称长寿为眉寿。
七月采瓜食瓜瓤	七月食瓜	
八月葫芦吃个光	八月断壶	断：摘下。 壶：葫芦。
九月麻子好收藏	九月叔苴(jū)	叔：拾取。 苴：麻子。
采些苦菜砍些柴	采荼薪樗(chū)	荼：苦菜。 薪：这里作动词“烧”用。 樗：臭椿。
是咱农夫半年粮	食我农夫	
九月里筑好打谷场	九月筑场圃	场：打粮食的空场。 圃：菜园。古人一地两用，平时种菜，收获季节夯实做场地，所以称场圃。
十月里庄稼要进仓	十月纳禾稼	纳：收藏。
谷子黄米加高粱	黍稷重(tóng)穋(lù)	黍：糜子，小米。 稷：高粱。 重：同“穜”，早种晚熟的谷。 穋：同“稑”，晚种早熟的谷。
粟麻豆麦分开放	禾麻菽麦	禾：粟。
叹我农夫命里忙	嗟我农夫	
大伙庄稼刚收完	我稼既同	同：收齐，集中。
又要服役修宫房	上入执宫功	上：同“尚”，还得。 宫功：修缮建筑宫室。
白天出外割茅草	昼尔于茅	尔：语助词。 于：取。

薁　　即蘡薁，又称野葡萄，木质藤本。果可酿酒，根叶可入药。

晚上搓绳长又长	宵尔索绹	宵：夜里。　索：搓。　绹：绳。
急急忙忙盖屋顶	亟其乘屋	亟：同“急”，赶快。　乘：覆盖。
开春要播各种粮	其始播百谷	其始：将要开始。
腊月里凿冰冲冲响	二之日凿冰冲冲	冲冲：凿冰的声音。
正月里送进冰窖藏	三之日纳于凌阴	凌阴：藏冰的地窖。
二月里取冰行祭礼	四之日其蚤	蚤：同“早”。这里指早朝，是古代一种祭祀仪式。
献上韭菜和小羊	献羔祭韭	古代藏冰和取冰都要祭祀。《礼记·月令》：“仲春之月……天子乃鲜（献）羔开冰。”
九月天高气又爽	九月肃霜	霜：同“爽”（见王国维《观堂集林·肃霜涤场说》）。肃霜：天高气爽。
十月扫清打谷场	十月涤场	
捧上两壶清香酒	朋酒斯飨	朋酒：两壶酒。　斯：代词，指酒。　飨：以酒食待客。
宰了大羊和小羊	曰杀羔羊	曰：同“聿”，发语词。
踏上台阶进公堂	跻彼公堂	跻：登。　公堂：公共场所。可能是乡民集会的场所。
高高举起牛角杯	称彼兕觥	称：举起。　兕觥：古时一种铜制伏兕形酒器。
同声高祝寿无疆	万寿无疆	

枣　　落叶灌木或乔木。有直立或钩状刺，叶子卵形或长圆形，开黄绿色小花。结核果，鲜嫩时黄色，成熟后紫红色，卵形、长圆形或球形，味甘甜，可食，亦供药用。

瓜　葫芦科植物。种类甚多。果实可作蔬菜或水果，有的还可作杂粮和饲料。

韭　即韭菜，多年生草本。叶子细长而扁，花白色。

壶　“壶”通“瓠”，即葫芦。果实像重叠的两个圆球，嫩时可食，干老后可作盛器或供玩赏。

鸱 鸮

【题解】

这是一首禽言诗。全诗以一只母鸟的口气，诉说她过去被猫头鹰抓走了小鸟，但仍经营巢窝，抵御外侮，并抒写她育子修窝的辛勤劳瘁和目前处境的困苦危险。这当然是一首有寄托的诗，但所指何人何事，不得而知。历代学者都认为是周公旦作的，因为《尚书·金縢》和《史记·鲁世家》都记载周公在平定了管、蔡、武庚与淮夷之乱后，作了《鸱鸮》一诗送给成王。但是，《尚书·金縢》经近人考证，已定为伪作；司马迁《史记·鲁世家》的记载当也是以《金縢》为据的。所以周公作《鸱鸮》之说，未必可信。

鸱鸮　即猫头鹰，鸱鸮科。古称鸱鸮、鸮或枭。身体淡褐色，多黑斑。两眼大而圆，位于头部正前方。喙和爪均呈钩状，锐利。昼伏夜出，食物以鼠类为主，亦捕食小鸟或大型昆虫。旧时多以为不祥之恶鸟，其实对人类有益。

猫头鹰啊猫头鹰	chī xiāo chī xiāo 鸱鸮鸱鸮	鸱鸮：鸟名，即猫头鹰。古人认为这种鸟是恶鸟，所以诗人用它比喻贪恶之人。
你已抓走我娃娃	既取我子	
不要再毁我的家	无毁我室	室：指鸟巢。
日夜操劳费尽心	恩斯勤斯	恩：《鲁诗》作“殷”。《郑笺》：“殷勤于稚子。”是恩勤即殷勤，辛苦的意思。　斯：语助词。
为养孩子累又乏	yù 鬻子之闵斯	鬻：通“育”，养育。　子：指小鸟。　闵：病困。
趁着天晴没阴雨	迨天之未阴雨	迨：趁着。
剥些桑树根上皮	彻彼桑土	彻：剥取。　土：杜的假借字，《韩诗》作“杜”。桑杜，桑根。诗省“皮”字。
修补窗子和门户	绸缪牖户	绸缪：缠缚。
现在你们下面人	今女下民	女：通“汝”。　下民：指人类。
有谁还敢来欺侮	或敢侮予	
我手发麻太疲劳	予手拮据	拮据：因操作劳苦致手指不灵活。
我采芦花来垫巢	予所捋荼	捋：用手自上而下勒取。　荼：芦、茅的花。

译文	原文	注释
我还贮存干茅草	予所蓄租	蓄：积聚。　租：蒩的借字，亦作苴，茅草。
我的嘴巴累痛了	予口卒瘏（tú）	卒：音义同“悴”。卒瘏，口病。马瑞辰：“‘卒瘏’与‘拮据’相对成文。卒……字通作悴……卒瘏皆为病。”
窝还不曾修理好	曰予未有室家	曰：同“聿”，发语词。　未有室家：指巢还没有修好。
我的羽毛已枯焦	予羽谯谯（qiáoqiáo）	谯谯：形容羽毛枯焦的样子。
我的尾巴像干草	予尾翛翛（xiāoxiāo）	翛翛：鸟羽干枯无光泽的样子。
我的窝儿险而高	予室翘翘	翘翘：高而危险的样子。
风吹雨打晃又摇	风雨所漂摇	
吓得我啊吱吱叫	予维音哓哓（xiāoxiāo）	哓哓：因恐惧而发出的叫声。

东　山

【题解】

这是一个远征士卒在归途中思家的诗。他渴望早日回家，又担心可能发生的种种情况，表现了复杂细腻的感情。唐人诗句“近家情更怯，不敢问来人”，可为此诗意境作最好注脚。有人认为诗的社会背景和周公东征有关，这位诗人就是参加这次东征的士兵。

蠋　　鳞翅目昆虫的幼虫。青色，形似蚕，大如手指。

栝楼　　即果赢。多年生草本，茎上有卷须，以攀缘他物。果实卵圆形，橙黄色。中医用来做镇咳祛痰药。

我到东山去打仗	cú 我徂东山	徂：往。　东山：在今山东曲阜，亦名蒙山，商时属奄国，它是诗中兵士远征的地方。
好久不归岁月长	tāo tāo 慆慆不归	慆慆：长久。
今天我从东方回	我来自东	
细雨濛濛倍凄凉	零雨其濛	零雨：细雨。　其濛：即濛濛。
我刚听说要回乡	我东曰归	
西望家乡心悲伤	我心西悲	
缝好一套平时装	制彼裳衣	裳衣：指平常的服装。马瑞辰："盖制其归途所服之衣，非谓兵服。"
不再含枚上战场	勿士行枚	勿士：不要从事。　行：同"横"。行枚，即衔枚，古人行军，用枚（状如筷子）横衔在口里，避免说话出声。此指战争。
山蚕蠕动曲又弯	yuānyuān 蜎蜎者蠋	蜎蜎：虫蠕动的样子。　蠋：蜀的俗字，鳞翅目昆虫的幼虫。
息在野外桑树上	烝在桑野	烝：久。
孤身独睡缩成团	duī 敦彼独宿	敦彼：即敦敦，身体蜷缩成团。
兵车底下权当床	亦在车下	
我到东山去打仗	我徂东山	

伊威　　虫名，亦作蛜蝛，今名地鳖虫，生于阴暗潮湿处。

好久不归岁月长	慆慆不归	
今天我从东方回	我来自东	
细雨濛濛倍凄凉	零雨其濛	
瓜蒌结实一串串	果蠃(luǒ)之实	果蠃：瓜蒌，亦名栝楼，蔓生葫芦科植物。
蔓延挂在房檐上	亦施(yì)于宇	施：蔓延。　宇：屋檐。
屋里尽是地鳖虫	伊威在室	伊威：亦作蛜蝛，虫名，今名地鳖虫，生于阴暗潮湿处。
门前结满蜘蛛网	蟏蛸(xiāoshāo)在户	蟏蛸：虫名，一种喜蛛，一种长脚的小蜘蛛。
田地变成野鹿场	町畽(tǐng tuǎn)鹿场	町畽：田舍旁空地，禽兽践踏的地方。
入夜萤火点点亮	熠耀(yì yào)宵行	熠耀：闪闪发光的样子。　宵行：虫名，今名萤火虫。
家园虽荒也不怕	不可畏也	
越是荒凉越怀想	伊可怀也	伊：是。

我到东山去打仗	我徂东山	
好久不归岁月长	慆慆不归	

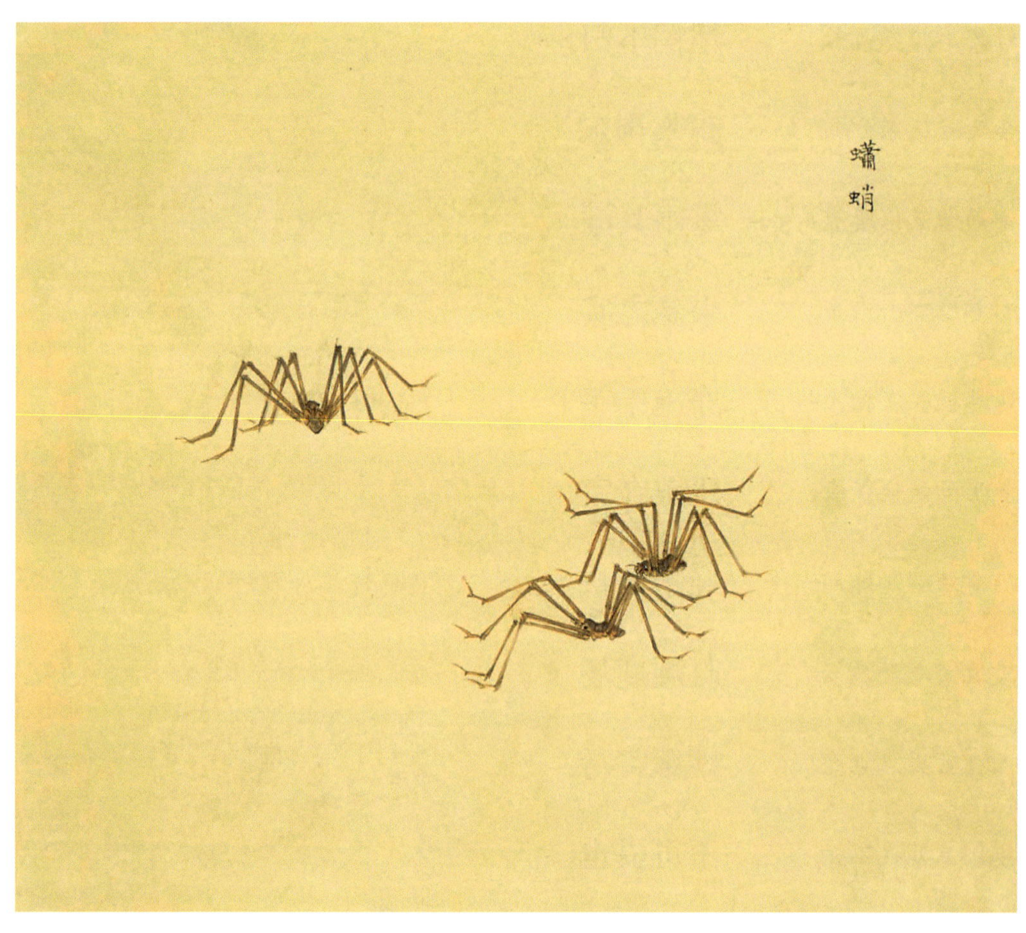

蟏蛸　　虫名，蜘蛛的一种，脚很长。通称喜蛛。

今天我从东方回	我来自东	
细雨濛濛倍凄凉	零雨其濛	
鹳立土堆伸颈叫	鹳（guàn）鸣于垤（dié）	鹳：水鸟名，形似鹭，亦似鹤。 垤：土堆。
妻守空房长嗟伤	妇叹于室	妇：指征人之妻。从这句起，到末句“于今三年”，都是诗人想象妻子盼望自己回来和思念之情。
洒扫房舍多整洁	洒埽穹窒	穹窒：清除脏物。
盼我征夫早回乡	我征聿至	我：征人之妻自称。 征：征人。 聿：语助词。
团团苦瓜本已苦	有敦瓜苦	有敦：敦敦，团团。 瓜苦：即苦瓜。
何况结在苦菜上	烝在栗薪	栗：《韩诗》作“蓼”（liǎo）：苦菜。
自从我们不相见	自我不见	
于今三年想断肠	于今三年	

我到东山去打仗	我徂东山
好久不归岁月长	慆慆不归
今天我从东方回	我来自东

宵行　　虫名，今名萤火虫。身体黄褐色，腹部末端有发光器，夜间能看到它发出的带绿色的萤光。

细雨濛濛倍凄凉	零雨其濛	
黄莺翻飞春已晚	仓庚于飞	仓庚：黄莺。
毛羽鲜明闪闪亮	熠耀其羽	
想她当初做新娘	之子于归	
迎亲花马白里黄	皇驳其马	皇：亦作“騜”，黄白色的马。 驳：红白色的马。皆指迎亲所用的马。
娘替女儿结佩巾	亲结其缡(lí)	亲：指妻子的母亲。 缡：佩巾的带。古代风俗，嫁女的时候，母亲要亲自给女儿结缡。
仪式繁多求吉祥	九十其仪	九十：形容繁多。指他们结婚时礼节繁多。仪：仪式，礼节。
新婚夫妇真美满	其新孔嘉	新：指新婚。 孔：甚，很。 嘉：美满。
久别重逢该怎样	其旧如之何	旧：久，指久别。

鹳　　水鸟名，鹳科各种类的通称。形似鹤，嘴长而直，翼大尾短，脚长而赤，捕鱼虾等为食。

破　斧

【题解】

这是随周公东征的士卒喜获生还的诗。周灭殷后，武王把殷地分为三部，命自己的兄弟管叔、蔡叔、霍叔各领一部。封纣子武庚为诸侯，受三叔的监视。武王病死，子成王立，年龄幼小，由武王同母弟周公摄政。后来武庚联合管、蔡和东方旧属国奄、姑蒲及徐夷、淮夷，起兵反周。周公带兵东征，杀武庚和管叔，放蔡叔，灭熊、盈等十七国，把殷顽民迁到洛阳。《破斧》一诗，旧说是赞美周公之作。就诗论诗，并不足信。它只是东征士卒喜获生还而已。此诗作于公元前1113年以后。

译文	原文	注释
斧头斫得裂缝长	既破我斧	
满身伤痕青铜斨	又缺我斨（qiāng）	缺：缺口。这里作动词用。　斨：方孔的斧。
周公东征到远方	周公东征	周公：周武王的弟弟，名旦。
四国听到都着慌	四国是皇	四国：指天下，朱熹训为“四方之国”。《毛传》注为管、蔡、商、奄。　皇：同“惶”，恐惧。
可怜我们这些人	哀我人斯	
总算命大能回乡	亦孔之将	孔：很。　将：大。《毛传》:“将，大也。”和“好”同义。下文的“嘉”和“休”，都是美善的意思。

译文	原文	注释
斧头斫得裂缝粗	既破我斧	
作战折断三齿锄	又缺我锜（qí）	锜：似三齿锄的武器。
周公东征到远方	周公东征	

四国幡然都悔悟	四国是吪（é）	吪：《鲁诗》作讹，感化。《毛传》："吪，化也。"
可怜我们这些人	哀我人斯	
总算有福回乡土	亦孔之嘉	

斧头斫裂刃锋销	既破我斧	
缺口参差手中锹	又缺我銶（qiú）	銶：像锹一样的武器。胡承珙《毛诗后笺》说："銶，亦臿类，盖起土之物……臿锹不殊。"
周公东征到远方	周公东征	
四国平定不动摇	四国是遒	遒：稳定。
可怜我们这些人	哀我人斯	
熬到回乡算命好	亦孔之休	

伐　柯

【题解】

这首诗写娶妻必须通过媒人，就如砍伐斧柄必须用斧头一样。后来人们称为人做媒叫“伐柯”、“作伐”，即从此而来。旧说认为这是赞美周公的诗，但毫无根据。

要砍斧柄怎么办	伐柯如何	柯：斧柄。
没有斧头不成功	匪斧不克	克：能。
要娶妻子怎么办	取妻如何	取：通“娶”。
没有媒人行不通	匪媒不得	

砍斧柄呀砍斧柄	伐柯伐柯	
样子就在你面前	其则不远	则：准则，榜样。　不远：指手持斧头砍取制斧柄的材料，其取材的样子就是手中所握之斧柄，不必远求。
我看那位好姑娘	我觏之子	觏：见。　之子：指诗人所追求的姑娘。
料理宴席很熟练	笾（biān）豆有践	笾：竹制高足碗，盛果类。　豆：象形字，木制高足碗，上有盖，盛肉类。笾和豆都是古人宴会或祭祀用的餐具。　有践：即践践，陈列整齐的样子。

九 罭

【题解】

这是一首主人留客的诗。这位客人，穿着衮衣绣裳，当然是一位贵族。旧说此诗赞美周公，或以为写东人留周公，均无确据。

鳟　赤眼鳟，鲤科鱼类之一种。又名红眼鱼。体延长，前部圆筒形，后部侧扁，银灰色，眼上缘红色，每鳞片后具一小黑斑，尾鳍叉形。为生活于淡水中的常见食用鱼类，可供养殖。

译文	原文	注释
细网捞着大鳟鲂	九罭（yù）之鱼鳟鲂	九罭：捕小鱼的密网。九是虚数，言其眼多。鳟：赤眼鳟。鲂：鳊鱼。密网去捕鳟、鲂一类大鱼它就逃不脱。诗以鱼比客人之尊贵。
我的客人不平常	我觏之子	我：主人自称。觏：遇见。之子：指客人。
画龙上衣彩色裳	衮（gǔn）衣绣裳	衮衣：画着龙的上衣。绣裳：五彩的绣裙。按衮衣绣裳，都是古代贵族的礼服。
大雁飞飞沿沙洲	鸿飞遵渚	鸿：大雁。遵：沿着。渚：水中沙洲。
您若归去没处留	公归无所	公：指客人。无所：没有一定的处所。
不住两夜不让走	于女信处	女：通“汝”。信：两宿为信。信处犹信宿，住两夜。
大雁沿着陆地飞	鸿飞遵陆	
您若归去不再回	公归不复	不复：不返。
请住两夜别推诿	于女信宿	
藏起您的绣龙袍	是以有衮（gǔn）衣兮	有：藏。闻一多：“有，藏之也。”
请您别走好不好	无以我公归兮	无以：不让。以，使。《战国策·秦策》：“向欲以齐事王。”
不要让我添烦恼	无使我心悲兮	

狼　跋

【题解】

这是讽刺贵族公孙的诗。这位公孙，到底是谁，不得而知，只得存疑。他吃得胖胖的，穿着华丽的礼服，实际上品德名誉都不好，因而到处碰壁，处境狼狈。旧说这首诗赞美周公，是因为轻信了伪《尚书·金滕》，从而以暴露为歌颂，有失诗的原意。高亨《诗经今注》虽认为它是刺诗，但他说“硕肤”是“石甫”，是讽刺幽王时的虢石甫，似无确证。

狼　　哺乳动物类。耳竖立，毛黄色或灰褐色，尾下垂，栖息山林中。性凶残，往往结群伤害禽畜。

老狼朝前踩下巴	狼跋其胡	跋：践，踩。　胡：老狼颔下垂下来的肉。朱熹《诗集传》:“胡，颔下悬肉也。”
后退又踏长尾巴	载疐（zhì）其尾	载：同“再”，又。　疐：同“踬”，也是脚踩的意思。诗人以老狼走路兴公孙进退两难狼狈不堪的处境。
公孙身体肥又大	公孙硕肤	公孙：当时对贵族的称呼，他当是豳公的后代。　硕肤：肥胖的意思。闻一多认为肤与“胪”通，释“腹前肥为胪”（大肚子），亦通。
红鞋弯弯神气煞	赤舄（xì）几几	赤舄：红色而以金为饰的鞋，亦名“金舄”，贵族配衮衣礼服穿的鞋，与平常穿“履”异。几几：鞋头弯曲的样子。
老狼后退踩尾巴	狼疐其尾	
前进又踏肥下巴	载跋其胡	
公孙身体肥又大	公孙硕肤	
品德名誉差不差	德音不瑕	德音：这里指品德名誉。　瑕：瑕疵。

二雅

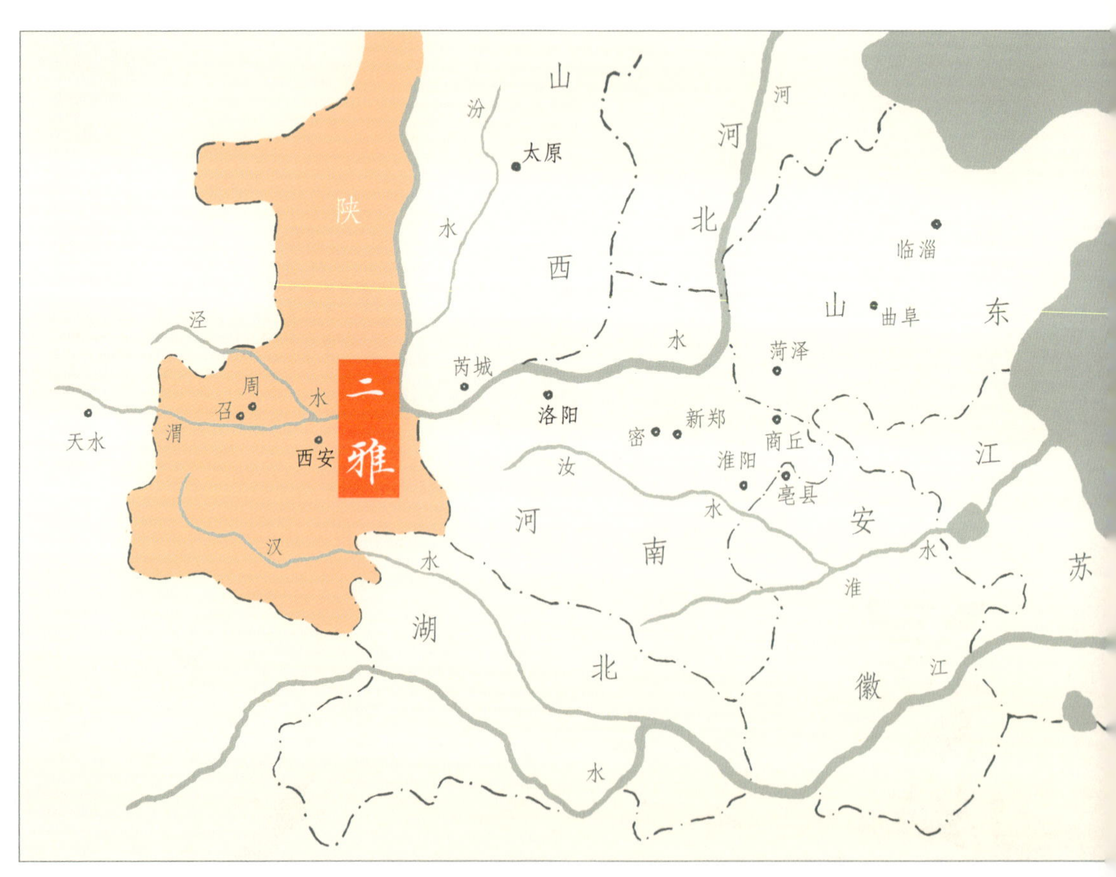

二雅
陕
山西
河北
山东
河南
湖北
安徽
江苏
汾水
泾
渭水
汉水
河水
汝水
淮水
江
太原
临淄
曲阜
菏泽
芮城
洛阳
周
召
西安
天水
密
新郑
商丘
淮阳
亳县

二雅

雅有《小雅》、《大雅》，合称“二雅”。其中《小雅》七十四篇（另有六篇“笙诗”有目无辞），《大雅》三十一篇，共计一百零五篇。“二雅”以十篇为一组，以这一组的第一篇诗命名，如《小雅》从《鹿鸣》到《南陔》十篇，称为《鹿鸣》之什。零数的诗，便包含在最后的“什”内，如《大雅·荡之什》就有十一篇。

雅和风一样，是一种乐歌名，是秦地的乐调。周、秦同地，秦在今陕西省，周的都城在今陕西省西安西南，古代叫做“镐京”，这地方的乐调，被称为中原正声。“雅”字《说文》作“鸦”，鸦和乌古同声，乌乌是秦调的特殊声音，所以称周首都的乐调为“雅”。雅乐又有“大雅”、“小雅”的分别，朱熹《诗集传》说：“正小雅，燕飨之乐也；正大雅，会朝之乐，受厘陈戒之辞也。”惠周惕《诗说》：“大、小二雅，当以音乐别之，不以政之大小论也，如律有大、小吕。”余冠英《诗经选》：“可能原来只有一种雅乐，无所谓大小，后来有新的雅乐产生，便叫旧的为大雅，新的为小雅。”以上三说，都没有什么确证，所以到现在为止，关于大小雅的区别，还没有得到圆满可信的解释。

《大雅》的大部分诗作于西周前期，其中最早的是《文王》，《吕氏春秋》曾引这首诗，以为是周公旦所作（约公元前1100年左右）。最晚的诗，可能是《瞻卬》和《召旻》，是幽王时候的作品。《小雅》各篇产生的时间很长，从西周到东周都有，以厉、宣、幽西周末年的诗为最多，最晚的诗如《节南山》提到“尹氏”，《正月》提到“褒姒”，约当平王初年，即公元前770年左右。

除了《小雅》中有少数民歌，如《大东》、《采薇》、《何草不黄》等之外，“二雅”多半是周王朝士大夫上层人物的作品。其中有反映统治阶级内部矛盾的政治讽喻诗，如《节南山》、《巧言》、《何人斯》、《正月》、《十月之交》、《小弁》、《巷伯》、《北山》、《桑柔》、《板》、《瞻卬》等；有反映种族战争的诗，如《出车》、《六月》、《采芑》、《江汉》、《常武》等；有周族的史诗《生民》、《公刘》、《绵》、《皇矣》、《大明》；还有其他一些诗篇，如《鱼丽》、《宾之初筵》描绘了贵族的宴饮生活；《鹿鸣》、《伐木》、《常棣》歌唱了朋友、兄弟之间的感情，等等。“二雅”中诗篇虽有别于《国风》中富于人民性的民歌，但仍不乏有一定深度的优秀作品。

小雅 鹿鸣

【题解】

这是贵族宴会宾客的诗。诗的写作年代，过去有的说是周成王时，有的说是康王时，均无确据。也有人认为不是产生在成、康的盛世，而是“周衰之作”，即东周以前的作品。《鲁诗》的一派还说这首诗刺“在位之人不仁”，但从诗的内容看来，似无美或刺之意，只是反映当时贵族宴会宾客的一般情况而已。

鹿　哺乳纲鹿科动物的通称。四肢细长，尾巴短，通常雄性头上有角，个别种类雌性也有角，也有雌雄均无角的。毛多是褐色，有的有花斑或条纹，听觉和嗅觉都很灵敏。

鹿儿呦呦叫不停	呦呦鹿鸣	呦呦：鹿叫的声音。
唤来同伴吃野苹	食野之苹	苹：藾蒿。陆玑："藾蒿，叶青色，茎似箸而轻脆，始生香，可生食。"
我有满座好宾客	我有嘉宾	
席上弹瑟又吹笙	鼓瑟吹笙	
吹笙按簧声和声	吹笙鼓簧	簧：笙中的舌片。 鼓簧：用手按簧，吹出笙的各种节奏音调。笙亦称簧，见《王风·君子阳阳》。
捧上礼物竹筐盛	承筐是将	承：奉上。 筐：盛币帛的竹器，亦名筐。《毛传》："筐，篚属，所以行币帛也。" 将：送。
诸位宾朋喜爱我	人之好我	人：指客人。 好：爱。
教我道理最欢迎	示我周行	示：告。 周行：大道。引申为大道理。

鹿儿呦呦叫不停	呦呦鹿鸣	
呼吃青蒿结伴行	食野之蒿	蒿：菊科植物名，亦名青蒿、香蒿。
我有满座好宾客	我有嘉宾	
品德高尚有美名	德音孔昭	德音：好品德。 孔：甚。 昭：明。
待人宽厚不刻薄	视民不恌（tiāo）	视：《郑笺》："视，古示字也。"三家诗亦作"示"。 恌：同"佻"，偷薄、刻薄的意思。

苹　《毛传》训苹为蓱。据《尔雅》，蓱是“水草”。鹿不食水中浮萍，毛训“蓱”是错误的。本图所绘为浮萍，生于静止浅水里，常见于水池或稻田中。根状茎匍匐泥中，细长而柔软，叶片由四片倒三角形的小叶组成，呈十字形。

君子学习好典型	君子是则是效	君子：指一般统治者。　则：法则。　效：仿效。
我有美酒敬一杯	我有旨酒	
宾客欢宴喜盈盈	嘉宾式燕以敖	式：语助词，无义。　燕：通“宴”，宴会。敖：舒畅快乐。

鹿儿呦呦叫不停	呦呦鹿鸣	
唤来同伴吃野芩	食野之芩（qín）	芩：蒿一类的植物。陆德明《经典释文》引《说文》云：“芩，蒿也。”
我有满座好宾客	我有嘉宾	
席上弹瑟又奏琴	鼓瑟鼓琴	
琴瑟齐奏声和鸣	鼓瑟鼓琴	
酒酣耳热座生春	和乐且湛（zhàn）	湛：媅的借字。《毛传》：“湛，乐之久。”即酒酣，尽兴的意思。
我有美酒敬一杯	我有旨酒	
借此娱乐诸贵宾	以燕乐嘉宾之心	

蒿　即青蒿，一年生草本。植株有香气。从中提取的青蒿素对治疗疟疾有奇效。

芩　蒿一类的植物。陆德明《经典释文》引《说文》云："芩，蒿也。"朱熹《诗集传》："芩，草名，茎如钗股，叶如竹，蔓生。"

四　牡

【题解】

这是出使的官吏思归的诗。周在厉王、幽王时代，社会动荡，民生凋敝，官吏尚不能安居，人民的痛苦可想而知。诗用“岂不怀归”的设问句，表达了他因“王事靡盬”不能回家安居奉养父母的苦闷心情。

鵻　　今称鹁鸪，羽毛黑褐色。天将雨时其鸣甚急，故俗称水鹁鸪。

译文	原文	注释
四匹公马跑得累	四牡骓骓 (fēi fēi)	骓骓：马不停地走现出疲劳的样子。《广雅》："骓骓，疲也。行不止，则必疲。"
大路遥远又纡回	周道倭迟 (yí)	周道：大路。 倭迟：亦作"倭夷"、"威夷"、"逶迤"，道路纡回遥远貌。
难道不想把家回	岂不怀归	
王家差事做不完	王事靡盬 (gǔ)	靡：无。 盬：止息。
使我心里太伤悲	我心伤悲	
四匹公马不停蹄	四牡骓骓 (fēi fēi)	
累得骆马直喘气	啴啴骆马 (tān tān)	啴啴：喘息。 骆：身白尾黑的马。
难道不想回家里	岂不怀归	
王家差事做不完	王事靡盬 (gǔ)	
哪有时间去休息	不遑启处	遑：暇。 不遑：没有闲暇。 启：小跪。处：居，坐。启处，犹言在家安息。方玉润《诗经原始》："古者……跪即起身，居即坐也。"
翩翩鹁鸪飞又鸣	翩翩者雏 (zhuī)	雏：鸟名，今称鹁鸪。
飞上飞下多高兴	载飞载下	
落在丛丛柞树顶	集于苞栩 (xǔ)	苞：茂盛。 栩：柞树。

王家差事做不完	王事靡盬(gǔ)	
要养老父也不行	不遑将父	将：养。

翩翩鹁鸪任飞翔	翩翩者雏(zhuī)	
飞飞停停多舒畅	载飞载止	
歇在一片杞树上	集于苞杞(qǐ)	杞：枸杞。
王家差事做不完	王事靡盬(gǔ)	
没空回家养老娘	不遑将母	

四马驾车成一行	驾彼四骆	
车儿急驰马蹄忙	载骤骎骎(qīn qīn)	载：语首助词，这里含有勉力的意思。 骎骎：马飞跑的样子。
难道不想回家乡	岂不怀归	
唱支歌儿诉衷肠	是用作歌	
日夜思念我亲娘	将母来谂(shěn)	来：句中语助词，含有“是”意。 谂：古“谂”和“念”是同音假借字，所以《毛传》训“谂”为“念”，即想念的意思。

皇皇者华

【题解】

这是一个使者出外调查民间情况的诗。旧说是送征夫之词，并非诗的本意。所以会有这个误解，是因为《鹿鸣》、《四牡》、《皇皇者华》这三首诗，后来被周统治者谱了乐调在宴会上弹奏，劳使臣时演奏《四牡》，遣使臣时演奏《皇皇者华》，其实和诗的内容并不相合。

译文	原文	注释
花儿朵朵开烂漫	皇皇者华	皇皇：色彩鲜明的样子。
高原低地都开遍	于彼原隰（xí）	原：高的平原。　隰：低湿的地。
急急忙忙我出差	駪駪（shēnshēn）征夫	駪駪：《鲁诗》作“侁侁”，《韩诗》作“莘莘”，三字古通用，急急忙忙的意思。　征夫：行人，出使者。
纵有考虑不周全	每怀靡及	每：虽。《广雅》：“每，虽，词也。”马瑞辰《通释》：“《常棣》诗‘每有良朋’，与‘虽有兄弟’，词异而义同。”
驾起马儿真高骏	我马维驹	驹：小马。《释文》：“驹本作骄。”《说文》：“马高六尺为骄。”引诗“我马维骄”。按骄古读如驹，可能是后人据音以改字。
六条缰绳多滑润	六辔如濡	如：和“而”通用。　濡：润泽。
赶着车儿快快跑	载驰载驱	
广泛访问城和村	周爰咨諏（zōu）	周：普遍，广泛。　爰：于，在。　咨：问。　諏：聚集讨论。《说文》：“諏，聚谋也。”咨諏，访问的意思。
驾起马儿黑带青	我马维骐	骐：青色而有黑纹的马。

译文	原文	注释
六条缰绳称手匀	六辔如丝	如丝：形容四马六辔的调匀。《淮南子·修务训》高诱注："《诗·小雅·皇皇者华》之篇，六辔四马如丝，言调匀也。"
赶着车儿快快跑	载驰载驱	
到处访问老百姓	周爰咨谋	谋：计谋。
雪白马儿黑尾巴	我马维骆	
缰绳光润手中拿	六辔沃若	沃：柔润。　若：同然。
赶着车儿快快跑	载驰载驱	
到处访问细调查	周爰咨度（duó）	度：酌量。
马儿浅黑毛斑驳	我马维骃	骃：浅黑色间有白色毛的马。
缰绳均匀手中握	六辔既均	均：均平，整齐。
赶着车儿快快跑	载驰载驱	
细心察访勤探索	周爰咨询	询：询问。

常 棣

【题解】

这是一首宴请兄弟的诗。诗的作者旧有两说：《国语》记为成王时周公所作，《左传》记为厉王时召穆公虎作。据考，以《左传》说较可靠。诗以死丧祸乱与和平安宁对比，朋友妻子与兄弟关系对比，突出“凡今之人，莫如兄弟”的主题。

常棣　　即郁李。落叶小灌木。叶卵形至披针状卵形。春季开花。果实小球形，暗红色，可食。种子称郁李仁，可入药。

译文	原文	注释
棠棣花开照眼明	常棣之华	常棣：即郁李。
花萼花蒂同根生	鄂不韡韡（wěi wěi）	鄂：同“萼”，花萼。《说文》引《诗》作“萼”。　不：花蒂。王引之《经传释词》训“不”为语词，亦通。　韡韡：鲜明的样子。
试看如今世上人	凡今之人	
没人能比兄弟情	莫如兄弟	
死亡威胁最可怕	死丧之威	威：畏。方玉润《诗经原始》：“上言死丧，乃人事之变；下言原隰，乃山川之变。总以见势当变乱，始觉兄弟情深，起下急难、外侮。”
只有兄弟最关心	兄弟孔怀	孔怀：很关心。
假如地震山川变	原隰（xí）裒（póu）矣	裒：聚集之意，也有减少之意，这里引申为自然界的变化。方玉润《诗经原始》：“原隰者，陵谷也。‘裒’为损少，即变迁之意。”
只有兄弟来相寻	兄弟求矣	
鹡鸰流落在高原	脊令在原	脊令：即鹡鸰，亦名雝渠。《郑笺》：“雝渠，水鸟。而今在原，失其常处，则飞则鸣求其类，天性也。犹兄弟之于急难。”　原：平原。
兄弟着急来救难	兄弟急难	
平时虽是好朋友	每有良朋	每：虽。
看你遭难只长叹	况也永叹	况：增加的意思。　永：长。
兄弟在家虽争吵	兄弟阋（xì）于墙	阋：争斗。
却能同心抗强暴	外御其务	务：通“侮”。《国语》、《左传》引《诗》皆作“外御其侮”。
平时虽有好朋友	每有良朋	
事到临头难依靠	烝也无戎	烝：与“陈”通，久。朱熹：“烝，发语词。”亦通。　戎：帮助。《尔雅·释言》：“戎，相助也。”

脊令　即鹡鸰，鸟类的一属。常见的为身体小，头顶黑色，前额纯白色，嘴细长，尾和翅膀都很长，黑色，有白斑，腹部白色。吃昆虫和小鱼等。因为鹡鸰成群而飞，所以诗中用以比喻兄弟。

译文	原文	注释
死丧祸乱既平靖	丧乱既平	
一家生活也安宁	既安且宁	
那时虽有亲兄弟	虽有兄弟	
反觉不如朋友亲	不如友生	友生：即朋友。 生：语助词。马瑞辰《通释》："唐人诗'太瘦生'……之类，皆以'生'为语助词。实此诗及《伐木》诗'友生'倡之也。"
大碗小碗摆上来	傧（biān）尔笾豆	傧：陈列。 笾：古祭祀燕享盛水果、干肉等用的竹制器具。 豆：古盛肉器，用木制成，有盖，黑漆，中朱。
又是喝酒又吃菜	饮酒之饫（yù）	之：犹是。 饫：吃饱喝足。
兄弟已经都来齐	兄弟既具	具：通"俱"。既具，已经都来齐。
家宴和乐又亲爱	和乐且孺	孺：相亲。
情投意合妻子好	妻子好合	
弹琴奏瑟同到老	如鼓瑟琴	
兄弟感情既融洽	兄弟既翕（xì）	翕：合，和睦的意思。
和睦相处乐陶陶	和乐且湛（dān）	湛：又作"耽"，尽兴的意思。《释文》："耽，乐之甚也。"
妥善安排你家庭	宜尔室家	宜：安。 尔：指兄弟。
妻子儿女喜盈盈	乐尔妻帑	帑：通"孥"，儿子。
认真考虑细思量	是究是图	究：深思。 图：考虑。
此理是否很分明	亶（dǎn）其然乎	亶：确实。 其：指"宜室家、乐妻帑"。然：这样。

伐　木

【题解】

这是一首宴享亲友故旧的诗歌，此诗可能出自民间，后为贵族所修改、采用，也可能是贵族文人仿民歌的作品。从诗的语言技巧和表现手法看来，它可能是西周后期的作品。旧说是文王所作，是没有根据的。

砍起树木铮铮响	zhēng zhēng 伐木丁丁	丁丁：刀斧砍树的声音。
林中小鸟嘤嘤唱	鸟鸣嘤嘤	嘤嘤：鸟和鸣声。
小鸟本从深谷出	出自幽谷	幽谷：深谷。
飞来住到大树上	迁于乔木	乔木：指高处。
鸟儿嘤嘤啼不住	嘤其鸣矣	嘤其：即嘤嘤。《鲁诗》认为“嘤”是莺的借字，黄鹂。
呼伴引类声欢畅	求其友声	
看那小鸟是飞禽	相彼鸟矣	相：视，看。
尚且求友不断唱	犹求友声	
何况我们是人类	shěn 矧伊人矣	矧：何况。　伊人：是人，这人。
不和朋友相来往	不求友生	友生：朋友。
天神听说人相爱	神之听之	神之听之：一般释为“神明听之”。马瑞辰释神为慎，警诫的意思；释听为从，听从的意思（《毛诗传笺通释》）。可备一说。

也会把那和平降	终和且平	
呼起号子砍树忙	伐木许许（hǔ hǔ）	许许：又作浒浒、所所，伐木时共同用力的呼声，类似今天的劳动号子。朱熹："许许，众人共力之声。《淮南子》曰：举大木者，呼邪许。"
筛出美酒喷喷香	酾（shī）酒有萸（xù）	酾：酒，滤酒。下一章的"酾"是斟的意思。有萸：萸萸，形容酒味美。《玉篇》："萸，酒之美也。"
备好肥嫩小羔羊	既有肥羜（zhù）	羜：出生五个月的小羊。
请我伯叔来尝尝	以速诸父	速：召，邀请。　诸父：对同姓长辈的尊称。
宁可凑巧他不来	宁适不来	宁：宁可。　适：凑巧。
非我把他撇一旁	微我弗顾	微：非。　顾：念。
屋里扫得真清爽	於（wū）粲洒扫	於：叹美词。　粲：鲜明干净。
八盘好菜都摆上	陈馈八簋（guǐ）	陈：陈列，摆设。　馈：食物。　簋：盛食品的器具。
备好肥嫩小公羊	既有肥牡	牡：指雄性的小羊。
请我长辈来尝尝	以速诸舅	诸舅：指异性的长辈。
宁可凑巧他不来	宁适不来	
免叫他人说短长	微我有咎	咎：过错。

译文	原文	注释
小山坡上来砍树	伐木于阪	阪：山坡。 衍：本义是水溢出来。 有衍：即衍衍，形容酒多而美的样子。
酒已满杯还要注	釃酒有衍	
盘儿碗儿排整齐	笾（biān）豆有践	笾豆有践：菜肴摆整齐。笾、豆都是古人宴会或祭祀用的食器。
兄弟之间别相疏	兄弟无远	兄弟：指同辈的亲友。 无远：不要疏远见外。
人们为啥失友情	民之失德	失德：指失去朋友的交谊。
饭菜不周致交恶	干糇以愆	干糇：本义是干粮。《说文》："糇，干食也。"这里用它泛指粗薄的点心。朱熹《诗集传》："干糇，食之薄者也。" 愆：过错。
家里有酒筛出来	有酒湑（xǔ）我	湑：和"釃"同义，滤。末句的"湑"指滤过的酒。按这句与下句都是倒文。
没酒店里买一壶	无酒酤我	酤：同"沽"，买酒。一说"酤"为未经过滤有滓的酒，如今酒酿。 我：主人自称。有人说，"我"是语尾助词，如啊，亦通。
敲起鼓儿咚咚响	坎坎鼓我	坎坎：击鼓声。
扬起长袖翩翩舞	蹲蹲（cún cún）舞我	蹲蹲：本作"墫"，形容跳舞合乐的姿态。以上两句也是倒文。
趁着今朝有空闲	迨我暇矣	迨：及，趁。
把这清酒喝下肚	饮此湑（xǔ）矣	

天 保

【题解】

这是一首臣子祝颂君主的诗，反映了当时统治阶级“敬天保民”的思想。

译文	原文	注释
上天保佑庇护	天保定尔	保定：使安定。 尔：您，指君主。陈奂：“通篇十‘尔’字，皆指君上也。”
使您政权巩固	亦孔之固	亦：语助词。 孔：甚。 固：巩固。
使您国家强大	俾尔单厚	俾：使。 单厚：亦作“亶厚”，强大。马瑞辰《通释》：“单、厚同义，皆为大也。”
赐您一切幸福	何福不除（zhù）	除：赐予。
让您物产丰盈	俾尔多益	多益：二字同义，众多的意思，指物产众多丰富。
叫您国家富庶	以莫不庶	以：发声词，无义。 庶：富庶。
上天保佑庇护	天保定尔	
使您安乐幸福	俾尔戬（jiǎn）穀	戬穀：福禄，幸福。《毛传》：“戬，福。穀，禄。”二字同义。
万事无不如意	罄无不宜	罄：尽，所有的意思。
享受众多福禄	受天百禄	百禄：许多的幸福。百是虚数，许多的意思。
福祉降临您身	降尔遐福	遐福：远福。
唯恐一天不足	维日不足	维：同“惟”，只。 维日不足：惟恐每天享福不够。

上天保您吉祥	天保定尔	
生产蒸蒸日上	以莫不兴	兴：盛。指物产兴盛。
恰如巍巍丘陵	如山如阜	阜：土山。
又如高高山岗	如冈如陵	陵：大阜为陵。
如水滚滚而来	如川之方至	
永远不断增长	以莫不增	

饭菜清清爽爽	吉蠲（juān）为饎	吉蠲：二字同义，都是清洁的意思。《毛传》训吉为“善”，指吉日良辰，亦通。 饎：酒食。
拿来祭祀祖上	是用孝享	是：这，指酒食。是用：即用是。 享：祭献。王先谦：“祭先人故曰孝享。”
春夏秋冬四季	禴（yuè）祠烝尝	禴：夏祭。 祠：春祭。 烝：冬祭。 尝：秋祭。
祭我先公先王	于公先王	公：先公。朱熹：“谓后稷以下至公叔祖类也。”公叔祖类是古公亶父的父亲。 先王：指太王以下。太王即古公亶父，周文王的祖父。
祖宗开口说话	君曰卜尔	君：先公先王的神灵。古代祭祀用活人扮神，叫做尸（神主）。主祭者向祖先祭祀时，尸传达神的话，即“君曰”。 卜：予，赐给。
赐您万寿无疆	万寿无疆	

祖宗已经来临	神之吊（dì）矣	吊：至，指神灵、祖考的降临。
赐您幸福如锦	诒尔多福	诒：通“贻”，送给。
人民淳朴老实	民之质矣	质：朴实无华。
每天吃饱就行	日用饮食	
不管是官是民	群黎百姓	群黎：众民。　百姓：百官。《尧典》:“平章百姓。”《传》:“百姓，百官。”
个个感您恩情	遍为尔德	为：音义同“讹”，感化。马瑞辰《通释》:“为，当读如‘式讹尔心’之讹。讹，化也。”

您像新月渐盈	如月之恒	恒：陈奂《诗毛氏传疏》释为“月上弦之貌”。
您像旭日东升	如日之升	
您像南山高寿	如南山之寿	
永不亏损塌崩	不骞（qiān）不崩	骞：亏损。　崩：崩坏。
您像松柏常青	如松柏之茂	
子孙永远继承	无不尔或承	或：有。　承：继承。

采 薇

【题解】

这是一位守边兵士在归途中赋的诗。旧说是文王时遣送守边兵士出征的乐歌，但从诗的语言艺术和风格看来，很像《国风》中的民歌，不像周初的作品。《汉书·匈奴传》记载周懿王时戎狄交侵，暴虐中国，诗人疾而歌之曰："靡室靡家，猃狁之故。"可见诗作于周懿王时（约在公元前934年以后）。末章以柳代春，以雪代冬，借景表情，感时伤事，富于形象性和感染力，是千古传诵的名句。

鱼　　指像鱼类的水栖动物。朱熹《诗集传》："鱼，兽名，似猪，东海有之，其皮背上斑文，腹下纯青，可为弓鞬矢服也。"

采薇采薇一把把	采薇采薇	薇：今名野豌豆苗，冬天发芽，春天二三月长大。图见《小雅·四月》。
薇菜新芽已长大	薇亦作止	亦：助词，含有“又”的意思。　作：生出。止：语气词，无义。
说回家呀道回家	曰归曰归	
眼看一年又完啦	岁亦莫止	莫：古“暮”字。
有家等于没有家	靡室靡家	靡：无。　室、家：指妻子。诗人终年远戍，和妻子久离，有家等于无家。
为跟玁狁去厮杀	玁狁(xiǎn yǔn)之故	玁狁：亦作猃狁，古指西北少数民族。春秋时称戎、狄，秦汉时称匈奴、胡，隋唐称突厥。散居在今甘肃、陕西北部及内蒙西部。
没有空闲来坐下	不遑启居	不遑：没有闲暇。　启：跪。　居：坐。古人席地而坐，跪则两膝着席，腰部伸直；坐则臀部和脚跟相触。
为跟玁狁来厮杀	玁狁之故	

采薇采薇一把把	采薇采薇	
薇菜柔嫩初发芽	薇亦柔止	柔：肥嫩。
说回家呀道回家	曰归曰归	
心里忧闷多牵挂	心亦忧止	
满腔愁绪火辣辣	忧心烈烈	忧心烈烈：忧心如焚。
又饥又渴真苦煞	载饥载渴	载：又。
防地调动难定下	我戍未定	戍：守。这里指防守的地点。　未定：不固定。
书信托谁捎回家	靡使归聘	使：使者。　聘：探问。

译文	原文	注释
采薇采薇一把把	采薇采薇	
薇菜已老发杈桠	薇亦刚止	刚：坚硬，指薇菜茎叶渐老变硬。
说回家呀道回家	曰归曰归	
转眼十月又到啦	岁亦阳止	阳：周代自农历四月到十月，称为阳月。有人训阳为“温暖”，亦通。
王室差事没个罢	王事靡盬	靡盬：没有止息。
想要休息没闲暇	不遑启处	启处：与上文“启居”同义。
满怀忧愁太痛苦	忧心孔疚	疚：病痛。
生怕从此不回家	我行不来	来：《郑笺》:“来，犹返也。”方玉润:“虽生离犹死别也。”或训来为劳来之来，不来，指无人慰问。说亦可通。

译文	原文	注释
什么花儿开得盛	彼尔维何	尔：三家诗作“薾”，花盛开的样子。 维：是。 维何：是什么。
棠棣花开密层层	维常之华	常：通“棠”，棠梨树。
什么车儿高又大	彼路斯何	路：车子。
高大战车将军乘	君子之车	君子：指将帅。
驾起兵车要出战	戎车既驾	戎车：兵车。
四匹壮马齐奔腾	四牡业业	业业：强壮而高大的样子。
边地怎敢图安居	岂敢定居	
一月要争几回胜	一月三捷	

驾起四匹大公马	驾彼四牡	
马儿雄骏高又大	四牡骙骙(kuí kuí)	骙骙：马强壮的样子。
将军威武倚车立	君子所依	依：依靠。陈奂："依，倚也。"依靠在车厢上。
兵士掩护也靠它	小人所腓(féi)	小人：指兵士。 腓：覆庇，隐蔽。
四匹马儿多齐整	四牡翼翼	翼翼：行列整齐的样子。
鱼皮箭袋雕弓挂	象弭(mǐ)鱼服	象弭：用象牙镶饰的弓。 弭：本是弓的两头缚弦的地方，所以有时亦名弓为弭。 鱼服：即鱼箙，用像鱼类的水栖动物的皮做的箭袋。
哪有一天不戒备	岂不日戒	戒：戒备。
军情紧急不卸甲	猃狁孔棘	棘：同"亟"，紧急。

回想当初出征时	昔我往矣	
杨柳依依随风吹	杨柳依依	依依：柳条柔弱随风飘拂的样子。
如今回来路途中	今我来思	思：语末助词。
大雪纷纷满天飞	雨雪霏霏	雨雪：下雪。 霏霏：雪盛多的样子。
道路泥泞难行走	行道迟迟	迟迟：缓慢。
又渴又饥真劳累	载渴载饥	
满心伤感满腔悲	我心伤悲	
我的哀痛谁体会	莫知我哀	

出　车

【题解】

这是一位出征的武士凯旋后赋的诗。旧说是慰劳南仲还师之作，不确。诗大约作于周宣王时，约当公元前800年左右。诗中反映了当时民族矛盾的尖锐化，歌颂了周宣王平定四夷的功绩。从中也可看出贵族文人向民歌吸取营养，丰富提高自己的创作这一明显的事实。

仓庚　即黄莺。也称黄鹂、黄鸟、黄鹂留等，属鸟纲黄鹂科。通体金黄色，背部稍沾辉绿色。鸣声圆润嘹亮，低昂有致，富有韵律，非常清脆，可以饲养为观赏鸟。

推出战车马套上	我出我车	
驾到远郊养马场	于彼牧矣	于：往。　牧：郊外。《尔雅》:“邑外谓之郊，郊外谓之牧。”
有人从王那里来	自天子所	所：处所，地方。
派我出征到北方	谓我来矣	谓：使。马瑞辰《毛诗传笺通释》:“《广雅》:‘谓，使也。’谓我来，即使我来。下文‘谓之载’，即使之载也。”
唤来马夫驾起车	召彼仆夫	仆夫：即御夫，驾车的人。
赶快送我到边防	谓之载矣	
“国王政事多外患	“王事多难	难：指外患。
事儿紧急保家邦”	维其棘矣”	维：发声词。陈奂《诗毛氏传疏》:“维，发声。凡言‘维其’，其也。”　棘：同“急”，紧急。

推出战车马套上	我出我车	
驾到郊外养马场	于彼郊矣	
车上插起龟蛇旗	设此旐(zhào)矣	设：陈列。　旐：画着龟蛇的旗。
树起干旄随风扬	建彼旄矣	建：立。　旄：干旄，一种饰有旄牛尾的曲柄旗。
旗上鹰隼气昂昂	彼旟(yú)旐(zhào)斯	旟：画着鹰隼的旗。　斯：语尾助词。
怎不展翅高飞翔	胡不旆旆(pèi pèi)	旆旆：飞扬的样子。
我为战事心不安	忧心悄悄	悄悄：忧愁的样子。
马夫憔悴驾驭忙	仆夫况瘁	况：怳之假借字。况瘁，憔悴的意思。陈奂《诗毛氏传疏》:“《楚辞·九叹》云‘顾仆夫之憔悴’，又云‘仆夫慌悴’，并与诗‘况瘁’同。”

译文	原文	注释
王命南仲大将军	王命南仲	南仲：周宣王时的大臣，亦作南中。
筑城防敌到北方	往城于方	城：筑城。　方：指朔方，北方。
驾车四马多壮健	出车彭彭	彭彭：马强盛的样子。
旌旗鲜明亮晃晃	旂（qí）旐（zhào）央央	旂：画蛟龙的旗。　央央：鲜明的样子。
天子下令我执行	天子命我	
去到北方筑城墙	城彼朔方	
威名赫赫南仲子	赫赫南仲	赫赫：威名显盛的样子。
扫除猃狁上战场	猃狁（xiǎnyǔn）于襄	襄：通“攘”，扫除。
当初北征离家乡	昔我往矣	
黍稷茂盛庄稼香	黍稷方华	华：茂盛。朱熹《诗集传》：“华，盛也。”方华：正是茂盛的时候。指北方的六月。
现在回来打西戎	今我来思	
大雪满路化泥浆	雨雪载涂	载：充满。　涂：泥浆。《毛传》：“涂，冻释也。”
国王政事多外患	王事多难	
无法安居整天忙	不遑启居	
难道不想回家乡	岂不怀归	
邻邦盟约不敢忘	畏此简书	简书：盟书。疑在这次战役前，宣王有和邻近的诸侯盟誓，写成简书的事。

蝈蝈喓喓不住唱	喓喓草虫	喓喓：虫鸣声。　草虫：蝈蝈。
蚱蜢蹦蹦跳场上	tì tì 趯趯阜螽	趯趯：跳跃貌。　阜螽：蚱蜢。
未曾看见南仲面	未见君子	
忧心忡忡虑国防	忧心忡忡	忡忡：忧虑不安的样子。
如今见了南仲面	既见君子	
石头落地心舒畅	我心则降	降：下，指心放下了。
声名赫赫南仲子	赫赫南仲	
征伐西戎威名扬	薄伐西戎	薄：语首助词，含有勉力的意思。　西戎：西北种族名。《国语》韦昭注："犬戎，西戎之别名，在荒服。"按其地在今陕西凤翔的北部。

春天日子渐渐长	春日迟迟	迟迟：日长的样子。
草木茂盛叶苍苍	huì 卉木萋萋	卉：草。　萋萋：茂盛的样子。
黄莺吱喳枝头唱	仓庚喈喈	仓庚：黄莺。　喈喈：鸟鸣声。
采蘩姑娘闹洋洋	采蘩祁祁	蘩：白蒿。祁祁：众多的样子。
捉来间谍杀敌寇	执讯获丑	讯：间谍。　获：馘（guó）的假借字，割耳朵。古人杀俘虏必割其左耳，以上报计数，这里作动词"杀"用。　丑：对敌人的蔑称。
胜利归来到家乡	薄言还归	
威名赫赫南仲子	赫赫南仲	
平定猃狁国增光	xiǎnyǔn 猃狁于夷	夷：平定。

杕 杜

【题解】

这是一位民间妇女思念久役的丈夫的诗。后来，统治阶级采了这首民歌，配合雅乐，作为慰劳戍役归来的将士时弹奏的乐章。编辑《诗经》的人，就把它列入《小雅》一类了。

译文	原文	注释
一株棠梨生路旁	有杕(dì)之杜	杕杜：特立孤生的棠梨树。
果实累累挂树上	有睆(huǎn)其实	睆：颜色鲜明或果实浑圆的样子。
国王差事无休止	王事靡盬(gǔ)	靡：没有。　盬：止息。
服役期限又延长	继嗣我日	继嗣：继续，含有延长的意思。古代行役规定春行秋返，秋行春返。诗人丈夫约在春天参加行役，到杕杜结实，已过秋时，尚未回来。
日子已到十月头	日月阳止	阳：指农历十月。参见《采薇》"岁亦阳止"注。　止：语气词。
满心忧伤想我郎	女心伤止	
征人有空应回乡	征夫遑止	

译文	原文
一株棠梨生路旁	有杕之杜
叶儿繁茂真盛旺	其叶萋萋
国王差事无休止	王事靡盬(gǔ)
遥想征人我心伤	我心伤悲
草木青青春又到	卉木萋止

心儿忧碎愁断肠	女心悲止	
征人哪天能还乡	征夫归止	

登上北山我彷徨	陟彼北山	陟：登。
手采枸杞心想郎	言采其杞	杞：枸杞。
国王差事无休止	王事靡盬(gǔ)	
谁来奉养爹和娘	忧我父母	
檀木车子已破烂	檀车幝幝(chǎn chǎn)	檀车：役车。檀木坚，古人用它制轮，所以称檀车。　幝幝：车破旧的样子。
四马疲劳步踉跄	四牡痯痯(guǎnguǎn)	痯痯：疲病的样子。
征夫归期该不长	征夫不远	

人不回来车不装	匪载匪来	匪：通“非”。　载：装。
忧心忡忡苦怀想	忧心孔疚	疚：病，苦恼。
服役期过不回来	期逝不至	期：服役的限期。　逝：过去。　期逝：即逾期的意思。
最是忧愁最惆怅	而多为恤	多：最。　恤：忧愁。
占卜卦辞说吉祥	卜筮偕止	卜筮：占卜算卦。　偕：与“嘉”通，吉利（从马瑞辰《通释》说）。
聚会之期不太长	会言近止	会：聚会。　言：助词，含有“且”意。有人训会为“合”，会言，指卜筮合言，说亦可通。
征人很快就回乡	征夫迩止	迩：近。

鱼 丽

【题解】

这是写贵族宴飨宾客的诗。诗中描写了贵族所用的鱼和酒，不但又美又多，而且常有不缺，反映了当时贵族生活的豪华。《仪礼》中的乡饮酒和燕礼都唱这首诗，可见它后来成为燕飨通用的乐歌。

鲿　　今名黄颊鱼。体延长，前部平扁，后部侧扁，长十余厘米。青黄色，大多有不规则褐色斑纹。生活于江湖底层。

译文	原文	注释
鱼儿篓里历录跳	鱼丽（lí）于罶（liǔ）	丽：历录，鱼历历录录地跳着的样子。陈奂《诗毛氏传疏》："丽与录一声之转，鱼丽历在罶，录录历历然也。" 罶：捕鱼的竹笼。
小鲨黄颊下锅烧	鲿（cháng）鲨	鲿：今名黄颊鱼，形状很像黄鱼。 鲨：体圆而有黑点文。
老爷有酒藏得好	君子有酒	
满坛满罐清香飘	旨且多	旨：味美。

译文	原文	注释
鱼儿篓里历录跳	鱼丽（lí）于罶（liǔ）	
鳊鱼黑鱼有味道	鲂鳢（lǐ）	鲂：鳊鱼。 鳢：黑鱼。
老爷有酒藏得好	君子有酒	
满桶满缸清香飘	多且旨	

译文	原文	注释
鱼儿篓里历录跳	鱼丽（lí）于罶（liǔ）	
鲶鱼鲤鱼好菜肴	鰋（yǎn）鲤	鰋：今名鲶鱼。
老爷有酒藏得好	君子有酒	
满樽满杯清香飘	旨且有	有：也是多的意思。朱熹《诗集传》："有，犹多也。"

鲨　又名鮀。生活在溪涧的小鱼。徐珂《清稗类钞·动物·鲨》:“鲨，小鱼也，产溪涧中，长五寸许，黄白色，有黑斑，鳍大，尾圆，腹鳍能吸附于他物。口广鳃大，常张口吹沙，故又名吹沙鱼，俗称沙鱼为鲨鱼，盖将‘沙鱼’二字误合为一字也。”

译文	原文	注释
酒菜丰盛花色多	物其多矣	
味道实在好不过	维其嘉矣	嘉：善。
样样酒菜都精美	物其旨矣	
客人尝了对口味	维其偕矣	偕：与“嘉”同义。王引之《经传述闻》:“《广雅》:‘皆，嘉也。’‘皆’与‘偕’古字通。”
吃的喝的堆满仓	物其有矣	
时鲜货色不断档	维其时矣	时：及时。苏辙《诗经传》训嘉为“好”，训偕为“齐全”，训时为“时鲜”，可备一说。

鳢　俗称黑鱼、乌鳢，亦名鲖。体延长，亚圆筒形。头扁，口大，牙尖，咽头上方有一宽大鳃上腔，能呼吸空气。青褐色，有三纵行黑色斑块，眼后至鳃孔有两条黑色纵带。背鳍、腹鳍、尾鳍均延长。性凶猛。肉肥美，供食用。

鳀　即鲇鱼。身体表面多黏液，无鳞，背部苍黑色，腹部白色；体长，前端平扁，后部侧扁，头扁口阔，上下颌有四根须，尾圆而短，不分叉，背鳍小，臀鳍与尾鳍相连。生活在河湖池沼等处，白昼潜伏水底泥中，夜晚出来活动，吃小鱼、贝类、蛙等。

南有嘉鱼

【题解】

这也是一首描写贵族宴会宾客的诗。它和《鱼丽》性质略同,《鱼丽》多写招待宾客的酒菜之美，这首诗则兼写宾主宴饮之情。

嘉鱼　好鱼。一说为鱼名。晋左思《蜀都赋》:“嘉鱼出于丙穴，良木攒于褒谷。”宋宋祁《益部方物略记·嘉鱼》:“丙穴在兴州，有大丙小丙山，鱼出石穴中，今雅州亦有之，蜀人甚珍其味，左思所谓嘉鱼出于丙穴中。”

南方有好鱼	南有嘉鱼	南：指南方江汉一带。　嘉鱼：好鱼。
群群游水中	烝然罩罩	烝：众多。　罩罩：鱼群游的样子。戴震《毛郑诗考正》:“罩罩，盖鱼游水之貌。”
主人有好酒	君子有酒	
宴会宾客乐融融	嘉宾式燕以乐	式：语气词。　燕：宴会饮酒。　以：同“而”。

南方有好鱼	南有嘉鱼	
群群游水里	烝然汕汕	汕汕：鱼游水的样子。
主人有好酒	君子有酒	
宴会宾客乐无比	嘉宾式燕以衎(kàn)	衎：《毛传》:“衎，乐也。”

南方曲树弯	南有樛(jiū)木	樛木：弯曲的树。
葫芦缠树上	甘瓠(hù)累之	瓠：葫芦。　累：缠绕。
主人有好酒	君子有酒	
宴会宾客真欢畅	嘉宾式燕绥之	绥：安乐。

鹁鸪轻飞翔	翩翩者鵻(zhuī)	鵻：鹁鸪。
成群落树上	烝然来思	思：语气词。
主人有好酒	君子有酒	
宴会宾客敬一觞	嘉宾式燕又思	又：与“侑”通用，指劝酒。马瑞辰《通释》:“又，即今之右字，古右与侑、宥并通用。”

南山有台

【题解】

这是祝祷周王得贤人的诗。诗人采用民歌习语作为每章的发端，增强了诗的音乐性。

台　　又名莎草。一名夫须，莎草科多年生草本，多生长在潮湿处或沼泽地。可以制作蓑衣、蓑笠。

南山莎草绿萋萋	南山有台	台：通“苔”，草名。又名莎草，可做蓑衣。
北山遍地长野藜	北山有莱	莱：亦作“藜”，草名。嫩叶可食。
得到君子多快乐	乐只君子	乐：指周王乐得君子。 只：语助词，含有“是”意。《郑笺》：“只之言‘是’也。” 君子：指贤者。
国家靠你做根基	邦家之基	
得到君子多快乐	乐只君子	
祝你万寿无穷期	万寿无期	

南山遍地有嫩桑	南山有桑	
北山到处长白杨	北山有杨	
得到君子多快乐	乐只君子	
国家有你增荣光	邦家之光	光：光荣。
得到君子多快乐	乐只君子	
祝你万寿永无疆	万寿无疆	

南山杞木株连株	南山有杞	杞：南方的枸骨树，和北方的枸杞不同。《释文》引《义疏》云：“杞，其树如樗，一名狗骨。”
北山岗上长李树	北山有李	
得到君子多快乐	乐只君子	

莱　即藜，一年生草本。嫩叶可食，老茎可为杖。

民众尊你是父母	民之父母	
得到君子多快乐	乐只君子	
你的美名永记住	德音不已	德音：好名誉。　不已：不止。

南山栲树绿油油	南山有栲	栲：一种常绿高大乔木，木质坚密，皮可提制栲胶或染鱼网。
北山檍树满山丘	北山有杻（niǔ）	杻：檍树。
得到君子多快乐	乐只君子	
怎不盼你享长寿	遐不眉寿	遐：通“何”。　眉寿：长寿。
得到君子多快乐	乐只君子	
你的美名传九州	德音是茂	茂：美盛。

南山枸树到处有	南山有枸（jǔ）	枸：即枳椇，实如鸡爪，味甜可食。
北山遍地是苦楸	北山有楰（yú）	楰：亦名苦楸。
得到君子多快乐	乐只君子	
怎不愿你永长寿	遐不黄耇（gǒu）	黄耇：老寿。黄，指老人头发白后发黄。耇，老。
得到君子多快乐	乐只君子	
保养子孙传千秋	保艾尔后	艾：养育。　尔：你。　后：指子孙后代。

杞　枸骨树，因木质白如狗骨，又名狗骨，常绿乔木，通常呈灌木状。树皮灰白色，平滑。单叶互生，硬革质，有五刺，如猫形，也称猫儿刺。花白色，核果椭圆形，鲜红色。

枸　即枳椇，落叶乔木。叶广卵形，边缘有锯齿。夏季开绿白色小花，果实形似鸡爪，味甘，可食。又称拐枣、金钩子、木珊瑚、鸡距子。

蓼 萧

【题解】

这是诸侯在宴会中祝颂周王的诗。

译文	原文	注释
艾蒿高又长	蓼(lù)彼萧斯	蓼：长大的样子。　萧：艾蒿，菊科植物，有香气。图见《王风·中谷有蓷》。　斯：语气词。
露水闪闪亮	零露湑(xǔ)兮	零：落。　湑：露水盛美的样子。
见到周天子	既见君子	君子：这里指周王。
我心真舒畅	我心写兮	写：输写，舒畅。
宴饮又谈笑	燕笑语兮	燕：宴饮。
大家喜洋洋	是以有誉处兮	誉处：安乐。朱熹《诗集传》引苏辙《诗经传》曰："誉、豫通。凡诗之誉，皆言乐也。"　处：安。
艾蒿高又长	蓼(lù)彼萧斯	
露水晶晶亮	零露瀼瀼(rángráng)	瀼瀼：露盛的样子。
见到周天子	既见君子	
得宠沾荣光	为龙为光	为：被。　龙：古"宠"字。《毛传》："龙，宠也。"
皇恩真浩荡	其德不爽	其德：指周王对诸侯的恩德。　爽：差。
万寿永无疆	寿考不忘	

译文	原文	注释
艾蒿长又高	蓼(lù)彼萧斯	
露珠纷纷掉	零露湑湑	湑湑：露湿的样子。
见到周天子	既见君子	
盛宴乐陶陶	孔燕岂弟	孔燕：盛宴。 岂弟：同“恺悌”，和易近人。
兄弟情融洽	宜兄宜弟	宜：感情融洽的意思。
德美又寿考	令德寿岂	令德：美德。 寿岂：长寿快乐。

译文	原文	注释
艾蒿密成丛	蓼(lù)彼萧斯	
叶上露珠浓	零露浓浓	
见到周天子	既见君子	
马辔镶黄铜	鞗(tiáo)革冲冲	鞗：亦作“鋚”，铜制马勒的装饰。 革：勒的借字，即马络头。 冲冲：形容马勒装饰的鋚下垂的样子。
鸾铃响丁东	和鸾雝雝	和鸾：都是车铃。挂在轼上的铃叫作和，挂在车衡上的铃叫作鸾。 雝雝：铃声谐和。
万福归圣躬	万福攸同	攸：所。 同：聚。

湛　露

【题解】

这是周王宴饮诸侯的诗。

译文	原文	注释
早晨露水重又浓	湛湛露斯	湛湛：露水浓重的样子。
不晒太阳它不干	匪阳不晞	晞：干。
夜间宴饮安又闲	厌厌夜饮	厌厌：《说文》作“懕懕”,《韩诗》作“愔愔”，安闲的样子。
酒不喝醉莫回还	不醉无归	
浓浓露水闪亮光	湛湛露斯	
沾在茂盛野草上	在彼丰草	
夜间宴饮多舒畅	厌厌夜饮	
宗庙燕享乐钟响	在宗载考	宗：宗庙。　载：同“再”。　考：击，敲。姚际恒《诗经通论》:“再考钟，所谓金奏《肆夏》也。入门、客出及燕之时皆用之。”
浓浓露水闪亮光	湛湛露斯	
沾在枸杞酸枣上	在彼杞棘	杞棘：枸杞和酸枣树。

尊贵忠诚众来宾	显允君子	显：显赫高贵。　允：诚信。　君子：指宾客。
品德美好有名望	莫不令德	令德：好品德。
桐树椅树到深秋	其桐其椅	桐：油桐树。　椅：山桐子树。
果实累累满枝头	其实离离	离离：繁茂众多的样子。
贵客和气又平易	岂弟君子	岂弟：和易近人。
彬彬有礼不酗酒	莫不令仪	令仪：美好的举止礼节。

彤　弓

【题解】

这是周王举行宴会赏赐有功诸侯时君臣合唱的诗。据《左传》记载，周王曾多次将弓矢等物赐有功诸侯，这可能是周代的一种制度。

译文	原文	注释
弦儿松松红漆弓	彤弓弨（chāo）兮	彤：红色。《荀子·大略》："天子雕弓，诸侯彤弓，大夫黑弓，礼也。" 弨：放松弓弦。
诸侯受赐藏家中	受言藏之	
我有如此好宾客	我有嘉宾	我：天子自称。　嘉宾：指诸侯。
诚心赠物表恩宠	中心贶（kuàng）之	贶：赠送。
钟鼓乐器齐备好	钟鼓既设	
从早摆宴到日中	一朝飨之	一朝：一个上午。　飨：当时盛大宴会的名称。

译文	原文	注释
弦儿松松红漆弓	彤弓弨（chāo）兮	
诸侯受赐带家中	受言载之	载：一般训为用车载。马瑞辰《毛诗传笺通释》说："载，亦藏也。"说亦可通。
我有如此好宾客	我有嘉宾	
心里欢喜现笑容	中心喜之	

钟鼓乐器齐备好	钟鼓既设	
从早饮酒到日中	一朝右之	右：通“侑”，劝酒。

弦儿松松红漆弓	彤弓弨(chāo)兮	
诸侯受赐插袋中	受言櫜(gāo)之	櫜：弓袋。
我有如此好宾客	我有嘉宾	
无限宠爱喜气浓	中心好之	
钟鼓乐器齐备好	钟鼓既设	
从早敬酒到日中	一朝醻(chóu)之	醻：亦作“酬”，宾主彼此敬酒的意思。

菁菁者莪

【题解】

这是写学士乐见君子的诗，说的是关于教育人才的事。所以后来人提到教育，常用它作典故。

莪　即莪蒿，多年生草本植物。叶子像针，花黄绿色，生在水边，嫩的茎叶可作蔬菜。也叫萝、萝蒿、廪蒿，《本草纲目》称之为抱娘蒿。

萝蒿一片密又多	菁菁者莪	菁菁：茂盛的样子。　莪：莪蒿。
长在向阳南山坡	在彼中阿	中阿：即阿中。　阿：大丘陵。
有幸见到好老师	既见君子	君子：这里可能指保氏，即掌管教育的官吏。
心里快乐有楷模	乐且有仪	仪：仪表。　有仪：有榜样。
萝蒿一片蓬勃长	菁菁者莪	
长在河心小洲上	在彼中沚	沚：水中小沙洲。
有幸见到好老师	既见君子	
心里欢喜又舒畅	我心则喜	
萝蒿一片真茂盛	菁菁者莪	
高高丘陵连根生	在彼中陵	陵：大土山。
有幸见到好老师	既见君子	
胜过赏我百千文	锡我百朋	锡：赐。　朋：古人用贝壳作货币，五贝为一串，两串为一朋。
水中飘着杨木船	汎汎杨舟	杨舟：杨木制的船。
半沉半浮没人管	载沉载浮	
有幸见到好老师	既见君子	
学有榜样心喜欢	我心则休	休：《广雅》称为“喜也”。

六　月

【题解】

这是叙述、赞美宣王时代尹吉甫北伐猃狁获得胜利的诗。《汉书·匈奴传》:“宣王兴师，命将以征伐之，诗人美大其功。”《汉书·韦玄成传》:“周室既衰，四夷并侵，猃狁最强。至宣王而伐之。诗人美而颂之曰:‘薄伐猃狁，至于太原。’”讲的就是这首诗。周自厉王时起，政治腐败，国势衰弱，四周异族多乘机入侵，其中以北方猃狁的威胁最大。宣王即位以后，发动了讨伐猃狁的战役，一面命令南仲驻兵朔方，加强防守力量；一面派尹吉甫军深入敌地，取得很大的胜利，保证了周邦的安定，号称“中兴”。这首诗从一个侧面反映了“宣王中兴”的事实。

鳖　　爬行动物类，即甲鱼，俗称团鱼。形态与龟略同，体扁圆，背部隆起。背甲有软皮，外沿有肉质软边。生活在淡水河川湖泊中。肉鲜美，营养丰富，血及甲可入药。

译文	原文	注释
六月出兵好紧张	xī xī 六月栖栖	六月：古代兵法惯例，夏天不出兵，但因猃狁入侵，边事紧急，所以在六月出兵抵抗。　栖栖：忙碌紧张的样子。
整理兵车备战忙	chì 戎车既饬	戎车：兵车。　饬：整治。
四匹公马肥又壮	kuí kuí 四牡骙骙	骙骙：马强壮的样子。
士兵军服装载上	载是常服	载：装载。　常服：兵士作战时穿的军服。据《周礼》，帽和上衣是用兽皮制的，下裳和鞋都是白色的。
可恨猃狁太猖狂	xiǎnyǔn 猃狁孔炽	猃狁：我国古代西北边区少数民族族名。　孔：很。　炽：盛。
我军急行守边防	我是用急	是用：是以，为此。　急：指急行。
周王命令我出征	王于出征	王：指周宣王，厉王之子，名静。　于：同“曰”，语助词。
保我邦国保我王	以匡王国	匡：救助的意思。周宣王继厉王衰微之后，内修国政，外命秦仲攻西戎，尹吉甫伐猃狁，方叔征荆蛮，召虎平淮夷。史称周室中兴。

译文	原文	注释
四匹黑马选得壮	比物四骊	比：比较选择。　物：指马。　骊：黑马。
驾马技术练习忙	闲之维则	闲：练，练习。　则：法则。
就在盛夏六月里	维此六月	维：发语词。
军服制成好穿上	既成我服	服：戎服，军衣。
新制军服穿上身	我服既成	
日行卅里赴边疆	于三十里	于：往。朱熹《诗集传》：“古者吉行日五十里，师行日三十里。”
周王命令我出征	王于出征	
帮助天子战强梁	以佐天子	

四匹公马高又壮	四牡修广	修广：又高又大。
大头大脑气昂昂	其大有颙（yóng）	有颙：即颙颙，大头大脑的样子。
同心勉力讨猃狁	薄伐猃狁（xiǎn yǔn）	
建立大功安周邦	以奏肤公	奏：成。 肤：大。 公：通"功"。
将帅威武又谨严	有严有翼	有严：即严严，威武严肃的样子。 有翼：即翼翼，恭敬谨慎的样子。
共管战事守国防	共武之服	共：共同。 武：武事，指战争。 服：事。
共同管好国防事	共武之服	
卫我国家安我王	以定王国	

猃狁不弱非窝囊	猃狁（xiǎnyǔn）匪茹	匪：非。 茹：柔弱。有人训茹为"度"，不自量力的意思，亦通。
驻兵焦穫战线长	整居焦穫	整：整队。 居：处，占据。 焦、穫：皆地名，在今陕西泾阳西北。
侵略宁夏和朔方	侵镐（hào）及方	镐：地名，在今宁夏灵武及其附近地方。不是周都镐京。 方：朔方。
深入甘肃到泾阳	至于泾阳	泾阳：地名，在今甘肃平凉西。
我军挂徽竖鹰旗	织文鸟章	织：徽记。当时士卒衣服背后缝有红布的徽记。 鸟章：指将帅的旗帜，旗上面画有鸟隼。文、章：均指花纹。
旗端飘带白又亮	白旆（pèi）央央（yīng yīng）	旆：旗端状如燕尾的飘带。 央央：鲜明的样子。
大型战车有十乘	元戎十乘	元戎：大的战车。
冲开敌垒勇难挡	以先启行	启：开，这里指冲开。 行：行列，指敌人军队的行列。

译文	原文	注释
战车安然奏凯还	戎车既安	安：指胜利平安归来。
俯仰自如无损伤	如轾如轩	轾：车向下俯。　轩：车向上仰。写兵车的高低俯仰自如，并未因战争而损坏。
四匹公马真雄壮	四牡既佶	佶：健壮的样子。
说它雄壮却驯良	既佶且闲	
同心勉力讨猃狁	薄伐猃狁（xiǎnyǔn）	
深入大原敌胆丧	至于大原	大原：在今甘肃固原。
能文能武尹吉甫	文武吉甫	文武：能文能武。　吉甫：尹吉甫，这次出征的大将。王先谦《诗三家义集疏》："《汉书·人表》，尹吉甫列上下第三等，次周宣王世。"
四方诸侯好榜样	万邦为宪	万邦：指众多的诸侯国。　宪：法，榜样。
宴请吉甫庆喜事	吉甫燕喜	燕：宴会。　喜：喜事。
接受赏赐多吉祥	既多受祉	祉：福。指受周王赏赐之福。
"我从固原班师归	"来归自镐	
路上行军日子长"	我行永久"	
邀请战友作陪客	饮御（yà）诸友	御：作陪。《郑笺》："御，侍也。"
蒸鳖脍鲤佳肴香	炰（páo）鳖脍鲤	炰：同"炮"，蒸煮。　脍：细切鱼或肉。
宴会座中还有谁	侯谁在矣	侯：维，发语词。
孝友张仲有名望	张仲孝友	张仲，吉甫的朋友，《汉书·古今人表》有张中，可能就是他。　孝友：朱熹《诗集传》："善父母曰孝，善兄弟曰友。"

采　芑

【题解】

这是描写方叔南征荆蛮（即楚）的诗。它和《六月》一样，是反映宣王时代周族与他族战争的诗篇之一。

芑　　一种像苦菜的野菜。陆玑《毛诗草木鸟兽虫鱼疏》："芑，菜，似苦菜也。茎青白色，摘其叶，白汁出，肥可生食，亦可蒸为茹。"

译文	原文	注释
急急忙忙采苦菜	薄言采芑(qǐ)	芑：一种像苦菜的野菜。
在那郊外新田间	于彼新田	于：在。　新田：新开垦的田。《尔雅·释地》:“田一岁曰菑，二岁曰新田，三岁曰畬。”
又到这块初垦田	于此菑(zī)亩	菑：见上注。
方叔亲临来检验	方叔涖止	方叔：周宣王的大臣，出征荆蛮的主帅。　涖：同“莅”，来临。
战车排开整三千	其车三千	
战士持盾勤操练	师干之试	师：众，指兵士。　干：盾，指武器。　之：是。　试：用、练习。
方叔领兵上前线	方叔率止	率：带领。　止：语气词。
乘上战车驰在先	乘其四骐	骐：有青黑花纹的马。
四匹青鬃肩并肩	四骐翼翼	翼翼：整齐的样子。
朱漆战车红艳艳	路车有奭(shì)	路车：大车，贵族坐的车。　奭：即赫。有赫，赫赫，鲜红的样子。
鱼皮箭袋细竹帘	簟茀鱼服	簟茀：竹席制的车帘。　鱼服：鱼兽皮制的箭袋。
马鞅马勒光耀眼	钩膺鞗(tiáo)革(lè)	钩膺：有青铜钩装饰的马鞅，套在马脖子上用以垫轭。　鞗革：皮制铜饰的马勒，今名马笼头。
急急忙忙采苦菜	薄言采芑(qǐ)	
在那郊外新田间	于彼新田	
又到这块初垦田	于此中乡	中乡：中田，即田中。
方叔亲临挂帅印	方叔涖止	

译文	原文	注释
战车威武有三千	其车三千	
军旗招展多光鲜	旂旐央央 (qí zhào)	旂：画有蛟龙的旗。 旐：画有龟蛇的旗。 央央：鲜明的样子。
方叔领兵去出征	方叔率止	
皮饰车毂雕花辕	约軝错衡 (qí)	约：束，缠。 軝：车毂。 错：花纹。 衡：车辕前端的横木。
车铃叮当走得欢	八鸾玱玱	鸾：车铃。 玱玱：铃声。
王赐官服身上穿	服其命服	服：穿。 命服：指周宣王赐给方叔穿的礼服。
鲜红蔽膝亮闪闪	朱芾斯皇 (fú)	芾：通“韨”，蔽膝。 皇：辉煌。 斯皇：皇皇。
玉佩铿锵响声传	有玱葱珩	有玱：玱玱。 葱：绿色。 珩：亦作“衡”，佩玉上的横梁。 葱珩：是爵位高的人用的饰物。

译文	原文	注释
鹞鹰疾飞快如箭	鴥彼飞隼 (yù)	鴥：鸟疾飞的样子。 隼：鹞鹰一类的鸟。
忽然高飞上九天	其飞戾天	戾：至。
忽然停息落地面	亦集爰止	爰：于。
方叔亲临来检验	方叔涖止	
战车排开整三千	其车三千	
战士持盾勤操练	师干之试	
方叔带兵去出征	方叔率止	
钲人击鼓声喧阗	钲人伐鼓	钲：铎一类的铃，有柄。在练习作战时，摇它表示停止。《毛传》：“钲以静之，鼓以动之。” 伐：击，敲。

列队誓师好庄严	陈师鞠旅	陈：列队。　师：二千五百人为一师。　鞠：告，即誓师的意思。　旅：五百人为一旅。这里师和旅都是泛指兵士。
方叔军纪明又信	显允方叔	显：明。　允：信。指号令明而赏罚信。
击鼓咚咚号令传	伐鼓渊渊	渊渊：鼓声。
士兵动作应鼓点	振旅阗阗（tián tián）	振旅：指战前训练士兵。　阗阗：鼓声。

荆州蛮子太愚蠢	蠢尔蛮荆	蛮荆：古书引《诗》多作“荆蛮”，这可能是《毛诗》写倒。　荆蛮：即荆州之蛮。周成王时，封熊绎于荆蛮为楚子。其地在今湖北宜昌一带地方。
敢同周朝做仇人	大邦为雠	大邦：指周朝。
方叔乃是元老臣	方叔元老	
雄才大略兵如神	克壮其犹	克：能。　犹：同“猷”，计谋。
方叔领兵去出征	方叔率止	
打得敌人束手擒	执讯获丑	执讯获丑：捕得俘虏。马瑞辰《通释》：“《左传》‘郑子家使执讯而与之书’杜注：‘执讯，通讯问之言。’则讯为军中通讯问之人，盖谍者之类。”
战车隆隆起烟尘	戎车啴啴（tān tān）	啴啴：车行声。
排山倒海军容振	啴啴焞焞（tūn tūn）	焞焞：盛大的样子。
势如雷霆动乾坤	如霆如雷	霆：暴雷。
方叔军纪明又信	显允方叔	
曾经北伐克猃狁	征伐猃狁	
荆蛮闻风已惊心	蛮荆来威	来：作用略同于“是”。　威：畏。

车 攻

【题解】

这是一首写周宣王会同诸侯举行田猎的诗。据前人分析，宣王会猎诸侯含有示威慑服的意义。

译文	原文	注释
猎车修理已完工	我车既攻	攻：通“工”，石鼓文作“我车既工”，治理、修缮的意思。
马儿整齐速度同	我马既同	同：齐。
四匹公马多强壮	四牡庞庞（lónglóng）	庞庞：厚实强壮的样子。
驾着猎车驶向东	驾言徂东	言：助词，含有“而”的作用。 徂：往。 东：东都，亦称王城。在今河南洛阳西郊。
猎车修得很完好	田车既好	田：通“畋”，打猎。 田车：猎车。
四匹公马大又高	四牡孔阜	阜：肥壮。
东都甫田有草原	东有甫草	甫草：广大丰茂的草地。甫，亦作圃，《郑笺》释为“甫田之草”，以甫田为地名，在今河南开封中牟县西北。
驾车打猎走一遭	驾言行狩	狩：通常指冬天打猎，这里特指为放火烧田打猎。《尔雅》:“火田为狩。”郭注 :“放火烧草猎亦为狩。”
国王夏猎有排场	之子于苗	之子：指宣王。 于：往。 苗：夏猎称苗。
清点随员闹洋洋	选（suàn）徒嚣嚣	选：通“算”，清点的意思。 嚣嚣：形容声音嘈杂。

树起旗子插上旄　建旐(zhào)设旄　旐：画着龟蛇的旗。　旄：顶端饰旄牛尾的旗。

前往敖山狩猎场　薄狩于敖　薄：语助词。　敖：山名，今河南省开封荥泽西北有敖山。按“薄狩”，有的版本作“搏兽”。

诸侯驾着四马来　驾彼四牡

四马从容又轻快　四牡奕奕　奕奕：马从容闲习的样子。

大红蔽膝金头鞋　赤芾(fú)金舄(xì)　赤芾：即朱芾，红色蔽膝。诸侯之服。　金：黄赤色。　金舄：即赤舄，黄红色的金头鞋，鞋底特厚，当时诸侯所穿。

共同会猎好气派　会同有绎　会同：是古代诸侯朝会天子的专称。这里指诸侯参加打猎的会合。　有绎：绎绎，形容参加的人多，络绎不绝。

扳指臂鞲都齐备　决拾既佽(cì)　决：射箭拉弦时所用的扳指，用象牙或兽骨制成，用时套在右手大拇指上。　拾：又名臂鞲，用皮制成，套在左臂上护臂。　佽：齐备。

强弓利矢两相配　弓矢既调　调：指弓和矢配得很合适。

猎罢射手都集中　射夫既同　射夫：弓箭手。　同：聚齐。

助拣猎物抬又背　助我举柴(zì)　柴：骴的假借字，指兽的积尸。

四匹黄马已驾上　四黄既驾　四黄：四匹黄色的马。

两旁骖马不偏向	两骖不猗	两骖：古用四匹马驾车，两边的两匹叫作骖马。 猗：应作倚，偏斜的意思。
往来驰驱有章法	不失其驰	驰：这里指驾车时一定的法则。
一箭射出就杀伤	舍矢如破	舍矢：放箭。 如：而。 破：指禽兽被射中。

耳听马鸣声萧萧	萧萧马鸣	萧萧：马鸣声。
眼望旌旗悠悠飘	悠悠旆旌	悠悠：旗帜飘动的样子。
驭手机警又严肃	徒御不惊	徒御：驭手。 不：岂不。 惊：应作警，指严肃警卫着。《孔疏》:“岂不警戒乎？言以相警戒也。”一说不惊为不吵闹，亦通。
野味满厨充佳肴	大庖不盈	大庖：指宣王的厨房。 盈：充满。《郑笺》：“不警，警也。不盈，盈也。反其言，美之也。”一说不盈，不满，表示分禽的大公无私。

国王猎罢归京城	之子于征	征：行，指狩猎归来。
人马整肃寂无声	有闻无声	有闻：指听见队伍归来。 声：指人夫喧哗吵闹的声音。
真是圣明好天子	允矣君子	允：真是。 君子：指宣王。
会猎胜利大有成	展也大成	展：诚，与“允”同义。 大成：很成功。

吉 日

【题解】

这是一首写周王田猎的诗。

兕　　古代兽名。皮厚，可以制甲。明李时珍《本草纲目》认为兕就是雌犀。

时逢戊辰日子好	吉日维戊	戊：古人以天干、地支相配计日，这里指戊辰日。古人认为戊日是祭马祖的好日子，所以在这日祷告。
祭了马祖又祈祷	既伯既祷	伯：祃的假借字，祭祀马神。《尔雅·释天》："既伯既祷，马祭也。"郭注："伯，祭马祖也。" 祷：祈祷。
猎车坚固更灵巧	田车既好	
四匹公马满身膘	四牡孔阜	
驾车登上大土坡	升彼大阜	
追逐群兽飞快跑	从其群丑	从：追逐。　群丑：指兽群。

庚午吉日时辰巧	吉日庚午	庚午：在戊辰日祈祷后的第三天。古人迷信，认为"午"也是个好日子。
猎马已经选择好	既差我马	差：选择。
查看群兽聚集地	兽之所同	
鹿儿来往真不少	麀(yōu)鹿麌(yǔ)麌(yǔ)	麀：雌鹿。　麌麌：鹿众多的样子。
驱逐漆沮岸旁兽	漆沮之从	漆沮：都是水名，在陕西境内。
赶向周王打猎道	天子之所	

放眼远望原野头	瞻彼中原	中原：原中，原野里。
地方广大物富有	其祁孔有	祁：大，指原野的广大。　孔有：很富有。
或跑或走野兽多	儦儦（biāobiāo）俟俟	儦儦：《韩诗》作“駓駓”，《说文》作“伾伾”，兽跑的样子。　俟俟：《韩诗》作“騃騃”，兽走的样子。
三五成群结队游	或群或友	群、友：《毛传》：“兽三曰群，二曰友。”
把它统统赶出来	悉率左右	率：驱逐。胡承珙《毛诗后笺》：“率有驱义，六朝人每以驱率连文，《梁武帝纪》：‘驱率貔貅，抑扬霆电。’”
等待周王显身手	以燕天子	燕：本义是安乐，这里作动词“等待”用。

按好我的弓上弦	既张我弓	
拔出箭儿拿在手	既挟我矢	挟：持，拿。
一箭射中小野猪	发彼小豝	发：射箭。　小豝：小猪。
再发射死大野牛	殪（yì）此大兕（sì）	殪：死。　大兕：大野牛。
烹调野味宴宾客	以御宾客	御：进飨，招待。
做成佳肴好下酒	且以酌醴	酌：饮酒。　醴：甜酒。

鸿 雁

【题解】

这是写周王派遣使臣救济难民的诗。周厉王的时候，万民离散，不安其居。宣王中兴，派使臣四出招抚难民，叫他们回到故土，鳏寡都各得其所。诗中以鸿雁于飞比使臣奔走于野。后世以“哀鸿”一词作为流民的代称，就是从这首诗的诗题引申出来的。

雁　　候鸟。形状略似鹅，颈和翼较长，足和尾较短，羽毛淡紫褐色。善于游泳和飞行。

译文	原文	注释
大雁远飞翔	鸿雁于飞	鸿：大雁。　于：语助词。
翅膀沙沙响	肃肃其羽	肃肃：鸟拍翅膀的声音。
使臣走远路	之子于征	之子：指周王派出救济难民的使臣。　于：往。　征：远行。
辛劳奔波忙	劬劳于野	劬劳：辛苦劳累。
救济贫苦人	爰及矜人	爰：乃。　矜人：穷苦的人。
鳏寡可怜相	哀此鳏寡	哀：怜悯。　鳏：老而无妻。　寡：寡妇。这里用以代指一般无家可归的难民。
大雁远飞翔	鸿雁于飞	
落在湖中央	集于中泽	集：停息。　中泽：泽中。
使臣巡工地	之子于垣	垣：墙。
筑起百堵墙	百堵皆作	百：泛指，言其多。　堵：指墙。　作：建筑起来。
虽然很辛苦	虽则劬劳	
穷人有住房	其究安宅	究：穷，指穷困的人。　安宅：安居。
大雁远飞翔	鸿雁于飞	
哀鸣声凄凉	哀鸣嗷嗷	嗷嗷：鸟哀鸣的声音。
只有明白人	维此哲人	哲人：智者，明白人。
说我辛苦忙	谓我劬劳	
那些愚昧者	维彼愚人	
说我讲排场	谓我宣骄	宣骄：骄奢，摆阔。

庭燎

【题解】

这是写周王早起将要视朝的诗。从诗的内容看，好像是出于周王自述。

现在夜里啥时光	夜如何其(jī)	夜：指夜色。 如何：什么时候的意思。 其：表疑问的语气词。
长夜漫漫天未亮	夜未央	央：尽。
是那火炬烧得旺	庭燎之光	庭燎：宫廷中用麻秸等易燃物扎成的火炬，用以照明。
诸侯朝见快来到	君子至止	君子：指朝见周王的诸侯。 止：语气词。
远处车铃叮当响	鸾声将将(qiāngqiāng)	鸾：亦作“銮”，车铃。 将将：即锵锵。

现在夜里啥时光	夜如何其	
夜色濛濛天未亮	夜未艾	艾：止，尽，和“央”同义。
是那火炬明晃晃	庭燎晣晣(zhì zhì)	晣晣：亦作“晢晢”，明亮的样子。
诸侯朝见快来到	君子至止	
铃声渐近响叮当	鸾声哕哕(huì huì)	哕哕：有节奏的铃声。

现在夜里啥时光	夜如何其	
长夜将尽天快亮	夜乡晨	乡：今作“向”。向晨，近晓。
火炬渐熄烟气香	庭燎有辉（xūn）	辉：形容烟火缭绕的样子。
诸侯朝见已来到	君子至止	
只见旌旗随风扬	言观其旂	言：语首助词。

沔　水

【题解】

这是一首忧乱畏谗而戒友的诗。旧说是规劝宣王的，已被后人指出并无根据。

译文	原文	注释
流水盈盈向东方	miǎn 沔彼流水	沔：水流满的样子。
百川归海成汪洋	朝宗于海	朝宗：诸侯朝见天子。《周礼·春官·大宗伯》：“春见曰朝，夏见曰宗。”借指百川入海，犹诸侯朝见天子。
天空隼鸟任疾飞	yù 鴥彼飞隼	鴥：鸟疾飞的样子。　隼：鹰属。
飞飞停停不慌忙	载飞载止	载：又。
可叹同姓诸兄弟	嗟我兄弟	兄弟：指同姓族人。
可叹朋友和同乡	邦人诸友	邦人：国人，指异姓朋友。
无人考虑国事乱	莫肯念乱	念：考虑。　乱：动乱，战乱。
你们难道没爹娘	谁无父母	

译文	原文	注释
流水盈盈向东方	miǎn 沔彼流水	
浩浩荡荡入海洋	shāng shāng 其流汤汤	汤汤：同“荡荡”，水大流急的样子。
天空隼鸟任疾飞	yù 鴥彼飞隼	

扇动翅膀高翱翔	载飞载扬	扬：高飞的样子。
上边做事没准则	念彼不迹	不迹：不循轨道，不遵循法则办事。
坐立不安我彷徨	载起载行	
心忧国事这模样	心之忧矣	
终日焦虑不能忘	不可弭忘	弭忘：消除，忘记。

天空隼鸟任疾飞	鴥(yù)彼飞隼	
沿着山陵高翱翔	率彼中陵	率：循，沿。 中陵：即陵中。按这章可能脱简，少了两句。朱熹《诗集传》:“疑当作三章，章八句。卒章脱前两句耳。”
民间谣言纷纷起	民之讹言	讹言：即谣言、谗言之意。
不去制止真荒唐	宁莫之惩	宁：胡，为什么。 惩：止。
告我友朋须警惕	我友敬矣	敬：同“儆”、“警”，警惕的意思。
谗言蜂起要提防	谗言其兴	其兴：将要兴起。

鹤 鸣

【题解】

这是一首通篇用借喻的手法，抒发招致人才为国所用的主张的诗，亦可称为“招隐诗”。

鹤　　鸟纲鹤科各种类的统称。明李时珍《本草纲目》:“鹤大于鹄。长三尺，高三尺余，喙长四寸，丹顶赤目，赤颊青脚，修颈凋尾，粗膝纤指，白羽黑翎。亦有灰色，苍色者。尝以夜半鸣，声唳云霄。”

沼泽曲折白鹤叫	鹤鸣于九皋	鹤：诗中以鹤比隐居的贤人。　皋：沼泽。九是虚数，言沼泽极其曲折。按古书引此句，都作“鹤鸣九皋”，没有“于”字。
鸣声嘹亮传四郊	声闻于野	
鱼儿潜在深水里	鱼潜在渊	诗人以鱼在渊在渚，比贤人隐居或出仕。
有时游出近小岛	或在于渚	渚：河中小洲，这里与“渊”相对而言，指小洲旁的浅水。
美丽花园逗人爱	乐彼之园	园：花园。隐喻国家。
园里檀树大又高	爰有树檀	爰：语助词。　树檀：檀树，比贤人。
树下落叶已枯焦	其下维萚（tuò）	萚：枯落的枝叶，比小人。
它乡山上有宝石	它山之石	它山之石：指别国的贤人。
同样可做雕玉刀	可以为错	错：厝的假借字，《说文》及《淮南子》引诗均作“厝”。雕刻玉的工具，用宝石制成。

沼泽曲折白鹤叫	鹤鸣于九皋
鸣声嘹亮传九霄	声闻于天
鱼儿游在沙洲边	鱼在于渚
潜入深渊也逍遥	或潜在渊

美丽花园逗人爱	乐彼之园	
园里檀树大又高	爰有树檀	
下有楮树矮又小	其下维榖	榖：楮树，树皮可制纸。《毛传》：“榖，恶木也。”喻小人。
它乡山上有宝石	它山之石	
同样可把玉器雕	可以攻玉	攻：加工，雕刻。

祈　父

【题解】

这是一位王都卫士斥责司马的诗。原来卫士是保卫都城王宫，现在让他出征抵抗戎人，所以怨愤而作此诗。

译文	原文	注释
大司马呀大司马	祈父	祈：亦作“畿”，即邦畿。祈父，指掌管都城禁卫的长官，亦称司马，相当于后世的卫戍司令。
你是国王的爪牙	予王之爪牙	予：为，是。　爪牙：武将。这里指祈父。
为啥调我到战场	胡转予于恤	胡：为什么。　转：移，调动。　予：我。恤：忧，指可忧的战地。
害得我背井离家	靡所止居	靡：无。　所：住所。　止居：居住。
大司马呀大司马	祈父	
你是卫士的领班	予王之爪士	爪士：虎士（王都卫士）的意思，司马是虎士的头领，所以用爪士借称祈父。《周官》：“虎贲氏属有虎士八百人。”
为啥调我到战场	胡转予于恤	
害得我有家难还	靡可厎(zhǐ)止	厎止：和上“止居”同义。
大司马呀大司马	祈父	
你真不了解情况	亶(dǎn)不聪	亶：诚，确实是。　不聪：不闻，不了解下情。
为啥调我到战场	胡转予于恤	
去时娘在，回来哭灵堂	有母，之尸饔(yōng)	之：则，表示语气转折。　尸：陈列。　饔：亦作“雍”，熟食，包括饭和菜而言。尸饔，指陈列饭菜祭祀。

白　驹

【题解】

这是一首别友思贤的诗。可能是厉王、幽王时代的作品。旧有“刺宣王”之说，恐不可从。

译文	原文	注释
浑身皎洁小白马	皎皎白驹	皎皎：洁白。
请来吃我园中苗	食我场苗	场：圃，菜园。　苗：据下文藿，此处当指豆苗。
绊住它脚拴住它	絷之维之	絷：用绳绊住马脚。　维：拴住马缰绳。
让那光阴慢些跑	以永今朝	永：延长。永今朝，延长到今天。留客多住一天之意。
想起我那好朋友	所谓伊人	伊人：这人，指他的朋友。
你在何处独逍遥	於焉逍遥	於：古乌字，何处。於焉，在何处。
浑身皎洁小白马	皎皎白驹	
来我园中吃豆叶	食我场藿	藿：豆叶。
绊住它脚拴住它	絷之维之	
留下你再过一夜	以永今夕	
想起我那好朋友	所谓伊人	
谁家做客主宾谐	於焉嘉客	

浑身皎洁小白马	皎皎白驹	
快把车儿往回拉	贲(bēn)然来思	贲：通“奔”。贲然，马快跑的样子。 思：语助词。
你是公爷还是侯	尔公尔侯	尔：你。 公、侯：爵位名。
日夜优游不回家	逸豫无期	逸豫：安逸享乐。
安闲游乐莫过分	慎尔优游	慎：谨慎。 优游：悠闲自得。
切勿避世图闲暇	勉尔遁思	勉：劝。 遁：遁世，逃避现实的生活。

浑身皎洁小白马	皎皎白驹	
在那山谷自在跑	在彼空谷	
青草一捆作饲料	生刍一束	生刍：青草，喂马吃的草料。
等待如玉友人到	其人如玉	如玉：形容友人的品德像玉一样纯洁。
别后音书莫吝惜	毋金玉尔音	金玉：作动词用，贵重吝惜的意思。 音：音讯。
心存疏远非知交	而有遐心	遐：远。遐心，疏远我的心。

黄　鸟

【题解】

这是一个流亡到周都镐京的人思归的诗。

穀　楮树。落叶乔木。新生枝密披灰色粗毛，具乳汁。叶阔卵形至长圆状卵形，先端渐尖，全缘或缺裂。初夏开淡绿色小花，雌雄异株。果实圆球形，成熟时鲜红色。皮可制桑皮纸。

译文	原文	注释
黄鸟黄鸟听我讲	黄鸟黄鸟	黄鸟：黄雀。
不要停在楮树上	无集于穀	穀：楮树。
不要吃我小米粮	无啄我粟	粟：小米。
这个国家的人们	此邦之人	
对我实在不善良	不我肯穀	穀：善良。
回去回去快回去	言旋言归	第一个言字训“我”，第二个言字训“曰”，语助词，无义（从陈奂《诗毛氏传疏》说）。
回到本国我家乡	复我邦族	复：返。

译文	原文	注释
黄鸟黄鸟听我讲	黄鸟黄鸟	
不要停在桑树上	无集于桑	
不要吃我红高粱	无啄我粱	
这个国家的人们	此邦之人	
不守信用真荒唐	莫可与明	明：音义同“盟”，信任。
回去回去快回去	言旋言归	
回到故土见兄长	复我诸兄	诸兄：同族兄弟。

栩　　柞树。常绿灌木或小乔木。生棘刺。叶卵形或长椭圆状卵形，边缘有锯齿。初秋开花，花小，黄白色。木质坚硬，供制家具等用，树皮及叶可入药。

译文	原文	注释
黄鸟黄鸟听我讲	黄鸟黄鸟	
不要停在柞树上	无集于栩（xǔ）	栩：柞树。
不要吃我玉米粮	无啄我黍	
这个国家的人们	此邦之人	
没法共处相来往	不可与处	处：相处。
回去回去快回去	言旋言归	
去和伯叔细商量	复我诸父	诸父：同族叔伯。

我行其野

【题解】

这是一首弃妇诗。

樗　　即臭椿，落叶乔木。抗旱性较强，耐烟尘，生长快。其材粗硬，不耐水湿。可供建筑、造纸用，根皮可入药。

译文	原文	注释
我在郊外独行路	我行其野	
臭椿枝叶长满树	蔽芾(fèi chū)其樗	蔽芾：草木茂盛的样子。 樗：臭椿。
因为结婚成姻缘	昏姻之故	昏姻：即婚姻。
才来和你一块住	言就尔居	言：乃。 就：相从。
你却无情不爱我	尔不我畜	畜：喜爱。《孟子》:“畜君者，好君也。”《毛传》训畜为“养”，亦通。这句是倒文，即尔不畜我。
只好回去当弃妇	复我邦家	

译文	原文	注释
我在郊外独行路	我行其野	
采棵臭蓫情难诉	言采其蓫(zhú)	蓫：草名。亦作蓤，又名羊蹄菜。
因为结婚成姻缘	昏姻之故	
夜夜才和你同宿	言就尔宿	
你却无情不爱我	尔不我畜	
只好回到娘家住	言归斯复	归：指大归；即妇女被休归母家。 斯：语助词。

译文	原文	注释
我在郊外独行路	我行其野	
摘株葍草心凄楚	言采其葍(fú)	葍：一种多年生蔓草，地下茎可蒸食。
不念旧妻太狠心	不思旧姻	
追求新配真可恶	求尔新特	特：匹，配偶。
并非她家比我富	成不以富	成：诚的假借字。《论语》引作“诚不以富”。 诚：确实。
是你异心相辜负	亦祇以异	祇：只，仅仅。 异：异心。

蓫　　又叫羊蹄菜。似萝卜，茎赤，多吃令人下痢。

葍　　又名“小旋花”、“面根藤儿”，多年生的蔓草。生于田野间，地下茎可蒸食，有甘味。

斯　干

【题解】

这是歌颂周王宫室落成的诗。诗的最后两章，反映了西周封建社会男尊女卑的意识形态。

翚　　羽毛彩色的山雉。见前“雉”图。

流水清清水溪涧	秩秩斯干	秩秩：形容水清而流动的样子。　斯：此，这。　干：通“涧”。
林木幽幽终南山	幽幽南山	幽幽：深远的样子。　南山：终南山，主峰在陕西省西安南。
绿竹苍翠好形胜	如竹苞矣	如：有的意思。　苞：草木丛生。
青松茂密满山峦	如松茂矣	
兄弟同住多和睦	兄及弟矣	
相亲相爱心相关	式相好矣	式：发语词。
胸襟坦白不欺瞒	无相犹矣	犹：通“猷”，欺诈。马瑞辰《通释》：“犹、猷古通用。《方言》：‘猷，诈也。’《广雅》：‘犹，欺也。’”

继承祖先的遗愿	似续妣（bǐ）祖	似：通“嗣”。似续，继承。　妣：古时称已死的母亲为妣。
盖起宫室千百间	筑室百堵	堵：一面墙为一堵。百堵言房屋之多。
厢列东西门朝南	西南其户	西：指宫室的左右房，其边门朝西。诗人不说东，是为句式所限制，说西也就包括了东。　南：指宫室的中堂，其正门朝南。　户：门。
兄弟一家同居住	爰居爰处	爰：于是。
亲人团聚笑语欢	爰笑爰语	

捆紧木框筑泥墙	约之阁阁	约：捆束。　阁阁：象声词。此句指紧紧捆扎筑墙用的木框架，捆时咯咯作声。
用力夯土通通响	椓（zhuó）之橐（tuó）橐（tuó）	椓：敲打，槌筑。　橐橐：夯土声。

莞　俗名水葱、席子草，多年生草本。常生长在沼泽地、沟渠、池畔、湖畔浅水中。其茎秆可用作造纸或编织草席、草包材料，也可作插花线条材料。

从此不怕风和雨	风雨攸除	攸：语助词。　除：去。
麻雀老鼠都赶光	鸟鼠攸去	
君子住得多舒畅	君子攸芋	芋：宇的借字，居住的意思。

端正有如人企立	如跂斯翼	跂：通“企”，踮起脚跟。　斯：语助词。翼：端正的样子。
齐整有如利箭急	如矢斯棘	棘：通“急”。发箭急矢出如直线。此用以比喻房屋的正直整齐。
宽广好似鸟展翼	如鸟斯革	革：翅膀。陈奂:“革，古文鞆。……《释文》引《韩诗》正作鞆，云‘翅也’。《说文》:‘鞆，翅也。’”
华丽赛过锦毛鸡	如翚（huī）斯飞	翚：雉，野鸡。
君子登堂心欢喜	君子攸跻	跻：升，登上。

庭院宽阔平而正	殖殖其庭	殖殖：平正的样子。
屋柱笔直高又挺	有觉其楹	有觉：觉觉，高大而直的样子。　楹：柱子。
白天光线多明亮	哙哙（kuàikuài）其正	哙哙：房间宽敞明亮的样子。　正：指白天。
夜晚昏暗真幽静	哕哕（huì huì）其冥	哕哕：深暗的样子。　冥：指夜晚。
君子住着心安定	君子攸宁	

虺　　爬行动物类，古称蝮蛇一类的毒蛇。通常指土虺蛇，色如泥土，所以也常借用“虺”来表示土灰色。

今译	原文	注释
上铺竹席下铺草	下莞(guān)上簟	莞：草编的席。 簟：竹苇制的席。古人席地而坐，宫室落成之后，即下铺莞，上铺簟。
高枕无忧没烦恼	乃安斯寝	
睡得早来起得早	乃寝乃兴	兴：起来。
昨夜梦境好不好	乃占我梦	占：占卜。
好梦梦见啥东西	吉梦维何	维：是。下二句同。维何，是什么。
是熊是罴显吉兆	维熊维罴(pí)	罴：熊类，比熊大。
有虺有蛇好运道	维虺(huǐ)维蛇	虺：毒蛇。

今译	原文	注释
太卜占梦细细讲	大人占之	大人：疑是对占卜官吏的敬称。古人迷信，设有“太卜”之官，掌管占卜的事。
“梦见熊罴有名堂	“维熊维罴	
象征生男有力量	男子之祥	古人迷信，认为熊罴凶猛有力，是阳物，是生男子的吉兆。
梦见长蛇梦见虺	维虺(huǐ)维蛇	
那是象征生姑娘”	女子之祥”	古人认为虺蛇穴处，柔弱隐伏，是阴物，是生女子的吉兆。

今译	原文	注释
如若生个男孩子	乃生男子	
给他睡张小眠床	载寝之床	载：则，就。 床：《郑笺》:“男子生而卧于床，尊之也。”古人坐卧都在地上，因重视男孩，故特为设床。

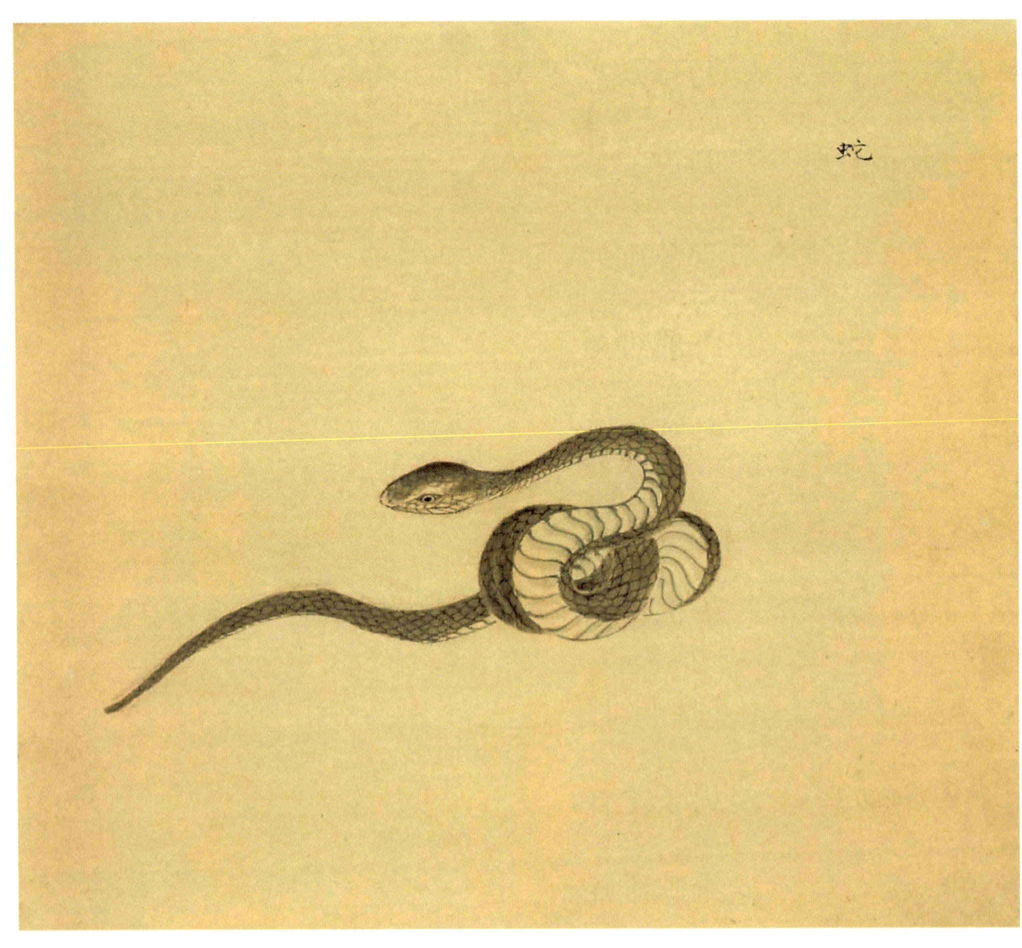

蛇　爬行动物类。体圆而细长，有鳞，无四肢。种类很多，有的有毒，有的无毒。捕食蛙、鼠等小动物，大蛇也能吞食大的兽类。

给他穿衣又穿裳	载衣之裳	衣：穿。
给他玩玩白玉璋	载弄之璋	弄：玩。　璋：玉制的长条板状礼器。
娃儿哭声真洪亮	其泣喤喤	喤喤：小儿洪亮的哭声。
将来盛服定辉煌	朱芾斯皇	朱芾：红色的蔽膝，天子诸侯的服饰，代指礼服。　斯皇：即皇皇，辉煌。
不是国君便是王	室家君王	室家：指一家里面的人。　君王：指周王生的儿子，将来不是当诸侯的君，就是当天下的王。
如若生个小姑娘	乃生女子	
给她铺席睡地板	载寝之地	地：《郑笺》:“卧于地，卑之也。”
一条小被包身上	载衣之裼（tì）	裼：即褓，包小儿的被。
纺线瓦锤给她玩	载弄之瓦	瓦：古代纺线用的陶质纺锤。
慎勿多言要柔顺	无非无仪	非：违背，无非，即不要违背长辈和丈夫的意见。　仪：与“议”通。无仪，即不要议论是非。全句意为妇女应少言顺从。
料理家务烧烧饭	唯酒食是议	酒食：指饮食等家务事。　议：考虑。
别给父母添麻烦	无父母诒罹（lí）	诒：通“贻”，留给的意思。　罹：忧。

无 羊

【题解】

这是一首写奴隶主贵族畜牧生产情况的诗。

羊　　哺乳动物类。反刍类。有绵羊、山羊、羚羊、黄羊等种。

译文	原文	注释
谁说你家没有羊	谁谓尔无羊	
三百成群遍山丘	三百维群	三百：是虚数，言其多。　维：为。
谁说你家没有牛	谁谓尔无牛	
黄牛就有九十头	九十其犉（rún）	犉：黄色黑唇的大牛。《说文》:“犉，黄牛黑唇也。”
羊群牧罢归来时	尔羊来思	思：语尾助词，下同。
一片犄角满山沟	其角濈濈（jí jí）	濈濈：亦作“戢戢”，众多聚集的样子。
牛群牧罢归来时	尔牛来思	
摇摇耳朵慢悠悠	其耳湿湿	湿湿：牛反刍时耳动的样子。
有的牛羊下山坡	或降于阿	阿：小山坡。
有的饮水在湖泊	或饮于池	
有的蹦跳有的卧	或寝或讹	讹：通“吪”，动。
牧童归来时已暮	尔牧来思	牧：指牧童。
戴着笠帽披着蓑	何蓑何笠	何：通“荷”，披戴。　蓑：蓑衣。
也有背着干馍馍	或负其糇	糇：干粮。
牲口毛色几十样	三十维物	物：指牛羊的毛色。
品种齐备祭牲多	尔牲则具	牲：供祭祀及食用的家畜。　具：具备。

牛　　反刍偶蹄类哺乳动物，头部有角一对，体大力强，善于负重。

译文	原文	注释
牧童归来已不早	尔牧来思	
拣回一捆柴和草	以薪以蒸	薪：粗柴枝。　蒸：细柴枝。
公畜母畜交配好	以雌以雄	
羊群牧罢归来时	尔羊来思	
跟着头羊小心跑	矜矜兢兢	矜矜：坚强。　兢兢：小心翼翼。
不掉队儿不乱套	不骞不崩	骞：亏损，指畜群稍有走失。　崩：溃散，完全失群。
牧童胳膊挥一挥	gōng 麾之以肱	麾：同“挥”。　肱：手臂。
全部进圈跑不掉	毕来既升	既：尽，完全。　升：指进入羊圈。

译文	原文	注释
牧官夜里做个梦	牧人乃梦	牧人：据《周礼》，是当时掌管畜牧的官吏，和上章的牧（牧童）不同。
梦见蝗虫变成鱼	众维鱼矣	众：借为螽，蝗虫。　维：乃，含有变的意思。
龟蛇旗变鹰隼旗	zhào　yú 旐维旟矣	旐：画龟蛇的旗。　旟：画鹰隼的旗。
太卜占梦说仔细	大人占之	大人：占卜的官。　占之：占卜这梦的吉凶。
“梦见蝗虫变成鱼	“众维鱼矣	
预兆丰年真可喜	实维丰年	
龟蛇旗变鹰隼旗	zhào　yú 旐维旟矣	
人丁兴旺更吉利”	室家溱溱”	溱溱：亦作“蓁蓁”，茂盛貌。借以形容家庭人口兴旺。

节南山

【题解】

这是讽刺太师尹氏的诗。作者家父，《鲁诗》和《齐诗》都作“嘉父”。旧说此诗作于西周幽王时代，比较可信。

译文	原文	注释
终南山，山峻峭	节彼南山	节：山高峻的样子。　南山：终南山。
崖石层层高又高	维石岩岩	岩岩：山石堆积的样子。
赫赫有名尹太师	赫赫师尹	赫赫：显贵盛大的样子。　师：太师，三公的兼职，位最高。　尹：尹氏，周王朝的贵族，祖先尹佚在武王、宣王时有功，子孙沿其姓作官。
人人对他侧目瞧	民具尔瞻	具：通“俱”。　瞻：瞧着。
满心忧忿像火烧	忧心如惔(tán)	惔：炎的借字，火烧。
不敢谈论发牢骚	不敢戏谈	
国运已经快断绝	国既卒斩	卒：尽，完全。　斩：断绝。
为何还不觉察到	何用不监	何用：何以。　监：察。
终南山，高又长	节彼南山	
一片山坡多宽广	有实其猗	有实：即实实，广大的样子。　猗：通“阿”，山坡。

赫赫有名尹太师	赫赫师尹	
为何办事太荒唐	不平谓何	谓何：为何。
上天正在降灾荒	天方荐瘥（cuó）	荐：进，加的意思。　瘥：疾病瘟疫。
国家动乱人死亡	丧乱弘多	弘多：很多。
民怨沸腾没好话	民言无嘉	嘉：善。
还不认真想一想	憯（cǎn）莫惩嗟	憯：犹曾、乃。　惩：儆戒。　嗟：语尾助词。
尹太师啊尹太师	尹氏大师	大：通“太”。
你是国家的基石	维周之氐	氐：根本。
朝廷大权手中握	秉国之均	秉：掌握。　均：通“钧”，制陶器模子下面的圆盘。尹氏执政，如陶工之掌圆盘以制器，故云秉国之钧。
天下靠你来维持	四方是维	维：维持。
君王靠你当助手	天子是毗	毗：辅助。
百姓靠你把路指	俾民不迷	
可恨老天没长眼	不吊昊天	不吊：不淑，不好。　昊天：上天。
让他刮尽民膏脂	不宜空我师	空：穷困。　师：指众民。

国事从不亲主宰	弗躬弗亲	躬、亲：指亲身管理国家大事。
百姓对你不信赖	庶民弗信	
人才不问又不用	弗问弗仕	
欺骗好人太不该	勿罔君子	罔：欺骗。
赶快铲除害人虫	式夷式已	式：语首助词。　夷：平，平除。　已：止，废止。
不要因此惹祸灾	无小人殆	殆：危险。
亲戚既然无才能	琐琐姻亚	琐琐：卑微渺小的样子。　姻亚：这儿指亲戚。
乌纱帽儿摘下来	则无朊仕	无：同"毋"。　朊：厚。朊仕，高官厚禄。

老天爷啊心太坏	昊天不傭	傭：均，公平的意思。
降下浩劫把人害	降此鞠讻	鞠：极。　讻：同"凶"。
老天爷呀太不仁	昊天不惠	惠：仁惠。
降下灾难活不成	降此大戾	大戾：大恶。
好人如果能执政	君子如届	届：至。
民愤可以平一平	俾民心阕（què）	阕：止息。
好人如果排除掉	君子如夷	
人民反抗怒火烧	恶怒是违	违：反抗。

可恨老天没眼睛	不吊昊天	
乱子从来不曾停	乱靡有定	
生灵涂炭命难存	式月斯生	月：抈之省借，折断，扼杀。 生：生灵，指人民。
百姓生活不安宁	俾民不宁	
忧愁搅得心如醉	忧心如酲（chéng）	酲：喝醉酒。
究竟让谁掌权柄	谁秉国成	国成：国家政治的成规。据《周礼·天官·小宰》，列举官府八事，作为治国的根据，叫作八成。
君王不管天下事	不自为政	
结果苦了老百姓	卒劳百姓	卒：终于，结果。有人训卒为“瘁”，亦通。

驾起四匹大公马	驾彼四牡	
马儿肥壮粗脖颈	四牡项领	项：肥大。 领：脖颈。
东南西北望一望	我瞻四方	
天地太窄难驰骋	蹙蹙靡所骋	蹙蹙：局促的样子。 骋：驰骋。

看你作恶真不少	方茂尔恶	茂：盛。 尔：指尹氏。
就像一柄杀人矛	相尔矛矣	相：视。

铲除恶人开心日	既夷既怿	夷：指平除小人。 怿：喜悦。
举酒相庆乐陶陶	如相酬矣	酬：敬酒。

老天多么不公平	昊天不平	
害得我王不安宁	我王不宁	
君王不惩尹氏恶	不惩其心	
反而怨恨谏劝臣	复怨其正	复：反。 正：劝谏的正言。

家父作诗自长吟	家父作诵	家父：周大夫，幽王时人。 诵：诗歌。
追究王朝祸乱根	以究王讻	究：穷究，追究。 王讻：指周王朝凶乱的根源。
但愿君王心意转	式讹尔心	式：助词。 讹：感化，改变。 尔：指周王。
治理天下享太平	以畜万邦	畜：养。 万邦：各诸侯国。

正　月

【题解】

这是一位失意官吏忧国哀民、愤世疾邪的诗，大约产生于西周末年幽王时期。作者用愤慨的笔触写出了当时政治的黑暗、贫富的对立和统治阶级内部的矛盾。

蜴　　即蜥蜴。爬行动物。又名石龙子，通称四脚蛇。古人以喻人格卑鄙的小人。

译文	原文	注释
六月下霜不正常	正月繁霜	正月：指周历六月，夏历四月；古人称这月为“正阳纯乾之月”，简称正月（据陈奂考证）。繁：多。
这使我心很忧伤	我心忧伤	
民间已经有谣言	民之讹言	讹言：谣言。
沸沸扬扬传得广	亦孔之将	亦和之都是助词。　孔：很。　将：大。
想我一身多孤单	念我独兮	独：孤独；指独以国事为忧。
愁思萦绕常怅怅	忧心京京	京京：忧愁无法解除的样子。
胆小怕事真可哀	哀我小心	小心：指胆小怕事。
又怕又闷病一场	癙（shǔ）忧以痒	癙：忧闷。　以：而。　痒：病。
爹娘既然生了我	父母生我	
为啥使我受创伤	胡俾我瘉（yù）	胡：何。　俾：使。　瘉：病，痛苦。
我生不早又不晚	不自我先	
乱世灾祸偏碰上	不自我后	
好话凭他嘴里说	好言自口	
坏话凭他去宣扬	莠言自口	莠言：坏话。
反复无常真可怕	忧心愈愈	愈愈：忧惧的样子。
受人欺侮更懊丧	是以有侮	是以：因此。　有侮：受人欺侮。

没人了解满腹愁	忧心惸惸（qióngqióng）	惸惸：亦作“茕”，忧愁而无人了解的样子。
想我命苦泪暗流	念我无禄	无禄：不幸。
平民百姓有何罪	民之无辜	辜：罪。
国亡都成阶下囚	并其臣仆	并：皆。　臣仆：俘虏，奴隶。
可怜我们这些人	哀我人斯	我人：指统治阶层中的部分人，和上句的民指劳动人民不同。　斯：语气词。
爵位俸禄何处求	于何从禄	于：在。　禄：指爵位、官职、土地等而言。
看那乌鸦往下飞	瞻乌爰止	瞻：看。　爰：语助词，有“之”的作用。止：停落。
停在谁家屋脊头	于谁之屋	

看那树林密层层	瞻彼中林	中林：林中。
粗干细枝交错生	侯薪侯蒸	侯：维。　薪：粗柴枝。　蒸：细柴枝。这句以林中有柴枝无大材比喻朝中小人充斥、贤臣斥逐。
人民处境正危险	民今方殆	殆：危险。
老天糊涂太昏昏	视天梦梦	梦梦：昏暗不明的样子。
世上一切你主宰	既克有定	克：能。　定：决定。
没人能够违天命	靡人弗胜	靡：无。　弗：不。
皇皇上帝我问你	有皇上帝	有皇：即皇皇，光明伟大。
究竟你恨什么人	伊谁云憎	伊：发语词。　云：语助词。　憎：憎恨。谁憎，即憎谁。

人说山矮像土冢　谓山盖卑　谓：说。　盖：通“盍”，何，怎么。

却是高冈耸半空　为冈为陵　冈：山冈。　陵：山岭。

民间谣言既发生　民之讹言

怎不警惕采行动　宁莫之惩　宁：乃。　之：指讹言。　惩：制止。

召来元老仔细问　召彼故老　故老：老臣。

再请占梦卜吉凶　讯之占梦　讯：问。　占梦：官名，掌占梦的吉凶及灾异之事。

都说自己最高明　具曰“予圣”　具：同“俱”。具曰，指故老和占梦都说。　予圣：自己是圣人，所见最高明。

不辨乌鸦雌和雄　谁知乌之雌雄

是谁说那天很高　谓天盖高

走路不敢不弯腰　不敢不局　局：弯曲。指弯着腰。

是谁说那地很厚　谓地盖厚

走路不敢不蹑脚　不敢不蹐(jí)　蹐：小步走，轻轻地走路。

人们喊出这些话　维号斯言　维：发语词。　号：叫喊。　斯言：指上面的四句话。

确有道理说得好　有伦有脊　伦：道。　脊：理。

可恨如今世上人　哀今之人

为何像蛇将人咬　胡为虺(huǐ)蜴　虺：毒蛇。　蜴：四脚蛇。

看那山坡坡上田	瞻彼阪田	阪：山坡。
一片茂密长禾苗	有菀其特	有菀：即菀菀，茂盛的样子。 特：特出，指禾苗壮盛。
老天拼命折磨我	天之扤（wù）我	扤：借为“抈”，摧残折磨。
好像非把我压倒	如不我克	克：战胜。
当初朝廷需要我	彼求我则	彼：指周王。 则：语尾助词（从马瑞辰说。俞樾认为这句连下句是八字句，林义光认为是上三下五句）。
找我惟恐得不到	如不我得	
邀去却又撂一边	执我仇仇	执：用手拿东西。 仇仇：缓慢不用力的样子。
不让我把重担挑	亦不我力	不我力：不重用我。
心里忧愁没办法	心之忧矣	
就像绳子结疙瘩	如或结之	或：有人。 结：结疙瘩。
试看今日朝中政	今兹之正	正：通“政”。
为啥暴虐乱如麻	胡然厉矣	厉：暴虐。
野火蓬蓬正燃起	燎之方扬	燎：野火。 扬：旺盛。
有谁能够浇熄它	宁或灭之	宁：乃。 灭：熄。
赫赫镐京正兴旺	赫赫宗周	赫赫：兴盛的样子。 宗周：指周的王都镐京。宗：主。周为天下所宗，故王都所在曰宗周。
褒姒一笑灭亡它	褒姒威（xuè）之	褒姒：西周末年周幽王的宠妃。据《国语》及《史记》记载，周幽王为博褒姒一笑而烽火戏诸侯，遂致灭亡。 威：灭亡。

心中已经常忧伤	终其永怀	终：既。　永怀：深忧。
又逢阴雨更凄凉	又窘阴雨	窘：困。
车子已经装满货	其车既载	
却把栏板全抽光	乃弃尔辅	辅：大车两旁的栏板。诗人以车喻国，以载物喻治国，以辅喻贤臣。
等到货物遍地撒	载输尔载	载：前载字是语助词。后载字指所载的货物。输：堕，掉下来。
才叫“大哥帮帮忙”	“将(qiāng)伯助予”	将：请。　伯：对男子的敬称，如今“大哥”。

请勿丢掉车栏板	无弃尔辅	
还要加粗车轮辐	员(yùn)于尔辐	员：益，加大。　辐：亦作輹，车箱下面钩住车轴的木头，亦称“伏兔”。
经常照顾你车夫	屡顾尔仆	
莫使失落车上物	不输尔载	
这样才能渡险境	终逾绝险	逾：越过。
你却总是不在乎	曾是不意	是：代词，指上面的几件措施。　不意：不在意。

鱼儿虽在池里游	鱼在于沼	
并不能够乐逍遥	亦匪克乐	匪：通“非”。
虽然潜在深水中	潜虽伏矣	潜：深。这句是“虽潜伏矣”的倒文。
水清仍旧躲不掉	亦孔之炤	炤：同“昭”，明。
心中不安常忧虑	忧心惨惨	惨惨：忧虑不安的样子。
想想朝政太残暴	念国之为虐	

他有美酒喷喷香	彼有旨酒	旨酒：美酒。
鱼肉好菜供品尝	又有嘉殽	嘉殽：好菜。殽同“肴”。
狐群狗党相勾结	洽比其邻	洽：融洽。 比：亲近。 邻：意见相投而亲近的人。
亲朋好友周旋忙	昏姻孔云	昏姻：亲戚。 云：同“员”，周旋。
想我孤零无依靠	念我独兮	
忧心如捣痛断肠	忧心殷殷	殷殷：心痛的样子。

译文	原文	注释
卑劣小人住好屋	佌佌（cǐ cǐ）彼有屋	佌佌：细小的样子。
鄙陋家伙有五谷	蔌蔌（sù sù）方有谷	蔌蔌：鄙陋的样子。二句指卑下的小官。
如今人民最不幸	民今之无禄	
天降灾祸命真苦	天夭是椓（zhuó）	天夭：自然灾害。　椓：打击。
富人享福哈哈笑	哿（gě）矣富人	哿：嘉，快乐。
可怜穷人太孤独	哀此惸独	惸独：孤独无依靠的人。

十月之交

【题解】

这一首诗讽刺幽王无道，以致灾异频生，人民受难，并慨叹自己无辜遭到迫害。作者可能是属于统治阶级内部的人物，但职卑官微，参加皇父建都于向的劳役，所以诗中充满了对皇父的憎恨，对劳苦人民的同情。本诗反映了西周末年的政治情况与自然灾异，可作中国古代史与天文学史的资料来读。清代学者阮元说："古代天文学，梁虞劆、隋张胄元、唐傅仁均、一行、元郭守敬，并推定以日食在周幽王六年，十月建酉，辛卯朔，日入食限，载在史志。"(《揅经室集》) 马瑞辰说："梁虞劆、唐傅仁均及一行，并推算幽王六年，乙丑岁建酉之月，辛卯朔辰时日食。《国语》：'幽王二年，西周三川皆震。'又曰：'是岁，三川竭，岐山崩。'与此诗'百川沸腾，山冢崒崩'正合。"现代天文学家陈遵妫在《从十二月十四日日环食谈起》(1955年，《光明日报》) 一文中，也认为这首诗是中国关于日食最早最可靠的记载。据此可以确定诗作于周幽王六年，即公元前776年。

九月刚过十月到	十月之交	交：开始进入。
初一早上辰时交	朔日辛卯	朔日：初一日，这天是辛卯日。据天文学家推算：这次日食在周幽王六年十月初一（周历），即公元前776年9月6日七至九时（辛卯日辰时）。
忽然太阳又蚀了	日有食之	有：通"又"。 食：通"蚀"。
这种天象是凶兆	亦孔之丑	丑：恶。古人迷信，认为日蚀预兆不祥。"亦"和"之"都是助词。
不久之前方月蚀	彼月而微	彼：指从前。 微：昏暗不明。指月食。
今又日蚀更糟糕	此日而微	此：指现在。
如今天下老百姓	今此下民	
大难临头真堪悼	亦孔之哀	

译文	原文	注释
日月显示灾难兆	日月告凶	告凶：显示凶兆。
不再遵循常轨道	不用其行（háng）	行：道，轨道。
到处没有好政治	四国无政	四国：即四方，指天下。　无政：指无善政。
贤臣良才全不要	不用其良	
上次月亮被吞食	彼月而食	
还算平常屡见到	则维其常	维：是。　常：正常。
太阳遭蚀了不得	此日而食	
坏事临头怎么好	于何不臧	于何：奈何，怎么办的意思。　不臧：不善，不吉利。

译文	原文	注释
电光闪闪雷轰鸣	烨烨（yè yè）震电	烨烨：闪电发光的样子。　震：雷。　电：闪电。
政治黑暗民不宁	不宁不令	宁：安。　令：善。
大小江河齐沸腾	百川沸腾	
山峰倒塌乱石崩	山冢崒崩	山冢：山顶。　崒：碎的假借字。
高山刹那变深谷	高岸为谷	岸：山崖。
深谷顿时变丘陵	深谷为陵	
可恨如今掌权人	哀今之人	
何曾引以为教训	胡憯（cǎn）莫惩	憯：曾。　惩：警戒。

六卿之首是皇父	皇父（fǔ）卿士	皇父：陈奂据《国语·郑语》，疑皇父即周幽王所宠之大臣虢石父。　卿士：六卿之长，总管王朝政事，类似后代之宰相。
樊氏当上大司徒	番维司徒	番：即樊。《广韵》："周宣王封仲山甫于樊，后因氏焉。"　司徒：掌握人口、土地的长官。
朝廷典籍家伯掌	家伯维宰	家伯：人名。　宰：即冢宰，掌国家典籍的长官。
仲允管的是御厨	仲允膳夫	仲允：人名。　膳夫：掌管周王饮食的长官。
棸子充当内史官	棸（zōu）子内史	棸：姓。　内史：担任人事、司法的长官。
蹶父养马管放牧	蹶（guì）维趣（cù）马	蹶：姓。　趣马：给周王管马的长官。
还有楀氏算监察	楀（jǔ）维师氏	楀：姓。　师氏：担任监察的长官。
都同褒姒很热乎	艳妻煽方处	艳妻：指褒姒。或以为指幽王的别的宠妾。　煽：炽盛。　方：并。方处，指艳妻和上七人都是红人，并处高位。
提起皇父叫人气	抑此皇父	抑：同"噫"，感叹词。
硬说他没违农时	岂曰不时	不时：指不顾农时。岂曰不时，言皇父役使百姓不自以为不时。
为啥派我服劳役	胡为我作	作：指服役劳作。
也不商量就通知	不即我谋	即：就，到。　谋：商量。
我家墙屋被拆毁	彻我墙屋	彻：通"撤"，拆毁。
我家田地全荒弛	田卒污莱	卒：尽，完全。　污：停积不流的水。　莱：田中长了野草。
还说："不是我害你	曰："予不戕（qiāng）	戕：残害。
照章办理该如此"	礼则然矣"	

译文	原文	注释
这位皇父太高明	皇父孔圣	圣：圣明，高明。这句是诗人讽刺皇父的话。
要在向邑建都城	作都于向	向：邑名。在今河南济源南。
选中大官有三个	择三有事	有事：即有司。三有司为司徒、司马、司空。
钱财多得数不清	亶侯多藏	亶：诚，确实。 侯：维，是。 多藏：指有很多钱财。
不肯留下一老臣	不憖（yìn）遗一老	憖：愿，肯。 遗：留。 老：旧臣，疑指作者自己。
让他保王卫宫廷	俾守我王	俾：使。 守：保卫。
看中富家有车马	择有车马	有车马：指有禄位的富人。
迁往向邑结伴行	以居徂向	居：语助词。 徂：往。

译文	原文	注释
尽力服役为王事	黾（mǐn）勉从事	黾勉：勉力的意思。
不敢诉苦不敢怨	不敢告劳	
没犯过错没犯罪	无罪无辜	
众口诽谤难分辩	谗口嚣嚣（áo áo）	嚣嚣：众口毁谤攻击的样子。
百姓遭受大灾难	下民之孽	孽：灾害。
不是老天不长眼	匪降自天	
当面谈笑背后骂	噂沓背憎	噂沓：议论纷纭。 背憎：在背后彼此憎恨。
都是坏人在诬陷	职竞由人	职：主，主要。 竞：争。

苦恼烦闷恨悠悠	悠悠我里	悠悠：形容忧思深长的样子。　里：通“悝”，忧伤。
恰似大病在心头	亦孔之痗	痗：病。
看看别家很富裕	四方有羡	四方：指各地的上层人物。　羡：富裕。
独我一人在忧愁	我独居忧	
人们生活都安逸	民莫不逸	逸：安乐。
我独不敢片刻休	我独不敢休	
天道无常难预测	天命不彻	不彻：不循轨道，即无常之意。
不敢学人图享受	我不敢效我友自逸	效：仿效。

雨无正

【题解】

这是一位侍御官讽刺幽王昏庸、群臣误国的诗。《诗经》多取每篇首句中二字或三字或四字为题，不按此例的只有六首（《雨无正》、《巷伯》、《常武》、《酌》、《赉》、《般》）。什么叫雨无正呢？过去通行的说法是“无正”两字训为“芜政”，有说是刺幽王的，有说是刺厉王的。总之，是政令多如雨，而皆不得当的意思。朱熹《诗集传》引北宋刘安世的话说：“赏读《韩诗》，有《雨无极》篇……其诗之文则比《毛诗》篇首多‘雨无其极，伤我稼穑’八字。”可备一说。

译文	原文	注释
浩浩老天听我讲	浩浩昊天	浩浩：广大的样子。　昊天：皇天。
你的恩惠不经常	不骏其德	骏：通“峻”，长久、经常的意思。
降下饥荒和死亡	降丧饥馑	
天下人都被残伤	斩伐四国	斩伐：残害。　四国：四方。
老天暴虐太不良	旻天疾威	旻天：应作“昊天”。《孔疏》：“上有昊天，明此亦昊天，定本作昊天。俗本作旻天，误也。”疾威：暴虐。
不加考虑不思量	弗虑弗图	虑：考虑。　图：思量。
有罪之人你放过	舍彼有罪	
包庇恶行瞒罪状	既伏其辜	既：尽。　伏：隐藏。　辜：罪。
无罪之人真冤枉	若此无罪	
相继受害遭祸殃	沦胥以铺	沦：陷。　胥：相率、连带的意思。　铺：通“痡”，痛苦。

译文	原文	注释
都城如果被攻破	周宗既灭	周宗：应作“宗周”，指镐京。传写的误倒。有人把周宗释为周之宗族，说亦可通。 既灭：指犬戎攻入镐京而言。
想要栖身没地方	靡所止戾	止：居。 戾：安。这二句是诗人设想之词。
大臣高官都逃走	正大夫离居	正大夫：上大夫。 离居：离开他原住的镐京。
有谁知我工作忙	莫知我勚（yì）	勚：疲劳。
三公位高不尽职	三事大夫	三事：即三司（司徒、司马、司空）。
不肯早晚辅君王	莫肯夙夜	夙夜：早晚。
各国诸侯也失职	邦君诸侯	
不勤国事匡周邦	莫肯朝夕	朝夕：与上文“夙夜”同义。指为国事早起晚息。
总盼周王能变好	庶曰式臧	庶：幸，希望。 式：助词。 臧：善。
谁知反而更荒唐	复出为恶	复：反而。

译文	原文	注释
老天这样怎么行	如何昊天	
忠言逆耳王不听	辟言不信	辟：法。辟言：合乎法度的话。
好比一个行路人	如彼行迈	行迈：行走。
毫无目的向前进	则靡所臻	臻：至。
百官群臣不管事	凡百君子	君子：指群臣百官。

译文	原文	注释
各自小心保自身	各敬尔身	敬：谨慎。
为何互相不尊重	胡不相畏	
甚至不知畏天命	不畏于天	
敌人进犯今未退	戎成不退	戎：兵，指战争。 成：指兵寇已成。下句的成，指饥馑已成。
饥荒严重兵将溃	饥成不遂	遂：成功，顺利。
只我侍御亲近臣	曾我（xiè）暬御	曾：则，“只有”的意思。 暬御：周王的近臣。
每天忧虑身憔悴	（cǎn cǎn）憯憯日瘁	憯憯：忧愁的样子。 瘁：憔悴。
百官群臣都闭口	凡百君子	
不肯进谏怕得罪	莫肯用讯	讯：《鲁诗》作“谇”，谏诤。
君王爱听顺耳话	听言则答	听言：顺从的话。 答：《鲁诗》作“对”，进用之意。
谁进忠言就斥退	谮言则退	谮言：进谏的话。《广韵》：“谮，毁也。毁犹谤也。古以谏言为诽谤，故尧有诽谤之木。谮言，即谏言也。” 退：斥退。
可悲有话不能讲	哀哉不能言	
不是舌头生了疮	匪舌是出	出：疷的借字，病。
是怕自己受损伤	维躬是瘁	躬：自身。 瘁：毁坏。

能说会道就吃香	哿矣能言	哿：嘉，表嘉许之词。
花言巧语来开腔	巧言如流	
高官厚禄如愿偿	俾躬处休	休：吉庆，福禄。

别人劝我把官当	维曰于仕	于：往。于仕：前去做官。
危险太大太紧张	孔棘且殆	棘：通“急”，紧张。　殆：危险。
要说坏事干不得	云不可使	使：从。
那就得罪了国王	得罪于天子	
要说坏事可以做	亦云可使	
朋友要骂丧天良	怨及朋友	

劝你迁回王都吧	谓尔迁于王都	尔：指皇父、三事等权贵。　王都：指镐京。
推辞那里没有家	曰予未有室家	予：权贵们自称。
苦口婆心再劝他	鼠思泣血	鼠思：忧思。　泣血：泪尽继之以血的意思。
对我切齿又咬牙	无言不疾	疾：通“嫉”，恨。
试问从前离王都	昔尔出居	出居：离居，离开王都到别地去住。
是谁帮你造官衙	谁从作尔室	

小　旻

【题解】

这首诗讽刺幽王任用小人，对决策谋划中的种种错误加以揭露，表现了诗人临深履薄唯恐遭祸的心情。

这首诗的篇名为什么加一个“小”字呢？后人对此众说纷纭。有说因篇幅较短者；有说以别于《大雅》的《召旻》的；有说因“旻天”涉及范围太广，所以去掉“天”字，加上“小”字的。年代久远，证据缺乏，难辨正误，所以只能存疑。

龟　　爬行动物的一科。身体长圆而扁，背腹都有硬甲，四肢短，趾有蹼，头、尾和四肢都能缩入甲壳内。多生活在水边，吃植物或小动物。

老天暴虐太过度	旻(mín)天疾威	旻天：即皇天、老天之意。 疾威：暴虐。
灾难遍布满国土	敷于下土	敷：布。 下土：指天下。
政策谋略全错误	谋犹回遹(yù)	犹：通“猷”，规划。谋犹即谋略。 回遹：邪僻。
哪天结束这痛苦	何日斯沮	斯：助语。 沮：止。
好的计谋你不听	谋臧不从	臧：好。
坏的主意反信服	不臧复用	复：反而。
我看现在的政策	我视谋犹	
糟糕透顶弊无数	亦孔之邛(qióng)	邛：病，糟。

人们叽叽又咕咕	潝(xì)潝(xì)訿(zǐ)訿(zǐ)	潝潝：低声附和的样子。 訿訿：诋毁，诽谤。
我心悲哀难解除	亦孔之哀	
正确意见提上来	谋之其臧	
千方刁难百计阻	则具是违	
错误主张提上来	谋之不臧	
一拍即合就依附	则具是依	
我看现在的政策	我视谋犹	
不知弄到啥地步	伊于胡底	伊：语助词。 于：往。 胡：何。 底：通“厎”，至，地步。

我的灵龟已厌恶	我龟既厌	龟：占卜用的龟甲。
谋略吉凶不告诉	不我告犹	
参谋顾问一大串	谋夫孔多	谋夫：出谋策划的人。
议来议去不算数	是用不集	集：成功。
你一言来我一语	发言盈庭	
哪个真敢责任负	谁敢执其咎	执：承担。 咎：罪责。
好像问讯陌路人	如匪行迈谋	匪：通“彼”。 行迈：这里指路人。 谋：商量。
很难得到正确路	是用不得于道	不得于道：达不到目的地。

可叹执政太糊涂	哀哉为犹	为：掌握，制订。
不学祖宗不师古	匪先民是程	匪：非。 先民：古人。 程：效法。
不遵正道走邪路	匪大犹是经	大犹：大道，正道。 经：行。
只肯听些浅陋话	维迩言是听	维：通“惟”，只是。 迩言：肤浅而无远见的话。
还要吵闹争赢输	维迩言是争	
如造房子问路人	如彼筑室于道谋	道：指道路。
终久没法盖成屋	是用不溃于成	溃：遂，达到。

国家虽然不算大	国虽靡止	止：至，极。引申有“大”的意思。
也有天才有凡夫	或圣或否	或：有。 圣：圣人。 否：指平常人。
人民虽然不算多	民虽靡朊	民：此处疑指统治阶级中人。 朊：厚。引申为多。
也有明智谋略富	或哲或谋	哲：明智。
也有干才责任负	或肃或艾(yì)	肃：态度庄敬，认真负责。 艾：治理，指办事能力很强的人。
国运如水一泻去	如彼泉流	
终将败亡拦不住	无沦胥以败	无：发语词，无义。见王引之《经传释词》。沦胥：相率。 败：指国家败亡。

不敢空手打老虎	不敢暴虎	暴：通“搏”。暴虎，徒手打虎。
不敢徒步河中渡	不敢冯(píng)河	冯河：不用船而徒步渡河。马瑞辰：“按冯者，淜之假借。《说文》：淜，无舟渡河也。”
这个道理人皆知	人知其一	
别的危险就糊涂	莫知其他	其他：指信用佞臣将有亡国之危。
战战兢兢过日子	战战兢兢	战战：恐惧的样子。 兢兢：谨慎小心的样子。
如临深渊须留步	如临深渊	
如踩薄冰防险路	如履薄冰	

小　宛

【题解】

这是周王一位同姓者讽刺幽王，并劝戒兄弟如何在乱世免祸的诗。

鸣鸠　　即斑鸠。形似鸽，灰褐色，颈后有白色或黄褐色斑点。

小小斑鸠鸟	宛彼鸣鸠	宛彼：宛宛，小而短尾的样子。 鸣鸠：斑鸠。
高飞上云天	翰飞戾天	翰飞：高飞。 戾：到达。
我心真忧伤	我心忧伤	
想起我祖先	念昔先人	先人：作者自指其祖先，如周文王、武王。
一夜睡不着	明发不寐	明发：天刚亮。含有通宵达旦的意思。
又把爹娘念	有怀二人	有：通“又”。 二人：指父母。

聪明正派人	人之齐圣	齐：正，正派。 圣：智慧特出。
喝酒克制又从容	饮酒温克	温：同“蕴”，蕴藉自恃。 克：克制。
无知糊涂人	彼昏不知	
越喝越醉发酒疯	壹醉日富	壹：语助词。 日富：日益自满。
各位作风要谨慎	各敬尔仪	仪：威仪，容貌举止。
国运一去难追踪	天命不又	天命：指王位、国运。 不又：不再。

地里有豆苗	中原有菽	中原：即原中。 菽：大豆，这里指豆叶，今称豆苗。
人们采回充菜肴	庶民采之	

蜾蠃　昆虫类，寄生蜂的一种，亦名蒲卢。腰细，体青黑色，长约半寸，以泥土筑巢于树枝或壁上，捕捉螟蛉等害虫，为其幼虫的食物，古人误以为收养幼虫。

螟蛾有幼虫	螟蛉有子	螟蛉：螟蛾的幼虫。
细腰土蜂捉回巢	guǒ luǒ 蜾蠃负之	蜾蠃：一种青黑色的细腰土蜂，亦名细腰蜂。蜾蠃常捕螟蛉喂它的幼虫。
教育你儿子	教诲尔子	
王位定要继承好	式穀似之	式：助词。　穀：善。　似：通“嗣”，继续的意思。

看那小鹡鸰	dì 题彼脊令	题：通“谛”，视。　脊令：鸟名，即鹡鸰。
边飞又边鸣	载飞载鸣	
天天我奔波	我日斯迈	日：天天。　斯：语助词。　迈：远行，和下句的“征”同义。
月月你出行	而月斯征	而：通“尔”，指弟。　月：月月。
早起晚睡忙不停	夙兴夜寐	
不要辱没父母名	无忝尔所生	忝：辱，辱没。　尔所生：指父母。

小小青雀本食肉	交交桑扈	交交：小小的样子。　桑扈：即青雀，又名窃脂。
却啄黄粟在谷场	率场啄粟	率：循，沿。　场：打谷场。
叹我穷得叮当响	哀我填寡	填：殄的借字，穷困。　寡：指寡财。
还吃官司进牢房	宜岸宜狱	宜：仍。马瑞辰认为宜是“且”字之误，亦通。　岸：通“犴”，监狱。犴犹如现在的地方拘留所。

抓把小米去占卜	握粟出卜	握粟：一把小米（给卜人作酬劳）。当时习俗不用钱，用钱始于周末周景王。《国语》："周景王铸大钱。"
何处才能得吉祥	自何能穀	自：从。　榖：善，吉。
为人柔顺又温良	温温恭人	温温：柔和的样子。　恭人：恭谨的人。《郑笺》以为指诗人兄弟二人。
竟像爬在高树上	如集于木	
惴惴不安往下看	惴惴小心	
如临山谷深万丈	如临于谷	
战战兢兢怕失手	战战兢兢	
好像踩在薄冰上	如履薄冰	

小 弁

【题解】

这是一首被父亲放逐的人抒发心中哀怨的诗。前人有说是幽王宠褒姒逐太子宜臼，因而宜臼自作或宜臼的老师代之而作的。有说是宣王之臣尹吉甫的儿子伯奇，因受父虐待而作的。但都无根据。

译文	原文	注释
乌鸦乌鸦心里欢	弁（pán）彼鸒（yù）斯	弁：快乐。　鸒：即鹎鸒，今名乌鸦。　斯：语助词。
飞回窝里真安闲	归飞提提（shí shí）	提提：群飞安闲的样子。
人们生活都很好	民莫不穀	穀：善，指生活美好。
我独忧愁难排遣	我独于罹	罹：忧愁。
我有啥事得罪天	何辜于天	辜：罪。
我是犯了啥条款	我罪伊何	伊：是。
满心忧伤说不完	心之忧矣	
叫我究竟怎么办	云如之何	云如之何：即如何、怎么办的意思。
平平坦坦京都道	踧踧（dí dí）周道	踧踧：平坦的样子。　周道：指周朝京师的大路。
如今长满丛丛草	鞫（jú）为茂草	鞫：堵塞。

译文	原文	注释
忧伤痛苦不堪言	我心忧伤	
犹如棒槌把心捣	惄（nì）焉如捣	惄：想。惄焉，想起来。 捣：舂撞。
和衣而卧长叹息	假寐永叹	假寐：和衣而睡，打盹。 永叹：长叹。
忧伤使我人衰老	维忧用老	维：只因。 用：而。
心里苦闷说不完	心之忧矣	
好像头痛发高烧	疢（chèn）如疾首	疢：热病。 疾首：头痛。

译文	原文	注释
桑梓爹娘种门前	维桑与梓	桑、梓：是古人宅旁常种的树，桑以养蚕，梓作器具，可传子孙。诗中以桑梓是父母所种植，所以对它也应该恭敬。
敬它就如敬祖先	必恭敬止	
儿子哪有不敬父	靡瞻匪父	靡……匪：无不。 瞻：瞻仰。
孩儿怎不把母恋	靡依匪母	依：依靠。
谁非爹生皮和毛	不属（zhǔ）于毛	属：连。 毛：指身体外表的皮肤毛发，代指父亲。
谁非和娘血肉连	不离于里	离：通“丽”，依附。 里：身体内部的血肉，代指母亲。
老天既然生了我	天之生我	
为啥时乖命又蹇	我辰安在	辰：时，指时运、运气。

千丝万缕柳条青	菀彼柳斯	菀：茂盛。
蝉儿喳喳不住鸣	鸣蜩(tiáo)嘒嘒	蜩：蝉。 嘒嘒：蝉鸣声。
一泓池水深又深	有漼(cuǐ)者渊	漼：水深的样子。有漼，即漼漼，深深。
水边芦苇密密生	萑(huán)苇淠淠(pèi pèi)	萑：苇，芦苇。 淠淠：茂盛的样子。
我像小船断了缆	譬彼舟流	
不知飘到何处停	不知所届	届：至。
满腹忧伤说不尽	心之忧矣	
无法安心打个盹	不遑假寐	不遑：没空，无法。

鹿儿觅群怕失散	鹿斯之奔	奔：指觅群求偶。
留恋同伴脚步慢	维足伎伎	维：发语词。 伎伎：缓慢的样子。
野鸡早上不住啼	雉之朝雊(gòu)	雉：野鸡。 雊：野鸡叫。
还知追求它伙伴	尚求其雌	
我像一株有病树	譬彼坏木	坏：借为瘣，病。《说文》引这句诗作瘣木。
枝叶不生都枯干	疾用无枝	用：因。这句是“用疾无枝”的倒文。
心里忧伤说不完	心之忧矣	
没人知我真孤单	宁莫之知	宁：曾。

兔子关在笼子里　相彼投兔　相：看。 投：掩。投兔，被掩捕在笼里的兔。

有人怜悯把门开　尚或先之　先：开放。马瑞辰："《礼记》：'有开必先，先所以开之也。'开创谓之先，开放亦谓之先。先之，即开其所以塞也。"

尸体横在大路上　行有死人　行：道路。

有人同情把他埋　尚或墐（jìn）之　墐：同"殣"，埋葬。

不料父亲居心狠　君子秉心　君子：指作者的父亲。 秉心：居心。

这般残忍真不该　维其忍之　维：是。 忍：狠心，残忍。

心里忧伤说不完　心之忧矣

涕泪涟涟只自哀　涕既陨之　陨：坠。陨涕，掉眼泪。

父亲听谗太轻信　君子信谗

像受敬酒味津津　如或酬之　酬：敬酒。

父亲对我没恩情　君子不惠　惠：爱。

不究谣言何由生　不舒究之　究：追究。舒究，慢慢地追究。 之：指谗言。

砍树还要紧拉绳　伐木掎（jǐ）矣　掎：伐木时用绳拉树以控制下倒方向。

劈柴还要顺木纹　析薪扡（chǐ）矣　析薪：劈柴。 扡：顺着木纹剖析。

放过罪人造谣者　舍彼有罪

却把罪名加我身　予之佗（tuó）矣　佗：加。

若是不高不是山	莫高匪山	
若是不深不是潭	莫浚匪泉	浚：深。
父亲休要轻开言	君子无易由言	无易：不要轻易。 由：于。
隔壁有耳贴墙边	耳属于垣	耳：指窃听者。 属：连。 垣：墙。
别到我的鱼坝去	无逝我梁	逝：往。 梁：拦鱼的水坝。
别把鱼篓打开看	无发我笱（gǒu）	笱：捕鱼的竹笼。
自身尚且不见容	我躬不阅	躬：自己。 阅：收容。
哪顾身后事变迁	遑恤我后	遑：何暇。 恤：忧。

巧 言

【题解】

这是讽刺统治者听信谗言因而祸国殃民的诗。旧说是大夫伤于谗言，刺幽王而作。大夫伤于谗言而作，是可信的；但是否刺幽王，就很难断定。

译文	原文	注释
悠悠老天听我诉	悠悠昊天	悠悠：遥远的样子。
我把你来当父母	曰父母且（jū）	曰：称，叫。 且：语尾助词。
人们没罪没过错	无罪无辜	
遭受祸乱太惨酷	乱如此幠（hū）	幠：大。
老天施威太可怖	昊天已威	已：甚。 威：畏，可怕。
罪过我真半点无	予慎无罪	慎：诚，确实。
老天疏忽太糊涂	昊天泰幠	泰：大。 幠：怠慢，疏忽。
我是真正属无辜	予慎无辜	
当初乱事刚发生	乱之初生	
所有谗言都听进	僭（jiàn）始既涵	僭：通“谮”，谗言。 既：尽。 涵：容纳。

乱事再次又出现	乱之又生	
君王又把谗言信	君子信谗	君子：指周王。
君王如能斥谗人	君子如怒	怒：指怒责谗人。
祸乱马上能除尽	乱庶遄（chuán）沮	庶：庶几，差不多。 遄：速，快。 沮：终止。
君王如能用贤良	君子如祉	祉：福，指任用贤人。
祸乱很快能平定	乱庶遄已	已：停止。

君王谗人常结盟	君子屡盟	盟：盟誓。
所以乱子无穷尽	乱是用长	用：以。 长：增添。
君王轻信窃国盗	君子信盗	盗：指谗人。
所以乱子更凶暴	乱是用暴	
盗贼说话蜜蜜甜	盗言孔甘	孔甘：很甜。
所以乱子更增添	乱是用餤（tán）	餤：本义为进食，引申为增多或加甚。
不忠职守太不该	匪其止共	匪：非。 止：达到。 共：通“恭”，指忠于职守。
专把君王来坑害	维王之邛（qióng）	维：为。 邛：病。

译文	原文	注释
宫殿宗庙多雄伟	奕奕寝庙	奕奕：高大美盛的样子。
都是先王建成功	君子作之	君子：指周武王、周公等。
典章制度多完善	秩秩大猷	秩秩：宏伟的样子。　大猷：治国的大道；指典章制度、谋略。
圣人制订谋略宏	圣人莫之	莫：通“谟”，谋划、制定的意思。
别人有心破坏它	他人有心	他人：指谗人。
我能揣度猜测中	予忖度之	忖度：揣度，猜测。
好比狡兔脚虽快	tì tì chán 跃跃毚兔	跃跃：通“趯趯”，跳跃的样子。　毚：狡猾。
碰上猎狗把命送	遇犬获之	
好的树木柔又韧	荏染柔木	荏染：柔韧的样子。　柔木：善木。《毛诗》：“柔木，椅、桐、梓、漆也。”以上四种树木，是古人制造琴瑟的原料，故诗人称之为善木。
君子种来树成荫	君子树之	
流言散布没定准	往来行言	往来：指辗转相传。　行言：流言。
我能辨别记在心	心焉数之	数：计算，辨别。
骗人大话哪里来	yí yí 蛇蛇硕言	蛇蛇：欺骗的样子。　硕言：大话。
都从谗人嘴中喷	出自口矣	
花言巧语像吹簧	巧言如簧	巧言：花言巧语。　簧：笙乐器中的簧片，吹笙则簧动发音。如簧，就像笙簧发音那样好听。
脸皮太厚真可恨	颜之厚矣	

他是一个啥货色	彼何人斯	彼：指谗人。
住在大河水边沿	居河之麋（méi）	麋：通“湄”，水边。
既无才能又无勇	无拳无勇	拳：力。拳勇：指有才力的人。
祸乱他是总根源	职为乱阶	职：主，主要。 阶：阶梯。
“烂了小腿又肿脚	“既微且尰（zhǒng）	微：亦作“癓”，小腿生湿疮。 尰：亦作“瘇”，脚肿。
你的勇气怎不见	尔勇伊何	
诡计多端真可恶	为犹将多	犹：谋，诡计。《方言》：“犹，诈也。” 将：和“孔”同义，很。
多少同党共作乱”	尔居徒几何”	居：语助词。 徒：徒众，同党。

何人斯

【题解】

这是一首讽刺同僚的诗，实际上是一首绝交的诗。据《毛诗》序说，此诗写的是苏公刺暴公的事。苏公和暴公都是周王的卿士，苏、暴两地，都在周东都四周的地区内，二人封地犬牙交错，所以发生了矛盾，苏公就写了这首绝交的诗。

蜮　传说中的一种能含沙射影使人得病的动物。唐陆德明《经典释文》："蜮，状如鳖，三足。一名射工，俗呼之水弩。在水中含沙射人。一云射人影。"

请问他是什么人	彼何人斯	
心地阴险真可恨	其心孔艰	艰：险，阴险。
为何路过我鱼梁	胡逝我梁	逝：往，走过。　梁：鱼梁。有人训梁为"桥"，亦通。
不肯进入我家门	不入我门	
请问他听谁的话	伊谁云从	伊：他。　云：语助词。
暴公说甚他说甚	维暴之云	维：只是。　暴：指暴公。　云：说话。

他跟暴公并肩行	二人从行	二人：指暴公和他的一个党徒，即上面所说的"何人"。
我遭祸事谁是根	谁为此祸	
为何走过我鱼梁	胡逝我梁	
不进我门来慰问	不入唁我	唁：慰问遭灾者。
当初对我还不错	始者不如今	
如今翻脸不认人	云不我可	可：嘉，好。

请问他是什么人	彼何人斯	
为何从我穿堂行	胡逝我陈	陈：由正房到院门的通道，俗称穿堂。

译文	原文	注释
远远只听脚步声	我闻其声	
看看不见他身影	不见其身	
难道人前不惭愧	不愧于人	
难道不怕天报应	不畏于天	
请问他是什么人	彼何人斯	
一阵暴风从此经	其为飘风	飘风：暴风。当时人常以风之暴疾喻坏人的作风，如“终风”、“谷风”等。这里诗人用它形容“何人”去来的快速，行踪诡秘。
为何不从北边走	胡不自北	
为何不从南边行	胡不自南	
为何走过我鱼梁	胡逝我梁	
恰恰使我疑心生	只搅我心	只：恰恰。
你的车儿慢慢行	尔之安行	安行：慢行。
也没工夫停一停	亦不遑舍	舍：停息。
现在你说要快走	尔之亟行	亟：急。
偏又添油把车停	遑脂尔车	脂：这里当动词用，指给车轴上油。

前次你到我家来	壹者之来	壹者：从前。　来：指上文逝梁、逝陈的事。
使我苦闷心头冷	云何其盱（xū）	云：发语词。　盱：通“吁”，忧。

回国走进我家门	尔还而入	还：指由王都回来，经过苏国。　入：指入苏门。
交情如旧我欢欣	我心易也	易：和悦。
回国不进我家门	还而不入	
居心叵测难相信	否难知也	否：不通，隔阂。　难知：用心不可测。
上次你到我家来	壹者之来	
气得我竟生了病	俾我祇也	祇：通“疷”，病。

大哥奏乐吹起埙	伯氏吹埙（xūn）	伯氏：指大哥。　埙：乐器名，陶制成，大如鹅蛋，有六孔，可吹奏。
二哥吹篪相和音	仲氏吹篪（chí）	仲氏：二哥。　篪：乐器名，略似今之笛。
你我本是一线穿	及尔如贯	及：与，和。　贯：钱贝穿在一条绳上为贯。
却不理解我的心	谅不我知	谅：诚，真。　不我知：即不知我。
捧出三牲鸡猪狗	出此三物	三物：指猪、犬、鸡。
求神降祸于你身	以诅尔斯	诅：诅咒，求神降祸于别人。　斯：语气词。

为鬼为蜮害人精	为鬼为蜮	蜮：传说中的一种能含沙射影使人得病的动物。
无影无形难找寻	则不可得	
你有颜面是人样	有靦（tiǎn）面目	有靦：即靦靦，俨然的样子。
却比别人没定准	视人罔极	视：比。　极：准则，标准。
特地唱支善意歌	作此好歌	
揭穿反复无常人	以极反侧	极：穷，深究。　反侧：反复无常。

巷　伯

【题解】

这是寺人孟子因被谗受害而作以泄愤的怨诗。诗中没有“巷伯”二字，可是篇名叫《巷伯》，为什么呢？因为寺人就是巷伯，都是宦官的通称。

贝　　蛤螺等类有壳软体动物的总称。

豺　　哺乳动物类，犬科。形似狼而小，性凶猛，常成群围攻牛、羊等家畜。俗名豺狗。

译文	原文	注释
丝线错杂颜色明	萋兮斐兮	萋斐：花纹错杂的样子。
织成五彩贝纹锦	成是贝锦	贝锦：贝壳有文彩像锦，故称锦曰贝锦。
那个造谣害人精	彼谮人者	
用心实在太凶狠	亦已大甚	大：通“太”。
张开大口畚箕样	哆（chǐ）兮侈兮	哆：张口的样子。 侈：大。
箕星高挂天南方	成是南箕	箕：星名。四星联成梯形，状似簸箕，所以名箕。因在南方，又名南箕。
那个造谣害人精	彼谮人者	
谁愿和他去搭腔	谁适与谋	适：悦，喜欢（见《一切经音义》卷六引《三苍》）。
唧唧喳喳嚼舌根	缉缉翩翩	缉缉：通“咠咠”，交头接耳小语声。 翩翩：亦作“谝谝”，花言巧语。
整天算计陷害人	谋欲谮人	
劝你说话要当心	慎尔言也	尔：指谗人。
否则对你就不信	谓尔不信	
花言巧语信口编	捷捷幡幡（fān fān）	捷捷：同“诶诶”，能言善辩。 幡幡：同“翩翩”。

挖空心思造谣言	谋欲谮言	
虽说一时受你骗	岂不尔受	受：接受。“岂不尔受”为“岂不受尔”的倒文。
终久恨你太阴险	既其女迁	迁：转移。指听者将把憎恶被谗者的心，转而憎恶你造谣者。
小人得志就忘形	骄人好好	骄人：指得志的谗人。 好好：喜悦的样子。
好人被谗意消沉	劳人草草	劳人：忧人，失意的人。指被谗者。 草草：忧愁的样子。
老天老天把眼睁	苍天苍天	
你看那人多骄横	视彼骄人	
可怜我们受害人	矜此劳人	矜：怜悯。
那个造谣大坏蛋	彼谮人者	
谁愿和他去搭腔	谁适与谋	
抓住那个造谣家	取彼谮人	
丢到野外喂虎狼	投畀（bì）豺虎	畀：给予。
虎狼嫌他不愿吃	豺虎不食	
把他摔到北大荒	投畀有北	有北：指北方寒冷不毛的地方，“有”为名词词头。

北荒如果不接受　有北不受

送他归天见阎王　投畀有昊　有昊：即昊天。

一条大路通杨园　杨园之道　杨园：园名。

紧紧靠在亩丘边　猗于亩丘　猗：加，靠在。　亩丘：丘名。

我是宦官叫孟子　寺人孟子　寺人：阉人，如后世的宦官。　孟子：作者自称。孟，氏。有人说，孟是长，是奄人的长，亦通。

受人陷害写诗篇　作为此诗

诸位君子大老爷　凡百君子

请您认真听我言　敬而听之

谷 风

【题解】

这是一首弃妇所作的诗。她责备丈夫是个可与共患难，不能与同安乐的人。语极凄恻，和《邶风·谷风》诗旨相似。语言浅近，风格有如《国风》。所以有人疑心它和《黄鸟》、《我行其野》、《蓼莪》、《都人士》、《采绿》、《隰桑》、《绵蛮》、《瓠叶》、《渐渐之石》、《苕之华》、《何草不黄》等都是西周民风，这是很有见地的。旧说此诗刺幽王，其实失之穿凿。

山谷大风呼呼叫	习习谷风	习习：连续不断的风声。　谷风：来自山谷的风，大风。
风狂雨骤天地摇	维风及雨	维：是。
当初忧患飘摇日	将恐将惧	将：方，当。
唯我助你把心操	维予与女	与：亲附，赞助。
如今日子已安乐	将安将乐	
反而将我抛弃掉	女转弃予	转：反而。

山谷大风呼呼起	习习谷风	
旋风阵阵不停息	维风及颓	颓：旋风。
当初忧患飘摇日	将恐将惧	

把我搂在怀抱里	置予于怀	
如今生活已安乐	将安将乐	
把我丢开全忘记	弃予如遗	遗：忘记。

大风呼呼吹不停	习习谷风	
吹过高山刮过岭	维山崔嵬	崔嵬：山高峻的样子。
刮得百草都枯死	无草不死	
刮得树木尽凋零	无木不萎	
我的好处全忘记	忘我大德	大德：指能共患难。
专把小错记在心	思我小怨	小怨：小缺点。

蓼 莪

【题解】

这是一首苦于服役，悼念父母的诗。

蔚　草名。即牡蒿，亦称“牡菣”。孔颖达疏引陆玑曰：“蔚，牡蒿也。”朱熹《诗集传》：“蔚，牡菣也。三月始生，七月始华，如胡麻华而紫赤，八月为角，似小豆，角锐而长。”本图所绘为蔚之二种。

译文	原文	注释
一丛莪蒿长又高	lù lù 蓼蓼者莪	蓼蓼：高大的样子。 莪：莪蒿，亦名廪蒿，俗称抱娘蒿。
不料非莪是蒿草	匪莪伊蒿	匪：非。 伊：是。 蒿：即蒿子，有青蒿、白蒿等数种。
可怜我的爹和娘	哀哀父母	
生我养我太辛劳	生我劬劳	劬劳：劳苦。
高高莪蒿叶青翠	蓼蓼者莪	
不料非莪而是蔚	匪莪伊蔚	蔚：蒿的一种，又名牡蒿。全草供药用，晒干可燃烟驱蚊。
可怜我的爹和娘	哀哀父母	
生我养我太劳累	生我劳瘁	瘁：憔悴。
酒瓶底儿早空了	qìng 瓶之罄矣	罄：尽、空的意思。
酒坛应该觉害臊	维罍之耻	罍：大肚小口的酒坛。二句以酒瓶空是酒坛之耻比喻民穷不能养父母是统治者之耻。
孤儿活在世界上	xiǎn 鲜民之生	鲜：寡。鲜民，寡民，孤子。
不如早些就死掉	不如死之久矣	
没有父亲何所依	hù 无父何怙	怙：依靠。
没有母亲何所靠	无母何恃	
离家服役心含悲	出则衔恤	出：出门，指离家服役。 衔：含。 恤：忧愁。
回来双亲见不到	入则靡至	入：进门，指回家。 至：亲。 靡至：没有亲人。《说文》："亲，至也。"

译文	原文	注释
爹呀是你生下我	父兮生我	
娘呀是你哺养我	母兮鞠我	鞠：养。
抚摸我啊爱护我	拊我畜（xù）我	拊：通“抚”，抚摸。《后汉书·梁竦传》引这句诗作“抚我”。　畜：爱。
养我长大教育我	长我育我	
照顾我啊挂念我	顾我复我	顾：指在家时对他照顾。　复：指出门后对他的挂念。
出门进门抱着我	出入腹我	腹：抱在怀里。
如今想报爹娘恩	欲报之德	之：这。
没想老天降灾祸	昊天罔极	罔极：无常，没有定准。
南山崎岖行路难	南山烈烈	烈烈：山高峻险阻的样子。
狂风呼啸刺骨寒	飘风发发	飘风：暴风。　发发：大风呼啸的声音。
人人都能养爹娘	民莫不穀	穀：赡养。
独我服役受苦难	我独何害	何：通“荷”，蒙受。
南山高耸把路挡	南山律律	律律：山势高耸突起的样子。
狂风呼啸尘飞扬	飘风弗弗	弗弗：大风扬尘的样子。
人人都能养爹娘	民莫不穀	
独我不能去奔丧	我独不卒	不卒：不得送终父母。

大　东

【题解】

这是东方诸侯国的臣民讽刺周王室只知搜括财物、奴役人民，虽居高位，却不能解除东方人民的苦难的诗。

熊　　兽名。头大，四肢短而粗，形似大猪。脚掌大，能攀缘。冬多穴居，始春而出。

一盒熟食装得满	méngguǐ sūn 有饛簋飧	有饛：即饛饛，装满食物的样子。 簋：古代食器。 飧：熟食。
枣木饭勺柄儿弯	qiú 有捄棘匕	有捄：即捄捄，长而弯曲的样子。 棘：酸枣木。 匕：饭勺或羹匙。
大路平如磨刀石	周道如砥	周道：大路。也可解为通往周京的道路。 砥：磨刀石。
大路笔直像箭杆	其直如矢	矢：箭。
贵人在这路上走	君子所履	君子：指贵族。 履：行走。
小民只能瞪眼看	小人所视	小人：指人民。
回过头来再望望	眷言顾之	眷言：回头的样子。言，同"然"。 顾：看。
不禁伤心泪潸潸	潸焉出涕	潸：流泪的样子。

东方远近诸侯国	小东大东	小东大东：指东方各诸侯国。离周京最远的称大东，稍近的称小东。
织机布帛搜括空	zhù zhú 杼柚其空	杼柚：织布机主要部件。杼是梭子，中装纬线。柚是筘，用细竹片排成梳齿状，经纱从中穿过。此句指布机上未完成之织物亦被搜括一空。
脚上葛草编的鞋	纠纠葛屦	纠纠：绳索缠绕的样子。
怎能抵挡秋霜冻	可以履霜	可：岂可，表示反问。
轻佻漂亮贵公子	佻佻公子	佻佻：轻佻的样子。
走在那条大路中	行彼周行	周行：即周道。
往来不绝征赋税	既往既来	
使我忧伤心里痛	使我心疚	疚：忧虑。

冰凉泉水从旁来	有冽氿(guǐ)泉	有冽：即冽冽，寒冷的样子。　氿泉：泉水上涌受阻，从侧面流出，称为氿泉。
不要浸湿那劈柴	无浸获薪	获薪：砍下的柴。
忧愁不眠暗伤叹	契契寤叹	契契：愁苦的样子。　寤叹：睡不着而叹息。
劳苦人们真可哀	哀我惮人	惮：通“瘅”，劳苦。
谁要想烧这劈柴	薪是获薪	上“薪”字，作动词“烧”字用。　是：这。
还得用车去装载	尚可载也	载：装载。
可怜我们劳苦人	哀我惮人	
休息休息也应该	亦可息也	

东方子弟头难抬	东人之子	子：子弟，指青年。
没人慰劳只当差	职劳不来(lài)	职：只是，主要。　劳：服劳役。　来：亦作“勑”，慰劳。
西方子弟高一等	西人之子	西人：指周人。陈奂《毛诗传疏》：“周在西，故以西人为京师人。”
衣服鲜艳闪光彩	粲粲衣服	粲粲：鲜艳华丽的样子。
大人子弟福气好	舟人之子	舟：周的假借。舟人，大人，指上层的人。马瑞辰《毛诗传笺通释》：“周人为大人，犹周行或谓大道，周狗即大狗也。”
打熊猎罴把心开	熊罴是裘	罴：大熊。　裘：当作“求”，追求；指打猎。
小人子弟命运乖	私人之子	私人：小人，指下层的人。《方言》：“私，小也。”
干这干那像奴才	百僚是试	僚：春秋时一种奴隶的称谓。当时下层差役有皁、舆、隶、僚、仆、台、圉、牧等。百僚，即指上述诸等差役奴隶。　试：任用。

有人进贡美味酒	或以其酒	或：有人。
周人嫌它像水浆	不以其浆	浆：薄酒。
有人进贡佩玉带	juānjuān 鞙鞙佩璲	鞙鞙：或作琄、娟，形容系璲的线（后世名绶）美而长的样子。　璲：瑞玉，可以为佩。
周人嫌它不够长	不以其长	
天上银河虽宽广	维天有汉	汉：云汉，银河。
用作镜子空有光	监亦有光	监：同“鉴”，镜。古人以水为镜。这句说天河水清可以照人，但只见水光而不见人影。
织女星座三只角	跂彼织女	跂：织女三星鼎足而三的样子。　织女：星名，共有三星。
一天七次移位忙	终日七襄	终日：指从早到晚。　襄：反，更动。七襄，从卯时到酉时，织女星每个时辰要更动一次位置，七个时辰就更动七次，因而称为七襄。

虽然来回移动忙	虽则七襄	
不能织出好花样	不成报章	报：反复，纬线的一来一往。　章：布帛上的纹路。这里用它代布帛。
牵牛星儿亮闪闪	huǎn 睆彼牵牛	睆：明亮的样子。　牵牛：星座名。
不能用来驾车辆	不以服箱	以：用。　服：驾。　箱：车箱，代指车。
早上启明出东方	东有启明	启明：即金星。早晨出现在东方，先日而出，晚上出现于西方，后日而入。
傍晚长庚随夕阳	西有长庚	长庚：与启明是同一颗星。古人误以为二星，分别称之为启明、长庚。
毕星似网长柄弯	有捄天毕	天毕：毕星。毕星共有八星，以其排列形状像古时田猎用的长柄毕网而得名。
斜挂在天没用场	yí　háng 载施之行	载：则。　施：斜行。　行：行列。

南方箕星闪闪亮	维南有箕	箕：星座名，共四星联成梯形，形像簸箕，故名箕。
不能用它扬米糠	不可以簸扬	簸扬：指用箕扬米以除糠皮。
斗星高照在天上	维北有斗	斗：星座名，即斗宿。斗星和箕星都在南方，共六星聚成斗形。因为它在箕星之北，所以与箕星并称南箕北斗。
不能用它舀酒浆	不可以挹酒浆	挹：用勺舀酒。
南方箕星闪闪亮	维南有箕	
缩着舌头把嘴张	载翕（xī）其舌	翕：向内收敛的意思。
斗星高照在天上	维北有斗	
举着柄儿向西方	西柄之揭	揭：高举。南斗的柄常指西方而上扬，故言“西柄之揭”。有人以为这章的斗指北斗，这是不对的。因为北斗的柄不西指，也不上扬。

四 月

【题解】

这是一个小官吏诉说行役之苦和忧世之情的述怀诗。

鹑　　即雕。一种大型猛禽。嘴呈钩状，视力很强，腿部羽毛直达趾间，雌雄同色。《毛传》:“鹑，雕也。鵰鸢，贪残之鸟也。”

四月出差是夏天	四月维夏	四月：和下一句的六月，都是指夏历（如今农历）而言。
六月盛暑将过完	六月徂暑	徂：往。徂暑：是“暑徂”的倒文，言盛暑将过去。
祖先不是别家人	先祖匪人	匪人：不是别人。
为啥任我受苦难	胡宁忍予	胡宁：为什么。
秋风萧瑟真凄清	秋日凄凄	
百草干枯尽凋零	百卉俱腓	卉：草。　腓：痱的假借字，草木枯萎。
兵荒马乱心忧苦	乱离瘼矣	瘼：疾苦。
何处可去何处行	爰其适归	爰：于，在。　适：往。
三九寒天彻骨凉	冬日烈烈	烈烈：《鲁诗》作“栗栗”，亦作“栗烈”，天气寒冷的样子。
阵阵狂风呼呼响	飘风发发	飘风：暴风。　发发：象声词，状狂风之呼啸。
人们生活都很好	民莫不穀	穀：善。指生活好。
我独受害离家乡	我独何害	何：通“荷”。

鸢　　猛禽类，俗称鹞鹰、老鹰。状类鹰，唯嘴较短。上体暗褐杂棕白色。耳羽黑褐色，故又名“黑耳鸢”。下体大部分为灰棕色带黑褐色纵纹。翼下具白斑，尾叉状，翱翔时最易识别。攫蛇、鼠、鸡、雏鸟为食。

好树好花山上栽	山有嘉卉	
也有栗子也有梅	侯栗侯梅	侯：是。
习惯成为害民贼	废为残贼	废：音义同忕（shì），习惯。　残贼：摧残、损害别人的人，指在位者。
还不承认是犯罪	莫知其尤	尤：罪过。

看那泉水下山坡	相彼泉水	相：看。
清时少来浊时多	载清载浊	载：又。
天天碰上倒霉事	我日构祸	日：指每天。　构：遘的假借字，遇。
日子怎么会好过	曷云能穀	曷：何。　云：语助词。

长江汉水浪滔滔	滔滔江汉	江汉：长江和汉水。
总揽南方小河道	南国之纪	南国：指南方各条河流。　纪：纲纪，约束。
鞠躬尽瘁为国家	尽瘁以仕	尽瘁：尽力工作以致憔悴。　仕：任职。
可是没人说声好	宁莫我有	宁：而。　莫：不。　有：通“友”，亲善。莫我有，不友我之倒文。

薇　即山菜，亦名野豌豆苗，多年生草本。冬季发芽，春季二三月长大。结荚果，中有种子五六粒，可食。

蕨　即蕨菜，俗称“山野菜”，是野生蕨类植物蕨的嫩芽，部分种类可食用。

为人不如鹰和雕	匪鹑(tuán)匪鸢(yuān)	匪：彼。　鹑：雕。　鸢：老鹰。
高飞能够冲云霄	翰飞戾天	翰飞：高飞。　戾：至。
为人不如鲤和鲔	匪鳣(zhān)匪鲔(wěi)	鳣：大鲤鱼。　鲔：鲟鱼。都是大鱼。
逃进深水真逍遥	潜逃于渊	
山上一片蕨薇草	山有蕨薇	蕨、薇：两种野菜。蕨初生像蒜，可食。薇即野豌豆苗。
低地杞桋真不少	隰(xí)有杞桋	杞：枸杞。　桋：亦名赤楝，木名。
作首诗歌唱起来	君子作歌	君子：作者自称。
心头悲哀表一表	维以告哀	告哀：诉说悲哀。

北 山

【题解】

这是一位士子怨恨大夫分配徭役劳逸不均而作的诗。士属统治阶级之下层，上受天子、诸侯、大夫等的压迫，承担繁重的徭役。这首诗反映了当时统治阶级内部矛盾的尖锐化。

杞　　此指枸杞，落叶小灌木。叶子披针形，花淡紫色，浆果卵圆形，红色。嫩茎、叶可作蔬菜，中医以果实根皮入药。

登上那座北山冈	陟(zhì)彼北山	陟：登。
采点枸杞尝一尝	言采其杞	言：语助词。
士子身强力又壮	偕偕士子	偕偕：强壮的样子。　士子：作者自称。
从早到晚工作忙	朝夕从事	
国王差事无休止	王事靡盬(gǔ)	靡：没有。　盬：止息。
没法服侍我爹娘	忧我父母	

普天之下哪片地	溥天之下	溥：通“普”，普遍。
不是国王的领土	莫非王土	
四海之内哪个人	率土之滨	率：循，沿。或训“自”，亦通。　滨：水边。
不是国王的臣仆	莫非王臣	
大夫做事不公平	大夫不均	不均：指处理臣下的工作很不公平。
派我工作特别苦	我从事独贤	贤：艰苦，劳累。

四马拉车把路赶	四牡彭彭	彭彭：强壮而不得休息的样子。
王事紧迫没个完	王事傍傍	傍傍：忙于奔走应付的样子。
他们夸我年纪轻	嘉我未老	嘉：嘉许，称赞。
夸我身体真壮健	鲜我方将	鲜：称善。　将：强壮。
说我年富力又强	旅力方刚	旅：通“膂”。膂力，犹今言体力。 刚：强健。
奔走四方理当然	经营四方	经营：往来奔走劳作的意思。
有的人坐家中安乐享受	或燕燕居息	燕燕：安逸的样子。　居息：住家休息。
有的人忙国事皮包骨头	或尽瘁事国	
有的人吃饱饭高枕无忧	或息偃在床	偃：卧。
有的人在路上日夜奔走	或不已于行（hánɡ）	不已：不停。　行：道路。
有的人从不知民间疾苦	或不知叫号	号：放声大哭。
有的人忧国事累断筋骨	或惨惨劬劳	惨惨：忧虑不安的样子。　劬劳：劳累。

有的人专享福悠闲自得　或栖迟偃仰　栖迟：游息。　偃仰：安居。

有的人为工作忙忙碌碌　或王事鞅掌　鞅掌：公事忙碌。

有的人寻欢作乐饮美酒　或湛(dān)乐饮酒　湛乐：过度的享乐。

有的人担心灾难要临头　或惨惨畏咎　咎：罪责，灾殃。

有的人夸夸其谈发议论　或出入风议　风议：发议论。

有的人样样事情要动手　或靡事不为　靡：无。

无将大车

【题解】

这是一位诗人感时伤乱之作。这位诗人，可能是已经沦为劳动者的士。他很旷达，认为“忧能伤人”，很不值得，便唱出了这首诗歌。

译文	原文	注释
不要去推那牛车	无将大车	将：用手推车。　大车：用牛拉的货车。
只会惹上一身尘	只自尘兮	只：只是。大车本用牛拉，如用人推，非但无效，且惹灰尘。比喻徒劳无功。
不要去想忧心事	无思百忧	百：言其多。
多想徒然自伤身	只自疧(qí)兮	疧：忧病。
不要去推那牛车	无将大车	
扬起尘土迷眼睛	维尘冥冥	冥冥：昏暗的样子。
不要去想忧心事	无思百忧	
多想前途没光明	不出于颎(jiǒng)	颎：同“炯”，光明。
不要去推那牛车	无将大车	

尘土飞扬看不清	维尘雝(yōng)兮	雝：通“壅”，遮蔽。
不要去想忧心事	无思百忧	
多想只会把病生	只自重兮	重：同“腫”，病累的意思（从马瑞辰《通释》说）。

小 明

【题解】

这是一个官吏自述久役思归及念友的诗。

译文	原文	注释
昭昭上天亮光光	明明上天	
普照辽阔大地上	照临下土	
想我出差到西方	我征徂西	征：行。 徂：往。 西：指镐京的西边。
直到荒凉那边疆	至于艽（qiú）野	艽野：荒远的边地。
十二月初吉日走	二月初吉	二月：指周历二月，即夏历的十二月。 初吉：初旬的吉日。
至今寒来又暑往	载离寒暑	载：乃，则。 离：经历。 寒暑：指一年。
心中想想真忧愁	心之忧矣	
好像吃药苦难当	其毒大苦	毒：毒药。 大：同“太”。
想起那位老同事	念彼共人	共：通“恭”。共人，宽和谦恭的人。诗人用以指他在朝的同事，也就是四章和五章的“君子”。
不禁伤心泪汪汪	涕零如雨	
难道不想回家乡	岂不怀归	
只怕得罪触法网	畏此罪罟（gǔ）	罟：网。

回想当初我动身	昔我往矣	
正是新年好时光	日月方除	除：亦作“涂”。《尔雅·释天》：“十二月为涂。”马瑞辰曰：“《广韵》涂与除同音，除谓岁将除也。”这句指旧岁刚辞新年正到。
何日才能回家乡	曷云其还	曷：何时。　云：语助词。　其还：将要回去。
一年将近犹无望	岁聿云莫	聿、云：都是语助词。　莫：同“暮”。
想想只有我一人	念我独兮	
事情多得头发胀	我事孔庶	孔庶：很多。
心里真是太忧伤	心之忧矣	
整年劳累天天忙	惮我不暇	惮：通“瘅”，劳苦。
思念那位老同事	念彼共人	
很想回去望一望	眷眷怀顾	眷眷：反顾的样子。
难道不想回家乡	岂不怀归	
怕人恼怒说短长	畏此谴怒	

回想当初我动身	昔我往矣	

译文	原文	注释
天气正暖不太凉	日月方奥（yù）	奥：燠的假借，暖。
何日才能回家乡	曷云其还	
政事越来越繁忙	政事愈蹙（cù）	蹙：急促。
一年很快就过完	岁聿云莫	
采艾收豆上晒场	采萧获菽	萧：艾蒿。　菽：豆。
心里想想真忧愁	心之忧矣	
自寻烦恼徒悲伤	自诒伊戚	诒：通“贻”，留下。　伊：此。　戚：忧伤。
想起那位老同事	念彼共人	
难以入睡起彷徨	兴言出宿	兴：起来。　出宿：到外面去过夜。
难道不想回家乡	岂不怀归	
只怕无辜受灾殃	畏此反复	反复：指随便加罪。《郑笺》：“反复，谓不以正罪见罪。”
唉呀劝您老同事	嗟尔君子	
休要安居把福享	无恒安处	恒：常。

认真办好本职事	靖共尔位	靖：谋划。 共：通“恭”，敬，负责。 尔：你。 位：指本职之事。
亲近正直靠贤良	正直是与	与：亲近。
神明听到这一切	神之听之	
赐您福禄永吉祥	式穀以女	式：用。 穀：禄。 以：通“与”，给。 女：汝。

唉呀劝您老同事	嗟尔君子	
休贪安逸把福享	无恒安息	
认真办好本职事	靖共尔位	
亲近正直靠贤良	好是正直	好：爱好。
神明听到这一切	神之听之	
赐您大福寿无疆	介尔景福	介：助。 景：大。

鼓　钟

【题解】

这是讽刺周王荒乱、伤今思古的诗。过去有说是刺幽王的，有说是昭王时的作品，都无确证。关于诗中的“雅”和“南”，周都城在今陕西，雅乐就是当时的陕西调。现在河南的南部，湖北的襄阳、宜昌、江陵一带地区，古代属于南夷，它的乐调称为“南”或“任”。章炳麟《大雅小雅说》考证“雅”为乐器名。其形如两端蒙羊皮的漆筒。郭沫若《甲骨文字研究》中，断定南“本钟铸之象形，更变而为铃”。章、郭二家的考证，和旧说不同，录此备考。

敲起编钟响叮当	鼓钟将将	鼓：敲。　将将：同“锵锵”，象声词。
淮水滚滚起波浪	淮水汤汤（shāng shāng）	淮水：淮河，发源于河南桐柏山，经安徽、江苏两省的北部而入海。　汤汤：水大而奔腾的样子。
我心忧愁且悲伤	忧心且伤	
想起古代好君子	淑人君子	淑：善。
叫人思念不能忘	怀允不忘	怀：思念。　允：诚然，确实。

敲起编钟声和谐	鼓钟喈喈	喈喈：声音和谐悦耳。
淮水滔滔流不歇	淮水湝湝	湝湝：水流貌。
我心忧愁且悲切	忧心且悲	
想起古代好君子	淑人君子	
人品道德不偏邪	其德不回	回：邪。

敲钟打鼓声未休	鼓钟伐鼛(gāo)	鼛：大鼓。
淮河水中三小洲	淮有三洲	三洲：《毛传》："淮上地。"据后人考证，在历次大水中，淮河上的三个小岛都被淹没，不知所在。三洲可能就是周王会诸侯奏乐的地点。
我心伤悼且忧愁	忧心且妯(chōu)	妯：亦作"怞"，伤悼。
想起古代好君子	淑人君子	
品德高贵传千秋	其德不犹	犹：訧的假借字，缺点，毛病。朱骏声《说文通训定声·孚部》："犹，假借为訧。"

敲起编钟声钦钦	鼓钟钦钦	钦钦：钟声。
又鼓瑟来又弹琴	鼓瑟鼓琴	
笙磬同奏相和鸣	笙磬同音	笙：编管有簧的乐器。 磬：用石或玉制成的打击乐器。 同音：音调和谐。
歌唱雅乐和南乐	以雅以南	以：为。 雅：雅乐，天子之乐曰雅，古称为正乐。 南：指南方的乐调。
吹籥伴奏更分明	以籥(yuè)不僭	籥：乐器名，似排箫。 僭：乱。

楚 茨

【题解】

这是一首周王祭祀祖先的乐歌。诗中的“我”、“孝孙”，都是指周王。它所叙述的典章制度，也都是天子用的。

蒺藜丛丛长满地	楚楚者茨	楚楚：密密丛生的样子。 茨：蒺藜。
我拿锄头除荆棘	言抽其棘	抽：除。 棘：刺。指蒺藜。
从前开荒为的啥	自昔何为	
我种高粱和小米	我艺黍稷	艺：种。
我的小米多茂盛	我黍与与	与与：茂盛的样子。
我的高粱多整齐	我稷翼翼	翼翼：繁盛齐整的样子。
我的仓库已堆满	我仓既盈	
囤里藏粮千百亿	我庾维亿	庾：用草席制的圆形露天粮囤。 维：是。亿：《郑笺》：“十万曰亿。”
粮食用来做酒饭	以为酒食	
用它献神和祭祀	以享以祀	享：献。
请来尸神敬上酒	以妥以侑	妥：安坐。 侑：劝酒。古代祭祖时以活人装神，叫做尸。祭祀时，主人迎接拜尸，请他进宗庙安坐在神位上，并献上酒食请尸吃喝。
求神快将大福赐	以介景福	介：助。 景：大。《郑笺》：“祝以主人之辞劝之，所以助孝子受大福也。”

助祭恭敬又端庄	济济跄跄(qiāngqiāng)	济济：庄严恭敬的样子。 跄跄：走路有节奏的样子。
洗净你的牛和羊	絜尔牛羊	絜：同“洁”，洗干净。 牛羊：祭祀用的祭品。
准备拿去作祭享	以往烝尝	烝：冬祭称烝。 尝：秋祭称尝。这里是泛指祭祀。
切的切来烧的烧	或剥或亨	剥，支解宰割。 亨：同“烹”，煮熟，烹调。
摆开碗盏端上堂	或肆或将	肆：陈设，即“摆出”的意思。 将：捧进，即“端进”的意思。
太祝祭神庙门里	祝祭于祊(bēng)	祝：太祝，官名，掌祭祀祈祷。 祊：宗庙门内设祭的地方。
祭事完备又周详	祀事孔明	孔：很。 明：指祭礼齐备整洁。
祖宗前来受祭祀	先祖是皇	是：代词，指祊。 皇：借为往，来也。《礼记·少仪》：“祭祀之美，齐齐皇皇。”郑玄注：“皇读如归往之往。”《孔疏》：“谓心所系往。”
神灵来把酒肉尝	神保是飨	保：依，神所依的意思。“神保”是一个词，好像《楚辞》称“灵”为“灵保”一样，是对先祖神的美称。
“主祭少爷有吉庆	“孝孙有庆	孝孙：主祭的人，亦称曾孙；实即周王。 有庆：有福。以下三句是太祝的祷词。
神明酬报洪福降	报以介福	
赐您万寿永无疆”	万寿无疆”	

厨师敏捷做菜肴	执爨(cuàn)踖(jí)踖(jí)	爨：炊，烧火煮饭。 踖踖：敏捷谨慎的样子。
案上鱼肉真不少	为俎孔硕	俎：祭祀时用以盛牲的礼器，形像小方桌，有四脚，铜制。 孔硕：指俎内肉很丰富。
有的红烧有的烤	或燔(fán)或炙(zhì)	燔：烧肉。 炙：烤肉。

译文	原文	注释
主妇恭敬又小心	君妇莫莫	君妇：主妇。　莫莫：恭敬谨慎的样子。
端上佳肴一道道	为豆孔庶	豆：古食器名。　庶：多。
招待宾客真周到	为宾为客	
主劝客饮杯盏交	献酬交错	献：敬酒。　酬：劝酒。
遵守礼节不喧闹	礼仪卒度	卒：尽，完全。　度：法度。
合乎规矩轻谈笑	笑语卒获	获：得其宜，恰到好处。
祖先神灵已来到	神保是格	格：至。
“神用大福来酬报	“报以介福	
赐您长寿永不老”	万寿攸酢”	攸：语助词。　酢：报酬。以上两句也是太祝祈祷的话。

译文	原文	注释
我的态度很恭敬	我孔熯(nǎn)矣	熯：通“戁”，敬惧。
礼节周到没毛病	式礼莫愆	愆：差错。
太祝传下祖宗话	工祝致告	工祝：即官祝（太祝）。古称官为“工”，如百工为百官，臣工为臣官。
“快去赐福给孝孙	“徂赉(lài)孝孙	徂：往。　赉：赏赐。以下九句皆太祝将“神”的意思告诉周王。
祭祀酒菜香喷喷	苾芬孝祀	苾芬：犹芬芳。
神灵爱吃心高兴	神嗜饮食	

赐您百福作报应	卜尔百福	卜：给予。　百：言其多。
祭祀及时又标准	如几如式	如：合。　几：借为“期”，指如期祭神。式：法，制度。
办事快速又齐整	既齐既稷	齐：整齐。　稷：借为“亟”，敏捷。《说文》:“亟，敏疾也。”
态度谨慎又端正	既匡既敕	匡：端正。　敕：通“饬”，谨慎。
永远赐您无量福	永锡尔极	锡：赐。　极：至。指最好的福气。
福禄亿万数不清”	时万时亿”	时：是。

祭祀仪式都完备	礼仪既备	
钟鼓敲响近尾声	钟鼓既戒	戒：告。祭将毕，奏乐以告礼成。
主祭走回堂下位	孝孙徂位	徂位：指走回原位。
太祝报告祭礼成	工祝致告	
“神灵都已醉醺醺”	“神具醉止”	
大尸告辞立起身	皇尸载起	皇：表示赞美的形容词。　载：则，就。
乐队敲钟送尸神	鼓钟送尸	
祖宗神灵上归程	神保聿归	
烧菜厨师和主妇	诸宰君妇	宰：宰夫，亦称膳夫，即厨师。

译文	原文	注释
撤去祭品不留停	废彻不迟	彻：通“撤”。废彻，把席上的祭品收去。不迟：不慢。
伯叔兄弟都聚齐	诸父兄弟	诸父：指伯父、叔父等长辈。 兄弟：泛指同姓的同辈。
阖家宴饮叙天伦	备言燕私	备：俱，完全。 燕：通“宴”。燕私，古代祭祀之后的亲属私宴。
乐队进庙齐奏起	乐具入奏	乐：指乐队。 具：全部。祭在前庙；庙后有寝，是藏衣冠和宴会的场所。宴会开始，祭时的乐队都移进寝庙，奏乐助宴。
子孙享受祭后食	以绥后禄	绥：安，指安逸享受。 后禄：指共食祭后所余之酒肉。
您的菜殽真美好	尔殽既将	殽：通“肴”。 将：美好。见《广雅·释诂》。
怨言全无乐滋滋	莫怨具庆	
菜饭吃饱酒喝足	既醉既饱	
老小叩头齐致辞	小大稽首	小大：指长幼。 稽首：叩头。表示向主人告辞。
“神灵爱吃这饭菜	“神嗜饮食	
使您长寿百年期	使君寿考	寿考：长寿。自上句以下六句为辞别者对周王的颂词。
祭祀又好又顺利	孔惠孔时	惠：顺利。 时：善，好。
主人确实尽礼制	维其尽之	其：指主人。 尽之：指主人在祭祀中完全遵守礼节。
但愿子孙和后代	子子孙孙	
永把祭礼来保持”	勿替引之”	替：废。 引：延长。 之：指祭祀礼节。

信南山

【题解】

这首诗也是周王祭祖祈福的乐歌。

绵延不断终南山	信彼南山	信：通“伸”，长而远的样子。　南山：终南山。在今陕西省西安市南。
大禹治过旧封疆	维禹甸之	维：是。　禹：大禹。　甸：治理。
原野平坦又整齐	畇畇（yún yún）原隰	畇畇：形容已开垦过的土地平坦整齐的样子。
曾孙在此种食粮	曾孙田之	曾孙：周王对祖神的自称。王家祭神时由周王主祭，故曾孙又是主祭者的代称，与《楚茨》的“孝孙”同义。　田：耕种。
划分田界挖沟渠	我疆我理	疆：井田的田界。一井九百亩，每家分一百亩，中间是公田，八家人合种之，其间的田界就叫疆。　理：田中的沟渠。
亩亩方正好丈量	南东其亩	南东：泛指四方。

天上乌云密层层	上天同云	同云：全被云遮。
雪花飞舞乱纷纷	雨雪雰雰	雨雪：下雪。　雰雰：即纷纷。
加上细雨濛濛下	益之以霡霂（mài mù）	益：加上。　霡霂：小雨。
雨水充足好年成	既优既渥	优：充足。　渥：湿。
土地潮湿又滋润	既霑既足	霑：沾湿。　足：浞的假借字，润湿的样子。
茁壮茂盛五谷生	生我百谷	

疆界齐整划井田	疆埸(yì)翼翼	埸：田界。何楷《诗经世本古义》:“疆、埸皆田界之名。疆乃八家同井之界畔，埸乃一夫百亩之界畔。” 翼翼：整齐的样子。
小米高粱连成片	黍稷彧彧(yù yù)	彧彧：郁郁的假借，茂盛的样子。
曾孙收获粮食多	曾孙之穑	穑：收割庄稼。
制酒做饭香又甜	以为酒食	
供给神主和宾客	畀(bì)我尸宾	畀：给予。　尸：祭祀时装神的神主。
神灵赐我寿万年	寿考万年	

田中有房住人家	中田有庐	庐：农民住的房子，建筑在公田中。
田边种着青翠瓜	疆埸有瓜	
瓜儿切开腌起来	是剥是菹(zū)	是：这。指瓜。　剥：切开。　菹：腌菜。
献给祖先请收下	献之皇祖	
曾孙寿命长百岁	曾孙寿考	
皇天赐福保佑他	受天之祜(hù)	祜：福。

神前斟上清清酒	祭以清酒	按周人祭礼先用酒降神，然后迎接牲口。
再献赤黄大公牛	从以骍牡	骍牡：赤黄色的公牛。

上供祖先来享受	享于祖考	
拿起锋利金鸾刀	执其鸾刀	鸾刀：有铃的刀。
分开公牛颈下毛	以启其毛	启：分开。分开牛毛而后下刀宰牛。周王（曾孙）亲执鸾刀，割开牲口的毛肉，表示这是纯色的。
取出牛血和脂膏	取其血膋(liáo)	膋：脂膏、牛油。取出牲口的血，表示这是新杀的。又取出它的油，加上黄米、高粱放在艾蒿上烧，使香气四溢。
美酒黄牛已献上	是烝是享	烝：进。有人训烝为冬祭，亦通。 享：献。烝享，即进献。
烧起脂膏喷喷香	苾苾芬芬	苾苾芬芬：香气浓郁。
祭事完备又周详	祀事孔明	孔明：很完备整洁。
祖宗来临把祭享	先祖是皇	皇：往。见《楚茨》“先祖是皇”注。
神明酬报洪福降	报以介福	
赐您万寿永无疆	万寿无疆	

甫　田

【题解】

这是周王祭祀土地神、四方神和农神的祈年乐歌。

稻　一年生草本。有水稻、旱稻两类，通常多指水稻。子实碾制去壳后即大米。

粱　即粟，一年生草本。通称“谷子”，去壳后即小米。古称其优良品种为粱，今无别。

译文	原文	注释
一片大田广无边	倬彼甫田	倬：广阔的样子。　甫田：大田。
每年收粮万万千	岁取十千	十千：有二说：一以为十千是虚数，指收成多。一以为十千是确数，指一万亩的公田。
拿出仓里陈谷子	我取其陈	我：诗人自称，他可能是周王的祭官或农官。陈：指陈粮。
给我农民把肚填	食(sì)我农人	食：养。农人在耕种公田的时候，由公家供给农人吃粮。
古来都是丰收年	自古有年	有年：丰年。
我到南亩去巡视	今适南亩	适：往。
锄草培土人不闲	或耘或耔	耘：除草。　耔：用土培苗根。
小米高粱一大片	黍稷薿薿	薿薿：茂盛的样子。
庄稼长大收上场	攸介攸止	攸：乃，就。　介：长大。　止：至。
田官向我来进献	烝我髦士	烝：进。　髦士：英俊之士。或指田畯（田官）。

译文	原文	注释
黍稷装满碗和盆	以我齊(zī)明	齊明：齍盛的假借，即粢盛，祭器中的谷物。
配上羊羔毛色纯	与我牺羊	牺：祭祀用的毛色纯一的牲口。
祭祀土神四方神	以社以方	以：用。　社：祭土地神。　方：祭四方之神。

译文	原文	注释
我的庄稼长得好	我田既臧	臧：善。指收成好。
召集农夫同欢庆	农夫之庆	
击鼓奏瑟又弹琴	琴瑟击鼓	
迎神赛会祭农神	以御(yà)田祖	御：迎接。　田祖：指神农。《周礼》郑注："田祖，始耕田者，谓神农也。"
祈求上天降甘霖	以祈甘雨	祈：祈求。　甘雨：适时好雨。
使我庄稼得丰收	以介我稷黍	
养活老爷小姐们	以穀我士女	穀：养。　士女：指贵族男女。
曾孙来到大田间	曾孙来止	曾孙：周王对他的祖先和其他的神，都自称曾孙。　来：指来田间视察。　止：语气词。
农民叫他妻和子	以其妇子	
一齐送饭到田边	馌(yè)彼南亩	馌：送饭。
田官一见心喜欢	田畯至喜	
拿起身边菜和饭	攘其左右	攘：取。　左右：指田畯两旁农夫妇子送来的菜饭。
尝尝味道鲜不鲜	尝其旨否	旨：味美。

译文	原文	注释
满田庄稼密又壮	禾易长亩	易：禾苗茂盛的样子。　长：满。
既好又多是丰年	终善且有	终：既。　有：丰。
曾孙欢喜笑开颜	曾孙不怒	
农夫干活很勤勉	农夫克敏	克：能。　敏：疾。指工作干得又好又快。
曾孙庄稼堆满场	曾孙之稼	
高如屋顶和桥梁	如茨如梁	茨：草房顶。　梁：桥梁。
曾孙粮囤只只满	曾孙之庾	庾：粮囤。
就像小丘和山冈	如坻(chí)如京	坻：小丘。　京：大丘。
快造仓库成千座	乃求千斯仓	
快造车子上万辆	乃求万斯箱	箱：车箱。
黍稷稻粱往里装	黍稷稻粱	
农夫同庆喜洋洋	农夫之庆	
神灵报王以大福	报以介福	
长命百岁寿无疆	万寿无疆	

大　田

【题解】

这是周王祭祀田祖以祈年的诗。它和《楚茨》、《信南山》、《甫田》等诗，反映了西周时期的农业生产关系和生产力的情况，为我们提供了当时社会现实的可靠史料。

螟　吃禾心的虫。　螣　吃禾叶的虫。　蟊　吃禾根的虫。　贼　吃禾节的虫。

大田大，庄稼多	大田多稼	大田：即甫田，面积广阔的农田。
选种子，修家伙	既种既戒	既：已经。　种：选择种子。　戒：音义同械。这里用作动词，修理农具。
事前准备都完妥	既备乃事	乃事：这些事。
背起我那锋快犁	yǎn sì 以我覃耜	覃：通“剡”，锐利。　耜：原始的犁。
开始田里干农活	俶载南亩	俶：开始。　载：从事工作。
播下黍稷诸谷物	播厥百谷	厥：其。
苗儿挺拔又壮茁	既庭且硕	庭：同“挺”，挺直的意思。　硕：大。
曾孙称心好快活	曾孙是若	若：顺。曾孙是若，顺了曾孙的愿望。
庄稼抽穗已结实	zào 既方既皂	方：通“房”，指谷粒已生嫩壳，还没有合满。　皂：指谷壳已经结成，但还未坚实。
籽粒饱满长势好	既坚既好	
没有空穗和杂草	láng yǒu 不稂不莠	稂：指穗粒空瘪的禾。　莠：形似禾的一种杂草，亦名狗尾草。
害虫螟螣全除掉	tè 去其螟螣	螟：吃禾心的虫。　螣：吃禾叶的虫。
蟊虫贼虫逃不了	máo 及其蟊贼	蟊：吃禾根的虫。　贼：吃禾节的虫。

译文	原文	注释
不许伤害我嫩苗	无害我田稚	稚：幼禾。
多亏农神来保佑	田祖有神	田祖：农神。
投进大火将虫烧	秉畀炎火	秉：拿。　畀：给。　炎火：大火。
凉风凄凄云满天	有渰(yǎn)萋萋	有渰：即渰渰，阴云密布的样子。　萋萋：凄凄的假借字，天气清冷的样子。
小雨下来细绵绵	兴雨祁祁	兴雨：下起雨来。按三家诗作“兴云”。　祁祁：徐徐，慢慢的样子。意指细雨而不是暴雨。
雨点落在公田里	雨我公田	
同时洒到我私田	遂及我私	私：私田。
那儿谷嫩不曾割	彼有不获稚	获：收割。
这儿几株漏田间	此有不敛穧(jì)	敛：收。　穧：禾把。不敛穧，指已割而漏掉收的禾把。
那儿掉下一束禾	彼有遗秉	秉：把，将禾捆成一把把。
这儿散穗三五点	此有滞穗	滞：遗留。
照顾寡妇任她拣	伊寡妇之利	伊：是。　利：好处。

曾孙视察已光临	曾孙来止	
农民叫他妻儿们	以其妇子	
送饭田头犒饥人	馌彼南亩	
田畯看了真开心	田畯至喜	
曾孙来到正祭神	来方禋（yīn）祀	禋祀：古代祭天的一种礼仪。先烧柴升烟，再加上牲体、五谷、玉帛等于柴上焚烧。
黄牛黑猪案上陈	以其骍黑	骍：指赤黄色的牛。　黑：指黑色的猪。
小米高粱配嘉珍	与其黍稷	
献上祭品行祭礼	以享以祀	
祈求大福赐曾孙	以介景福	

瞻彼洛矣

【题解】

这是周王会诸侯于东都洛阳，检阅六军，诸侯赞美周王的诗。

译文	原文	注释
站在岸边看洛水	瞻彼洛矣	洛：水名，源出陕西，经河南洛阳入黄河。
茫茫一片无边际	维水泱泱	泱泱：水深广的样子。
国王车驾已到来	君子至止	君子：指周王。
福禄厚重如茅茨	福禄如茨	如茨：言福禄之厚重如草屋顶之多层高积。
皮制蔽膝红艳艳	韎韐（mèi gé）有奭	韎韐：用茜草染成红色的皮制蔽膝。 奭：通"赩"（xì），赤色。
号召六军齐奋起	以作六师	作：起。奋起振作的意思。 六师：六军。《周礼·夏官》："凡制军，万有二千五百人为军，王六军。"《穀梁传》襄十一年："古者天子六师。"

译文	原文	注释
远望洛水长又宽	瞻彼洛矣	
茫茫一片不见边	维水泱泱	
国王车驾已到来	君子至止	
玉饰刀鞘花纹鲜	鞞（bǐ）琫（běng）有珌（bì）	鞞：刀鞘。 琫：刀鞘上玉的饰物。 有珌：即珌珌，形容刀鞘玉饰花纹美丽的样子。
敬祝国王万年寿	君子万年	
保卫国家天下安	保其家室	

洛水岸边举目望	瞻彼洛矣	
茫茫一片浪打浪	维水泱泱	
国王车驾已到来	君子至止	
福禄俱全世无双	福禄既同	同：聚。
敬祝国王万年寿	君子万年	
保卫国家守边疆	保其家邦	

裳裳者华

【题解】

这是周王赞美诸侯的诗。《毛序》说是刺幽王的，前人已多评论其不足信。

骆　　指尾和鬃毛黑色的白马。

花朵儿鲜明辉煌	裳裳者华	裳裳：堂堂的假借，花丰盛明艳的样子。华：花。
绿叶儿郁郁苍苍	其叶湑（xǔ）兮	湑：茂盛的样子。
我见到各位贤人	我觏之子	觏：见。　之子：此人，指诸侯。
心里头真是舒畅	我心写兮	写：宣泄。指心中排除忧愁而舒畅。
心里头真是舒畅	我心写兮	
从此有安乐家邦	是以有誉处兮	誉：通“豫”，快乐。　处：安居。

花朵儿鲜明辉煌	裳裳者华	
叶儿密花儿金黄	芸其黄矣	芸其：即芸芸，花叶盛多的样子。　黄：指花色黄。
我见到各位贤人	我觏之子	
有才华又有专长	维其有章矣	其：他，指诸侯。　章：文章，有才华。
有才华又有专长	维其有章矣	
可庆贺国之荣光	是以有庆矣	

花朵儿鲜明辉煌	裳裳者华	
开起来有白有黄	或黄或白	
我见到各位贤人	我觏之子	
驾四马气宇轩昂	乘其四骆	骆：黑鬃黑尾的白马。
驾四马气宇轩昂	乘其四骆	
马缰绳柔滑溜光	六辔沃若	六辔：古代四匹马驾车有六条缰绳，二匹服马各有二辔，中间两匹骖马各一辔。 沃若：光润的样子。若，同“然”。

左手边有个左相	左之左之	左：和下边的右，指左右辅弼（君主的帮手），好像后世的左右宰相。 之：语气词。
他定能安于职掌	君子宜之	君子：即上三章中的“之子”。有人说，它是指“古之明王”，亦通。 宜：安。 之：指左右辅弼。
右手边有个右相	右之右之	
有才干用其所长	君子有之	有：取。有之，取他的所长。
正因为用其所长	维其有之	
继祖业绵延永昌	是以似之	似：通“嗣”，继承。

桑　扈

【题解】

这是周王宴会诸侯的诗。

桑扈　　即青雀，又名窃脂。羽毛为青褐色，有黄斑点，喜欢吃粟米、稻谷，喙略微弯曲。身体厚实健壮。生活在山间树林中。

译文	原文	注释
小巧玲珑青雀鸟	交交桑扈	交交：小小的样子。一说，鸟鸣声。　桑扈：即青雀，又名窃脂。嘴而食肉。
彩色羽毛多俊俏	有莺其羽	有莺：莺莺，有文彩的样子。
祝贺诸位常欢乐	君子乐胥	君子：指周王的诸侯群臣。　胥：语助词。
上天赐福运气好	受天之祜	祜：福。
小小青雀在飞翔	交交桑扈	
头颈彩羽闪闪亮	有莺其领	领：颈。
祝贺诸位常欢乐	君子乐胥	
各国靠你当屏障	万邦之屏	屏：屏障。喻保卫国家的重臣。
为国屏障为骨干	之屏之翰	之：是。　翰：干的假借，筑墙时支撑在两边的木柱。
诸侯把你当典范	百辟(bì)为宪	辟：国君。百辟：即诸侯。　宪：法度，典范。
克制自己守礼节	不戢(jí)不难(nuó)	不：语助词，无义。下句同。　戢：收敛，克制。　难：通“傩”。《颜氏家训》引这句诗作“傩”，守礼节的意思。
受福多得难计算	受福不那(nuó)	那：多。

牛角酒杯弯又弯	兕觥其觩(qiú)	兕觥：用犀牛角制的酒杯。一说是形如卧牛的酒杯。　觩：角弯曲的样子。
美酒香甜性儿软	旨酒思柔	旨酒：美酒。　思：语气词。　柔：指酒性不烈。
不求侥幸不骄傲	彼交匪敖	彼：通“匪”，非。　交：《汉书·五行志》引作“儌”，侥幸之意。　敖：通“傲”，傲慢。
万福齐聚遂心愿	万福来求	求：王引之《经义述闻》：“求，读与逑同。逑，聚也，谓福禄来聚。”

鸳鸯

【题解】

这是祝贺贵族新婚的诗。鸳鸯是成双成对的鸟，秣马是古代亲迎之礼，诗的起兴都与新婚有关。

鸳鸯　鸟类。似野鸭，体形较小。嘴扁，颈长，趾间有蹼，善游泳，翼长，能飞。雄的羽色绚丽，头后有铜赤、紫、绿等色羽冠；嘴红色，脚黄色。雌的体稍小，羽毛苍褐色，嘴灰黑色。栖息于内陆湖泊和溪流边。古代传说鸳鸯雌雄偶居不离，古称“匹鸟”。

鸳鸯双飞不分开	鸳鸯于飞	于：语助词。
用网用罗捕回来	毕之罗之	毕：有长柄的捕鸟小网。　罗：张在地上无柄的捕鸟大网。
敬祝君子寿万年	君子万年	
安享福禄永相爱	福禄宜之	宜：安。
鸳鸯对对在鱼梁	鸳鸯在梁	梁：拦鱼的水坝。
嘴插左翅睡得香	戢其左翼	戢：《经典释文》引《韩诗》曰："戢，捷也，捷其噣（鸟嘴）于左也。"指鸳鸯休息时把嘴插在左边的翅膀里。一说戢为收敛，亦通。
敬祝君子寿万年	君子万年	
美满家庭福禄长	宜其遐福	遐：远。
棚中四马拴得牢	乘马在厩（jiù）	乘马：四匹马。　厩：马棚。
粮草把它喂喂饱	摧（cuò）之秣之	摧：通"莝"，铡草。此指铡草喂马。　秣：以谷喂马。
敬祝君子寿万年	君子万年	
福禄助您永和好	福禄艾之	艾：辅助。《国语·周语》："树于有礼，艾人必丰。"一说艾为养，亦通。
迎亲四马系在槽	乘马在厩	
喂它粮食又喂草	秣之摧之	
敬祝君子寿万年	君子万年	
安享福禄永偕老	福禄绥之	绥：安。

頍弁

【题解】

这是写周王宴请兄弟亲戚的诗。诗中以寄生草依赖于松柏，比喻贵族依赖于周王。末章反映了西周末年统治集团对国家前途悲观失望和及时行乐的心情。

茑　常绿寄生灌木，叶微圆，有长柄。茎蔓生，寄生于桑、枫等树上。秋初结实如豆，可入药。

女萝　即松萝。多附生于深山的老树枝干或高山岩石上，成丝状下垂。可入药。

译文	原文	注释
皮帽尖尖顶有角	有頍(kuǐ)者弁	有頍：即頍頍，形容皮帽顶上尖尖有角的样子。 弁：皮制的帽，是当时一般贵族戴的。
戴着它来做什么	实维伊何	实：是。 维：为。 伊：语中助词，无义。
您的酒味既甘醇	尔酒既旨	尔：指请客的周王。
您的菜肴也不错	尔殽既嘉	殽：同“肴”。 嘉：美。
难道来的是外人	岂伊异人	伊：是。 异人：别人，外人。
兄弟非他同一桌	兄弟匪他	匪：非。
攀藤茑草和女萝	茑(niǎo)与女萝	茑：寄生攀缘植物，夏日开花，色淡绿带红；秋日结实，有酸味。 女萝：亦名兔丝、松萝。也是攀缘植物，附生在大树上。
蔓延依附松和柏	施于松柏	
还没见到君主时	未见君子	君子：指周王。
心神不定难诉说	忧心奕奕	奕奕：心神不定的样子。
如今见到君主面	既见君子	
心里舒畅又快活	庶几说怿(yì)	庶几：差不多。 说：通“悦”。 怿：和“悦”同义。说怿，欢喜。
皮帽尖尖角在上	有頍(kuǐ)者弁	

戴着它是为哪桩	实维何期	期：同“其（jī）”，语末助词。
您的酒味既甘醇	尔酒既旨	
您的菜肴喷喷香	尔殽既时	时：善，美。
难道来的是外人	岂伊异人	
至亲兄弟聚一堂	兄弟具来	具：通“俱”。
攀藤茑草和女萝	茑与女萝	
蔓延缠绕松枝上	施于松上	
还没见到君主时	未见君子	
心里痛苦又忧伤	忧心怲怲	怲怲：很忧愁的样子。
如今见到君主面	既见君子	
希望能够得赐赏	庶几有臧	臧：善。有臧，有好处。
新制皮帽尖尖顶	有頍（kuǐ）者弁	
戴在头上正相称	实维在首	

您的酒味既甘醇	尔酒既旨	
您的菜肴更丰盛	尔殽既阜	阜：丰富。
难道来的是外人	岂伊异人	
兄弟舅舅和外甥	兄弟甥舅	甥舅：古代称女婿为甥，岳父为舅；姊妹的儿子为甥，母亲的兄弟为舅。这里泛指异姓亲戚。
人生好比下场雪	如彼雨雪	雨雪：下雪。
先霰后雪终融尽	先集维霰(xiàn)	集：聚。 维：是。 霰：雪珠。下雪之前先下雪珠，最终同样融化，比喻人生虽有先后，最终不免一死。
不知何日命归阴	死丧无日	无日：不知哪一天。
能有几番叙天伦	无几相见	无几：没有多少时候。
不如今夜痛饮酒	乐酒今夕	
及时宴乐各尽兴	君子维宴	维：同“惟”，只有。

车 舝

【题解】

这是一位诗人在迎娶途中赋的诗。《左传》昭公二十五年："叔孙婼如宋迎女，赋《车辖》。"可见它确是咏新婚的诗。

鷮　　鸟类，雉的一种。尾长，走且鸣，性勇健，羽毛修长，可作为装饰。

迎亲车轮响格格	间关车之舝(xiá)兮	间关：象声词，形容车轮转动时车辖的格格声。 舝：同“辖”，车轴两头的铁键。
美丽少女要出阁	思娈季女逝兮	思：发语词。 娈：美好的样子。 季女：少女。 逝：往。指乘车出嫁。
不再似饥又似渴	匪饥匪渴	匪：非，没有。
娶来姑娘有美德	德音来括	德音：美德，善名。 括：通“佸”，聚会。
宴会虽然没好友	虽无好友	
大家喝酒也快乐	式燕且喜	式：发语词。 燕：通“宴”，宴饮。

密密丛林莽苍苍	依彼平林	依：树木茂盛的样子。 平林：平原上的树林。
野鸡栖息树枝上	有集维鷮(jiāo)	鷮：鸟名，雉的一种，体形及尾羽都很像环颈雉。
善良姑娘身材高	辰彼硕女	辰：善良（从马瑞辰说）。 硕女：美女。古代以身材高大为美。
美德教我家增光	令德来教	令德：美德，指季女。
酒宴热闹又快乐	式燕且誉	誉：通“豫”，欢乐。
永远爱你恩情长	好尔无射(yì)	好：爱。 尔：指季女。 射：通“斁”，厌弃。见《周南·葛覃》“服之无斁”注。

虽然酒味不算美	虽无旨酒	
希望您也干几杯	式饮庶几	庶几：一些；含有希望之意。
虽然小菜不好吃	虽无嘉殽	
希望您也尝尝味	式食庶几	
虽无美德来相配	虽无德与女	与：助，这里含有相配之意。　女：通“汝”。
望您歌舞庆宴会	式歌且舞	

登上山冈巍巍高	陟彼高冈	陟：登。
砍下柞树当柴烧	析其柞薪	析：劈。　柞：树名。古人结婚时劈柴作火把，因此以析薪代指结婚迎亲。
砍下柞树当柴烧	析其柞薪	
柞叶长满嫩枝梢	其叶湑（xǔ）兮	湑：树叶柔嫩茂盛的样子。
今天有幸见到您	鲜我觏尔	鲜：善。　觏：遇见。
心花怒放百忧消	我心写兮	写：宣泄。指消除忧愁。

高山仰望才见顶	高山仰止	仰：仰望。　止：语尾助词，和“之”通用。古人引这两句诗“止”亦作“之”。
大路平坦凭人行	景行行止	景行：大路。行，走。
四马迎亲快快奔	四牡騑騑	騑騑：马走不停的样子。
缰绳齐如调丝琴	六辔如琴	如琴：形容六条马缰绳像琴弦那样整齐调和。
望着车上新婚人	覯尔新昏	昏：同“婚”。
甜蜜幸福我欢欣	以慰我心	

青　蝇

【题解】

这是一首斥责谗人害人祸国的诗。

蝇　　苍蝇，昆虫类，通常指家蝇。身体和腿上多毛，头部有一对复眼。体灰黑色。多出现于夏季，常集于腐臭物之上。

苍蝇飞舞声营营	营营青蝇	营营：摹声词，苍蝇来回飞的声音。
飞上篱笆把身停	止于樊	止：停。　樊：篱笆。
平易近人的君子	岂弟君子	岂弟：和气，平易近人。
害人谗言您莫听	无信谗言	

苍蝇飞舞声营营	营营青蝇	
飞上枣树把身停	止于棘	棘：酸枣树。棘和下章的榛，都是筑篱笆的材料。
谗人说话没定准	谗人罔极	罔：无。　极：准则。
搅乱各国不太平	交乱四国	交：俱。　四国：四方诸侯之国。

苍蝇飞舞声营营	营营青蝇	
飞上榛树把身停	止于榛	榛：榛树，一种丛生小灌木。
谗人说话没定准	谗人罔极	
离间我们老交情	构我二人	构：陷害。　二人：指作者和听谗者。魏源《诗古微》认为“构我二人”指幽王与母后（申后），“交乱四国”谓戎、缯、申、吕。

宾之初筵

【题解】

这是讽刺统治者饮酒无度失礼败德的诗。

来宾入座开宴席　宾之初筵　筵：古人席地而坐，筵是铺在地上的竹席。初筵，宾客初入座的时候。

宾主谦让守礼节　左右秩秩　左右：指筵席的东西两边。主人的座位在东，客人的座位在西。　秩秩：恭敬而有秩序的样子。

杯盘碗盏摆整齐　笾豆有楚　笾、豆：都是古代食器名。见《常棣》“傧尔笾豆”注。　有楚：即楚楚，摆设整齐的样子。

鱼肉干果全陈列　殽核维旅　殽：盛在豆里的鱼肉。　核：盛在笾里的干果。　维：是。　旅：陈列。

醴酒味浓醇又美　酒既和旨　和旨：醇和甜美。

觥筹交错真热烈　饮酒孔偕　孔：很。　偕：普遍。

钟鼓乐器都齐备　钟鼓既设

往来敬酒杯不绝　举酬逸逸　酬：敬酒。　逸逸：同“绎绎”，往来不断的样子。

虎皮靶子竖起来　大侯既抗　侯：箭靶，用兽皮或布制成。大侯，周王大射时用的箭靶，用虎、熊、豹三种皮制成。抗：竖起、张挂。

张弓搭箭如满月　弓矢斯张　斯：语助词。　张：弓加弦再搭上箭曰张。

射手云集靶场上　射夫既同　射夫：射手。　同：会齐。

表演技术逞英杰　献尔发功　献：逞，表现。　发功：射技。

译文	原文	注释
人人争取中目标	发彼有的	有：语助词。
要叫对手罚一爵	以祈尔爵	祈：求。　尔：指比赛者的对手。　爵：古酒器名，形如雀头，下有三脚。青铜制成，盛行于殷商四周。
执籥起舞笙鼓响	籥(yuè)舞笙鼓	籥：古乐器名。籥舞：执籥而舞。
众乐齐奏声铿锵	乐既和奏	
祖宗灵前进娱乐	烝(kàn)衎烈祖	烝：进，指进乐。　衎：娱乐。　烈祖：创业的祖先。
按礼行事神来享	以洽百礼	洽：配合。
祭礼周到又完备	百礼既至	至：完备。
隆重盛大又堂皇	有壬有林	壬：大。　林：盛。有壬有林，即壬壬林林，形容百礼盛大的样子。
神灵赐你大福气	锡尔纯嘏(gǔ)	锡：赐。　纯嘏：大福。
子孙个个都欢畅	子孙其湛(dān)	湛：喜悦。
人人欢喜又快乐	其湛曰乐	曰：语助词。
各献其能射靶场	各奏尔能	奏：献。
来宾各自找对手	宾载手仇	载：则，就。　手：取，选择。　仇：匹偶，指比赛射箭的对手。
主人相陪比短长	室人入又	室人：主人。　入又：进入射场又和宾客射箭。
斟上满满一杯酒	酌彼康爵	康：大。康爵，大杯。
祝你胜利进一觞	以奏尔时	奏：进。　时：善，指射中者。

客来入席叫声请　宾之初筵

态度温雅又恭敬　温温其恭

酒过一巡人未醉　其未醉止　止：语气词。下同。

仪表庄重又自矜　威仪反反(fàn fàn)　威仪：仪表行为。　反反：庄重而谨慎的样子。

酒过三巡醉态露　曰既醉止

举止失措皆忘形　威仪幡幡　幡幡：轻佻不庄重的样子。

离开坐席乱走动　舍其坐迁　舍：离开。　坐：座位。　迁：移动，这里指礼法所许可的活动范围。

手舞足蹈不肯停　屡舞仙仙　仙仙：同"跹跹"，舞姿轻盈的样子。

他们还没喝醉时　其未醉止

看来谨慎又文静　威仪抑抑　抑抑：谨慎而严肃的样子。

待到喝得醉酩酊　曰既醉止

嬉皮笑脸骨头轻　威仪怭怭(bì bì)　怭怭：轻薄而粗鄙的样子。

还说这是喝醉酒　是曰既醉

不守规矩不要紧　不知其秩　秩：规矩。有人认为"秩"与"失"通。失：过失。说亦可通。

客人已经喝醉了　宾既醉止

又是叫来又是闹	载号载呶（náo）	号：大叫。　呶：喧哗。
打翻杯盘和碗盏	乱我笾豆	
跌跌撞撞把舞跳	屡舞僛僛（qī qī）	僛僛：身体歪歪斜斜的样子。
还说这是喝醉酒	是曰既醉	
糊里糊涂不害臊	不知其邮	邮：通“訧”，过失。
头上歪戴鹿皮帽	侧弁之俄	弁：皮帽。侧弁，歪戴着帽子。　俄：倾斜。
疯疯癫癫跳舞蹈	屡舞傞傞（suō suō）	傞傞：醉舞盘旋不停的样子。
如果喝醉就出门	既醉而出	
大家托福都叫好	并受其福	并：全都。
有的醉了不肯走	醉而不出	
那就叫做缺德佬	是谓伐德	伐德：败德，犹今言“缺德”。
宴会喝酒本好事	饮酒孔嘉	孔嘉：很好。
只是要有好礼貌	维其令仪	维：同“惟”，只是。　令仪：好礼节。

参加宴会尽阔佬	凡此饮酒	凡此：所有这些。　饮酒：指饮酒者。
有人清醒有醉倒	或醉或否	

译文	原文	注释
设立酒监察礼节	既立之监	监：亦名司正，宴会上督察仪礼的官。
又设史官写报导	或佐之史	史：记事记言的史官。其任务是记载宴会进行的情况。
酗酒本来是坏事	彼醉不臧	臧：善。
反说不醉是脓包	不醉反耻	
不要随人乱劝酒	式勿从谓	式：发语词。　从：跟着。　谓：指劝酒。
害他失礼又胡闹	无俾大怠	大：通“太”。　怠：怠慢失礼。
别人不问别多嘴	匪言勿言	匪言：匪，非；言，讯、问。
语涉非礼勿乱道	匪由勿语	由：法式。
醉汉话儿不可靠	由醉之言	由：听从。　醉：指醉者。
胡说公羊没犄角	俾出童羖（gǔ）	俾：通“譬”，譬如（从林义光《诗经通解》说）。有人训俾为使，亦通。　童：秃。　羖：黑色公羊。童羖：没有角的公羊。
饮限三杯也不懂	三爵不识	三爵：古代君臣小宴的礼节，以三爵为度。不识：指不知三爵之礼。
何况多喝更糟糕	矧（shěn）敢多又	矧：况且。　多又：指又多喝。

鱼 藻

【题解】

这是赞美周王在镐宴饮安乐的诗。

译文	原文	注释
水藻丛中鱼藏身	鱼在在藻	藻：见《召南·采蘋》图注。
不见尾巴见大头	有颁（fén）其首	有颁：颁颁，头大的样子。
周王住在镐京城	王在在镐	镐：镐京，西周都城。在今陕西西安市西。
逍遥快乐饮美酒	岂乐饮酒	岂：通“恺”。岂乐，欢乐。
水藻丛中鱼儿藏	鱼在在藻	
长长尾巴左右摇	有莘（shēn）其尾	有莘：莘莘，尾巴长长的样子。
镐京城中住周王	王在在镐	
喝喝美酒乐陶陶	饮酒乐岂	
鱼儿藏在水藻中	鱼在在藻	
贴着蒲草岸边游	依于其蒲	蒲：蒲草，一种水生植物。
周王在镐住王宫	王在在镐	
居处安逸好享受	有那（nuó）其居	有那：那那，安逸的样子。

采 菽

【题解】

这是赞美诸侯来朝，周王赏赐诸侯的诗。

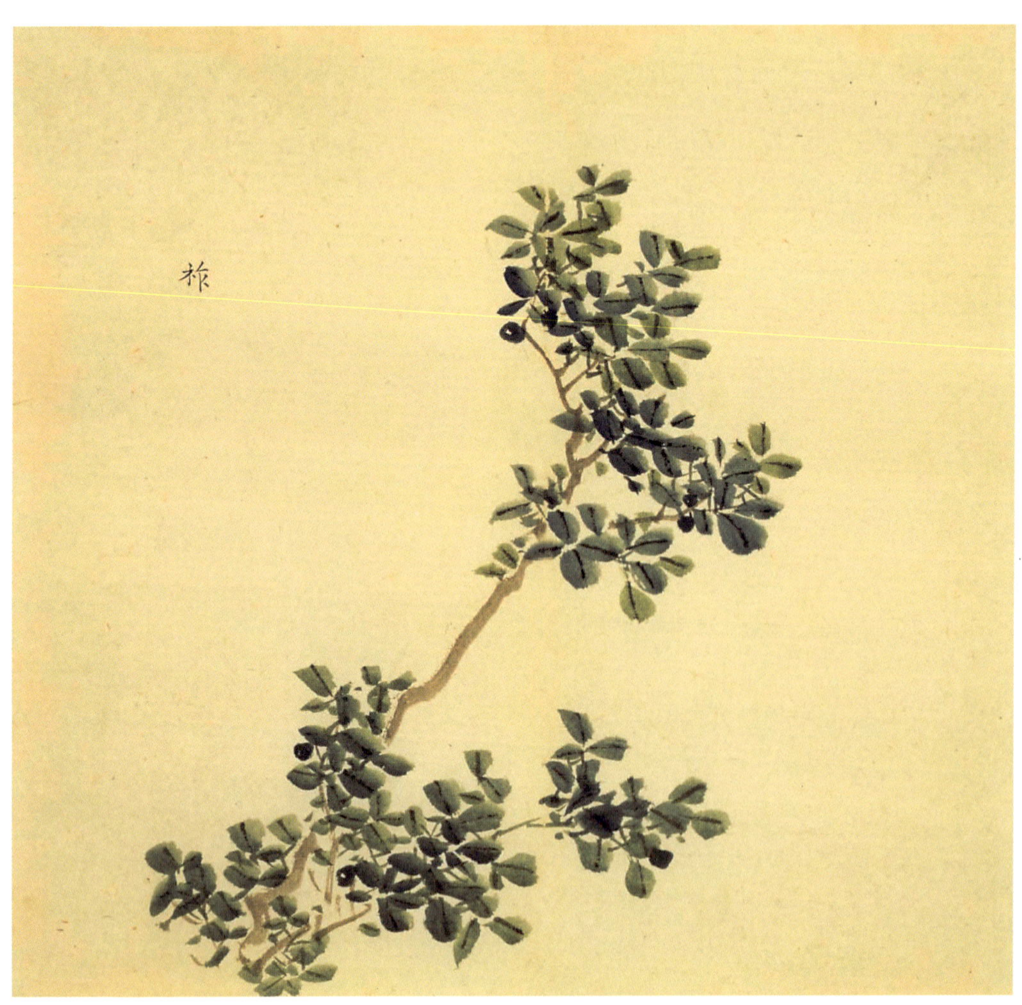

柞　　常绿灌木或小乔木。生棘刺。叶卵形或长椭圆状卵形，边缘有锯齿。初秋开花，花小，黄白色。木质坚硬，供制家具等用，树皮及叶可入药。

采大豆呀采豆忙	采菽采菽	菽：大豆。
方筐圆筐往里装	筐之筥之	筐：方形的盛物竹器。　筥：圆形的盛物竹器。
诸侯来朝见我王	君子来朝	君子：指诸侯。
天子用啥去赐赏	何锡予之	锡：赐。
纵使没有厚赏赐	虽无予之	虽：即使。有人训虽为“谁”，亦通。
一辆路车四马壮	路车乘马	路车：古代诸侯坐的一种车子。　乘马：四匹马。
此外还有什么赏	又何予之	
花纹礼服画龙裳	玄衮及黼(fǔ)	玄衮：画着卷龙的黑色礼服。　黼：画着黑白相间的斧形花纹的礼服。
在那翻腾涌泉旁	觱(bì)沸槛泉	觱沸：泉水涌出翻腾的样子。　槛：借为滥，涌。
采下芹菜味儿香	言采其芹	言：语首助词。　芹：芹菜。
诸侯来朝见我王	君子来朝	
遥看龙旗已在望	言观其旂	旂：古时画有交龙上有铃的旗。《周礼·春官》:“交龙为旂。”《尔雅·释天》:“有铃曰旂。”《周颂·载见》:“龙旂阳阳，和铃央央。”
旗帜飘飘随风扬	其旂淠淠(pèi pèi)	淠淠：旗帜飘动的样子。
铃声不断响叮当	鸾声嘒嘒	鸾：车铃。　嘒嘒：车铃声。
三马四马各驾车	载骖载驷	载：则，就。　骖：一车驾三马。　驷：一车驾四马。
诸侯乘它到明堂	君子所届	所：指事的词。　届：来到。

红皮蔽膝垂到股	赤芾(fú)在股	芾：蔽膝。古制诸侯用赤芾。
绑腿斜缠小腿上	邪幅在下	邪幅：今名绑腿。　在下：指在膝盖的下面。
不急不慢风度好	彼交匪纾	彼：通“匪”，不是。　交：侥的假借，侥幸急躁（从马瑞辰《毛诗传笺通释》说）。　纾：缓。
这是天子所奖赏	天子所予	
诸侯公爵真快乐	乐只君子	只：语气词。
天子策命赐嘉奖	天子命之	命之：策命。古代帝王对臣下封土、授爵或赏赐，将命令写在简册上然后宣读。
诸侯公爵真快乐	乐只君子	
洪福厚禄从天降	福禄申之	申：重复。指福上加福。

柞树枝条长又长	维柞之枝	维：语首助词。　柞：树名。
叶子茂密多兴旺	其叶蓬蓬	蓬蓬：茂盛的样子。
诸侯公爵真快乐	乐只君子	
辅佐天子镇四方	殿天子之邦	殿：镇定，安抚。
诸侯公爵真快乐	乐只君子	
万种福禄都安享	万福攸同	攸：所。　同：聚。
左右臣子很能干	平平左右	平平：《释文》引《韩诗》作“便便”，长于口才、办事能干的样子。　左右：指左右臣下。
顺从君命国安康	亦是率从	亦：发声词。　率：遵循。

杨木船儿河中漾	泛泛杨舟	泛泛：漂流的样子。
系住不动靠船缆	绋纚维之	绋：系船的麻绳。 纚：拉船用的竹索。维：系。
诸侯公爵真快乐	乐只君子	
天子准确来衡量	天子葵之	葵：通“揆”，估量。指估量诸侯的才德。
诸侯公爵真快乐	乐只君子	
厚赐福禄有嘉奖	福禄膍(pí)之	膍：厚，指厚赐。
优游闲适过日子	优哉游哉	优游：闲暇自得的样子。
生活安定清福享	亦是戾矣	戾：安定。

角　弓

【题解】

这是劝告王朝贵族不要疏远兄弟亲戚而亲近小人的诗。

猱　　哺乳动物中猿一类的动物。身体便捷，善攀援。

译文	原文	注释
角弓调和绷紧弦	骍骍角弓	骍骍：调和的样子。　角弓：两端镶牛角的弓。
卸弦就向反面弯	翩其反矣	翩：偏字的假借。偏其，偏偏，反过来弯曲的样子。弓上弦后，两端向内曲；卸弦后，两端向反面弯曲。
兄弟骨肉和亲戚	兄弟昏姻	昏姻：指异姓的亲戚。
相亲相爱别疏远	无胥远矣	胥：通“疏”。
你若疏远亲和眷	尔之远矣	
人民都会学坏样	民胥然矣	胥：都。和上章的胥字意义不同。　然：如是，这样。
你若言教加身教	尔之教矣	
人民也会来模仿	民胥效矣	
兄弟和好不倾轧	此令兄弟	此：这些。　令：善；指兄弟关系好。
平安和气少闲话	绰绰有裕	绰绰：宽裕舒缓的样子。　有裕：裕裕，气量宽大的样子。
兄弟关系搞不好	不令兄弟	
相互残害成冤家	交相为瘉	瘉：病。

译文	原文	注释
如今人们不善良	民之无良	民：当作“人”。刘向《说苑·建本篇》引这句诗作“人之无良”。
不责自己怨对方	相怨一方	
接受官爵不谦让	受爵不让	
事关私利道理忘	至于已斯亡	至于己：临到自己身上。 斯：语助词。 亡：通“忘”。
老马反当驹使唤	老马反为驹	驹：小马。这句说把老臣当青年使用，压以重担。
后果如何你不管	不顾其后	
如请吃饭该吃饱	如食宜饇（yù）	饇：饱。
如请喝酒该斟满	如酌孔取	酌：喝酒。 孔取：多给。
猴子上树哪用教	毋教猱（náo）升木	毋：发声词，无义。 猱：猿类。 升木：上树。
泥浆涂墙粘得牢	如涂涂附	如：而。 涂：泥土。 涂附：用泥浆涂在上面。
只要君子有美政	君子有徽猷	徽：美好。 猷：道。指修养、本事。
人民自会跟着跑	小人与属	小人：指人民。 与：从。 属：跟随。

纷纷雪花满天飘	雨雪瀌瀌	雨雪：下雪。 瀌瀌：雪大的样子。
太阳出来就融消	见晛（xiàn）曰消	晛：日气。 曰：同“聿”，语助词。
小人对下不谦虚	莫肯下遗	遗：《荀子》引这句诗作“莫肯下隧”。隧与随通，随顺。
态度神气耍骄傲	式居娄骄	式：发语词。 居：通“倨”，傲慢。 娄：屡的假借字，屡次。
纷纷雪花飘悠悠	雨雪浮浮	浮浮：与“瀌瀌”同义。
太阳一出化水流	见晛曰流	流：指雪化成流水。
小人无知像蛮髳	如蛮如髦	蛮：周人称南方的部族为南蛮。 髦：亦作“髳”，古代西南的部族名。此以蛮髦比小人的无知粗野。
为此使我心烦忧	我是用忧	是用：因此。

菀 柳

【题解】

这是一个被周王流放的大臣的怨诗。他曾被周王信任，商议过国政，后被撤职流放。有人说诗中的“上帝”是暗指厉王，有的说指幽王。似以幽王近是。

译文	原文	注释
柳树枯萎叶焦黄	有菀(yùn)者柳	菀：通“苑”，枯萎。
莫到树下去乘凉	不尚息焉	不尚：含有不可之意。
周王喜怒太无常	上帝甚蹈	上帝：朱熹《诗集传》：“上帝，指王也。” 蹈：喜怒变动无常之意。
莫去做官惹祸殃	无自暱焉	暱：病。《广雅·释诂》：“暱，病也。”
当初邀我商国事	俾予靖之	俾：使。 靖：谋划，治理。 之：指国事。
而今贬我到异乡	后予极焉	极：殛的假借字，放逐。
柳树枯萎枝叶稀	有菀者柳	
莫到树下去休息	不尚愒(qì)焉	愒：休息。
周王喜怒太无常	上帝甚蹈	
莫去做官找晦气	无自瘵(zhài)焉	瘵：病。

当初邀我商国事	俾予靖之	
而今流放到边地	后予迈焉	迈：行。指放逐。

鸟儿展翅高飞翔	有鸟高飞	
最高不过到天上	亦傅于天	傅：至，到。
那人心思难捉摸	彼人之心	彼人：指周王。
到啥地步怎估量	于何其臻	臻：至。
为啥邀我商国事	曷予靖之	曷：为什么。
却置我于凶险场	居以凶矜	以：于。　矜：危。指危险的境地。

都人士

【题解】

这是周都的一首恋歌。诗中有两个形象：一个是都人士，当为诗人自己。一个是君子女，当为诗人所追求的对象。过去有说它是刺诗的，有说它是怀旧诗的，都不合诗意。这首诗《毛诗》是五章，三家诗都只有后四章，没有第一章。前人已经提及后四章士女对文，而首章单言士，不及女，而且文意也和后四章缺乏照应，怀疑第一章是混入的逸诗。汉熹平石经《鲁诗》残石中《都人士》篇也没有首章。看来《毛诗》确是因逸诗与《都人士》的首句相同而妄合为一诗了。

虿　即蝎子，也称钳蝎。节肢动物类。下腮像螃蟹的螯，胸脚四对，后腹狭长，末端有毒钩，用来御敌或捕食。可入药。

那位先生真漂亮	彼都人士	都人：美人。
狐皮袍子罩衫黄	狐裘黄黄	黄黄：形容狐皮袍上的罩衫颜色。《礼记·玉藻》："狐裘黄衣以裼之。"黄衣就是黄色罩衫，是诸侯穿的冬衣。
他的容貌没变样	其容不改	容：容貌态度。
讲话出口就成章	出言有章	章：有系统的辞藻。
将要回到镐京去	行归于周	行：将。　周：指周都镐京。
万千人们心仰望	万民所望	望：仰望。

那位先生真时髦	彼都人士	
戴着草笠黑布帽	台笠缁撮	台：通"苔"，沙草。台笠，沙草编的草帽。缁：黑色的绸或布。缁撮，黑布制成的束发小帽。
那位姑娘好容貌	彼君子女	君子：指贵族。君子女，贵族小姐。
头发密直真俊俏	绸直如发	绸：鬍的假借字，发多的样子。　直：发直。如：乃，其。这句相当于说"其发绸直"。
不能见到姑娘面	我不见兮	
心中郁闷多苦恼	我心不说	说：通"悦"。

那位先生真漂亮	彼都人士	
充耳宝石坚又亮	充耳琇实	充耳：冠旁的耳饰物，亦名瑱。 琇：美石。实：坚。
那位美丽好姑娘	彼君子女	
芳名尹姑叫得响	谓之尹吉	尹吉：《郑笺》："吉读为姞。"这位女子，可能她的夫家姓尹（或父亲的氏、字为尹），母亲姓姞，如《左传》里的狐姬、孔姞之类。
不能见到姑娘面	我不见兮	
心中忧郁实难忘	我心苑（yù）结	苑结：即郁结，心中忧郁成结。

那位先生真时髦	彼都人士	
冠带下垂两边飘	垂带而厉	垂带：下垂的冠带。 而：音义同"如"。厉：《郑笺》："厉字当作裂。"裂，绸布的残余，即布条。
那位姑娘真美貌	彼君子女	
鬓发卷如蝎尾翘	卷（quán）发如虿（chài）	卷发：女子两鬓旁边向上卷曲的短发。 虿：蝎子。蝎行走时尾部向上翘，诗人用它比卷发。
不能见到姑娘面	我不见兮	
真想跟她在一道	言从之迈	言：语首助词。 迈：行。

不是故意垂冠带	匪伊垂之	匪：非。　伊：是。
冠带本来细又长	带则有余	
不是故意卷鬓发	匪伊卷之	
鬓发天生高高扬	发则有旟	有旟：旟旟，扬起的样子。
不能见到姑娘面	我不见兮	
心中怎么不悲伤	云何盱（xū）矣	盱：忧伤。

采　绿

【题解】

这是一位妇女思念外出的丈夫的诗。丈夫逾期不返，她无心采绿采蓝，也无心打扮。她想象如果丈夫回来，就赶紧洗发欢迎，陪他打猎钓鱼，时刻跟他在一起不相分离。

蓝　　有多种，如蓼蓝、松蓝、木蓝、马蓝等，叶可制蓝色染料。

整个早上采荩草	终朝采绿	绿：草名，即荩草，可以染黄。
采了一捧还不到	jū 不盈一匊	盈：满。　匊：古掬字，一捧。
我的长发乱糟糟	予发曲局	曲局：卷曲。
回去洗头梳梳好	薄言归沐	薄言：语助词。此句薄字，含有急忙之意。沐：洗头发。
蓝草采了一早上	终朝采蓝	蓝：草名，叶可染色。
撩起衣襟兜不满	chān 不盈一襜	襜：衣服的前襟。
丈夫约好五天归	五日为期	
如今六天仍不还	六日不詹	詹：到。
丈夫如果想打猎	之子于狩	之子：指丈夫。　于：往。　狩：打猎。
我就为他装弓箭	chàng 言韔其弓	言：发语词。　韔：弓袋。这里作动词装进用。
丈夫如果想钓鱼	之子于钓	
我就陪他缠钓线	言纶之绳	纶：钓绳，用丝制成。这里作动词纠缠用。之：其。
丈夫钓的什么鱼	其钓维何	维：是。
既有花鲢又有鳊	xù 维鲂及鱮	鲂：鳊鱼。　鱮：鲢鱼。
既有花鲢又有鳊	维鲂及鱮	
他钓我看意绵绵	薄言观者	者：通“诸”，之乎二字的合音。

黍　苗

【题解】

周宣王封他的母舅于申，命召伯虎带领官兵，装载货物，经营申地，建筑谢城，作为国都。这首诗就是随从召伯建设申国的人完成任务后在归途中所唱的歌。《大雅·崧高》也叙述这件事，可参考。

黍苗蓬勃多喜人	芃芃(péngpéng)黍苗	芃芃：草木茂盛的样子。
全靠好雨来滋润	阴雨膏之	膏：润泽。
南行虽然路遥远	悠悠南行	悠悠：遥远的样子。
召伯慰劳暖人心	召伯劳之	召伯：姓姬名虎，封于召国，亦称召穆公。周初召公奭之后。周厉王、宣王、幽王时的大臣。　劳：慰劳。
有的拉车有的扛	我任我辇	任：背负。　辇：拉车。
马车牛车运输忙	我车我牛	车：驾马车。　牛：驾牛车。
建筑谢城已完工	我行既集	集：完成。
何不大家回家乡	盖云归哉	盖：通“盍”，何不。　云：语中助词。
你走路来我驾马	我徒我御	徒：步行。　御：驾驭车马。

译文	原文	注释
编好队伍就出发	我师我旅	师、旅：都作动词用，指带领一师的军队和一旅的军队。
建筑谢城已完工	我行既集	
何不回乡安居家	盖云归处	归处：回家安居。
快速修建谢邑城	肃肃谢功	肃肃：快速的样子。　谢：邑名，在今河南信阳。　功：通“工”，工程。
召伯苦心来经营	召伯营之	营：经营。
出工群众真热烈	烈烈征师	烈烈：火热的样子。
召伯用心组织成	召伯成之	成：组成。
高地低地已治平	原隰(xí)既平	原：高平之地。　隰：低湿之地。　平：治理。
泉水河流都疏清	泉流既清	
召伯大功已告成	召伯有成	有成：成功。
宣王欢喜心安宁	王心则宁	

隰 桑

【题解】

这是一位妇女思念丈夫的诗。

桑　　落叶乔木。叶可饲蚕，果可食用和酿酒，木材可制器具，树皮可造纸。叶、果、枝、根、皮皆可入药。

译文	原文	注释
低地桑树多婀娜	隰(xí)桑有阿	隰桑：长在低湿地里的桑树。　阿：通“婀”，柔美的样子。王先谦《诗三家义集疏》：“有阿，即阿阿也……经中累字（叠字）多参用‘有’字。”
枝干茂盛叶子多	其叶有难(nuó)	难：通“傩”。有难，难难，茂盛的样子。
如果见了我夫君	既见君子	君子：指丈夫。《诗经》中的君子有二义：一为称贵族，一为妻称夫。
我的心里多快活	其乐如何	
低地桑树舞婆娑	隰(xí)桑有阿	
叶子柔润又肥沃	其叶有沃	沃：肥厚柔润。
如果见了我夫君	既见君子	
我心怎会不快活	云何不乐	云：发语词，无义。
低地桑树姿态柔	隰(xí)桑有阿	
叶子肥厚黑黝黝	其叶有幽	幽：通“黝”，黑色。《说文》：“黝，微青黑色也。”
如果见了我夫君	既见君子	
互诉衷情意相投	德音孔胶	德音：互诉衷情的好话。《诗经》中德音另有一义为好名誉，如《秦风·小戎》“秩秩德音”。　孔胶：很牢固。

我爱你啊在心里　　心乎爱矣

为啥总不告诉你　　遐不谓矣　　遐：通“何”。　谓：告。

思念之情藏心底　　中心藏之

哪有一天能忘记　　何日忘之

白 华

【题解】

这是一首贵族弃妇的怨诗。历来认为是周幽王娶申女以为后，又得褒姒，就把申后废黜了，诗写的就是申后之怨。前人有认为是申后自作，有认为是周人所作。从诗意看，似为申后所作。

菅　　多年生草本。叶子细长而尖，茎可作绳织履，茎叶之细者可以覆盖屋顶。

鹙　即秃鹙，水鸟。头项无毛，状如鹤而大，色苍灰，好啖蛇，性贪恶。明李时珍《本草纲目》："秃鹙，水鸟之大者也，出南方有大湖泊处。其状如鹤而大，青苍色，张翼广五六尺，举头高六七尺，长颈赤目，头项皆无毛，其顶皮方二寸许，红色如鹤顶。其喙深黄色而扁直，长尺余。其嗉下亦有胡袋，如鹈鹕状。其足爪如鸡，黑色。性极贪恶，能与人斗，好啖鱼、蛇及鸟雏。"

菅草细细开白花	白华菅（jiān）兮	华：同“花”。　菅：茅的一种，亦名芦芒。
白茅紧紧捆着它	白茅束兮	束：捆。
恨他变心抛弃我	之子之远	之子：指幽王。　远：疏远。指离弃。
使我空房度年华	俾我独兮	
天上白云降甘露	英英白云	英英：云白的样子。
地下菅茅受润濡	露彼菅茅	露：润泽。
怨我命运太不济	天步艰难	天步：命运。　艰难：不幸的意思。
恨他白云还不如	之子不犹	犹：如。
滮池水啊向北流	滮（biāo）池北流	滮池：古水名，在今陕西西安市西北。
灌得稻田绿油油	浸彼稻田	
边哭边唱心伤痛	啸歌伤怀	啸歌：号哭而歌。
冤家还在我心头	念彼硕人	硕：高大。朱熹《诗集传》：“硕人，尊大之称，亦谓幽王也。”

桑枝本是好柴薪	樵彼桑薪	樵：砍伐。 桑薪：桑柴，烧饭的好柴，下句说用它烘烤，是失所。
我烧行灶来暖身	卬烘于煁（áng，shén）	卬：我，女子的自称。 烘：烤。 煁：不带锅可以移动的灶，古人称为“行灶”，用它烤东西而不烧饭菜。
想起那个壮健人	维彼硕人	维：惟的假借，思。
实在煎熬我的心	实劳我心	

宫廷里面敲大钟	鼓钟于宫	
钟声总要传出宫	声闻于外	
想你想得心不安	念子懆懆	懆懆：忧愁不安的样子。
你却对我怒冲冲	视我迈迈	迈迈：《释文》引《韩诗》作“怖怖”（pèi）。《说文》：“怖，恨怒也。”

秃鹙堰边把鱼吞	有鹙在梁（qiū）	鹙：秃鹙，似鹤而性贪残好斗的水鸟。 梁：水坝。
白鹤挨饿在树林	有鹤在林	
想起那个壮健人	维彼硕人	
实在煎熬我的心	实劳我心	

堰上鸳鸯雌伴雄	鸳鸯在梁	
嘴巴插在左翼中	jí 戢其左翼	戢：收敛。这句指鸳鸯把嘴插在翅膀下休息。
可恨这人没良心	之子无良	
三心两意爱新宠	二三其德	二三其德：指爱情不专一，三心两意。

扁平垫石地上摆	有扁斯石	有扁：扁扁。　斯：此。　石：指周王登车时用的垫脚石。
石头虽贱他常踩	履之卑兮	履：踩。　卑：低下。
恨他变心抛弃我	之子之远	
忧思成病将我害	qí 俾我疧兮	疧：忧病。

绵 蛮

【题解】

这是一位行役的人路遇一位大臣，二人之间对唱的诗。有人认为每章后四句是诗人愿望之词，说亦可通。

译文	原文	注释
“黄鸟喳喳不住唱	“绵蛮黄鸟	绵蛮：鸟鸣声。一说是鸟毛文彩细密的样子。
停在路边山坡上	止于丘阿	丘阿：山坡弯曲处。
道路实在太遥远	道之云远	云：句中语助词。
奔波劳累真够呛”	我劳如何”	
“给他水喝给他饭	“饮之食之	
教他劝他要坚强	教之诲之	
副车御夫停一停	命彼后车	后车：后边的车，亦名副车。
让他坐上也不妨”	谓之载之”	谓：命，叫。 载：装载。 之：代词，前一个代后车的御夫，后一个代行役者。

译文	原文	注释
“黄雀喳喳叫得急	“绵蛮黄鸟	
山坡角落把脚息	止于丘隅	隅：角。

哪敢害怕走远路	岂敢惮行	
只怕慢了来不及”	畏不能趋”	趋：快走。
“给他喝的给他吃	“饮之食之	
教他劝他别泄气	教之诲之	
副车御夫停一停	命彼后车	
让他坐上别着急”	谓之载之”	

“黄雀喳喳叫得欢	“绵蛮黄鸟	
停在路旁山坡边	止于丘侧	
哪敢畏惧走远路	岂敢惮行	
就怕难以到终点”	畏不能极”	极：至。
“给他喝的给他吃	“饮之食之	
教他劝他好好干	教之诲之	
副车御夫停一停	命彼后车	
让他坐上把路赶”	谓之载之”	

瓠 叶

【题解】

这是写贵族请客饮酒的诗。作者可能是客人之一。

风吹葫芦叶乱翻	幡幡瓠(hù)叶	幡幡：犹翩翩，反复翻动的样子。 瓠：冬瓜、葫芦等的总名。
采来做菜好佐餐	采之亨之	亨：同“烹”，煮熟。 之：指瓠。
君子藏有好陈酒	君子有酒	君子：指主人。
请客一尝杯斟满	酌言尝之	

几头野兔鲜又嫩	有兔斯首	斯：语中助词。 首：头，只。
有煨有烤香喷喷	炮之燔(fán)之	炮：用烂泥包连毛的兔、鸡、鸭等在炭火上煨熟。 燔：把肉放在火上烤熟。
君子藏有好陈酒	君子有酒	
斟满一杯敬客人	酌言献之	

几头野兔鲜又嫩	有兔斯首	
有的烤来有的薰	燔(fán)之炙之	炙：把肉穿起来架在火上熏熟。

君子藏有好陈酒	君子有酒	
宾客回敬满杯斟	酌言酢(zuò)之	酢：以酒回敬。

几头野兔嫩又肥	有兔斯首
有的烤来有的煨	燔(fán)之炮之
君子藏有好陈酒	君子有酒
宾主酬酢都干杯	酌言酬之

渐渐之石

【题解】

这是征人从军，慨叹路上劳苦而作的诗。诗里的“武人”，可能是将帅，也可能是士兵，两说旧皆有之，难以确定。

译文	原文	注释
满山石头真陡峭	渐渐之石	渐渐：今作巉巉，山石高峻的样子。
那样危险那样高	维其高矣	维：是。
山又多来水又遥	山川悠远	
日夜行军路迢迢	维其劳矣	劳：辽的假借字，广阔。
将帅士兵去东征	武人东征	
军情紧急天未晓	不皇朝矣	皇：通“遑”，闲暇。　朝：早上。马瑞辰《通释》：“古者战多以朝。诗言不遑朝者，甚言其东征急迫，言不暇至朝也。”

译文	原文	注释
巉巉怪石堆满山	渐渐之石	
那样高峻那样险	维其卒（zú）矣	卒：崒的假借字，高峻而危险。
山又高来水又长	山川悠远	
征途何时能走完	曷其没矣	没：尽头。

将帅士兵去东征	武人东征	
勇往直前不想还	不皇出矣	不皇出：指只知深入敌阵不计能否生还。

有只白蹄大肥猪	有豕白蹢（dí）	蹢：蹄。
跳进水里渡清波	烝涉波矣	烝：进。　涉波：渡水。古人传说天将下大雨猪就下水游泳。
月亮靠近毕星边	月离于毕	离：通“丽”，靠近。　毕：星宿名。以其排列形状像古时田猎用的长柄毕网而得名。
大雨滂沱积水多	俾滂沱矣	俾：使。　滂沱：大雨的样子。古人传说月亮靠近毕星就要下大雨。
将帅士兵去东征	武人东征	
其他事情没空做	不皇他矣	他：其他的事。

苕之华

【题解】

这是一位饥民自伤不幸的诗。反映了当时荒年饥馑，人自相食的惨象。

苕　　即凌霄，亦名紫葳。落叶攀援藤本，花、根、茎、叶都可以入药。

译文	原文	注释
凌霄藤开花	苕（tiáo）之华	苕：凌霄。 华：花。
颜色是深黄	芸其黄矣	芸：黄色深浓的样子。
心里真忧愁	心之忧矣	
痛苦又悲伤	维其伤矣	维：是。
开花凌霄藤	苕之华	
叶子密又青	其叶青青	青青：同“菁菁”，茂盛的样子。
早知这样苦	知我如此	
不如不降生	不如无生	无生：不出生。
身瘦头大一雌羊	牂（zāng）羊坟首	牂羊：母羊。 坟：大。母羊头本来较小，因饥饿身体瘦小，就显得头大。
空空鱼篓闪星光	三星在罶（liǔ）	三星：即参星。一说三是虚数，泛指星光。一说三星指参宿、心宿、河鼓。 罶：鱼篓。朱熹《诗集传》：“罶中无鱼而水静，但见三星之光而已。”
灾荒年头人吃人	人可以食	
靠这怎能填饥肠	鲜可以饱	鲜：少。

何草不黄

【题解】

这是一首征夫苦于行役的怨诗。

译文	原文	注释
哪有草儿不枯黄	何草不黄	
哪有一天不奔忙	何日不行	
哪个人啊不出征	何人不将	将：行。指出征。
往来经营奔四方	经营四方	
哪有草儿不腐烂	何草不玄	玄：赤黑色，百草由枯而烂的颜色。
哪个不是单身汉	何人不矜（guān）	矜：通“鳏”，无妻者。征夫离家，等于无妻。
可怜我们出征人	哀我征夫	
偏偏不被当人看	独为匪民	匪：非。匪民，不是人。
不是野牛不是虎	匪兕（sì）匪虎	
为啥旷野常出入	率彼旷野	率：循，沿着。

可怜我们出征人	哀我征夫	
整天劳累受辛苦	朝夕不暇	

狐狸尾巴毛蓬松	有芃（péng）者狐	有芃：芃芃，兽毛蓬松的样子。
钻进路边深草丛	率彼幽草	
高高役车征夫坐	有栈之车	有栈：栈栈，役车高高的样子。
走在漫长大路中	行彼周道	周道：大路。

大雅 文王

【题解】

这是诗人追述文王事迹以诫成王的诗。诗的作者，后人多认为是周公旦。这首诗的艺术特点，主要是运用了“顶真”的修辞手法，在句与句、章与章之间相互衔接、彼此呼应，产生语意联贯和音调谐和的效果，这对后世文学影响颇大。

文王神灵在天上	文王在上	文王：周文王昌，姬姓。
在天上啊放光芒	於（wū）昭于天	於：叹美词。　昭：光明。
岐周虽是旧邦国	周虽旧邦	旧邦：旧国。周从文王的祖父古公亶父由豳迁岐建国，所以称周为旧邦。
接受天命新气象	其命维新	命：指天命。　维：是。
周朝前途无限量	有周不显	有：词头，无义。　不：通“丕”，大。显：光明。
上帝意志光万丈	帝命不时	帝：上帝。帝命，指上帝命周为天子。　时：马瑞辰《通释》:“时读为烝，烝，美也。”
文王神灵升又降	文王陟降	陟降：升降。
常在上帝的身旁	在帝左右	
勤勤恳恳周文王	亹亹（wěi wěi）文王	亹亹：勤勉的样子。
美好声誉传四方	令闻不已	令闻：好声誉。

上帝赐他兴周国	陈锡哉周	陈：申的借字，一再，重复。 锡：通“赐”。哉：与“载”通用。《左传》《国语》都引作“陈锡载周”。载，造。造周，建设周国。
文王子孙常兴旺	侯文王孙子	侯：维，只有。
文王子孙都蕃衍	文王孙子	
大宗小宗百世昌	本支百世	本支：树木的根干和枝叶。引申为本宗和支系的意思。
天子臣仆周朝官	凡周之士	士：指周朝的百官群臣。
世代显贵沾荣光	不显亦世	亦世：同“奕世”，累世。

世代显贵沾荣光	世之不显	
谋事谨慎又周详	厥犹翼翼	厥：其，他的。 犹：计谋。 翼翼：忠敬的样子。
贤士众多皆俊杰	思皇多士	思：语助词。 皇：美。
此生有幸在周邦	生此王国	
周邦能出众贤士	王国克生	克：能。
都是国家好栋梁	维周之桢	维：是。 桢：干，骨干。
济济一堂人才多	济济多士	济济：众多的样子。
文王安宁国富强	文王以宁	

端庄恭敬周文王	穆穆文王	穆穆：仪表美好，态度端庄恭敬的样子。

谨慎光明又善良	於缉熙敬止	於：叹美词。　缉熙：形容文王品德光明正大的样子。　敬：谨慎负责。　止：语尾助词。
上天意志多伟大	假哉天命	假：大。王先谦《诗三家义集疏》："《汉书·刘向传》引孔子读此诗而释之曰：'大哉天命。'则'假'宜从《尔雅》训'大'，鲁说如此。"
殷商子孙来归降	有商孙子	
殷商子孙蕃衍多	商之孙子	
数字上亿难估量	其丽不亿	丽：数目。　不：语助词，无义。
上帝已经下命令	上帝既命	
殷商称臣服周邦	侯于周服	侯于周服：为"侯服于周"的倒文。侯，乃，就。服，臣服。
殷商称臣服周邦	侯服于周	
可见天命并无常	天命靡常	靡常：无常。
殷人后代美而敏	殷士肤敏	殷士：据《汉书·刘向传》及《白虎通义·三正篇》，刘向和班固都认为殷士即指殷的后代微子。　肤：壮美。　敏：敏捷。
来京助祭陪周王	祼(guàn)将于京	祼将：是将祼的倒文。将，举行。祼，灌祭，祭礼的一种仪式。　于：往。　京：周京师。
看他助祭行灌礼	厥作祼将	
冠服仍是殷时装	常服黼(fǔ)冔(xǔ)	常：与"尚"通，还是。　服：穿戴。　黼：殷商的礼服，上面刺着白黑相间的花纹。　冔：殷商的礼帽。
成王所用诸臣下	王之荩臣	王：指成王。　荩：进。荩臣，进用之臣。诗人不便对成王说话，故意借荩臣对他说话。
牢记祖德永勿忘	无念尔祖	无：用作一句的发声，无义。

牢记祖德永勿忘	无念尔祖	
继承祖德发荣光	聿修厥德	聿：述（从《毛传》）。《说文》："述，循也。"
常顺天命不相违	永言配命	言：语助词。　配命：配合天命。
要求幸福靠自强	自求多福	
殷商未失民心时	殷之未丧师	师：众，指群众、军队。
能应天命把国享	克配上帝	
借鉴殷商兴亡事	宜鉴于殷	鉴：镜子，借鉴。
国运永昌不寻常	骏命不易	骏：大的意思。　不易：不容易。

国运永昌不寻常	命之不易	
切勿断送你身上	无遏尔躬	遏：停止，断绝。
发扬光大好名声	宣昭义问	宣昭：宣明，发扬光大。　义：善。　问：通"闻"。义问，好名誉。
须知殷鉴是天降	有虞殷自天	有：同"又"。　虞：度，鉴戒。陈奂《毛诗传疏》："度殷自天，言度殷之未丧师者，皆自天也。度，犹鉴也。"
上天意志难猜测	上天之载	载：事。这二字古音近而通用，如《尧典》的"熙帝之载"，《史记·五帝本纪》"载"作"事"。
无声无息真渺茫	无声无臭	臭：气息，气味。
只有认真学文王	仪刑文王	仪刑：效法。
万国诸侯都敬仰	万邦作孚	作：则，就。　孚：信。

大　明

【题解】

这是周代史诗之一，叙述王季和太任、文王和太姒结婚以及武王伐纣的事。它和《生民》、《公刘》、《绵》、《皇矣》、《文王》等篇性质一样，都可作史诗读。

鹰　鸟类的一科。一般指鹰属的鸟类。上嘴呈钩形，颈短，脚部有长毛，足趾有长而锐利的爪。性凶猛，捕食小兽及其他鸟类。

文王明德四海扬	明明在下	明明：光明的样子。
赫赫神灵显天上	赫赫在上	赫赫：显盛的样子。
天命确实难相信	天难忱斯	忱：与“谌”通，相信。《汉书·贡禹传》和《后汉书·胡广传》、《说文》引此句诗均作谌。　斯：语助词。
国王也真不易当	不易维王	
上帝有意王殷纣	天位殷適	適：通“嫡”，即嫡子。正妻叫做嫡，正妻生的长子叫做嫡子。殷嫡，指殷纣王。
却又使他失四方	使不挟四方	挟：拥有。

挚国任家二姑娘	挚仲氏任	挚：殷的一个属国名，在今河南汝宁地方。仲氏：次女。　任：姓。
从那遥远的殷商	自彼殷商	
嫁到我们周国来	来嫁于周	
来到京都做新娘	曰嫔于京	曰：语首助词。　嫔：嫁。　京：指周的京师。周太王自豳迁岐，其地名周，王季仍建都于周。
她跟王季配成双	乃及王季	王季：太王之子，文王的父亲。
专做好事美名扬	维德之行	

太任怀孕降吉祥	大(tài)任有身	大任：即上章的挚仲氏任。　有身：怀孕。
生下这个周文王	生此文王	
就是这个周文王	维此文王	
小心谨慎很善良	小心翼翼	
明白怎样侍上帝	昭事上帝	昭：明白。
招来幸福无限量	聿怀多福	聿：语助词。　怀：来，招来。
他的德行真不坏	厥德不回	回：邪僻。
各国归附民所望	以受方国	方国：商代、周初对周围诸侯国的称呼。

上天监视看下方	天监在下	监：监视。
天命已经属文王	有命既集	有：词头。有命，指天命。
文王即位初年间	文王初载	初载：指文王即位的初年。
上天给他配新娘	天作之合	
新娘住在洽水北	在洽之阳	洽：亦作合或郃，河水名，在今陕西合阳县西北。洽阳，洽水的北岸，即古莘国的所在地。
就在莘国渭水旁	在渭之涘(sì)	渭：渭水。　涘：水边。

文王将要行婚礼	文王嘉止	止：礼（用《相鼠》诗《毛传》之说）。嘉止，嘉礼，即婚礼。
大国有位好姑娘	大邦有子	大邦：大国。指莘国。　子：指莘国国君的女儿。
大国有位好姑娘	大邦有子	
好比天上仙女样	伣（qiàn）天之妹	伣：好比。　妹：少女。
定下聘礼真吉祥	文定厥祥	文：礼。指“纳币”之礼。文定，定婚。
文王亲迎渭水旁	亲迎于渭	
联结木船当桥梁	造舟为梁	造舟为梁：联舟以成浮桥。
婚礼显耀真辉煌	不显其光	不：通“丕”，大。
上天有命示下方	有命自天	
命令这个周文王	命此文王	
周国京师建家邦	于周于京	
莘国有位好姑娘	缵女维莘（shēn）	缵：嫧的假借，美好。　维：是。　莘：古国名。
她是长女嫁周邦	长子维行	长子：即长女，指太姒。　维行：即有行，出嫁的意思。

婚后生下周武王	笃生武王	笃：语助词。
天命所属天保佑	保右命尔	保右：即保佑。 命：命令。 尔：指武王。
让他出兵伐殷商	燮伐大商	燮：袭的假借字。燮伐，即袭伐。《左传》："有钟鼓曰伐，无曰袭。"

殷商派出军队来	殷商之旅	旅：军队。
军旗密密树林样	其会如林	会：借作旝，军中之旗。
武王誓师在牧野	矢于牧野	矢：发誓。 牧野：殷商郊外地名，在今河南淇县西南。
"我周兴起军心壮	"维予侯兴	维：发语词。 予：武王自称。 侯：是。 兴：兴起。
上帝监视看你们	上帝临女	临：监视着。 女：汝，指参加誓师的军队。
休怀二心要争光"	无贰尔心"	

广阔牧野作战场	牧野洋洋	洋洋：广大的样子。
檀木兵车亮堂堂	檀车煌煌	檀车：檀木制的战车，取其坚固。 煌煌：鲜明的样子。
四马威武又雄壮	驷騵（yuán）彭彭	騵：赤毛白腹的马。 彭彭：强壮有力的样子。

三军统帅师尚父	维师尚父	师：太师，官名。　尚父：吕尚的尊称。后世俗称姜太公。
好像雄鹰在飞扬	时维鹰扬	时：是。
协助武王带军队	凉彼武王	凉：辅佐。
指麾三军击殷商	肆伐大商	肆伐：进击。
一朝开创新气象	会朝清明	会朝：一朝，即一个早上。《毛传》："会，甲也。"陈奂《毛诗传疏》："甲朝，犹《彤弓》云一朝耳。甲者，十之首；一者，数之始。"

绵

【题解】

这是周族史诗之一。诗从古公亶父迁岐叙起，描写他开国奠基的功业；一直写到文王能继承古公的遗烈，修建宫室，平定夷狄，外结邻邦，内用贤臣，使周族日益强大。

堇　即堇菜，多指紫花地丁或犁头草。多年生草本。多生长在山野里，茎矮小，春夏开紫色的花。果实椭圆形，成熟时裂为三瓣。全草可供药用，治疗刀伤等。程俊英先生认为是苦堇。

大瓜小瓜藤蔓长	绵绵瓜瓞(dié)	绵绵：连绵不绝。 瓞：小瓜。《孔疏》:“大者曰瓜，小者曰瓞。”朱熹《诗集传》:“小曰瓞。瓜之近本初生者常小。”
周族人民初兴旺	民之初生	民：指周族。
从杜来到漆水旁	自土沮漆	自：从。 土：《齐诗》作杜，水名。 沮：徂的借字，到。 漆：水名。杜水、漆水都在豳地（今陕西旬邑县西）。
古公亶父功业创	古公亶父	古公亶父：文王的祖父，初居豳，后被戎狄侵略，迁居岐山下，定国号曰周。武王伐纣定天下，追尊他为太王。古公，号。亶父，名或字。
挖洞筑窑风雨挡	陶复陶穴	陶：借为掏。 复：三家诗作寝，从山崖旁往里掏的洞叫寝，如窑洞。向下掏的洞叫穴，即地洞。
没有宫室没有房	未有家室	家室：房屋。
古公亶父迁居忙	古公亶父	
清早快马离豳乡	来朝走马	来朝：即第二天早上。 走马：驰马。《玉篇》引诗作“趣马”，快马。
沿着渭水向西走	率西水浒(hǔ)	率：循，沿着。 西：豳之西。 浒：水边，指渭水的岸边。
岐山脚下土地广	至于岐下	岐下：岐山之下。岐山在今陕西岐山县东北。
他与妻子名太姜	爰及姜女	爰：乃。 姜女：古公亶父的妻，姓姜，亦称太姜。
勘察地址好建房	聿来胥宇	聿：发语词。 胥：相，视察。 宇：居处。指建筑房屋的地址。

周原肥沃又宽广	周原膴膴	周：地名，在岐山南。 原：广平的土地。膴膴：肥美。
堇葵苦菜像饴糖	堇（jǐn）荼如饴（yí）	堇：植物名，野生，亦名苦堇、堇葵，味苦。荼：苦菜。 饴：饴糖，俗称麦芽糖。
大伙计划又商量	爰始爰谋	爰：于是。 始：和谋同义，意为计划。马瑞辰《通释》："始亦谋也……《尔雅》基、肇皆训为始，又皆训谋。则始与谋义正相成耳。"
刻龟占卜望神帮	爰契我龟	契：钻刻。 龟：指占卜所用的龟甲。龟甲先要钻孔，然后用火来烤，看龟甲的裂纹来断吉凶，并在其上刻上卜辞。
神灵说是可定居	曰止曰时	曰：发语词。 止：居住。 时：借为跱，和止同义，也是居住的意思。
此地建屋最吉祥	筑室于兹	

这才安心住岐乡	迺慰迺止	迺：乃。 慰：安居。《方言》："慰，居也。"
这边那边同开荒	迺左迺右	左、右：指划定左右区域。
丈量土地定田界	迺疆迺理	疆：划定田地的疆界。 理：整治土地。
翻地松土垅成行	迺宣迺亩	宣：用农具开垦土地并松土。 亩：开沟筑垄。
从西到东一片地	自西徂东	
男女老少干活忙	周爰执事	周：普遍。 爰：语助词。 执事：从事工作。

找来司空管工程	乃召司空	司空：掌管建筑工程的官。
人丁土地司徒掌	乃召司徒	司徒：掌管土地和调配劳力的官。
他们领工建新房	俾立室家	俾：使。　立：建立，即建筑。
拉开绳墨直又长	其绳则直	绳：指绳墨，建筑前用它正地基经界的工具。
树起夹板筑土墙	缩版以载	缩版：捆束而成的直板，筑土墙用的夹板。载：读作栽，本义是筑墙用的木柱。引申作动词“树立”用。
建成宗庙好端庄	作庙翼翼	庙：宗庙。　翼翼：严正的样子。
铲土噌噌掷进筐	捄(jiū)之陾陾(réngréng)	捄：把土铲进筐里。　陾陾：铲土声。
倒土轰轰声响亮	度(duó)之薨薨	度：投，指投土在直板内。　薨薨：填土声。
捣土一片登登声	筑之登登	筑：捣土使墙坚实。　登登：捣土声。
括刀乒乒削平墙	削屡冯冯(píngpíng)	屡：古“娄”字，和“隆”是双声通用，土墙隆起的地方。削屡，将土墙隆起的地方刮平。冯冯：括土墙声。
百堵土墙齐动工	百堵皆兴	百堵：许多墙面。　兴：动工。
声势压倒大鼓响	鼛(gāo)鼓弗胜	鼛鼓：大鼓名，长一丈二尺。　弗胜：胜不过。建筑的时候敲鼛鼓给劳动者助兴劝役，但劳动时人多声大，大鼓声反而胜不过劳动声。

建起周都外城门	廼立皋门	皋：《毛传》："王之郭门曰皋门。"郭门，即城门。
城门高大好雄壮	皋门有伉(kàng)	有伉：即伉伉，形容城门高大的样子。
建起宫殿大正门	廼立应门	应门：《毛传》："王（宫）之正门曰应门。"
正门庄严又堂皇	应门将将(qiāngqiāng)	将将：庄严堂皇的样子。
堆起土台作祭坛	廼立冢土	冢：大。冢土，大社。指祭土神的坛。
大众祈祷排成行	戎丑攸行	戎：大。 丑：众。朱熹《诗集传》："戎丑，大众也。" 攸：所。王引之训攸为"用"，亦通。 行：往。

狄人怒气虽未消	肆不殄(tiǎn)厥愠	肆：故，所以。 殄：杜绝，消灭。 厥：其，指狄人。 愠：愤怒。
文王声誉并无伤	亦不陨厥问	陨：坠，丧失。 厥：指文王。 问：声闻，名誉。
柞棫野树都拔尽	柞棫(yù)拔矣	柞：柞树，灌木类，丛生有刺。 棫：丛生小木，亦有刺。 拔：拔除干净。
交通要道无阻挡	行道兑矣	兑：畅通。
昆夷夹着尾巴逃	混(kūn)夷駾(tuì)矣	混夷：古种族名，西戎之一，亦作昆夷。 駾：受惊奔逃。
气喘吁吁狼狈相	维其喙(huì)矣	维其：何其。 喙：通"瘃"，气短病困的样子。

译文	原文	注释
虞国芮国不再相争	虞芮质厥成	虞、芮：当时二国名。虞在今山西省平陆东北，芮在今山西省芮城西。　质：评断。　成：指虞、芮两国平息纠纷，互相结好。
文王感化改其本性	文王蹶（guì）厥生	蹶：动，感动。　生：通“性”。
我有贤臣相率来附	予曰有疏附	曰：助词。　疏附：指团结群臣亲近归附之臣。
我有人才参预国政	予曰有先后	先后：指在王前后参谋政事之臣。
我有良士奔走效力	予曰有奔奏	奔奏：指奔走效力之臣。
我有猛将克敌制胜	予曰有御侮	御侮：指抵御外侮之臣。

棫　朴

【题解】

这是一首写文王郊祭天神后领兵伐崇的诗。古代天子每将兴师征伐，总要先郊祭以告天。崇是商的侯国。伐崇是为伐商作准备。

棫树朴树枝叶茂	péngpéng 芃芃棫朴	芃芃：茂盛的样子。　棫、朴：二种丛生灌木。
砍下当作祭柴烧	yóu 薪之槱之	槱：堆积木柴，点火烧起，用它祭祀天神。
周王恭谨走在前	bì 济济辟王	济济：庄严恭敬的样子。　辟：君。辟王，君王。指周文王。
左右群臣跟着跑	左右趣之	左右：指周王左右诸臣。　趣：通“趋”，疾走。
周王恭敬又严肃	济济辟王	
群臣手捧玉酒壶	左右奉璋	奉：捧。　璋：指璋瓒，祭祀时盛酒的器具，用玉制柄。
捧着酒壶真端庄	奉璋峨峨	峨峨：盛服端庄的样子。
英俊贤士有气度	髦士攸宜	髦士：英俊之士。指助祭的诸侯、卿士。攸：所。　宜：适合。
泾水行船哗哗响	pì 淠彼泾舟	淠：舟行貌。　泾：水名。

众人用力齐举桨	烝徒楫之	烝：众。 徒：服役的人，这里指船夫。楫：划船。
周王将要去远征	周王于迈	于：往。 迈：行。
六军云集威风扬	六师及之	师：古代二千五百人为一师。《毛传》："天子六军。" 及：与，和。 之：指周王。

银河漫漫广无边	倬彼云汉	倬：广大。 云汉：银河。
星光灿烂布满天	为章于天	章：花纹。
周王长寿在位久	周王寿考	寿考：长寿。
何不树人用百年	遐不作人	遐：通"何"。 作：培养，造就。

精雕细刻有才华	追(duī)琢其章	追：雕的假借字。
质如金玉无疵瑕	金玉其相	相：本质。
勤奋勉力我周王	勉勉我王	勉勉：勤勉不懈的样子。
治理四方保国家	纲纪四方	纲纪：治理。

旱 麓

【题解】

这是歌颂周文王祭祖得福、知道培养人才的诗。

译文	原文	注释
遥望旱山那山麓	瞻彼旱麓	旱：山名，在陕西南郑。王应麟《诗地理考》引《汉书·地理志》："汉中郡南郑县旱山，沱水所出，东北入汉。" 麓：山脚。
密密丛生榛与楛	榛楛(hù)济济	榛：树名，结实似栗而小。 楛：树名，似荆而赤。榛和楛都是丛生小灌木。 济济：众多。
平易近人好君子	岂(kǎi)弟君子	岂弟：亦作恺悌，和易近人。 君子：指文王。
品德高尚有福禄	干禄岂弟	干：求。 禄：福。
祭神玉壶有光彩	瑟彼玉瓒	瑟：洁净鲜明的样子。 玉瓒：即圭瓒，天子祭神时所用的酒器。
香甜美酒流出来	黄流在中	黄流：陈奂《毛诗传疏》："黄，即勺；流，即酒。黄流在中，言秬鬯之酒（黑黍捣郁金香草制成的酒），自勺中流出也。"
平易近人好君子	岂弟君子	
祖宗赐你福和财	福禄攸降	攸：所。
鹞鹰展翅飞上天	鸢(yuān)飞戾天	鸢：老鹰。 戾：至。
鱼儿跳跃在深渊	鱼跃于渊	

平易近人好君子	岂弟君子	
培养人才万万千	遐不作人	遐：作。
摆好清醇美味酒	清酒既载	载：陈设。
备好红色大公牛	骍牡既备	骍牡：赤色的公牛。《毛传》："赤黄谓骍。"《孔疏》："骍为纯赤色，言赤黄者，谓赤而微黄。"周人尚赤，故用毛色赤黄的牛祭祀。
虔诚上供祭祖先	以享以祀	
祈祷神灵把福求	以介景福	介：求。　景：大。
密密一片柞棫林	瑟彼柞棫	瑟：众多的样子。　柞、棫：均树名。
砍下烧火祭神灵	民所燎矣	燎：同"尞"，烧柴祭神（见《说文》）。
平易近人好君子	岂弟君子	
神灵保佑百事成	神所劳矣	劳：劳来，保佑。
茂密葛藤长又柔	莫莫葛藟	莫莫：茂密的样子。　葛藟：葛藤。
蔓延缠绕树梢头	施（yì）于条枚	施：蔓延。　条：树枝。　枚：树干。
平易近人好君子	岂弟君子	
不违祖德把福求	求福不回	回：违。《郑笺》："不回者，不违先祖之道。"有人训不回为"不邪"，亦通。

思 齐

【题解】

这是歌颂文王善于修身、齐家、治国的诗。

译文	原文	注释
太任端庄又严谨	思齐大任	思：发语词。　齐：齋之假借，端庄。　大任：即太任，王季之妻，文王之母。
文王之母有美名	文王之母	
周姜美好有德行	思媚周姜	媚：美好。这里指德行美好。　周姜：即太姜，古公亶父之妻，王季之母。
太王贤妻居周京	京室之妇	京室：王室。
太姒继承好遗风	大姒嗣徽音	大姒：即太姒，文王之妻。　嗣：继续。　徽音：美誉。
多子多男王室兴	则百斯男	百：虚数，言其多。　斯：语助词。
文王为政顺祖宗	惠于宗公	惠：孝顺。　宗公：宗庙中的先公，即祖宗。
祖宗欢喜无怨容	神罔时怨	神：指祖先之神。　罔：无。　时：所。
祖宗放心不伤痛	神罔时恫（tōng）	恫：伤心。
文王以礼待正妻	刑于寡妻	刑：法。这里作动词用，说文王以礼法对待其妻。　寡妻：嫡妻。胡承珙《毛诗后笺》："適（嫡）与庶对，庶为众，则適为寡矣。"
对待兄弟也相同	至于兄弟	
以此治国事事通	以御于家邦	御：治理。

和和睦睦一家好	雝雝在宫	雝雝：和睦的样子。 宫：家。古代的家不论贵贱同称宫，秦汉以后，只有国王的住所才称宫。
恭恭敬敬在宗庙	肃肃在庙	肃肃：严肃恭敬的样子。
认真观察明显事	不显亦临	不显：即丕显，指明显的事。 亦：语助词。 临：临视，视察。
警惕阴暗不辞劳	无射亦保	无：语助词。 射：阴暗，隐蔽，对“显”言。 保：保守。

西戎祸患已断根	肆戎疾不殄	肆：所以。 戎疾：西戎的祸患。 不：语助词。下句同。 殄：断绝。
害人瘟疫不发生	烈假不瑕	烈假：害人的瘟疫。烈,厉的假借字。《说文》作“疠”，恶疾。假，瘕的假借字，即蛊字。 瑕：与遐同音通用，远去。
良计善策乐于用	不闻亦式	不、亦：语助词。 闻：听。 式：用。
忠言劝告记在心	不谏亦入	入：采纳。

所以成人品德好	肆成人有德	有德：有好的品德。
儿童个个可深造	小子有造	小子：儿童。 有造：有造就。
文王育才永不倦	古之人无斁（yì）	古之人：指文王。 斁：厌。
人才济济皆英豪	誉髦斯士	誉：有声望。 髦：俊、出类拔萃的人才。 斯：这些。

皇 矣

【题解】

这是周人叙述自己开国历史的史诗之一。先述太王开辟岐山，打退昆夷。次述王季继承先祖德业，传位给文王。末述文王伐崇伐密的胜利事迹。

栵　　从老树桩上发出再生的树。本图所绘为栭，栗之一种，也叫茅栗，小乔木或灌木状。果较小，但味较甜。

上帝光焰万丈长	皇矣上帝	皇：光明伟大。
俯视人间真明亮	临下有赫	有赫：即赫赫，明亮的样子。
洞察全国四方事	监观四方	监：和视同义，视察。
了解民间疾苦状	求民之莫	莫：通“瘼”，疾苦。
想起夏商两朝末	维此二国	维：通“惟”，想到。　二国：指夏、商。当时多以夏商的盛衰为监戒，如《尚书·召诰》：“我不敢不监于有夏，亦不可不监于有殷。”
不得民心国危亡	其政不获	获：得。不获，指不得民心。
思量四方诸侯国	维彼四国	四国：四方的国家。指殷商时各诸侯国。
天下重任谁能当	爰究爰度	爰：于是。　究：谋，考虑。　度：估计。
上帝意在岐周国	上帝耆之	耆：通“恉”、“指”，意向。王符《潜夫论》引这句诗作“指”。
有心扩大它封疆	憎其式廓	憎：通“增”，增加。　式廓：规模。
于是回头望西方	乃眷西顾	眷：念，关心。有人训为“回头看”，亦通。西顾：指注意西方的岐周。
同住岐山佑周王	此维与宅	此：指周王。　维：是。　宅：居住。上帝与周王同住即福佑周王之意。
砍掉杂树辟农场	作之屏之	作：通“斫”，砍伐树木。　之：指草木。屏：除去。
枯枝朽木全扫光	其菑（zì）其翳	菑：直立未倒的枯木。　翳：通“殪”，倒在地上的枯木。
精心修剪枝和叶	修之平之	修：修剪。　平：治理。

柽　　即柽柳，也称观音柳、西河柳、三春柳、红柳等，落叶小乔木。赤皮，枝细长，多下垂。枝干可编制箩筐，嫩枝和叶可入药，性平味甘咸，能透发痧疹。

灌木丛丛新枝长	其灌其栵 (lì)	灌：灌木。 栵：从老树桩上发出再生的树。
开出道路辟土地	启之辟之	启：开发。 辟：开辟。
除尽柽椐路通畅	其柽 (chēng) 其椐	柽：柽柳，木名，又名西河柳、观音柳。 椐：木名，又名灵寿木，树枝节大，可作马鞭、手杖。
剔去坏树留好树	攘之剔之	攘：除去。 剔：挑选。
留下山桑和黄桑	其檿 (yǎn) 其柘 (zhè)	檿：木名，亦名山桑。 柘：木名，亦名黄桑。
上帝卫护明德主	帝迁明德	帝：上帝。 迁：迁就，降格相就。 明德：品德光明的人，指太王。
犬戎败逃走仓皇	串夷载路	串夷：昆夷，亦称犬戎。当时太王居豳，犬戎为患，因而迁岐，后击退犬戎。 载：则，就。 路：通“露”，失败。
上天立他当天子	天立厥配	厥：其。 配：立君配天。古人认为帝王是接受上天的命令而当天子（天的儿子）的，所以《荀子·大略篇》说：“配天而有天下。”
政权巩固国兴旺	受命既固	固：指政权巩固。

上帝视察岐山阳	帝省其山	省：视察。 其山：周的岐山。
柞棫小树都拔光	柞棫斯拔	柞、棫：都是树名。 斯：语助词。
松柏直立郁苍苍	松柏斯兑	兑：直立。
上帝建立周王国	帝作邦作对	作：建立。 邦：指周国。 对：配。指配天的君主。
太伯王季始开创	自大伯王季	大伯：即太伯，太王的长子。据《韩诗外传》，太王（古公亶父）有三子：长子太伯，次子仲雍，少子季历（王季）。
这位王季好品德	维此王季	季历之子昌，有才，太王想让他继承王位。太伯和仲雍为让位逃往吴地（今苏南一带）。太王死后，季历为君，后传位给昌，是为文王。

檿　　即檿桑，又名山桑。叶可饲蚕。木坚劲，古代多用以制弓和车辕。

对兄友爱热心肠	因心则友	因：古姻字。姻心，亲热的心。　友：友爱。
王季热心爱兄长	则友其兄	
他使周邦福无疆	则笃其庆	笃：厚，多。　庆：福。
天赐王位显荣光	载锡之光	载：乃，就。　锡：赐。　光：指光荣的王位。
永享福禄保安康	受禄无丧	丧：丧失。指丧失王位。
统一天下疆域广	奄有四方	奄：覆盖，包括。

这位王季真善良	维此王季	
天生思想合政纲	帝度其心	度：法度。这里作动词用，说上帝使王季的心合于法度。
他的美名播四方	貊(mò)其德音	貊：亦作莫，通“漠”，广大。
他能明辨是和非	其德克明	克：能。　明：指明辨是非。
区别坏人和善良	克明克类	类：指善恶的种类。
堪称师范好君王	克长克君	克长：能当人们的师长。　克君：能作人们的君主。
在此大国当君主	王此大邦	大邦：指周。
上下和顺人心向	克顺克比	顺：和顺。　比：《礼记·乐记》引作“俾”，比、俾古通用，服从的意思。
到了文王接王位	比于文王	比：及，到。

人民爱戴德高尚	其德靡悔	靡悔：陈奂《毛诗传疏》："谓文王之德，不为人恨。"
既受上帝赐福禄	既受帝祉	祉：福。
子孙万代绵绵长	施（yì）于孙子	施：延续。

上帝启示周文王	帝谓文王	
不要暴虐休狂妄	无然畔援	畔援：跋扈，专横暴虐。
莫羡他人当自强	无然歆羡	歆羡：羡慕。
先据高位路康庄	诞先登于岸	诞：发语词。　岸：喻高位。这句指先据有利之地位。
密人态度不恭顺	密人不恭	密：密须，古国名，在今甘肃灵台西。《尚书大传》："文王受命三年，伐密须。"
竟敢抗拒周大邦	敢距大邦	距：通"拒"，抗拒。　大邦：指周国。文王在殷末被封为西伯，三分天下有其二。
侵阮袭共太猖狂	侵阮徂共	阮：古国名，在今甘肃泾川县。　徂：到。共：古国名，在今甘肃泾川县北。
文王勃然大震怒	王赫斯怒	赫怒：勃然大怒。　斯：语助词。
整顿军队去抵抗	爰整其旅	爰：于是。　旅：军队。
阻止敌人向莒闯	以按徂旅	按：通"遏"，阻止。　旅：通"莒"，古国名。
周族福气才巩固	以笃于周祜（hù）	笃：巩固。　于：犹乎。　祜：福。
民心安稳定四方	以对于天下	对：通"遂"，安。有人释为答，亦通。

周京军队真强壮	依其在京	依其：依依，原有茂盛的意思，这里引申为强盛的样子。 京：周京。
从阮班师凯歌扬	侵自阮疆	侵：寑的假借字，指息兵、停战。
登上岐山远瞭望	陟我高冈	
没人敢占我山冈	无矢我陵	矢：陈。指陈兵。
高山大陵莽苍苍	我陵我阿	
没人敢饮我泉水	无饮我泉	
清泉绿池水汪汪	我泉我池	
规划山头和平原	度其鲜原	度：计划。 鲜：通“巘”，小山。 原：平地。
定居岐山面向阳	居岐之阳	
紧靠渭水河边旁	在渭之将	将：侧，旁边。
你为万国作榜样	万邦之方	方：法则，榜样。
天下人民心向往	下民之王	

上帝告诉周文王	帝谓文王	
美好品德我赞赏	予怀明德	怀：归向，趋向。 明德：有美德的人。指文王。
从不疾言和厉色	不大声以色	以：与。 色：指严厉的脸色。

遵从祖训依旧章	不长夏以革	长夏：长大。　革：变革。
好像不知又不觉	不识不知	不识不知：不知不觉。
顺乎天意把国享	顺帝之则	顺：遵循。　则：法则。
上帝又对文王说	帝谓文王	
团结邻国多商量	询尔仇方	询：谋，含有商量、征求意见的意思。　仇：匹。仇方，邻国。
联合同姓众国王	同尔弟兄	弟兄：指同姓的诸侯国。
用你大钩和戈刀	以尔钩援	钩：古兵器，似剑而曲。　援：古兵器，戈上的横刃。
临车冲车赴战场	与尔临冲	临：临车，可居高临下攻城的战车。　冲：冲车，可从旁冲破城墙的战车。
讨伐崇国削殷商	以伐崇墉	崇：古国名，在今陕西西安沣水西。　墉：城墙。

临车冲车声势壮	临冲闲闲	闲闲：强盛的样子。
崇国城墙高又长	崇墉言言	言言：高大的样子。
捉来俘虏连成串	执讯连连	执：捉。　讯：俘虏。　连连：接连不断的样子。
割下敌耳装满筐	攸馘(guó)安安	攸：所。　馘：割下敌人的左耳用以计功。　安安：从容不迫的样子。
祭祀天神祈胜利	是类是祃(mà)	类：通“禷”，出师前祭天。　祃：出师后军中祭天。
安抚残敌招他降	是致是附	致：招致敌人投降。　附：通“拊”，安抚。

各国不敢侮周邦	四方以无侮	
临车冲车威力强	临冲茀茀	茀茀：强盛的样子。
崇国城墙高又广	崇墉仡仡	仡仡：同“屹屹”，高大的样子。
冲锋陷阵士气旺	是伐是肆	肆：攻击。
消灭崇军有威望	是绝是忽	忽：消灭。
各国不敢再违抗	四方以无拂	拂：违，抗拒。

灵　台

【题解】

这是一首记述周文王建成灵台和游赏奏乐的诗。

鼍　即扬子鳄，也称鼍龙、猪婆龙，爬行动物类。体长丈余。背部与尾部有角质鳞甲。穴居于江河岸边和湖沼底部。古代用其皮来制鼓。

开始规划造灵台	经始灵台	经始：开始规划营造。　灵台：台名，故址在今陕西西安西北。
仔细经营巧安排	经之营之	
黎民百姓都来干	庶民攻之	攻：建造。
灵台建成进度快	不日成之	不日：不几天。
建台本来不着急	经始勿亟	亟：同“急”。
百姓起劲自动来	庶民子来	子来：像儿子似的来建筑灵台。朱熹《诗集传》:“虽文王心恐烦民，戒令勿急，而民心乐之，如子趣父事，不召自来也。”

国王游览灵园中	王在灵囿	囿：古代帝王畜养禽兽的园林。
母鹿伏在深草丛	麀鹿攸(yōu)伏	麀鹿：母鹿。　攸：语助词。
母鹿肥大毛色润	麀鹿濯濯(zhuózhuó)	濯濯：肥美的样子。
白鸟洁净羽毛丰	白鸟翯翯(hè hè)	翯翯：洁白的样子。
国王游览到灵沼	王在灵沼	灵沼：池名。
啊！满池鱼儿欢跳动	於(wū)牣(rèn)鱼跃	於：叹美声。三章和四章的“於”同。　牣：满。

译文	原文	注释
木架大版崇牙耸	虡（jù）业维枞	虡：悬挂钟磬的木架。 业：装在虡（木架）上的一块大版。 维：与。 枞：亦名崇牙，大版上的一排锯齿，用以悬挂钟磬。
挂着大鼓和大钟	贲（fén）鼓维镛	贲：大鼓。 镛：大钟。
啊！钟声鼓声配合匀	於论鼓钟	论：通“伦”，有次序的意思。形容鼓和钟配合得有节奏，很协调。
啊！国王享乐在离宫	於乐辟（bì）廱	辟廱：文王离宫名。辟即璧字，廱是水泽池沼。离宫中有圆的池沼如璧，因名辟廱。和汉儒所说的指皇家学校而言的辟廱不同。

译文	原文	注释
啊！鼓声钟声配合匀	於论鼓钟	
啊！国王享乐在离宫	於乐辟廱	
敲起鼍鼓响蓬蓬	鼍（tuó）鼓逢逢（péngpéng）	鼍：即扬子鳄，皮坚，可以制鼓面。 逢逢：鼓声。
瞽师奏乐祝成功	矇瞍奏公	矇、瞍：都是古代盲人的专称。古代乐师常以盲人充任。 公：通“功”，成功。指灵台落成。

下　武

【题解】

这是赞美武王、成王能继承先王功德的诗。

译文	原文	注释
周人能继祖先业	下武维周	下：后。　武：继承。
代代都有好国王	世有哲王	哲：明智。
三代先王灵在天	三后在天	三后：指太王、王季、文王。
武王在镐把国享	王配于京	王：指武王。　配：指配天。　京：镐京，周的都城。

译文	原文	注释
武王在镐把国享	王配于京	
堪与祖德共增光	世德作求	作：为。　求：与“逑”通（从马瑞辰《通释》说），配合三王的意思。
永远顺应上天命	永言配命	
成王守信有威望	成王之孚	成王：武王子，名诵。　孚：信。按《噫嘻》“成王”二字，《毛传》释为“完成武王的威望”，亦通。

译文	原文	注释
成王守信有威望	成王之孚	
身为天下好榜样	下土之式	式：法式，榜样。

永遵祖训尽孝道	永言孝思	言、思：均为语助词。
效法先人建周邦	孝思维则	则：法则。

人们爱戴周成王	媚兹一人	媚：爱。　兹：此。　一人：指成王。
能承祖德国运昌	应侯顺德	应：当。　侯：是。《水经注》等书认为应侯是武王的儿子，可备一说。
永遵祖训尽孝道	永言孝思	
后代争气名远扬	昭哉嗣服	昭：昭明，宣扬。　嗣服：后进，指成王。

后代争气名远扬	昭兹来许	兹：与"哉"通。古书引这句诗多作"昭哉"。　来许：和上句嗣服同义，也是"后进"的意思（从马瑞辰《通释》说）。
继承祖业世永昌	绳其祖武	绳：继续。　武：迹。祖武，祖先的事业。
啊！国祚绵绵万年长	於万斯年	於：叹美词。　斯：语助词。
受天之福永兴旺	受天之祜	祜：福。

受天之福永兴旺	受天之祜	
四方来贺庆吉祥	四方来贺	
啊！国祚绵绵万年长	於万斯年	
怎无辅佐作屏障	不遐有佐	遐：胡，何。不遐，"遐不"的倒文，即"何不"。

文王有声

【题解】

这是歌颂文王、武王迁都丰、镐的诗。

文王已有好名望	文王有声	声：名声。
大名鼎鼎四海扬	遹(yù)骏有声	遹：发语词，与"聿"、"曰"同。　骏：大。
力求人民得安宁	遹(yù)求厥宁	厥：其。指人民（下句的"厥"，指周家）。
终见成功国富强	遹(yù)观厥成	
人人赞美周文王	文王烝哉	烝：美。

文王受命封西伯	文王受命	受命：指受纣王命被封为西伯。有人说，是受天命，亦通。
立下武功真辉煌	有此武功	
举兵讨伐崇侯虎	既伐于崇	崇：殷纣所封的诸侯国，殷末其国君为崇侯虎。
迁都丰邑好地方	作邑于丰	丰：在今陕西西安北沣水西。原为崇地，文王由岐迁都于此。
人人赞美周文王	文王烝哉	

按照旧河筑城墙	筑城伊淢(xù)	淢：通"洫"，护城河。

丰邑规模也相当	作丰伊匹	伊：为。
个人欲望不贪图	匪棘其欲	棘：和“亟”、“革”通用，都是急的意思。
孝顺祖先兴周邦	遹(yù)追来孝	追孝：孝顺已死的祖先。　来：语助词。
人人赞美周文王	王后烝哉	王后：君王。朱熹《诗集传》：“王后，亦指文王也。”

文王功业真辉煌	王公伊濯	公：同“功”。王公，即王事。　濯：显著。
他是丰都的城墙	维丰之垣	维：是。　垣：墙。
四方同心齐归附	四方攸同	攸：语助词。　同：指天下的人同心归周。
扶持天下是栋梁	王后维翰	翰：桢干，骨干。
人人赞美周文王	王后烝哉	

沣水东流入黄河	丰水东注	丰水：即沣水，源出今陕西省西安西南秦岭山，与渭水合流注入黄河。
大禹之功不可磨	维禹之绩	绩：功绩。
四方同心齐归附	四方攸同	
君临天下是楷模	皇王维辟	皇：大。皇王，指武王。　辟：法则。
英明武王美名播	皇王烝哉	

离宫落成在镐京	镐京辟廱	镐京：西周国都，在今陕西省西安西南沣水东岸。　辟廱：离宫。与指皇家学校的辟廱不同。戴震《毛郑诗考证》对此有详细辩说，可参考。
诸侯朝见来观光	自西自东	
东西南北都到齐	自南自北	
哪个不服我周邦	无思不服	思：语助词。
人人赞美周武王	皇王烝哉	

国王卜居问上苍	考卜维王	考：完成。　维：是。下同。　王：武王。
定居镐京最吉祥	宅是镐京	宅：定居。
迁都决策神龟定	维龟正之	龟：龟兆。　正：决定。
武王完成功无量	武王成之	
英明伟大周武王	武王烝哉	

沣水水芹长得旺	丰水有芑	芑：通“芹”，水芹菜（从马瑞辰《通释》说）。
难道武王在闲逛	武王岂不仕	仕：通“事”。《晏子春秋·谏下篇》引诗作“武王岂不事”。
留下安民好谋略	诒厥孙谋	诒：通“贻”，留下。　孙：音义同“逊”，顺。
保护儿子把国享	以燕翼子	燕：安定。　翼：庇护。　子：指武王之子成王。
英明伟大周武王	武王烝哉	

生 民

【题解】

这是周人史诗之一，追述周始祖后稷的事迹，可说是一篇很生动的后稷传记。后稷生在上古的原始社会，处于母系氏族制，男女关系不固定，人们知有母而不知有父，“时则有大神之迹，姜嫄履之，足不能满，履其拇指之处，心体歆歆然，如有人道感己者也。于是遂有身。”（《郑笺》）姜嫄“履帝武敏歆”孕而生弃的传说，正是这种历史事实的反映。后稷虽是传说中的人物，但写他从事农业生产的情况，也反映了我国古代农业发达的事实。

荏菽　　即大豆。一年生草本植物，花白或紫色，有根瘤，豆荚有毛。种子可食用，亦可榨油。亦以称这种植物的种子。

周族祖先谁所生	厥初生民	
姜嫄娘娘有声望	时维姜嫄	时：是。　姜嫄：传说中有邰氏之女，帝喾之妃，周始祖后稷之母。
如何生下周族人	生民如何	
祈祷神灵祭上苍	克禋(yīn)克祀	克：能，善于（第二个“克”字是衬字）。禋祀：古代祭天神的一种礼仪，先烧柴升烟，再加牲体及玉帛于柴上焚烧。
乞求生子后嗣昌	以弗无子	弗：祓的假借字，用祭祀来除去灾难。祓无子：即祈求除去不育之灾。
踩了上帝拇趾印	履帝武敏歆	履：践踏。　帝：上帝。　武：足迹。　敏：通“拇”，大拇指。　歆：心有所感的样子。
神灵保佑赐吉祥	攸介攸止	攸：语助词。　介：通“祄”，神保佑。《集韵》：“祄，祐也。”　止：通“祉”，神降福。《尔雅·释诂》：“祉，福也。”
十月怀胎行端庄	载震载夙	载：语助词。　震：通“娠”，怀孕。　夙：通“肃”，指生活严肃，不再和男子交往。
一朝生子勤扶养	载生载育	
就是后稷周先王	时维后稷	

怀孕足月期限满	诞弥厥月	诞：发语词。　弥：满。
头胎生子真顺当	先生如达	先生：头生，即第一胎。　如：同“而”。达：滑利（从胡承珙《毛诗后笺》说）。
产门没破也没裂	不坼不副(pì)	坼：裂开。　副：破裂。
无灾无难身健康	无灾无害	
显出灵异和吉祥	以赫厥灵	赫：显示。

上帝原来心不定	上帝不宁	
姜嫄心慌祭祀忙	不康禋祀	不康：指姜嫄因踩上帝大脚印而怀孕深感不安。
结果居然生儿郎	居然生子	
把他丢在小巷里	诞置之隘巷	置：弃置。
牛羊爱护喂养他	牛羊腓字之	腓：庇护。　字：养育，指给他奶吃。
把他丢在树林中	诞置之平林	平林：平原上的树林。
樵夫砍柴救了他	会伐平林	会：值，恰好碰上。
把他丢到寒冰上	诞置之寒冰	
大鸟展翅温暖他	鸟覆翼之	
后来大鸟飞走了	鸟乃去矣	
后稷啼哭声哇哇	后稷呱(gū)矣	呱：小儿哭声。
哭声不止嗓门大	实覃(tán)实訏(xū)	实：是。　覃：长。　訏：大。
声音满路人惊讶	厥声载路	载：充满。
后稷刚会地上爬	诞实匍匐	匍匐：手足着地爬行。

就很聪明又乖巧	克岐克嶷	岐、嶷：《毛传》："岐，知意也。嶷，识也。"
能够觅食吃得饱	以就口食	就：趋往。
稍长就会种大豆	蓺之荏菽	蓺：种植。 荏菽：大豆，亦称黄豆。
大豆一片长得好	荏菽旆旆	旆旆：茂盛的样子。
种出谷子穗垂垂	禾役穟穟（suì suì）	役：颖的假借字，《说文》两次引这句诗均作"禾颖穟穟"。禾颖，即禾穗。 穟穟：禾穗丰硕下垂的样子。
麻麦茂密无杂草	麻麦幪幪	幪幪：茂密的样子。
瓜儿累累真不少	瓜瓞（dié）唪唪	瓞：小瓜。 唪唪：果实累累的样子。

后稷种地种得好	诞后稷之穑	穑：指种植五谷。
他有生产好门道	有相之道	相：助。 道：方法。
保护禾苗勤除草	茀厥丰草	茀：拔除。
选择良种播得早	种之黄茂	黄茂：嘉谷。
种籽渐白露嫩芽	实方实苞	方：谷种开始露白。 苞：谷种吐芽，苗将出未出时。
禾苗窜出向上冒	实种实褎（yòu）	种：谷种生出短苗。 褎：禾苗渐渐长高。
拔节抽穗渐结实	实发实秀	发：指禾茎舒发拔节。 秀：禾初生穗结实。
谷粒饱满成色好	实坚实好	坚：指谷粒灌浆饱满。

禾穗沉沉产量高	实颖实栗	颖：指禾穗末梢下垂。　栗：犹言栗栗，形容收获众多的样子。《尔雅·释训》："栗栗，众也。"
定居邰地乐陶陶	即有邰(tái)家室	即：往。　有邰：当时氏族，其地在今陕西武功县。传说帝尧因为后稷对农业生产有贡献而封他于邰。有，词头。
后稷推广好种籽	诞降嘉种	降：赐与。指后稷将好的种籽赐给人民。
秬子秠子是良黍	维秬(jù)维秠(pī)	维：是。　秬：黑黍。　秠：黍的一种，一个黍壳中含有两粒黍米。
谷子高粱植株粗	维穈(mén)维芑(qǐ)	穈：谷子的一种，初生时叶纯赤，生三四叶后，赤青相间，七八叶后色始纯青。　芑：一种白苗的高粱。
遍地秬子和秠子	恒之秬秠	恒：亘的借字，遍的意思。
收割完毕堆垄亩	是获是亩	获：收割。　亩：堆在田里。
遍地谷子和高粱	恒之穈芑	
挑着背着忙运输	是任是负	任：挑。
归来神前祭先祖	以归肇祀	肇：始。
说起祭祀怎个样	诞我祀如何	
有的舂米有舀粮	或舂或揄(yóu)	揄：从臼中将舂好的米舀出。
有的搓米有扬糠	或簸或蹂(róu)	簸：扬弃糠皮。　蹂：通"揉"，指用两手反复揉搓。
淘米声音嗖嗖响	释之叟叟	释：淘米。　叟叟：淘米的声音。

蒸饭热气喷喷香	烝之浮浮	烝：同“蒸”。　浮浮：形容蒸饭时热气上升的样子。
祭祀大事同商量	载谋载惟	谋：计划。　惟：考虑。
烧脂烧艾味芬芳	取萧祭脂	萧：香蒿，今名艾。　脂：牛肠脂。古时祭祀用艾和牛油合烧，取其香气。
肥大公羊剥去皮	取羝(dǐ)以軷(bó)	羝：公羊。　軷：剥，剥羊的皮（从于省吾《诗经新证》说）。
又烧又烤供神享	载燔(fán)载烈	燔：将肉放在火里烧炙。　烈：将肉贯穿起来架在火上烤。
祈求来年更丰穰	以兴嗣岁	兴：兴旺。　嗣岁：来年。

我把祭品装碗盘	卬(áng)盛于豆	卬：我。　豆：古代一种高脚碗，盛肉用的。
木碗瓦盆都用上	于豆于登	登：瓦制的碗，盛汤用的。
香气马上升满堂	其香始升	
上帝降临来尝尝	上帝居歆	居：语助词。　歆：飨，享受。
菜饭味道真正香	胡臭(xiù)亶时	胡：大。　臭：香气。　亶：确实。　时：善，好。
后稷开创祭祀礼	后稷肇祀	
幸蒙神佑没灾殃	庶无罪悔	庶：幸。
至今流传好风尚	以迄于今	

行 苇

【题解】

这是写周统治者和族人宴会、比射的诗。

台　通“鲐”。老人背上生斑如鲐鱼之纹，故诗中“台背”指高寿。古籍中的“鲐”指两种鱼。一音 tái，也称鲭、油筒鱼、青花鱼。身体纺锤形，头顶浅黑色，背部青蓝色，腹部淡黄色，两侧上部有深蓝色波状条纹。生活在海中，是回游性鱼类。一音 yí，即河豚鱼。图中所绘当是河豚鱼。

路边芦丛发嫩芽	tuán háng 敦彼行苇	敦彼：犹敦敦，草聚生的样子。 行：道路。 苇：芦苇。
别让牛羊践踏它	牛羊勿践履	践履：践踏。
苇心紧裹初成形	方苞方体	方：开始。 苞：包而未放之形。 体：成形。
叶儿柔润将长大	维叶泥泥	维：发语词。 泥泥：叶润泽的样子。
兄弟骨肉应友爱	戚戚兄弟	戚戚：亲热的样子。
互相亲近莫分家	莫远具尔	远：疏远。 具：通“俱”。 尔：通“迩”，近。
铺上筵席请客人	或肆之筵	肆：陈，铺上。 筵：筵席。
敬老茶几端给他	或授之几	几：矮脚小木桌，用以端放食物或凭靠身体。

摆好酒菜铺上席	肆筵设席	设席：古人席地而坐，在席上加席，使踞在席上的宾客更加舒适。《礼记·礼器》：“天子之席五重，诸侯之席三重，大夫再重。”
侍者轮番端上几	授几有缉御	缉：继续。 御：侍者。
主人献酒客回敬	或献或酢	献：主人给客人敬酒。 酢：客人回敬。
洗杯捧觞来回递	jiǎ 洗爵奠斝	洗：主人敬酒前，从几上拿起酒杯先洗一洗，然后斟酒。 爵：青铜酒器，有三足。 奠：置。 斝：青铜酒器，形制略似爵而较简朴。
献上肉糜请客尝	tǎn hǎi 醓醢以荐	醓：多汁的肉酱。 醢：把肉剁成酱。 荐：献。
烧肉烤羊美无比	或燔或炙	燔：烧肉。 炙：烤肉。
牛胃牛舌也不差	jué 嘉殽脾臄	殽：荤菜。 脾：通“膍”，牛的胃，俗称牛百叶。 臄：牛舌。
唱歌击鼓人人喜	è 或歌或咢	咢：只打鼓，不歌唱。

雕弓拉起劲儿大	敦弓既坚	敦弓：即雕弓。用五彩画在弓上作装饰，是周代天子用的弓。
利箭匀直质量佳	四鍭既钧	鍭：古代箭名，金属箭头，后段以羽毛为饰。钧：调和。指金属箭头和中段后段的重量都能调和。
放手一箭就中的	舍矢既均	舍矢：发箭。 均：中。既均，已经射中。
各按胜负来坐下	序宾以贤	序：指座位排列的次序。 贤：贤才。指射中的次数最多者。
雕弓张开如满月	敦弓既句（gōu）	句：彀的假借字，张弓。
箭儿上弦准备发	既挟四鍭	挟：接。指箭与弓弦相接，箭上弦之谓（从段玉裁《说文解字注》说）。
箭箭竖在靶子上	四鍭如树	树：竖立。指箭射中靶子，像竖立在靶上一样。
败者也不怠慢他	序宾以不侮	不侮：不怠慢。

宴会主人会当家	曾孙维主	曾孙：贵族主人的称呼。 维：是。 主：主人。
美酒醇厚味不差	酒醴维醹（rú）	醴：甜酒。酒体，泛指酒。 醹：酒味醇厚。
斟上美酒一大杯	酌以大斗	斗：古代酒器。
敬祝老人寿无涯	以祈黄耇（gǒu）	黄耇：老人，形容长寿老人发黄面垢。
老者龙钟行不便	黄耇台背	台：亦作鲐。鲐，鱼名，背上有黑的花纹。老年人背有黑纹，故称老人为台背。
侍者引路扶着他	以引以翼	引：引导。 翼：辅助。
“长命百岁最吉利	“寿考维祺	祺：吉祥。
神明赐您福分大”	以介景福”	介：祈求。 景：大。

既 醉

【题解】

这是周王祭祀祖先，祝官代表神主（尸）对主祭者周王的祝词。

美酒喝得醉醺醺	既醉以酒	
饱尝您的好恩情	既饱以德	
但愿主人寿万年	君子万年	
神赐大福享不尽	介尔景福	

美酒喝得醉酩酊	既醉以酒	
您的佳殽数不清	尔殽既将	将：美。
但愿主人寿万年	君子万年	
神赐前程多光明	介尔昭明	昭明：光明。

前程远大又光明	昭明有融	有融：即融融，长远的样子。
善终会有好名声	高朗令终	朗：明。高朗，指高明的名誉。 令：善。令终，好结果。

译文	原文	注释
善终必有好开头	令终有俶	俶：始。
神主好话仔细听	公尸嘉告	公：君。 尸：古人祭祀祖先的时候，以一人装作祖先的形象接受祭祀，叫做尸。祖先是君主，故称公尸。 嘉告：善言。

译文	原文	注释
神主好话说什么	其告维何	告：指祝官代表尸向主祭者致嘏辞（“尸”致福于主人之词叫嘏辞）。
碗碗祭品洁而精	笾豆静嘉	笾、豆：均古代食器，见《伐柯》“笾豆有践”注。 静嘉：美好。
朋友宾客来助祭	朋友攸摄	攸：语助词。 摄：佐，辅助。这里指助祭。
祭礼隆重心虔诚	摄以威仪	威仪：指典礼的仪式。

译文	原文	注释
祭祀礼节无差错	威仪孔时	时：善。孔时，很好。
主人又尽孝子情	君子有孝子	有：通“又”。
孝子孝心永不竭	孝子不匮	匮：竭。
神灵赐您好章程	永锡尔类	锡：赐。 类：法则。

译文	原文	注释
赐您章程是什么	其类维何	
治理家庭常安宁	室家之壸（kǔn）	壸：本义是宫中道，引申为“齐”，这里又引申作动词用，指“齐家”，治理家庭。
但愿主人寿万年	君子万年	
子孙幸福永继承	永锡祚胤	祚：福。 胤：嗣。指子孙。

子孙后嗣怎么样	其胤维何	
上天命您当国王	天被尔禄	被：覆盖，加的意思。 禄：禄位。指王位。
但愿主人寿万年	君子万年	
天赐妻妾和儿郎	景命有仆	景命：大命。指天命。 仆：与“朴”通，附着，附属。指下章女士、孙子，都是国王的附属（从马瑞辰《通释》说）。

妻妾儿郎怎么样	其仆维何	
天赐才女做新娘	厘尔女士	厘：通“赉”，赐予。 女士：才女。
天赐才女做新娘	厘尔女士	
随生子孙传代长	从以孙子	从：随。 孙子：即子孙。

凫 鹥

【题解】

这是周王祭祀祖先的第二天，为酬谢公尸请其赴宴（古称“宾尸”）时所唱的诗。

凫　　即野鸭。状如家鸭而略小。李时珍《本草纲目》:“凫，东南江海湖泊中皆有之。数百为群，晨夜蔽天，而飞声如风雨，所至稻粱一空。”

河里野鸭鸥成群	凫鹥(fú yī)在泾	凫：野鸭。 鹥：鸥鸟。 泾：水向前直流。这里指河水。
神主赴宴慰主人	公尸来燕来宁	公尸：神主。见《既醉》“公尸嘉告”注。 燕：通“宴”，指宴饮。 宁：安慰。
您的美酒那样清	尔酒既清	尔：指主人周王。
您的佳殽香喷喷	尔殽既馨	馨：香气。
神主光临来赴宴	公尸燕饮	
福禄降临您家门	福禄来成	成：帮助。

野鸭鸥鸟在水滨	凫鹥在沙	沙：指水边沙滩。
神主赴宴主人请	公尸来燕来宜	宜：顺的意思。来宜，应顺主人的邀请。
您的美酒那样多	尔酒既多	
您的佳殽鲜又新	尔殽既嘉	
神主光临来赴宴	公尸燕饮	
大福大禄又添增	福禄来为	为：助。

鷖　即鸥，水鸟。头大，嘴扁平，趾间有蹼，翼长而尖，羽毛多，灰白色。生活在海洋及内陆河川，以鱼类和昆虫等为食。种类繁多。明李时珍《本草纲目》："鸥者浮水上，轻漾如沤也。鷖者，鸣声也。鹥者，形似也。在海者名海鸥，在江者名江鸥。"

野鸭鸥鸟在沙滩	凫鹥在渚	渚：水中沙洲。
神主赴宴心喜欢	公尸来燕来处	处：安乐（从林义光《诗经通解》说）。
您的美酒清又醇	尔酒既湑（xǔ）	湑：滤过的酒，引申为清。
下酒肉干煮得烂	尔殽伊脯	脯：干肉，咸肉。
神主光临来赴宴	公尸燕饮	
天降福禄保平安	福禄来下	

野鸭鸥鸟在港汊	凫鹥在潨（cóng）	潨：众水相会处，即港汊。
神主赴宴尊敬他	公尸来燕来宗	宗：尊敬。
宴席设在宗庙里	既燕于宗	宗：宗庙。
神赐福禄频降下	福禄攸降	
神主光临来赴宴	公尸燕饮	
福禄绵绵赐您家	福禄来崇	崇：重，指重重的福禄。

野鸭鸥鸟在峡门	凫鹥在亹(mén)	亹：峡中两岸对峙如门的地方。
神主赴宴心欢欣	公尸来止熏熏	熏熏：俞樾《古书疑义举例》："熏熏、欣欣，字当互易，'公尸来止欣欣'，言公尸之和悦也……欣、熏字音相同，古书多口授，误倒其文耳。"
美酒畅饮味芳馨	旨酒欣欣	欣欣：《毛传》："欣欣然乐也。"旨酒怎么会欣欣地快乐呢？说不可通。俞樾："'旨酒熏熏'，此熏字，乃'薰'之假借。《说文》：'薰，香草也。'盖因草之香而引申之，则见香者皆得言薰也。"
烧肉烤羊香诱人	燔炙芬芬	
神主光临来赴宴	公尸燕饮	
今后无灾无苦闷	无有后艰	艰：艰难，不幸。

假　乐

【题解】

这是周王宴会群臣，群臣歌功颂德的诗。

周王令人爱又敬	假乐君子	假：嘉的假借字，赞美。《左传》文公三年、襄公二十六年和《礼记·乐记》引这句诗均作“嘉乐”。　乐：喜爱。　君子：指周王。
品德高尚心光明	显显令德	显显：光明的样子。　令德：美德。
能用贤臣能安民	宜民宜人	宜：适合。　民：庶民。　人：指在位的贵族。
接受福禄从天庭	受禄于天	
上帝下令多保佑	保右命之	右：通“佑”，助。
多赐福禄国兴盛	自天申之	申：重复，一再。
千禄百福齐降临	干禄百福	干：可能是后人传写之误，应作“千”。
子子孙孙数不清	子孙千亿	
个个正派又光明	穆穆皇皇	穆穆：肃敬的样子。　皇皇：光明的样子。
当君当主都相称	宜君宜王	
不犯过错不忘本	不愆不忘	愆：过失。
遵循旧制国太平	率由旧章	率由：遵循。　章：典章制度。

仪表堂堂威凛凛	威仪抑抑	威仪：仪表风度。　抑抑：通“懿懿”，庄美的样子。
政教法令真清明	德音秩秩	德音：这里指政教法令。　秩秩：清明的样子。
没人怨来没人恨	无怨无恶	
依靠群臣受欢迎	率由群匹	群匹：指群臣。
受天福禄无穷尽	受禄无疆	
四方万国遵王命	四方之纲	纲：法则。

君临天下王为首	之纲之纪	之：这。
大宴宾客请朋友	燕及朋友	燕：宴请。
诸侯卿士都赴宴	百辟卿士	辟：君。百辟，指众诸侯。　卿士：泛指文武大臣。
爱戴天子齐敬酒	媚于天子	媚：爱戴。
勤于职守不惰怠	不解于位	解：通“懈”。
万民归附国长久	民之攸塈（jì）	攸：所。　塈：通“暨”，归附。《左传》成公二年引这句诗作“暨”。

公 刘

【题解】

这是周人史诗之一，上承《生民》，下接《绵》诗，叙述周人祖先公刘带领周民由邰迁豳的故事。公刘是后稷的后代，约生于夏末商初，因避夏桀而迁豳，在发展农业生产上有一定的贡献。前人认为《公刘》是豳诗，大约是可靠的。

忠实厚道的公刘	笃公刘	笃：忠实厚道。　公刘：后稷的后代，周族首领。《释文》引《尚书大传》云："公，爵。刘，名也。"
不敢安居把福享	匪居匪康	匪：不。　康：安乐。
划分疆界治田地	迺埸（yì）迺疆	埸：田界。
收割粮食装进仓	迺积迺仓	积：露天堆积粮食的地方，亦名庾。　仓：仓库。
揉面蒸饼备干粮	迺裹糇粮	糇粮：干粮。
装进小袋和大囊	于橐（tuó）于囊	橐：没底的口袋。装上东西后，用绳扎住两头。　囊：有底的口袋。
紧密团结争荣光	思辑用光	思：发语词。　辑：和睦团结。　用：以为。　光：光荣。
张弓带箭齐武装	弓矢斯张	斯：语助词。　张：准备好。
盾戈斧钺拿手上	干戈戚扬	干：盾。　戚：斧。　扬：亦名钺，大斧。
开始动身向前方	爰方启行	爰：于是。　方：开始。　启行：动身，出发。

译文	原文	注释
忠实厚道的公刘	笃公刘	
豳地原野视察忙	于胥斯原	于：在。　胥：视察。　斯：这。
百姓众多紧相随	既庶既繁	庶、繁：都是众多的意思。
民心归顺多舒畅	既顺迺宣	顺：民心归顺。　宣：舒畅。
长吁短叹一扫光	而无永叹	
忽而登上小山坡	陟则在巘（yǎn）	陟：登。　巘：小山。
忽而下到平原上	复降在原	
身上佩带何物件	何以舟之	舟：佩带。
美玉宝石尽琳琅	维玉及瑶	维：是。　瑶：似玉的美石。玉和瑶是腰带上的饰物。
佩刀玉鞘闪闪亮	鞞（bǐng）琫（běng）容刀	鞞：刀鞘。　琫：刀鞘口的玉饰。　容刀：装着刀。

译文	原文	注释
忠实厚道的公刘	笃公刘	
来到泉水岸边上	逝彼百泉	逝：往。　百泉：指泉水多的地方。
眺望平原宽又广	瞻彼溥（pǔ）原	溥：广大。

登上南边高山冈	迺陟南冈	
发现京师好地方	乃觏（gòu）于京	觏：看见。　京：豳的地名。
京师田野形势好	京师之野	京师：京邑。后世用它专称帝王所住的都城。
于是定居建新邦	于时处处	于时：于是。　处处：居住。
于是规划造住房	于时庐旅	庐旅：庐旅二字古通用，即旅旅，寄居之意（从马瑞辰《通释》说）。
谈笑风生喜洋洋	于时言言	
七嘴八舌闹嚷嚷	于时语语	

忠实厚道的公刘	笃公刘	
定居京师新气象	于京斯依	依：就地（造房）。
犒宴群臣威仪盛	跄跄济济	跄跄：走路有节奏的样子。　济济：态度从容端庄的样子。朱熹《诗集传》："跄跄济济，群臣有威仪貌。"
入席就坐招待忙	俾筵俾几	俾：使。　筵：铺在地上坐的席。这里用如动词，指登席。　几：古代席地而坐时依靠或放食物的小桌。这里指靠着几。
安排宾主都坐定	既登乃依	依：靠。
先祭猪神求吉祥	乃造其曹	造：三家诗作"告"，告祭。　曹：禮之假借，祭猪神。

圈里捉猪做佳殽	执豕于牢	执：捉。　牢：猪圈。
葫芦瓢儿斟酒浆	酌之用匏	酌：斟酒。　之：指众宾。　匏：葫芦。葫芦一剖为二作酒器，称匏爵。
酒醉饭饱皆欢喜	食之饮之	
共推公刘做君长	君之宗之	君、宗：二字均用作动词，君，指当君主；宗，指当族主。

忠实厚道的公刘	笃公刘	
开垦豳地广又长	既溥既长	
看了平原又上山	既景迺冈	景：古与“竟”同音通用，今作“境”。
山南山北勘察忙	相其阴阳	相：视察。　阴：山北。　阳：山南。
查明水源和流向	观其流泉	
组织军队分三班	其军三单	单：通“禅”，轮流代替的意思。分军为三，只用一军服役，轮流代替，节用民力。《毛传》：“三单，相袭也。”
测量土地扎营房	度其隰原	度：测量。　隰原：低平之地。
开垦田亩为种粮	彻田为粮	彻：治，指开垦荒地。
又到山西去丈量	度其夕阳	夕阳：指山的西面。《尔雅·释山》：“山西曰夕阳。”
豳地确实大又广	豳居允荒	允：确实。　荒：大。

忠实厚道的公刘	笃公刘	
营建宫室在豳原	于豳斯馆	馆：用如动词，指建筑房屋。
横渡渭水开石料	涉渭为乱	渭：渭水。 为：作用同“而”。 乱：横流而渡。
捶石磨石都采全	取厉取锻	厉：同“砺”，粗糙坚硬的磨石。 锻：捶物的大石。
基地既定治田地	止基迺理	止：既。 基：基地。 理：治理。
民康物阜笑语欢	爰众爰有	爰：助词。 众：指人多。 有：指富有。
住在皇涧两岸边	夹其皇涧	皇涧：豳地涧名。
面向过涧住处宽	溯其过涧	溯：面向。 过涧：涧名。
移民定居人口密	止旅乃密	旅：寄居。 密：众多。
河岸两边都住满	芮鞫（jū）之即	芮：通“汭”，水边向内凹处。 鞫：水边向外凸处。二者连用，泛指水边。 之：这，指芮、鞫。 即：往就。

泂 酌

【题解】

这是歌颂统治者能得民心的诗。具体指的是谁，史无确证。

远舀路边积水潭	泂（jiǒng）酌彼行潦（lǎo）	泂：远。 行潦：路边的积水。
把这水缸都装满	挹彼注兹	挹：舀。 彼：指行潦。 注：灌。 兹：此，指盛水的器皿。
可以蒸菜也蒸饭	可以饙饎（fēn chì）	饙：蒸。 饎：酒食。
君子品德真高尚	岂弟（kǎi tì）君子	岂弟：这里不作和气、平易近人解，训为“德行高大”（从《吕氏春秋》说）。
好比百姓父母般	民之父母	

远舀路边积水坑	泂酌彼行潦	
舀来倒进我水缸	挹彼注兹	
可把酒壶洗清爽	可以濯（zhuó）罍	濯：洗。 罍：古代酒器，形似壶而大。
君子品德真高尚	岂弟君子	
百姓归附心向往	民之攸归	攸：所。

远舀路边积水洼	泂酌彼行潦	
舀进水瓮抱回家	挹彼注兹	
可供洗涤和抹擦	可以濯溉	溉：清。濯溉，《孔疏》："谓洗之使清洁。"有人说，溉当读为概，是盛酒的漆器，亦通。
君子品德真高尚	岂弟君子	
百姓归附爱戴他	民之攸塈（xì）	塈：归附。

卷 阿

【题解】

这是周王出游卷阿，诗人陈诗答王的歌。诗里歌颂周王礼贤求士，写了君臣出游、群臣献诗的盛况。旧说作者是召康公，周王是成王，姑从之。

梧桐　　落叶乔木。种子可食，亦可榨油，供制皂或润滑油用。木质轻而韧，可制家具及乐器。古代以为是凤凰栖止之木。

译文	原文	注释
曲折丘陵风光好	有卷(quán)者阿(ē)	卷：曲。有卷，即卷卷。　阿：大的丘陵。《汲冢纪年》："成王三十三年，游于卷阿，召康公从。"
旋风南来声怒号	飘风自南	飘风：旋风。
和气近人的君子	岂弟君子	
至此遨游歌载道	来游来歌	
大家献诗兴致高	以矢其音	矢：陈。
江山如画任你游	伴奂尔游矣	伴奂：纵弛、尽情的意思。
悠闲自得且暂休	优游尔休矣	优游：闲暇自得的样子。
和气近人的君子	岂弟君子	
终生辛劳何所求	俾尔弥尔性	俾：使。　尔：你，指周王。　弥：终，尽。性：音义同"生"，指生命（从林义光《诗经通解》说）。
继承祖业功千秋	似先公酋矣	似：通"嗣"，继承。　先公：先君，指文王、武王。　酋：完成，成就。
你的版图和封疆	尔土宇昄章	土宇：封疆。　昄：音义同"版"。昄章，犹版图（从朱熹《诗集传》引"或曰"说）。
一望无际遍海内	亦孔之厚矣	厚：广大辽阔。
和气近人的君子	岂弟君子	
终生辛劳有作为	俾尔弥尔性	
主祭百神最相配	百神尔主矣	主：指主祭者。

你受天命长又久	尔受命长矣	
福禄安康样样有	茀禄尔康矣	茀禄：即福禄。 康：安。
和气近人的君子	岂弟君子	
终生辛劳百年寿	俾尔弥尔性	
天赐洪福永享受	纯嘏尔常矣	纯：大。 嘏：福。

贤才良士辅佐你	有冯(píng)有翼	冯：辅。 翼：助。
品德崇高有权威	有孝有德	
匡扶相济功绩伟	以引以翼	引：引导。 翼：护助。
和气近人的君子	岂弟君子	
垂范天下万民随	四方为则	

贤臣肃敬志高昂	颙颙卬卬(yóngyóngáng áng)	颙颙：庄重恭敬的样子。 卬卬：气概轩昂的样子。
品德纯洁如圭璋	如圭如璋	圭、璋：古代玉制礼器。
名声威望传四方	令闻令望	令：好。
和气近人的君子	岂弟君子	
天下诸侯好榜样	四方为纲	

高高青天凤凰飞	凤皇于飞	
百鸟展翅紧相随	huì huì 翙翙其羽	翙翙：众多的样子。　羽：鸟的代称。
凤停树上百鸟陪	亦集爰止	爰：于。爰止，指凤凰所停止的地方。
周王身边贤士萃	蔼蔼王多吉士	蔼蔼：众多的样子。　吉士：善士。指群臣。
任您驱使献智慧	维君子使	维：通“惟”。
爱戴天子不敢违	媚于天子	媚：爱戴。

青天高高凤凰飞	凤皇于飞	
百鸟纷纷紧相随	huì huì 翙翙其羽	
直上晴空迎朝晖	亦傅于天	傅：至。
周王身边贤士萃	蔼蔼王多吉人	吉人：犹吉士。
听您命令不辞累	维君子命	
爱护人民行无亏	媚于庶人	庶人：平民。

凤凰鸣叫示吉祥	凤凰鸣矣
停在那边高山冈	于彼高冈

高冈上面生梧桐	梧桐生矣	
面向东方迎朝阳	于彼朝阳	朝阳：指山的东面，因早晨被太阳所照，故称朝阳。
枝叶茂盛郁苍苍	菶菶萋萋（běngběng）	菶菶萋萋：形容梧桐枝叶茂盛的样子。
凤凰和鸣声悠扬	雝雝喈喈	雝雝喈喈：形容凤凰鸣声和谐的样子。
迎送贤臣马车备	君子之车	
车子既多又华美	既庶且多	多：通“侈”，车饰侈丽的意思（从俞樾说）。
迎送贤臣有好马	君子之马	
奔驰熟练快如飞	既闲且驰	闲：熟练。
贤臣献诗真不少	矢诗不多	不多：“不”是语词，无义。《毛传》：“不多，多也。”
为答周王唱歌会	维以遂歌	遂：对，答。

民　劳

【题解】

这是诗人劝告厉王安民防奸的诗。厉王是成王的七世孙，为政暴虐，徭役繁重，人民不堪其苦，终于起来造反，厉王出奔于彘（今山西霍州），国人推共伯和行天子事。这就是《民劳》这首诗的时代背景。

译文	原文	注释
人民劳累真苦死	民亦劳止	亦、止：都是语助词。
要求稍稍喘口气	汔(qì)可小康	汔：通“乞”，求。　康：安居。
国家搞好京师富	惠此中国	惠：爱。　中国：指西周王朝直接统治的区域，即王畿，因四方都有诸侯，故称为中国。
安抚诸侯不费力	以绥四方	绥：安。　四方：指各诸侯国。
别听狡诈欺骗话	无纵诡随	纵：应作从，“听从”的意思。　诡随：狡诈欺骗的人。
不良之辈要警惕	以谨无良	谨：慎，小心提防。
制止暴虐与劫掠	式遏寇虐	式：发语词。　遏：制止。　寇虐：指掠夺残害人民的人。
胆大妄为违法纪	憯(cǎn)不畏明	憯：犹曾、乃。　明：法。陈奂《毛诗传疏》：“明，犹法也。”
爱民不分远和近	柔远能迩	柔：安抚。　远：指住在远处的人们。　能：亲善。　迩：近。指住在近处的人们。
国王安定心中喜	以定我王	

译文	原文	注释
人民劳苦莫提起	民亦劳止	
要求稍稍得休息	汔可小休	
国家搞好京师富	惠此中国	
人民才能心满意	以为民逑	逑：聚合。民逑，指人民欢聚安居乐业。
别听狡诈欺骗话	无纵诡随	
争权夺利要警惕	以谨惛(náo)怓	惛怓：喧扰争吵。
制止暴虐与劫掠	式遏寇虐	
莫使人民心悲凄	无俾民忧	
从前功劳休抛弃	无弃尔劳	尔：指当时在位者。 劳：功劳。
成就国王好名气	以为王休	休：美。

译文	原文	注释
人民劳苦莫提起	民亦劳止	
要求稍稍松口气	汔可小息	
国家搞好京师富	惠此京师	京师：都城，即此诗其他章节中的“中国”。
安抚诸侯就顺利	以绥四国	
别听狡诈欺骗话	无纵诡随	

两面三刀要警惕	以谨罔极	罔极：行为不正，没有准则。
制止暴虐与劫掠	式遏寇虐	
不使作恶把人欺	无俾作慝（tè）	慝：邪恶。
立身端正讲礼节	敬慎威仪	敬慎：严肃谨慎。　威仪：容貌举止礼节。
亲近贤德勤学习	以近有德	

人民劳苦莫提起	民亦劳止	
要求稍为歇歇力	汔可小愒（qì）	愒：休息。
国家搞好京师富	惠此中国	
使民消忧除怨气	俾民忧泄	泄：发泄，消除。
别听狡诈欺骗话	无纵诡随	
险恶之人要警惕	以谨丑厉	丑厉：恶人。
制止暴虐与劫掠	式遏寇虐	
莫使政局生危机	无俾正败	正：通“政”。
你虽是个年轻人	戎虽小子	戎：你。　小子：年轻人。指周王。
作用很大当估计	而式弘大	式：作用。　弘：大。

人民劳苦莫提起	民亦劳止	
要求稍稍得安逸	汔可小安	
国家搞好京师富	惠此中国	
社会安定好风气	国无有残	残：害。
别听狡诈欺骗话	无纵诡随	
结党营私要警惕	以谨缱绻	缱绻：固结不解的意思。这里指结党营私。
制止暴虐与劫掠	式遏寇虐	
莫将政权轻丧弃	无俾正反	正反：政事颠覆。
我王贪财爱美女	王欲玉女	玉：指金玉财宝。　女：指女色。林义光《诗经通解》："玉女，谓财货与女色也。"阮元释"玉女"为畜女、爱汝，亦通。
所以深深规劝你	是用大谏	是用：因此。　大谏：深切劝告。

板

【题解】

这是诗人假托劝告同事、实际上是劝告厉王的诗。旧说是周公的后代凡伯所作。有人考证凡伯就是共伯和，世称他修德行，好贤仁。周厉王失政逃亡到彘地时，诸侯就立他为周王。后人对这首诗是他所作并无异议。

译文	原文	注释
上帝发疯不正常	上帝板板	上帝：喻周厉王。　板板：乖戾、不正常的样子。
下界人民都遭殃	下民卒瘅（cuì dǎn）	卒瘅：疲病。卒为悴的省借，亦作“瘁”，《韩诗外传》引这句诗作“瘁瘅”。
话儿说得不合理	出话不然	不然：不对。
政策订来没眼光	为犹不远	犹：同“猷”，谋，政策。　不远：无远见。
不靠圣人太自用	靡圣管管	靡圣：眼里没有圣人。　管管：没有依据，自以为是的样子。
光说不做真荒唐	不实于亶	不实：不实行。　亶：诚信。
执政丝毫没远见	犹之未远	
所以作诗劝我王	是用大谏	

译文	原文	注释
老天正把灾难降	天之方难	方：正在。　难：灾难。
不要这般喜洋洋	无然宪宪	无然：不要这样。　宪宪：犹欣欣，喜悦的样子。

老天正在降骚乱　天之方蹶　蹶：动，扰乱。

不要多嘴说短长　无然泄泄（yì yì）　泄泄：亦作呭呭，多嘴的样子。

政令协调缓和了　辞之辑矣　辞：指政治教令。　辑：和缓协调。

民心协和国力强　民之洽矣　洽：协和团结。

政令混乱败坏了　辞之怿矣　怿：借为“殬”，败坏。

人民受害难安康　民之莫矣　莫：通“瘼”，病，疾苦。

你我职务虽不同　我虽异事　异事：指职务不同。

毕竟同事在官场　及尔同寮　及：和。　同寮：同事。

我到你处商国事　我即尔谋　即：往就。　谋：商量。

忠言逆耳白开腔　听我嚣嚣（áo áo）　嚣嚣：傲慢而不肯接受别人意见的样子。

我提建议为治国　我言维服　维：是。　服：用，治。

切莫当作笑话讲　勿以为笑

古人有话说得好　先民有言　先民：古人。

“有事请教斫柴郎”　“询于刍荛”　刍：草。　荛：柴。刍荛指割草砍柴者，即樵夫。

老天正把灾难降	天之方虐	虐：暴虐。指降灾。
切莫喜乐太放荡	无然谑谑	谑谑：嬉笑快乐的样子。
老夫恳切尽忠诚	老夫灌灌	老夫：诗人自称。《礼记·曲礼》："丈夫七十自称老夫。" 灌灌：犹款款，诚恳的样子。
小子骄傲不像样	小子跻跻	小子：指厉王（从陈奂《毛诗传疏》说）。 跻跻：骄傲的样子。
不是我说糊涂话	匪我言耄	匪：非。 耄：昏乱糊涂。
你开玩笑太轻狂	尔用忧谑	忧：借为"优"。忧谑，调笑（从俞樾《群经平议》说）。
多做坏事难收拾	多将熇熇（hè hè）	将：行。多将，多做。 熇熇：火势炽盛的样子。这里指不可收拾。
不可救药国将亡	不可救药	

老天正在生怒气	天之方懠	懠：怒。
你别这副奴才相	无为夸毗	夸毗：卑躬屈膝，谄媚顺从。
君臣礼节都乱套	威仪卒迷	威仪：这里指君臣之间的礼节。 卒：尽，都。 迷：迷乱。
好人闭口不开腔	善人载尸	载：则。 尸：神主。《孔疏》："尸，谓祭时之尸，以为神象，故终祭不言。贤人君子则如尸不复言语，畏政故也。"
人民痛苦正呻吟	民之方殿屎（xī）	殿屎：痛苦呻吟。
对我不敢妄猜想	则莫我敢葵	葵：通"揆"，猜疑。
社会纷乱国库空	丧乱蔑资	蔑：无，没有。 资：资财。
抚恤群众谈不上	曾莫惠我师	惠：施恩。 师：指民众。

老天诱导众百姓	天之牖民	牖：通"诱"，诱导。
如吹埙篪和音响	如埙（xūn）如篪（chí）	埙：古代陶制的椭圆形吹奏乐器。 篪：古代竹制的一种管乐器。
如像玄圭配玉璋	如璋如圭	璋、圭：都是玉制的礼器，圭为长条形薄版，上端三角形。《孔疏》："半圭为璋，合二璋则成圭。"
如提如携来相帮	如取如携	携：提。
培育扶植不设防	携无曰益	曰：语助词，无义。 益：通"隘"，阻碍。无益，即不阻碍。
因势利导很顺当	牖民孔易	
如今民间多乱子	民之多辟	辟：通"僻"，邪僻。
枉自立法没用场	无自立辟（bì）	辟：法。立辟，立法。

好人好比是藩篱	价人维藩	价：音义同"介"，善。 维：是。 藩：篱笆。
大众好比是围墙	大师维垣	大师：大众。 垣：墙。
大国好比是屏障	大邦维屏	大邦：指诸侯中的大国。 屏：屏障。
同族好比是栋梁	大宗维翰	大宗：周王同姓的宗族。 翰：桢干，栋梁。
关心人民国安泰	怀德维宁	怀德：有好的德行。 宁：指国家安宁。
宗子就像是城墙	宗子维城	宗子：周王的嫡子。
别让城墙受破坏	无俾城坏	
不要孤立自遭殃	无独斯畏	独：孤立。 斯：此，这。 畏：可怕。

老天发怒要敬畏	敬天之怒	敬：敬畏。《鲁诗》作“畏”。
不敢嬉戏太放荡	无敢戏豫	无：同“毋”。《鲁诗》作“不”。　戏豫：嬉戏娱乐。
老天灾变要敬畏	敬天之渝	渝：变。指天灾。
不敢任性太狂放	无敢驰驱	驰驱：指任性放纵。
老天眼睛最明亮	昊天曰明	曰：语助词。　明：光明。
和你一起同来往	及尔出王	及：与。　王：通“往”。出王，进出来往。
老天眼睛最明朗	昊天曰旦	旦：和“明”同义。
和你一起共游逛	及尔游衍	游衍：游逛。

荡

【题解】

这是诗人哀伤厉王无道、周室将亡的诗。全诗借托文王指斥殷纣王的手法以刺厉王，这种托古刺今的表现手法，可算是咏史诗的滥觞。

蜩　　即蝉，俗称知了，昆虫类。夏秋间由幼虫蜕化而成，吸树汁为生。雄的腹部有发声器，能连续发声。种类很多。

上帝骄纵又放荡	荡荡上帝	荡荡：任意骄纵、不守法制的样子。　上帝：托指周王。
他是下民的君王	下民之辟（bì）	辟：君主。
上帝贪心又暴虐	疾威上帝	疾威：贪暴。
政令邪僻太反常	其命多辟	命：政令。　辟：通“僻”，邪僻。
上天生养众百姓	天生烝民	烝：众。
政令无信尽撒谎	其命匪谌（chén）	谌：诚。匪谌，不诚，不守信用。
万事开头讲得好	靡不有初	靡：无。
很少能有好收场	鲜克有终	鲜：少。　克：能。

文王开口叹声长	文王曰咨	咨：嗟叹声。
叹你殷商末代王	咨女殷商	女：汝。当时厉王暴虐，作者不敢批评他，假托文王批评殷纣，来抒发自己的意见。
多少凶暴强横贼	曾是强御	曾：乃。　是：这样。　强御：凶暴。这里作名词用，指凶暴的臣子。
敲骨吸髓又贪赃	曾是掊克	掊克：聚敛。这里指搜括人民的臣子。
窃据高位享厚禄	曾是在位	在位：指处于统治地位。

有权有势太猖狂	曾是在服	服：任。在服和在位对文，在位是有职无权的官，在服是有职有权的官（从陈奂《毛诗传疏》说）。
天降这些不法臣	天降慆德	慆：通“滔”，和荡荡同义。慆德，指强御、掊克等不法臣子而言（从方玉润《诗经原始》说）。
助长国王逞强梁	女兴是力	女：汝。指不法之臣。　兴：助长。　力：勤。

文王开口叹声长	文王曰咨	
叹你殷商末代王	咨女殷商	
你任善良以职位	而秉义类	而：通“尔”，你。　秉：操持，用。　义类：善类。
凶暴奸臣心怏怏	强御多怼（duì）	怼：怨恨。
面进谗言来诽谤	流言以对	流言：谣言。
强横窃据朝廷上	寇攘式内	寇攘：盗窃国家资财。　式：于，在。　内：指朝廷内。
诅咒贤臣害忠良	侯作侯祝	侯：有。　作：借为诅。　祝：通“咒”字。诅咒，祈求鬼神加祸于敌对的人。
没完没了造祸殃	靡届靡究	届：尽。　究：穷。

文王开口叹声长	文王曰咨

叹你殷商末代王　咨女殷商

跋扈天下太狂妄　女炰烋于中国（páoxiāo）　女：汝，影射厉王。　炰烋：亦作咆哮，怒吼。

却把恶人当忠良　敛怨以为德　敛：聚集。　怨：可恨的人。

知人之明你没有　不明尔德　不明：没有知人之明，不辨善恶。

不知叛臣结朋党　时无背无侧　时：《韩诗》作“以”，所以。　背：背叛。侧：不正派。

知人之明你没有　尔德不明

不知公卿谁能当　以无陪无卿　陪：辅佐。　卿：卿大夫。

文王开口叹声长　文王曰咨

叹你殷商末代王　咨女殷商

上天未让你酗酒　天不湎尔以酒　湎：沉溺于酒。

也未让你用匪帮　不义从式　从：听从。　式：任用。

礼节举止全不顾　既愆尔止（qiān）　愆：过失，错误。　止：容止，行为。

没日没夜灌黄汤　靡明靡晦

狂呼乱叫不像样	式号式呼	式：助词。
日夜颠倒政事荒	俾昼作夜	

文王开口叹声长	文王曰咨	
叹你殷商末代王	咨女殷商	
百姓悲叹如蝉鸣	如蜩(tiáo)如螗	蜩：蝉。　螗：蝉的一种，亦名蝘。
恰如落进沸水汤	如沸如羹	羹：菜汤。
大小事儿都不济	小大近丧	小大：指大小事。　丧：失败。
你却还是老模样	人尚乎由行	人：指厉王。　由行：照老样子做。
全国人民怒气生	内奰(bì)于中国	奰：怒。
怒火蔓延到远方	覃及鬼方	覃：延。　鬼方：远方。

文王开口叹声长	文王曰咨	
叹你殷商末代王	咨女殷商	

不是上帝心不好	匪上帝不时	不时：不好。
是你不守旧规章	殷不用旧	旧：指旧的典章制度。
虽然身边没老臣	虽无老成人	老成人：旧臣，意指诗人自己。
还有成法可依傍	尚有典刑	典刑：旧法。
这样不听人劝告	曾是莫听	曾：乃，可是。 是：这些。指上面所说的话。
命将转移国将亡	大命以倾	大命：指国家的命运。

文王开口叹声长	文王曰咨	
叹你殷商末代王	咨女殷商	
古人有话不可忘	人亦有言	
“大树拔倒根出土	“颠沛之揭	颠沛：跌倒。这里指被拔倒的树木。 揭：高举。指树木倒地后根部翻出。
树叶虽然暂不伤	枝叶未有害	
树根已坏难久长”	本实先拨”	拨：败的假借字，《列女传》引这句诗作“败”。
殷商镜子并不远	殷鉴不远	鉴：同“镜”。
应知夏桀啥下场	在夏后之世	

抑

【题解】

这是周王朝一位老臣劝告、讽刺周王的诗。诗可能是西周末年一位元老所作，有人说是卫国的武公，他劝告周王守礼修德，谨言慎行；刺他昏庸骄满，愚昧无知。反映了当时统治者的腐朽无能、社会面临崩溃的情况。

仪表堂堂礼彬彬	抑抑威仪	抑抑：慎密。　威仪：容止礼节。
为人品德很端正	维德之隅	隅：本义是屋角，引申为方正。
古人有句老俗话	人亦有言	
“智者看来像愚笨”	“靡哲不愚”	哲：指聪明而知识丰富的人。
常人显得不聪明	庶人之愚	庶人：众民，一般人。
那是本身有毛病	亦职维疾	亦：语首助词。　职：主要。　维：是。疾：毛病。
智者看似不聪明	哲人之愚	
那是装傻避罪刑	亦维斯戾	戾：罪。斯戾，避罪。

有了贤人国强盛	无竞维人	无：发语词。　竞：强。　维：亦作惟，由于。　人：指贤人。
四方诸侯来归诚	四方其训之	训：顺从。

君子德行正又直	有觉德行	觉：通“梏”，高大、正直的样子。《礼记·缁衣》引诗作“梏”。
诸侯顺从庆升平	四国顺之	
建国大计定方针	讦谟定命（讦 xū）	讦：大。　谟：谋。
长远国策告群臣	远犹辰告	犹：同“猷”，谋略。　辰：时。
举止行为要谨慎	敬慎威仪	
人民以此为标准	维民之则	
如今天下乱纷纷	其在于今	
国政混乱不堪论	兴迷乱于政	兴：语首助词。
你的德行已败坏	颠覆厥德	颠覆：败坏。　厥：其，指周王。
沉湎酒色醉醺醺	荒湛于酒（湛 dān）	荒湛：沉湎。
只知吃喝和玩乐	女虽湛乐从	女：汝，指周王。　虽：与“惟”通，只。湛乐：吃喝玩乐。　从：从事。
继承帝业不关心	弗念厥绍	绍：继，继承先人传统。
先王治道不广求	罔敷求先王	罔：无，不。　敷：广。　先王：指先王的治国之道。
怎能明法利众民	克共明刑	克：能。　共：通“拱”，执行。　刑：法。

皇天不肯来保佑	肆皇天弗尚	肆：发声词。有人训为“故今”，亦通。　尚：保佑。
好比泉水空自流	如彼泉流	
君臣相率一齐休	无沦胥以亡	无：发声词（从王引之《经义述闻》说）。沦：率。　胥：相。沦胥，相率。　以：而。
应该起早又睡晚	夙兴夜寐	
里外洒扫除尘垢	洒埽廷内	廷：通“庭”，庭院。　内：室内。
为民表率要带头	维民之章	维：为。　章：法则，模范。
整治你的车和马	修尔车马	
弓箭武器认真修	弓矢戎兵	戎兵：指武器。
防备一旦战事起	用戒戎作	戒：准备。　戎：战事。　作：起。
征服国外众蛮酋	用逷(tì)蛮方	逷：剪除，治服。　蛮方：指远方异族。

安定你的老百姓	质尔人民	质：安定。
谨守法度莫任性	谨尔侯度	侯：语助词。　度：法度。
以防祸事突然生	用戒不虞	不虞：不测。
说话开口要谨慎	慎尔出话	
行为举止要端正	敬尔威仪	

处处温和又可敬	无不柔嘉	柔嘉：柔和妥善。
白玉上面有污点	白圭之玷(diàn)	玷：玉上的斑点。
尚可琢磨除干净	尚可磨也	
开口说话出毛病	斯言之玷	
再要挽回也不成	不可为也	

不要随口把话吐	无易由言	易：轻易。　由：于。
莫道“说话可马虎	无曰“苟矣	苟：苟且，随便。
没人把我舌头捂”	莫扪朕舌”	扪：执持。　朕：我。上古一般人多自称为朕，到秦始皇才定朕为皇帝的自称。
一言既出难弥补	言不可逝矣	逝：及，追。刘向《说苑·丛谈篇》说：“口者，关也；舌者，机也。出言不当，四马不能追也。”
没有出言无反应	无言不雠	雠：答。
施德总能得福禄	无德不报	
朋友群臣要爱护	惠于朋友	朋友：指在朝的群臣。
百姓子弟多安抚	庶民小子	
子子孙孙要谨慎	子孙绳绳	绳绳：谨慎的样子。
人民没有不顺服	万民靡不承	承：顺从。

看你招待贵族们	视尔友君子	友：这里作动词“招待”用。　君子：指在朝的群臣。
和颜悦色笑盈盈	辑柔尔颜	辑：和。
小心过失莫发生	不遐有愆	遐：何。　愆：过错。
看你独自处室内	相在尔室	相：看。
做事无愧于神明	尚不愧于屋漏	屋漏：白天屋里日光从天窗漏入（《孔疏》引孙炎说）。一说指神明。王先谦《诗三家义集疏》引黄山云：“不愧屋漏，即言不愧于神明。”
休道“室内光线暗	无曰“不显	无：同“毋”。
没人能把我看清”	莫予云觏（gòu）”	云：语助词。　觏：看见。
神明来去难预测	神之格思	格：至。　思：语助词。
不知何时忽降临	不可度思	度：揣测。
怎可厌倦自遭惩	矧（shěn）可射（yì）思	矧：况且。　射：通“斁”，讨厌。

修明德行养情操	辟尔为德	辟：修明。　为：语助词。
使它高尚更美好	俾臧俾嘉	臧、嘉：善。
举止谨慎行为美	淑慎尔止	淑：美好。　止：举止，行为。
仪容端正有礼貌	不愆于仪	
不犯过错不害人	不僭不贼	僭：差错。　贼：残害。

很少不被人仿效	鲜不为则	鲜：少。　则：法则。
人家送我一篮桃	投我以桃	
我把李子来相报	报之以李	
胡说秃羊头生角	彼童而角	童：秃。指无角的羊。　而：以。而角，以……为有角。
实是乱你周王朝	实虹小子	虹：通“讧”，溃乱。　小子：指年青的周王。《郑笺》：“天子未除丧称小子。”

又坚又韧好木料	荏染柔木	荏染：坚韧。　柔木：指椅、桐、梓、漆等做琴瑟乐器的树木。
制作琴瑟丝弦调	言缗之丝	言：语首助词。　缗：按上。　丝：指琴瑟的丝弦。
温和谨慎老好人	温温恭人	
根基深厚品德高	维德之基	
如果你是明智人	其维哲人	
古代名言来奉告	告之话言	话言：经陈奂《毛诗传疏》考证，认为话言恐为“诂言”之误。诂言，古老话。
马上实行当作宝	顺德之行	
如果你是糊涂虫	其维愚人	
反说我错不讨好	覆谓我僭	覆：反而。　僭：错。
人心各异难诱导	民各有心	

可叹少爷太年青	於(wū)乎小子	於乎：即呜呼，叹词。
不知好歹与重轻	未知臧否(pǐ)	否：恶。
非但搀你互谈心	匪手携之	匪：非但，不但。　携：搀着。
也曾教你办事情	言示之事	示：指点。
非但当面教导你	匪面命之	面：当面。　命：教导。
还拎你耳要你听	言提其耳	
假使说你不懂事	借曰未知	借曰：假如说。　未知：没有知识。
也已抱子有儿婴	亦既抱子	
人们虽然有缺点	民之靡盈	民：泛指人。　盈：盈满。含有没有缺点样样都好的意思。
谁会早慧却晚成	谁夙知而莫成	夙：早。夙知，早慧。　莫：音义同“暮”。莫成，晚成。

苍天在上最明白	昊天孔昭	
我这一生没愉快	我生靡乐	
看你那种糊涂样	视尔梦梦	梦梦：昏昏，糊涂。
我心烦闷又悲哀	我心惨惨	惨惨：忧愁烦闷的样子。
反复耐心教导你	诲尔谆谆	谆谆：教诲不倦的样子。

你既不听也不睬	听我藐藐	藐藐：轻视而听不进的样子。
不知教你为你好	匪用为教	
反当笑话来编排	覆用为虐	虐：谑的借字，戏谑，开玩笑。
如果说你不懂事	借曰未知	
怎会骂我是老迈	亦聿既耄	聿：助词。 耄：老。

叹你少爷年幼王	於(wū)乎小子	
听我告你旧典章	告尔旧止	旧：指旧的典章制度。 止：语气词。有人说，旧止，指先王的礼法，亦通。
你若听用我主张	听用我谋	
不致大错太荒唐	庶无大悔	庶：幸，含有希望之意。
上天正把灾难降	天方艰难	艰难：灾难。
只怕国家要灭亡	曰丧厥国	曰：发语词。
让我就近打比方	取譬不远	
上天赏罚不冤枉	昊天不忒(tè)	忒：偏差。
如果邪僻性不改	回遹(yù)其德	回遹：邪僻。
黎民百姓要遭殃	俾民大棘	棘：通“急”。

桑　柔

【题解】

这是周厉王的大臣芮良夫讽刺厉王的诗。诗中反映了周厉王时国政昏乱、君王无道、奸臣得宠、人民受难的情况。怨恨自己一片忠心得不到厉王重用。作者对“下民”的苦难抱同情态度，但对他们的反抗、暴动则加以诋毁。成诗的时间，过去有不同见解，似作于共和摄政一二年间之说较为正确。

译文	原文	注释
青青桑叶密又嫩	菀(wǎn)彼桑柔	菀：茂盛的样子。　桑柔：即柔桑。
桑树下面一片荫	其下侯旬	侯：维，是。　旬：树荫遍布。
采完桑叶剩枝根	捋采其刘	刘：剥落稀疏。指桑树被采后稀疏无叶。
害苦百姓难遮身	瘼此下民	瘼：病，害。
愁思绵绵缠我心	不殄(tiǎn)心忧	殄：断绝。
社会凄凉乱纷纷	仓兄填兮	仓兄：同“怆怳”，凄凉纷乱的样子。　填：久。
皇天能把善恶分	倬彼昊天	倬彼：倬倬，光明的样子。
怎么不怜我老臣	宁不我矜	宁：何。　不我矜：不矜我的倒文。矜，怜。
四马驾车不住奔	四牡骙骙(kuí kuí)	骙骙：马强壮的样子。
旌旗翻飞各逃生	旟旐(yú zhào)有翩	旟、旐：画有鹰隼龟蛇的旗。　有翩：翩翩，形容旌旗翻飞的样子。

祸乱发生不太平	乱生不夷	夷：平定。
到处纷乱难安宁	靡国不泯	泯：乱。
百姓死亡人稀少	民靡有黎	黎：众。
全都遭难变灰烬	具祸以烬	具：通“俱”。 以：通“而”。
长叹一声心悲痛	於乎有哀	
国运艰危势将倾	国步斯频	国步：国运。 斯：这样。 频：危急。

民穷财尽国运紧	国步蔑资	蔑：无。 资：财。
老天不助我人民	天不我将	将：扶助。
没有地方可安身	靡所止疑	疑：通“凝”，定。止疑，停息。
想走不知去何村	云徂何往	云：发语词。 徂：往。
君子扪心自思忖	君子实维	君子：指当时贵族们（包括作者在内）。 维：通“惟”，想。
没有争权夺利心	秉心无竞	秉心：存心。 无竞：无争。
谁是产生祸乱根	谁生厉阶	厉阶：祸端。
至今作梗害人们	至今为梗	梗：灾害。

隐隐作痛心忧伤	忧心殷殷	殷殷：心痛的样子。

想念故土旧家乡	念我土宇	土宇：土地房屋。
生不逢时真不幸	我生不辰	辰：时。
碰上老天怒火旺	逢天僤（dàn）怒	僤：大。
从西到东天地宽	自西徂东	
没有安居好地方	靡所定处	
灾难遭到一连串	多我觏（gòu）痻（mín）	觏：遇。　痻：病，灾难。
再加敌寇侵边疆	孔棘我圉（yǔ）	棘：通“急”。　圉：边疆。

谋划国事要谨慎	为谋为毖	毖：谨慎。
祸乱状况会减轻	乱况斯削	斯：则，乃。　削：减少。
你们应当忧国事	告尔忧恤	尔：指周王及当时执政的大臣。
合理授官任贤能	诲尔序爵	序：次序。这里用如动词，合理安排。　爵：官爵。
好比谁想驱炎热	谁能执热	执热：解救炎热。
不去洗澡行不行	逝不以濯	逝：发语词。　濯：沐浴。
国事如果不办好	其何能淑	
大家淹死都丧命	载胥及溺	载：则，就。　胥：皆，都。

译文	原文	注释
好比顶着大风跑	如彼溯风	溯：逆。
呼吸困难心发跳	亦孔之僾	亦、之：都是语助词。　僾：呼吸不舒畅的样子。
人民空有进取心	民有肃心	肃心：进取的心。
形势使他难效劳	荓(pīng)云不逮	荓：使。　云：有。　不逮：不及。
重视春种和秋收	好是稼穑	稼穑：这里泛指农业劳动。
百姓劳动官吃饱	力民代食	力民：使人民出力劳动。　代食：指不劳动的官僚坐吃粮食。
农业生产是个宝	稼穑维宝	
官吏坐吃是正道	代食维好	

译文	原文	注释
死亡祸乱从天降	天降丧乱	
要灭我们所立王	灭我立王	灭我立王：指周厉王被国人赶跑，流放于彘的事。
降下害虫和蟊贼	降此蟊贼	蟊：吃苗根的害虫。　贼：吃苗节的害虫（图见《小雅·大田》）。
大田庄稼全吃光	稼穑卒痒	卒：完全。　痒：病。
哀痛我们全中国	哀恫(tōng)中国	恫：痛。
绵延田地一片荒	具赘(zhuì)卒荒	赘：通“缀”，连属。
大家没有尽力干	靡有旅力	旅：通“膂”。旅力，体力。
怎能感动那上苍	以念穹苍	念：感动。

通情达理好君王	维此惠君	惠：顺。
人民对他就景仰	民人所瞻	
心地光明善治国	秉心宣犹	宣：明。 犹：通“猷”，道。宣犹，明道。
慎重考察择宰相	考慎其相	考慎：慎重考察。 相：辅佐大臣。
君主违理不顺民	维彼不顺	
只管自己把福享	自独俾臧	
别有一副怪心肠	自有肺肠	
使民迷惑而放荡	俾民卒狂	

看那野外有树林	瞻彼中林	
鹿儿成群多相亲	甡甡（shēnshēn）其鹿	甡甡：同“莘莘”，众多的样子。
朋友互相反欺骗	朋友已谮（jiàn）	谮：通“僭”，相欺而不相信。
不能置腹又推心	不胥以穀	胥：相。 以：同“与”。 穀：善。
人们经常这样说	人亦有言	
“进退两难真苦闷”	“进退维谷”	维：是。 谷：穷。阮元以“谷”为“穀”的假借字，训善；嫌二穀相并为韵，是诗人义同字变之例。可备一说。

只有圣人有眼力	维此圣人

目光远大望百里	瞻言百里	言：句中助词。
只有蠢人眼近视	维彼愚人	
反而狂妄瞎欢喜	覆狂以喜	覆：反而。
并非有口不能言	匪言不能	匪：非。这句是“非不能言”的倒文。
为啥害怕有顾忌	胡斯畏忌	斯：这样。

这位君主心善良	维此良人	良人：指共伯和。《鲁连子》:“共伯，名和。好行仁义，诸侯贤之。厉王奔彘，诸侯奉和以行天子事。”
不求名位不争王	弗求弗迪	迪：进。《庄子》郭象注:“共和者，周王之孙也。怀道抱德，食封于共。厉王之难，诸侯立之。宣王立，乃废。立之不喜，废之不怒。”
那位君主太残忍	维彼忍心	
反复无常理不讲	是顾是复	
百姓为啥要作乱	民之贪乱	
因遭暴政苦难挡	宁为荼毒	宁：乃。　荼毒：残害。

天上呼呼刮大风	大风有隧	有隧：隧隧，风疾速的样子。
峡谷从来是空空	有空大谷	
这位君主心善良	维此良人	
多做好事人歌颂	作为式穀	式：句中助词。

那位君主不讲理	维彼不顺	
日夜荒淫不出宫	征以中垢	征：往。 以：而。 中：内。指宫内。垢：污秽。中垢，指宫廷秽闻。

天上大风呼呼吹	大风有隧	
贪利小人是败类	贪人败类	贪人：贪财犯法的人。指荣夷公之流。《史记·周本纪》："厉王即位三十年，好利，近荣夷公。" 败类：残害同类。亦有人训类为"善"。
顺从话儿你答对	听言则对	听言：顺从的话。 对：答话。
一听忠谏装酒醉	诵言如醉	诵言：劝告的话。
忠臣良言不采用	匪用其良	
反而说我老背晦	覆俾我悖	悖：违理。

叫声朋友听我说	嗟尔朋友	
我岂不知你所作	予岂不知而作	予：芮良夫自称。 而：你。
好比天空飞翔鸟	如彼飞虫	飞虫：指飞鸟。
有时射中也被捉	时亦弋获	时：有时。 弋获：射中捉住。
你的底细我掌握	既之阴女	既：已经。 之：语助词。 阴：通"谙"，熟悉，了解。 女：汝。
如今反来恐吓我	反予来赫	赫：通"吓"。

人心不正好作乱	民之罔极	罔极：无法则。
主张刻薄搞反叛	职凉善背	职：主张（下二章同）。　凉：刻薄。　善背：惯于背叛统治者。
你做不利人民事	为民不利	
好像还嫌不凶残	如云不克	云：句中助词。　克：胜。
人民要走邪僻路	民之回遹（yù）	回遹：邪僻。
竟用暴力解苦难	职竞用力	用力：指专用暴力。

人民不把好事做	民之未戾	戾：善。马瑞辰《毛诗传笺通释》:“《广雅·释诂》:‘戾，善也。’”
主张为盗结成伙	职盗为寇	
诚恳告你行不通	凉曰不可	凉：通“谅”，诚恳。
你反背地咒骂我	覆背善詈	背：背后。
虽然被你来诽谤	虽曰匪予	曰：语中助词。　匪：通“诽”，诽谤（从林义光《诗经通解》说）。
终究为你把诗作	既作尔歌	既：终。　作尔歌：为你作歌。

云　汉

【题解】

这是周宣王求神祈雨的诗。旧说作者是大夫仍叔，但也有人怀疑此说。

浩浩银河天上横	倬彼云汉	倬彼：倬倬，浩大。　云汉：银河。
星光灿烂转不停	昭回于天	昭：明。指天河的光。　回：旋转。
国王仰天长叹息	王曰於乎	王：指周宣王，厉王子，名静。他修明内政，南征北伐，号称周室中兴。在位四十六年。於乎：即呜呼，叹词。
百姓今有啥罪行	何辜今之人	辜：罪。
上天降下死亡祸	天降丧乱	
饥荒灾难接连生	饥馑荐臻	荐：再，屡次。　臻：至。
哪位神灵没祭祀	靡神不举	靡：无。　举：祭祀。
何曾吝惜用牺牲	靡爱斯牲	爱：吝惜。　斯：这些。　牲：祭祀用的牛、羊、猪等。
祭神圭璧已用尽	圭璧既卒	圭、璧：都是玉器，周人用它祭神。祭天神就堆柴烧玉，祭山神、地神就在山脚或地里埋玉，祭水神就沉玉，祭人鬼则藏玉。　卒：尽。
为啥祷告天不听	宁莫我听	宁：何。　我听：即听我。

旱情已经很严重	旱既大甚	大：音义同“太”。　甚：过。

酷暑闷热如火熏　蕴隆虫虫　蕴：通“煴”，闷热。　隆：盛。　虫虫：通“爞爞”，热气熏蒸的样子。

不断祭祀求降雨　不殄禋祀　殄：断。　禋祀：古代祭天的礼节，先烧柴升烟，再加牲体和玉帛在柴上焚烧。这里泛指祭祀。

从那郊外到庙寝　自郊徂宫

上祭天神下祭地　上下奠瘗(yì)　上：指天。　下：指地。　奠：陈列祭品以祭天神。　瘗：埋，将祭品埋在地下祭地神。

任何神灵都敬尊　靡神不宗　宗：尊敬。

后稷不能止灾情　后稷不克

上帝圣威不降临　上帝不临

天下田地尽遭害　耗斁(dù)下土　耗：损耗。　斁：败坏。

灾难恰恰落我身　宁丁我躬　丁：遭逢。　躬：身。

旱灾已经很不轻　旱既大甚

想要消除不可能　则不可推　推：排除。

整天提心又吊胆　兢兢业业　兢兢业业：恐惧而小心的样子。

如防霹雳和雷霆　如霆如雷

周地剩余老百姓　周余黎民　黎民：人民。

将要全部死干净　靡有孑遗　孑遗：剩余，遗留。

皇天上帝心好狠	昊天上帝	
不肯赐食把善行	则不我遗（wèi）	遗：赠送；指赐给食物。有人训遗为“存问”，亦通。
祖先怎么不害怕	胡不相畏	
子孙死绝祭不成	先祖于摧	于：而。　摧：灭。
旱情严重无活路	旱既大甚	
没有办法可止住	则不可沮	沮：止。
烈日炎炎如火烧	赫赫炎炎	赫赫：阳光明亮耀目的样子。
哪里还有遮阴处	云我无所	云：荫，遮蔽。
大限已到命将亡	大命近止	大命：生命。　止：指死亡。
神灵仍旧不看顾	靡瞻靡顾	
诸侯公卿众神灵	群公先正	群公：指前代的诸侯。　先正：前代的贤臣。
不肯降临来帮助	则不我助	
父母祖先在天上	父母先祖	
为啥忍心看我苦	胡宁忍予	忍予：对我忍心。

旱灾来势很凶暴	旱既大甚	
山秃河干草木焦	涤涤山川	涤涤：指山无草木，川无滴水，光秃干枯的样子。
旱魔为害太猖狂	旱魃（bá）为虐	旱魃：古代传说中的旱魔。
好像遍地大火烧	如惔如焚	惔：火烧。
长期酷热令人畏	我心惮暑	
忧心如焚受煎熬	忧心如熏	
诸侯公卿众神灵	群公先正	
毫不过问怎么好	则不我闻	闻：借为问，过问。
叫声上帝叫声天	昊天上帝	
难道要我脱身逃	宁俾我遯	宁：岂，难道。　遯：逃。

旱灾来势虽凶暴	旱既大甚	
勉力在位不辞劳	黾（mǐn）勉畏去	黾勉：勉力。　畏去：不敢离去君位。
为啥降旱害我们	胡宁瘨（diān）我以旱	瘨：病，害。　以：用。
不知缘由真心焦	憯（cǎn）不知其故	憯：曾。
祈年祭祀不算晚	祈年孔夙	祈年：向神祈求丰年。　孔夙：很早。

祭方祭社也很早	方社不莫	方：祭四方之神。 社：祭土神。 莫：古暮字，晚。
皇天上帝太狠心	昊天上帝	
不佑助我不宽饶	则不我虞	虞：助。
一向恭敬诸神明	敬恭明神	敬恭：即恭敬。 明神：即神明。
想来神明不会恼	宜无悔怒	宜：应该。 悔：恨。
旱情严重总不已	旱既大甚	
人人散漫无法纪	散无友纪	散：散漫。 友：有的假借字。 纪：法纪。
公卿百官都技穷	鞫（jū）哉庶正	鞫：穷困。 正：百官。
宰相盼雨空焦虑	疚哉冢宰	疚：忧虑。 冢宰：官员，如后世宰相。
趣马师氏都祈雨	趣马师氏	趣马：掌管国王马匹的官。 师氏：掌管教育的长官。
膳夫大臣来助祭	膳夫左右	膳夫：主管国王等饮食的官。 左右：指周王左右的大臣。
没有一人不出力	靡人不周	周：赒的假借字，救助。
没人停下喘口气	无不能止	
仰望晴空无片云	瞻卬昊天	卬：通“仰”。瞻卬，仰望。
我心忧愁何时止	云如何里	云：发语词。 里：通“悝”，忧伤。

仰望高空万里晴	瞻卬昊天	
微光闪闪满天星	有嘒其星	有嘒：嘒嘒，微小而众多的样子。
大夫君子很虔诚	大夫君子	
祈祷神灵没私情	昭假无赢	昭：祷。 假：通“格”，到。指神被祭者的虔诚所感而降临。 无赢：没有私心（从《孔疏》引王肃说）。
大限虽近将死亡	大命近止	
继续祈祷不要停	无弃尔成	
祈雨不是为自己	何求为我	
是为安定众公卿	以戾庶正	戾：安定。
仰望皇天默默祷	瞻卬昊天	
何时赐我民安宁	曷惠其宁	曷：何。指什么时候。 惠：赐。

崧　高

【题解】

这是尹吉甫赠送申伯的诗。申伯是厉王妻申后之弟，宣王的母舅。周宣王时，申伯来朝，久留不归。宣王优待母舅，增加他的封地，派召虎带领人员，给申伯建筑谢城和宗庙，治理田地、边界，储备粮食。让傅御代迁家人。临行并赐申伯车马、介圭，饯行于郿，然后他才回到本国。宣王的大臣尹吉甫为此作了这首歌，赠给申伯。

译文	原文	注释
五岳居中是嵩山	崧高维岳	崧：《韩诗外传》作“嵩”。嵩高，即嵩山，在今河南登封。　维：是。　岳：高大的山。嵩山是五岳之中岳。
巍巍高耸入云天	骏极于天	骏：峻的假借字，高大。《初学记》、《艺文类聚》、《太平御览》引这二句诗均作“峻”。　极：至。
中岳嵩山降神灵	维岳降神	维：发语词。
吕侯申伯生人间	生甫及申	甫：读作吕，国名。此指吕侯。其地在今河南南阳西。　申：国名，指申伯。此其地在今河南南阳北。
申家伯爵吕家侯	维申及甫	
辅佐周朝是中坚	维周之翰	翰：辅佐，栋梁。
诸侯靠他作屏障	四国于蕃	于：为，是。　蕃：通“藩”，藩篱，屏障。
天下靠他作墙垣	四方于宣	宣：垣的假借，围墙（从马瑞辰《毛诗传笺通释》说）。
申伯勤勉美名扬	亹亹（wěi wěi）申伯	亹亹：勤勉的样子。

继承祖业佐周王	王缵之事	王：指周宣王。 缵：继承；在这里是使动用法。 之：指申伯。
赐封于谢建新都	于邑于谢	前“于”字：为，建。 谢：地名。《孔疏》：“申伯先封于申，本国近谢；今命为州牧，故改邑于谢。”其地当在今河南唐河县南。
南国诸侯有榜样	南国是式	南国：谢在周之南，南国指周南一带诸侯。 式：法。
周王命令召伯虎	王命召伯	召伯：名虎，亦称召穆公，周宣王大臣。
去为申伯建住房	定申伯之宅	定：确定。
建成南方一邦国	登是南邦	登：《尔雅》：“登，成也。” 南邦：谢邑。
子孙世守国祚长	世执其功	执：守。 功：事业。

王对申伯下令讲	王命申伯	
“要在南国当榜样	“式是南邦	
依靠谢地众百姓	因是谢人	因：依靠。 是：这。
建筑你国新城墙”	以作尔庸”	庸：通“墉”，城。
周王命令召伯虎	王命召伯	
治理申伯新封疆	彻申伯土田	彻：治理，开发。
命令太傅和侍御	王命傅御	傅：太傅，官员。 御：侍御，侍候周王的官。
助他家臣迁谢邦	迁其私人	私人：家臣。

申伯谢邑工已竣	申伯之功	功：事。指治土田、筑谢城等工作。
全靠召伯苦经营	召伯是营	营：经营，办理。
峨峨谢城坚又厚	有俶其城	有俶：俶俶。《说文》："俶，善也。"
寝庙也已建筑成	寝庙既成	寝庙：周代宗庙的建筑有庙和寝两部分，合称寝庙。《月令》郑注："凡庙，前曰庙，后曰寝。"
雕栏画栋院宇深	既成藐藐	藐藐：华丽的样子。
王赐申伯好礼品	王锡申伯	锡：赐。
骏马四匹蹄儿轻	四牡蹻蹻	蹻蹻：强壮的样子。
黄铜钩膺亮晶晶	钩膺濯濯	钩膺：套在马胸前颈上的带饰。　濯濯：光泽的样子。

王遣申伯赴谢城	王遣申伯	遣：送走。
高车驷马快启程	路车乘马	路车：诸侯坐的一种车。　乘马：四匹马。
"我细考虑你住处	"我图尔居	我：作者代宣王自称。　图：考虑。　尔：指申伯。
莫如南土最相称	莫如南土	
赐你大圭好礼物	锡尔介圭	介：亦作玠，大。　圭：古代玉制的礼器，诸侯执此以朝见周王。
作为国宝永保存	以作尔宝	
叫声娘舅放心去	往近(jì)王舅	近：语助词，犹哉。
确保南土扎下根"	南土是保"	

申伯决定要动身	申伯信迈	信：真。 迈：行。
王到郿郊来饯行	王饯于郿	饯：备酒食送行。 郿：地名，在今陕西眉县东北。
申伯要回南方去	申伯还南	
决心南下住谢城	谢于诚归	谢于诚归：即诚归于谢。
周王命令召伯虎	王命召伯	
申伯疆界要划定	彻申伯土疆	
沿途粮草备充盈	以峙其粻	以：乃，就。 峙：储备。 粻：粮食。
一路顺风不留停	式遄其行	式：用。 遄：迅速。

申伯威武气昂昂	申伯番番（bō bō）	番番：武勇的样子。
进入谢城好排场	既入于谢	
步骑车御列成行	徒御啴啴（tān tān）	徒：步兵。 御：车夫。 啴啴：众多的样子。
全城人民喜洋洋	周邦咸喜	周：遍。 邦：指谢邑。
从此国家有栋梁	戎有良翰	戎：你。
高贵显赫的申伯	不显申伯	不：通“丕”，大。 显：显赫。
周王大舅不寻常	王之元舅	元：大。
能文能武是榜样	文武是宪	宪：法式，模范。

译文	原文	注释
申伯美德众口扬	申伯之德	
和顺正直且温良	柔惠且直	惠：和顺。
安定诸侯达万国	揉此万邦	揉：亦作柔，安（从马瑞辰《通释》说）。
赫赫声誉传四方	闻于四国	
吉甫作了这首歌	吉甫作诵	吉甫：尹吉甫，周宣王大臣，官卿士，伐玁狁有功。　诵：歌。
含义深切篇幅长	其诗孔硕	
曲调优美音锵锵	其风肆好	风：曲调。　肆好：极好。
赠别申伯诉衷肠	以赠申伯	

烝　民

【题解】

这是尹吉甫送别仲山甫的诗。周宣王派仲山甫筑城于齐，在他临行时，尹吉甫作了这首诗赠他。诗中赞扬仲山甫的美德和他辅佐宣王的政绩。

天生众人性相合	天生烝民	烝：众。
万物本来有法则	有物有则	物：事物。　则：法则。
人心自然赋常情	民之秉彝	秉：禀赋。　彝：常理。民之秉彝，即人之常理。
全都喜爱好品德	好是懿德	懿德：美德。
上帝审察我周朝	天监有周	监：观察。　有：词头。
周王祈祷意诚恪	昭假于下	昭假：祈祷降神。
为保天子能中兴	保兹天子	
生下山甫辅君侧	生仲山甫	仲山甫：宣王时大臣，封于樊（今河南济源），排行第二，故亦称樊仲、樊仲山甫或樊穆仲。
山甫天生好品德	仲山甫之德	
和气善良有原则	柔嘉维则	

仪表堂堂脸带笑	令仪令色	令：善。　仪：仪容，态度。
办事谨慎不出格	小心翼翼	
遵循古训无差错	古训是式	式：效法，榜样。
尽力做到礼节合	威仪是力	威仪：礼节。　力：勤，勉力做到。
处处承顺天子意	天子是若	若：顺。
颁布命令贯政策	明命使赋	明命：指政令。　赋：颁布。

周王命令仲山甫	王命仲山甫	
要作诸侯好榜样	式是百辟	
祖先事业你继承	缵戎祖考	缵：继承。　戎：你。
辅佐天子立纪纲	王躬是保	
受命司令你掌管	出纳王命	
作王喉舌代宣讲	王之喉舌	喉舌：代言人。周代担任周王代言人的，可能是内史的官职，略同于唐虞时的纳言，秦汉时的尚书。
颁布政令达各地	赋政于外	赋政：颁布政令。
贯彻执行到四方	四方爰发	爰：乃。　发：执行（从马瑞辰《毛诗传笺通释》说）。

译文	原文	注释
王命严肃不可抗	肃肃王命	肃肃：严肃。
山甫执行很顺当	仲山甫将之	将：《毛传》："将，行也。"
全国政事好和坏	邦国若否（pǐ）	邦国：指国内政事。　若：《尔雅·释诂》："若，善也。"　否：恶。若否，好坏。
山甫心里最明亮	仲山甫明之	
知识渊博又明理	既明且哲	
保全节操永流芳	以保其身	
日夜工作不松懈	夙夜匪解	夙夜：早晚。　匪：不。　解：通"懈"，怠惰。
全心全意侍周王	以事一人	事：侍候。　一人：指周宣王。
有句老话经常讲	人亦有言	
"东西要拣软的吃	"柔则茹之	茹：吃。
硬的吐出放一旁"	刚则吐之"	
只有这位仲山甫	维仲山甫	维：同"惟"，只有。
软的东西他不吃	柔亦不茹	
硬的不吐真坚强	刚亦不吐	
见了鳏寡不欺侮	不侮矜寡	矜：《左传》昭公元年引作"鳏"。鳏，老而无妻。　寡：老而无夫。
遇到强暴不退让	不畏强御	强御：《汉书·王莽传》引作"强圉"，强悍，刚暴。

有句老话人常道　人亦有言

“品德即使轻如毛　“德輶如毛　輶：轻。

很少有人举得高”　民鲜克举之”

细细揣摩暗思考　我仪图之　仪、图：二字同义，揣度。

只有山甫能做到　维仲山甫举之

无力帮他表倾倒　爱莫助之

周王破了衮龙袍　衮(gǔn)职有阙　衮：古代王侯所穿绣有龙纹的礼服。　职：与“适”通，偶然。　阙：缺破。

只有山甫能补好　维仲山甫补之

山甫远出祭路神　仲山甫出祖　出：出差。　祖：祭祀道路的神。

四马雄壮如飞奔　四牡业业　业业：马高大的样子。

左右随从很勤快　征夫捷捷　捷捷：勤快敏捷的样子。

惦念任务还在身　每怀靡及　每怀靡及：常念事情尚未办完。

四马蹄声得得响　四牡彭彭　彭彭：马不停蹄的样子。

八铃锵锵车轮滚　八鸾锵锵　鸾：通“銮”，车铃。一马二铃，四马八铃。　锵锵：铃声。

周王命令仲山甫　王命仲山甫

筑城东方立功勋　城彼东方　城：筑城。　东方：指齐国，齐在镐京之东。

四匹骏马奔跑忙	四牡骙骙（kuí kuí）	骙骙：马不停蹄的样子。有人训为壮健，亦通。
八只铜铃响叮当	八鸾喈喈	喈喈：铃声和谐。
山甫到齐去平乱	仲山甫徂齐	徂：往。 齐：据《史记·齐世家》：齐厉公暴虐，齐人杀厉公及胡公诸子等七十人。事在宣王之世，筑城之命，疑在斯时，盖出定齐乱也。
望他早日回故乡	式遄其归	式：用。指用这些车马。 遄：快速。
吉甫作歌赠老友	吉甫作诵	
和如清风吹人爽	穆如清风	穆：和美。
山甫临行顾虑多	仲山甫永怀	永怀：长思。
唱诗安慰望心广	以慰其心	

韩 奕

【题解】

这是一位诗人歌颂韩侯的诗。春秋前有二韩：一受封于武王之世，在今陕西韩城南，春秋时被晋国所并。一受封于成王之世，武王子封于此。在今河北固安东南，即此诗的韩侯（据陈奂的考证）。诗的作者，旧说是尹吉甫，但没有根据，实际上已不可考。诗里叙述韩侯朝周，受王册命，周王赏赐他许多贵重物品。离开镐京后，路经屠邑，抵达蹶里，与韩姞结婚。还描写了韩地物产丰富，韩姞乐得其所。最后周王任命韩侯为统率北方诸侯的方伯。

笋　　即竹笋。竹子初从土里长出的嫩芽，味鲜美。

巍巍高耸梁山冈	奕奕梁山	奕奕：高大的样子。　梁山：在今河北固安县附近。
大禹治水到此方	维禹甸之	甸：治。
一条大路通周邦	有倬其道	有倬：即倬倬，广大。
韩侯入朝受册命	韩侯受命	受命：受周王的册命（将周王封侯之令，写在简册上）。韩侯的父亲死了，他继位初立，来朝于周。周王在宗庙中举行册命之礼。
周王亲自对他讲	王亲命之	
“祖先事业你继承	“缵戎祖考	缵：继承。　戎：你。
我的命令切莫忘	无废朕命	
早夜工作别松懈	夙夜匪解	夙夜：早晚。　解：通“懈”。
忠诚职守勿疏荒	虔共尔位	虔：恭敬而有诚意。　共：奉行。
我的册命不轻发	朕命不易	不易：不是轻易给的。
望你伐叛正纪纲	榦不庭方	榦：正；正通“征”，征伐。　不庭：不来朝见周王。　方：方国。
以此辅佐你君王”	以佐戎辟”	辟：君王。
四匹公马真肥壮	四牡奕奕	
又高又大气昂昂	孔修且张	修：长。　张：大。
韩侯入周来朝见	韩侯入觐（jìn）	觐：朝见。

猫　　哺乳动物类。面部略圆，耳小眼大。瞳孔随光线强弱而变化，四肢较短，掌部有肉垫，行动敏捷，善跳跃，能捕鼠。诗中所云为山猫。

手捧大圭上朝堂　以其介圭　介圭：大圭，玉制的礼器。

俯伏丹墀拜周王　入觐于王

王赐礼物示嘉奖　王锡韩侯

锦绣龙旗彩羽装　淑旂绥章　淑：美。　旂：画有蛟龙的旗。　绥章：指旗竿头上有染色的羽毛。

缕金彩绘车一辆　簟茀错衡　簟茀：遮蔽车厢的竹席。　错衡：画上花纹或涂上金色的车辕前端的横木。按簟茀和错衡都是诸侯所坐的路车装饰。

黑色龙袍大红靴　玄衮赤舄（xì）　玄衮：黑色画有龙纹的礼服。　赤舄：贵族穿的红鞋。

铜制马饰雕文章　钩膺镂钖（yáng）　钩膺：套在马胸前颈上的带饰。　镂：刻。钖：马额上的金属装饰物。

浅色虎皮蒙轼上　鞹（kuò）鞃（hóng）浅幭（miè）　鞹：去毛的兽皮。　鞃：车厢前供人依靠的横木上所盖的兽皮。　浅幭：车轼上虎皮制的覆盖物。

马辔马轭闪金光　鞗（tiáo）革金厄　鞗革：马笼头。　厄：通“轭”，饰辔首的金环。

韩侯离朝祭路神　韩侯出祖　出祖：出行时祭道路之神。

路上住宿在屠城　出宿于屠　屠：地名。即鄠县之杜陵，在今陕西西安东。

显父设宴为饯行　显父饯之　显父：人名，余不可考。　饯：设宴送行。

美酒百壶醇又清　清酒百壶

席上荤菜是什么　其殽维何　殽：荤菜。　维：是。

清蒸大鳖鲜鱼羹　炰（páo）鳖鲜鱼　炰：烹煮。

席上素菜是什么	其蔌(sù)维何	蔌：蔬菜。
嫩蒲烧汤竹笋丁	维笋及蒲	
临行赠品是什么	其赠维何	
高车驷马垂红缨	乘马路车	乘马：四匹马。
七盘八碗筵丰盛	笾豆有且(jū)	笾：盛干果的竹器。　豆：盛菜的器，高足。且：多的样子。
韩侯宴饮真高兴	侯氏燕胥	侯氏：指韩侯。陈奂《诗毛氏传疏》:“凡诸侯觐王曰侯氏。”　燕胥：安乐。
韩侯结婚娶妻房	韩侯取妻	
她的舅父是厉王	汾王之甥	汾王：即厉王。厉王被国人赶跑，流亡于彘，彘地在汾水旁，所以时人称他为汾王。　甥：韩侯之妻是厉王的外甥女。
司马蹶父小女郎	蹶父(guì fǔ)之子	蹶父：周宣王时的卿士，姓姞。
韩侯驾车去亲迎	韩侯迎止	迎：亲迎。　止：语气词。
蹶邑大街闹洋洋	于蹶之里	
百辆新车挤路上	百两彭彭	两：辆的假借字。　彭彭：众多的样子。
车铃串串响丁当	八鸾锵锵	鸾：车铃。
荣耀显赫真辉煌	不显其光	不：通“丕”，大。
陪嫁众妾紧相随	诸娣从之	娣：古代诸侯嫁女，以同姓诸女陪嫁做妾，叫做娣。

多如彩云巧梳妆	祁祁如云	祁祁：众多的样子。
韩侯举行三顾礼	韩侯顾之	顾：曲顾。古代贵族男子到女家亲迎，有三次回顾的礼节（从《孔疏》说）。
满门灿烂又堂皇	烂其盈门	烂其：烂烂，灿烂有光彩的样子。

蹶父威武又雄壮	蹶父孔武	孔武：很威武。据说蹶父担任周司马的官职，掌管军队国防，所以说他“孔武”（从陈乔枞《三家诗遗说考》）。
出使各国游历广	靡国不到	靡：没有。
他替女儿找婆家	为韩姞相攸	韩姞：即韩侯之妻。她姓姞，嫁韩侯，故称韩姞。　相：看。　攸：住所。
莫如韩国最理想	莫如韩乐	
住在韩地欢乐多	孔乐韩土	
河川水泊很宽广	川泽訏訏(xū xū)	訏訏：广大的样子。
鳊鱼鲢鱼多肥大	鲂鱮甫甫	鲂：鳊鱼。　鱮：鲢鱼。　甫甫：《齐诗》作“诩诩”。鱼大的样子。
母鹿公鹿满山冈	麀(yōu)鹿噳噳(yǔ yǔ)	麀：母鹿。　鹿：指公鹿。　噳噳：群鹿相聚的样子。
深林有熊又有罴	有熊有罴	
山猫猛虎幽谷藏	有猫有虎	猫：《毛传》：“似虎，浅毛者也。”据后人考证，即今之山猫，其形似虎而小。
欢庆得了好地方	庆既令居	既：取得。　令居：好住处。
韩姞安乐心舒畅	韩姞燕誉	燕：安。　誉：通“豫”，乐。

韩国城邑宽又广	溥彼韩城	溥：大。
功程完竣靠燕邦	燕师所完	燕：周有二燕：一为南燕，在河南汲县，国君姓姞，传说为黄帝之后；一为北燕，在河北大兴，国君姓姬，召公奭始封于此。此指北燕。
韩国祖先受王命	以先祖受命	以：因为。　先祖：指韩国祖先。　受命：接受周王的册命为诸侯。
节制蛮族控北方	因时百蛮	因：依靠。　时：通“是”，这。　百蛮：指北狄诸部。
王赐韩侯复祖业	王锡韩侯	
追貊两族由你掌	其追其貊（mò）	追、貊：北狄国名。
包括北方诸小国	奄受北国	奄：包括。
你为方伯位居上	因以其伯	以：为。　伯：长。一方诸侯之长称方伯。
城墙城壕替他筑	实墉实壑	实：是。　墉：城。　壑：城壕。
垦田收税样样帮	实亩实籍	亩：开垦田地。　籍：定收赋税。
他们贡献白狐皮	献其貔（pí）皮	貔：一种猛兽，狸类，亦名白狐。
赤豹黄熊好皮张	赤豹黄罴	

江 汉

【题解】

这是一位诗人叙述周宣王命令召虎带兵讨伐淮夷的诗。诗的最后叙写召虎作簋记事，因此有的人怀疑诗本身就是古器物簋的铭文，作者就是召虎。关于这个问题，还有待进一步探讨。

长江汉水流滔滔	江汉浮浮	江：长江。 汉：汉水。 浮浮：《鲁诗》作“陶陶”，水流盛长的样子。
壮士出征逞英豪	武夫滔滔	武夫：指出征淮夷的士卒。 滔滔：顺流的样子。王引之、陈奂都认为这二句“当作‘江汉滔滔，武夫浮浮’。……滔滔，广大貌；浮浮，众强貌”。
不贪安逸非游遨	匪安匪游	匪：不。
誓把淮夷来征讨	淮夷来求	淮夷：当时住在淮水南部的沿岸和近海地方的夷族。 来：语助词，含有“是”意（从王引之说）。 求：诛求，讨伐。
驾起戎车如飞跑	既出我车	
树起战旗随风飘	既设我旟	设：树起。 旟：画有鸟隼的旗。
不求安逸不辞劳	匪安匪舒	
陈师淮夷除凶暴	淮夷来铺	铺：陈列军队。朱熹《诗集传》:“铺，陈也。陈师以伐之也。”有人训铺为“止”，停止在淮夷的阵地上。亦通。

长江汉水流浩荡	江汉汤汤（shāng shāng）	汤汤：水势浩大的样子。
壮士勇猛世无双	武夫洸洸（guāng guāng）	洸洸：威武的样子。

译文	原文	注释
讨伐四方叛乱国	经营四方	经营：指征伐叛逆。
捷报飞来告周王	告成于王	
四方叛国已平定	四方既平	
周邦方得保安康	王国庶定	庶：庶几。
时局平定无征战	时靡有争	
周王安宁心舒畅	王心载宁	载：则，就。

译文	原文	注释
长江边啊汉水旁	江汉之浒（hǔ）	浒：水边。
王命召虎为大将	王命召虎	召虎：召伯，名虎，谥召穆公。
“为我开辟四方地	“式辟四方	式：发语词。　辟：闢的借字，开辟。
为我治理好土疆	彻我疆土	彻：治。
施政宽缓莫扰民	匪疚匪棘	疚：病，害。　棘：通“急”。
一切准则学中央	王国来极	极：准则。
划定边界治国土	于疆于理	于：往。　疆：划分边界。　理：治理土地。
直到南海蛮夷乡”	至于南海”	南海：泛指南方近海蛮族所居之地。

宣王册命任召虎	王命召虎	命：册命。
宗庙当中告百官	来旬来宣	来：是。　旬：通“徇”，当众宣示。古时册命大臣于宗庙中进行，并向百官宣示。
“文王武王受天命	“文武受命	文武：文王和武王。
召公辅政立朝班	召公维翰	召公：指召虎之先祖召公奭，姬姓，封于召，助武王灭商有功。　翰：桢干，辅佐。
不要说我还年轻	无曰予小子	无曰：你不要说。　予小子：宣王自称。
召公事业你接管	召公是似	似：通“嗣”，继承。
速立大功来报效	肇敏戎公	肇：创建。　敏：速。　戎：大。　公：通“功”。
赐你福禄示恩眷	用锡尔祉”	祉：福。

赏你玉杓世世传	厘尔圭瓒	厘：通“赉”，赏赐。　圭瓒：用玉做柄的酒勺。
黍酒一壶香又甜	jù chàng　yǒu 秬鬯一卣	秬：黑黍。　鬯：郁金香草。秬鬯，用秬（黑黍）和鬯酿成的香酒。　卣：有柄的酒壶。
祭告你的祖先神	告于文人	文人：指召虎祖先有文德的人。
先王曾赐山和田	锡山土田	锡：赐。
你到岐周受册命	于周受命	于周受命：在周王朝接受册命。
仪式按照你祖先”	自召祖命”	召祖：召虎的祖先，指召公奭。　命：册命的典礼。
召虎拜谢又叩头	虎拜稽首	稽首：叩头。
“恭祝天子寿万年”	“天子万年”	

召虎拜谢又叩头	虎拜稽首	
“为报王赐礼物厚	“对扬王休	对：报答。 扬：颂扬。 休：美。这里指美厚的礼物。
特铸青铜召公簋	作召公考	考：簋之假借字（从郭沫若说）。簋，古代食器。圆口，圈足，无耳或有两耳，也有四耳、方座，或带盖的。青铜或陶制。盛行于商、周时。
恭祝天子万年寿	天子万寿	
勤勉不倦周天子	明明天子	明明：犹勉勉，勤勉。
名垂千古永不朽	令闻不已	令闻：美誉。
施行德政惠万民	矢其文德	矢：通“施”，施行。
协和四方众诸侯”	洽此四国”	洽：《礼记·孔子闲居》引这句诗作“协”，协和。

常　武

【题解】

这是赞美宣王平定徐国叛乱的诗。这次战役，宣王是否亲征，旧说不一，很难确定。还有认为诗是召穆公（召虎）所作的，更无确据。诗篇为什么名“常武”，后世也有不同的解释。王质《诗总闻》认为“自南仲以来，累世著武，故曰常武”，其说近是。

译文	原文	注释
威武英明周宣王	赫赫明明	赫赫：显耀盛大的样子。　明明：明智昭察的样子。
命令卿士征徐方	王命卿士	卿士：西周掌管中央各官署和地方的高级官员。
太庙之中命南仲	南仲大祖	南仲：人名，周宣王的大臣。《汉书·古今人表》作南中，列于宣王时，为大将。　大祖：指太祖庙。
太师皇父同听讲	大师皇父	大师：即太师，官名，西周执政大臣之一，总管军事。　皇父：人名，周宣王的大臣。
“整顿六军振士气	“整我六师	六师：即六军。《周礼·夏官》司马：“凡制军，万有二千五百人为军，王六军，大国三军，次国二军，小国一军。”
修理弓箭和刀枪	以修我戎	戎：兵器。
告诫士卒勿扰民	既敬既戒	敬：通“儆”，和戒同义，警戒。
平定徐国惠南邦”	惠此南国”	惠：施恩。　南国：南方诸国。
王令尹氏传下话	王谓尹氏	尹氏：据马瑞辰《毛诗传笺通释》考证，即上章的皇父，也有认为即尹吉甫（孔颖达《正义》）或掌卿士之官（陈奂《毛诗传疏》）的。
策命休父任司马	命程伯休父	程伯：封在程（今陕西省咸阳东）地的伯爵。　休父：程伯之名。

译文	原文	注释
“士卒左右列好队	“左右陈行	陈行：列队。
训诫六军早出发	戒我师旅	戒：告诫。
循那淮水岸边行	率彼淮浦	率：循，沿。　淮浦：淮水边。
须对徐国细巡察	省此徐土	省：巡视。　徐土：指徐国。故城在今安徽泗县北，亦称徐戎、徐州，属于淮夷中的一个大国。
大军不必久居留	不留不处	处：居。
任毕三卿便回家”	三事就绪”	三事：三卿，即《十月之交》中的“择三有事”，《雨无正》中的“三事大夫”。　就绪：安心各就其业。

译文	原文	注释
威仪堂堂气概昂	赫赫业业	业业：举止有威仪的样子。
神圣庄严周宣王	有严天子	有严：严严，威严的样子。
王师从容向前进	王舒保作	舒：徐缓。　保作：安行。
不敢延缓不游逛	匪绍匪游	匪：非。　绍：缓。
徐国闻讯大骚动	徐方绎骚	绎骚：扰动。
王师威力震徐邦	震惊徐方	
声势恰似雷霆轰	如雷如霆	
徐兵未战已惊慌	徐方震惊	

译文	原文	注释
宣王奋发真威武	王奋厥武	奋：奋发，振起。　厥：其。
就像天上雷霆怒	如震如怒	
冲锋兵车先进军	进厥虎臣	进：进军。　虎臣：古代战争的冲锋兵车，如后世的敢死队。
吼声震天如猛虎	阚如虓虎（hǎn xiāo）	阚如：阚然，虎怒的样子。　虓：亦作哮，虎叫。
大军列阵淮水边	铺敦淮濆（fén）	铺：布阵。　敦：通“顿”，整顿（从胡承珙《毛诗后笺》说）。　濆：治河的高地。
捉获敌方众战俘	仍执丑虏	仍：亦作“扔”，拉。　执：捉。　丑虏：对俘虏的蔑称。
切断徐兵溃逃路	截彼淮浦	截：绝。
王师就地把兵驻	王师之所	
王师势盛世无双	王旅啴啴（tān tān）	啴啴：众盛的样子。
行动神速如鸟翔	如飞如翰	翰：高飞。
好比江汉水流长	如江如汉	
好比青山难摇撼	如山之苞	苞：茂。引申为攒聚。
好比洪流不可挡	如川之流	
连绵不断声威壮	绵绵翼翼	绵绵：连绵不断的样子。　翼翼：壮盛的样子。
神出鬼没难估量	不测不克	不测：不可测度。　不克：不可胜过。
大征徐国定南方	濯征徐国	濯：大。

宣王计划真恰当	王犹允塞	犹：同“猷”，谋划。允：真，确实。塞：踏实（从王先谦《诗三家义集疏》说）。
徐国已服来归降	徐方既来	
纳土称臣成一统	徐方既同	同：一致，一统。
建立功勋是我王	天子之功	
四方诸侯既平靖	四方既平	
徐君朝拜王庭上	徐方来庭	来庭：来朝。
徐国从此不敢叛	徐方不回	回：违抗。
王命班师回周邦	王曰还归	

瞻　卬

【题解】

这是一位诗人讽刺幽王宠幸褒姒、斥逐贤良，以致乱政病民，国运濒危的诗。诗中“乱匪降自天，生自妇人”的说法，反映了当时歧视女性的社会意识。

蚕　　昆虫类。幼虫能吐丝、结茧。有家蚕、柞蚕等。茧丝为重要的纤维资源。

译文	原文	注释
仰望老天灰冥冥	瞻卬昊天	卬：通“仰”。　昊天：指周幽王。《毛传》：“斥王也。”
老天对我没恩情	则不我惠	惠：爱。
天下很久不安宁	孔填（chén）不宁	填：通“尘”，长久。
降下大祸真不轻	降此大厉	厉：祸患。
国家无处有安定	邦靡有定	
害苦士卒和百姓	士民其瘵（zhài）	士民：士卒和人民。　瘵：病。
好比害虫吃庄稼	蟊贼蟊疾	蟊贼：吃庄稼的害虫。　疾：害。　蟊疾：啃害庄稼的害虫。
没完没了总不停	靡有夷届	夷：语助词。　届：终极。
滥罚酷刑不收敛	罪罟不收	罟：网。罪罟，指条目繁多的酷刑。
生灵涂炭无止境	靡有夷瘳（chōu）	瘳：病愈。

译文	原文	注释
别人如有好田地	人有土田	
你却侵占归自己	女反有之	女：你。　有：《广雅·释诂》：“有，取也。”
别人田里人民多	人有民人	

你却夺来做奴隶	女覆夺之	覆：反。
这些本是无辜人	此宜无罪	
你却捕他不讲理	女反收之	收：拘捕。
那些本是有罪人	彼宜有罪	
你却开脱去包庇	女覆说之	说：通“脱”，开脱。
男子有才能立国	哲夫成城	哲夫：才能见识超越常人的男子。　城：指国。成城，立国。
妇女有才毁社稷	哲妇倾城	哲妇：指幽王的宠妃褒姒。

可叹此妇太逞能	懿厥哲妇	懿：通“噫”，叹词。有人训懿为美，亦通。
她是恶枭猫头鹰	为枭为鸱（chī）	枭：相传长大后食母的恶鸟。　鸱：猫头鹰。古人认为猫头鹰是不祥之鸟。
妇有长舌爱多嘴	妇有长舌	
灾难根源从她生	维厉之阶	维：是。　阶：阶梯，含有根源的意思。
祸乱不是从天降	乱匪降自天	
出自妇人真不幸	生自妇人	

没人教王施暴政	匪教匪诲	匪教匪诲：指并非另外有人教诲幽王做坏事。
女人内侍话太听	时维妇寺	时：是。 维：只。 妇：指褒姒。 寺：通“侍”。指周王的近侍。

专门诬告陷害人	鞫人忮忒(tè)	鞫人：告人。林义光《诗经通解》：“鞫读为告，告、鞫古同音。” 忮：亦作伎，害人。 忒：差错。
说话前后相矛盾	谮(zèn)始竟背	谮：进谗言。 始：开始。 竟：终。 背：违背，自相矛盾。
难道她还不凶狠	岂曰不极	极：狠。
为啥喜欢这妇人	伊胡为慝	伊：发语词。 胡：何。 慝：通“嫟”，悦，欢喜（据《韩诗》）。
好比商人会赚钱	如贾(gǔ)三倍	贾：商人。 三倍：指得三倍的利润。
叫他参政难胜任	君子是识	君子：指贵族从政者。 识：通“职”。林义光《诗经通解》：“言如贾利三倍之人而主君子之事。”
妇女不该管国事	妇无公事	公事：政事。林义光《诗经通解》：“盖商贾之不能参预政事，与蚕织者不能参预政事，其理正同也。”
她却蚕织不躬亲	休其蚕织	休：停止。 蚕织：蚕桑纺织。

上天为啥罚我苦	天何以刺	天：指幽王，下同。 刺：责罚。
神明为啥不赐福	何神不富	富：借为福。

放任武装夷狄人	舍尔介狄	介：甲。介狄，披甲的夷狄。有人训介为大，亦通。
只是对我很厌恶	维予胥忌	维：同“惟”，只。 胥：相。 忌：恨。
人们遭难不抚恤	不吊不祥	吊：慰问抚恤。 不祥：指天灾人祸。
礼节不修走邪路	威仪不类	威仪：礼节。 类：善。
良臣贤士都跑光	人之云亡	人：指贤人。 云：助词。 亡：逃亡。
国运艰危将倾覆	邦国殄(tiǎn)瘁	殄瘁：困病，憔悴。

上天把那刑罚降	天之降罔	罔：同“网”。降罔，下网，加人罪名之意。
多如牛毛不胜防	维其优矣	优：厚，多。
良臣贤士都逃光	人之云亡	
心中忧伤对谁讲	心之忧矣	
上天无情降法网	天之降罔	
国家危险人心慌	维其几矣	几：《毛传》:“几，危也。”
良臣贤士都逃光	人之云亡	
回天乏术心悲伤	心之悲矣	

译文	原文	注释
泉水翻腾往外喷	觱（bì）沸槛泉	觱沸：泉水翻腾上涌的样子。 槛：滥的借字，泛滥。
源头一定非常深	维其深矣	
我心忧伤由来久	心之忧矣	
难道只是始于今	宁自今矣	宁：岂，难道。
祸乱不先也不后	不自我先	
恰恰与我同时辰	不自我后	
老天浩茫又高远	藐藐昊天	藐藐：高远的样子。
约束万物定乾坤	无不克巩	克：能。 巩：巩固，约束。
不要辱没你祖先	无忝皇祖	忝：辱没，有愧于。
匡救王朝为子孙	式救尔后	式：用。 后：指子孙后代。

召　旻

【题解】

这是一位老臣讽刺幽王任用奸邪，朝政昏乱，以致外患严重，国土日削，即将灭亡的诗。作者可能是一位不得志的官吏。诗以“召旻”名篇，后世解者不一。比较合理的说法是最后一章提到召公，所以取名“召旻”，以别于《小旻》。

译文	原文	注释
老天暴虐难提防	旻(mín)天疾威	旻天：《尔雅·释天》：“秋为旻天。”这里是泛指上天。《郑笺》：“天，斥王也。” 疾威：暴虐。
接二连三降灾荒	天笃降丧	笃：厚，严重。
饥馑遍地灾情重	瘨(diān)我饥馑	瘨：降灾，灾害。
十室九空尽流亡	民卒流亡	卒：尽，全。
国土荒芜生榛莽	我居圉(yǔ)卒荒	居：朱熹《诗集传》：“居，国中也。” 圉：边疆。

译文	原文	注释
天降罪网真严重	天降罪罟	
蟊贼相争起内讧	蟊贼内讧(hòng)	内讧：内部自相争斗。
谗言乱政职不供	昏椓靡共	昏：乱。 椓：通“诼”，谗毁。 共：通“供”，供职。
昏溃邪僻肆逞凶	溃溃回遹(yù)	溃溃：昏乱的样子。 回遹：邪僻。
想把国家来断送	实靖夷我邦	实：是。 靖：图谋。 夷：灭。

译文	原文	注释
欺诈攻击心藏奸	皋皋訿(zǐ)訿(zǐ)	皋皋：通“[讠皋][讠皋]”，欺诳的样子。 訿訿：毁谤的样子。
却不自知有污点	曾不知其玷(diàn)	玷：玉上的斑点。借指人的污点。
君子兢兢又业业	兢兢业业	
对此早就心不安	孔填(chén)不宁	填：久。
可惜职位太低贱	我位孔贬	贬：低下。

译文	原文	注释
好比干旱年头到	如彼岁旱	
地里百草不丰茂	草不溃茂	溃茂：溃和茂同义，丰茂。《郑笺》:“溃茂之溃当作汇。汇，茂貌也。”
像那枯草歪又倒	如彼栖苴(chá)	栖：指草偃伏在地如栖息。 苴：枯草。
看看国家这个样	我相此邦	相：看。
崩溃灭亡免不了	无不溃止	溃：崩溃。 止：陷，沦陷（从胡承珙《毛诗后笺》说）。有人训止为语气词，亦通。

译文	原文	注释
从前富裕今天穷	维昔之富不如时	维：发语词。 时：是，指今时。
时弊莫如此地凶	维今之疚不如兹	疚：《释文》:“疚，音救，病也。字或作灾。”《说文》:“灾，贫病也。” 兹：此，指此地。
人吃粗粮他白米	彼疏斯粺(bài)	疏：稷，高粱（从程瑶田《九谷考》说）。斯：此。 粺：精米。
何占茅房不出恭	胡不自替	替：废弃。
情况越来越严重	职兄斯引	职：主，含有“此”意。 兄：同“况”，情况。 斯：语助词。 引：延长。

池水枯竭非一天	池之竭矣	竭：干涸。
岂不开始在边沿	不云自频	云：语助词。 频：《鲁诗》作“滨”，水边。
泉水枯竭源头断	泉之竭矣	
岂不开始在中间	不云自中	
这场灾害太普遍	溥斯害矣	溥：通“普”，普遍。 斯：此。指上述周王无贤臣辅佐及王朝内部的腐败。
这种情况在发展	职兄斯弘	弘：大。
难道我不受牵连	不烖我躬	烖：同“灾”。 躬：身。
先王受命昔为君	昔先王受命	先王：《郑笺》：“谓文王、武王时也。” 受命：承受天命为王。
有像召公辅佐臣	有如召公	召公：召康公，亦称召公奭，文王、武王、成王时的大臣。
当初日辟百里地	日辟国百里	日：一天；夸张之词。 辟：开辟。
如今土地日瓜分	今也日蹙(cù)国百里	今也：指幽王时。 蹙：缩小。指犬戎入侵，诸侯外叛。
可叹可悲真痛心	於乎哀哉	於乎：即呜呼。
不知如今满朝人	维今之人	
是否还有旧忠臣	不尚有旧	尚：犹，还。 旧：指先朝旧臣。

頌

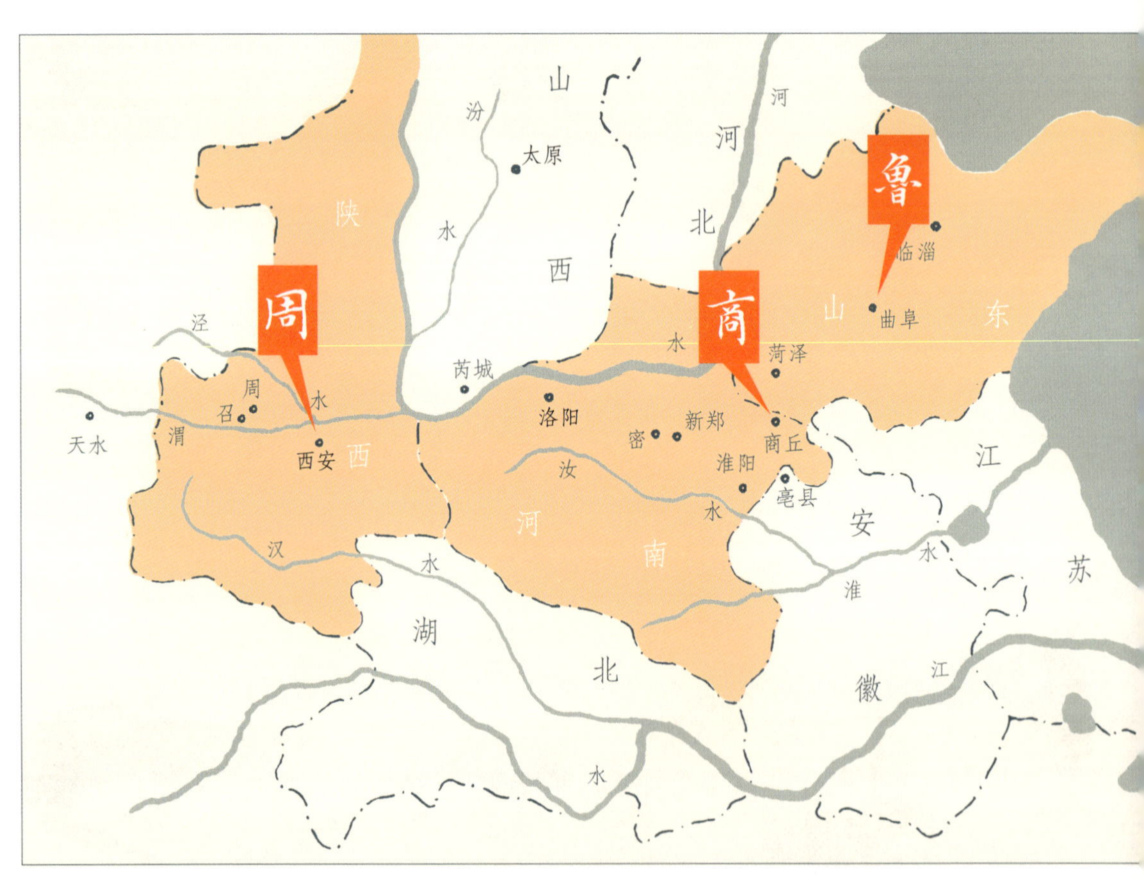

周
商
鲁
山
西
陕
西
河
北
山
东
河
南
湖
北
安
徽
江
苏
汾
水
太原
河
泾
水
芮城
洛阳
周
召
天水
渭
水
西安
临淄
曲阜
菏泽
新郑
密
商丘
淮阳
亳县
汝
水
汉
水
淮
水
江
水

周颂 鲁颂 商颂

颂四十篇，其中《周颂》三十一篇，《鲁颂》四篇，《商颂》五篇。颂是宗庙祭祀的乐歌，不但配合乐器，用的是皇家的乐调，而且带有扮演、舞蹈的艺术。它和风、雅不同，风、雅只清唱，歌辞有韵，声音短促，叠章复唱。颂诗有一部分无韵，由于配合舞步，声音缓慢，也不分章。

《周颂》是《诗经》中最早的诗，据后人考证，作于武王、成王、康王、昭王时代大约一百多年间（公元前1100—前950年），都是西周初期的作品，其中以"大武舞歌"的《武》、《赉》、《桓》等为最早。其产生地是西周的首都镐京。

《鲁颂》的《閟宫》有"奚斯所作"一句，奚斯是鲁僖公时人（公元前650年左右）。《駉》篇《毛序》认为"史克作是颂"，史克是鲁襄公时人（公元前570年左右），可见《鲁颂》是春秋时代的作品，产生于春秋鲁国的首都（今山东曲阜）。

《商颂》即"宋颂"，是宋人正考父依据商的名颂改写的，用来歌颂宋襄公，所以它也是春秋时代作品，产生在春秋宋国首都河南商丘。

颂都是宣扬德威、粉饰太平的庙堂乐章，具有很大虚伪性。诗歌缺乏生动描写，艺术价值也不高。但其中少数篇章，如写农业生产的《载芟》、《良耜》，写畜牧、渔业生产的《駉》、《潜》，写古代各种乐器的《有瞽》，以及保存了关于殷商的神话和史实的《长发》、《玄鸟》等，作为史料都还有可取之处。

周颂 / 清庙

【题解】

这是周统治者祭祀文王于宗庙的诗。

译文	原文	注释
啊，在那深沉清庙中	於（wū）穆清庙	於：赞叹词。　穆：形容清庙深远的样子。一说为美。　清：清明。《郑笺》："清庙者，祭有清明之德者之宫也，谓祭文王也。"一说为清静。
助祭端庄又雍容	肃雝显相	肃雝：态度严肃雍容。　显：高贵显赫。　相：助祭的公侯。
众士祭祀行列齐	济济多士	济济：多而整齐的样子。　多士：众士，指参加祭祀的人。
文王德教记在胸	秉文之德	秉：怀着。　文：周文王。
遥对文王在天灵	对越在天	越：于。
奔走在庙疾如风	骏奔走在庙	骏：迅速。
光照上天延后世	不显不承	不：同"丕"，发声词。　显：光明。　承：继承。
人们仰慕无时穷	无射（yì）于人斯	无射：不厌，没有厌足。　斯：语气词。

维天之命

【题解】

这也是周王祭祀文王的诗。关于成诗之时，郑玄认为在周公摄政五年之冬。而陈奂却考证说，诗当作于周公居摄的六年之末制礼作乐之后，即公元前1110年的时候。

译文	原文	注释
想那天道在运行	维天之命	维：同“惟”，想。
庄严肃穆永不停	於（wū）穆不已	於：赞叹词。　穆：肃敬。　不已：不停。
啊，多么显赫多光明	於（wū）乎不显	於乎：呜呼，赞叹词。　不显：即丕显，光明显赫。
文王品德真纯正	文王之德之纯	
仁政使我得安宁	假以溢我	假：嘉，善。指仁政。　溢：通“谧”，安宁，平静。
我们一定要继承	我其收之	
遵循文王踏过路	骏惠我文王	骏惠：驯顺。马瑞辰《毛诗传笺通释》：“惠，顺也。骏，当为驯之假借，驯亦顺也。骏惠二字平列，皆为顺。”
子子孙孙要力行	曾孙笃之	曾孙：自孙以下均称曾孙。　笃：厚，即笃行的省略，专心诚意地实行。

维　清

【题解】

这篇也是周王祭祀文王的诗。文王在位七年，先将商纣的属国如密、崇等都消灭掉，孤立商纣，为武王灭纣的成功奠定基础。成王时，周公制礼作乐，作这首《维清》的歌舞诗祭祀文王，纪念他征伐的功绩。歌舞时，用人打扮成文王的样子，表演他击刺打仗之状。按古代舞有文、武二种，这首诗属于武舞。

译文	原文	注释
想我周朝政清明	维清缉熙	维：想。　清：清明。　缉熙：光明的样子。
因为文王善用兵	文王之典	典：法。此指用兵之法。
由他始行祭天礼	肇禋(yīn)	肇：开始。　禋：祭天。
直到武王才功成	迄用有成	迄：至。
这是我周的祥祯	维周之祯	维：是。　祯：吉祥。

烈 文

【题解】

这是成王祭祀祖先时戒勉助祭诸侯的诗。关于诗的作者，有人认为是周公。

功德双全诸侯公	烈文辟公	烈文：有功有德。 辟公：诸侯。
赐给你们助祭荣	锡兹祉福	锡：赐。 祉：福。
对我周朝永驯顺	惠我无疆	惠：顺。
子孙长保福无穷	子孙保之	
莫在你国造大孽	无封靡于尔邦	无：毋。 封靡：大罪。《毛传》："封，大也。靡，累也。"累即缧绁的意思，引申为犯罪。
我王对你才尊重	维王其崇之	维：乃。 崇：尊重。
应念你祖立战功	念兹戎功	戎功：武功。
继承祖业更恢宏	继序其皇之	序：古和"叙"、"绪"通用，继序即继承的意思。 皇：光大。
强盛莫过得贤士	无竞维人	无：含有莫的意思。 竞：强。 人：指贤人。
四方才会竞相从	四方其训之	四方：指天下诸侯。 训：顺。
光明最是先王德	不显维德	不显：大显。
诸侯应该学此风	百辟其刑之	百辟：众诸侯。 刑：通"型"，典范，效法。
先王典范永铭胸	於乎，前王不忘	

天　作

【题解】

这是周统治者祭祀岐山的诗。

译文	原文	注释
天生巍峨岐山冈	天作高山	作：生。　高山：指岐山，在今陕西省岐山县东北。
太王经营地更广	大王荒之	大王：古公亶父，周文王的祖父。初居豳，为戎狄所侵，迁岐山，豳人皆从之，定国号曰周。武王时追尊为太王。　荒：扩大治理的意思。
上天在此生万物	彼作矣	彼：指上天。　作：生。
文王安抚定周邦	文王康之	康：安乐。
人心所向来归顺	彼徂矣	彼：指人民。　徂：往，到。指归周。　矣：《后汉书·西南夷传》引此诗作“者”。
岐山大道坦荡荡	岐有夷之行	夷：平坦。　行：道路。按平坦的道路又含有政治清明之意。
子孙永保这地方	子孙保之	

昊天有成命

【题解】

这是祭祀成王的诗。诗的写作年代，当在康王之时。

天命昭昭自上苍	昊天有成命	昊天：即苍天，皇天。 成命：明白的命令。马瑞辰《毛诗传笺通释》："古文明、成二字同义。"
受命为君文武王	二后受之	后：君。二后，指文王、武王。
成王不敢图安逸	成王不敢康	成王：武王子，名诵。即位时年幼，由叔周公旦摄政，七年后亲自执政。 康：安乐。
日夜谋政志安邦	夙夜基命宥密	夙夜：早夜。 基：《尔雅·释诂》："基，谋也。" 命：政令。 宥：宽大。 密：安定。宥密，形容政教的宽大而又能安定人心。
啊，多么光明多辉煌	於缉熙	於：叹美词。 缉熙：光明的样子。形容文王品德光明正大。
忠诚厚道热心肠	单厥心	单：诚厚。 厥：其。
国家巩固民安康	肆其靖之	肆：巩固。 靖：安定。

我　将

【题解】

这篇是祭祀上帝、配祭文王的乐歌。

我要祭祀先烹调	我将我享	将：烹的意思。　享：祭献。
祭品牛羊不算少	维羊维牛	维：是。维羊维牛，或作“维牛维羊”，恐系传写之误。
上帝保佑好运道	维天其右之	右：同“祐”。
典章制度效文王	仪式刑文王之典	仪、式、刑：三字同义，都是效法的意思。典：典章制度。
治理天下日操劳	日靖四方	靖：安定，治理。
伟大神圣我文王	伊嘏(jiǎ)文王	伊：发语词。　嘏：伟大。
享受祭祀神灵到	既右飨之	
我要日夜勤祭祷	我其夙夜	
崇敬天威遵天道	畏天之威	
这才能把天下保	于时保之	时：通“是”。　之：指国家。

时　迈

【题解】

这是武王巡视各诸侯国和祭祀山川的乐歌。旧说多认为周公所作。

出发巡视大小邦	时迈其邦	时：是，语助词。　迈：行。指巡狩。
上帝视我如儿郎	昊天其子之	子之：视同儿子。
佑我大周国运昌	实右序有周	右：同“佑”。　序：助。　吴闿生《诗义会通》：“右、序，皆助也。”
才始发兵讨纣王	薄言震之	薄、言：都是语助词，薄还含有开始的意思。震：指以武力震慑。
天下诸侯皆惊慌	莫不震叠	叠：通“慑”，恐惧。
为悦众神备祭享	怀柔百神	怀柔：安抚，取悦。
遍及河山及四望	及河乔岳	乔岳：高山。
武王不愧天下长	允王维后	允：确实。　维：是。　后：君主。
大周昭明照四方	明昭有周	明昭：光明显著。
满朝称职尽贤良	式序在位	式：发语词。　序在位：各称其职。
收起干戈没用场	载戢干戈	载：则，就。　戢：收藏。
装好弓箭袋里藏	载櫜(gāo)弓矢	櫜：盛弓矢的袋。

我去访求有德士　　我求懿德　　懿德：指有美德的人。

遍施善政国兴旺　　肆于时夏　　肆：陈设，施行。　时：是，此。　夏：中国。

周王定能保封疆　　允王保之

执　竞

【题解】

这是祭祀武王的诗。

译文	原文	注释
制服强梁称武王	执竞武王	执：服。　竞，强。执竞，指武王能制服强暴。
克商功业世无双	无竞维烈	无竞：无比。　维：其。　烈：功业。指克商的功业。
功成名就国安康	不显成康	康：安。　成康：成就安定的局面。
上帝对他也赞赏	上帝是皇	皇：美，嘉。
由于功成国安康	自彼成康	自：由于。
一统天下有四方	奄有四方	奄：覆盖，包括。
武王英明坐朝堂	斤斤其明	斤斤：昕昕的省借，精明的样子。
敲钟擂鼓咚咚响	钟鼓喤喤	喤喤：锽的假借字，钟鼓声。
击磬吹箫声锵锵	磬筦将将（qiāngqiāng）	磬：古代的一种打击乐器。　筦：同“管”，指竹制的管乐器。　将将：同“锵锵”，象声词。
上天赐福降吉祥	降福穰穰（rǎngrǎng）	穰穰：众多。
无边洪福从天降	降福简简	简简：盛大的样子。
祭礼隆重又端庄	威仪反反	反反：昄昄的假借字，慎重的样子。
武王神灵醉又饱	既醉既饱	
报你福禄绵绵长	福禄来反	反：同“返”，还报。

思　文

【题解】

这是郊祀后稷以配天的乐歌。前人有认为是周公所作的，有认为是豳地之颂的。按周自后稷发明播种百谷后，公刘和古公亶父都是以农建国的人物，豳民作诗祭祀后稷，这是很可能的事。到周公时，加以润色配乐，定为祭祀后稷配天的乐章，也有此可能。

牟　通“麰”。即大麦。禾本科植物。一、二年生草本。叶子宽条形，子实的外壳有长芒。麦粒可食。麦芽可制啤酒和饴糖，麦杆可编草帽或其它用品。

来　即小麦。一年生或二年生草本植物。茎直立，中空，叶片长披针形，子实椭圆形，腹面有沟。子实供制面粉，是主要粮食作物之一。

译文	原文	注释
想起后稷先王	思文后稷	思：想。有人训思为语助词，亦通。　文：有文德。文德对“武功”言，指建设国内的功德。
功德能配上苍	克配彼天	克：能。　克配彼天：能够配享那上帝。
养育我们百姓	立我烝民	立：当作粒。这里作动词，有养育的意思。烝民：众民。《郑笺》:“昔尧遭洪水，黎民阻饥。后稷播殖百谷，烝民乃粒，万邦作乂。”
谁未受你恩赏	莫匪尔极	极：最。指最大的好处。
留给我们麦种	贻我来牟	贻：留下。　来牟:“麦”的析声。来为小麦，牟为大麦。
天命充民供养	帝命率育	率：用。　育：养。
农政不分疆界	无此疆尔界	
全国普遍推广	陈常于时夏	陈：遍布。　常：常规；指农政。　时：此。夏：中国。

臣 工

【题解】

这是周王耕种藉田并告诫农官的诗。所谓藉田，是周王拥有的一大片由农奴耕种的土地。每年春天，周王带领群臣到藉田上去耕几下，装装样子，以表示对农业的重视。然后祭祀土谷（社稷）之神。这首诗就是在藉田祭祀时所唱的乐歌。诗的产生年代，大约和成王时的《噫嘻》相去不远。

译文	原文	注释
群臣百官听我言	嗟嗟臣工	嗟嗟：发语词。　臣工：即臣官，通指诸侯卿大夫而言。
对待公事要谨严	敬尔在公	敬：慎。　尔：指群臣百官。　在公：指公职。
周王赐你耕作法	王厘尔成	王：指周王。有人释王为“往”，亦通。　厘：通“赉”，赐。　成：成法。指耕种的成法。
你应考虑细钻研	来咨来茹	来：是。　咨：商量，询问。　茹：忖度。
农官你要忠职守	嗟嗟保介	保介：田官，亦称田畯。郭沫若《由周代农事诗论到周代社会》：“介者界之省，保介者保护田界之人。”
暮春农事应早筹	维莫之春	维：是。　莫：同“暮”。
你们还有啥要求	亦又何求	亦：助词。　又：有。
如何对待新田畴	如何新畬（yú）	新畬：开垦了三年的熟田。古时实行轮种，种过的田在休闲几年后再种，故称新畬。
美好麦籽壮又圆	於皇来牟	於：赞叹词。　皇：美好。指麦种壮实饱满。来牟：麦。见《思文》“贻我来牟”注。
秋来定能获丰收	将受厥明	厥：其，它的。　明：成。指收成。

译文	原文	注释
光明上帝真灵验	明昭上帝	明昭：光明显赫。
一直赐我丰收年	迄用康年	迄：至。 用：以。 康年：乐岁丰年。
就该命令众农夫	命我众人	众人：指农人。
锄锹你要备齐全	庤(zhì)乃钱(jiǎn)镈(bó)	庤：储备。 乃：你。 钱：古农具名，似今之铁锹。 镈：锄头。
他日一同看开镰	奄观铚(zhì)艾	奄：同。 铚艾：收割。铚本义是割禾的短镰刀，这里作动词“割”用。 艾：乂的假借字，亦作刈，收割。

噫 嘻

【题解】

《噫嘻》疑是成王春天祈谷、祭祀上帝，告诫农官的诗。内容叙述成王既祀上帝，即令田官带领农夫播耕百谷，让农夫开垦田官的私田，号召他们大规模地参加劳动。旧说“春夏祈谷”，其实“夏”字并无着落。诗反映了周初农夫的劳动情况和公田、私田的制度。

成王祈呼向苍穹	噫嘻成王	噫嘻：祈祷天神时呼叫的声音。原句是“成王噫嘻”的倒文。
一片虔诚与神通	既昭假尔	昭：明，表明。 假：格的假借字，至、达于。昭假，人的诚敬上达于天帝。《诗经》中凡言昭假，都是指祭祀上帝。 尔：语助词，同矣。
率领农夫同下地	率时农夫	率：带领。 时：是，此。
安排农事快播种	播厥百谷	
迅速开发私邑田	骏发尔私	骏：迅速。 发：开发。 尔：你，指田官。 私：程瑶田《沟洫考》证明这种大规模的万人耕种三十里的大田，并非井田，间接证明了这只是农官的私田。
三十里地尽完工	终三十里	终：尽。 三十里：指私田。据《郑笺》的说法，万人所耕之田，共三十三平方里面积挂零。此处的三十里，但举成数而已。
从事耕作须抓紧	亦服尔耕	亦：发声词。 服：从事。 尔：指田官。有人说，诗中三个“尔”字，都是指先王先公。有人说都是指田官。可参考。
万人耦耕齐劳动	十千维耦	十千：一万人。 维：其。 耦：两人并肩用犁耕地。

振　鹭

【题解】

《振鹭》疑是殷商后代宋微子来周助祭时的乐歌。姚际恒对此有较详的论述（见《诗经通论》），可以参考。

白鹭成群展翅翔	振鹭于飞	振：群飞的样子。　鹭：白鹭。
在那西边大泽上	于彼西雝	雝：水泽。
我有贵客喜光临	我客戾止	戾：至。　止：语尾助词。
也穿高洁白衣裳	亦有斯容	
他在本国无人怨	在彼无恶	无恶，没有人怨恨。
很受欢迎到我邦	在此无斁	斁：厌。无斁：没有人讨厌。
望您日夜多勤勉	庶几夙夜	夙夜：早夜。
众口交誉美名扬	以永终誉	终：众的假借字。马瑞辰《毛诗传笺通释》："终与众古通用。《后汉书·崔骃传》：'岂可不庶几夙夜，以永众誉。'义本三家诗。"

丰 年

【题解】

这篇是秋收以后祭祀祖先时所唱的乐歌。诗中“百礼”，后人对它的解释有三：一、指用酒以合飨（祭死人）、燕（宴生人）等各种礼节（陈奂说）。二、指以酒配合牲、玉、币、帛之类的祭品（《孔疏》说）。三、指用酒合祭上帝百神的各种仪式（胡承珙说）。三说均可通。由于古礼已废，祭祀制度不易考实，从文义揣之，似当以孔说为近。

稌　即稻。特指糯稻。禾木科稻属，一年生草本。茎高约一尺，中空有节。叶细长而尖，有平行脉，互生。秋月开花，穗状花序。米富黏性，供食用、制糕及酿酒用。

丰年多产糜和稻	丰年多黍多稌（tú）	黍：糜子，小米。 稌：稻谷。
粮仓堆得高又高	亦有高廪	亦：语首助词。 廪：粮仓。
万斛亿斛真不少	万亿及秭（zǐ）	亿：周代十万为亿。 秭：《尔雅》："秭，数也。" 郭注："今以十亿为秭。"
酿成醇酒和甜醪	为酒为醴	醴：一种甜酒。
献给先妣与先考	烝畀（bì）祖妣	烝：进献。 畀：给予。 祖妣：男女祖先。
牺牲玉帛同敬孝	以洽百礼	洽：配合。 百礼：指以酒配合牲、玉、币、帛之类的祭品（从《孔疏》说）。
恩泽普降福星照	降福孔皆	孔：很，甚。 皆：普遍。

有 瞽

【题解】

这是一首合乐祭祖的诗。

译文	原文	注释
盲乐师啊盲乐师	有瞽有瞽	瞽：盲人。周代常以盲人充任乐官。
排列宗庙大庭上	在周之庭	
钟架鼓架都摆好	jù 设业设虡	业：悬钟、磬的木架横梁上面的大版，刻如锯齿状。 虡：悬钟、磬的直木架。
架上钩子彩羽装	崇牙树羽	崇牙：业上突出的木钉，弯曲高耸，用它挂乐器。 树羽：植立五彩的羽毛作为崇牙的装饰。
小鼓大鼓悬挂起	应田县鼓	应田：小鼓名。《郑笺》："田当作朄，朄，小鼓，在大鼓旁。应，鞞之属也。" 县：即悬。县鼓，一种悬挂而击的大鼓。
鼗磬柷圉列成行	táo zhù yǔ 鼗磬柷圉	鼗：有柄有二耳的摇鼓。 磬：玉石制的版状打击乐器。 柷：乐器名。击柷表示奏乐的开始。 圉：形如伏虎，乐章奏毕时击以止乐。
乐器齐备就演奏	既备乃奏	
箫管并吹音绕梁	箫管备举	箫、管：竹制乐器。古箫是排箫，一种编管乐器。管，如笛。
众乐同发声洪亮	huáng huáng 喤喤厥声	喤喤：形容乐声洪亮和谐。
肃穆和谐调悠扬	肃雝和鸣	肃雝：形容乐声的徐缓肃穆。
祖宗神灵来欣赏	先祖是听	
我有贵宾也光临	我客戾止	
曲终不觉奏时长	永观厥成	成：指一曲奏毕。

潜

【题解】

这是周王用鱼献祭于宗庙时所唱的乐歌。

鲦　白鲦鱼。体小，侧线紧靠腹部。性活泼，善跳跃，常在水面结群往来，迅速游动。生活在淡水中。明李时珍《本草纲目》："鲦生江湖中小鱼也。长仅数寸，形狭而扁，状如柳叶，鳞细而整，洁白可爱，性好群游。"

译文	原文	注释
啊，在那漆沮二水中	猗与漆沮	猗与：赞叹词。　漆、沮：周二水名。漆水源出陕西大神山，西南流至耀县会沮水。沮水出陕西分水岭，东南流会漆水。两水合流入渭水。
鱼儿繁多藏柴丛	潜有多鱼	潜：通“槮”，放在水中供鱼栖息的柴堆。一说潜为潜藏在水中，亦通。
也有鳣鱼也有鲔	有鳣（shàn）有鲔（wěi）	鳣：鳇鱼。　鲔：鲟鱼。
鲦鲿鲇鲤多品种	鲦鲿鰋鲤	鲦：白条鱼。　鲿：亦名黄鲿鱼。　鰋：鲇鱼。
用来祭祀供祖宗	以享以祀	
求降洪福永无穷	以介景福	介：助。　景：大。

雝

【题解】

这是武王祭文王的诗。据说，是在祭毕撤去祭品时唱的。

来时节雍容和睦	有来雝雝	雝雝：和睦的样子。
到此地恭敬严肃	至止肃肃	肃肃：严肃恭敬的样子。
助祭是诸侯群公	相维辟公	相：助祭。　维：是。　辟公：指诸侯。
周天子端庄静穆	天子穆穆	天子：指周武王。　穆穆：容止端庄肃穆的样子。
献一口肥大公畜	於荐广牡	於：赞叹词。　荐：献祭。　广：大。
相助我办好“肆祀”	相予肆祀	相：助。　予：周王自称。　肆：陈列。肆祀，祭名。
伟大啊光荣先父	假哉皇考	假：嘉。假哉：美哉，赞美之词。　皇考：对已死父亲的美称。指文王。
您安抚我这孝子	绥予孝子	绥：安抚。　孝子：武王自称。
用贤臣聪明仁智	宣哲维人	宣哲：明智。　维人：是臣。
圣主兼武功文治	文武维后	后：君。
安周邦上及皇天	燕及皇天	燕：安。
能昌盛子孙后世	克昌厥后	克：能。　昌：昌盛。　厥后：其后代。

赐与我长命百岁	绥我眉寿	绥：赐。 眉寿：长寿。
又助我大福大祉	介以繁祉	介：助。 繁祉：多福。
既拜请父饮一杯	既右烈考	右：通“侑”，劝侑。拜劝神灵吃祭物。 烈：光明。烈考，光明的先父。指文王。
又敬请先母太姒	亦右文母	文母：有文德的母亲，指文王的妻大姒。王引之《经义述闻》:“《传》以上文皇考是文王，则文母当为大姒。非谓因文王而称文母也。”

载　见

【题解】

这是诸侯来朝，助祭周武王时所唱的乐歌。

译文	原文	注释
诸侯始来朝周王	载见辟王	载：始。　辟王：君王。指成王。
求赐车服众典章	曰求厥章	曰：语首助词。　章：指车、服的典章制度。
龙纹旗子真漂亮	龙旂阳阳	阳阳：文采美丽的样子。
车上和铃响叮当	和铃央央	和铃：挂在车轼上的铃称和，挂在车衡上的铃称铃。　央央：铃声。
辔头装饰金辉煌	鞗(tiáo)革有鸧(qiāng)	鞗革：马缰绳。　有鸧：即鸧鸧，形容马缰绳上金饰美盛的样子。
华丽耀目亮晃晃	休有烈光	休：美。　烈光：光明。
率领你们祭武王	率见昭考	率：带领。　昭考：指武王。周代宗庙制度，始祖的庙居中，其他祖宗依次左右排列，左称为昭，右称为穆。周武王的庙在左，故称昭考。
隆重献祭在庙堂	以孝以享	孝、享：二字同义，都是献祭的意思。
祈求赐我寿无疆	以介眉寿	
保佑天命永久长	永言保之	言：助词。
成王得福又吉祥	思皇多祜	思：语首助词。　皇：君。指成王。　多祜：多福。
英明有德诸侯公	烈文辟公	烈文：光明而有文德。

君王受福靠你帮	绥以多福	绥：安。
使他前程光明福无量	俾缉熙于纯嘏（gǔ）	俾：使。 缉熙：光明。 纯嘏：大福。

有 客

【题解】

这是宋微子朝周，周王设宴饯行时所唱的乐歌。

远方客人来我家	有客有客	客：指宋微子。《左传》僖二十四年："皇武子曰：宋先代之后也，于周为客。"
跨着一匹白骏马	亦白其马	亦：语助词。
随从人员一大串	有萋有且（jū）	有萋有且：即萋萋且且，形容随从众多的样子。
个个品德无疵瑕	敦琢其旅	敦琢：即雕琢，引申有选择之意。　旅：通"侣"，伴侣。指微子的随从众臣。
客人头夜这儿宿	有客宿宿	宿：住一夜。
二夜三夜再留下	有客信信	信：住二夜。信信，用叠字形容客人住了几天的意思。
最好拿根绳索来	言授之絷（zhí）	言：语首助词。　絷：绳索。
把他马儿四蹄扎	以絷其马	絷：用作动词，用绳绊住马足。
我为客人来饯行	薄言追之	薄言：语助词。　追：饯送。　之：指微子。下句同。
群臣百官欢送他	左右绥之	左右：指周王左右群臣。　绥：安抚。
客人既然受优待	既有淫威	淫威：大德，引申为优待。《毛传》："淫，大。威，则。"《郑笺》："既有大则，谓用殷正朔行其礼乐，如天子也。"其说亦通。
天赐福禄会更大	降福孔夷	夷：大。

武

【题解】

这是叙述武王克商的《大武》乐歌，据《吕氏春秋》，为周公所作。《左传》宣十二年："武王克商，作《武》，其卒章曰'耆定尔功'。"有人根据诗有"於皇武王"之句，认为不是武王时代作品。据王国维和郭沫若的考证，周代尚无谥法，文、武、成、康都是生时称号，到战国时才规定谥法。因此可定为是武王时代的作品。

译文	原文	注释
赞叹伟大周武王	於皇武王	於：赞叹词。　皇：伟大。
他的功业世无双	无竞维烈	竞：强。无竞，莫强。　维：其。　烈，功绩。维烈，指伐商诛纣的功绩。
诚信有德周文王	允文文王	允：诚信。　文：文德。指文王所施行的政教。
能为子孙把业创	克开厥后	克：能。　厥后：他的后代子孙。
嗣子武王承遗业	嗣武受之	武：指武王。有人训嗣为继，训武为道，说亦可通。
战胜敌人灭般商	胜殷遏刘	遏刘：二字同义，消灭的意思。
巩固政权功辉煌	耆定尔功	耆：致使，达到。

闵予小子

【题解】

这是成王遭武王之丧告于祖庙的诗。有人疑这篇和以下三篇都是成王所自作。有人说可能是周公托为成王之词以进谏的诗。

译文	原文	注释
念我嗣位年纪轻	闵予小子	闵：通“悯”，怜念。　予小子：成王自称。
家中遭难真不幸	遭家不造	不造：不善。即不祥、不幸的意思。
整天忧伤叹孤零	嬛嬛（qióngqióng）在疚	嬛嬛：《说文》及《汉书·匡衡传》引此诗均作“茕茕”，孤独无依。　疚：忧伤。
放声赞我先父亲	於乎皇考	
能尽孝道终其生	永世克孝	
想我祖父国初兴	念兹皇祖	皇祖：指文王。
任用群臣很公平	陟降庭止	陟：升。陟降：上下，即提升和降级的意思。庭：亦作“廷”，公正。　止：语助词。
我今嗣位未成丁	维予小子	
日夜勤劳坐朝廷	夙夜敬止	
叫声先祖听我禀	於乎皇王	
誓继遗业永记铭	继序思不忘	序：绪。即事业。　思：语助词。

访　落

【题解】

这是成王朝武王庙和群臣商议国政的诗。

即位始初须计议	访予落止	访：谋，商讨。　落：始。
遵循先王志不移	率时昭考	率：遵循。　时：是。　昭考：指武王。
真是任重道远啊	於乎悠哉	悠：远。
我少经验水平低	朕未有艾	朕：我，成王自称。　艾：阅历。《尔雅·释诂》："艾，历也。"
助我遵行先王法	将予就之	将：助。　就：因袭。　之：指先人的法典。
继承宏业定大计	继犹判涣	犹：通"猷"，图谋，计划。　判涣：大。马瑞辰《毛诗传笺通释》："判涣，叠韵，字当读与《卷阿》诗'伴奂尔游矣'同。伴、奂皆大也。"
想我如今年纪轻	维予小子	
家国多难担不起	未堪家多难	多难：指遭父武王之丧及管叔、蔡叔、武庚叛乱和淮夷之难。
先父善将祖道承	绍庭上下	绍：继。指武王继承文王。　庭：公正。　上下：即升降官吏。
用人得当国康熙	陟降厥家	陟降厥家：即正确地任免臣下以安定家国。
想我皇父多英明	休矣皇考	休：美。　皇考：指武王。
以此保身勉自己	以保明其身	明：勉。

敬　之

【题解】

这是成王自诫并告群臣的诗。林义光《诗经通解》:“按诗言‘维予小子’，又言‘示我显德行’，则是嗣王告群臣，非群臣戒嗣王也。”

为人处事常警惕	敬之敬之	敬：警戒。
天理昭彰不可欺	天维显思	显：明著。　思：语助词。
保全国运实不易	命不易哉	命：天命。指国运。
莫说苍天高在上	无曰高高在上	
升黜群臣即天意	陟降厥士	
每天监视在此地	日监在兹	日：天天。　监：监视。　兹：此。指人间。
我刚即位年纪轻	维予小子	
不明不戒受蒙蔽	不聪敬止	
日积月累常学习	日就月将	就：久。《广雅》:“就，久也。”　将：长。
由浅入深明事理	学有缉熙于光明	缉熙：积渐广大，犹今云深广。与《昊天有成命》的“缉熙”训“光明”不同义。
众臣辅我担重任	佛(bì)时仔肩	佛：弼的假借字，辅助。　时：是。　仔肩：责任。
美德向我多启示	示我显德行	显：光明。

小　毖

【题解】

这是成王诛管蔡、消灭武庚以后，自我惩戒并求助于群臣的诗。诗当作于武庚作乱、淮夷继叛的时候。诗句多用比喻，故较含蓄生动。后代常用的“惩前毖后”的成语，即出于此诗“予其惩而毖后患”。这句的标点，有人在“而”后断句。段玉裁《诗小笺》:“《疏》于‘而’字断句，各本皆云《小毖》一章八句。”胡承珙《毛诗后笺》以为《唐石经》中作“予其惩而毖彼后患”，故这句可能原作“予其惩而，毖彼后患”二句，否则各本不会说《小毖》一章八句。

蜂　　昆虫类。会飞，多有毒刺，能蜇人。有蜜蜂、熊蜂、胡蜂、细腰蜂等多种，喜群居。

惩前毖后不摔跤　予其惩而毖后患　惩：警戒。　毖：谨慎。

缺少辅佐我心焦　莫予荓(píng)蜂　荓蜂：牵引扶助的意思（从《孔疏》)。

只能独自操辛劳　自求辛螫(shì)　螫：赦的假借字，勤劳。《尔雅·释诂》:“赦，劳也。”

开始以为小鹪鹩　肇允彼桃虫　肇：始。　允：信。也有人说，允是语助词。桃虫：即鹪鹩，一种极小的鸟。

谁知飞出大海雕　拚飞维鸟　拚：通“翻”，翻飞。二句比喻武庚开始很弱小，后来羽毛丰满，勾结管叔蔡叔起来叛乱。

家国多难受不了　未堪家多难

今陷困境更难熬　予又集于蓼　蓼：水草名，其味苦辣。此句喻陷入困境。

桃虫　鹪鹩。形小，体长约三寸。羽毛赤褐色，略有黑褐色斑点。尾羽短，略向上翘。主要以昆虫为食。常取茅苇毛毳为巢，大如鸡卵，系以麻发，于一侧开一小洞出入，甚精巧，故俗称巧妇鸟，又名黄脰鸟、桃雀、桑飞等。

载 芟

【题解】

这是周王在春天藉田的时候，祭祀土神、谷神的舞歌。

开始除草又砍树	shān zé 载芟载柞	载：开始。 芟：除草。 柞：砍伐树木。
用力耕地松泥土	shì shì 其耕泽泽	泽泽：土松散的样子。
上千对人齐耕耘	千耦其耘	耦：二人并耕。
走下洼地踏小路	zhěn 徂隰徂畛	徂：往。 隰：低湿的田地。 畛：田边的小路。指田界。
田主带着大儿子	侯主侯伯	侯：发语词。 主：家长。 伯：长子。
小儿晚辈也相助	侯亚侯旅	亚：次。指老二老三等。 旅：众。指晚辈。
壮汉雇工同挥锄	侯强侯以	强：指强壮有余力来助耕的人。 以：雇佣的劳动力。《孔疏》:“以者，佣赁之人，以意驱用，故云用也。”
大家吃饭声音响	tǎn yè 有嗿其馌	嗿：众饮食声。 馌：送到田间的饭菜。
温顺柔美好农妇	思媚其妇	思：发语词。 媚：美顺的样子。
她的儿子健如虎	有依其士	依：通“殷”，壮盛的样子（从王引之《经义述闻》说）。 士：和上句的妇，都是送饭的人；士比喻儿子有如武士。
犁头雪亮又锋利	有略其耜	略：“挈”之假借，锋利。 耜：犁头。
先耕南面那块地	俶载南亩	俶：起土。 载：翻草。

译文	原文	注释
各色种子撒下去	播厥百谷	
颗颗粒粒含生气	实函斯活	实：指种子。　函：同“含”。　斯活：即活活，有生气的样子。
苗儿不断冒出来	驿驿其达	驿驿：亦作绎绎，接连不断的样子。　达：长出地面。
高大粗壮讨人喜	有厌其杰	厌：美好的样子。　杰：特出。
庄稼茂盛一色齐	厌厌其苗	厌厌：禾苗茂盛整齐的样子。
穗儿连绵把头低	绵绵其麃(biāo)	绵绵：连绵不断的样子。　麃：穮的借字，禾谷的梢末，即穗。
开始收获丰硕果	载获济济	济济：众多的样子。
场上粮食堆成垛	有实其积	实：满。　积：指堆积在场上。
千担万斛上亿箩	万亿及秭	万亿及秭：周代十万为亿，十亿为秭。
酿成美酒味醇和	为酒为醴	
祖妣灵前先献酢	烝畀(bì)祖妣	烝：献。　畀：给。
祭祀宴享礼节多	以洽百礼	
黍稷热气真芬芳	有飶(bì)其香	飶：与苾、馥通用，形容黍稷的香气盛大。
家门荣幸国增光	邦家之光	

美酒醇厚真馨香	有椒其馨	椒：与俶、淑通用，香气浓厚。　馨：传播很远的香气。
敬给老人得安康	胡考之宁	胡考：寿考。指老年人。
耕作不从今日始	匪且有且	匪：非。　且：此。指耕种。
丰收并非破天荒	匪今斯今	
从古到今就这样	振古如兹	振古：自古。　兹：此。

良 耜

【题解】

这是周王在秋收以后祭祀土神谷神的乐歌。

蓼　　一年生或多年生草本。有水蓼、红蓼、刺蓼等，生长在水边或水中。味辛，又名辛菜，可作调味用。

犁头雪亮又锋利	畟畟(cè cè)良耜	畟畟：形容快利的样子。 耜：犁头。
先耕南亩那块地	俶载南亩	俶：起土。 载：翻草。
各色种子撒下去	播厥百谷	
颗颗粒粒含生气	实函斯活	实：种子。 函：同“含”。 斯活：即活活，有生气的样子。
那边有人来看你	或来瞻女	
背着方筐挎着筥	载筐及筥(jǔ)	载：背。 筐、筥：都是竹制的盛器，筐形方，筥形圆。
送来米饭冒热气	其饷伊黍	饷：送食物。 伊：是。 黍：指小米饭。
头戴草编圆斗笠	其笠伊纠	笠：笠帽。 纠：编织。
挥锄翻土人心齐	其镈(bó)斯赵	镈：锄头。 赵：通“挏”，撬的意思。
除去杂草清田畦	以薅(hāo)荼蓼	薅：除草。 荼蓼：二种野草名。
杂草腐烂在田里	荼蓼朽止	朽：腐烂。 止：语气词。
庄稼长得更茂密	黍稷茂止	
挥舞镰刀刷刷响	获之挃挃(zhì zhì)	挃挃：收割作物的声音。
场上粮食如山积	积之栗栗	栗栗：众多的样子。

粮垛高高像城墙	其崇如墉	崇：高。　墉：城墙。
栉比鳞次多又密	其比如栉	比：密的意思。　栉：篦子。
大小仓库都开启	以开百室	室：指仓库。
仓库全部都装满	百室盈止	
老婆孩子心安贴	妇子宁止	
杀了那头大公牛	杀时犉（rún）牡	时：是，这。　犉：牛长七尺为犉。
双角弯弯美无比	有捄其角	捄：觩的假借字，兽角弯曲的样子。
用来祭祀社稷神	以似以续	似：通“嗣”，与续同义，这里有每年不断祭祀之意。
前人传统后人继	续古之人	古之人：指社稷之神。

丝　衣

【题解】

这是周王祭神的歌舞诗。所祭何神，很难确定，古说不一，皆无确证，只得存疑。

译文	原文	注释
身穿白衣是丝绸	fóu 丝衣其紑	丝衣：装神受祭的尸所穿的衣服（见杜佑《通典》引刘向《五经通义》）。　其紑：紑紑，洁白鲜明的样子。
漂亮帽子戴在头	载弁俅俅	载：通“戴”。　弁：皮帽子。　俅俅：形容冠上修饰美丽的样子。《说文》:“俅，冠饰貌。”
庙堂直到门槛外	自堂徂基	堂：庙堂。　徂：同“且”、“而”（从陈奂《毛诗传疏》说）。　基：畿的假借，门槛（从马瑞辰《通释》说）。
有的献羊有献牛	自羊徂牛	
大鼎中鼎加小鼎	nài　　zī 鼐鼎及鼒	鼐：大鼎。　鼒：小鼎。都是古代的食器，下有三脚，旁有两耳。
兕角酒杯弯如钩	qiú 兕觥其觩	兕觥：用兕牛角做的酒杯。　觩：兽角弯曲的样子。
美酒醇厚又和柔	旨酒思柔	旨酒：美酒。　思柔：即柔柔，指酒味柔和。
轻声细语不骄傲	不吴不敖	吴：大声说话。　敖：通“傲”。
保佑我们都长寿	胡考之休	胡考：老寿。　休：吉庆。

酌

【题解】

这是成王时《大武》乐歌之一。《大武》的乐章在春秋、战国时代还存在着，其数有六。陆侃如的《诗史》说："据《左传》宣公十二年所载楚庄王的话，知道《武》、《桓》、《赉》三篇均在其中。但还有三篇呢？我们想大约即《我将》、《酌》、《般》三篇。"篇名为《酌》，王质《诗总闻》说："寻诗无酌字，亦无酌意，恐'铄'是'灼'字。陆（德明）氏：'酌亦作汋。'与'酌'同意，而与'灼'同形。恐初传是灼字，已而渐渐作汋，又渐渐作酌。"王质是从字的形体方面去说明"酌"的。《汉书·礼乐志》："周公作《勺》，'勺'言能酌先祖之道也。"班固是从意义方面去说明"酌"的。《礼·燕礼》："若舞则勺。"郑注："《勺》，颂篇。告成大武之乐歌也。万舞而奏之，所以美王侯，劝有功也。"可见《大武》都是歌舞剧。这首诗主要歌颂武王伐纣取得天下的功绩。

王师战绩多辉煌	於铄王师（wū shuò）	於：叹美词。　铄：通"烁"，辉煌的意思。
挥兵东征灭殷商	遵养时晦	遵：率。指率兵。　养：《毛传》："养，取。"时：是，这。　晦：晦昧，糊涂。指昏聩的商纣。
局势明朗国运昌	时纯熙矣	纯：大。　熙：光明。
上天降下大吉祥	是用大介	介：善。大介，大祥。马瑞辰《毛诗传笺通释》："《尔雅·释诂》：'介，善也。'大介即大善，犹大祥也。"
光宠先业我承受	我龙受之	我：祭者自称，疑为成王。有人解为"我周"，亦通。　龙：宠的借字，光荣的意思。　受：承受。
归功英勇周武王	蹻蹻王之造（jué jué）	蹻蹻：勇武的样子。　造：为，事功。
后世子孙要牢记	载用有嗣	载：则。　有：助词。　嗣：继承。
先公是你好榜样	实维尔公允师	维：同"惟"，只有。　尔公：你的先公。指武王。　允：用，语助词（从马瑞辰《通释》说）。　师：师法，榜样。

桓

【题解】

这是歌颂武王克商以后，各国安定，年谷常丰，天下太平。它是《大武》的第六章。

平定天下万邦	绥万邦	绥：安定。　万邦：指密、崇、奄等属国。
连年丰收吉祥	娄丰年	娄：同“屡”。
天命在周久长	天命匪解	解：通“懈”。匪懈，不懈怠。
武王英明威武	桓桓武王	桓桓：威武的样子。
保有辽阔封疆	保有厥士	士：疑为“土”之误。马瑞辰《毛诗传笺通释》:“士与土形近，古多互讹。……保土，犹言‘保邦’也。作士者，盖以形近而讹。”
于是用武四方	于以四方	于：于是。　以：用。
齐家治国永昌	克定厥家	
啊，光辉照耀天上	於昭于天	
君临天下代商	皇以间之	皇：君王。　间：代。　之：指商。

赉

【题解】

这是武王克商还都，祭祀文王封功臣的乐歌。赉（lài）：赐予的意思，可能是指武王承文王赐予勤劳之德而得天下，而诸臣又承受周赐予封有功之命而言。这篇是《大武》的第三章。

文王一生多勤劳	文王既勤止	止：语气词。
我要继承治国道	我应受之	我：武王自称。 应：与“承”同义。应受，即承受。
推广实行常思考	敷时绎（yì）思	敷：铺，《左传》引此诗作“铺”，布的意思。 时：是，这。指文王的勤劳。 绎：寻绎、不断的意思。 思：想。
天下安定最紧要	我徂维求定	徂：往。
你们受封承周命	时周之命	时：与“承”通。
文王功德要记牢	於绎思	於：叹美词。

般

【题解】

这是周王巡狩祭祀山川的乐歌。它是《大武》的第四章。《般》的命名和《酌》、《桓》、《赉》很相像，都是以一字名篇。般是“昪”的假借字。《说文》:“昪，喜乐也。”抒写普天之下都归服于周的喜乐。

啊，多么壮丽我大周	於皇时周	於：叹美词。 皇：美。 时：是，这。
登上高山望九州	陟其高山	
不论大山或小丘	墮(duò)山乔岳	墮山：小山。 乔岳：大山。
与河合祭献旨酒	允犹翕(xì)河	允：语助词。 犹：还是。 翕：合，指合祭。
普天之下诸神灵	敷天之下	敷：同“普”。
同聚合祭齐享受	裒(póu)时之对	裒：聚。 对：配。
大周受命运长久	时周之命	

鲁颂 / 駉

【题解】

这是歌颂鲁僖公养马众多，注意国家长远利益的诗。古代的国防力量，主要靠兵车，驾一辆兵车要四匹良马。国防力量的强弱，在很大程度上要看他有多少辆兵车和有多少匹良马。《卫风·定之方中》称赞文公“秉心塞渊，騋牝三千”。指出文公的深谋远虑，养了许多好马。它和这首诗的内容，都反映了春秋时代各国对国防建设的重视。诗的作者，前人多有争论，有的论者认为是稍后于鲁僖公的史克所作，似较可信。

马　　哺乳动物类。头小面长，耳壳直立，颈上有鬣，尾有长毛，四肢强健，有蹄。性温驯善跑，是重要力畜之一。

群马雄健高又大	jiōngjiōng 駉駉牡马	駉駉：马肥壮的样子。
放牧远郊近水涯	jiōng 在坰之野	坰：远。
要问是些什么马	jiōng 薄言駉者	薄言：语助词。
驈马皇马毛带白	yù 有驈有皇	驈：黑马白胯。 皇：《鲁诗》作“騜”，黄白色的马。
骊马黄马色相杂	有骊有黄	骊：纯黑的马。 黄：黄赤色的马。
用来驾车人人夸	以车彭彭	以车：驾车。 彭彭：马强壮有力的样子。
鲁公深谋又远虑	思无疆	
马儿骏美再无加	思马斯臧	思：语首助词。 斯：其，那样。 臧：善。

群马雄健高又大	jiōngjiōng 駉駉牡马	
放牧远郊近水涯	在坰之野	
要问是些什么马	jiōng 薄言駉者	
黄白称骓灰白駓	zhuī pī 有骓有駓	骓：苍白杂毛的马。 駓：黄白杂毛的马。
青黑骍马赤黄骐	xīn 有骍有骐	骍：赤黄色的马。 骐：青黑色相间的马。

译文	原文	注释
力大能把战车驾	pī pī 以车伾伾	伾伾：有力的样子。
鲁公思虑真到家	思无期	
马儿成材实堪嘉	思马斯才	

译文	原文	注释
群马雄健大又高	jiōngjiōng 駉駉牡马	
放牧原野在远郊	在坰之野	
请看骏马多么好	jiōng 薄言駉者	
驒马青色骆马白	tuó 有驒有骆	驒：青黑色而有白鳞花纹的马。　骆：白色黑鬣的马。
駵马火赤雒乌焦	liú　luò 有駵有雒	駵：赤身黑鬣的马。　雒：黑身白鬣的马。
用来驾车能快跑	以车绎绎	绎绎：跑得快的样子。
鲁公不倦深思考	思无斁	斁：厌倦。
马儿撒欢腾身跳	思马斯作	作：腾跃。

译文	原文	注释
群马雄健大又高	jiōngjiōng 駉駉牡马	

放牧原野在远郊	在坰之野	
请看骏马多么好	薄言駉（jiōng）者	
红色骃马灰白騢	有骃（yīn）有騢（xiá）	骃：浅黑和白色相杂的马。 騢：赤白杂毛的马。
黄脊驔马白眼鱼	有驔（diàn）有鱼	驔：黑色黄脊的马。 鱼：两眼眶有白圈的马。
身高体壮把车套	以车祛祛（qū qū）	祛祛：《毛传》:“祛祛，强健也。”
鲁公思虑是正道	思无邪	
马儿骏美能远跑	思马斯徂	

有　駜

【题解】

这是颂祷鲁僖公和群臣宴会饮酒的诗。鲁国多年饥荒，自从僖公才采取了一些措施，克服了自然灾害，获得了丰收。所以诗人写了这首诗。

马儿强健又肥壮	有駜(bì)有駜(bì)	駜：马肥壮力强的样子。
强壮马儿四匹黄	駜(bì)彼乘黄	乘黄：四匹黄马。
早夜办事在公堂	夙夜在公	
鞠躬尽瘁为公忙	在公明明	明明：勉勉的假借。马瑞辰《毛诗传笺通释》：“明、勉一声之转，明明即勉勉之假借，谓其在公尽力也。《笺》训为‘明明德’，失之。”
手拿鹭羽起舞	振振鹭	振振：鸟群飞的样子。　鹭：鹭鸶。古人用它的羽毛作舞具，未舞时，持在手中。
好像白鹭飞过	鹭于下	于：同“曰”，语助词。
咚咚不停击鼓	鼓咽咽(yuānyuān)	咽咽：有节奏的鼓声。
酒醉舞态婆娑	醉言舞	言：语助词。
上下人人都快活	于胥乐兮	于：发声词。　胥：皆，都。

马儿强健又肥壮	有駜(bì)有駜(bì)
四匹公马气昂昂	駜(bì)彼乘牡

早夜办事在公堂	夙夜在公	
公事之余饮酒浆	在公饮酒	
手拿鹭羽舞蹈	振振鹭	
好像白鹭翔翱	鹭于飞	
鼓声咚咚狂敲	鼓咽咽	
喝醉回家睡觉	醉言归	
上下人人齐欢笑	于胥乐兮	

马儿强健又肥壮	有駜（bì）有駜（bì）	
四匹青马真昂昂	駜（bì）彼乘駽（xuān）	駽：铁青色的马。
早夜办事在公堂	夙夜在公	
公余宴饮齐举觞	在公载燕	载：则，就。 燕：通“宴”。
打从今年开始	自今以始	以：同“而”。
岁岁都是丰年	岁其有	有：丰收。
君子做了好事	君子有榖	君子：指僖公。 榖：善。
子孙后世相传	诒孙子	诒：留给。
上下人人笑开颜	于胥乐兮	

泮　水

【题解】

这是赞美鲁僖公战胜淮夷以后，在泮宫祝捷庆功，宴请宾客的诗。

芹　　水芹。一年或二年生草本，夏天开白色花，茎叶可食用。

泮水那边喜气盈	思乐泮水	思：发语词。　泮水：水名（从姚际恒《诗经通论》说）。
人在水边采水芹	薄采其芹	
鲁侯大驾已光临	鲁侯戾止	戾止：到达。
且看大旗绣龙纹	言观其旂	言：语助词。　旂：画有龙纹的旗。
绣龙旗帜迎风展	其旂茷茷	茷茷：音义同旆旆，旗帜飘扬的样子。
车铃声儿响叮叮	鸾声哕哕	
百官不论大和小	无小无大	无：无论。　小、大：指大小官员。
跟着鲁侯随驾行	从公于迈	于：往。　迈：行。

泮水那边乐陶陶	思乐泮水	
人在水面采水藻	薄采其藻	藻：水藻。
鲁侯大驾已来到	鲁侯戾止	
马儿强壮四蹄骄	其马蹻蹻	蹻蹻：马强壮的样子。
马儿强壮四蹄骄	其马蹻蹻	

茆　　即凫葵。生于水中，嫩叶可食，又名莼菜。

铃声清脆多热闹	其音昭昭	昭昭：响亮。
鲁侯温和脸带笑	载色载笑	载：又。　色：和颜悦色。
从不发怒善教导	匪怒伊教	匪：不。　伊：是。

泮水那边多愉快	思乐泮水	
人在水上采莼菜	薄采其茆（mǎo）	茆：莼菜。
鲁侯大驾已到来	鲁侯戾止	
泮水岸上酒筵摆	在泮饮酒	
痛饮美酒真开怀	既饮旨酒	
永赐不老春常在	永锡难老	锡：赐。　难老：长寿的意思。
沿着漫漫远征路	顺彼长道	长道：远路。
征服叛贼除灾害	屈此群丑	屈：征服。　群丑：对淮夷的蔑称。

鲁侯威严又端庄	穆穆鲁侯	穆穆：恭敬端庄的样子。

译文	原文	注释
修明德行振朝纲	敬明其德	
容貌举止也端方	敬慎威仪	
确是人民好榜样	维民之则	维：是。　则：法则，模范。
又能文来又能武	允文允武	允：确实。
英明能及众先王	昭假烈祖	昭：明。　假：格，至。　烈祖：指鲁国有功的祖先，如周公、伯禽等。
事事仿效祖宗法	靡有不孝	孝：通“效”，效法。
自求福佑保吉祥	自求伊祜	伊：是，此。　祜：福。
勤勤恳恳我鲁侯	明明鲁侯	明明：勉勉。
能修品德使淳厚	克明其德	
既已建起泮宫来	既作泮宫	作：建筑。　泮宫：泮水边筑的宫名。
征服淮夷众小丑	淮夷攸服	攸：语助词。有人训为“所”，亦通。
将帅英勇如猛虎	矫矫虎臣	矫矫：勇武的样子。
泮宫献耳诛敌酋	在泮献馘(guó)	馘：割下敌尸的左耳以计功。

法官善审如皋陶	淑问如皋陶(yáo)	淑问：善于审问。　皋陶：舜时有名掌刑狱的官。
泮宫献上阶下囚	在泮献囚	

百官济济人才多	济济多士	济济：众多的样子。
鲁侯善意得远播	克广德心	德心：善意。
三军威武去出征	桓桓于征	桓桓：威武的样子。
治服东南除灾祸	(tì)狄彼东南	狄：治理。　东南：指淮夷。
军容壮观又盛大	烝烝皇皇	烝烝皇皇：形容“多士”的美盛。
肃静无哗列队过	不吴不扬	吴：喧哗。　扬：高声。
对待俘虏不严惩	不告于讻	告：严厉治罪。　讻：凶恶的敌人。
泮宫献功赐玉帛	在泮献功	

牛角雕弓硬又强	角弓其觩	其觩：即觩觩，弓弯曲强硬的样子。
众箭齐发嗖嗖响	束矢其搜	束矢：五十矢为一束。也有人说是百矢。　其搜：即搜搜，箭一起发射时发出的声音。

战车奔驰千百辆	戎车孔博	戎车：兵车。 博：多。
官兵上下斗志昂	徒御无斁	徒：步兵。 御：驾车的官兵。 无斁：不厌倦。
淮夷已经被征服	既克淮夷	
俯首听命不违抗	孔淑不逆	
坚持执行好计谋	式固尔犹	式：用，因为。 固：坚定。 犹：通"猷"，计谋。
终将淮夷全扫荡	淮夷卒获	

翩翩飞翔猫头鹰	翩彼飞鸮（xiāo）	鸮：猫头鹰。
停在泮水岸边林	集于泮林	
吃罢我家紫桑葚	食我桑黮（shèn）	黮：亦作"葚"，桑树的果实。
给我唱出悦耳音	怀我好音	怀：给。
淮夷悔悟有诚心	憬彼淮夷	憬：觉悟的意思。
特地来献宝和珍	来献其琛	琛：珍宝。
呈上大龟和象牙	元龟象齿	元龟：大龟。
再加巨玉和南金	大赂南金	大赂：大璐的假借。俞樾《群经平议》："赂，借为璐，玉也。" 南金：南方出产的金。

闷 宫

【题解】

这是歌颂鲁僖公能兴祖业、复疆土、建新庙的诗。全诗共九章，一百二十句，是《诗经》里最长的一首诗。诗的作者是奚斯，他的名字见于《左传》鲁闵公二年，和僖公是同时人，官大夫，亦名公子鱼。前人早已指出，《鲁颂》是媚上之词，它对后世文人替封建帝王歌功颂德的文章产生过消极的影响。

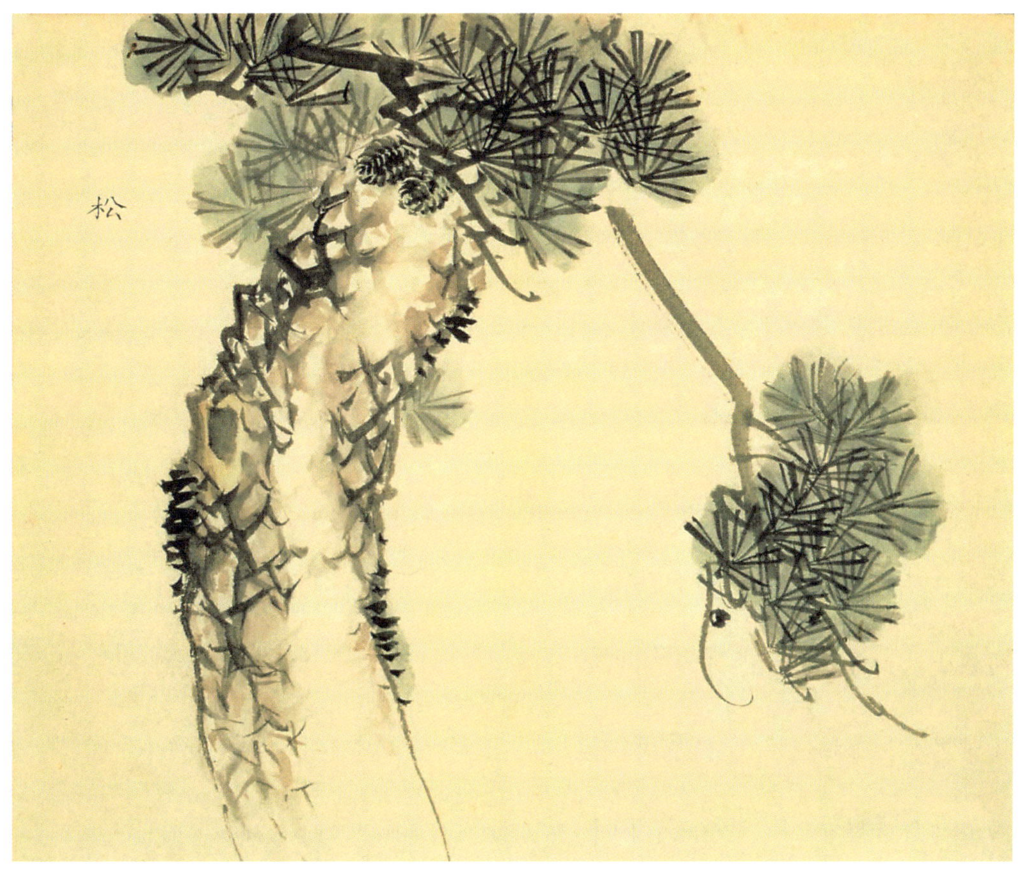

松　　松科植物的总称。常绿或落叶乔木，少数为灌木。树皮多为鳞片状，叶子针形，球果。材用很广，种子可食用、榨油，松脂可提取松香、松节油。

译文	原文	注释
肃穆清静姜嫄庙	bì xù 閟宫有侐	閟：音义同祕，神的意思。閟宫：神庙，指后稷母亲姜嫄的庙。　有侐：即侐侐，清净的样子。
又高又大人稀到	实实枚枚	实实：广大的样子。　枚枚：《释文》："枚枚，闲暇无人之貌也。"
姜嫄光明又伟大	赫赫姜嫄	赫赫：显耀。　姜嫄：后稷的母亲。传说中为有邰氏之女，帝喾之妃。
品德纯正无疵瑕	其德不回	回：邪。
上帝凭依在她身	上帝是依	依：凭依。
无灾无害有妊娠	无灾无害	
怀足十月没拖延	弥月不迟	弥：满。
后稷诞生她分娩	是生后稷	
上天赐他百种福	降之百福	
糜子高粱都丰足	lù 黍稷重穋	黍：小米。　稷：高粱。　重：同"穜"，早种晚熟的谷。　穋：同"稑"，晚种早熟的谷。
豆麦先后播下土	zhí 稙稚菽麦	稙：早种的谷物。　稚：晚种的谷物。
后稷拥有普天下	奄有下国	奄：包括。　下国：天下的意思。
教会百姓种庄稼	俾民稼穑	俾：使。　稼穑：耕种。
高粱小米长得好	有稷有黍	
还种黑黍和香稻	jù 有稻有秬	秬：黑黍。
四海都归后稷有	奄有下土	下土：和"下国"同义。
继承大禹功业守	缵禹之绪	缵：继承。　绪：事业。

译文	原文	注释
说起后稷子孙旺	后稷之孙	
古公亶父谥太王	实维大王(tài)	大王：即文王的祖父古公亶父。
住在岐山向阳坡	居岐之阳	
开始准备灭殷商	实始翦商	翦：消灭。
传到文王和武王	至于文武	
太王事业更发扬	缵大王之绪	
替天行道伐商纣	致天之届	致：招致。　届：同“殛”，诛戮。
牧野一战商朝亡	于牧之野	牧之野：即牧野，在今河南淇县西南。
“莫怀二心莫欺诳	“无贰无虞	贰：有二心。　虞：误，欺骗。
人人头顶有上苍”	上帝临女”	临：临视。　女：汝。
集合商朝众俘虏	敦商之旅	敦：聚集。　旅：军队。
完成大业功辉煌	克咸厥功	咸：完成。
成王开口叫“叔父	王曰“叔父	王：指成王。　叔父：指周公。
立您长子为侯王	建尔元子	建：立。　元子：长子，指周公长子伯禽。
封于鲁国守东方	俾侯于鲁	
开疆拓土大发展	大启尔宇	宇：居。引申为领土之义。
辅助周室作屏障”	为周室辅”	

于是成王命鲁公	乃命鲁公	
东鲁为侯要慎重	俾侯于东	
赐他山川和土地	锡之山川	
还有小国作附庸	土田附庸	附庸：小国。朱熹《诗集传》:“附庸，犹属城也。小国不能自达于天子，而附于大国也。”
周公子孙鲁僖公	周公之孙	周公之孙：指鲁僖公。周公传到庄公共十七君，古代自孙以下都称孙。庄公的儿子只有闵公和僖公。闵公早死，在位只二年。
庄公之子建殊功	庄公之子	
继承祭礼龙旗用	龙旂承祀	龙旂：画着交龙的旗。古代诸侯祭天祭祖都用这种旗。　承祀：继承祭祀之礼。
四马六缰青丝鞚	六辔耳耳	耳耳：华丽的样子。
四时致祭不懈怠	春秋匪解	春秋：代表四时。　解：通“懈”。
玉帛牺牲按时供	享祀不忒	享祀：祭祀。　忒：差错。
光明伟大的上帝	皇皇后帝	皇皇：光明。　后帝：指上帝。鲁国于夏历正月在南郊祭天，配以后稷，祈求农业的丰收。
先祖后稷神灵通	皇祖后稷	
赤色牺牲敬献上	享以骍（xīn）牺	骍：赤色。　牺：祭宗庙的牲口。周人崇尚赤色，故用赤色牲口祭神。
飨祭宜祭典礼隆	是飨是宜	飨、宜：是两种祭名。
天降洪福千百种	降福既多	
伟大先祖周公旦	周公皇祖	
将福赐你真光荣	亦其福女	

秋天尝祭庆丰收	秋而载尝	载：始。 尝：秋祭名。
夏天设栏先养牛	bí 夏而楅衡	楅衡：牛栏。
白猪赤牛养几头	白牡骍刚	白牡：指白色的公猪。 刚：犅的假借字，公牛。
牺杯相碰盛美酒	qiāngqiāng 牺尊将将	牺尊：状似卧牛的酒杯。 将将：器物相碰撞声。
生烤乳猪肉汤稠	páo zì 毛炰胾羹	毛炰：去毛的烤小猪。 胾羹：肉片汤。
大盘大碗皆流油	笾豆大房	笾：竹制高足碗，盛果类。 豆：木制高足碗，上有盖，盛肉类。 大房：一种盛大块肉的食器，形如高足盘。
场面盛大跳万舞	万舞洋洋	万舞：一种舞蹈名称。 洋洋：形容盛大的样子。
子孙祭祀神保佑	孝孙有庆	孝：享。孝孙，祭祀的孙，指僖公。
使你昌盛又兴旺	俾尔炽而昌	炽：盛。
使你长寿且安康	俾尔寿而臧	臧：善，好。
愿你安抚定东方	保彼东方	
守住国土保鲁邦	鲁邦是常	常：守。
如山永固不崩溃	不亏不崩	
如水长流不动荡	不震不腾	腾：沸腾。
寿比三老百年长	三寿作朋	三寿：谓上寿、中寿、下寿。《文选》李善注引《养生经》："上寿百二十，中寿百年，下寿八十。" 朋：比。
犹如巍巍南山冈	如冈如陵	

译文	原文	注释
有车千辆鲁称雄	公车千乘	车：兵车。当时所谓一乘是兵车一辆，配备甲士十人，步卒二十人（鲁国军制）。
红缨长矛丝缠弓	朱英绿縢(téng)	朱英：指矛头的红缨。　绿縢：指缠在弓上的绿色丝绳。
弓矛成双待备用	二矛重弓	二矛：夷矛和酋矛。　重弓：两张弓（其中一张是预备弓）。
鲁公步卒三万众	公徒三万	徒：步卒。
盔上镶贝垂红绒	贝胄朱綅(qīn)	贝：贝壳。　胄：头盔。　朱綅：红线。
排山倒海向前冲	烝徒增增	烝：众。　增增：形容兵士蜂拥前进的样子。
痛击北狄和西戎	戎狄是膺	戎：西戎。　狄：北狄。　膺：击。
严惩荆舒使知痛	荆舒是惩	荆：楚的别名。　舒：楚的属国，在今安徽庐江县。
谁人胆敢撄我锋	则莫我敢承	承：抵当。
使你兴旺又繁荣	俾尔昌而炽	
使你长寿又年丰	俾尔寿而富	
鬓发变黄背生纹	黄发台背	黄发台背：都是老人的征象。台，同“鲐”，鲐鱼背有黑纹。老人头发由白变黄，皮肤消瘠，背像鲐鱼一样。
高寿无比人中龙	寿胥与试	胥：相。　试：比。
使你繁盛又兴隆	俾尔昌而大	
使你寿如不老松	俾尔耆而艾	耆、艾：都是长寿的意思。《礼·曲礼》：“五十曰艾，六十曰耆。”按《说文》段注，认为七十岁以上的人称“耆”，和《曲礼》不同。
千秋万岁寿无疆	万有千岁	有：又。
长命百岁无病痛	眉寿无有害	

泰山高峻接苍穹	泰山岩岩	岩岩：高峻的样子。
鲁国对它最尊崇	鲁邦所詹	詹：瞻的假借字，瞻仰。
龟山蒙山都属鲁	奄有龟蒙	龟：龟山，在今山东省新泰县西南。　蒙：蒙山，亦名东山，在今山东蒙阴县南。
边境直到地极东	遂荒大东	荒：有。　大东：极东。指鲁极东的边境。
沿海小国都附庸	至于海邦	海邦：鲁东境近海的小国。
淮夷带头来朝贡	淮夷来同	来同：来朝。
没人胆敢不服从	莫不率从	
这是鲁侯建大功	鲁侯之功	
保有凫峄两山头	保有凫绎	凫：凫山，在山东邹县西南。　绎：绎山，亦作峄山、邹山，在邹县东南。
又把徐国拿到手	遂荒徐宅	徐：徐戎，在今江苏徐州地方。　宅：居。徐宅，徐戎所居，指徐国。
沿海小国都归附	至于海邦	
东南淮夷齐俯首	淮夷蛮貊	淮夷：淮水流域的异族。　蛮貊：东南方的异族，亦指淮夷。
势力直达荆楚地	及彼南夷	南夷：指荆楚。按僖公伐楚事，见《春秋》僖四年。
莫不顺服来相投	莫不率从	
个个唯唯又诺诺	莫敢不诺	诺：答应，顺从。
人人服帖尊鲁侯	鲁侯是若	若：顺。

天赐鲁公大吉祥	天锡公纯嘏	纯嘏：大福。
高龄长寿保鲁邦	眉寿保鲁	
收回国土常和许	居常与许	常：在鲁国南境，曾被齐国侵占，到鲁庄公时才归还。　许：即许田，在鲁的西境，周公庙的地址，曾被郑国侵占。到僖公时归还鲁国。
恢复周公旧封疆	复周公之宇	宇：犹域，疆域。
鲁侯举办喜庆宴	鲁侯燕喜	燕：同“宴”。燕喜，即喜燕。
贤妻良母受颂扬	令妻寿母	令：善。　妻：指僖公妻声姜。　寿：祝寿。　母：指僖公的母亲成风。
大夫诸臣尽和睦	宜大夫庶士	宜：和顺。　庶士：众士，指众臣。
国家始能保兴旺	邦国是有	有：保有。
屡蒙上苍降福禄	既多受祉	
鬓发变黄新齿长	黄发兒齿	兒：齯的假借字。《说文》:“齯，老人齿也。”朱熹认为兒齿是老人齿落更生小者。

徂徕山上千松栽	徂来之松	徂来：山名，亦作徂徕，在山东泰安县东南，山多松柏。
新甫岭头万棵柏	新甫之柏	新甫：山名，亦名梁父，在泰山之旁。
砍下树木又劈开	是断是度	度：剫字的省借。《广雅》:“剫，分也。”即“劈开”的意思。
锯成长短栋梁材	是寻是尺	寻：八尺。
松树屋椽粗又大	松桷（jué）有舄（xì）	桷：亦作“榱”，方的椽子。　舄：大。

宫殿高敞好气派	路寝孔硕	路寝：古代君主处理政事的宫室。
新庙和它紧相挨	新庙奕奕	新庙：指鲁闵公庙。　奕奕：同“绎绎”，相连的样子。
颂歌一曲奚斯唱	奚斯所作	
长篇巨制有文采	孔曼且硕	
人人赞他好诗才	万民是若	若：善。“是若”即“若是”的倒文，马瑞辰《通释》：“若，训善，谓善其作是诗也。”

商颂

那

【题解】

这是殷商的后代宋国祭祀商的始祖成汤的乐歌。关于《商颂》的写作年代，学者意见多不一致。《国语·鲁语》说："昔正考父校商之名颂十二篇于周太师，以《那》为首。"《史记·宋世家》说："襄公之时，修行仁义，欲为盟主，其大夫正考父美之，故追道契、汤、高宗，殷所以兴，作《商颂》。"王国维利用殷商的甲骨文字，证明《商颂》不是商代作品而是春秋时代的宋诗。反对者则列举种种理由，说《商颂》是成于商代的诗。我认为《国语》和《史记》的记载比较可靠。宋国保存有自己先代颂祖乐歌，这是很可能的；正考父据之改写成颂诗，来祭祀祖先、赞美宋襄公，并到周太师处校对音节、配合乐调。这和屈原据楚民间祭歌而作《九歌》的性质相似。正如《九歌》是战国时代屈原的作品一样，《商颂》的作者应是正考父，它实际上是《宋颂》（《左传》称"宋"或称"商"），是周代宋国的作品。

译文	原文	注释
多盛大啊多繁富	猗(ē)与那(nuó)与	猗那：形容乐队美盛的样子。　与：通"欤"，叹美词。
堂上竖起拨浪鼓	置我鞉(táo)鼓	置：通"植"，竖立的意思。　鞉鼓：一种摇鼓，似今之拨浪鼓。用它表示奏乐开始或终了。
击鼓咚咚响不停	奏鼓简简	鼓：指大鼓。　简简：鼓声。
以此娱乐我先祖	衎(kàn)我烈祖	衎：欢乐。　烈祖：光荣的祖先，指汤。
襄公祭祀祈神明	汤孙奏假	汤孙：商汤的子孙。此指宋襄公。　奏：进。假：格，致，祭者致神的意思。
赐我顺利拓疆土	绥我思成	绥：赠予的意思。　思：句中语助词。　成：指生长成功的地方。
拨浪鼓儿声声响	鞉鼓渊渊	渊渊：鼓声。

竹管呜呜吹新声	嘒嘒管声	嘒嘒：吹管的声音。 管：用大竹制成的一种吹奏乐器。
曲调谐协音和平	既和且平	
玉磬一声众乐停	依我磬声	磬：玉制打击乐器。古乐队以磬声止众乐。
啊哈显赫宋襄公	於(wū)赫汤孙	於：叹美词。 赫：显盛的样子。
他的乐队真动听	穆穆厥声	穆穆：美好的样子。 声：指音乐。
铿锵洪亮钟鼓鸣	庸鼓有斁(yì)	庸：通"镛"，大钟。 有斁：即斁斁，形容乐器声音盛大的样子。
洋洋万舞场面盛	万舞有奕	万舞：舞名。 有奕：即奕奕，形容舞蹈场面盛大的样子。
助祭嘉宾都光临	我有嘉客	嘉客：指宋的同姓附庸小国都来助祭（从魏源《诗古微》说）。
无不欢乐喜盈盈	亦不夷怿	夷：通"怡"。夷怿，喜悦。
遥远古代先民们	自古在昔	
早把祭礼安排定	先民有作	
态度温文又恭敬	温恭朝夕	温恭：温文恭敬的样子。 朝夕：早晚。
管理祭祀需虔诚	执事有恪(kè)	执事：办事人员。指管理祭祀食物的人员。有恪：即恪恪，恭敬的样子。
秋冬致祭请光临	顾予烝尝	顾：光顾。 予：襄公自称。 烝尝：冬祭曰烝，秋祭曰尝。
襄公奉献表衷情	汤孙之将	将：奉献。

烈　祖

【题解】

关于这首诗的主题，向有二说：有人认为它是祭中宗的乐歌，有人认为它是祭成汤的诗。就诗论诗，似以后说比较有理。

译文	原文	注释
赞叹先祖多荣光	嗟嗟烈祖	嗟嗟：叹美词。　烈祖：光荣的祖先，指商汤。
齐天洪福不断降	有秩斯祜	有秩：即秩秩，福大的样子。　祜：福。
无穷无尽重重赏	申锡无疆	申：重，又。　锡：赐。
恩泽遍及宋封疆	及尔斯所	斯所：此处。指宋的国土。
供上清酒祭先祖	既载清酤	载：陈，设置。　酤：酒。
赐我疆土兴宋邦	赉（lài）我思成	赉：赐。　思：语助词。　成：指生长成功的地方。
还有调匀美味汤	亦有和羹	和羹：调制好的汤。
五味平正阵阵香	既戒既平	戒：完备。指和羹必备五味。　平：和平。指羹味而言。
心中默默暗祷告	鬷假无言	鬷：同“奏”，《礼记·中庸》引此诗作“奏假无言”。奏假，祭祷。
次序井井不争抢	时靡有争	
赐我长命寿百年	绥我眉寿	绥：赠予。

满头黄发福无疆	黄耇无疆	黄耇：黄发老人。
彩绘车衡皮缠毂	约軝(qí)错衡	约：束，缠。 軝：车毂。 错：花纹。 衡：车辕前端的横木。
四马八铃响叮当	八鸾鸧鸧(qiāngqiāng)	八鸾：车铃。 鸧鸧：铃声。
宋君赴庙来致祭	以假(gé)以享	假：通“格”，祭者上致于神。 享：祭。
受周之命封地广	我受命溥将	溥将：广大。
安定康乐自天降	自天降康	
五谷丰登粮满仓	丰年穰穰	穰穰：禾黍众多的样子。
先祖降临来受飨	来假来飨	
赐我福分大无量	降福无疆	
秋冬致祭请赏光	顾予烝尝	顾：光顾。 烝尝：冬祭曰烝，秋祭曰尝。
宋君奉献情意长	汤孙之将	将：奉献。

玄　鸟

【题解】

这是写宋君祭祀殷高宗的乐歌。高宗即武丁。据《史记·殷本纪》，殷从盘庚中兴，到其弟小乙立，殷又衰微。小乙之子武丁立，用傅说为相，国家大治。伐鬼方、大彭、豕韦，取得胜利。氐、羌都来朝见，殷又复兴。在位五十九年。这首乐歌就是歌颂他中兴的事业。

译文	原文	注释
上天命令神燕降	天命玄鸟	玄鸟：燕子。玄是黑色，燕色黑，故名玄鸟。
降而生契始建商	降而生商	商：指商的始祖契。传说有娀氏之女简狄吞燕卵而怀孕生契，契建国于商（今河南商丘）。事见屈原《天问》、《吕氏春秋》、《史记》等。
住在殷土多宽广	宅殷土芒芒	宅：居住。　殷土：指商地。盘庚迁都前称商，盘庚迁殷（今河南安阳小屯村）后称殷。　芒芒：即茫茫，广大的样子。
当初上帝命成汤	古帝命武汤	古：从前。　帝：上帝。　武汤：成汤自号为武王。
治理天下管四方	正域彼四方	正：治。　域：封疆。
广施号令为君王	方命厥后	方：通“旁”，普遍的意思。　后：君，指商汤。
九州尽入商封疆	奄有九有	奄：包括。　九有：九域的假借，即九州。
殷商先君受天命	商之先后	先后：先王。指商汤。
国运久长安无恙	受命不殆	殆：危险。
全靠武丁是贤王	在武丁孙子	武丁：殷高宗。武丁孙子即孙子武丁的倒文，指成汤的子孙武丁。
后裔武丁是贤王	武丁孙子	

译文	原文	注释
成汤大业他承当	武王靡不胜	胜：胜任。
十辆马车插龙旗	龙旂十乘	
满载酒食来祭享	大糦是承	糦：同“饎”，酒食。　承：供奉。
领土辽阔上千里	邦畿千里	邦：封的假借。《文选·西京赋》注引这句诗作“封畿千里”，封畿二字都是疆界的意思。
人民定居这地方	维民所止	维：是。　止：居。
四海之内是封疆	肇域彼四海	肇：通“兆”。兆域，即疆域。　四海：《尔雅》:“九夷、八狄、七戎、六蛮，谓之四海。”
四方夷狄来朝见	四海来假(gé)	假：至，来朝。　王肃说:“殷道衰，四夷来侵，至高宗，然后始复以四海为境域也。”
络绎不绝纷又攘	来假祁祁	祁祁：众多的样子。
景山四周黄河绕	景员维河	景：景山，在今河南商丘，古称亳，商的都城。有人训景为大，亦通。　员：周围。
殷商受命治国邦	殷受命咸宜	
邀天之福永呈祥	百禄是何(hè)	何：通“荷”，担负，蒙受。

长 发

【题解】

这也是宋君祭祀成汤的诗。诗叙述汤的祖先契、相土的奠定国基，次述汤受命有天下和伐桀的功绩，末叙伊尹相汤。

商朝世世有明王	濬(ruì)哲维商	濬：睿的假借字，明智的意思。《毛传》和《郑笺》都训濬为深，濬哲训为“深智”，亦通。 维：是。
上天常常示吉祥	长发其祥	长：常。 发：发现。
远古洪水白茫茫	洪水芒芒	
大禹治水定四方	禹敷下土方	敷：治理的意思。 方：四方。
扩大夏朝拓封疆	外大国是疆	大国：指夏。 外大国：即夏朝统治区域以外。
幅员从此宽又广	幅陨既长	幅陨：今作幅员，疆域。 长：广大。
有娀氏国也兴旺	有娀(sōng)方将	有娀：上古国名。在今山西运城蒲州。 将：大。
简狄为妃生玄王	帝立子生商	帝：指传说中简狄的丈夫高辛氏。 子：指有娀氏国的女子简狄。 商：指契。契长大了，当尧的司徒，封于商，所以诗人用商代契。
商契威武又英明	玄王桓拨	玄王：契。《国语》、《荀子》都称契为玄王。 桓：威武。 拨：韩诗作“发”，明的意思。
受封小国令能行	受小国是达	达：通。指契能通其教令于民。

受封大国能行令	受大国是达	
遵循礼制不越轨	率履不越	率：循。 履：礼的假借字。王先谦《集疏》:“三家履作礼。” 越：逾越。
遍加视察促实行	遂视既发	视：视察。 发：实行。
契孙相土真威武	相土烈烈	相土：契的孙子。 烈烈：威武的样子。
海外诸侯齐听命	海外有截	有截：即截截，整齐的样子。

上帝之命不违抗	帝命不违	
代代奉行至成汤	至于汤齐	齐：齐一，一样。
汤王降生正当时	汤降不迟	降：出生。
明慧谨慎日向上	圣敬日跻	圣：聪明智慧。 日跻：天天向上。
虔诚祈祷久不息	昭假(gé)迟迟	昭假：虔诚祈祷。 迟迟：形容长久的样子。
无限崇敬尊上苍	上帝是祗	祗：敬。
帝命九州齐效汤	帝命式于九围	帝：上帝。 式：法式，榜样。 九围：即九域，九州的意思。

接受上天大小法	受小球大球	球：本作“捄”，法制。《广雅·释诂》:“拱、捄，法也。”
表率诸侯作典范	为下国缀旒	下国：指诸侯。 缀旒：表率、榜样的意思。

译文	原文	注释
蒙天之赐美名传	何天之休	何：通“荷”，蒙受。　休：指美誉。
不相争也不急躁	不竞不絿	絿：急躁。
不强硬也不柔软	不刚不柔	
施行政令很宽和	敷政优优	敷政：施政。　优优：宽和的样子。
百样福禄集如山	百禄是遒（qiú）	遒：聚。

译文	原文	注释
接受上天大小法	受小共大共	共：拱的假借字，《鲁诗》作“拱”。《毛传》：“共，法。”
各国诸侯受庇蒙	为下国骏厖	骏厖：《荀子·荣辱篇》引作“骏蒙”，《大戴礼·卫将军文子篇》引作“恂蒙”，覆庇保护的意思。
蒙天赐与我荣宠	何天之龙	龙：通“宠”，荣誉。
大施神威奏战功	敷奏其勇	敷奏：施展。按这句可能是错简，和上章的句次比较，应在“不戁不竦”句后。
不震惊也不摇动	不震不动	
不胆怯也不惶恐	不戁（nǎn）不竦（sǒng）	戁竦：二字同义，都是恐惧的意思。
百样福禄都聚拢	百禄是总	总：聚。

译文	原文	注释
汤王出兵伐夏后	武王载旆	武王：指汤。　载：始。　旆：发的假借字，出发。指出兵伐夏后桀。
锋利大斧拿在手	有虔秉钺（yuè）	有虔：即虔虔，坚固的样子。　秉：执，拿。钺：大斧。

好比烈火熊熊燃	如火烈烈	
谁敢阻挡和我斗	则莫我敢曷	曷：通“遏”，害。
一颗树干三个杈	苞有三蘖（niè）	苞：树的本。指夏桀。　蘖：树的枝。三蘖，指韦、顾、昆吾三国。
没有一株枝叶稠	莫遂莫达	遂、达：都是形容草木生长的样子。
征服九州成一统	九有有截	九有：九州。
诛韦灭顾扫敌寇	韦顾既伐	韦：亦名豕韦，夏的盟国，在今河南滑县东南。后为商汤所灭。　顾：夏的盟国，在今河南范县东南顾城。后为商汤所灭。
昆吾夏桀也不留	昆吾夏桀	昆吾：夏的盟国，在今河南许昌东。后为商汤所灭。　夏桀：夏朝末代君主，暴虐荒淫。汤起兵伐之，败之于鸣条，放之于南巢，夏亡。
从前中期国兴旺	昔在中叶	中叶：中世，指汤的时候。
威力强大震四方	有震且业	有震：即震震，威武的样子。　业：大。
汤为天子诚又信	允也天子	允：诚信。　天子：指汤。
卿士贤明自天降	降于卿士	降于：天赐与。　卿士：官名。指伊尹，汤的大臣，名挚。
贤明卿士是阿衡	实维阿衡	阿衡：伊尹的号。
是他辅佐商汤王	实左右商王	左右：左右手，辅助的意思。　商王：指汤。

殷 武

【题解】

这是宋襄公祭祀赞美其父宋桓公的诗。据《春秋》僖公四年，鲁僖公会齐侯、宋公伐楚。诗反映的就是这件事。从诗的结构和文字方面看来，这首诗和前一首《长发》都分章，文字浅近，不像《周颂》的聱牙。这显然是模仿大小《雅》的形式，是春秋时代的作品。

译文	原文	注释
殷商大军疾如风	挞彼殷武	挞：迅疾的样子。 殷武：宋的武力。宋是殷的后代。故自称曰殷，殷武即宋武。
讨伐楚国真奋勇	奋伐荆楚	荆楚：指楚国。楚国在鲁僖公前都称荆，到僖公二年（公元前658年）后才称楚。荆楚二字连称，好像后人称殷也连称为“殷商”一样。
长驱深入险阻地	冞入其阻	冞：深的本字。 阻：险要的地方。
大败楚军擒敌众	裒（póu）荆之旅	裒：俘虏的意思。 旅：众。指兵士。
所到之处皆报捷	有截其所	有截：整齐划一的样子。 其所：指楚地。
汤王子孙赫赫功	汤孙之绪	汤孙：指宋桓公。 绪：功业。

译文	原文	注释
荆楚之邦听端详	维女荆楚	女：汝。
你们住在宋南方	居国南乡	国：指宋国。
昔我远祖号成汤	昔有成汤	
即使遥远如氐羌	自彼氐（dī）羌	氐羌：古代两个民族。约分布在今陕西、甘肃、青海等省。

谁敢不来献宝藏	莫敢不来享	享：奉献。
谁敢不来朝汤王	莫敢不来王	来王：来朝见。
都说服从我殷商	曰商是常	常：服从。
天子下令诸侯听	天命多辟	天：指周天子。　多辟：众诸侯。
禹治水处建都城	设都于禹之绩	绩：迹的假借字。禹之迹，指禹治水所经之处。
年终祭祀来朝见	岁事来辟	岁事：指每年年终的祭祀大典。　来辟：来王，即来朝。
不给你们加罪名	勿予祸適	祸：音义同过，罪过。　適：音义同谪，谴责，惩罚。
但莫松懈误农耕	稼穑匪解	稼穑：指农业生产。　解：通“懈”。
天子下令去视察	天命降监	监：视察。
下民肃敬实可嘉	下民有严	有严：严严，肃敬庄重的样子。
不敢妄为违礼法	不僭不滥	僭：越礼。
不敢松劲又拖拉	不敢怠遑	怠：懒惰。　遑：闲暇。
天子下令我宋国	命于下国	命：指周天子的命令。　下国：宋国自称。
努力兴建福禄大	封建厥福	封：大。　建：建设。

商都繁华又齐整	商邑翼翼	翼翼：整齐繁盛的样子。
好给四方作标准	四方之极	极：榜样。
他有赫赫好名声	赫赫厥声	赫赫：显著的样子。　声：名声。
光焰灿灿显威灵	濯濯厥灵	濯濯：光明。　灵：神灵。
他既长寿又安宁	寿考且宁	
保我子孙常昌盛	以保我后生	后：子孙后代。　生：语助词。

登上高高景山巅	陟彼景山	陟：登。　景山：在今河南商丘。周朝时在宋都内。
苍松翠柏参云天	松柏丸丸	丸丸：光滑而笔直的样子。
锯断松柏搬回去	是断是迁	断：砍伐。　迁：搬动。
又砍又削把屋建	方斫是虔	方：是。　虔：虔刘，砍削。
松树椽子长又大	松桷（jué）有梴（chān）	桷：方的椽子。　有梴：即梴梴，木材长长的样子。
根根柱子粗而圆	旅楹有闲	旅：众多。　楹：柱。　有闲：即闲闲，大的样子。
寝庙建成神灵安	寝成孔安	寝：寝庙，祭祖先的庙。

图书在版编目(CIP)数据

诗经译注：彩图珍藏本 / 程俊英译注；(日)细井徇等绘. -- 上海：上海古籍出版社，2025. 8.

ISBN 978-7-5732-1681-6

Ⅰ. I222.2

中国国家版本馆CIP数据核字第2025P66Z23号

诗经译注：彩图珍藏本

程俊英　译注

[日]细井徇　等绘

上海古籍出版社出版发行

(上海市闵行区号景路159弄1-5号A座5F　邮政编码201101)

(1)网址：www.guji.com.cn

(2)E-mail：guji1@guji.com.cn

(3)易文网网址：www.ewen.co

上海丽佳制版印刷有限公司印刷

开本720×1000　1/16　印张57.25　插页5　字数500,000

2025年8月第1版　2025年8月第1次印刷

印数：1—10,100

ISBN 978-7-5732-1681-6

I·3937　定价：198.00元